上杉谦信

历史·经典·文学 超值典藏本

天与地

[日]海音寺潮五郎 著

重庆出版集团
重庆出版社

TEN TO CHI TO by KAIONJI Chogoro
Copyright©1968 by Kagoshima City Foundation for Education and Cultural Promotion
All rights reserved.
Original Japanese edition published by Bungeishunju Ltd., Japan 1968.
Chinese (in simplified character only) soft-cover rights in CHINA reserved by CHONGQING PUBLISHING GROUP under the license granted by Kagoshima City Foundation for Education and Cultural Promotion, Japan arranged with Bungeishunju Ltd., Japan through The Sakai Agency, Japan and Beijing Kareka Consultation Center, CHINA(P.R.C.).
本书译文由台湾远流出版事业股份有限公司授权使用

版贸核渝字（2013）第331号

图书在版编目（CIP）数据

上杉谦信：天与地 /（日）海音寺潮五郎 著；陈宝莲 译. -- 重庆：重庆出版社，2014.6
ISBN 978-7-229-08498-1

Ⅰ.①上… Ⅱ.①海… ②陈… Ⅲ.①长篇小说—日本—现代
Ⅳ.①I313.45

中国版本图书馆CIP数据核字（2014）第163977号

上杉谦信：天与地
SHANGSHAN QIANXIN:TIAN YU DI
［日］海音寺潮五郎　著
陈宝莲　译

策　　　划：	华章同人
出版监制：	陈建军
责任编辑：	陈　丽
特约编辑：	何彦彦
责任印制：	杨　宁
封面设计：	主语设计

重庆出版集团
重庆出版社　出版
（重庆市南岸区南滨路162号1幢）
投稿邮箱：bjhztr@vip.163.com
北京盛通印刷股份有限公司　印刷
重庆出版集团图书发行有限公司　发行
邮购电话：010-85869375/76/78转810
重庆出版社天猫旗舰店
cqcbs.tmall.com
全国新华书店经销

开本：787mm×1092mm　1/16　印张：31　字数：490千
2014年9月第1版　2022年2月第4次印刷
定价：49.80元

如有印装质量问题，请致电023-61520678

版权所有，侵权必究

◎ 目　　录

上杉谦信第一卷

自幼失去母亲的景虎虽生于富贵之家，却不为父亲所爱；父亲被害后，复被嫉妒的兄长敌视、迫害，饱受颠沛流离之苦。所幸他生就一副光明磊落的胸怀，吸引了一批豪杰谋士和他一起打天下；十五岁时，景虎领导了一次成功的战役，一鸣惊人。从此，战国一代奇将上杉谦信诞生了。

1

上杉谦信第二卷

二十岁时景虎成为春日山城城主，并收服越后豪族，开始他逐鹿中原的霸业。

然而战功赫赫的景虎在感情生活上却是一片空白，除了少年时邂逅的乃美外，景虎那宽阔的胸怀容不下别的女子，而乃美却又若即若离……

景虎对情欲的洁癖，使他成为战国群雄中唯一一个不近女色的武将，也阻碍了他和乃美的未来。

147

上杉谦信第三卷

虔信毗沙门天神的景虎于二十七岁时舍弃权势，剃度出家。然而武田信玄的不断挑衅，使景虎终究无法抛却他战国武将的责任，重返尘俗。

在川中岛决战中景虎冲入武田军中，挥刀连劈信玄三刀，满足而去。

从川中岛凯旋的归途中，传来乃美病逝的消息……景虎仰望长空，悠悠白云流过青空。

313

跋/463

附录：

上杉谦信年谱/467

越后长尾氏系谱/475

甲斐武田氏系谱/476

上杉谦信越后、越中古战图/477

越后地方地图/478

信浓地方地图/480

上杉谦信关东古战图/482

序：在冒险边缘的人

海音寺潮五郎

我认为源平争霸、楠正成、甲越两雄争霸，织田、丰臣、德川权力交替，以及赤穗浪士、明治维新六个故事，是日本民族的六大传奇历史，或许也可以说是传奇小说的宝库。自古以来，无数的戏曲小说取材自《源平盛衰记》、《平家物语》、《太平记》、《甲阳军鉴》、《绘本太阁记》、《赤穗义人录》等古典作品。若要仔细计算，恐怕是无可胜数。我虽然想证明这些故事必须广为人知，当作日本人的教养之一，但因为学校的历史教育与战前不同，只把社会变迁的过程当作抽象的理论来教，因此大部分年轻国民几乎都不知道祖先的英勇。虽然能够直接阅读古典最为理想，但又因为日语教育的改变，连一般大学日文科的学生也没有顺利看完一本古典作品的能力，但在以前，有阅读能力的中学二年级学生，都能像看现代小说般地看遍《平家物语》、《太平记》等。

幸而，坊间有不少弥补阅读古典能力不足的书籍出版，如吉川英治写的《新平家物语》、《私本太平记》、《新书太阁记》；大佛次郎写的《赤穗浪士》，立野信之写的《明治大帝》；山冈庄八写的《织田信长》、《丰臣秀吉》、《德川家康》；等等。这些因为是小说，虽然不尽符合史实，但也没有忽略事实。当然，读者如果了解史实，再来享受小说，读书之乐，莫过于此。上述书籍在今天来看，对一般读者而言都是非常有用的。

但不知为什么，只有武田信玄及上杉谦信[1]两雄相争的故事，并未被今天的作家拿来取材。井上靖虽然写过短篇小说，也把其中一个场面用在长篇小说中作为一个部分，但并没有从正面取材，至少没有达到我所认为的取材标准。

---

[1] 上杉谦信：幼名虎千代，成年后称长尾景虎。后继承了关东管领上杉姓氏，并得到前任关东管领上杉宪政的赐名，故又称上杉政虎。出家后法号"谦信"。

不知从什么时候起，我开始对历史小说和传记产生兴趣，到今天为止，已经写了四十多个历史人物，也写了武田信玄。当然我也调查过上杉谦信，我受谦信吸引甚于武田信玄，一股想要把他写成小说的欲望，激荡在内心。

比较人物格局及事业的大小，显然信玄胜过谦信，但谈到魅力这一点，我则认为谦信较多。武田信玄太无懈可击，他总是精密地算计，准备永远赢得成功，他最大的缺点是用心太过。与之相反，谦信是一辈子都在冒险边缘的人，他那飒爽的男性气概令人佩服。我天生任性，不愿向人低头，因此不论生在哪个时代，都不可能做人家的家仆，宁可做个默默无闻的百姓。但如果我不幸陷于势必从人的地步，我想我一定会选择做谦信的家仆。虽然年过耳顺，我依然欠缺男性气概，很容易动容感伤。或许是因为我生长在充满这种气氛的萨摩地区，也或许是我的精神年龄还处在幼稚阶段。

就是因为这个缘故，我才想写上杉谦信。当我有这个打算后，发现《甲阳军鉴》及《甲越军记》都只侧重武田信玄，因此我更跃跃欲试，答应《周刊朝日》小说连载的要求，开始执笔，时为昭和三十四年（1959年）的秋天。

连载时间长达两年三个月，执笔期亦长达两年半，相当漫长。总编辑由田中利一换成木村庸太郎，再换成松岛雄一郎。田中先生在两三个月前遭逢不虑之灾，令我无限感慨，除对木村、松岛两位先生深致谢意外，更要向田中先生特别致谢，并为他祈求冥福。

执笔期间，也有不少令人怀念的回忆。例如，我曾和小林干太郎先生及摄影部的秋元先生到越后地方勘察史迹，在高田市郊外，向钓鱼的小孩借来钓竿，钓到大泥鳅。小说中的大潟沼地，如今是一片宽广平坦的稻田，田里正结满了稻穗。

1962年3月23日

上杉谦信

天　与　地

上杉谦信第一卷◎

疑云

　　晨起，洗过脸后，长尾为景就带着弓到靶场去。北国的正月下旬，只是历书上的春天，硬如石头的积雪还残留在地面，树芽犹紧紧包着，放眼望去，尽是一片酷寒的冬天景色。

　　为景挺着他那高大魁梧的身躯，在刺骨的清晨寒气中急急赶赴靶场，这是他每天的晨课。在他身后跟着两个十三四岁的小厮，一个帮他拿刀，另一个帮他提着箭袋。少年的脸颊被清晨的寒气冻得发红，嘴里不断呼出白气。他们都睡得很饱，精神抖擞，朝气蓬勃。

　　不久他们就抵达靶场。

　　为景亲自安好靶。在几年前这还是小厮的工作，但是当他年逾耳顺以后，不单是安靶的工作，就是捡箭，他也常常亲自去做。

　　"这样做对身体好，年纪一大，所有关节都硬了，动作也不灵活了，如果每天能这样弯一两次腰，练练身子，身体自然会好。"

　　他每天固定要射五十回，每回都拉满弓才射。从早晨到现在，他亲自捡了五次箭。"咻"的一箭，正中靶心。那声音似乎把因酣睡一夜而沉淀的血液唤醒，使其迅速流遍全身。他感觉全身血脉贲张，汗暖暖地流出来，真是无比的舒畅！

　　尤其是今天早上，中靶率非常高，他想再多射十箭。捡了箭，重新安好靶子回来时，一个小厮说："玄庵先生来了。"

　　他看到玄庵医师走在一片树叶落尽的枯树林间。身材矮小、年约五十的玄庵，穿着黑色的罩袍，戴着黑色头巾，身体微微前倾，急促地走着。

　　为景只瞄了他一眼，便又转身对着箭靶把搭弓射箭，一个畅快的声音响起，箭漂亮地射中红心。为景又搭好箭，慢慢地拉开弓，他大抵已经知道这时候玄庵为什么匆匆忙忙地赶来了。

他想："是啦，大概就是今天了！"

他又射出一箭，不但没中，还出乎意料地偏离靶心一尺，刚才的愉快倏地消失，他不由得烦躁起来。

"不射了，收起来吧！"他命令小厮，转过身来。

玄庵穿戴得像寒冬的乌鸦般一身黑，他那瘦小阴沉的脸部轮廓显得特别突出。他走到为景面前，弯腰行礼。

"有事情吗？"为景尽量掩饰住心中的不悦。

"夫人想必就在今天……"玄庵的表情显示出自己带来的消息绝对会使为景高兴的自信。

"今天吗？那好。"

为景披上外衣，走向不远的建筑物，玄庵亦步亦趋地跟在后面。

站在为景的立场，此刻他必须说些什么不可，他不想让任何人知道，他对这件事可是一点也不高兴。

"你看大概是什么时候？"

"大概是在今天涨潮时分吧！"然后又啰里啰唆说了一堆。

为景并没有在听，只是装出专心在听的样子。说着说着，已走到建筑物入口："嗯，是吗？那就请你好好照顾她吧！"说完，直接走进房间里。

房间里打扫得非常干净，中央铺着一块熊皮垫子，火盆里放了许多炭火，熊熊燃烧着。为景坐在毛茸茸的熊皮上，膝上盖着纯棉芯的丝垫，双手覆在火盆上，翻过来又翻过去地烤着。他搓搓手，每回搓手，就会响起干燥的摩挲声。

"我已六十三了，这把年纪还要新为人父吗？"他在心里嘟囔着。

小厮端来汤药。倒不是他身体有什么不适，只是为了养身，玄庵为他特别调配了一些补药每天早上喝。他慢慢地喝完后，餐盘跟着送上。

一只老猫也跟着一起来了，紧缠在端着餐盘的小厮脚边，绕过来绕过去，一会儿就跳到为景的膝盖上。为景抚摸着它的背，等小厮放好餐桌。

暗红漆色的小餐盘上，搁着一碗糙米饭、一碗汤，还有两条沙丁鱼干及特制的酱菜，非常简单。

为景把猫放到地下，准备吃饭。他端起盛满糙米的黑漆大碗，拿起筷子，正要开始吃时，猫突然伸长了头，把鼻子凑近沙丁鱼。

"无礼的奴才！"

为景夹起两条沙丁鱼，丢到走廊上，老猫动作迟缓地走过去，把鱼叼回到为景身边，歪躺着吃起来，将不少鱼渣滴滴答答地洒落在光泽亮丽的熊皮垫上。

"这个强盗！"

他似乎还想再说些什么，但终究没再骂它，自己也吃起饭来。他的胃口很好，咕噜咕噜地吃了两大碗，虽然只有汤汁和酱菜下饭，他却觉得非常好吃。

餐盘撤下去后，为景又陷入沉思之中。他右手拿起火盆里的大筷子，左手放在怀里，倾着身子，望着宽敞的院子。猫原先睡在他的膝上，但因为太冷，不知道跑到哪里去了。

为景今年六十三岁，去年娶了第四位妻子。大前年他的第三位妻子产下一女，因产后失调而过世；新妻是同族人，是栖吉城主长尾显吉的女儿袈裟，年方二十。

这桩婚姻虽然是自己先被这位姑娘的美丽所吸引，但是对方也是有所打算而同意婚事的。虽然是同族，但关系远得很，自己身为越后国守护代（守护的代官），为本国第一豪门，对方却是领地极小的小城主，互结亲事，定能为对方带来相当的利益，因此，一提亲，对方就毫不犹豫地答应了。

前年秋天，为景前往讨伐枥尾的叛贼，由于他出兵神速，乱贼尚未成军，就被征伐击溃，罪魁祸首也被枭首示众。班师回城途中，露宿在一个小村庄。为景半夜里突然醒来，再也睡不着，于是起来巡视阵地，发现几个士兵围着熊熊营火，笑闹成一团。

为景悄悄地接近，倾耳细听，原来他们都在谈论女人。有在攻占敌人城池时抢到女人的经过，也有打野战时强暴躲在附近山里的女人的故事，也有在打长仗时和出没战场的游女之间的韵事。他们说了许多许多，有的听起来有些哀怨，有的听起来很残酷，也有的听起来滑稽有趣，为景站在暗处津津有味地听着。

这时，其中有人说道："我也算见过不少美女了，但从来没见过像栖吉城主女儿那样漂亮的女人！是去年秋天吧！一天，我有事到栖吉去，经过普济寺时，正好从侧门走出一队武士、女婢和小厮簇拥着的一个女人，美得无法形容。她似乎也发现我在看她，惊慌地把脸藏在衣襟下。我只是惊鸿一瞥。她大约十七八岁，皮肤白嫩，身材窈窕，走起路来像迎风摇曳的百合花，像在深山幽谷里默默绽开的白嫩百合花。我整个人叫她迷住了，呆呆地目送她离去。这时，正好一个百姓经过，我问他那是哪一家的小姐，他说那是栖吉城主的女儿袈裟姑娘。既然是栖吉城主的女儿，对我来说，就如同高岭之花可望而不可即，更遑论一亲美人芳泽了，不过，我还是单恋了她一个多月，才把她忘怀。"说着哈哈大笑起来。

为景又悄悄回到帐篷里。从那时候起，栖吉城主的女儿就日夜萦绕在他脑海里，他总是在想："她的名字叫袈裟，难道和高雄的文觉上人暗恋的人妻袈裟一样？听说因为她生下来时，脐带缠在脖子上，因而取名袈裟，文觉上人所单恋的人妻是否也是这样呢？不，或许只有栖吉城主的女儿是这样吧！"

他无法摆脱这份牵挂，于是决定派遣心腹家臣到栖吉求亲。

在年龄上，袈裟可以做他的孙女，因此他不能坦然无虑，不过婚事并不像他所想象的那般困难。在那个时代，小族攀附大族，往往要献出人质以表忠贞，把女儿嫁给对方的事也并不少见。婚事果然顺利进行，一个月后，也就是去年二月初，袈裟就坐着花轿进入春日山城，那时为景六十二岁，袈裟二十岁。

袈裟比他想象的还美，性情又温柔，很快就捉住了他这个年老丈夫的心。为景虽然非常满足，但是当袈裟过门才三个月便告诉他已经怀孕三个月时，他吓了一跳，心想未免也太快了。不过，他当时仍喜形于色地说："太好了，先妻因为生产而弄坏了身子，我很担心，你自己要多多小心啊！"他虽然这样说，但这并不能抹去心中的不悦，随着时间的流逝，他心中的不悦逐渐变成怀疑，"或许不是我的孩子吧？！"

进而一想："会不会是嫁到这儿之前，肚子里就有了呢？"

他的怀疑并没有任何依据，他也很清楚这些疑虑都是出于两人的年龄差距和自己因此产生的自卑感，因此他也不断反省，自己是不是过度疑心了？但他又无法抑制自己不这么想。其实，他的怀疑也不无道理，想当初他一上门求亲，对方就非常爽快地答应了，他不禁揣测："可能是和家中的年轻武士搅出问题，逮到这个好机会送到我这里来的吧！"

如果为景现在还年轻的话，他非彻底追究不可。但是到了这把年纪，对这种事情却必须包容，不但如此，他还必须小心翼翼地隐藏这种情绪，不让任何人察觉他心中的疑惑。想到这里，他就更加不愉快，觉得自己更加可悲。

他不禁盘算："如果生下来的是女孩，也就罢了，反正女孩终归要嫁人的，倒不会乱了我的血统。"但是这一点他不能对袈裟说，他只说："我呢，已经有三子三女了，因此，是男孩也好，女孩也好，都无所谓。"

袈裟可是一点儿也不知道丈夫的心理，还拼命地想："一定要生男孩，而且一定要生个勇敢、坚强又聪明的男孩。"

春日山城外的春日村里，有座毗沙门堂，袈裟到那里祈愿百日，不论刮风下雨，从不间断。毗沙门神还有一个名字叫作多闻天，是有名的护法天神。在这个以男子武勇为先的时代里，百姓非常虔信爱宕权现（胜军地藏）及毗沙门神。

袈裟专心地祈求，希望能生下在战场上英勇无误、在家中聪明端正的武将之子。

为景虽然觉得她这么做不妥，但并没有表示出来。

为景不知坐了多久，风呼呼地刮着，他略微动了一下身子。朝日突然穿云而出，院子里霎时明亮起来，那沙尘久积成浅灰色的积雪，散发出美丽的光泽，悬在树枝上的冰柱也闪闪发光。为景感到眼前春光无限。一到春天又要战鼓频催了。为景虽然借着武力暂时获得国中平静，但越后的情势却不能让他绝对放心的。春天一到，冰雪一融，对为景怀抱不平的野心家，就开始蠢动，这已成了每年的定例了。

为景心想："我不该拘泥这些无聊的琐事啊！"他打了一个大哈欠，听到走廊上传来急促的脚步声。

纸门外有人说："启禀主公！"

为景身后那些无聊且在寒气中瑟缩的四个小厮中的一个站了起来，拉开纸门，玄庵两手伏地，垂着斑点满布的脑袋。

为景扭转身子问他："开始了吗？"

"婴儿刚刚诞生。"

"哦，是吗？"

"是少主！"

为景心想不妙，他说了一声："是吗？"声音中没有一丝兴奋，他自己也立刻注意到了，又说："太好了！太好了！是男孩！嗯！"

"我们已经处理妥当了，夫人精神很好。"

"是吗？那就好。"

玄庵非常得意，孩子并不是他接生的，他只是在产房隔壁徘徊而已。但此刻他仿佛像是自己接生的一样，脸上的表情似乎等着为景开口说："带我去看看她们母子。"

为景没有办法，只好拿开膝垫，站起身来说："带路！"

刚出生的婴儿都是一个样子，看起来毫无个性，一张皱巴巴的脸好像是堆在盘子里的熟鳕鱼子，眼睛也张不开，就这样蠕动着，跟刚孵出来的麻雀和刚生下来的小老鼠没有什么两样。或许在不相干的人眼中，这只是一个会动的小东西而已，但是在母亲的眼里，却是最美好的天使，她们很快就可以从那张柔软肥胖、满是皱纹的红红的脸上发现个性。

袈裟不顾产后的疲劳，毫不厌倦地看着婴儿。婴儿的被褥和她的并排在一起，裹在纯棉的金丝被里，旁边还搁着一个汤壶。他细细的头发黏在额上，睡得很熟。或许他其实已经醒来了，只是闭着眼睛而已。他不时歪动着嘴角，看起来是那么的可爱，那么的柔软，活生生的小玩意儿。"真可爱！这孩子像主公也像我，小小的鼻子跟主公一模一样，眼睛又跟我长得一模一样。"

不久，袈裟终于疲倦了，闭上眼睛，很快就睡着了。她睡得很熟，嘴角仍然溢着微笑。就在她睡下不久，为景来了。

袈裟从栖吉带来的贴身婢女，悄悄起身迎接为景，压低嗓子说："少主和夫人都正在休息。"

为景点点头走进房间，玄庵也跟在后面，弯着腰一副谨慎惶恐的样子。为景坐在婴儿身旁，仔细观察婴儿。瘦小而皱巴巴的脸红通通的，像个猴子。婴儿非常瘦小，和为景的前几个小孩都不一样。为景仔细地打量，想从婴儿身上看出哪里像自己或是家人，但是他看不出来。为景再看看袈裟，那因疲劳虚弱而显得更加纤瘦的脸，毫无血色，就像终年不见阳光的花草一样，和脸色同样惨白的嘴唇微微张开，隐约可看到洁白的牙齿。她的鼻子耸立着，却衬得她的脸更加瘦削。她似乎没有呼吸，为景有些不安，把耳朵凑近她的嘴边，耳垂上感觉到微微的呼气。

袈裟突然睁开眼睛，虚弱地笑着说："我生了一个男孩。"语气中带着得意。为景点点头说："嗯！嗯！你辛苦了！"只这么简单一句话，却已经尽了他全部的力量。

"是个好孩子吧！很像主公呢！您看他这小鼻子，跟主公的一模一样，将来一定会像主公一样是个聪明勇敢的武将。"

"嗯！嗯！"

为景再看看婴儿，特别注意了一下他的小鼻子一带，"如此矮塌又软巴巴的鼻子，哪里像我呢？"他心里想。

"主公您也知道，为了这个孩子，我去参拜了毗沙门天神一百天，他将来一定会成为伟大的武将的！"

袈裟原来惨白的脸上泛起红潮，眼睛闪出晶莹的光泽，显然是心情激动的缘故。

为景只是"嗯！嗯"地应答着。袈裟还想再说些什么，这时玄庵从旁边走过来，跪在地上说："请让我为夫人把一下脉！"

袈裟伸出手来。她的手更是纤细，而且非常冰冷，玄庵熟练小心地按住她的手腕，歪着头，专注地诊察着。

"我已经想好了名字，今年是虎年，就叫他虎千代吧！这个名字听起来威风凛凛，又带着坚强……"袈裟说。

玄庵停止脉诊，制止袈裟："夫人请多静养，不宜多言，万一血冲脑门，那就大事不妙了。"说着又转向为景道，"请主公回房吧！主公在这里，夫人没有办法安心静养。"

为景感到心头一阵放松，点点头，温柔地对袈裟说："我先到那边去，你安心地睡吧！名字的事我会仔细想想！"说着，他轻轻地站起来。

他在心里深处却嘀咕着："不管是不是我的孩子，现在我是什么办法也没有了，或许不久我就会喜欢他吧！不管怎么说，袈裟毕竟是我最心爱的妻子，她生下来的孩子，我不可能不喜欢。"

婴儿诞生的第二天，为景到府中馆出勤。

越后府中就在现在的直江津西南郊安国寺一带，距离为景的春日山城约半里（古代日本的一里约合现在的四公里，全书皆采用古代日本的长度单位计数），越后国守护上杉定实住在这里。

定实个性老实，是上杉家族末家出身，能够成为越后国守护，一切都是为景的功劳。他的妻子是为景的次女，因此他对为景摆不起架子，徒具守护虚名而已。

他一看到为景就立刻道贺："信浓守，听说你生了个儿子，可喜可贺！真是老当益壮，值得高兴！"

"不敢，不敢，你这么快就得到消息了？"

"今天早上听说的，内人也非常高兴，你待会儿到后面去看看她，这是我给你的贺礼！"

定实早已有所准备，他拉过一旁的小方柜，赐给为景，柜面上有张大字誊写的檀纸目录，纸上压着一把没有护手的短刀。为景敬领，看看目录，上面写着"三原住正家"。他谢过定实，退出房间。

越后守护一职，其实不过是个虚名，所有实权都在春日山城，为景不过是应卯行事。他立刻转往内院去见上杉夫人、自己的次女——她年约二十五六岁，美丽动人。她也向为景说了些祝贺的话，并赐予数匹丝绸，并笑着问："孩子可爱吗？"

9

为景笑着回答说："非常可爱，因为是美丽的母亲生的。"为景心想，我必须认为这个孩子可爱不可。

婴儿出生后第七天晚上行命名礼，如袈裟所愿，取名虎千代（即后来的上杉谦信）。本来为景是想给他取名猿松，因为他像猴子。他装作若无其事的样子向袈裟提议说："猴子聪明伶俐，松树长保千年之寿，以傲冬雪，这名字不是很好吗？"

袈裟不肯退让："为什么不能用虎千代呢？"

"我没有说不能用，只是猿松也不坏啊！"

袈裟眼泪汪汪："我知道主公的想法，但是我觉得老虎比猴子更强啊！"

看她执拗得近乎孩子气，为景只好妥协："好吧！好吧！就叫虎千代吧！不过，我觉得猿松也不错，以后只有我这样叫他，应该没问题吧！"

"那当然！"

事情就这么决定了。

虎千代的脸逐渐饱满起来，皱纹已消失，眼睛也张开了，又大又黑的瞳孔很有光彩。他个子虽小，却很健康，吃奶时更是使尽全身力量，连奶妈都吓了一跳说："我从来没看过这么能吃的娃儿！"

他很少哭，但一哭起来可是惊天动地，不知所终，直到他哭累了睡着为止。

为景总是在不引起别人注意的情形下，仔细地观察虎千代，但依旧没找出任何一处像自己的地方。家里也没有人说他像自己，袈裟似乎也不再提"像谁"这件事了。为景除了认定这不是他的孩子之外，别无他想。

他想调查袈裟嫁过来以前的事情，但这种事情不能随便请人帮忙，他不能也无意找家臣去调查，只是在日常闲话时，努力搜寻袈裟的话语，但他很快就放弃了这个做法，因为这样实在太过无聊。

所幸，这种日子持续不了多久，等到春雪融化，国内情势又将不稳，他也无暇再顾及这事了。

当时越后的情势是这样的：越后原是关东管领之一的山内上杉氏的分国，世代由山内上杉氏担任守护一职，长尾是他们的家老（首席家臣）。

二十年前，当时的守护上杉房能，性情残暴，诸多失政，国内豪族及百姓怨言连天。为景身为家老，理当进谏，结果惹怒房能，危及生命。为景自忖性命难保，于是逃到越中西滨，称病不出。房能对此大为震怒。

"无能的畜生，竟敢称病，不可原谅！"

他亲自率兵准备讨伐为景，为景听说房能率兵拿他，急忙向素来交情深厚的地方武士求助，与房能抗战，结果一战成功。他进而怂恿越后国内豪族：

"守护因为这点小事，便派兵征伐在下，其为人如何，想必各位都非常清楚。我等奉此人为主，领内百姓生活忧苦，自不待言，我等又将招致何种待遇，大家也心里有数。这样下去，如何能安心度日？"

为景一席话说中众人心理，为将来计，众人决定推举上杉家最末一族的上条城主定实为房能养子，接掌守护一职。房能虽极力抗拒，但大势已定，由不得他。

越后豪族中，柏崎附近的琵琶岛主宇佐美定行，年纪虽轻，却是智勇双全的儒将。他虽然觉得房能施政不妥，但仍忠心耿耿，不愿与为景等人为伍。为景攻陷了宇佐美守城之一的松之山城，乘胜追击，一直追到天水岭，才班师回城。

当时日本弑主恶风颇盛，全国势力又分属京都将军及关东将军两大派系。越后虽隶属关东将军府，但如果打点得当，京都幕府一样可以接受，因为当时的幕府财政拮据，为景携巨金以求，果然如愿。幕府将军义植下令，任上杉定实为越后守护，为景担任辅佐。

幕府虽然势衰，但仍然是权威的象征，令旨一下，越后豪族也就望风披靡，归顺了为景。为景让定实住进府中的守护馆，自己在附近的春日山筑城而居，以守护代的身份监督国政。

虽然越后国内豪族几乎全都归顺了新的权威，但是宇佐美定行仍然守节不屈。

"古圣先贤教我们要父慈、子孝、君贤、臣忠，而今要向不忠不孝之徒屈膝，奉其为主，岂是我宇佐美所为！"

他坚持独立，揭旗反抗，并奉房能之兄上杉显定为守护。显定因为弟弟被杀，领地被夺，自然同仇敌忾，亲率兵士一万五千人参战，因此反对为景的势力也相当强大。

这么一来，过去归顺为景的豪族中，有人开始动摇，很多人受到离间而背叛他，为景不得不担心起来。

双方曾经开战，为景惨败，带着定实逃到越中。为景虽然想和从前一样求助越中武士，但很快就被宇佐美截击，越中武士没有帮助他，连他的三名家将也倒戈相向。为景仅以身免，带着定实逃到海边，乘小船躲到佐渡。

越后暂时回到上杉显定手中。显定住进府中，逐一征服了曾经归顺为景的豪族。为景一族的命运似乎已到尽头。不过他很能隐忍，他暗中指挥留在越后的少数同伙，煽动当地百姓暴动，扰乱越后，而后突然聚集七百人，反攻越后，与显定决战，居然大破显定，追击显定直到信州境内，才班师回越后。

他发挥合纵连横的本事，将次女嫁给定实，和新守护有了不寻常的亲戚关系，借此收服豪族的心。另一方面又向上州白井城显定的养子宪房发动攻势，以在显定之后推立他为关东管领一职为条件谈和，同时也向宇佐美定行伸出妥协之手，但是宇佐美不为所动，仍然据守琵琶岛及松之山两城，敌对态度始终未变。而这几年，宇佐美的动静又活跃起来。

好色豪杰

从直江津沿海向北约行四里，有个名叫柿崎的地方。这是柿崎弥二郎的居城所在。柿崎一族族繁人众，在越后一地是屈指可数的大族，当今族主弥二郎是相当英勇的武将。弥二郎今年二十五岁，身躯庞大，魁梧如金刚力士，谈吐豪爽，一见即知非寻常人物。他十六岁初上战场，十年来历经十多次大小战役，没有一次不战功赫赫。

他总是说："在战场上，没有什么麻烦的啊！只要冲进敌阵砍杀敌人，不就结了？只要自己的身体和长矛一起向前冲，毫不迟疑地刺进敌人的胸膛，再砍掉他的脑袋，有什么麻烦的？！如果总担心自己会不会受伤，就行不通了。"他自己也是这样奉行不渝的。

他身上长满了粗黑的体毛，全身有大大小小二十几个伤疤。身为武将，他的行动非常敏捷，指挥军队也非常卓越。他通常派一队正面攻击，然后亲自率领另一队从旁突袭，这个时候他必定身先士卒，目不斜视地冲进敌阵斩杀一番。每一次战役，他都用这种方法，因此敌人也非常了解，虽然都有所准备，但仍抵挡不住。

就战国武士而言，他自然是理想型的武士了，但他也不是毫无缺点。他非常好色，对美丽的女人几乎无法自持。自己领内的小家碧玉是不用说了，就是战场附近的游女，只要生得漂亮，被他看到以后，也绝对逃不出他的魔掌。

家人或朋辈向他劝谏，他总是回答："我就是因为有这个乐趣，才能在战场上奋勇杀敌。老实说，战场上的事实在讨厌，乏味极了！"因此，后来也没有人再劝他了。

就因为他色欲奇旺，因此被他宠爱的女人快则俩月，慢则半年，必定都给折腾得病倒在床。这时他就派人把她们送到城外，聘医治疗，等到恢复健康以后，他再召侍一夜，然后就赐给家中的武士或领内的有德百姓为妻。

家臣们笑着说："那一夜他大概是为了确定修补完全没有。如果还留着伤赐给别人，未免觉得不好意思。这人还挺厚道的！"

某日，有客来访。从柿崎沿海再向北五里就是柏崎，再深入一里半，则是琵琶岛城主宇佐美定行的领地。

宇佐美定行是反对长尾为景的核心人物，当为景以妙计收服越后豪族百姓后，他非但不屈服，反而摆出更鲜明的反抗姿势，号召柏崎以北的豪族与之对抗。

弥二郎立刻猜想："定行大概是来劝我到他那边去吧！"弥二郎现在属为景这边，也常常到府内馆出勤，但是他对定实并没有什么忠诚之心，对为景也不心服，只不过因为幕府将军任命定实为守护，任命为景为守护代，承认他们是国侍（也称地侍，即土豪武士，不供职于幕府），因此弥二郎只好以礼相待。他对宇佐美定行也没有什么敌意，反而对他至死不屈的刚毅还抱有一些敬意，因为弥二郎独缺这种坚强的意志。他心想："人家特地来看我，没有不见的道理。"于是接见了宇佐美定行。

宇佐美定行今年四十二岁，中等身材，骨瘦如柴，白皙的长脸，看起来有几分纤弱，不像是武士，反而有点像是神官或是朝廷的大臣。他蓄着短髭，稀稀疏疏地带一点红色，这么看起来更像朝廷文官，他身着轻便甲胄，披着蓝底织锦战袍。

"欢迎！欢迎！好久不见，您还是这么健壮，真是可喜！"弥二郎老套地寒暄道。

宇佐美定行回答说："彼此，彼此！"并立刻转向正事，"在下的心意，阁下想必已知！"

"当然知道。"

"那么，阁下大概也可以猜得出在下为何而来咯！"宇佐美定行微笑地说。

弥二郎也笑着说："猜得到。"

"那么，我想听听阁下的意见。"

弥二郎虽然脸带笑容，却没有回答。

"这一次的行动，在下有相当的自信，眼前已经有柏崎至北新潟一带的领主加入我方，因此，柏崎以北，信浓川以西，全是我们的同伙，亦即越后国半数以上在我方手中。此外，定实之弟定宪公虽奉为景之命留守上条城，但他已跟我方谈和，定宪公的决定并非完全出于个人，或许也跟定实公气息相通。数天之内，定宪公就会举旗来投，届时，目前臣属为景的豪族，大部分会起而响应，那么，为景之势即愈发缩小，陷于孤立无援之境，这个情况已相当明显。另外，在下已将下总国古河大臣足利高基公的少主龙王丸君请到武州钵形城。龙王丸君不日即将取名上杉显实，继承山内上杉家，担任管领一职。关东管领应由关东将军任命方为正当，如今管领是由京都幕府将军任命，自是不当。总而言之，就形势及名义而言，对我方都极为有利，依在下之意，勇武如阁下，若随名不正且形势不佳的为景步向灭亡，殊为可惜，因此特来游说。"

宇佐美定行的脸上始终保持着笑容，谆谆教诲似的说着。关于他的意图，弥二郎略知一二，万没想到竟是如此周全细密，滴水不漏，他那祥和的表情下，究竟藏着什么样的坚强呢？弥二郎定定地看着他。

一阵沉默过后，宇佐美说："不知阁下意下如何？"他的语调仍然平静不变，但似乎有致命一击的意味。弥二郎吓了一跳，心下盘算着。老实说，他丝毫没有为为景殉死的想法，虽然他很想兴奋地说我想加入你们这边，但转念一想，不该如此草率，应该有所要求，如果傻乎乎地答应他，万一弄到无法挽回的地步，或者他只是一派胡言的话，岂不吃大亏了？！在没有条件的情况下，是不能随便答应的。

弥二郎使劲地点点头："阁下所言，在下非常清楚。虽说在下并不亏欠府中或春日山什么，然而臣属几年，也并非毫无义理牵挂，在下必须好好考虑，以定去就。"

"在下以为，无须多虑，但立场有别，自然也不能强人所难。就让阁下深思熟虑以后，再做决定，那么在下就此告辞，今后因军务倥偬，恐无暇再来，阁下决定以后，烦请告知，还有，此事甚为急迫，希望阁下尽早定夺。"

宇佐美定行说到这里，那与年龄不符的清澄眸子凝视了弥二郎的眼睛一会儿，突然站起来告辞。弥二郎也起身，静静地送他到玄关，不知为什么，他很在意宇佐美定行那意味深长的一瞥，他一路想着："那眼光是有什么含义吧！他当时在想些什么呢……"

他打算送来客到城门，还未到城门时，弥二郎心中突然掠过一个奇怪的念头。

"他刚才一直很有自信地侃侃而谈，显然有备而来，但现在只有五名随从，我要拿下他一点也不费事，要杀他更是容易，只要抽出腰边大刀，足可从他的脑门劈斩到肚脐下。"

弥二郎的脸颊绽放出冷冷的微笑，这时宇佐美定行突然回头，也微笑地看着弥二郎，他的笑容也很温和，却令弥二郎胆怯，"难道他看出我的念头了？！"

两人已行至城门。

"就此告辞，请回吧！"

宇佐美定行转过身来一鞠躬时，对面突然出现数十名全副武装的武士，弥二郎顿时感觉虽遗憾但安然。

没有风，这是个天气平稳的日子，融雪已经消失的原野上，可以看到青绿的嫩芽。海上波浪缓缓起伏，映着耀眼的阳光。就在不久前，原野还为白雪所遮埋，在刺骨的寒风及漫天飘落的雪花下，海面掀起如山般高的巨浪。

宇佐美定行沿着海边策马前进，约莫离开柿崎城两里后，他下马对侍从说："你们在这边等着，我要想一下事情。"说着，把随从留在小松林里，独自走向海滩。

站在海边，放眼北望，可以看见佐渡岛，岛上山峰还留着皑皑白雪。他凝视着那雪，心里想着刚才的事，"弥二郎的心是动摇了。"

他似乎看穿了弥二郎内心的动静，他先看穿弥二郎想要和自己同盟，而后突然产生疑虑，另起盈利之念，甚至心生杀意，这一切都在他的意料之中。

他对这些并不特别在意，因为不是只有弥二郎如此，在现今世上，这是人之常情，如果没有这层疑虑及欲望，反而不正常。无论如何，他已看穿弥二郎必定会加入自己这一边的。他思量，自己对弥二郎所说的毫无夸张之处，也没有欺骗他，几天之内大势即将定下，弥二郎当知是进是退。不过，他担心的反而是以后的事。弥二郎的贪欲之强甚至不符合他的年龄，不符合他的英勇武士身份，虽说没有物欲的人如晨星般稀少，但是像弥二郎那样的更少，如果他稍有些羞耻之心，或是年纪稍长，习惯了人生起伏，或是稍有些学识，或许还可以控制他的欲望，可惜他什么都没有。

他只有二十五岁，战无不胜。在他过往的战役经验之中，他在心性上似乎毫无所得，学问方面更是如此。他虽然不是文盲，但是充其量只能写封简单的信罢了。总的来说，他是一个本性难改的危险人物。

老实说，像这样的危险人物，实在不该拉入己方。但是他又那么希望拥有弥二郎的助力，因此明知弥二郎危险，他还是来了。

"没有办法，我只有充分小心准备了，除此之外，没有别的方法。"

这结论虽平凡，但宇佐美定行已感满足。他在沙滩上踱了几步，转回小松林中。

米山耸立眼前，山势险峻，山下虽是一片阳春景色，山顶却仍是寒冬景致，白雪未消。他心有所感，用鞭子轻轻敲打着脚部，看得入迷。

柿崎弥二郎并不全然相信宇佐美定行所说的话。

这是瞬息万变，风云莫测的战国时代，不到极限之时，难以把握分寸，不妨暂时观望吧！

话虽如此，弥二郎还是非常在意这件事。这件事就像个系在心上的死结，连吃饭睡觉时都迫使他不停地思考，他不禁觉得有些可恨。四五天后，他得知北越后的最新形势：宇佐美定行在弥彦山脚下的观音寺村里，以讨伐为景为名招募当地的豪族，投靠者络绎不绝。

"这么说来，他所说的话，也不全然是谎言。"

弥二郎内心相当动摇，但又觉得为时尚早，因为守护代为景的实力也相当雄厚。不过，弥二郎心中却又不由自主地希望上条的上杉定宪会派使者来和他沟通。"真是可恨！我现在的心情就像是被粘胶粘住脚的苍蝇一样，动弹不得。"

虽然无可奈何，但他仍然决定如果上条方面有所动作，他就按照宇佐美定行所说的那样，放弃为景这边。

两三天后，上条果然派来使者，是定宪家老毛箦四郎左卫门的家仆，他带来一封毛箦的信。

"谨启：播磨守定宪公及骏河守定行公传檄起兵讨伐逆贼，欲招我上杉旧属军兵。柿崎世世代代有功于上杉，深信定能共襄义举，倘逆臣伏诛，有功之士定有重赏。"

弥二郎接过以后，放在一旁，开口说："其实前些日子，我已经从定行公哪里知道这件事情了，心里正在等着……"弥二郎原本打算爽快答应的，但是突然转念一想："不对啊，拉拢像我这样的人，对定行大有助益，既然如此，怎可像其他人一样，领受相同的赏赐呢？应该有一些事先的特别约定才对！"

念头一转，弥二郎换成冷冷的表情，把信展开又重新仔细看了一下，他说："四郎左公的信上，并没有清楚地记载有关恩赏的事啊！"

来人微微一笑说："恩赏之事，要等到你有所答复以后再详细禀告。定宪公有言，事成以后，赐阁下颈城郡内十乡，且以白纸黑字写下，我也带来了。"说着，他从怀里掏出一份文书。

弥二郎心想："如果不是我开口的话，恐怕他就不动声色地拿回去了！好险！幸好我想得周全。"于是，他晃着他那宽厚的肩膀大笑道："真是见笑了！好像在下就是为了恩赏才加盟的，在下并非有意如此，事情顺序弄颠倒了，真是见笑，见笑！哈哈……"

"这么说，您是同意加入我们了？"

"那还用说！我还能不答应吗？自先祖以来，柿崎一族蒙受上杉家恩惠，岂敢背叛！"

"真是太好了！那么这封文书就请您收下！"

弥二郎接过来打开一看，确实写着刚才所提的内容，而且有定宪的签名及花押。

"好！"弥二郎叫人拿来笔纸当场写下加盟书。

上条使者刚走，弥二郎便立刻派人邀其弟弥三郎前来共商大事。弥三郎就住在离此处一里半远的米山寺附近的城里，使者将近傍晚时回来报告：弥三郎出城打猎未归，只好留言先返。

"是吗？那好！"

弥二郎心想弟弟大概明天才到，于是天黑以后，就带着新宠饮酒作乐。天气不热不冷，非常舒适。地上百花含苞将放，天上月色朦胧，他比平常多喝了一些酒，有些醉意，枕着女人的膝盖。他伸手摸着女人的小腿，弹性圆润的触感妙不可言，不知不觉地睡着了。突然，梦中仿佛听到弥三郎叫他："大哥，大哥！"睁眼一看，不知何时女人已经把他的头移放在木枕上，并为他盖上了一床轻暖的被子。

"啊！你来了，我以为你会明天才来。"他猛然起身，酒意已消。

"我原先也这么打算，但想想可能事关重大，于是飞马赶来。怎么，大哥的兴致不错，气色很好啊！"

"的确，大概是月色朦胧的关系吧！"

在敞开的纸门外，珍珠色的柔和月光泻满一地。树丛以及对面建筑呈现淡淡的墨色，花朵却像撒上一层白粉似的泛着莹白的光泽，有一种说不出的娇艳。弥二郎看得入迷，弥三郎就忍不住催促他说："什么事情？大哥！"

"唔！"

弥二郎端正坐姿，把宇佐美定行来访、今天上条使者来访、自己已经答应要加盟以及上条要给他颈城郡十乡等事，毫不保留地告诉弥三郎。弥三郎点着头说："那太好了！既然如此，我们还犹疑什么？"

"你这么说，我很高兴，只是……"

弥三郎抢着说："大哥是要我去说服整个家族，是吧？"

"是的，家族里总是有些愚昧顽钝的人，我希望你坦白地跟他们谈一谈，看他们到底是怎么想的。"

"我去说说看，我想大抵没问题吧！为景也做得有点过分了，现在国内武士虽然都有意服从守护，但为景却待之如傀儡，这等于是为为景做事一样嘛！大家都觉得没意思。总之，我去谈谈看！"

弥二郎突然停止附和弥三郎的话，眼睛像鹰一样敏锐地凝视院中。

弥三郎又说："咱们先设想一下如何？"

"不，不提这个，咱们先喝酒吧！我看，你今晚就睡在这里吧！"弥二郎起身，走到廊下拍拍手掌，他回来时经过刚才的座位，冷不防抽出短刀掷向树丛里，短刀闪过一抹白光，消失在阴暗的树丛里。

"怎么回事？！"弥三郎大惊，站了起来。

"有刺客！"弥二郎跳出廊下，冲向树丛。

"大哥！"弥三郎也跟着跳下去。弥二郎捡起插在地上的短刀，用拇指及食指捋一捋刀锋，凑到鼻尖嗅着。弥三郎又问："刚才有人躲在这里？！"

弥二郎右手握着短刀刀柄，眼睛敏锐地射向八方，左手食指凑近弥三郎的鼻尖。

"啊！血！"

"就在这里！"弥二郎呼吸急促地说。兄弟俩急忙唤来家仆找寻刺客，刺客当然已经杳无踪迹。弥二郎火冒三丈："他不可能离开这个院子的！快找！"

同一天黎明时分，在春日山城内的寝室里，为景自浅睡状态猛然睁开眼睛。房门入口处，服部玄鬼双手伏地跪在那里，他身穿淡褐色的衣裤，姿态相当谦恭。

"是你！"

"是的。"

他抬起头来，微微一笑。他的鼻子特别大，眼睛细小，还有乌鸦般的大嘴。

为景慢慢起身，坐在床上说："你靠近点。"

"是。"玄鬼膝行前进，动作有些笨拙。

"怎么？你受伤了？"

"是！一点点。"他苦笑着，瞬间又收敛了笑容。

"在哪里弄的？"

"柿崎弥二郎的城里。"

"弥二郎吗？"

"是的。"

"果然厉害，连你也躲不过。"

玄鬼再度苦笑。他是为景最为信赖的忍者，数年前自伊贺国来。为景为了试验他，命令他去暗杀一个他不喜欢的家仆，第二天那人就变成了一具冰冷的死尸，躺在自家床上，既无斩杀痕迹也无绞杀痕迹，更没有毒杀的形迹，医师诊断是暴毙。为景当时问他用了什么法子，他只是笑笑没有回答。不过，为景因此知道他很厉害，因而常常派任务给他。这回，为景命令他去监视宇佐美定行一派的情形，并查访国内豪族的动向。

"那么，柿崎的动向如何呢？"

"事态严重！"玄鬼把宇佐美到柿崎那边、上条派使者以及答应恩赏的事，还有今夜柿崎兄弟问答的经过全部据实以告。他的声音低而急促，为景必须弯着身子倾耳细听。

为景是比任何人都想收服柿崎弥二郎的，因此尽可能地礼遇他。一旦弥二郎战场有功，便绝不吝惜加赐领地，平时也常赐给他一些礼物；每当他到府中出勤时，一定请他到春日山城，盛宴款待，这一切无非是为了收服其心。如果柿崎真加入宇佐美那边，对他而言，真是相当大的冲击。但是为景表面上不动声色，"是吗？好，我知道了，这是给你的赏赐，拿去吧！"他从锁箱里拿出银子，包在纸中，丢给玄鬼，"退下吧！"

玄鬼敬领以后，放进怀里，正要离去。

"等一等，这一两天你哪里也不要去，就待在家里，我有新的任务给你！"

"是！"玄鬼后退，拉开纸门，像一阵烟似的消失了。

为景抱着胳臂，陷入沉思。他是彻头彻尾的现实主义者。他认为人与人结合的动力，就是利益。扪心自问，他知道自己绝对没有放弃利害之念的纯粹忠诚，他认为所有的人都是这样的，因此他也无意要求别人有忠诚之心。他想："忠诚、义理都是生于利益心上，只要有适当的利益，别人自会跟随。"

推演下去，就形成了绝立的信仰。他一直有个坚定的信念："只要我有力量，人们就不会背叛我，因为背叛我，反将招致损伤。"

因此，他对柿崎的背叛虽然感受到冲击，却不生气，只是遗憾自己没有先下手为强，反叫宇佐美抢先了。

为景起床梳洗，像平常一样到靶场去射箭，平静如常。他射完固定的五十箭回来后，命人把玄鬼叫来。玄鬼立刻赶来，跪在院子里，他在有人的时候就是这样，绝对不敢上到走廊来。

"哦！你来了。"

为景换穿上放在石板上的鞋子，在温暖的晨曦中踩着踏石，走到后院，玄鬼紧绷着脸跟在后面。

为景坐在鲜红木瓜花下的凉椅上，玄鬼屈膝跪在他前面。

"你的伤怎么样了，可不可以走远路？"

"我想没有关系。"

"那么，你仔细听着……"为景在玄鬼耳旁讲了几句，玄鬼不时点头。

"知道了吗？"

"是！"

为景从怀里拿出一个纸包，放在桌上，"这是办事的费用，沙金百两。"然后又拿出另一个纸包说："这是你的费用，十两。你立刻出发，如果找到中意的人选，我会加赏百两。"说完，站起身来，转身就走。

三瓶军旗

玄鬼出发的第二天，为景派三条城主俊景及另外两人去讨伐北越后。老实说，这件事情他很不愿意交给别人去办，但是因为顾忌上条的上杉定宪有所动作，因此不敢离城。俊景率兵一千五百向北出发，不久就传来不太愉快的消息。敌军不仅占据优势，而且百姓也有敌意，动不动就搅乱后方，因此不能深入敌境，并要求再派两三千援兵。

为景当然不能派兵支持，因为接二连三的情报，得知上条方面动向活跃，己方一旦有所疏忽，上条就会一举侵袭而来，但是他总得想个方法应付眼前这两难。

在鱼沼郡有个叫上田的地方，位于现在以绉绸闻名的盐泽东北一里，是为景的弟弟越前守房景的居地。房景是稀世少有的猛将，他的儿子政景虽然年纪尚轻，但是战功不输乃父。为景派遣急使命令房景挥兵支持北越后，当然他也承诺此战若赢，就把宇佐美的松之山城赐给房景。

房景欣然领命，不日即启程往北越后。但是他觉得只做后援没什么意思，希望能渡过鱼野川和信浓川，一举攻入宇佐美在观音寺的大本营。

为景大为放心，现在只要防备上条即可。但当他正准备调度己方人马时，才发现大多数人马已经齐集上条，柿崎兄弟自不待言，他们同族的五十岚小文四也在其中。为景此刻更加知道，宇佐美计略之深以及自己的没有人望，但是他毫不气馁。他飞檄己方豪族尽速率兵集合府中，但己军还未聚集，就接到消息称上条军队已经开往上田，似乎房景想要突袭观音寺的秘密已经泄露了。

紧接着，接到房景的报告："一切准备妥当，预计明日挥兵观音寺。上条大军虽已开向本城，然多为乌合之众，如果我方能配合夹击敌军，定能成功。"

"真不愧是房景！刚强得叫人佩服！"为景又立刻回道，"我马上出发，随时联络。"说完，立刻出兵，大军中有加地安艺守、冢屋佐渡守，由家老昭田常陆介领军。

房景接获为景的回话后，精神大振，知道明天正午左右为景将抵达上田村外。

房景虽已年过五旬，仍然意气风发，他吩咐重要家臣说："聚兵城中，等援兵来救，这有损我的威名，我希望出城一击，先击败敌兵，等春日山援军来时，再予敌军致命一击。因此，我打算明日在六日町开战，我们就趁今夜过河，你现在去调度兵马，等候我的指示，政景留守！"

夜半过后未久，房景带领两千多名兵士，悄悄出城。夜空有淡淡的云层，星光朦胧。

上田城是依上田盆地东六百三十四米高的坂户山而筑，一出城，绵延两三百米的梯田外，就是鱼野川河滩，河对岸就是六日町。

上条军队在六日町布阵，白天时渡河叫阵，到了晚上就退回六日町以防夜袭。房景命令全军包卷马辔、绑上马铠，以免行军出声，迂回到上游渡河，进入树林里。他下了严令："到天明还有一段时间，各队皆派卫兵站岗，其他人休息养精蓄锐，如果有人发出声音，一律斩杀，绝不宽贷！"

兵士就在露水润湿的草地上略事休息。天色微明，房景派遣两名武士及数名步卒出去侦察。他唤醒全军，下令把腰上的两份军粮减为一份。之后，侦察兵回来报告："敌军正在煮早饭，似乎完全没有发现我军，另外，六日町前完全不见敌踪，如果我们直接进攻，必能获胜。"

房景身材瘦小，但是眼光锐利，精力充沛。他的眉毛和头发仍然漆黑如墨，穿着黑革铠甲，没有戴盔，坐在矮几上，嘴唇撇成一字形，凝神听完报告。"好！"他随即站起来，接过近卫递上的鹿角头盔，戴在头上，立刻显现出与先前不同的威严来。

他把军队分为两路，这时前方出现三骑敌军斥候，他还没下令"拿下"，五名骑马武士已奔向敌军。敌军斥候似乎自知不敌，立刻掉转马头往回逃，眼看渐去渐远，追兵没有办法，只好策马回转。如今已被敌人发现，不得不放弃突击，房景遂把分为两路的军队，重新分成两段，第一段由老将大崛担任先锋，自己则率领第二段殿后。

六日町位于东方耸立着坂户山，西边有笠置山、中城峰、樽山等群山连绵而鱼野川北流其间的细长形上田盆地中央。村东是河滩宽广的鱼野川，西边是约五六百米的平地，再过去就是缓缓倾斜的梯田，梯田之上是旱田，再上去是树林，直通群山，整个地形大概如此。如果要选战场，应选在村外的鱼野川河滩。宽广河滩上点点散落的绿色草丛中，各色春花绽放，在朝阳下美得耀眼。

上杉军队接到逃回来的斥候报告，立刻在河滩上布好阵势。头阵是柿崎一族的风间河内守，第二阵是柿崎弥三郎，第三阵是柿崎弥二郎及其他人，第四阵才是主阵，八条左卫门大夫及其他豪族护拥上杉定宪坐镇指挥。

不久，长尾军出现在河滩近处，暂时停兵观察一阵后，又开始前进。按照当时的野战战法，是在两军行进到射箭距离后，先进行弓箭战，然后再进入接触战，上杉军正是这种打算，冷眼静观长尾军逐步接近。但是长尾军并未采取这种固定战法，一进入弓箭战距离后，就冷不防地展开突击。

上杉方面的头阵狼狈地仓促还击，万箭齐发，但是长尾军毫不胆怯，他们歪着头盔缩着肩，咬牙前进，虽然有人中箭倒地，其他人仍不退缩继续挺进。这种疯狂无谋的战法，令上杉军军心动摇，本来一直沉着弯弓射箭的人，都丢弓弃箭，拿起刀枪迎战，但因心神被夺，很难专心相抗，很快就被长尾军一鼓作气地击垮了。

风间河内守气急败坏地斥令部下坚持忍耐，但败势已无法遏止。

长尾军一战成功，乘胜进击第二阵的柿崎弥三郎。弥三郎的阵势也紧张起来。第三阵的弥二郎一看，不禁怒由心起，他大吼着："弥三郎如果被击败，柿崎一族颜面何在！看我的！"率先策马向前，大军随后跟进。

弥二郎的行动，像以往一样无可匹敌，他头戴黑色战盔，身穿黑革铠甲，跨着漆黑骏马，只有头上镰刀型的盔饰金光闪闪。四尺长的钢刀在他手上，所向无敌，几乎没有人能跟他正面过招。他大声恫喝，同时刀锋落下，有人尸首分离，有人手骨碎裂，有人腿肢断落，甚至有人从头到脚被一劈为二。那些步卒，就像刀切西瓜似的，或被劈成两半，或被拦腰横剖，惨叫不绝，原先恃胜而骄的长尾先锋，立刻乱了阵脚，左躲右逃。

守在二阵的房景看到情势丕变，立刻咬牙切齿地吼道："没出息的家伙！怎么不学学柿崎弥二郎呢？"说着，也策马前进。

弥二郎忍不住得意起来，房景出战，那真是棋逢敌手了。他将钢刀收入刀鞘，另从近卫手上接过穗长四尺的长柄大枪，喊了声"看招"！便向房景冲去。

弥二郎来势汹汹，人群迅即让出一条路来。房景毫无怯色，"老实说，要向我挑战，除弥二郎外无他！"说完也向近卫接过长枪。

两人纵横马上，或刺或进或砍或杀，全力过招，双方都枪法高超，胆识过人，一时难分胜负。

这时八条左卫门大夫率领的上杉主阵突然出动,大军齐出,先前勇不可当的长尾军不敌而溃,房景为形势所逼,不得不退。不过,房景为定军心,亲自殿后,阻挡追兵,掩护撤退,重整旗鼓。

战况虽然激烈,但不过半个时辰。阳光更加和煦地照在河滩上。刚才交战处的草丛因践踏而一片零乱,但是其他地方却仍是一片春日美景,和自然的伟大与悠久相比,人类的所作所为是何其无常愚昧啊!可惜两军之中没有一个人有这种想法,双方互派军使议定,运回己方的死伤战士之后,各退七百米。

房景无论如何必须撑到正午等为景来到,此刻时间虽然充沛,却不能撤回城里再出兵。他心想,如果没有柿崎弥二郎,或许可以再打上一回合的。虽然早知弥二郎骁勇善战,但真正交手之后,才知弥二郎的武艺犹在意料之外,如果继续恋战,己方相当不利。

房景重整旗鼓,下令军队轮番休息。因为全军昨天晚上睡眠不足,被这温暖的阳光一照,睡意渐生;加上待会儿还有一场硬仗要打,因此他忧心忡忡。上杉军势毫无动静,也一样下令兵卒轮流休息。房景心中窃笑:"这些傻瓜对我这么做竟然毫无所疑,如果他们还有一点头脑,必然会觉得其中有诈,若再深思,当会发现我在等待后援。弥二郎毕竟是一介武夫,缺乏将军智略。"他不禁略感安心。

未到正午,房景就唤起兵卒开伙,吃完饭后,立刻准备。这时房景定睛凝视着春日山援军应该出现的六日町对面,没多久,对面果然出现了黄色烟雾般滚滚而上的沙尘,马上就要到正午了,房景命令全军上马。

沙尘逐渐高扬,一队军骑愈益接近。房景移转视线,看看上杉方面有什么反应。上杉方面似乎也注意到了,但是毫无惊恐之色。一股疑虑掠过,"难道是敌方的后援部队?!"

他试吹了一下螺号,高亢的螺音回荡在晴朗的河滩上空,但是没有应答的回声。尘烟终于卷进六日町,房景的脸上血色渐失,那时,在村庄尽头出现的骑兵,像蚂蚁离穴似的蜿蜒而下,随风翻扬的军旗上绣着三瓶徽饰,房景不觉长叹,这三瓶徽饰正是宇佐美家的徽章。

房景回头看看己方的战士,众人皆脸色苍白地望着自己。他们眼中都有着"你言而无信"的责难意味。房景表情不变,迅速转动脑筋:"大哥的后援不久即至,顶多再等两刻钟,只要维持势均力敌的阵势,到那时,就能按照预定计划进行夹击。"他此刻虽期望双方按兵不动以消耗时间,但显然宇佐美不会坐失良机，与其挨打，不如己方先攻，趁宇佐美阵势未定，一举攻杀过去，或可收到突击之效。而等受到冲击的宇佐美稳定军心后，为景的援军或许即到。

房景决定先发制人，他高声呼吁全军："不必害怕敌军援兵，因为春日山援军随后就到，形成夹击敌军的阵势。最多只要支持两刻钟，如果我们此刻退缩不前，则是上田武士之耻，必须对敌更加奋力一击。不过这一仗，杀敌斩首者无功，只有深入敌阵、击退敌军者有功，切记！一枪刺倒敌军，即可转刺其他，不必斩下首级！"凛然威严的声调，稳定了将士们动摇的心。

房景再传军使，令他赶回城内，要政景火速出击，全军集结待命。宇佐美的军队还在行进之中，按部队行进路线判断，他是打算在上杉军的右边布阵，但右侧已接近梯田区，田里或已插了秧，或已翻过土，为了溶入宇佐美的部队，则上杉军必须向左边移动不可，多少会引起一些混乱，这时，也就是房景的可乘之机。房景正要下达突击命令时，突然心中闪过一念，柿崎弥二郎是否会拦截而出？但此时多虑，有百害而无一利，因此他大喊了一声，"冲！"便策马前奔。

全军嘶声喊杀前冲，势如山崩，勇往直前，上杉军面对突如之击，来不及应变，即被来势汹汹的长尾军冲散，溃入左右的宇佐美部队及柿崎部队里。眼看计策得逞，房景意气昂扬，像阿修罗般狂舞长枪，边斩边追，直冲宇佐美军中。

还没有完全布好阵势的宇佐美军队，立刻陷于混乱。

"如果事情顺利，或可在大哥来到之前，先完成使命！"房景更是意气昂扬，不断激励兵士向前冲，他自己则为警戒柿崎而守在后阵。

长尾军更深入敌阵，但势如破竹的攻势突然停下来，仿佛前面碰到一座坚硬的岩山。

"怎么回事？！为何停军？！"房景睁着充血的双眼看着前锋，他不禁怀疑自己的眼睛，刚才犹混乱一片的宇佐美军队中，突然出现一队整齐的步兵，这支人马走到前线分成左右两队，当这两队就位之后，刚才混乱的军队也已重新布好密集阵势，冷静地采取跪射的姿势。长尾军不甘示弱，策马欲从他们头上越过时，他们立刻用刺刀挑刺马胸，战马受惊立起或横踢，原先锐不可当的长尾先锋立刻大乱。房景感到慌乱与愤怒，胯下的战马似乎也感受到了主人的情绪，在原地不断地打转。此时两边的宇佐美部队杀出的一队骑兵，拦腰截击，使长尾军进攻受挫，乱成一团。

房景拼命大叫："忍耐！忍耐！春日山援军马上就到了！"他再次殿后，阻挡追军，让部下集结到河滩偏西的地方。

宇佐美的军队并不拼命追击，略事追杀后，一听到主阵螺声响起，便毫不恋战地撤兵。

房景看到宇佐美部队当中，有个头戴白星战盔、身穿云龙白绫战袍、膝上搁着彩旗的武将坐在矮几上，不禁恨恨地说："好个宇佐美！"

春日山援军来到，已经是正午过后的半个多时辰了。在那之前，房景再度和柿崎及上杉两军激烈交战，政景虽从城中率领千余兵骑赶来，但长尾军损伤惨重。三千兵士仅余两千可动，而且都已兵疲马乏，如果春日山援军再晚一点抵达，战意已竭的长尾军恐将溃走。

春日山援军和宇佐美军一样，掀起滚滚沙尘从六日町外逼近，出现在宇佐美部队的背后。宇佐美定行把两千兵马分成两路，一路迎击春日山援军，一路迎击房景部队，他本人跨马立在两军中间，由三十名骑兵保护，定睛凝视敌我动静。当他看到春日山援军完全布好阵势时，立刻挥动彩旗，"放箭！"迎击春日山军的部队立刻万箭齐发。春日山军前锋是金津伊豆守，也立刻回箭应战。

两军之间，箭如雨下。金津部队不过五百，随即不敌，阵势略乱，宇佐美亲自吹起螺号，螺声在山谷间回荡，螺声响起的同时，宇佐美军队发动总攻。在兵力上宇佐美已占优势，而且柿崎部队及上杉部队还按兵不动，休养生息，因此全军充满锐气，金津部队不堪一击，纷纷溃散，宇佐美兵分两路，直接杀到野本大膳的阵地。

房景一看，不禁大怒："没用的东西，完全不懂战争之法！"他也将两千兵士分为两路，一路交给政景："我来迎战宇佐美，弥二郎必定会从旁截击，到那时你就带队横打弥二郎！"说完，一马当先，冲向宇佐美的部队。

宇佐美仍然稳坐不动，只是挥动彩旗，指挥全军发动箭攻。房景的部队或倦或伤，行动有些迟缓，为了躲避来箭，不由自主偏向右边，右边刚好是弥二郎的部队。对弥二郎而言，此时的长尾军就像猎犬面前的猎物般，于是他毫不迟疑地猛然出击。长尾军还未接触宇佐美部队，果然遭到弥二郎的截击，政景一看，暗叫不妙，立刻带军冲向弥二郎的队伍。

长尾军不曾遭遇过夹击，惊惧之余仍然奋勇抗战，两军陷入混战状态，地面扬起滚滚沙尘，人马陷在其中，时隐时现，刀来枪往，银光乍现，远远看去，犹如天上晴光四射、地上花草齐开的阳春大自然中的一大污点，而就在那污点之中，每个人都倾其全力进行着一番生死争斗。

宇佐美的指挥果然高明，他看到房景部队遭到弥二郎的突袭，于是撤回原先防备房景的部队，转攻春日山援军，直冲为景的主阵。在这如火燎原的攻势下，为景的主阵立刻被毁。为景带了数名近卫，逃入六日町村，收容败兵，欲重整旗鼓，但战力已失。

房景和政景父子虽受柿崎及上杉两军夹击，仍能坚持，但是为景主阵一破，春日山援军立刻四分五裂，后援不支，岂能恋战！于是父子俩准备渡河返城。但是弥二郎穷追不舍，一直攻到城外。守城军队很想让政景父子进城，但弥二郎追击太急，城门无法打开。最后还是大崛壹岐守等五名勇士，绝地反攻，意图牵制弥二郎，气得弥二郎大喊："挡我去路者死！"他身穿黑色铠甲，脚跨黑色战马，故意不戴头盔，只用一条头巾系住乱发，挥舞着长达四尺的钢刀，砍杀迎战的勇士，直要杀进城门。但此时房景父子已经安然入城。

弥二郎愤恨地在城外诅咒："这岂是越前守应有的行为？！被我柿崎弥二郎追杀，仅以身免，躲回城里，实在见笑于天下！"骂完，掉转马头回奔。

城内虽然放箭，但没有一箭射中他，弥二郎狂妄地策马回头咒骂："懦夫之箭是射不中勇士的！"

经过一夜，长尾军终于恢复气力，再度交战，但依然出师不利。第二天终日下雨，两军约定停战，整天休养；第四天早上虽然也在下雨，但在正午时分雨停，双方再度交战，长尾军依旧败北。

事情到了这个地步，除了想办法东山再起外别无他法，于是为景撤兵退回春日山，幸好敌军没有追击，否则难免又要一番苦战。

当时的地方小豪族对这种情势变化最为敏感，上田一战的影响，很快就显现了。为景放在各地的眼线，不断地回报各地豪族的向背，其中，富山隼人、林权七、丹羽半兵卫三人已悄悄投靠上杉定宪，甚至向上条献地。消息传来，为景深受冲击，因为这三人都是在上田一战时颇有力的盟友。不过，为景并不生气，如今陷于这个地步，人心动向自是难以掌握。但是他并不怯馁。他终日思索，必须得想个法子来扭转这个颓势，否则还会有更多的背叛者出现，更何况宇佐美正拥上杉定宪准备进击春日山的计划已外露。为景心想，"至少得把柿崎拉到我这一边。"现在，只有等玄鬼回来。

不过，在这焦思愁虑间，为景的日常生活并没有改变，依旧黎明即起射箭，然后去看袈裟。

袈裟产后的虚弱已经恢复，似乎比以前还要健康，她以前太过苗条纤细，皮肤色泽透明，像不见天日的花朵，现在则丰腴多了，平滑的皮肤充满红润之色，看起来华丽多了，也有着少妇的端庄韵味。

虎千代长得更胖了，原先紧绷的皮肤已变得皎洁白皙，又黑又大的眼睛炯炯有神。他很爱笑，也爱说话，一看到大人的脸，就像是要说什么似的唔唔哇哇个不停。

袈裟非常爱他，为景依然涌不出爱他的心情，但是仍然得装出一副爱他的样子，跟他说说话或捏捏他柔软的小脸蛋。为景一叫"虎千代猿松"，袈裟就显出不高兴的样子，为景虽然知道，却不愿改过，这是他唯一的心结。

玄鬼回来的时候，已经是四月底了。

美女鉴定

玄鬼像平常一样出现在为景的寝室里，为景那时正昏昏欲睡。玄鬼轻咳一声，为景猛一抬头，见玄鬼正端坐在门口垂着脑袋，"回来了？"

"人还没有到，今天傍晚才走到名立，不过我怕主公等得心急，先赶回来报告。"

名立是距离春日山二里半的海边小村。

"事情办成了？"

"是，明天中午就可进城，主公必定满意，请放心！"

"好，好。那就明天再看吧！如果我真中意，答应你的奖赏也绝不食言。"

"多谢主公，人直接送进城吗？"

"这个——"为景略事考虑后说，"这样好了，先送到昭田家里，尽量保密，夜里再送吧！昭田那边我会告诉他的。"

"是，在下告辞。"玄鬼后退，关上纸门，悄无声息地离去。

第二天早上，为景叫来昭田常陆介。昭田原是越前朝仓家臣，朝仓家没落了以后，流浪到越后。他有两个孩子，一个叫久三郎，一个叫久五郎，兄弟俩都俊美伶俐，很讨为景欢心，爱屋及乌，昭田也受重用。当然昭田本身也是个人物，智勇双全，为为景所倚重，目前已是家老之一。那两兄弟长大以后，更加出类拔萃，屡立战功，于是为景让他们继承越后断嗣的望族，哥哥改名黑田国忠，弟弟改名金津国吉，昭田一族在为景家中已是羽翼最丰的一族。

昭田约五十四五岁，满脸皱纹，但是发眉犹黑。他身材瘦高，行动仍很敏捷；眼窝深陷，眼睛总是眯着，像有几分困意，但偶尔不经意的一瞥中总会闪现一丝锐光，然后又恢复原先的无神目光，这一点，给人颇为阴险的感觉。不过到目前为止，他并无二心，不久前为景被上杉显定及宇佐美定行击败落难到佐渡时，他也追随而去。

昭田一到，为景屏退众人，把他叫近身前说："今晚服部玄鬼会带两个女人到你家里，把她们藏好，尽量别让人知道，我到时会去，届时我们再好好谈。"

"是。"

接着昭田和为景闲谈了一会儿，便告退回家。昭田走后，为景取出纸笔算盘，专心记载一些事项，直到下午才忙完。喝杯茶刚想休息，感觉小厮之间有些骚动，于是问道："什么事？"

"啊！"那小厮一时不敢明说，为景看了他一眼，他只好老实说出来。

为景长子晴景那里发生内讧。有两个小厮老早就为了争宠而交恶，今天中午，其中一个侍候完晴景午餐，端着餐盘回厨房途中，另外一个突然半路跳出，抽刀攻击，那小厮早防着有这么一天，扭身把餐盘向对方一扔，打到对方脸部，同时抽刀直射对方腹部，匕首穿肠而过，随即补上一剑，对方立刻倒地，而他只是肩部受了点小伤。他余恨未消，抱着对方身体，拔出插在他腹部的匕首，像割肉似的一块一块地割，直把对方折腾到断气为止。

为景暗骂晴景浑蛋，但眉毛纹丝不动，他又问："死的是旧人，活的是新来的吧？"

"是。"

果然又是因为争风吃醋，晴景常搞出这种麻烦。为景真恨他到了这把年纪还摆不平这种小事，他问："晴景怎么处置的？"

"少主说他先遭暗算，反能制敌于死，了不起，请玄庵医师为他疗伤后，还赐给他奖赏，要他好好休息。"

真是不知天高地厚的家伙，为景愈想愈气，霍地起身："带路！"

晴景今年二十八岁，他虽也是身材魁梧，但体质虚弱，皮肤白皙透明，脸略下垂，眉毛很淡，眼睛清澄，毫无威严。总之，体格像男人，但脸却非常女性化！他住在外城，父子两三天才见一次面。只要有事，为景习惯召晴景过去。这回为景亲自驾临，晴景大惊，赶紧出迎，他大概也猜得到父亲为何而来。

为景冷冷地看了跪在玄关前行礼的晴景一眼，便走进房间，晴景怯生生地跟在后面。

为景的第一句话便是："所有的人都退下！"然后对晴景说："刚才那个打架赢的小厮虽然可怜，但是叫他切腹吧！"

晴景吓了一跳，苍白的脸倏地变红，随即发青，表情惊惧地申诉："启禀父亲，他先遭暗算，反能克敌制胜，何罪之有？"

"如果要追究罪魁祸首，那就是你，但你是主人，也是我的长子，我不能叫你切腹！这既然是打架，就是双方都有不满，双方都有罪，如果对象是外人，另当别论，但是自家人打架，尤其是在我居城内打架，古今之法是皆罚，如果不这么处置，死者家属定会不平，造成家中不和之本，你不可以再沉溺在这种不公及色恋中！"

晴景没有回答，似乎在思考还要说些什么。为景突然起身："快下命令吧！"

"请等一等！你想想看，那小厮是多么优秀啊！是他先遭到攻击，如今却要他切腹，那妥当吗？"晴景一副拼命想要挽回的表情，但是为景只是冷冷地重复一句："下令吧！"便回去了。

他回到内城后，派遣一名忠贞的近卫到晴景那里检视切腹结果。为景心想："晴景这孩子真是懦弱！不像能够在这乱世继承家业的人，长尾一家难道将止于我？！"除了晴景以外，他还有景康（二十四岁）、景房（七岁）两个儿子，他逐一研究这些孩子，似乎觉得无一不懦弱。

"懦弱，懦弱，唉！总不能废掉晴景换一个！"他心中憾恨地嘀咕着，倒完全没想到还有虎千代。

时序已是夏天，户外绿荫浓密，阳光耀眼。为景凝神望着户外的景致。一只猫穿过院子，是那只丑陋的老猫，垂着松弛的尾巴，大腹便便地慢吞吞走过。为景的表情像水一般平静。

派去的近卫半个时辰后回来报告说："从头监视到尾，那孩子不但长得好，性格也好，死得相当干脆！"他似乎不太赞同为景的处置，絮絮叨叨地说着。

为景只是冷静地说："我知道他是可怜，但那是古今之法！"

夜深以后，为景出城。他一副潜行打扮，防范完备。他在和服下面穿着护胸，带着五名心腹骑兵，这些人都是轻便武装，携弓带箭。

昭田常陆介的房子和其他家臣一样在外城外围。夜色昏暗，一行人没有点火把，一言不发，悄悄地走向昭田家。昭田在玄关恭迎。

"玄鬼已经来了吧！"

"正在等着！"

客厅内为景坐的位子已铺上垫子，玄鬼微垂着头跪在院子前面。为景一就座，就向昭田示意，昭田满脸是笑地说："马上带来。"

为景像往常一样挺直腰板，望着漆黑的外面。纸门对面发出轻微的衣服摩擦声，他望向纸门。

纸门轻轻打开，一个年轻女郎高捧着方几出现，她穿着绣金箔白绫、红丝内衬的和服，浓密的头发垂在脑后，系着发结。眉如墨，红唇略大如花，身材高大，风姿艳丽，年约十七八岁。为景一看，非常满意，她把方几放在为景面前，方桌上放着干鲍鱼片。为景并没有看方几上的东西，只是像鉴定家似的冷静专注地打量着女人的举止、柔软白嫩的美手、雪白的酥胸、粉颈及剪水双眸，连连叹好。

为景点点头，心想这个很好。这时又出现了另一个美女，她捧着放酒杯的盘子，她们服饰几乎相同。但这一个身材中等，相貌一样明艳，肤色微黑，年纪也约十七八岁，为景心想这个也好。

接着，又一个女人出现了，不过，这次是昭田的妻子。她把端进来的高脚酒杯交给两个女人，恭恭敬敬地向为景行了个礼便退下了。为景边喝着两个女人为他斟上的酒，边询问她们的姓名。高大的那个叫春娘，另一个叫秋娘，年龄都是十七岁。她们说话带着软软的京腔。

"很好，下去吧！"

两个女人退出房间后，为景笑着对玄鬼说："我很满意，没想到你还真找到了，喏，这是你的奖赏！"说着，从怀里掏出一个沉甸甸的小包交给昭田，昭田交给玄鬼，玄鬼接过后塞入怀中。

为景把座席移到廊下，压低声音问玄鬼："那些女人完全看不出是什么出身，究竟从哪里找来的？"

玄鬼翕动着乌鸦似的大嘴巴，嘀嘀咕咕地回答："我也不太清楚，因为京里面有专门照顾这种女人的人贩子，我只跟他说要两个绝世美女，他就火烧屁股似的到处找，换来换去，研究又研究，最后才决定这两个。"

为景也知道玄鬼的话亦真亦假，因为玄鬼有个很奇怪的毛病，常常把一些无聊小事当真。

为景问："是不是官家千金？"

"或许吧！京都里吃稀饭过日子的官家也不少，只要有二十两黄金，把女儿赐给乡下武士也无妨。就算这两位是官家千金小姐，也没什么奇怪。不过，真的没有特别查明。"

他这种讲法非常暧昧，为景只好苦笑着说："这里没你的事了，你走吧！"

"是。"玄鬼瞬间消失在黑暗中。

暴饮暴食又痛快地玩儿了一阵才睡下，弥二郎因而睡得非常沉。黎明未到，他突然渴醒，起身想拿枕边的水，身旁的女人也醒了。

"要喝水吗？"

"嗯！"

女人把水倒进金杯里。

"啊！好甜！再给我一杯！"他咂咂嘴唇，喝了三杯，起身如厕。

女人立刻点着蜡烛走在前面，她穿着白睡袍，系着红腰带，腰肢纤细，婀娜妖艳。弥二郎抓起匕首，跟着女人慢慢走过长廊。如厕完毕，听见城外远处水田里青蛙的叫声，叫得非常热烈，大概是整晚叫个不停，一点也不嫌累。

他在廊外流连了一会儿，觉得非常爽快，正要转身回房时，高高的栏杆之间飘飘然飞下一个大似飞蛾或蝙蝠的东西，女人"啊"的一声，停下脚步，手上的烛火熄了。弥二郎掩护着发抖缩在一旁的女人，伸手抽出匕首，谨慎小心地观察四周，只要空气有丝毫的晃动，他就毫不留情地斩杀过去。但四周悄然无声，反倒使得呼吸的声音变得厚重。但是，弥二郎更加觉得有某个东西就在附近，他小心翼翼地弓着身子，前后窥望。

有了！就在五六米远的地方。他暗吸一口气，正要跃向那地方时，一个似烟似雾的朦胧影子说道："请等一下，柿崎大人，在下有事相告！"那声音低沉，犹如自言自语。

"你是什么人？"弥二郎尽量装出平静的语调，但手上的匕首正准备射出，对方突然说话："千万不可！"那个声音一下子变得遥远，刚才那朦胧所见的影子也不见了。

"什么人？你到底是什么人？"

"请先收起匕首，在下奉命带样东西来见大人，如果大人要战，在下怎么交差？"远远的声音中含着笑意。

"你究竟是什么人？"

"请先收起匕首吧！"

弥二郎没有办法，只好收回匕首。

"我是金津大人派来的人！"

"金津国吉？！"

弥二郎仍然不敢大意，摆好防卫姿势，但是心中已无杀意。于是，对方终于出现在他眼前，一副忍者打扮。

"金津派你来有什么事？"

"事情都写在这封信上，在下明晚还要回禀金津大人，希望届时能得到柿崎大人的答复！"

弥二郎接过信后，对方即说："恕在下打扰，告辞了！明晚再来！"声音逐渐变远，身影也溶入黑暗之中。

女人被刚才那一幕吓得连腿都迈不动了，弥二郎安慰她："不要害怕，

31

他已经走了！"他搂着女人回到寝室。其实他自己也受到惊吓，连对方的脸都没看清，心中非常懊恼。

"点灯。"

女人惊魂未定，无法点着。

"不是告诉你，人已经走了吗？！"弥二郎嘀咕着，自己把灯点燃。他盘腿坐在被褥上，展开书信。信上写着："如此传信，无礼至极！敬请原谅！今有一事，须与阁下直接面谈，当此之时，阁下移樽就驾抑或在下亲自登城拜访，皆为不安，拟请阁下指定一可信任场所，在下必当恭候大驾光临。"

弥二郎拧着粗硬的腿毛，歪着头盘算。金津想商量什么，他大概也能猜到一二。金津国吉是昭田常陆介的次子，从小受为景宠爱，想必这件事情定是为景授意。弥二郎心想，为景一定是想把我拉过去。弥二郎非常愉快，把书信卷好，放在枕下，吩咐女人说："这件事千万不可泄露出去！"女人梦呓似的说："是。"刚才的事究竟是梦幻还是真事，她都还不清楚。

弥二郎翻身而卧，一手把女人拖进他的怀里。女人的身体因为清晨的寒气而变得冰冷，但依然如鲜果般柔软。弥二郎紧紧拥着她那苗条的身躯，女人有点害怕。

"别怕！我只是喜欢你而已！"

远处传来鸡叫的声音。

天一亮弥二郎就到弥三郎那儿，把信拿给他看。弥三郎看过以后笑着说："果然是来拉拢我们的！怎么样？要去跟他们谈一谈吗？"

"我还没决定。"

"会不会有危险？"

"我想不会有吧！昨晚那家伙也没有什么恶意，但口风很紧，什么都没说。"

"我代你去吧！"

"好是好，不过……"

弥二郎的回答好像有点暧昧，好像不放心，弥三郎于是不高兴地说："我也不是特别想去，只是大哥是一族之长，万一有事，那就是一族的麻烦，如果是我，纵然有什么事，也只是我个人的事罢了！我看，还是我代替你去吧！"

"嗯，你的意思我很了解，但是对方指名要我去，如果我没去，他们会开诚布公地谈吗？"

"既然如此，那就大哥去吧！刚才你说还没决定，那现在是要去啦！"弥三郎的口气很不好。

"你别生气嘛！这样好了，我们两个都去！"

"那好。"弥三郎恢复了精神，"我们兄弟两个一起去，就算对方有什么把戏，我们也能应付自如！不过我们还是要小心应付，我看最少要带百十来人。"

"那当然，以前宇佐美到我这里，也是一样。"

"那就这么决定了！你说，对方要谈些什么？"

"我想大概是要我们脱离上条，加入长尾吧！"

"不是我多嘴，上条那边已答应事成之后，就把颈城郡十个乡给大哥，春日山会提出什么样的条件呢？春日山一向消息灵通，应该已经知道这件事了。"

"或许吧！"

"上田一战的胜利，功劳一半在宇佐美，一半在大哥，这问谁都是一样的。"

"就是说嘛！是我率领劲兵如风卷残云般打垮上田军，斩杀大堀等七名勇者，甚至把有鬼神之称的房景赶回城里。如果没有我，就算宇佐美指挥得当，这场仗恐怕也不会这么顺利成功！"

"的确如此！不过，上田一战后，春日山的势力大减，如今摇着尾巴攀附上条的人络绎不绝，上条势力大增，春日山一定苦不堪言，为了挽回这个局势，他们迫切想把大哥拉到他们那边。我想是这样没错。"

"既然如此，如果条件不好，我们就不必谈了。我看再过不久，春日山没落已定，我们就是按兵不动，也能获得那十个乡的。"

"你想拿下一半越后不成？！也好！咱们兄弟俩一起去谈！"

"好，没有大哥帮忙，春日山必趋没落，就算拿他半国，也不算重赏！"

兄弟俩又商量了一阵，把地点选在春日山和柿崎中间的大潙的真言宗寺，时间是三天后正午。

弥二郎回到城里，依照商量的结果，写好回信，放进小抽屉里。他对昨天来的忍者今天会在什么地方出现相当感兴趣。他知道昨天来的是为景手下的忍者。为景好弄术谋，养了许多密探，分置越后国内及邻国。弥二郎今晚想看清来者是何人，暗想只要没看到他的脸，绝对不给他回信。

但是那天晚上，忍者始终没有出现。弥二郎生气且狼狈，突然闪过一念，心想会不会是宇佐美定行试探自己的计谋。赶忙打开小抽屉，不觉大惊，昨天写的回信已经不见，换上一张字迹笨拙的纸条："回信已取，届时定当赴会。"

弥二郎心想，这还得了，简直是神出鬼没，随即一股寒意流过背脊。

柿崎兄弟比预定的时间早了半个时辰到达大濑村，他们带了十多个侍卫，都穿戴古式的礼帽礼服，但另外的一百多名从者，却都穿戴轻型甲胄，携弓带剑，一副征战装备。抵达村口时，看见金津领着数名从者等候着，每个人都穿着礼服。"阁下到得真早！"金津脸上挂着谄媚的笑容迎上来。他年约三十二三，风采极佳，言行得体。

弥二郎带这么多人，又比预定时间早来，他觉得自己多疑的心性已被看穿，颇觉不好意思，但继而一想，让对方知道我是有备而来也好。兄弟俩同时寒暄："劳您出迎，不敢，不敢。"说着准备下马，金津忙说："请别下马，还有段路！"他唤来自己的坐骑，跃上马身道："护卫武士也一起到寺中休息吧！这一带什么也没有，相当无聊，我们在寺里备有酒肴，或可消暑解闷。"说完自己领头前行。

三人策马并进，沿着狭窄的村路走向寺庙。随从则跟在后面。

大濑村多有沼泽，土地湿黏，每遇雨天，顿成一片汪洋，故久无人居。后来一些无地可耕的贫苦农民，像在瓦砾中寻觅宝石般，耐心地把这一片宽广的湿土改造成耕地，并在这里安家落户。由于耕地相当少，大濑村实在是个贫寒的村子，但村中央的真言宗寺却雄伟壮观，香火旺盛。信仰虔诚的村人，宁可放弃自己的食物，也不吝惜对寺庙的奉献。

大殿后面的一个房间充当会谈场所，这座完全是由桧木建成，崭新的书院式建筑前面，有个铺着泉石的院子。浓荫深处，蝉鸣清亮。坐定以后，金津说："首先让在下为所行无礼而道歉，然后再向阁下愿意恳切一谈而致谢！"

"哪里！哪里！"

寒暄之间，酒菜送上，紧跟在酒菜后面的，是捧着酒杯及酒壶的两个美女。两人都穿着织有金银箔饰的雪白缎子和服，系着鲜红的带子，垂下如云长发，系着蓝色头冠，她们正是春娘和秋娘。

赌局

弥二郎看到这两个女人，可用"茫然若失"四个字来形容，他精明外露的表情突然瘫软下来，眼睛也变得灰蒙蒙的，从这个女人身上到那个女人身上来回滴溜儿转个不停。他那厚厚的嘴唇微微张开，露出洁白的牙齿。

春娘捧着酒杯膝行到他身边："请喝酒！"

软语呢哝般的京都腔，像是从盛开花朵般的嘴唇里吐露出来。弥二郎似乎没有听到，只见他那颗喉结上上下下频咽口水，盯着女人动也不动。

春娘再次催促他："请喝酒！"

"哦！"他这才恢复神志，一饮而尽。

春娘的举止端庄娴雅。弥三郎虽然也有惊艳的感觉，但不像他哥哥那样失态，当秋娘捧着酒杯向他献酒时，他很镇静地接过酒。

金津略垂着眼端坐一旁，他巨细无遗地观察这两兄弟的举动。暗想第一招已经成功，弥二郎快要变成自己人了。金津让两女斟满酒，举起酒杯说："这里没有什么风景，就请二位多多担待，让我先尝尝看酒中是否有毒。"说着将酒一仰而尽，两兄弟也跟着干了。女人又为三人斟满了酒，然后响起柔和的衣服摩擦声，退到室外。

"现在咱们来谈正事吧！阁下或许已经猜到，今日之事完全出于春日山的旨意。"金津老实地说出为景希望他们两兄弟离开上条而加盟己方。

弥二郎似乎精神都集中在离去的女人身上，没有听到金津所说的话。金津装作没看到，继续说："虽知道或许有些为难，但仍希望两位能够答应。本国因京都将军裁定定实公为守护、为景公为守护代，为国内带来长久的和平，如今只因为一个人的野心而举国动乱，生灵涂炭，实在不该……"

弥二郎没有回答，他的心还游荡在外。弥三郎生气地看着哥哥，突然瞪着金津，以相当激烈的口气说："我已经看透你的伎俩了！那些女人是干什么的？你们知道家兄看到女人就目不转睛，特地弄来迷惑他的，是不？！"

金津故作吃惊状，而后堆满笑容："您这样想就糟了，我们怎会这么做呢？老实说，我们提议会谈，劳二位大驾光临，不过是想劝点酒兴，因此特地从京都请来美女相伴，如果阁下不喜欢，我立刻令她们回去，来人！"他转头呼叫家仆，这时弥二郎立刻叫道："等一下！"

家仆看看主人，又看看弥二郎，不知如何是好，谨慎地静候进一步盼咐。

弥二郎涎着脸笑着说："美女养眼，再把她们叫回席上好了！"

弥三郎更气了，他瞪着弥二郎，气他这么容易就上当了。

弥二郎也面有愠色，似乎在骂他："没有见识的家伙！"

金津故意装出惊慌的样子说："啊呀！两位千万不要为这一点小事介意，如果因此而引起贤昆仲之间的纠纷，那在下岂非无立足之地了？"说着，装着猛然想起什么的样子说："哎呀！是在下疏忽了！"又回头命令家仆："把东西送上来！"

家仆退下，随即由四个人抬进一个木架放在柿崎兄弟面前。金津揭开架上的布罩，露出满架的财宝。黄金香炉、银壶、金银镶嵌花瓶，还有好几袋沙金，金光闪闪。家仆又捧来一个木架，架上放着数百匹丝绸；最后又捧出一几，上面放着黄金圆鞘大刀及黄金匕首。

弥二郎及弥三郎都惊讶得说不出话来，惊愕地看着金津。金津让家仆将宝物目录放在兄弟俩中间，说："这是守护代为景送给贤昆仲的一点礼物，敬请笑纳！"

弥三郎看看哥哥，刚才的怒气早就一扫而空，换上一副惊恐的表情。这回反而是弥二郎不高兴起来。就在他要发作时，女人进来了。不知是故意还是偶然，那三个放着黄金财宝的木架比较靠近弥三郎，弥二郎的身边略为空些，二女刚好分坐在弥二郎两边，左右轮流劝酒。"啊！两位美女给我一块斟酒好了！"弥二郎立刻松了脸，举杯和二女喝起来，一杯喝尽，又斟一杯，再一仰而尽。而后，非常愉快地问那两个女人："听说你们是从京城里来的，对越后还满意吗？叫什么名字？多大年纪啦？"

金津感觉自己就像是已经把猎物引诱到陷阱旁边的猎人。这时，弥二郎突然向他举杯说："失礼了！在下敬你一杯！"

金津很谦恭地回应："哪里！哪里！"

弥二郎等着女人为他斟酒时说："在下有一个要求。"

"什么要求？只要是在下能够做到的，定当效劳。"

"这——有点难以开口。"

弥二郎有点不好意思地拧着胡须。金津虽然大致猜得到他想说些什么，却假装不知道地问："是什么事呢？在下可是毫无头绪啊！只要柿崎兄吩咐，在下立刻去办，只要我能力所及，事无不成。"

弥二郎欲言又止："呃……呃……这实在难以开口……"他拼命拧着胡子，拧得脸颊都有点发红了。

金津并不觉得奇怪：弥二郎一定非常中意这两个女人，猎物的确已经走向自己设下的香饵。他装出一副不解的神情，再仔细观察弥三郎。只见他满布血丝的贪婪眼睛，骨碌碌地看着三堆财宝，似乎已看不见周围的事了。金津不得不惊叹为景能够准确掌握人性弱点的敏锐。

突然，弥二郎大吼："喂！女人！"他的声音震耳欲聋，金津吓了一跳：心想难道弥二郎生气了，是他发现自己玩弄的手段了吗？

紧接着弥二郎说："女人，把脸别过去，暂时不要看我！"

女人吓了一跳，脸色发白。弥二郎发觉自己说话太猛，于是又改以温柔的声音说道："对不起，对不起，吓着你们了。你们暂时不要看我吧！"他安慰着她们，然后直盯着金津说："我的要求也没有什么，只是希望把这两个女人送给我！"他表情认真，感觉若是拒绝，他马上就要翻脸似的。

金津微笑着说："我以为是什么大事，既然这样，当然不成问题。"

弥二郎喜形于色，兴奋地说："可以吗？那就谢了！谢了！"

金津也微笑着说："且慢，在下是很希望能如兄所愿，但是，您知道这两位美女不是寻常人物，是为景公特地从京城一千名美女中挑选出来的秘藏佳人。在下今天是特地借她们出来，陪伴酒宴而已，如果要送给阁下，在下不敢擅自做主，阁下能否襄助在下，答应加入我方，否则在下难以回春日山向为景公解释。"弥二郎已经醉眼惺忪，"我们兄弟本来就有这个打算，如今领受这些财宝，当然不会不懂义理人情。"他突然把女人拉进怀里，且像恢复一点清醒似的，凝视着金津说："不过，这些并不是要我们加盟的封赏吧！"

"那当然！"

"如果要谈赏赐，我希望拿到十个乡，因为上条那边已经答应要给我颈城郡十乡，我想这不算要求过分，阁下应该没有异议。"

金津心里感叹，人贪婪好色如此，委实可怕！不过为景早就料到，并准备许以十五乡的条件，看来，自己的使命算是成功了。

"很好，为景公也表示赏赐不只那些，如果阁下加入我方，只要成功，还会加赏！"

"很好，很好。"

"那么，能否请阁下写下誓书，以为约定。"

"没问题！"

拿过纸笔写下誓书后，弥二郎便大声喊着："过来点！"他右手拥着春娘，左手抱着秋娘，轻松地放在左右膝盖上，"你们两个都是我的了！哈哈……"他色眯眯地看着她们，兴奋地拿脸去摩擦那白玉一般的脸颊。

弥三郎突然不悦地喊道："大哥，我呢？好处不能全都你拿啊！"

"那些东西通通给你吧！这两朵美丽的花是我的，你别想沾一点边！"

大概是一时的醉意或激情吧！弥二郎爱抚女人的动作愈加粗暴，美女就像是被狂风侵袭的花朵一样，在他的膝盖上痛苦地摇晃着。

金津也要弥三郎写下誓书。

大濆村会谈十几天后，为景接到报告，以宇佐美为主的反为景军继续集结上条，响应者络绎不绝，势力日益增大。为景立刻召集同党豪族，但只有上田的房景父子率先赶来。为景屈指一算，敌方轻而易举地集结了一万两三千人，但己方充其量不过七千，如今唯有仰赖隶属敌阵的柿崎一族弃甲来归了。但是这桩交易，暂时只拿到了一张誓纸。柿崎一向精于算计，究竟有何打算也不知道。但他也不认为没要弥二郎兄弟拿出誓书以外的保证有何不安。昭田常陆介曾经建议，柿崎兄弟不重信誉，应该要他们交出人质。但是为景驳斥了这个意见，他说："用人而疑，反而易使人起叛心。"

老实说，他也不能有什么实质行动，因为敌方也在各处布下多如秋天田野蝗虫般的密探，如果接受人质而被他们发觉，岂不毁了精心策划的计谋？！昭田又建议至少要派玄鬼去提醒弥二郎，但是为景也否定了，这样做犹如垂死挣扎，反而暴露己方没有自信。

如今之计，为景也只有壮起胆子玩完这场赌局。运气好的话，弥二郎会按计行事，运气不好的话，就是自己趋于灭亡，那也是天命。

不久，上条军已经涌入五十公野，距离府中及春日山不过四里。

为景决定迎战上条，于是挥军出春日山。房景和政景的部队三千，为景自己的部队和诸豪族手下则共四千。

打头阵的是房景。有了上次的败战经验，一出春日山，他就派政景先发刺探军情。政景当时年虽十八，但从十四岁起就出入战场，七度参战，真是虎父无犬子。他眼睛虽锐利，但五官仍留着少年的柔和，蓄着短短的胡须。他身材高大，没有一寸赘肉，充满钢铁般的弹性。

他身穿白底蓝染樱花花纹的战服，跨着褐色坐骑，率领二十个骑兵先行。路的两旁是一片水田，大部分都已插了秧，每块田里都灌满了水，映射着初夏的晨曦。

行约三里就是饭田川，过去就是五十公野。但放眼望去尽是无际的水田，不见敌踪。四五百米前散落着三四户人家，其中两个附近有片树林。可以看到牌坊，大概是镇守的神社。

政景渡过河，小心翼翼地走向树林。晨曦穿过树梢斜斜照下，除了鸟鸣蝉声，四周极其寂静。

进入村中一看，村人一如往常，悠闲营生，看到突然闯入的骑马武士，纷纷惊骇地逃往屋里。

政景追上去，进入最近的一户问道："上条的军队应该已经开到这个村里了，知道他们在哪里吗？"

那是已经老眼昏花且眼角已溃烂的老头子。他从围炉旁边跳到泥地上，不断地打躬作揖。

政景掏出三枚永乐钱丢给他。

他很恭敬地收下，战战兢兢地说："他们是来过，但不知道到哪里去了。他们是昨天来的，说万一在这里开战，将会骚扰百姓，因此战场要移到冈田去。他们这么说还不是顺水人情，这一带都是水田，打仗也不容易……"

大概是三枚永乐钱的功效吧，这老头子说个没完，而且不住地奉承。

政景继续向前赶往冈田，老头子没有说谎，上条的军队果然在冈田布好阵势。

五十公野在饭田川上游右岸一带，北部向东南是一块丘陵地带，向西延伸则是一块平原，冈田就在这平原尽头。

上条军队沿山向南方展开布阵。最北处是上杉定宪的四千人马，印着雀纹的军旗衬着青山在晨风中飞扬。他的前面，向南是国内各豪族布下的阵势，各家旗帜随风飘扬，总数约五千。离此稍远的正南方则竖着宇佐美定行的三瓶军旗，约三千人！因为地势偏高，仿佛以山顶滚石的姿态面对敌人。

上条方面选择这个地方布阵，是因为这一带只有旱田及原野，地形最适合骑马打仗，更重要的是，可借地形高度研究判断敌人进攻时的情况。

政景不顾随从的制止，一直接近到两三百米的地方，仔细观察后才折返营地。敌方似乎也发现了他，但是并没有出来攻击。

房景在距饭田川不到半里处，接到政景的报告。

"饭田川一带完全没有敌踪？"

"不见一个人影，本来，尽是水田之地就不是能打仗的地方。"

"的确。"

房景也深知敌方谋略之深。

他心想，趁敌方渡河一半时加以攻击乃是交战常理，但饭田川渡口附近都是水田，难以布阵，地形不佳对敌我双方同样不利，因此敌军放弃这里，远至冈田布阵，一定是想借着地形之利，不仅如此，如果己方犹疑不想作战，敌亦无所失，因为情况拖得愈久，情势对敌方愈有利，亦即不论一鼓作气开战，或者是拖长战势，对敌方皆有利无害。

房景苦思了一阵，立刻下定决心，向政景说："你到为景公那儿走一趟！"

"有什么事？"

"把你刚才所看到的全向他报告，并代为禀告，不论立刻交兵或是两军对峙打对抗战，皆对敌方有利无害。两害相权，则以速战速决为宜，既然如此，为父为洗刷前番败战之耻，先拼死一战。"

前次的败战，对年纪轻轻的政景更是强烈打击，他那年轻的脸颊倏地发红："是！"

为景在半里之外接到政景的报告。知道房景如此断念也没有错，总之，敌方已占天时地利，柿崎兄弟究竟有何打算也不知道，如今也只好听天由命了。

政景禀报以后，立刻掉转马头，为景不觉叫住他，拔出腰间的匕首，"把这拿去，好取敌人首级！"

"侄儿定当不辱使命！"政景气势凛然地起身，领着数骑驰过水田中间蜿蜒的白色小径长驱而去。为景看着他的背影，又想到自己那些没有出息的儿子。他让晴景留在春日山，虽然带着景康同行，但是根本无法让景康担任重要任务，他在内心深处不觉叹了口气："我的儿子连他一半也不及……"

接近正午时，房景抵达冈田。他在数百米外观察，发觉上条方面的布阵相当可疑。他们并不是马上开战的普通阵势，而是在构筑阵地。他叫来熟习战事的家将，指着上条的阵地问："你看是怎么回事？"

家将凝视了好一会儿，回答说："距离太远，我也看不清楚，不过看起来好像在挖壕沟、建鹿寨。"

"我也这么觉得。"

"这不是马上要开战的准备嘛！"

"是吧！"虽然被自己料中了，但房景觉得某种东西正步步逼近，不禁感叹，"宇佐美这家伙果然厉害！"

他虽然雪耻心切，但军力如此悬殊，无可奈何。敌军倚寨而防，攻敌犹如攻城。兵书有云，若无十倍兵力无以攻城，他虽知此刻除了等待为景到来别无他法，但又忍不住想更进一步观察敌阵，于是亲自充作斥候。

他心想，或许对方也有轻敌看我们人数少而出来攻击的人，我就以此为借口，引发一场决战，倒合乎速战速决的原则。他对政景说："如果敌兵追出来，你就率兵进攻，人数不要多，只要比对方多一点即可。如果敌军再派人马出来，我们也不要太多，差不多人数或稍多即可，就这样步步诱敌发动攻势，转成大决战，对我方最为有利，此所谓引蛇出洞。"

房景随即带了六骑精兵亲往敌阵。他非常明白宇佐美是绝对不会上他的当，于是他不朝宇佐美的阵地前进，反而绕了一大圈在其他豪族阵地附近下马，闲闲地察看。

但是敌方不上他的当，每个阵地仍是一片静寂。房景只好上马，挥动着令旗，大呼小叫地说："我是上田城主越前守房景，柿崎弥二郎若在，就请出来一战！"

话声才歇，果然有人策马急驰而来。那人身穿漆黑甲胄，只有头盔上的镰刀形徽饰闪闪发光。他跨着漆黑战马，挥舞着长枪，左右跟着四骑携弓护卫。

"柿崎弥二郎在此！上次交手时，你抱头鼠窜逃回城里，难道忘了不成？如果你不是老糊涂，不妨一雪前次败战之耻。你如果没有求胜之心，那也不配和我交手！来吧！"他大言不惭地一踢马镫，连人带马地火速冲来。

房景立刻命令左右武士："放箭！"武士们立刻拉弓放箭，集中射向弥二郎五骑。弥二郎等人都身穿铠甲战衣，一手挥箭，一手仍策马前进。紧接着其中两名被箭射中，奔马嘶叫扬起前腿挣扎，骑士跌落地上，正想挣扎起来时又被箭射中。

弥二郎勃然大怒吼道："卑鄙，你指名叫战，怎能使用飞箭？！"

房景冷笑着答道："这是战争通用的武器，跟卑鄙有何关系，是你不识时务罢了！"

房景说完，令从骑拿上弓来，搭上箭尖磨得簇亮的白斑羽箭，飞驰的利箭在耀眼的阳光下直中弥二郎的左臂。

弥二郎在马上摇摇欲坠，怒吼如虎。他扔掉长枪，甩掉臂上的箭，抽出钢刀，重新端坐马上，双腿用力一夹，像受伤的野兽般吼叫着。

房景一看，立即掉转马头，退入己方的援兵行列中，同时下令发箭。二十多名骑马武士的箭头一齐对准弥二郎，弥二郎受限于箭，无法前进，只好下马，站在地势略高的田畔松树下，气得咬牙切齿。

如果这一招能吸引上条方面的注意而派兵出来，那么一切就能如房景先前的盘算开战。但是上条方面只是冷眼旁观，不但未派出一兵一卒，反而鸣金收兵，弥二郎闻声，立刻撤退回营。

房景心想："宇佐美指挥战事，我也无可奈何呀！"于是也返身回营。

为景到达的时候，距刚才那一战没有多久。房景亲自出迎，并报告详细经过。弥二郎出营迎战，对为景而言是个强烈的打击。为景心中略感不安，揣度弥二郎是否会违反约定？但继而转念一想，是房景指名叫战，弥二郎没有不迎战的道理。这跟他们事先的约定是两回事。即使如此，仍无法消除心中的不安。于是他说："我想去看看敌阵，如果敌方打算长期抗战，那就麻烦了！你也一块来吧！"他邀房景一起并马走向前线。

温暖的太阳斜挂在他们身后的天边上，他们立马凝视敌阵，阳光把他们的影子拖得好长好长。

为景说："的确，敌方筑起大寨，是打算长期抗战了！"他突然对身后的贴身侍卫说："你们先暂时退下！"然后，他没看着房景，视线一直盯着敌阵，说道："你不要看我，只要回答就好。"说着，把他和柿崎兄弟的密约说了出来。

房景非常惊讶，但仍然看着前方说道："我不知道大哥有这一招，刚才指名叫战，实在不对！"

"虽然不能说好，但也不至于有什么影响，或许他更能关注到之前答应我们的事。"

"您看，是不是需要再派人去提醒他一下！"

"我也这么想，反正今晚要在这里筑起夜阵，入夜以后，再派人去吧！"

两人各自回营，不久双方营地都冒起了炊烟，天黑以后，各营地也燃起炽亮的营火。

阵前倒戈

当天晚上，上杉军在大将军定宪的主阵里召开军事会议，宇佐美最初制定的作战方针，是避免立刻决战而准备长期对抗。但是诸将认为己方兵力占压倒性优势，一致主张立刻决战。因此，宇佐美也不坚持当初的方针，他之所以采取长战之策，是本以为为景能召集更多的兵马，但今天一看，长尾兵力意外的少，显见国内豪族皆已背弃为景，而为景没落的时候已到。

会中决定明天开战，接着讨论由谁打前锋。本来众人都想打前锋，争论不休，当弥二郎一开口："就让在下先攻吧！"争论立刻停止。如果这话是出自其他人之口，或许是大言不惭，但是出自弥二郎之口，众人即觉得刚好合适，因为他是有这份能耐的。

弥二郎今天中了房景的箭，左臂受的伤意外地深，他系着绷带，但并无衰弱的样子。

宇佐美说："柿崎兄受伤了，无妨吗？"

弥二郎放声大笑："这一点点皮肉之伤算什么。"会议决定明天早上卯时做好战斗准备，战斗始于宇佐美营地的螺声，先由柿崎军展开行动，当宇佐美营地吹响第二次螺声，各军闻声即全面出击，之后按各自判断而战，当宇佐美营地鸣金时即立刻撤兵，不可恋战。如此决议以后即散会。

弥二郎并没有忘记和为景的密约，但是两军兵力悬殊，上条又占地利之便，现实情况与他原先的预测相差太远。虽然他已收下金银财宝、如花美眷，若要违约，难免有愧于心，但是双方实力如此悬殊，如果按照约定背叛上杉，也不见得长尾方面有何胜算。于是他心中盘算，明天看情况再做决定！如果长尾军能够坚持不败，就实践他的诺言，否则，也不能自毁前程啊！

弥三郎没有参加军事会议。弥二郎回营后，弥三郎立刻赶来，屏退众人问道："谈了些什么？"

"已经决定由我打头阵！"

弥三郎一脸迷惑："但是，那个约定怎么办呢？今天房景指名叫阵，令我很不舒服。虽然他指名叫战，但军令规定我们坚守阵地不得出战，如果大哥不出战也不会有人觉得奇怪，当然也不会有人说大哥是懦夫！可是大哥应战而出，是打算毁约吗？这样做妥当吗？"

弥二郎放低声音说："话不能这么说，那时他那样挑衅叫阵，我万没有缩头不出的道理。至于明天的头阵，我是这样打算的。"他把自己的想法开诚布公地向弥三郎说明。

"这实在太过刁狠厉害了！"连弥三郎也惊骇不已。

"不刁狠厉害怎么行呢？我们必须小心为上，注意情势如何演变，怎能不小心呢？！"

"小弟还是有一点不懂……"

"反正，一切看明天的情况再做决定，我也不一定会毁约。"

"这么说，也没有别的法子了，这样也好。"弥三郎也表示同意。兄弟俩又闲聊了一阵后，弥三郎返回自己的帐篷。

弥二郎心念着留在城里的春娘和秋娘，独自喝着睡前酒。他突然发现旁边有人坐着，转头一看，一个神情怪异的男子屈膝跪坐在一旁，不禁吓了一跳。他正待呵斥，对方抢先说："请安静！"

他的声音很低，有种难以言喻的压迫感，弥二郎自然而然地把已到嘴边的话又吞了回去。

他想斩杀这个人，但是左臂受伤，手不灵活，于是盯着对方，慢慢转换位子，伸手去摸放在一旁的佩剑。但空无一物，他狼狈地摸索一阵，什么也没有。

那有着乌鸦般大嘴的男子，以谦卑的语气问："大人在找寻佩刀吗？就在那里。"他用眼睛指向营帐一角，弥二郎一向引以为自豪的钢刀就竖在那里。弥二郎感到一阵虚脱，他低声问道："你是什么人？"

"难道大人不记得在下的声音吗？"

弥二郎这才想起，不就是曾经在黑暗中出现的声音吗？

"在下是为景公派来的！"他的态度愈发恭谨，愈是让人不安，总觉得像被愚弄似的，弥二郎心烦气躁，又不能显现于外。

"你什么时候来的？"

"刚才令弟来访，在下跟随其后而来的，因为贵地防卫非常森严，只有出此下策，敢请原谅！"

弥二郎心想"糟了"，他和弥三郎的谈话全都被他听到了。他很想杀了这人，但是手中无刀，只靠腰中的匕首是无法成事的。他这份心思像是映在明镜上似的透明可见，对方说："大人还是配上佩刀吧！它若不在身边，大人似乎不太自由！"说着，替他把刀拿来，战战兢兢地献上。

弥二郎又吓了一跳，心想恐怕没有这么容易杀他。

"在下带来一封为景公的书信，里面详细写了许多要在明天交战时实施前次约定之事；还有，大人看过信后，若有不了解之处，在下当即为大人说明。"说着，他从怀里掏出一封书信，并且小心翼翼地抽出腰中的扇子，把信放在扇子上捧给弥二郎。弥二郎无视他这份尊敬，径自打开书信看。

信上首先慰问他今天所受的伤，接着告知如何利用这个伤势作为明天倒戈的借口，事成以后，除了先前约定的颈城郡十乡外，同时还要把宇佐美定行的领地全部赐给弥二郎。弥二郎心中盘算该如何回答，他此刻无法下定决心，因为他还不知道哪一边是最后的胜利者。为景虽然指示出巧妙实施计谋的方法，但得先骗过宇佐美不可，但是宇佐美会那么容易被他瞒过吗？

"是不是要你带回信？"

"是！"

好像是非回信不可，弥二郎心里犹豫着，突然想到了一个很好的说辞："你就告诉为景公，大函我已拜读，凡事皆看明日战况而定！"

"是，不过，能否请大人写于纸上。"

"我的字写得很难看。"

"哪里，在下曾经见识过，大人写得很好的。"

"见笑了！"弥二郎嘴上这么讲着，心想，"对了，上回这家伙让我白等了一夜，是偷偷把信拿走的。"他想到凡事都让这家伙取得先机，着实可恨。

对方连称："不敢，不敢！"然后拿出预先准备好的笔、墨、纸、砚说："大人请写！"

弥二郎无法，只好接过纸笔，把刚才说的话写下来。

"深夜打扰，请恕在下无礼，就此告辞！"他向后退至帐边，慎重地行个躬后，掀开帐幕，一溜烟地消失了。弥二郎像追赶他似的掀开帐篷，发觉已没了踪影。他嘀咕着："真是令人讨厌的家伙！"他绷着脸回到座位上，只见那家伙正端坐在刚才的位置上，弥二郎吓了一跳："你！你怎么还在这里？！"

"刚才外头有些可疑！在下先暂时折返，不过，现在已经没事了，就此告辞。"他又像刚才一样后退，然后突然转身，消失在眼前。

弥二郎有好长一段时间不敢动弹，环视周围甚至连自言自语都不敢，总觉得那人或许还藏在这个帐篷的某个地方。

第二天清晨，天还未亮，弥二郎派人到宇佐美定行的军营中报告说："昨天的伤势突然在半夜发作，疼痛难耐，今日先锋只好请换他人，原先希望担任先锋，然情况演变至此，实在抱歉，亦觉遗憾，敬请谅察！"

宇佐美非常惊讶，脸色大变，急切地说道："请转告柿崎将军，希望不要染上破伤风，本来我应该前去探望，但战事在前，无法分身，等战事过后再行探望，请多多保重！"

宇佐美转向诸将表示："因为此突发状况，必须撤换先锋，但是战事已迫在眉睫，已无时间商量，暂时即以在下部队为先锋，请诸位谅察，其余则仍按昨日所订计划行事。"诸将也都谅解。

战事在清晨五时开始。长尾军先锋是上田部队，三千兵马分为两队，第一队由政景率领，第二队由房景率领压阵，在其后面是为景的四千兵马，分成五段防卫，但是他们只是前进了一点就按兵不动。

当前锋接近到箭战距离之时，政景的部队竖起盾牌，人躲在盾后，不停地放箭。但是上杉方面并没有回应，都各自坚守阵地，藏身在盾牌及壕沟里，一片静寂。

政景部队再逐步向前。宇佐美一看时机已到，立刻吹起螺号。那高亢的螺音一响，千人先锋部队或从地上掩体跃出，或从栅门一拥而出，笔直冲向政景的军队。

就像岩石互相激撞一般，两军展开激烈枪战。因为地势有些倾斜，政景部队必须仰攻而上，宇佐美队则长驱直下，持续交战一会儿后，政景部队立刻向四方散开。

宇佐美吹响第二响螺音，上杉诸将一起打开栅门，同时杀出，宇佐美和大将军定宪也跟着杀出，来势汹汹，缠斗不久，房景的部队立刻也陷于混乱，四散而逃。上杉军乘胜追击，直杀到为景的主阵。为景且战且走。

战况传到营中的弥二郎处。弥二郎告诉弟弟及家将，因为箭伤疼痛，必须卧病在床，但是战事一开始，他就悄悄起身穿起甲胄，叫来弥三郎。他的伤势不但没有恶化，经过一夜休养，反而已无大碍。弥三郎看着刚才还躺在床上病恹恹的弥二郎，如今却精神抖擞，不禁愣住："怎么，大哥已经好了吗？"

"我们现在就实践和金津的约定！"

"什么？！"

"怕什么！？我是装的，现在，快到各个营地放火！"

"好！就这么办！"

弥三郎命令兵士在上杉军所有营地放火，各营地只有少数守兵，很快就被制伏。

为景边战边走，但当他看见敌方营地处处冒出烟火时，便停止后退，大叫说："你们看！是柿崎弥二郎阵前倒戈！火烧敌阵！这场仗我们赢定了！现在传令下去，告诉大家我们赢定了这场仗！"

为景的军队立刻精神百倍，四方传叫："柿崎阵前倒戈！柿崎阵前倒戈！"

战势猛然逆转。上杉方面战意顿消，陷于混乱，只见弥二郎从后面袭击而来，情势更加混乱。柿崎一族的柿崎七左卫门、须磨韧负、园久藏、牟礼觉之进等人，事前未得弥二郎的联络，因此，他们也随着上杉诸将一起出击。在他们看来，弥二郎先背叛为景加入上杉，如今又背叛上杉加入为景，简直无耻无节至极。他们非常震怒，直嚷："他简直不是人，不配当我们柿崎一族的统帅，我们宰了他！如果不杀他，我们柿崎一族岂不都是畜生！"说着，一起回头斩向弥二郎。

"混账东西，竟敢这样对待一族之长？！"弥二郎也非常震怒，他疯狂地咆哮着，毫不留情地斩杀向他袭击而来的同族之人，战况相当惨烈。

上杉军立刻阵脚大乱，只有宇佐美的部队还能维持军纪，但他也没有多余的力量去救助别队，只能尽全力防守自己。上杉定宪的直属武力也随势崩溃，定宪的首席家将八条左卫门大夫先是集结四处逃散的兵士，挡住敌人的攻击，当他发现大势已去时，立刻冲到定宪面前，催促他赶快逃离此地。

定宪因为战败，心灰意冷地说："原以为是万无一失，却演变成这种形势，实非寻常，或许天要亡我，既然如此，我不愿狼狈而逃，我要留在此地，战到最后！"

左卫门大夫心焦气急："主公千万别这样！胜败乃兵家常事，何况此事全因弥二郎背叛主公所至，如今事已至此，多说无益，唯望主公不失刚毅之心，以图东山再起，讨伐叛将，事不宜缓，请速离此地！"

他劝完定宪，又催促定宪的贴身侍卫说："快快护送主上逃出此地，倘若不从，就是不忠不义！快！快走！"

于是，三十骑人马团团围住定宪逃离战场。长尾的军队在后面紧追不舍，左卫门大夫挺身一挡："你们这些逆贼，为何穷追不舍？！我是八条左卫门大夫！你们要找就找我吧！"他纵身马上，极力拦阻追兵，最后阵亡。

柿崎兄弟正与不耻他们所为的同族军队惨烈交战，虽是同族之人，一旦利益相冲，见面亦如仇敌，弥二郎杀红了眼，杀得对方一个不剩。兄弟俩全身是血，犹如血人一般，往为景主阵报到。

为景目前剩下的敌人，就只有宇佐美一队了。宇佐美不愧是名将，军队勇敢而有生气，且愈战愈勇，虽然久战兵疲，暂时休息，但仍像负隅顽抗的老虎一样，阵势十足，看不出有什么变化。为景和房景也不敢轻易出手，就这样两军对峙，严阵以待。

弥二郎兄弟来报，正是这个时候。

为景的主阵在约三尺高的麻田旁边，当柿崎兄弟俩出现在眼前时，为景立刻兴奋地从椅子上站起来出迎数步："啊，弥二郎！啊，弥三郎！来得好！来得好。"

兄弟俩屈膝而拜，为景说："等等！等等！我先为贤昆仲设席！"命令近卫将盾牌放在地上，再覆以皮垫后才让他们兄弟俩坐下。他右手执着弥二郎的手，左手拉着弥三郎的手，亲切地说："这次战争的胜利，完全是贤昆仲的功劳，为景由衷感谢！"那口气简直是感恩戴德，他接着说："答应你们的奖赏，绝不食言，而且贤昆仲的功劳，为景世世代代，绝不敢忘。"

弥二郎虽然好色、贪婪、毫无忠义观念，但人也相当单纯，对为景的态度和这番说辞非常感动。或许他不是感动，而是得意，他大言不惭地说："能够立下汗马功劳，在下也非常高兴，今后会更加效忠，只要有在下加盟，春日山将军家一定安如磐石。"

为景很想说动这个粗鲁的武士反攻严阵以待的宇佐美。他凭几而坐，看着弥二郎，盘算着该怎么开口。就在这时，一名武者急驰而来，在营帐外面下马，老远就屈膝而跪："报告！"

"什么事过来说！"

武士走近数步，再屈膝一拜，他全身沾满已风干变白的烂泥，呼吸急促地报告说："上杉定宪已经逃离战场，往西北方逃逸！"

上杉定宪虽是宇佐美定行的傀儡，但宇佐美打着定宪的旗号纠集豪族，如果杀了上杉定宪，宇佐美就不能再度结集有力的反对势力。其实慎谋能断如宇佐美，即使没有定宪，他也能够找出像定宪那样的人物来号召各军。但是不杀死定宪，豪族的向背即不定。为景不禁斥责武士："为什么不追击？敌人已经溃不成军，无力抵抗，快去追杀！"

"在下已派兵追杀，但是护送定宪公的近卫都精于骑射，只要我方接近射箭距离，无不被射下马，因此众兵不敢接近，只能在其后紧追不放！"

弥二郎拧着胡须，微笑着听他们主从对答，突然脱口而出："恕在下冒昧！上条公的事，就交给我吧！"

"交给你办？"

"或许要花些时间。"说完，他不待为景有所反应，就大摇大摆走出营帐。弥三郎行了一礼以后，也跟在后面离去。

弥二郎回到自己的营地，令弥三郎留守，自己带了数骑武士携弓带盾，另外又带了路上要换乘的马奔离营地。时间是午前十时左右，天空微阴，暑气闷人。弥二郎急驰在水田夹道的蜿蜒小路上，途中两度换马，拼命急追，奔到大潆村附近时，看到前方有一支军队，在他们前方三四百米处还有二三十兵马，一看就知道是长尾追兵及上杉定宪等人。

弥二郎浑身带劲，加足马力，瞬间就超过长尾的追兵，他一边喊着："让开，让开！不要挡大爷我的路！"如疾风般驱驰而过。长尾追兵来不及驻马，纷纷跃入路旁的水田中，弥二郎头也不回，快马加鞭，大声呼叫："前面想必是上条的定宪公，柿崎弥二郎赶来参见，且请受礼！"

定宪等人一听有人喊叫，不觉回头一看，竟是众人同仇敌忾的柿崎弥二郎，不禁怒由心起，忘了此刻逃命要紧，反而一起掉转马头："你这个不仁不义的畜生！还有什么面目来见定宪公，看我们取了你这条狗命！"众人同声叱喝，一起放箭。

弥二郎命随从散入左右水田中，也下令放箭，自己则左手持盾，右手拿枪，一路向前杀进，他这狂暴而勇往直前的战法，令上条军队意外，只好把所有的箭都集中在他身上。利箭发出"咻"的声音，稳稳地钉在盾牌上，盾牌随即像只刺猬。弥二郎缩身在盾牌后面，仍然继续挺进。上杉武士突然想到射人先射马，但当他们正要射马的时候，散在田埂两旁的弥二郎军队所放出的箭密集如雨，上杉军立刻陷于混乱。显然大势已去，每个人虽然都有死亡的心理准备，但是都想救定宪一命。他们都知道定宪不会弃他们而去，于是两个人将定宪拥上马，一个抓起定宪的马辔，一个人狠狠地拽着马尾，马发狂似的向前奔去。定宪坐在狂奔的马上，依依不舍地回头一看，就在这时，弥二郎等人射出的一箭，不偏不倚地正中他的眉心。定宪眼前一暗，头一昏就跌落马下，腰身以下在水田之中，上身则躺在田埂上，仰天而卧。

上杉武士并没有注意到定宪已死，直到柿崎追兵大叫，"射中了！射中了！定宪公死了！"他们才知道。他们激起最后的勇气，各自抛下了弓，抽出长刀冲向弥二郎。路径很窄，他们又穿着甲胄带着武器，不能两骑并肩而战，只好成为一骑纵队，这种阵势对柿崎弥二郎而言，简直不费吹灰之力。

"好家伙！竟敢在太岁头上动土？！"

弥二郎扔掉盾牌，右手架着穗长四尺、柄长二尺、青贝护手的长枪，迎着冲过来的上杉武士，劈头就砍。他的力量惊人，武士无力招架，连人带马滚落水田。几乎没有一个人可以招架一回合，二十多人一个不剩地被他或杀或踢翻落到水田里，这时弥二郎的随从立刻跃下马，像刺芋头似的，将上杉武士一个个刺死。这时，弥二郎已经奔到定宪身旁，取下他的首级。

弥二郎把定宪的首级交给随从，意气轩昂地回到冈田时，已经是下午二时左右。这时长尾军队及宇佐美的部队仍然相持不下。

弥二郎到为景面前，交出定宪的首级说："这就是定宪公的首级。"

为景仔细检视过首级说："不错！"然后他对着首级，自言自语地说，"令兄定实君镇守府内馆中，为景奉公不二，以为满足，你却自作聪明，听信好事者言，在平静的国内掀起轩然风波，这就是你的报应。即使如此，你对为景也不该有一丝怨恨，想必你此刻心底也有悔意，人既已逝，且忘俗怨，速速成佛吧！"他念了数声佛号后，把首级交给家将，下令将首级交给附近寺庙的和尚安葬。

弥二郎对为景这番处置微觉不安，情绪焦虑得无法镇静下来。为景转身夸赞他："这一回又是你的功劳，刚才你说把定宪公的事交给你办而离去时，虽然相信你定能不辱使命，但是没有想到这么快就达成了，实在令我惊讶佩服！你的英勇简直是人神无比！"弥二郎故作谦虚地回答："讨伐败兵不足言勇啊！"但是心情却变得很愉快。

为景不希望平白浪费定宪之死，于是命令兵士向着宇佐美的阵地高声呼叫："你们尊奉的上杉定宪公已在大潙村附近死亡，如今你们是为谁而战呢？还不快弃弓断旗，迅速投降……"

宇佐美的阵地果然开始出现动摇，但只持续了一会儿，便开始有序撤退。兵分两队，一队撤退时，另一队严阵以待，就这样轮流沿所来之路后退，那模样就好像两条整齐的绳子缓缓向后拉。

"哎呀呀！敌人撤退了！"

长尾军活跃起来，但是没有追击，因为宇佐美部队的撤退俨然有序，就像常山两头蛇般缩回洞里，渐去渐远，终于消失在群山之间。这条路虽然通往上条，但在途中右转就是宇佐美的根据地松之山。

为景凯旋春日山城，论功行赏，柿崎弥二郎功勋第一。为景不但把同族领地全数赐予弥二郎，正好是答应他的十个乡，为景另外又从自己领地中割出五乡赐给弥二郎。同时封他为和泉守，并把自己名字中的"景"字赐给他，取名景家，从此弥二郎改名为柿崎景家。

49

宇佐美定行虽撤回松之山，但和琵琶岛主城取得联络后，继续进行游击战。他派小部兵马出没于为景的领地，或是夜杀，或是朝攻，纵火掠夺。为景督令将士一接到急报就立即出动，但是宇佐美从来不正面相对，如敌军人数少时就正面开打，如果是大军攻来便藏匿不出，他们的战术千变万化，神出鬼没。

为景也对之束手无策，心想如果继续与他为敌，恐怕永无宁日，不如想个办法。于是为景利用关东管领上杉宪房，请他说服宇佐美以和为贵。为景大肆散财，宪房果然派人到宇佐美处，说管领仲裁不得再战，宇佐美也无法拒绝，和议因此成立。

枯血

国内一恢复平静，为景便将关注的重心转回到家里。袈裟愈来愈美丽，虎千代成长迅速，生下来不过七个月，却非常结实。为景心里的疑惑并未消逝，当女侍全副精力照顾那皮肤略黑、两眼炯炯有神、顽皮好动的虎千代时，为景就想："他没有一个地方像我！也不像我的其他孩子！不像亲族中的任何人！如果他有一点像家人，我不知有多么高兴啊！"这个想法像钢印似的深烙在他心里。他总是为这件事所苦，有时候他认为这种感觉就像多年的宿疾一般，当它是个孽吧！由于太过痛苦，他也曾想到派玄鬼去调查袈裟嫁他以前的经历，事实上有一天他是叫来了，但是看到玄鬼那副德行，就觉得要把心里秘密和盘托出，有些不妥，于是改为吩咐别的事情，打发他走了。他暗自下定决心，这件事不要让任何人知道，要永远藏在自己心中。

但是母亲的心思是那么的敏感，虽然为景一直小心地注意自己的言行举止，但是袈裟终究知道他并不爱虎千代。有一天她说："主公，您觉得虎千代可爱吗？"因为问得突然，为景吓了一跳，反问："你为什么问这种话呢？"

"因为我看您一副不觉得他可爱的样子。"袈裟鼓足勇气说出来。她的脸色变得十分苍白。

"你是说我不疼自己的孩子？"

为景不能清楚地说出"爱"这个字眼，只好改用"疼"这个字，但即使如此，仍如喝下铁浆般痛苦。

袈裟紧追不舍地说："人家说为人父母者总是最疼爱幺子，可是……"她一副快要哭出来的表情。为景虽然觉得她可怜，也知道这样回答绝对无法满足袃裟，但也只能这么说："我老了，就算我有心疼他，也不能像以前那样爱他，因为我累了。"

为景甚至不了解自己的想法，他觉得自己是个相当狡猾的人，会看情况欺骗别人、恐吓别人、背叛别人或是利用别人，但是当他这么做的时候，从来不觉得心中苦恼。他认为人身上若有凡事都在心中苦恼的懦弱根性，在这个世上就等于让自己成为俎上鱼肉，任人宰割。只有虎千代这事，他无法说出心中没有任何痛苦，他想："因为我爱袃裟的缘故吧！"但即使如此，他仍然无法释然，对于所爱的人，爱屋及乌，也爱她的父母、兄弟以及她身边的人是人之常情，但是对她所生的孩子，不但没有产生爱之情，反而有近乎憎恶的感觉，却是令他意想不到的事。他左思右想，发现这是一种嫉妒，不觉苦笑，"原来，我是在憎恶虎千代的父亲！"他想过，"或许真有其人，但也是袃裟来我这里以前的事情。如果当作没有这回事，或许就不会有这种困扰了，我只要努力相信她就好了！"但是这种想法丝毫没有减轻他心中的痛苦。

这一次以后，袃裟不再对虎千代的事抱怨什么。她完全不了解丈夫的心理，只认为他这个人是天性淡泊，唯有如此解释才能让她好过些。就她所见，为景对其他的孩子也没有用情甚深的地方，不论孩子们做什么，为景都不会斥责。晴景的脾气相当坏，懦弱而无法控制感情，好恶常趋极端。但是为景大多数时候都是置之不理，很少去制止他。即使制止时，也从不谆谆教诲以明事理，只是下命令而已。袃裟心想，为景这个人很薄情，他不过是偶尔为自己压抑罢了。

袃裟就此死心，她觉得虎千代有这样的父亲很可怜，因此更加溺爱虎千代。

虎千代四岁那年春天，袃裟罹患感冒，连续三天高烧，玄庵救助无效，猝然过世。

在母亲生病时，虎千代仍然不愿意离开病房。他的个子虽小，但是很结实，而且很懂事，总是聪明得让大家惊叹不已。玄庵像对十二三岁的少年似的对他说："这个病是会传染的，少主如果也感染了，马上就会死掉，反而会让令堂担心。为疾病伤神是最痛苦的事，五天如果不好，就要十天；十天不好，就更延长到二十天，因为这样，所以请你换个房间好吗？"他苦口婆心地说理，袃裟也呼吸痛苦地劝虎千代，令保姆把虎千代带到另一个房间。虎千代沉着脸坐在房间里，一句话也不说，不论保姆怎么劝怎么哄，他就是眼睛注视着前方一点，什么也不理。他那胖嘟嘟的可爱脸庞上的表情异样地沉郁。

　　保姆劝得不耐烦，心想，暂时让他独处也好，就离座而去。不久回来一看，不见虎千代踪影，慌忙寻找，发现他小小的身躯正端坐在袈裟病房外面的走廊上。众女侍吓了一跳，赶忙聚到他面前，有人说："少主你不可以进去哦，待在这里就不会被传染！"虎千代置若罔闻。

　　有一个女侍想把他带走，才一接近便惊叫一声，跳了开来。原来虎千代右手握着匕首，瞪着一对完全不像是孩子的眼睛，就像是露出白森森的牙齿、抵死反抗的老鼠一样。

　　虽然是春天，但阳光晒不到的地方犹有积雪，春寒未退，在没有暖气的走廊下，随便待一会儿就快要冻僵了，虎千代如果久待，一定会感冒的，于是女侍赶紧去报告为景。为景正在佛堂里为袈裟祈求平安，听到报告大惊，赶来一看，虎千代的模样果然惊人。为景虽知这孩子心系母病而觉得虎千代可怜，但是他更觉得这孩子不听话，很想骂他，却压抑住，以温柔的语气说："哎呀！小虎，你在干什么呢？不可以让大家麻烦哦，乖乖地回房间吧！"

　　虎千代没有回答，只是翻着白眼，身子动也不动。

　　"我知道你的心意，来，乖乖地回去，我抱你回去吧！"为景正要抱起他的时候，虎千代大叫一声："不要！"他那小小的身子满布杀气，锐利的刀锋向着为景。

　　为景吓了一跳，面对着像只小野兽的幼子，涌出像对一个大人似的憎恶。他很想瞪他，但他不能这么做，因为他不能让人家知道他讨厌这个孩子。他只好苦笑着说："好！那我不碰你。"

　　他温柔地凝视着虎千代，心里盘算该怎么做，之后回头对保姆说："在这里吵闹对病人不好，让他进去吧！"说完，起身离去，心中带着无限憾恨——"这孩子居然拿刀对着我！"他过去的疑虑又再度涌上心头。

　　虎千代被带进母亲的房间。袈裟呼吸急迫地睡着，但是虎千代一进来，她就睁开了眼。因为高烧不退，瘦削的脸烫红，她挤出虚弱的微笑："怎么了？到这里来，到妈妈这里来！"她低哑地说。她似乎知道刚才走廊上发生的事情。虎千代走到她身边，她凝视着孩子的脸说："可怜的孩子，我死了以后，你怎么办呢？"说完，哀伤地哭泣起来。

　　"我不要你死！我不要你死！"虎千代声嘶力竭地喊着，他那大大的眼睛里蹦出一粒粒豆大的泪珠。

　　三天后，一个春雪的早上，袈裟咽气了。死前，她呼吸急促地一再叮咛为景："你要好好照顾小虎，你要好好照顾小虎！"为景也一再重复："你放心！你绝对可以放心！"

但是，虎千代在母亲合眼之时，并不在场。他浑身淋得湿透，在细雪纷飞的院子里绕来绕去，冷冷地瞪着天空，他没有流泪，眼神干燥得要燃烧一般；他没有悲伤，愤怒席卷了他小小的身躯。他憎恨夺去他母亲的一切，无论是神是佛或是恶魔。

袈裟埋葬在长尾家家庙林泉寺，永远停留在如花盛开的二十五岁。从这时候起，虎千代的脾气似乎变了，他变得沉默寡言，总是在忧郁地沉思。

袈裟死后第二年春天，为景到春日山城南四五里的新井野去打猎。他终日驰骋在百花盛开的绿野中，感觉非常愉快，积压多时的疲劳尽消，直到傍晚才踏上归途。在距新井村不远的地方，有一户泉水甘美的农家，一行人就在那里休息。

农家四周景色优美，村路左边是一条清澈的河流，河岸垂着嫩芽新冒的柳树，在微风中摇曳。河岸过去是一山赤松，松树里夹杂着樱花，景色说不出的雅致。

为景坐在河滩上，独自畅饮瓢里喝剩的清酒，优哉游哉地欣赏风景。年轻的侍卫对这种老年人的兴致似乎不感兴趣，他们群聚在稍远的地方，轮流骑马，竞赛马术，当有人失败或是展现妙技时，人群中就爆出笑声，嘻嘻哈哈地像一群小孩子。为景远远看着也觉得高兴，他的脸颊松弛着，一会儿转过头去打量他们，一会儿静看景致，悠闲地消磨时间。不久他觉得侍卫那边爆出的声音有些异样，转过头去看，只见一匹马在河滩上狂奔，被它甩在后头的武士，可能是碰撞到某个部位，也可能自惭技穷，落后了好一段距离。众人分成两队，一路去接那个武士，另一路去追马。

为景对一直守在他身边的小厮说："你不用这么拘束！"说着把酒瓢递给他。他转头望着落马的年轻人方向，猛一抬眼，看到掀起漫天沙尘的马正在狂奔，这时，从路旁的草丛中突然窜出一个黑色人影，跃上马首，马甩着鬃毛，抬起前腿，拼命想甩掉他，但那人却紧紧抓住马脖子不放，一直朝向河滩奔进。那人紧紧地粘在马身上，大约跑了十多米后，翻身一跃，人就跨在马背上。他抓住缰绳，摆好姿势，策马飞驰起来。他的动作非常灵巧，为景看呆了。眼看着他奔向这边，为景不由得心下一惊，马上的人看起来似乎是个女人。他的老眼为之一亮，问旁边的小厮说："那个人看起来像个女人，是吧？"

"是的！是个年轻的女孩！"

"这真妙啊！"

这时，女孩连人带马已到为景跟前。她衣着粗糙，但人非常美丽。她轻巧地翻身下马，然后声音洪亮地说："这马还给你们！其实，它本是一匹老实的马，不过正好在发情，难怪会没命似的乱跑！"

刚才被马甩落的武士，这时候已经恢复了精神，并没有受伤。那女人似乎不想跟众人啰唆，转身就想走，为景心里有了打算，附身对小厮说："去把她带来！"

"是。"

小厮跑过去把她叫住，只见小厮和她一阵问答后，她勉勉强强地走过来。她身材苗条结实，脚步轻盈如猫。

她直直地看着为景，神色大胆，不知恐惧。她有一双褐色的大眼睛，皮肤就像雪国的女人一样白嫩，脸上泛着健美的红润，略大的嘴唇更是鲜艳欲滴。她放下背上的竹篓，跪在为景面前。

"我要向你道谢。"

"不敢当。"

"你叫什么名字？"

"我叫松江，是新井村乡右卫门的女儿。"

"多大年纪了？"

"十八。"她微笑的脸上闪过一丝淳朴的媚态。

为景那六十七岁的枯干血液为之滋润。

松江是个很奇怪的女人，她精于马术，人又美丽，为景忍不住把她召回城中，但是她却像完全不适合贵夫人生活似的，遣词用语依然粗俗如乡民，言行举止也一样，她甚至不肯化妆，她似乎只喜欢穿美丽的和服，为景赐给她的衣服，她总是高兴地穿上身，但即使身穿绫罗绸缎，她仍然像是走在田野小路般踢着裙摆，昂首阔步。一些年老的女中（侍女）看不过去，啰唆她几句，为景也常训诫她，但她依旧不改本性，甚至根本无意改善，到最后她索性说："你再跟我啰唆，我就要回村子去了！让我回去吧！"

照这种情况，她实在没有办法当固定的侍妾，为景只让她陪侍了两三个晚上后，就把她降为普通女中。松江也不抗议，反而很高兴地接受了。

为景对她也没有什么依恋，对年纪大、凡事都感觉心有余而力不足的为景来说，这种粗野而精力充沛的女人刺激太强，反而有种压迫感。野花还是应该开在原野里，但不久他就发现虎千代非常喜欢这个松江。

袈裟死后，虎千代愈来愈难对付。袈裟还活着的时候，他只是精力充沛，到处乱跑，使跟随他的人疲于奔命，但除此以外，他还不算麻烦。他对食物没有偏好，对穿着也不计较，吃得饱睡得好。他很少哭，很少无理取闹，甚至很少生病。但是自从他母亲死后，一切都改变了，他总是闷闷不乐，好像在沉思什么，整个人阴沉倔强得可怕，只要他说出口的事，就绝对不肯妥协。他虽然不哭不闹，却绷着脸坐在地上一动也不动，直到大人答应他的要求。为景对这个孩子的憎恶愈来愈强，他心想："也不知道这究竟是谁的孩子，我却必须为这讨厌孩子的将来着想！"一想到这里，他更觉恼恨。

不但是为景，就连城内的家将下人，不论男女似乎都不喜欢虎千代，但是说来也奇怪，虎千代似乎只对松江一个人顺从。当他有事不顺心而翻着白眼，赖在地上不动时，只要松江一来说："不要这样无理取闹！来，心情愉快一点，我们到别的地方去！小孩子不讨人嫌才可爱嘛！"他就乖乖地让松江把他抱走。若换作别人，他一定尖声大叫："不要碰我！"然后抽出腰中的匕首，不准任何人接近他。

袈裟活着的时候，有三个女中照顾虎千代，但这一阵子她们都嫌他烦，因此照顾虎千代的工作就落在松江身上。

为景暗自觉得奇怪，或许这两个人都奇怪，因而气味相投吧！

虎千代已经五岁了，本来应该为他找一个男性师傅，但是为景一直延宕未决，或许是年龄的关系，或许是他对虎千代没有爱，也或许是松江比随随便便找一个男性师傅还要适合。她总是大声地半吼半骂地对虎千代说："男孩子就是要干脆，怎么可以这样优柔寡断没有锐气雄心，像个女人似的！"她带虎千代到靶场去拉弓射箭，又让他学习骑马。松江本身精于骑术，因此她教虎千代骑马特别热心。她口里含着马缰，趴在地上让虎千代骑在她背上，在房间内绕来绕去。

她不时吐掉马缰，大吼："马缰要轻轻地拉，像你这么用力，马会受不了，知不知道？如果你摔下来，那就不得了啦，你知道有多厉害？从两尺高的地方掉到地上，起码也会肿这么大个包！把膝盖夹紧，不是坐在马屁股上，来！再试试看！"

说着，又衔起马缰，咯得咯得地绕着走，突然她会发出马嘶，把身子抬起来，虎千代抓不住，扑通一声摔到地板上，这时她就说："你的膝盖没夹紧就会这样，来！再来一次！"

为景看在眼中，心想："也好，她比一般男人还胜任，实在是个奇怪的女人！"因此也决定不要换男性师傅了。

松江的工作不只是照顾虎千代。这个时代的地方豪族和江户时代的诸侯家是不能相提并论的。江户时代诸侯家的女中，是纯粹的闲人，她们不事生产，甚至连自己穿的衣服都不会缝制，由专门的人员负责。但在这个时代，士绅豪族家中的女中,都须勤勉工作,她们要养蚕、缫丝、织麻、缝衣、舂米、洗衣,还要梳理武士铠甲上的绒毛,甚至处理打仗时取来的敌人首级。如果是大将级的首级,要帮他清洗干净、结发,然后扑粉、擦上口红,因此松江还有很多事情要做。

松江的脾性跟男人完全一样,和她美丽的外表毫不相称,那些精巧繁复的工作她做不来,但是劈柴、舂米、打水的工作,她却做得相当带劲。她总是高高兴兴地去做这些工作,这时虎千代总是跟在她身边帮忙。劈柴的时候,他会把要劈的大柴交给松江,然后把劈好的柴火送到堆积的地方;舂米的时候,他会从米袋里掏出粗糙的米交给松江,当松江把舂好的米放进簸箕时,他就立刻拉开米袋的口,让松江很容易地把米倒进去,他还会帮松江收集米糠;打水的时候也一样,他总是尽他所能抢在前面做。

劈柴时他浑身是汗;舂米时他的脑袋上沾满了米糠,像石灰仓库里的小老鼠;打水时他浑身湿淋淋的,但他一点也不在意。他很喜欢和松江一起工作,就像孝顺的儿子竭力帮助母亲一样,像老鼠母子拼尽全力地整窝、收集粮食。其他女中看不过去,就骂松江说:"你太过分了!就算主公不疼他,他也还是少爷啊!你怎么可以让他这么做!"

但是松江根本不在乎:"有什么不可以?我不觉得这样有什么不好,我们家乡的孩子在这个年纪时,早就割草、下田打谷了,就是最笨的孩子也可以留在家中照看小的,时间到了还会烧锅开水,送到田里给父母喝。小孩子做点事也不是什么坏事啊!虎少爷本来就是个健康的小孩,如果要更健康,帮我做事正好!"

有人不服气地说:"你以为他是普通老百姓家的小孩吗?以后别再这样了吧!"

但是松江还是不听,如果有人再说她,她就回答:"你跟我说没有用,你去跟虎少爷说吧!我早就跟虎少爷说过,他根本不听啊!"

于是有人去劝虎千代,虎千代就像平常一样猛翻白眼,别过头去不理睬。那些人没办法,跑去报告为景,为景只是说:"别管他吧!每个人的家里总会有一个那么奇怪的孩子!"

为景从日常琐事中知道松江的力气很大,大抵不输一般的男人,但是他知道她拥有超乎凡人的力量,则是在那年初秋。

每年到了这个季节,女中都要到山上去砍箭竹。这时竹子已从生长竹笋的衰弱中恢复过来,而新的竹笋还没长出来,因此精气最为充实,用来制箭最理想。用箭竹制箭,是制箭师的工作,但在交给制箭师以前,先得将竹子切成适当的长度，并且磨光，这就是女中的工作。城内女中分为切竹组、磨光组以及晾晒组，竹子就在大厅的地板上，堆成好几座小山。切竹组拿着小刀，并排坐在地板上，拿起竹子，看清竹节的粗细及弯曲后，右手拿小刀，左手转着竹子，咕噜转个两三下就切断竹子。切好的竹子堆在左边，交给院子里的磨光组。磨光组是在院子里放一个大盆，盆里装满了水和稻谷，她们手上拿着草刷，把竹子浸在盆里，用草刷沾着稻谷和水仔细地刷着竹子，刷好后就放在面前的台子上，堆到某个程度后，就由晾晒组的人抱走，把它铺在通风良好的阴凉处的梯形长箕上晾干。因为初秋的阳光还很强，如果让阳光直接照射，竹子就会翘起，因此必须在阴凉处风干。

女中多半已熟悉这些工作，因此进行得很顺利，但仍需要整整十天的工夫，因为箭竹的量很大。袈裟活着的时候，由她负责监督犒劳，如今，则必须由为景来做。虽嫌麻烦，但他每天仍至少过来一趟，带着盛满了糕饼鱼丸的一锅点心来慰劳她们。"大家辛苦了！来，休息一下，吃点点心再做吧！"那些女中也很高兴地暂时放下手边工作，吃吃喝喝休息一阵子。

工作进行四五天后，为景照例带着点心来慰劳众人时，看见一名女中正被年长的女中斥责，在她们之间，抬头看着骂人的老女中的就是虎千代，被骂的必是松江无疑。为景心想来得真不是时候。他见那老女中左手抓着一捆箭竹，右手指着竹子的某个部位，喋喋不休地骂着："你的眼睛比别人大，为什么连这点弯曲也看不出，这弯得连箭师用火烤也没有办法纠正啊！为什么不把它扔了，留下别的部分呢？连小孩也分辨得出来。你看看，这里不是被虫咬过了吗？你就偏偏留下这部分，为什么不切掉这个部分，留下没被虫咬的部分呢？还有，长度总该要切整齐不是吗？你总是乱切，现在你弄坏的就有这么一大捆，这样下去怎么得了……"

虎千代的表情非比寻常：绷着脸，眼睛冒着怒火，紧捏着小拳头，身体还在发抖。

为景不得不作声："怎么回事？"

那个老女中只顾着骂松江，没有看到为景，听到为景的声音，惊慌地跪下去说："她把这些竹子都弄坏了！"她左手拿着竹子欲向为景说明，为景怕她一开口就没完没了，立刻制止她说："我知道，我知道，她还不习惯嘛！原谅她吧！"

老女中回答说"是"，似乎有种说不出的遗憾。她拿着那一捆竹子像说"你看着办"似的啪嗒丢在松江膝盖边，站起身来。

为景说："我带了饼来，你分给大家吃吧！"为景等老女中离去后，就对松江说："你是今年才开始做，当然不习惯，不过一再重复同样的错误，那就不好了，你得仔细比较清楚后再切，不必赶着和那些熟练的人一样快。"

松江点点头。她的头发裹在黑色头巾里，雪白而有光泽的颈子显出一道优美的弧线，一直连到背脊。发丝从头巾下散出，贴在优美的背上，说不出的娇艳。

为景突然睁大眼睛，看着松江的动作。只见松江用右手无名指按压刚刚老女中丢过来的那捆箭竹，她轻轻一按，竹节便发出清脆的声音，碎了！她并没有特别用力，只见她淡红的指尖略微发白，青绿的竹节就如枯萎的芦草般给捏碎了，真是令人难以想象的怪力。为景像是看到怪事般呆看着，许久才恢复过来，觉得自己必须说些什么。

"你懂了吗？"

"我知道了。"松江老实地点点头，抬起头来嫣然一笑，似乎有点不好意思。

虎千代还站在原地不动，以疑虑的眼光看着他们两个。

那天晚上，为景又招来松江。老女中把松江带来，她脸上带着尴尬而暧昧的微笑。等老女中退下后，为景说："让我看看你的力量！"

"力量？！"松江眼中带着疑惑。

"是啊，你不是有惊人的力量吗？"

"我的力气是不小。"她有些不好意思。

"那边有个棋盘，你用单手把它举起来看看，应该举得起来。"为景指着他事先放在房间角落的一个棋盘，那是用榧木做的六寸正方形棋盘。

"我从来没有举过棋盘，不过我还没有拿不起来的东西。"

她一脚踢开裙角，大步跨出，卷起长袖，把手轻扣在棋盘底部及边缘，就轻松地举了起来，就像举起一本薄薄的书，而她那雪白的手臂并未肌肉虬结。为景咽了一口气说："你用左手举举看！"

松江把棋盘放在左手，也是一样。

"你把烛火扇灭看看！"松江把棋盘放回右手，左手向着烛台像扇子一样地扬动，烛火像被风吹动似的闪动，却未熄灭。

"哎呀！扇不灭，我是退步了，要不就是棋盘重了些！"松江笑着伸出手臂，那模样非常可爱。

从这时起，松江又成了为景的侍妾，与其说为景是爱其美色，倒不如说是需要她防守身边。因为国内虽然已趋平静，但不知什么时候会干戈再起，为景时刻不忘自己树敌甚多。自然而然地，虎千代就必须找一个男性师傅了。

幼年的嫉妒

为景为虎千代选的师傅是金津新兵卫。

金津氏是新罗三郎义光之后,先祖定居金津乡以后,以乡名为姓。金津氏在越后是屈指可数的望族,但本家传到此时已绝,为景令昭田常陆介的次子久五郎继承,改名金津国吉。这在前面已经述及。

新兵卫生于金津末家,领地俸禄都不多,仅五百贯。他三十出头,眉毛粗浓,还蓄着胡须,身材高大,看起来非常威严,但个性刚直。为景任命他为虎千代的师傅后,立刻在内城一隅建了一栋房子,作为虎千代的住处,新兵卫也迁入其中,专心辅育虎千代。

虎千代对父亲夺去松江,换来这个外表可怕的高大男人给他,感觉受到了欺骗。他憎恨父亲,或许有一点嫉妒。当松江成为为景侍妾后的重阳节那天,为景上午在外殿与家将同开酒宴,下午则在内殿和女中同乐。上午的酒宴,年幼的虎千代不能出席,但下午的酒宴他就被准许出席,坐在兄弟末座。他眼睛直盯着坐在父亲旁边的松江,盛装的松江今天看起来特别美丽,他看得恍恍惚惚。当酒宴正酣,女中们准备展开余兴节目时,为景突然对虎千代说:"小虎,过来!"

虎千代充耳未闻,坐在他旁边的哥哥景房戳戳他的腰:"喂!父亲叫你呢!"

虎千代很不情愿地站起来,走到父亲面前。

为景问:"你觉得好玩吗?"他脸上堆满愉快的笑容。

虎千代回答:"很好玩。"

为景又笑着说:"那就好,你还是孩子,不能一直待在大人的酒席上,喏,这些给你,回去吧!"

说着,他从高杯里面抓了一把烤栗子,用纸包着,递给虎千代。

虎千代还想待久一点,他不服气地看着父亲。

"给你!手伸出来!"

虎千代怒由心起,但他压抑住内心的愤怒,伸出颤抖的小手。当他接过纸包塞进怀里时,松江也说:"我也给你一点东西!"

松江的位置,就在虎千代旁边,近得可以听到彼此的呼吸,但是虎千代绷着脸像是没有听到,也没有转过头去。

"等等，这个给你！"

松江一只手抓着桌上的干鲍鱼片，一手抓着虎千代的手腕，她的力量很大，虎千代小小的身躯毫无抵抗地被拉过去。"喏！这些给你，拿回去吧！"松江把干鲍鱼片塞进虎千代的衣袋里。

虎千代一直压抑的愤怒一时爆发出来，他愤怒地呵斥了一声："无礼！"他挥开她的手，把塞在衣袋里的干鲍鱼片抓出来，一股脑地丢到松江脸上，干鲍鱼片散挂在松江美丽的头发及脸上。

松江吓了一跳："虎少爷，你怎么能对我做出这种事呢？"

"我讨厌你！我讨厌你！"虎千代叫着，转头奔到院子里。晚秋午后淡淡阳光照射的院子里，有几十盆盛开的菊花，为了庆贺而搁置在台上，争奇斗艳，虎千代像只凶暴的小野兽，冲向花盆，打翻了好几盆，又掐了好几朵花，头也不回地往前冲。

为景气得大叫："把他追回来！这个野蛮的小家伙！"他攫住小厮奉上的佩刀，霍地起身，但是被松江一把拉住。

"他只是脾气不好的孩子，不过是气主公把我夺走罢了，还是小孩子嘛！主公就原谅他吧！如果你不原谅他，我怎么办呢！虎少爷一向黏我，他生气是不无道理的啊！"

她拉着为景的裤边，拼死地劝阻，粗俗的言语充满了真情，何况她力量又大，根本甩不动她。

为景看她那痛苦的样子，只好放弃，苦笑着说："你放手，坐下来！"

"真的不要紧吗？你不会骗我吧！"

"我不会骗你，把手放掉，坐下来！"

松江这才松了手坐下来。

另一方面，虎千代疾风似的冲过庭院，他绕过建筑，跑到有泉石造景的花园里，望着泉水，所有的悲伤、悔恨及愤怒，在小小的身躯里转个不停，不知是任性，还是自虐，他毫不犹疑地跳进泉水里面，因为如果不这么做，他会更痛苦。

泉水冰凉刺骨，虎千代拿着刚刚摘下的菊花乱打水面。他在水里疯狂地叫喊、打转，眼泪无法抑制地掉下来。他觉得很丢脸，因此他更加疯狂地嘶喊。

没多久，新兵卫就接到通知赶来，那时虎千代已经爬上岸了。

"虎少爷！"

新兵卫绷着脸，眼睛闪着沉郁的光芒。虎千代不好意思地微笑说："我身子都湿了，好冷！"

新兵卫帮他脱下湿淋淋的衣服，这时纸包湿透的烤栗子"啪嗒"一声掉在脚边,虎千代捡起来,拿了一粒放入口中,也递给新兵卫一粒说:"这是父亲给我的,他说拿了这个就回去!"

虽然他余愤未消,但是毫不知情的新兵卫没听出他语气中的异样,只觉得他是不好意思了。他恭敬地接过栗子,塞进袖子里,然后替虎千代脱掉衣服,仔细擦干身子,背着他回到住处。

为景对这个事件不能不闻不问,他把新兵卫叫来,详细说明事项后,命令虎千代禁足十天。

在这之前,新兵卫已听别人说过此事,生性耿直刚强的他,完全不了解少年复杂的心理,他以自己的解释,判断虎千代生气自是当然。松江不过是为景的侍妾,对虎千代来说不过是个家仆,她不知身份地学着为景要给虎千代东西,虎千代斥责她无礼,那是当然。他年纪轻轻就有这种了不起的认知,本是该受称赞的。如果说虎千代有不对的地方,则是后来的事。虎千代骂了她又把干鲍鱼丢回去,然后慢慢退出酒宴,并无可厚非,但是他光着脚冲进院子,打翻菊花盆,又折扭花枝,甚至又跳进泉水里,这些事情就做得没有道理了,他想这大概是虎千代因懦弱而引发的疯狂举动吧!因此对这件事,新兵卫努力开导虎千代,他说:"如果你想申诉,就最好申诉明白,像血脉贲张的女人那样疯狂,是懦弱的人所为。"虎千代毫不辩解,只是睁着他那干燥如火般明亮的眼睛,沉着脸。

新兵卫向为景说明时,顺便为虎千代辩护:"虎少爷所为,原是出于道理,只是中途做得过分罢了!但是他这么小,并不能因此责备他,在下已经加以训斥,只要他有反悔之意,禁足之罚就免了吧!"

但是为景不听:"他虽然年纪幼小,但是该罚的时候就要罚,否则会害了他。"

为景说出口的话,都经过细密的思虑,一旦话说出口,便绝对不会收回成命,新兵卫没有办法,只好回去。

虎千代虽能忍受十天的禁足惩罚,但人更加忧郁了。他更紧紧地封闭了他的心灵,任何人都无法打开。只有对着新兵卫,偶尔肯开口,因为他了解新兵卫的木讷与诚实。

一年过去了,第二年春天,融雪尽消以后,一个下着小雨的晚上,为景和孩子们及家将数人喝酒谈乐。席间,家将讲起当天处决的一个盗贼的事。这个盗贼潜入定实的宅里偷盗,跳到院外时,被巡夜的武士发现,他挥刀顽抗,当场杀死三个武士,又杀伤数人,但是终于被捕。调查之后,知道他是信州人氏,在家乡作恶多端被赶了出来。为景依法判他死罪,今天就在城外处决。家将谈起这个盗贼虽死不惧的气概。

"准备斩首的时候，他要求喝一碗酒。刽子手骂他别不知死活，他却说不论在什么地方，临终的请求都该如愿的，如果不答应，等他死后必当恶鬼来索命，刽子手只好派人到附近民宅弄了一碗酒来给他喝。他畅快地喝罢后说，心情真爽！想唱一首小曲儿，你就在我唱歌的时候杀吧！说完，他表情平静而愉快地唱起歌来，脑袋被斩下后，脸上还带着笑意，仿佛死得其所，因此吸引了好多人围观。"

为景津津有味地听着。这时，他突然看到坐在兄弟之间、绷着脸的虎千代，不由得又产生了不愉快的感觉："小虎！"

"在。"虎千代两手扶地看着他。

"你听到刚才的事吗？"

"听到了。"

"你想不想看那颗脑袋呢？听说那上面还有笑容呢！"

"想。"虎千代嘴巴上这么回答，但表情并非想看的样子，这让为景更不悦。

"哦！你也想看！我也想看，那么你把它拿来给我看看好吗？"

为景其实没有真要他去的意思，只是故意当着众人为难他罢了。

但虎千代却回答一声："是。"便站起身来，离开座位。

为景有些狼狈："你不害怕吗？"

虎千代当然害怕，但是当他看到满脸微笑望着自己的父亲，还有愣在一旁的众家将的脸时，自己那差点崩溃的心立刻又鼓足勇气："死人有什么好怕的？"说完大步离去。

守候在另一个房间的金津新兵卫听到这话，立刻冲到玄关。"等一等，等一等！戴着斗笠去吧！"他叫住正要冲向雨中庭院的虎千代，叫仆人拿来斗笠，递给虎千代："要小心哦！要注意脚边！别受伤了！"

新兵卫抱着虎千代小小的身躯轻声叮咛，并在心中暗暗生为景的气。如果为景一直有疼爱虎千代的样子，或许新兵卫会认为这是为试验虎千代的胆量，或是锻炼他，但是，自从他担任虎千代师傅以后，不论为景如何在人前伪装，但他对虎千代毫无父子之情，新兵卫不得不注意到，他气为景如此恶待这么小的孩子。

内城距城门口有五百米，处决场又距离城门有一千米，他心里还在盘算要不要送虎千代到城门口，虎千代突然大叫："放手！"转身就向外跑出去。玄关口绽放的灯光中，微白的雨丝斜斜地若隐若现，虎千代戴着大斗笠的小小身躯，一下子就消失了，只剩下他脚踩在泥泞地上的声音，但是很快就听不到了。新兵卫坐立不安，他极力压抑着这份不安，坐在地板上。

"为什么主公对虎千代的感情这么淡呢？"

这份怀疑突然深刻起来，但他仍尽量压抑住这种感觉。寒冷的夜风吹来，新兵卫的衣服虽然湿了，但是一点也不觉得冷，只觉得时间消逝得很慢。反复思量，是不是该出去迎接虎千代，就在他终于下定决心要起身时，听到小小的脚步声。他按捺住想要飞奔出迎的心情，睁大眼睛凝视着玄关口，只见戴着斗笠的小小身体走过来，愈来愈近，终于走进玄关。新兵卫的胸口涌起一阵热流，不禁落下泪。

"哎哟，好重哦！这个脑袋实在太重了！"他对着新兵卫说，"实在太重了，我只好这样拿来了。"这爽快的声音，是新兵卫过去不曾听过的。他用一根藤蔓穿过耳朵系着脑袋，拖着泥泞地而来，整个脑袋沾满泥土，看起来根本不像是颗首级。

"我用匕首在他头上打了个洞，然后切了一段藤蔓把他绑起来拖着走，太重了，我手都软了。"

虎千代湿淋淋的身上冒着水汽，那流汗而发红的脸上，眼光晶亮。

"虎少爷，你真了不起！"新兵卫紧紧抱着虎千代。

新兵卫奔到内殿，报告虎千代已经把首级带回来的消息，座中一阵喧腾，只有为景还是冷冷的一张脸，众人觉得骚动似乎欠妥，于是又都安静下来。为景虽然感觉心安，但又觉得不高兴，他以为这孩子会半途哭着回来，没想到他那么好强，那么争气，反而使为景不愉快。但是他发现众人正在观察自己会有什么态度，于是立刻换了副愉快的表情说："这孩子真大胆，了不起，为什么不立刻带来呢？"

新兵卫霎时觉得开朗愉快起来，忘了刚才还怨恨为景的事。他想，世上没有不爱儿子刚毅勇敢的父亲。他说："因为一路从泥泞路上拖回来，全身都是泥土，就这样来不好，所以我想先让他回住处换了干净衣服再来！"

"是吗？但是我想快一点看到，就叫他那样来吧，我们到院子里看！"

为景有些气喘地说。他其实根本不想看，虎千代一定得意扬扬，这更令他觉得可恨。但这个时候，他如果不这么说，在座的诸位一定能窥知他心中的机密。

"是，我立刻把他带来。"

新兵卫飞也似的退下，家将全部起立，重新设席，他们把烛台移到走廊，把为景的位置移到面向院子的地方。为景愉快地站起来，看着众人忙来

63

忙去。但是他要扮演这心中无底的一出戏，却又感到疲惫不堪。当他重新入座后，两个持着火把的家仆走在前面，后面跟着虎千代。他托着一个东西，新兵卫屈腰跟在后面。虎千代站在冒着火花的火把之间，仰脸望着父亲：
"父亲！您说的首级我带来了。"

"了不起哪！快让我看看！"为景努力装出微笑说。

新兵卫一个箭步上前，把地上的首级捧起，呈到为景面前。那东西满是泥泞，一时之间看不出是一个脑袋。新兵卫用衣袖擦了两三遍脸部，眼鼻的位置才清楚浮现，明白是个脑袋。不过，鼻子有些缺损，皮肤也有些磨破，看起来相当可怕。

"因为太重了，虎少主就用藤蔓穿过耳朵拖着回来。"新兵卫晃着穿过首级两耳的藤蔓。

为景虽然经常检视战场上斩下的敌人首级，此刻却觉得一阵寒意袭过背脊。他觉得世上再也没有比这个做法更残忍无情的了，但是虎千代却一副近年来少见的开朗知足表情。

（这个孩子，这么小就能做出这种事！）又是一股寒流袭过他的背脊。

但身为一个武将，他不能让人看穿他的这层心理，他还必须好好夸赞虎千代不可。为景先是微笑，准备开口赞美，但是说出口的话是自己想也想不到的，话一出口，他非常狼狈，因为他并非有意说这些话，但舌头却不听使唤地吐出这些话："我说我想看这个首级，是听说这首级上还带着笑容，你记得吗，小虎？"

"我记得。"虎千代清楚地回答。

为景突然脸色一沉，以平静的口气继续说："但是这个首级让你在泥泞的路上拖着走，已经弄得乱七八糟，到底有没有笑容，已经看不出来了，是不？"

他明知不该这么说，但不说又不行。因为太意外，家将及其他儿子都吓了一跳，众人屏住呼吸，轮流看着为景及虎千代。虎千代脸上开朗自傲的表情消失了，又恢复以前那种闷闷不乐，在火光跳动的火把照射下，虎千代的眼底渐渐沉淀了一股白色的忧郁。

"怎么样，你不能回答了吗？"为景努力挤出一丝微笑。他虽然意识到自己这个微笑笨拙又生硬，但是他无法停止。

新兵卫全身颤抖，他看着为景想要说些什么，为景立刻制止了他："你不要开口！我在问虎千代。"

虎千代的脸上又出现了苦涩而倔强的表情。为景又催促道："怎么办呢？"

虎千代翻着白眼，看着父亲，嘴唇几乎不动地说："因为太重了，我拿得好累，我没有想到会把他的脸给擦破。"那声音苦涩沉重得不像小孩。说完，他忽地转过身去，耸着小小肩膀踏步而去。面对他那无言反抗的模样，为景心里又燃起比对一个大人还要强烈的憎恨。他没有叫住他，目送虎千代的身影消失在黑暗中后，看着跪在院子里仍以强硬眼光望着自己的新兵卫，哈哈一笑说："那个孩子真好强，是个前途有望的孩子，大概很难带吧！说他两句，就这样生气地走了！"

他的语气轻松愉快，新兵卫摸不透为景的心，只是仰望着他。

又是一年过去，虎千代七岁了。春天的某一日，为景突然来到虎千代的居处。这是过去不曾有的事，虎千代和新兵卫都惊讶地出来迎接。为景爽快地说："本来我是想叫你过去的，不过，我好像从来没有来过这里，所以就来看看。"说着走进室内。

新兵卫让为景坐在书房里，正要召唤仆人侍候，为景说："我什么都不需要，马上就要回去，你过来！"他把虎千代叫到旁边坐下，新兵卫心中闪过一丝不安。

为景说："时间过得真快，小虎的母亲已离开了三年，我的年纪已大，没有以前那些精神了。这一阵子，老是想起死人的事情，总觉得该为他母亲做些什么不可。"他的语调非常轻，但因为是过去不曾提过的事，新兵卫更加提心吊胆，果然为景说出了叫新兵卫意想不到的话："我想让小虎出家去！"新兵卫大吃一惊，他怀疑自己的耳朵，虎千代也表情紧张地看着父亲。

为景假装没有看到似的，以更轻快的口气说："我今年六十九了，不知什么时候就要离开这个世界，因此很为小虎的未来担心，小虎是幺子，也没有什么领地，纵然我想勉强为他做些什么，但在这乱世之中，年纪这样小，前途如何也不知道，我实在不放心。但是如果让他出家的话，我就安心了，一方面可为他死去的母亲祈求冥福，也可以为马上就要踏进棺材的我祈求冥福。出家也不坏，俗语说：'一人出家，九族升天。'这是很有功德的事，我已经跟林泉寺的师父说了，明天就去吧！"他的口气如流水般轻松，但其含义却相当沉重。

新兵卫紧张地说："恕在下冒昧！"

为景看着新兵卫，刚才那轻松的态度消失了，又换成以往那种庄重威严的表情。为景摆出这副表情时，无论别人说什么他都听不进去。新兵卫明知如此，但仍鼓足勇气说："您说是为夫人祈求冥福，但是这么做夫人会高兴吗？我认为……"

"你是说，你不认为夫人会高兴？但是我认为夫人会高兴，我是她的丈夫，我非常了解她！"他的语气非常肯定。

但是新兵卫仍不放弃："虽然如此，但是虎少爷还小，是否该再等几年，等他亲自判断以后再做决定呢？"

"这一点我也想过，但是我的年龄已经不允许了，我希望在有生之年，看到虎千代出家。我的话说完了，小虎明天就去吧！"

新兵卫非常愤怒，但是为景说要趁他在世时看到虎千代有所归属，身为属下，他是不能反驳的。唯一能表示抗议的就是虎千代自己。新兵卫看着虎千代，他打算以目示意，要虎千代据理力争，但是虎千代却凝视着父亲的胸口，没有看他。他嘴唇紧闭，紧咬着牙齿，胖胖的脸颊僵硬着，那是悲哀愤怒却什么也不肯说的表情。

"都明白了吧！那么，我回去了！刚才已说过了，这事不再说了，明天就去吧！"

新兵卫和虎千代把他送到玄关，看到为景和两个小厮的身影消失以后，回到屋里，新兵卫近乎疯狂地喊叫："为什么要让少爷出家呢？"眼泪扑簌扑簌地流下来。

"我无话可说，就是说也没有用的，父亲早已决定了一切，我早就知道没有用的，所以我不说！"虎千代说完又闭上嘴，他一滴泪也没有流，只是两眼冒火，盯着虚空的某一点。

第二天中午过后，虎千代在新兵卫的陪伴下，出城前往林泉寺。林泉寺的正名是春日山林泉寺，就在春日山麓。林泉寺属曹洞宗，为府中长尾家先祖建立，是长尾家世代家庙。现任住持是天室大师，有着长长的白眉和柔和的脸庞。当他听说虎千代主仆前来拜访时，亲自到玄关出迎。"欢迎光临！请这边走！"

天室大师领他们到后殿。午后的阳光温暖地照射在院子里，樱花盛开，虽然无风，却落英缤纷。

他们进入客房坐定以后，新兵卫说："这事情实在太急，昨天早上才听主公吩咐，说要虎少爷为祈求袈裟夫人冥福而出家！"

他明知道现在再说什么也没有用，但仍心有不甘的样子。

天室大师随即亲切地解释说："老衲也一样，是昨天早上进城时，听为景公说，为了虎千代令堂的冥福，要让虎千代入寺。老衲虽然认为出家是人世间最好的一件事，但对武家之子而言，应该有他路可走！尤其是虎千代年纪还小，或许该再等一阵子，等他成人以后再说。可是为景公却说不行，他说我是即将七十岁的老人了，来日无多，谁知道哪天腿一伸，如果就此留下幼子，岂非冥途生迷，因此我希望尽快看到他有好的归宿。为景公既然这么说，老衲也无法拒绝，希望你们能够了解。"

新兵卫闻言叹息，点点头，无话可说。执事僧端来清茶点心。天室大师劝虎千代吃些点心："你还小，或许不喜欢当和尚，但是等长大以后你就会了解，出家是尊贵的，有很多皇亲贵族也是在年纪轻轻时就遁入空门，你要好好忍耐！"

虎千代并膝，小手搁在膝上，撑开双肘端坐着。他没有看天室大师，而是望着庭院，凝视着纷纷掉落的樱花。他突然转头看着大师，盯着长长眉毛下的和善眼睛，说："我讨厌和尚！"他的声音很低，却有相当的震撼气魄。

天室大师笑着说："哈哈！你讨厌是吗？但是，事到如今也没有办法，你就暂时待在这里吧！"他的口气中有轻微的苦楚。

虎千代的视线又转向前方，天室大师打量他的侧脸。他那小小的嘴唇颤抖着，好像要说些什么。天室和新兵卫等着他开口，只见他的脸变得通红，想要喊叫什么，却什么也没说。那拼命睁开的眼睛里渐渐涌出泪水，他似乎不愿别人看到，于是站起身来，走到廊下。

天室大师和新兵卫两人面面相觑，都觉得胸口发热，眼睛湿润。他们低声对谈。天室大师说："老衲也看过不少刚出家的人，就连幼小入寺的也看过二三十个，大概也看得出出家以后能否幸运得道者。依老衲看，虎千代少爷是怎么也不像能遁入空门的人，但是为景公的心意已定，我们也不能马上送他回去。这样吧！老衲就暂时留他在这儿，但是不让他出家，只在这里学习学问吧！如果他有佛缘，再看将来吧！"

对新兵卫而言，这真是求之不得，他泪流满面："大师能够这样做，在下真是感激不尽。在下虽然身为虎少爷的师傅不过两年，但日夜陪伴在他身边，也非常了解他的脾气，依在下看来，他是个不可多得的武士，实在不宜出家，只因为太早和母亲分离，难免有许多不为人知的苦衷。"

天室大师忠实地遵守这个约定，他不跟虎千代谈佛说道，只是严格地教他读书、练字。虎千代的记忆力和理解力超群，仅仅两个月就能完全背诵四书了。

夏天结束时，天室大师把虎千代送回城里："这孩子没有佛缘，到底不是能遁世而终的人。"

米山的药师堂

林泉寺把虎千代送回城来，为景很不高兴。为景看着天室大师说："什么叫佛缘很浅？您不是常说连狗也有佛性吗？"

"贫僧所说的佛缘，是能出家为僧的意思，是指其人有无因缘命定。世间有年少即出家者，也有历经劫难，到了相当年纪，才决心出家者，也有一旦出家却未能尽缘而还俗者，这一切都系于因缘之丝。依贫僧所见，虎千代君非年幼出家之性情，亦即他没有这份因缘，因而不能勉强，倘若勉强，必招灾祸。"

为景虽然不高兴，仍不得不把虎千代留在城里。但是他对虎千代的厌恶，却毫不保留地显现出来。过去他还忌惮世间，勉强装出对虎千代有感情的样子，但现在连这一点伪装也免了。

长尾家族中，不是没有人为虎千代难过，但是没有人敢向为景进谏，因为虎千代身为幼子，即使向他示好，也未必对将来有利，因此人人噤若寒蝉，只有松江敢说："我看主公是一点也不疼爱虎千代，我怎么看都觉得如此，您为什么不喜欢他呢？不同样是您的孩子吗？"

为景颇为狼狈："你为什么说这种话？我并没有特别亏待他啊！"

"是吗？"她的语句简短，却含带着讽刺和不信任。

为景更加狼狈，他说："如果你这么认为，还不都因为那孩子不老实，心里总有疙瘩，我是为了矫正他。就算有些严厉，但绝不残酷，你因为还没有自己的小孩，所以你不了解。在父母心中，任何一个孩子都是可爱的，愚笨也好，顽劣也好，在父母心中都是可爱的。"

他拼命想解释，但是松江却一点也不接受，只以简单的一句，"是吗？"结束了谈话。

为景觉得似乎必须做些对虎千代有感情的事才能对松江有所交代，虽然他觉得这是对松江这野性永远难驯、不知是聪明还是愚笨的女人的迁就让步，但当她老实说出心里所想而咄咄逼人时，他却无法抵抗。他先为虎千代行冠礼，改名喜平二景虎。平常武士的孩子差不多在十四五岁才行冠礼，但诸侯的孩子通常在七八岁就行冠礼，因此为景在虎千代七岁时为他行冠礼，可以证明他对虎千代的感情并不薄于其他孩子。但是松江那锐利的眼光仍能看穿为景的心底，她总是一副"你做得还不够"的表情，为景不得不苦笑着一再为虎千代打算。

在新发田市东北约一里处，有个加治村，村中豪族加地春纲是近江源氏佐佐木一族，自镰仓时代以来，是越后望族之一。春纲没有子嗣，于是为景在景虎八岁那年春天，央求守护上杉定实在春纲面前美言几句，让景虎过继给春纲家当养子。定实受为景之托，当然全力以赴，派遣使者到下越后去传达此意。春纲也满口高兴地承诺："我到了这把年岁，还没有子嗣，这几年一直想找个养子，就是没有遇到合适的，今天有定实公这番美意，真是可喜，尤其是为景公的公子，那更是求之不得，一切拜托了！"

事情谈妥以后，为景把景虎叫来，告诉他这件事。但是景虎却冷冷地回答说："我不要做人家的孩子！"为景吓了一跳，半是训诫半是责骂地哄他，但是景虎仍然坚持不肯，为景苦口婆心地劝他，他又像平常一样绷着脸翻白眼，一句话也不肯说。

为景又说这事关乎我的面子，但是景虎仍不同意。为景劝累了，命令金津新兵卫去劝，景虎还是不肯答应，最后他央求松江出面，但是松江却很冷峻地回答说："我才不要和虎少爷说这种事呢！虎少爷的心理我了解，他说不愿意就是不愿意，我也不愿意去勉强他。虎少爷很清楚他在你心里是个大麻烦，所以你才要把他送到别人家里去，他这样想，我是没有办法劝的。"接着松江还反过来劝为景说："虎少爷也是主公您的孩子，您不应该把他送走，应该留在城里把他抚养长大。就我来看，主公的孩子中，将来就属虎少爷最有出息，要是送给别人，那太可惜了。"

为景非常了解这个女人固执的脾气，除了苦笑以外，也就不再求她了。但是他对景虎的愤怒有增无减，为了责罚景虎，他说不听父母的话即不孝，不可留在城里，于是把景虎赶出了城，寄居在新兵卫家里。他甚至还扬言："只要景虎一天有不孝之心，我就一天不承认他是我的孩子，因此你也不必把他当作是少爷，只当他是你朋友的孩子就行了。"

为景并没有完全放弃让景虎入嗣加地家的打算。他把景虎送到新兵卫家里当普通武士的儿子养，心想景虎或许就会屈服而到加地家去。他把这个打算告诉新兵卫，要新兵卫再努力说服景虎。但是好几个月过去了，景虎的态度依然不变，为景更加生气，他觉得如果不对景虎有所处置，那么他无颜面对上杉定实及加地春纲。有一天，他找新兵卫来说："小虎虽然年幼，却不顾父母颜面而如此倔强，真是可恶至极，像这样的不孝子，我不想让他住在我的居城附近。我要和他断绝父子关系，我现在命令你，不论你把他送到什么地方，只要远离我的居城就行了。"

新兵卫虽然很了解为景面子上挂不住，但是他更知道景虎的倔强，根本拿他没办法。为景这么说，令他为之一惊。这决定非同小可，他拼命地为景虎辩解说："我知道主公愤怒是必然的，但是小孩子离家做别人的养子，心情不好也不无道理，不妨暂时先不提这件事，一两年后他一定会听话的。"

但是为景不听："我刚才所说的都是思虑再三的结果，如果不这么做，对定实公、对加地家都无法交代，以后我的命令也不再有分量，我想，你应该知道此事关系重大。"

他这么一说，新兵卫也无话可答。但新兵卫还不死心，特地到外城请晴景说情，但是晴景对这个幺弟毫无感情，冷淡地拒绝了："站在父亲的立场，不得不这么处置，景虎虽然年幼，但他实在欠缺思虑，就算是我去说，父亲也不会听的。"

事到如今，除了遵照为景的命令外，没有其他方法。但是要送景虎到什么地方去，还真是个问题。新兵卫先到栖吉长尾家去商量。袈裟的父亲显吉已于数年前过世，现在的家主是袈裟的哥哥。他心想："我听说景虎不讨他父亲欢心，是个脾气很坏的孩子，会惹为景公生气自是当然，但偏偏景虎那孩子又那么倔强。不过，看眼前的情况，我也不好出面管这事，因为这是为景公为对定实公及加地家做一个交代的处置，但他毕竟是我外甥，我总得想个方法啊！"他在心中盘算许久之后，说道："枥尾有位本庄庆秀，是小泉本庄家的末家，虽然生活并不富裕，也没什么名气，但是心性刚强，待人诚恳，我跟他交情深厚，你带着我的信去找他试试看吧！"

新兵卫带了信前往枥尾。枥尾距栖吉只有三里，很快就到达了，庆秀看过信说："既然是栖吉兄的事，我当然乐意帮忙，你随时可以把人送过来！"

庆秀三十出头，很爽快地答应了。新兵卫立刻回栖吉报告，然后赶回春日山向为景报告，为景只冷冷地说："他是个弃子，就交给你了，辛苦你了！"

新兵卫忍不住认为，为景根本不是为了对别人有所交代，其实是真的讨厌景虎。

新兵卫背着景虎，带了四个仆人，开始了寒酸而委屈的旅程。已是秋末，万物已见萧条秋色，他们离开春日山向北，新兵卫心中无限凄寂。春日山距米山大约八里，他们在破晓前离开春日山，日暮之前就到达山顶的药师堂，打算晚上在此投宿。米山高九百九十三米，沿海耸立，将越后平原一分为二，以此山为境，南部为上越后，北方为下越后。风景秀丽，加上山顶的药师堂，在日本也是屈指可数的名山。

正是满山枫叶灿红的季节，群山在夕阳的照射下，艳红一片，煞是美丽，众人站在药师堂廊下，忘我地欣赏红叶美景。新兵卫发现景虎的视线并不是看着红叶，而是遥望着南方的平原地带。因为米山耸立在平原之中，视野极佳，府内及春日山也能尽收眼底。景虎就凝望着春日山的方向。他身材矮小，但非常结实，力量也很大。然而他毕竟只有八岁，他挺着那小小的身躯，嘴唇紧闭，敏锐的视线凝聚在遥远的平原尽头。

新兵卫心想，他离开春日山一滴泪也没有流，恐怕这会儿才感觉有些依恋而悲伤吧！这时，景虎猛然回头叫他："新兵卫！"

新兵卫赶到他身边，景虎笑着说："你知不知道有哪个大将是以这座山为阵地而战的？"

他的语气和态度毫无感伤，新兵卫惊慌失措，不知如何作答，反问一句："你说什么？"

"我想知道曾经以这座山为阵地而开战的大将的故事！你知不知道？"

"在下没有听说过。"

"你没听过，那是没有吗？那这世上岂不都是一些庸将？！如果以这里为阵地，府内和春日山尽收眼底，我真希望快点长大。"他双颊露出可爱的酒窝，天真地说着。新兵卫虽然感到一股冷流闪过脊柱，但立刻高兴地涌出泪水来，他拱着双手跪下说："虎少爷如果将来成为伟大的武将，刚才所说的话一定能传诸后世！你一定要争气，一定要变得伟大！"语罢，忍不住涕泗横流。

"嗯！嗯！"景虎点点头。阳光射入云中。暮色苍茫中，他那凝视前方不动的眼睛中闪着泪光。

景虎被放逐到枥尾的第二年春天，为景和宇佐美定行一同率兵攻入越中。最近几年，越后国内的一向宗信徒不听命领主，动不动就团结起来反抗，据称其背后是有越中的豪族唆使，为景因此出兵征伐。

越中及能登是足利幕府开创以来，足利三管领之一的畠山氏的管国。当时，畠山氏势力衰颓，国内武士各据一方，起兵称雄。

宇佐美定行的军队已拿下新川郡的松仓城，因此为景也进一步攻打射水郡的放生津城。放生津城自平安时代起即以地利之便，累积交易财货之富，为一富镇，因此畠山氏仍紧守不放。

为景进攻放生津城时，城内守备相当薄弱，城主畠山植长留在河内的高屋，城内只有家臣留守，另外还有京都朝臣德大寺大纳言实矩等九人携家带眷住在这里。德大寺实矩是畠山植长的外甥，因为连年战乱，领地都被武士霸占，年贡已绝，又因京都战乱，家宅被毁，因此两三年前就带着同族朝臣八人来放生津城投靠舅父。这些贵族平日养尊处优，毫无战斗能力，战时反而碍手碍脚。在长尾军火箭的猛攻下，放生津城瞬间沦陷，德大寺实矩等人在熊熊烈火中自杀而亡。

　　放生津城是在午后二时陷落的。为景立刻入城，因城内余烬未消，于是只举行胜利欢呼的仪式之后，又撤回到主营所在的郊外寺庙里。

　　为景出征以来，身边一直带着松江。史书上记载松江的战场英姿：身穿紫革红穗铠甲，头戴半月形装饰的战盔，手持长戟，女扮男装，有种难以形容的俊秀。她跟着为景回到主营。傍晚要换衣时，突然想起有东西忘在城内了。那是举行胜利欢呼仪式稍前，她到城墙一角整妆，完毕后就把当时用的怀镜留在城墙上了。那怀镜是铜造的，质精工细，她觉得丢了可惜，于是上了马往城里奔去。

　　她只披着战袍，没有戴头盔，额上系着黄金头冠，策马入城，到了留镜子的地方，看到镜子还在原地，高兴地拿了就要回去。

　　出了正城门，沿着宽广的道路来到庄川堤上，河水涨了，晴朗的天空也隐隐勾出上弦月，时节正是百花盛开的雪国之春，一向没有风雅气息的松江此刻也不由得感叹景致极佳，心身畅快。于是松了缰绳，缓缓地跑着马。没多久突然听到女人的惨叫声，她立刻怒由心起——"那些畜生又要糟蹋女人了！"虽然征战途中，她看到太多胜利军队强暴败军民妇的情形，但是她一直无法习惯。她个性耿直刚强，疾恶如仇，虽然过了多年的贵夫人生活，但本性依旧未改，此刻当然无法压抑这股由心底燃起的怒火。她愤怒地搜寻暮色渐掩的四周，很快就看见不远处树丛围绕的两三户农家附近跑出一堆人，大约有十五六个，仔细一看，他们分成两队，各扛着一个东西，齐声喊叫"嘿唷！嘿唷！"一直抬到堤防上。他们喝了不少酒，动作粗野狂暴。松江知道他们扛着的一定是女人。她拉住缰绳，定睛凝视，听到一声惨叫，那是快要断气的脆弱惨叫。

　　松江但觉血冲脑门，放马直奔堤防。那些军人把两个女人像鲔鱼似的并排放在刚冒出五六寸嫩苇的堤岸上，然后围成一个圆圈坐着，交换着下流猥亵的言语。他们大概醉得很厉害，看到松江时，也不知道她究竟是谁。在这一圈中似乎是头头的长胡须男子说："后面来的这个咱们抽签决定吧！不过，等大家都享受后再说！"

　　松江看看那些臭气熏天的兵士，还有那似乎已经气绝、躺着不动的女人，呆站了一会儿，突然冲进兵士围成的圆圈中，挥起手中的鞭子扫向那长胡须男子。鞭子结结实实地抽在那人脸上，那人惨叫一声，跳了起来："你干什么！"他左手抚着脸，右手抽出刀来。

一伙人也紧张地分散开来。天色已暗，虽有月亮，但究竟发生了什么事，没有人看得清楚，只知道有人袭击，本能地挥刀相向。

"你究竟是谁？是敌人还是朋友？为什么要干涉我们？"刀锋映着月光，闪过刺眼的光芒。

松江站定以后，缓缓地瞄过众人："我是为景公身边的松江，无法忍受你们这些欺负百姓的恶劣家伙，还不快给我退下，如果不走，别怪我手下无情。"

可惜的是，这些人似乎不知松江是谁。

"什么？你是谁？"

"信浓守身边服侍的人，怎么会讲这种话？！"

他们七嘴八舌地上下打量松江，突然，刚才被鞭子打到的男子贼笑着说："喔！原来是个女武士，那我可受用不尽了！"他拿着刀威风凛凛地走过来，仿佛轻而易举就能抓住松江似的。

"不知死活的畜生！"松江话才出口，那人已被鞭子一卷扔上天空，瞬间甩落到那一伙人之间。他们还来不及惊讶，松江已丢下鞭子，抽出刀来："看我不把你们这些畜生宰杀得一个也不剩才怪！"她快速地挥刀，比切芋头还轻松，她虽然用的是刀背，但因为她力气太大，瞬间打断了三四个人的肩骨、手臂或肋骨，一时间哀声震天，吓得那伙人落荒而逃。

"没用的畜生，连一个女人也打不过！"松江收刀回鞘，拾起鞭子走近那两个女人。她蹲下来轻声地呼唤她们："你们还活着吧？千万别死了！"再仔细一看，"哎呀！不是这里的女人呢。"

这两个女人年约三十五六岁，人虽晕厥，脸色惨白如纸，但仔细打量，她们那长脸蛋细腻雅致，眉毛是画的，不是天然的，身上的衣服也是柔软纯白的丝裳。松江心想："大概是贵族的妻眷吧！听说有些贵族寄居在这城里。"她抱住其中一个，轻轻敲打她的背部："醒醒！"

女人又孱弱地惊叫一声，想要挣脱逃走。松江抱着她说："你不用怕，刚才那些畜生已经被我打跑了！放心吧！"

女人惊魂未定，恐惧地凝视着松江。

"不信你看，我不是刚才那群畜生吧！"松江把脸凑近让她看。她重重地叹了口气，因为太过放心，人又昏了过去。松江用力拍打她的脸颊："你别这个样子啊！我不只是要救你一个人啊！"

说着，她又去照顾另外一个。这个也一样，松江拍打了一阵才让她恢复精神。松江不禁嘀咕道："你们这些人就是要人家照顾，这么柔弱，有什么

73

用呢？看你们这样子，一定是京都朝臣的家眷吧！"

两个女人看着眼前这位似男似女、年轻俊美却满口粗言的武士，惊吓得不知如何反应。

松江又问她们："是不是啊？"

她们慌忙点点头，不由得嘤嘤啜泣起来。

"你们不要哭，哭有什么用？又不能解决问题。我既然救了你们，自然会照顾你们，快走吧！"

松江左拥右抱地扶着她们上了堤防，把两个人都弄上马："抓紧啊！别摔下去啦！"说着便急驰回营。

这两人是和德大寺大纳言一起死在城中的梅小路中纳言及唐桥少将的夫人。当时，后奈良天皇生活困苦，甚至需要出售御笔手书换钱来维持生活，其他朝臣更不用说了。梅小路家和唐桥家与德大寺家是远亲，当初德大寺到放生津投靠畠山，并没有约他们同行，但他们后来实在过不下去了，只好在去年秋天离开京城也来投靠畠山。

松江把两人带回营地，在自己房间里和她们谈起了她们的遭遇。松江虽像男人般刚强，但感情一样脆弱如女人，她听着听着，也跟着哭起来："你们来了还不到半年，却家破人亡，真是可怜哪！"

松江一哭，她们两人哭得更厉害了，三个女人哭作一团。

她们长得很像，都非常纤细，看起来弱不禁风。虽有些年纪，犹有迟暮之美，一看就有京城贵妇的气质。因为她们长得实在太像，松江忍不住一问，果然是姐妹。梅小路夫人是姐姐，今年四十一岁，唐桥夫人四十。

松江为她们姐妹同遭悲惨的命运，又忍不住洒下泪时，梅小路夫人突然开口："你可不可以送我们到越后的柿崎？"

本来有心要一直照顾这对姐妹的松江，听了这话有点不高兴，立刻粗暴地问道："你们到柿崎干什么？那里有熟人吗？"

两人被她突然转变的态度吓呆了，怯生生地说："我们两个的女儿都在柿崎领主和泉守景家那里。"

"是吗？既然这样，我是该送你们去的，不过……"松江很想问她们的女儿在柿崎弥二郎那里干什么，但突然想起往事，赶紧闭嘴。

她想起七八年前，为景从京都买来两个美女送给弥二郎，让他阵前倒戈而赢得胜利，当时传诵一时。"天哪！那两个京都美女就是她们的女儿吗？"松江仔细地看着这两个女人，不知是有缘相逢，还是悲哀。

梅小路夫人说："我们离京时本想在放生津暂住一阵子，就要去柿崎那里的，没想到遇上这种事，如果早点去的话……"说着又哭了起来。

"我们对不起女儿，没有脸见她们，但是母女亲情，总想再见她们一面，这才苟且偷生，想出城去……"说着，唐桥夫人也哭了起来。

"好吧！我就送你们到柿崎那边，不过，你们等一下。"松江到为景的房间，详述事情经过，为景也不由大惊。只听松江说："我去带她们来看你！"也不等为景同意与否，就把两位夫人带过来了。

命丧花野

对为景来说，这两位贵族夫人算是有缘之人，但是为景实在不想见她们，一则是因为他攻城，害死了她们的丈夫，二是利用她们的女儿做诱惑弥二郎的香饵。他想在这两个女人眼中，自己绝对不是个好人。但是松江已经把人带来了，也没有办法。

见面以后，她们毕竟是贵族之身，不能怠慢，于是请她们上座，并多方安慰。正好柿崎弥二郎也随大军出击，为景便将话题转向这里。为景说："令爱没有说她们的出身，因此在下一点也不知道她们出身高贵，我想弥二郎大概也不知道，倘若知道，必然非常惊讶！这实在是太意外了。我马上找他来！"说着立刻派人去找弥二郎，说有人想要见他，要他赶快过来。

弥二郎的阵地在距离为景主阵川口村不到两里的曾根村。为景的使者来时，弥二郎正在大发脾气。因为他的部下报告说："我们在城外河堤边捉到两个女人，那模样铁定是留在城里的贵族夫人，但当我们要带回来的途中，突然有一队人马出现，毫不讲理地把女人夺走了，我们虽然也奋起抵抗，但是没有办法，对方是为景公的近卫，我们也不想惹麻烦，只好交给他们了。"

弥二郎勃然大怒："岂有此理，我们获得的猎物，敌人抢了回去还说得过去，哪有自己人来抢的道理？！这样，还怎么激励将士拼命呢？何况那两个女人是在要送给我的途中被抢走，怎不叫人生气！"

就在这时，为景的使者来报，说为景那儿有人想要见他。

"什么？有人要见我？好！反正我有事要找为景公，叫他把人还给我！"说完，便穿戴整齐走出营地。

为景简直是坐立不安。两位夫人泪流不止，为景无精打采地陪坐一旁，心想只要自己能不开口就不开口。虽说这两位夫人的悲惨境遇责任在自己，但一再地道歉也不是办法，他不耐烦地盼望着弥二郎快来。

弥二郎终于来了。为景松了一口气，为他们介绍："这位是柿崎和泉守，这两位是梅小路卿及唐桥少将卿的夫人。"

弥二郎虽动作粗俗，但是直觉很强，心想眼前这两位贵妇大概就是兵士刚才提到的人。他仔细打量，果然是徐娘半老风韵犹存。不过他对半老徐娘没有兴趣，如果真是这两位，他倒不觉得有什么可惜，于是心情大为轻松。对弥二郎而言，他没有兴趣的女人等于不存在，他简单地寒暄过后，便对为景说："听说有人要见我，是吗？"

松江从旁插嘴："柿崎大人，您虽然英勇无敌，但是感觉实在迟钝啊！这两位夫人就是我们主公送给您的那两位如花美眷的母亲。"

"什么？！"弥二郎瞪大了眼，视线在这两人身上游走。

"她们是要去见您那两位美眷，暂时寄居在这城里，没想到遭此不幸，好好地把她们接回去吧！对了，你也应该好好谢我，因为不知道是谁的手下捉了她们两个，被我打跑了，救下了她们。"

弥二郎从来没有问过春娘和秋娘的出身。他只是呆看着这两名贵妇，说不出话来。第二天，弥二郎便派心腹家将把她们送回居城。

越后军又在越中停留了一月，扫荡占领地区的残敌，留下守将在放生津城及松仓城后凯旋。

时光飞逝，又过了四年。在这四年之间，越中占领地区平安无事，越后守护上杉定实的力量，似乎完全控制了占领区。但在天文十一年春天，局势突然不稳定起来。神保、江波、松冈、椎名等越中豪族为收复失地，又煽动这个地方的一向宗信徒发起暴动。

四年前为景入越中是春天，这一回也是春天，都是因为寒冬积雪的缘故。因为积雪甚深，军队无法移动，这段时期只好用于制定策略和做准备。在飘落不止的深雪下，所有阴谋都在秘密地进行、紧密地联络，等到阳春雪融时即一举化为行动。

一向深谋远虑的为景，丝毫未发现这个阴谋，大概是因为对方是信仰虔诚、团结一致而且口风甚紧的一向宗信徒吧！晚春时分，暴民攻向放生津城时，为景才知道这件事。

为景虽惊讶，但是他有充分的自信，立刻联络宇佐美定行发兵。暴民一听说越后军队出动，立刻停止攻打放生津城，远逃到加贺境内。为景令宇佐美定行坚守松仓城，自己则前往放生津。

他进入放生津数日后，暴民又在放生津南方四里半的栴檀野出没。虽然是一些暴民，但其中还包括一向宗信徒和越中豪族，并不全然是单纯的百姓兵。

栴檀野是西有庄川流过，东有群山围绕，东西长二里、南北宽三里的平原，暴民进到此处，就按兵不动。

为景一向多虑，但此时因为低估暴民，以至于判断失误。他以为暴民不敢进攻放生津城，是因为自忖不敌，他认为一群乌合之众，虽然兴兵至此，但是不敢再进一步。他没把暴民放在眼里。

虽然他也派出许多斥候，但却都不如以往那样仔细小心，而被派出去的斥候也有同样的心理，都报告说暴民胆怯不安，越中豪族拼命安抚他们。

为景暗自高兴："这些傻瓜，难道看不出打野战对我们比较有利吗？如果他们接二连三地攻城，将我们锁在城中，可能有些见风转舵的人加入他们那边。其实就算他们知道，底下也未必听命行事，军中掺杂了民兵，总是很难调度的。"

总之，他很有自信地派兵四千往栴檀野去。

战事自四月十一日早上开始，虽说已入夏，但在春来稍迟的北国仍是一片阳春景致，梅花、桃花、樱花及无数野花竞开。

为景派三条城主长尾俊景打前锋。俊景率兵五百开至繁花盛开的绿野，越中军的先锋是松冈长门守的五百人部队。两军在双方战鼓雷鸣中冲锋，展开弓箭战。两军之间，飞箭如羽虫般飞过朝露闪烁、繁花盛开的绿野之上，发出尖锐的声音，插在盾牌上。

通常，弓箭战持续相当长的时间后，才转为白刃战，这是当时正统的战术。

守在第二阵的是柿崎弥二郎率领的三百人马。弥二郎注视着前锋交战情况，对这种过于正统的战术颇不以为然。弥二郎心想，战争哪有固定的方式，只要打赢就好，只要不错失战机就一定能赢。就他来看，俊景好几次错失战机，不是说敌方一直射个不停，已方就得配合射回去。

最后，他实在忍无可忍，喊了一声："上！"身先士卒，三百兵马一哄而出。弥二郎绕过前锋队侧翼，横冲向敌方先锋。

俊景看了，不由大怒："有这么看不清阵法的浑蛋吗？简直是无礼！"但弥二郎的军队根本不听，俊景无法，也不得不展开接触战。

"快冲！"俊景策马飞奔向前，部下赶紧跟在后面。眼看越中部队似有败色，前锋已经败北，第二队和第三队轮番而出，但一出动立刻被杀成一团混乱。守在后阵的为景认为胜机已到，立刻翻身上马，挥旗下令："追！"为景这时虽已七十五岁，但平日勤于锻炼，注重养生，身子还相当硬朗。他眼看胜利在望，气势昂扬，飞快地赶过众多兵士。

越中军队似已无战意，纷纷弃械丢兵，化成好几股，分向而逃。如果是平时，为景对这种溃逃情况会有所怀疑，但是个人气数已尽，夫复何言，此时他就欠缺这份思虑。他只是不断地喊着："别逃！一个也别留下！统统给我宰了！"继续向前追杀。

越后军掉入越中军设下的陷阱，就在那一瞬间之后。

前一天晚上，越中军就在战场附近挖了数十个深坑，上面铺着木板，再盖上草皮，越后军乘胜追击，不久即人仰马翻、前赴后继地掉落坑中。

为景紧跟在前锋之后，他只见眼前烟尘大起，自己的兵士哀号惨叫，消失在眼前，再看到那一个个挤满人马的大坑时，立刻俯身在马上，马也颇有灵性，一纵身，轻轻跃过六七米宽的大洞。

马跑了十几米后，为景掉转马头，回看那前所未见的惨况。后边蜂拥而来的兵马也跟着掉落坑中，坑中人哀马号，犹如地狱绘卷。为景拼命呼叫后续人马退后，莫中敌计，还想重新整理人马时，原先潜伏在壕沟里的越中民兵，立刻像蚂蚁般爬出，杀向阵势大乱的越后军。他们高举写着"厌离秽土，欣求净土"、"南无阿弥陀佛"的旗帜，杀得越后溃不成军，纷纷抱头鼠窜。

此刻为景也大限已至，身边仅剩数人奋死血战。已经稳操胜券的越中军手法极其毒辣。他们先是万箭齐发，然后四方一拥而上，白刃相交，接着又散开，再度发箭，似乎打算把这批囊中之物折磨至死。为景像刺猬般全身插满箭支，有的已深入身体。他很想自杀，但没有这个余暇。

他愤恨这些残忍无情的家伙。但毕竟已经上了年纪，不再有战斗的余力，他呼吸急促，视线朦胧，握着刀单膝跪在地上，意识模糊，这时，敌阵有人直奔而来，喊了一声："在下神保左京进家将江崎但马，看招！"长枪一刺，为景虽然举刀，但无力招架，长枪穿胸而过，他踉跄倒下。

江崎但马就骑在马上斩下为景首级，又拆下为景的佩刀、匕首及系在腰环上的令旗。这时，一名武士飞马过来，她身穿紫革铠甲、头戴半月装饰头盔，甩着长戟大喊："你竟敢杀了主公！"

她就是松江。她和为景并肩作战，但因为马跑得慢，远远落在后面，得以避免掉入陷阱的灾厄，但受阻于伏兵攻击，直到现在才赶到为景身边。为景被杀，松江悲愤至极。她对为景并没有特别深厚的爱情，只是她单纯地相信，她既是他的人，就必须竭尽忠诚。一股复仇之念燃烧在心，她的戟法异常激烈，或刺或劈，其势又猛又准，连有勇士之名的江崎但马都不敌而退。此时另外一名武士见状，立刻奔来，遭松江一刺，当场死亡。又有数人连番上阵，但几乎没有人能接到三招以上，瞬间四人倒地，五六人受伤。

越中军并不知道眼前这年轻武士是个女人，只以为是个美少年，七嘴八舌地嚷道："这家伙，难缠得很，咱们一起上！"说着，把松江团团围住。

松江更加生气："这些没出息的家伙！"拿着长戟或斩或刺，像阿修罗般疯狂。但有人乘她挥戟空当一枪刺向她的头盔，松江没能躲开，头盔系带被切断，头盔飞到地上，她在马上激烈摇晃，身子猛向后弯，这时，绑头发的带子也断开，一束乱发飞散。众人同声大叫："啊！是个女人！"

当他们发现松江是个女人时，兴奋地大叫："活捉她！不要杀了她！不能杀了她！"一拥而上。松江横眉倒竖，挥着长戟，杀了一个又一个，她人随着长戟舞转，头发也在空中乱飞。这时一个武士用勾枪钩住她的头发向后一拉，松江身体像弓似的向后一仰，她立刻抽刀挥开勾枪的枪柄，一甩头，把缠在发上的勾枪甩落。当她正要坐稳身子，一个武士抓住她拿刀的手，猛然把她拖下马。马狂奔而去，武士想按住松江，但力大无比的松江大喝一声："无礼！"身体便弹起来，但身子还没有站稳，后面冲上的武士立刻捉住她的脚用力一扯，她整个人向前扑倒，武士立刻跨在她背上，把她双臂反扭在后。松江拼命挣扎，嘴里乱骂着："畜生，还不放手！"其他武士都一旁观看，只等同伙失手好换上自己。只见那个武士，用膝盖压住松江双手，从腰间抽出绳子绑紧。松江双手被反绑，趴在地上不停地吼叫："我原想战死，却沦为俘虏，遗憾哪！遗憾！"说完，扭着身体放声大哭。平常美女悲泣，这些武士多少会感动于心，但是松江虽一介女流，却言语粗俗、哭态夸张，反而叫人觉得滑稽，大伙儿都笑了起来。

那抓到松江的武士也按捺不住好笑，一会儿，他拉起松江："起来！"

松江只好停止哭泣，慢慢站起来，她那泪水和汗打湿的脸上沾着泥巴草屑，惹得众人又笑了。

松江大怒，朝抓到自己的武士脸上吐了一口口水。

那人也勃然大怒："可恶，你以为你是女人我就会对你客气？！"他手按着刀把瞪着松江。

"你杀死我好了！你杀了我，正合我意！"松江也怒目相向。对方却深呼吸了两三次，平静下来说："你是我活捉的，我怎会把你杀了呢？快走吧！"

活捉松江的是神保左京进的家将莳田主计。他向其他俘虏打听出松江的身份后，就去参见神保。神保听说松江的身份、作为及容貌以后，似乎很感兴趣。

"先留在你那里，好好照顾她吧！"

莳田主计在当时武士中也算是位多情种子，他带着松江一回到充当住处的民宅后，就为松江松了绑。

"胜败是时运，如果武运已尽，非败即俘，没什么好丢脸的。只是被俘以后还恶形恶状，拼命挣扎，那就不好了。你就老实点，乖乖待在这里，不过，你要知道，绝对不能离开这间屋子，我会派个小厮照顾你，有什么事尽可以吩咐他！"说完，果真为松江找来一个十五六岁的小童。

松江像变了个人似的老实下来，她那动不动就火冒三丈的脾气已经消失了，整个人沉浸在悲伤里，低头垂泪。聆听完莳田这一番有情义的话，她默默地点了点头，泪珠更掉个不停。她不开口而如斯悲哀，加上罕见的美貌以及身子不耐厚重铠甲般的娇弱，更显得风情万种。

莳田主计退到另一个房间，脱下铠甲，喝着酒，然后又再度武装，走到主阵去求见神保。

"在下有一个不情之请。"

"你说！"

"希望能把在下活捉的那个女人赐给在下。在下尚未娶妻，希望能娶她为妻。"

神保笑着说："她虽然漂亮，但出身低下，做了信浓守侍妾这么多年，言语还是这么粗俗，你喜欢她可以，但不必特别娶她，就当作奴婢或妾，想要的时候找她就行了。"

"多谢主公垂爱，但是在下仍希望娶她为妻，她虽是言语粗俗的乡下女人，但是她力大无穷，如果生了儿子，一定是了不起的勇士。"

莳田主计真是剃头担子一头热，在这武勇为先的时代，神保很了解他的心情，于是说："的确，和田义盛曾乞木曾公宠妾巴夫人为妻，生下勇士朝比奈三郎。你有这份心意，了不起，我就答应你，从今晚开始她就是你的妻子了！"

莳田主计言谢退出。

回到住处，却发生了意想不到的事。侍候松江的少年胸口插着一把刀，早已断气，他的两名徒众也在院子里被劈成两半，松江和他的坐骑消失得无影无踪。

"这个贱货！"

莳田主计原先的款款深情一扫而空，他叫住在附近民宅的朋友向神保报告此事，自己策马赶往松江可能逃走的方向，神保也派出人手，帮忙追捕，但在清朗月色下，平野四处皆不见松江人影。

入夜以后，松仓城的宇佐美定行得知栴檀野的败战。松仓位于鱼津市东南方一里半、早月川右岸的小山上，距离栴檀野十三里。宇佐美虽然惊讶，但不狼狈，他估计敌军追来最快也在明天中午左右。家将中有人主张立刻撤退，但遭宇佐美否决。

"第一，我们必须收容我方败兵，如果我先撤离，败兵无处可逃，下场更加凄惨。第二，此时若急于退却，兵士们必定会胆怯，一旦敌军追来，很快就被践踏溃散，无法与敌军对抗。如果我们好整以暇，即使敌军追来，我方仍勇气百倍，这才是最安全的撤退方式。"说完，他又派斥候去侦察情势。

夜半时分，败兵果然如潮水般逃来，宇佐美把他们收进城内，叫他们休息。天亮不久，立刻率兵出城，在早月川前布好阵势，摩拳擦掌地等待敌军来袭。斥候不断回报敌军动静，知道敌军逐渐接近，在中午时已迫近距城三里的地点，但不知何故没有再向前进。宇佐美不敢大意，严阵以待。没过多久，两三百人的敌军出现在早月川对岸，宇佐美命令己方兵士嘶声喊杀，对方立刻惊慌退却。就这么一次以后，敌踪再也未现，据斥候的报告，敌军主力仍然留在先前的地点未动。

"果然。他们知道我们这样一丝不乱地严阵以待，便心生胆怯不敢再追！"宇佐美心想这样也好，就按照这种方式撤退吧！他先命令士兵将储藏城内的兵粮器物拿出，分散给居城附近的百姓。对军人而言，百姓是绝对疏忽不得的对象。平常他们受军人颐指气使，对军人的憎恶极深，当军人威势强大时，他们就柔顺屈服，但是当军人战败时，他们便摇身一变，从地板下或天花板上拿出生锈的刀枪，或把竹子削尖，拎着斧头等在隐秘的地方，袭击落难的武士，剥下他们的盔甲，像饥饿的狼袭击迷路的羊群一般。

尤其此战敌军中有一半是一向宗信徒，他们可能和这一带乡民有密切的联系，当然更要小心。宇佐美把武器分发给他们也是这个缘故，如果丢着不管，徒然增添敌人的兵粮器械，或是全部烧掉，但与其如此，倒不如分给百姓以收揽人心。他召集百姓说："时间紧迫，我们必须撤退，如果你们念及交情而不追击，我很高兴，但是如果你们不服气而执意要追，或是守株待兔伏袭我们，我会让你们见识到我军非比寻常的能耐！"说完率军撤退，就像过去常山两头蛇缩回洞穴般，一路警戒一路撤退，结果没有一个人敢追杀他们。

宇佐美回到越后，顺便转往春日山见晴景，向他报告经过，其实在他报告之前，战败的消息已经传到春日山。原先只听说为景不幸身殉，众人以为是谣言，但败兵逃回来报告之后，才知是事实。

败战消息也传到府内的守护馆。对上杉定实而言，为景不能说是忠诚之臣，但为景只是名义上奉定实为主，独揽一切权力、压迫定实更是常态。定实虽然生性老实，但有时候难免也会对他产生一些憎恶。不过，为景一死，他不觉忧心起来，他能够在这个乱世被尊为越后守护，也是为景的功劳。因此馆内骚动大起。

春日山的骚动更不在话下，越后境内的长尾一族都率兵聚集到春日山。无论如何，为景的丧事必须先做。晴景以丧主身份发了丧，据说找不到为景的遗体，只把些遗品葬在林泉寺。

景虎这时已十三岁，还在枥尾本庄家，虽然新兵卫恳求晴景让景虎回来送葬，但是晴景严厉拒绝："他那个不孝子，父亲已经和他断绝了父子关系，当然不能让他列席！"因此景虎终究没有参加送葬行列。

葬礼一结束，长尾一族和国内豪族立刻聚集一堂，召开会议。首要议题原该是如何防备随时会攻打而来的越中军队，有一人提议说："这是防卫战争，不先决定谁任大将军，就无法商量战略，我们就先决定谁担任守护代吧！"众人皆表同意。

晴景虽已中年，也是为景长子，但会中还提出这个议题，主要是越后守护代一职，虽由长尾家担任，却不是为景家世袭。如果晴景有实力也有人望，或许众人会因为他是前任守护代长子，而一致推荐他，可惜，他是个极其平凡庸俗的人，座中有资格担任守护代的长尾族人都有取而代之的打算，根本没有人推荐晴景。

在座的人各怀鬼胎，犹疑不下，昭田常陆介突然开口："长尾一族在座，本无在下置喙余地，然为家国大计，请恕在下冒昧，直言不讳。在下以为，守护代一职，弹正公（晴景）最适接掌。弹正公年过四十，为守护定实公夫人之弟，也是先守护代为景公嫡长子，如蒙各位推举，为景公地下有知，当感欣慰。"

举座闻言，沉默半晌，无人回答，昭田还想再说什么，突然最上座有人开口了。

"担任守护代者必须有才识胆量，与守护有姻亲关系，或是先守护代的嫡长子，等等，这些都不是必要条件，何况，晴景公如果继任此职，岂非父子相续，长此以往，自然形成世袭，我不同意。"

说话的是长尾俊景。为景和俊景都是入道鲁山之后，为景是入道的次子赖景之后，而俊景则是长子邦景之后，若论嫡庶，俊景这边才是正统。他世居三条，亦称三条长尾家。俊景时年四十五，身材高大，相貌魁梧，颇有威名。

烈日炎炎

　　俊景这么一说，昭田也就不敢再开口，在座的长尾一族都沉默不语。晴景虽然也在座上，却一句话也不敢说，非但如此，甚至脸上红一阵青一阵，扭扭捏捏地坐不安席。俊景则冷眼旁观，再次开口道："当今乱世，尤其是战乱之中，越中军队随时会趁隙侵入本国，守护代更必须有胆识不可，因此谁担任守护代，条件非常明白：第一须是长尾一族，第二须有胆量，第三不可父子相传世袭，就是这三个条件！"他说得冠冕堂皇，其实是居心叵测，分明是自己想做，座中人士都保持缄默，虽然如此等于默允，自动放弃自己的权利，但是却没有人能够举出不同意的理由。俊景像要一个个征询似的，正要从最靠近他的一个人开口时，旁席上有人开口了："等一等！"是宇佐美定行，他承接来自四面八方的视线，慢慢开口说："在下不是长尾一族，没有担任守护代的资格，但是，在下有话要说。刚才俊景公所说的条件，似乎很有道理，不过，在下仍然认为常陆介推荐的晴景公最适合。晴景公虽然不如俊景公所谓的有气量胆识，但人选既限于长尾家族，一旦族中皆无胆识之辈时又当如何呢？是否该举其他氏族以代？若可，那么在下是否适合呢？纵然在下适合，恐怕长尾一族皆不会认可吧！"他说话的口气非常平静柔和，但是句句直中要害。

　　宇佐美继续说："希望各位不要误解，在下这一番话，并非因在下想要担任守护代而说的。在下拥护晴景公，也是为长尾一族着想，晴景公为人平和，又有为数众多的杰出家将，定能适任。俊景公说不该世袭，但连续两代的先例并非没有，我等皆很清楚。在下并非特别提拔何人，只是发表意见而已。"

　　俊景脸色非常难看，他想要反驳，却又想不出应该说什么，只是焦躁地拧着胡须。

　　宇佐美一句话也没有夸奖晴景，甚至有些嘲弄，但在这个时候说这一番话，已经让昭田常陆介感激不尽了。他向宇佐美点点头表示感谢，但宇佐美似乎没有看到，并没有答礼。

　　昭田走到豪族席前问："诸位意下如何？"

　　他一开始就注意到这个席位的人没有担任守护代的资格，心无所求，因此很容易拉到自己这边，果然，多人开口说："我们同意宇佐美将军的意见。"

　　昭田转向长尾家族席上问："豪族的意见，诸位想必已听到了。"没有人回答，有些人碍于彼此，有些人碍于俊景不敢开口。座中还有房景。打从一开始，他就闭目假寐，身躯前倾，歪着脑袋，这时，他突然睁开眼睛说："没有不让晴景当的理由啊！"他这句话像掷石入池，声音虽低，却掀起相当效果。

　　于是四面八方都涌起了："不错，没有不让晴景公担任的理由！""晴景公做不是很好吗？"

　　房景又说："晴景虽然不像他父亲，人不聪明，甚至也不英勇，但是也不笨，在我们族中能够这样已经很好了，就让他做吧！"房景说完，又恢复了刚才的姿势，继续追逐他中断的睡眠。

　　大事就此决定，俊景勉强挤出笑容："在下不过是按道理说说罢了，没有其他意见，既然大家都推举晴景，我也没有什么话说，我们就推举他吧！"然后，他以磊落的口气转向晴景："晴景公！希望你不要误会我有什么恶意，如果你心里有这个想法，请快快打消吧！"

　　晴景整张脸发红，他以为没希望了，没想到风向一转，竟安然坐上守护代之位。他一副不敢相信的表情，面对原该憎恨的俊景这番话，一时无以作答，只是结结巴巴地说："我……谢谢你！谢谢各位！谢谢……"他嘴里嘀嘀咕咕，脑袋拼命点着。

　　宇佐美冷眼看着这一切，暗自叹气："这个样子根本撑不住场面！这一门之中，要说有胆识，只有房景和俊景两人，房景已经老矣，而俊景则是太恋权势地位的人物，一旦他掌权，一定会变得性情残暴，对守护豪族及百姓皆非福音。"

　　总之，会议中决定晴景任新守护代，定实也承认了。长尾一族及豪族认为留在春日山附近的越中军暂时不会攻来，于是留下部分兵力，各自回乡。

　　事隔一年，天文十二年春，长尾俊景在三条举兵造反，理由是守护代晴景为愚弱之人，彼等不愿受其统治。

　　虽然看似突然，但俊景早在冬天就做好了充分准备。举旗那天早上，俊景徒众中有人故意说："晴景的幺弟喜平二景虎不就在枥尾本庄家吗？"

　　俊景一听："是啊！我想起来了，那是为景公的裟裟夫人所生之子，因为违逆为景公，才被赶到枥尾去，这我听说过。"

　　"他到枥尾去已经五六年了，听说是个前途无量的孩子！"

　　这句话充满了煽动语气。

"对了！"俊景突然拍手，"叫股野来！"

股野河内是勇猛果敢的武士，有个绰号叫"荒河内"。他穿着黑革战衣，额上缠着布条，跪在俊景面前。他肤色浅黑，但眼光险峻，只在下巴附近留了一撮浓浓的胡须，其他地方都刮得干干净净。

俊景说："时间非常急迫，晴景的幺弟在栃尾本庄家，你速速赶去，把他的首级取来祭旗！他虽然十三四岁，但是身材非常矮小，切记！"

"是。"

股野退出，下令手下准备出发。但是在股野出发前，已经有武士驱马奔离三条，他不停地回头，策马狂奔，这个年约二十七八、相貌端正的男子就是金津新兵卫的弟弟新八。他虽是俊景的近卫，但他也知道哥哥非常疼爱景虎，常听哥哥夸赞景虎胆识超群、前途有望。因此当他在城内听到俊景命令股野去杀景虎时，立刻出发去通知景虎，避开这场灾难。

三条距离栃尾有五里路，他怕马儿无法忍受一路狂奔，于是按捺住焦躁的心，偶尔快骑，偶尔缓步，在路途险恶的坡道奔驰约一个时辰，就到达了栃尾。他直赴本庄家，庆秀出来应对。庆秀才三十出头，为人沉着谨慎。这一带还没有听说俊景举兵之事，因此新八全副武装来访，他特别警戒在心。他坐在玄关问："你找景虎有什么事？"新八立刻说明自己是金津新兵卫的亲弟弟，还有俊景今天早上已举旗称反，要斩杀景虎祭旗，已经派股野前来拿人。股野率领的人马，一半走路，一半骑马，大概晚一点才到，但是如果股野在途中改变心意，快马加鞭先赶过来，那么很快就会到达。

庆秀脸色大变："多谢壮士前来通知！您先请回，如果被股野看到，这事情就大了，景虎那里由在下转告！"等新八离去后，庆秀立即走向内殿，景虎正站在拉门暗处。

景虎今年已经十四岁了，动作敏捷，精力充沛，但是矮小的身材并没有什么改变。他两眼发光，露齿冷笑说："要拿我的脑袋祭旗？"

"是。"庆秀直接回答。

"那我就逃啊！让他砍不到我的脑袋。"说完，他大步跨出玄关。

庆秀叫着他："景虎少爷，等一等！"说完跑到里面抓出一吊钱追赶出来，但这时景虎已经光着脚走出去了。庆秀也光着脚在后面追着，在转到大路的地方追上他。

"你为什么追来？"景虎脚也不停地说道。

"让我陪你！"

"我不要，你会给我惹麻烦！"

"为什么？"

"有大人陪着，反而惹人注目。如果只是一个小孩，比较好想办法，你回去吧！"

虽然景虎常常用这种命令的口气跟他说话，但今天的口气显得特别尖锐。不过，他的话也很有道理，或许他真的一个人比较方便。庆秀虽然也这么想，但仍然跟着不放。

"那么，带点钱吧，总不能不吃不喝到春日山啊！"

景虎伸出手来，庆秀从怀里取出钱，放到景虎汗湿的手上。"这样可以了，你回去吧！你快点回去！如果追兵来了，你就拖住他们，说我到北方山上采蕨菜去了。"

说完，他加快脚步，走下山去。庆秀小跑着转回村中，走进村门回头一看，日正当中，烈日炎炎的绿野中，景虎的身影变得好小，他擦着额头的汗水喃喃说道："希望你平安无事……"

从枥尾向南走的路沿着刈谷田川支流而行。其路在河流左岸，与群山之间蜿蜒流过长形平野的河水逆向而行。到小一里处，有路可往栖吉，但是还没走到这个地方，景虎已在伤脑筋想着该怎么走了。如果在追兵赶到以前进入栖吉城，自然最好，但如果追兵看穿这一点，快马加鞭追向前往栖吉的道路，很可能还未进城就被追上了。如果他们上了庆秀的当，在枥尾群山找人，或许有时间走栖吉道，但现在情况如何，没有把握。不过，一直前行也不见得安全，追兵随时会到，情况相当麻烦。他就这样疑虑不安，不知如何是好。这时他突然看到岸上有几间乞丐住的破草屋，四五个衣衫褴褛的小孩，坐在阳光普照的河滩上编着竹篮子，他们身旁冒起丝丝烟尘。景虎灵机一动，向那边跑过去。

那些小孩停下手上的工作，呆望着景虎。"喂！"景虎指着其中一个十一二岁的男孩，"到这边来！这个给你！"他掏出一枚铜钱。

"你要给我？"那孩子又高兴又怀疑地笑问，站起身来。

"你帮我去做件事好吗？"

"去哪里？"

"不远……只要跑一趟，说一句话就好，我会好好谢你。"景虎从怀中掏出一把钱来。那小孩兴奋地站起来。

"去不去？"

"去啊！"

"你跟我来！"

在其他小孩羡慕的眼光中，景虎带着那个小孩回到路上，绕过山腰，到看不到那些人的地方时，景虎说："你的衣服不错，到山里打猎时可以穿，真不错！"

"这破烂衣服有什么好？"

"破烂才好啊！这样子我什么草丛都可以钻进去，怎么样？我们来换衣服好吗？"

"要换衣服？你家人会骂你的！"

"不会的，因为我有很多这种衣服，我们来换吧！"

"还是不好吧！对了，你到底要我去哪里？"

"我要你到栖吉城去，可是你穿这件破衣服，卫兵一定不理你的，所以我们还是要换衣服。如果你穿了我这件衣服，卫兵一定会让你进去，而且我也可以得到我想要的衣服，好吧！我们来换吧！"说着他解开带子脱下裙裤，那孩子呆呆地站着不动。

"快啊！脱啊！不能只叫我脱啊！真差劲。"于是，对方也慢吞吞地脱下衣服。

换好衣服以后，景虎对小乞丐说："去吧！到了栖吉城，就告诉卫兵说，三条派兵来了！这样就可以了。"说着掏出二三十枚铜钱给他，"这是给你的谢礼。"

"喔！谢谢！只要说三条派兵来了就可以了吗？"

"是的，快走吧！"

小乞丐走后，景虎也跟在他后面出发。不久走到岔路地点。路旁，有几间竹篱笆围绕的小木屋，栖吉道右侧，则是水量丰沛的水沟，在正午阳光下潺潺流着。竹篱笆外几只鸡忙着找寻食物，不知从哪里传出纺车的声音，小乞丐转向右边，走上栖吉道。景虎看他走了约一百米后，就向左转，像追赶一只翩翩起舞的白蝶似的边追边跑。在小乞丐的身影和景虎的身影都看不到后不久，从枥尾方面掀起漫天沙尘，一队武士急驰而来，约有十二三人。鸡群尖叫着四处飞躲，一只鸡甚至跳到竹篱笆上。

骑在最前面的就是股野，佩着三尺长大刀。他用力一收缰绳，马前腿向上抬起，待马定止以后，他朝着民家大吼："有人在吗？"

当武士的马蹄声传来时，纺车的声音就停了，不久，一个老婆婆蹒跚地走出来，她走到竹篱笆外，跪下说："军爷，有什么事？"

"老太婆，刚才有没有看到一个武家的小孩走过？年纪约十二三岁。"老太婆说"有"，颤抖的手指向栖吉道方向。

"是朝这个方向去的吗？"

"是。"

"大概多久以前？"

"大概走了三四町（一町约一百零九米）吧！"

鸡声嘈杂，听不太清楚老太婆的话。

股野竖起三根指头，又竖起四根指头说："是三四町吗？"

老太婆点点头说："是。"

"快追！"

股野策马前进，随从也跟着开跑，他们急驰在狭窄而略为倾斜的道路上，终于看到前面有个少年。"看到了！就在前面！"

少年听到马蹄声，看到追赶而来的武士，不时回头，后来索性想等这些武士过去后再走，于是停在路旁。股野看到少年回头，还以为他是害怕，看到他停下，更以为他想藏到路旁，于是快马加鞭，抽出佩刀。少年似乎感觉到逼近身来的危险，他恐惧至极，吓得发不出声音，脸色惨白，眼睛睁得好大，嘴巴微微张开，瘦弱的双手护着头顶。股野驱驰而过，挥刀一砍，丝毫无误地斩下他的脑袋，随从立刻跟过来，斩下尸体的一截衣袖，把脑袋包好。

当股野通过岔路口，返回后不久，景虎又走回岔路口。路上有五六个老百姓站在那里说话，景虎站在稍远处，倾身细听他们的交谈。

"真可怜哪！不知是哪里来的小孩，被杀了。那个挂在武士长矛上用袖子包着的，一定是他的脑袋。"

景虎听完，便优哉游哉地转入栖吉道。一个老百姓看到他说："你别去啊！刚才那里杀了人啦！连脑袋都没有啦！"景虎回答说："不要紧，有人托我到栖吉，不去不行哪！"

不久，景虎来到少年被杀的地方。尸体上已经乌鸦群聚，发出令人不悦的声音。景虎把乌鸦赶走，把剩下的钱放在尸体上，希望发现的人把他埋了。但他马上又想到万一股野知道杀错了人又赶回来的话就糟了，于是把钱放进尸体怀里。尸体已经冰冷，稍为碰触，便全身汗毛竖立，冷汗直冒。

"南无阿弥陀佛，速速成佛，等我出人头地以后，我一定会厚祭你！"

景虎直接到栖吉，见过舅父以后，带着数人回到春日山，他先去见金津新兵卫。这时春日山已经接到长尾俊景举兵造反的消息，城内外一片骚动。新兵卫早想去接景虎，一直抽不出身，现在看到景虎，不禁喜极而泣。

新兵卫已经计划好了，他带着景虎到府内馆去求上杉定实，请他帮忙让景虎回春日山。定实很快答应。他说："好，你的事我一直很在意，没想到这么快就长大成人了。"定实夫人是景虎的异母姊姊，已经四十岁了。她哭哭啼啼地说："你已经十四岁了？！长得真快！看你这眉毛，还有眼神，就跟父亲年轻时一模一样，我一定要去跟晴景说，如果他不听，你就留在我这里！怎么说你也是我的幺弟呀！我要照顾你，晴景也阻止不了。"

不过，晴景倒是出乎意外地答应了。他立刻把景虎接回春日山城，或许他接到三条叛变的消息，已非常狼狈，没有余力去想其他事情，以至于才有如此变化。

长尾俊景举兵，对越后全土造成非常大的冲击，响应者极多，柿崎弥二郎兄弟、筱冢宗左卫门、森备前守等豪族都起而呼应。他们或许因有重赏而叛，但主要还是早就看清晴景没有胆识魄力。

叛军有人到三条和俊景会师，有人就在居城自立，他们飞檄给国内诸豪族共襄大事，如果有人不应，即派兵攻打，或是侵入不应者领内纵火烧杀、掠夺、强暴妇女，这种暴力手段相当奏效，有些人不得不参与。那些唯恐天下不乱的乡下无赖，更是群起呼应，叛军势力一天天增大。

春日山也召开了军事会议，督促国内豪族同伐三条，晴景不日也将出兵。

某一天晚上，昭田常陆介宅的门房喝过一杯睡前酒，正心情愉快地准备睡下时，听到有人轻敲窗台。

正是初夏时节，天气非常闷热，窗上的小纸门是拉开的。门房往外一看，一对精亮的眼睛就在眼前。

"什么人？有什么事？"他拿过蜡烛凑近一看，是个脸色黝黑、年约五十岁的人，满是皱纹的脸堆着讨好的笑容。

"我是常陆介大人的老友松野小左卫门，几天前在外城的饭野大人宅里做客，今有急事相告，冒昧前来，请你传报一下。"

"是吗？请稍候！"

门房走进内殿，请近侍传报。昭田正在查对兵粮估单和账簿，不停地计算。听到近卫的报告，惊讶地回问："喔？叫松野，住在饭野家的？"

"门房是这么说。"

"带他去客厅等着。"

昭田把估单和账簿收到小箱子后，整装回到客厅。松野端然坐在灯旁，他头发已经全白，虽然年纪不过五十三四，却像八十老翁一样。

"啊！好久不见！"昭田愉快地走进屋来。

"的确久违了！"松野恭敬地行礼，昭田也恭敬地还礼。

"怎么？头发都白了？"昭田开口道。

"你却还一头黑发，你到底多大年纪了？"

"就快七十了！只有头发是黑的，你看，我这张脸上都是皱纹呢！"

"彼此，彼此！"

两人哈哈大笑。

"我们有几年不见了？"

"快三十年了吧！"

昭田感叹道："唉，时间过得太快了！"然后，他突然问道："听说你住在饭野家，你怎么认识饭野？"

"那是个借口。"

"借口？！"

"我今天才从越中赶来。"松野微笑地说。

"为什么要这么做？这个时候又怎么进城的？"

"傍晚上灯时，卫兵去点门灯，我趁隙溜了进来，一直躲在马槽旁的树丛里。"

昭田更加惊讶，松野小心地注视周围，然后放低声音说："我跟你密谈无妨吧？"

昭田心下一惊，也放低了声音："无妨，要谈些什么？"

松野前进几步："我是为你专程走这一趟的。"

"为了我？"

"是的，的确是为了你。你身为守护代长尾家的家老，两个儿子也都继承名家之后，的确是够威风了，但是灭亡之日已经迫在眼前，知道吗？"

他定定地看着昭田，一股异常的压迫感使得昭田脸色大变。

"你并非长尾家的世袭家臣，也不是本地人士，不过是一介浪人，受为景公知遇，而获得今日的荣华富贵。如果你今天仅止于普通家臣，或许没有什么忧虑，然是幸抑或不幸，你现在却有着无以比拟的身份，令公子也都飞黄腾达，因此那些世袭的老臣以及本国豪族，对你的嫉憎可是没有两样。你试着换个立场来想，一个不知来自何处的浪人居高位，掌权势，你受得了吗？"

他说得不错，昭田不得不承认这一点。

松野继续说："为景公是一代名将，在他在世的时候，众人也只好按下异心，不敢对你们父子有所行动，但他已死，你们父子岂不相当危险！先代受宠的权臣到了下代就如失掉威势的无翅雄鸡，这是世之常情。据说，晴景公能够担任守护代，是因为你的推荐。你不妨想想刚才我所说的，再仔细考虑，明智如你，应该会同意我所说的。"

的确，事情正如松野所说，昭田推举晴景，无非是为了在晴景这一代仍保有权势，他也认为自己没有做错，但此刻松野却说这是暗藏祸心的下下策。

"晴景公无胆无能，众人皆知，不但长尾一族，就是国内豪族也无人心服。三条俊景举兵称反，国内豪族立刻响应，以晴景公的能力，能否平定这场乱事，很难说。如果再次战败，同盟豪族家将必然倒戈相向，这情势已非常明白，晴景公一旦倒下，你们父子又当如何呢？在众怒之下能否常保安泰呢？"

他那尖锐的论点和巧妙的辩才说动了昭田，昭田无以自持。松野的声音很低，且具效果，昭田此刻似乎已经感到国内豪族及长尾家老臣朝他一拥而来的场面，顿时脸色惨白。

软弱的晴景

松野小左卫门看准昭田常陆介已十分动心，遂从怀中掏出一封书简，放在膝前。昭田目露好奇之色，松野虽知他心意，却未作说明，继续前话。

"事到如今，只有一条活路，即阁下内通俊景主公，叛归三条，待晴景灭亡之后，俊景公必以阁下勋功第一，分国为二，交付其一予以阁下，此即所谓去落日就朝阳、转祸为福是也。"

昭田静坐不动，聆听松野愈益灵巧、切入核心的辩才。心想此人必定是三条派来的，但随即又想，刚才他说来自越中，岂非三条与越中早已取得联络？不觉一惊。

松野拿起膝前的信函说："在下离开朝仓家后，浪迹江湖多年，最近有缘跟随神保左京进，先前谓来自越中，即从神保处来。神保雄才伟略，去年在栂檀野计杀为景公之事，阁下当记忆犹新。如今神保已谋通俊景公，如果阁下加盟我方，由内举旗倒戈晴景，神保誓言定当后援。这份文件就是誓书。"说完，把文件交给昭田。

昭田接过一看，是以神保左京进为首的越中豪族连署的誓书。昭田终于被松野说服，也写下誓书，交给松野。

"不日之内定当举事，不过，守护代家势虽衰，但与之相抗，多少仍需准备，举事可否暂缓一阵？"

"可以，越中业已部署妥当，不论何时举事，都能发兵后援。"

松野滞留一夜后，翌日，返回越中。为了护送他出城，昭田亲自赴林泉寺参拜，将他混入随行人员中。

昭田常陆介与儿子黑田国忠、金津国吉商量之后，预作安排，呼吁以前交情深厚的地方豪族，这么一来，原先在三条举兵时就已动摇的豪族几乎全部响应。叛军利用晴景发檄各方兵伐三条的机会，要求先由晴景阅兵，而后再一路护卫晴景主将征伐三条。昭田也出言劝诱，说他们都是忠节之士，当准他们所请，先至城外校阅。

晴景不疑有他，于是各路人马陆续向春日山集结而来。人数多达五千，驻扎城外。晴景看到白天校场尘土飞扬、朝夕炊烟袅袅、夜里营火齐燃的大军，还窃喜战有所恃，实在可怜。

叛军崛起是在晴景发兵三条两三天后的晚上。他们如往常一样，在营地烧起炽旺的篝火，同时悄悄出兵围城，他们以春日山城背后山顶的火把为号，一起喊杀攻城。

这时，春日山城内兵马几乎全去讨伐三条，仅余四五百人，而且除晴景的近侍及随从一百五六十人外，余者多老弱病幼，变生肘腋，无不惊慌失措。

"敌人是谁？"

"是三条的人马吗？"

"是越中军队吗？"

"还是叛军？"

因为时值黑夜，情况一时不明，女人小孩哭叫不已，内殿一片混乱。城内武士急忙赶至各城门抗敌。他们无暇穿戴盔甲，随手抄起长矛、大刀、弓箭便奋战向前。由于敌我兵力悬殊，城内武士战意虽高，战斗力却不高，眼看城门即将被攻破，突然有人灵机一动，奔上城楼拉弓放箭。城门前窄桥上挤满了叛军，这些叛军无处可躲，纷纷中箭倒地，攻势暂缓。

其他武士见计生效，相继奔上城楼放箭。叛军无法接近城门，又再后退。但是，守军所能做的也仅此而已，他们不能转守为攻、驱散叛军，只能固守城门抵死相抗。

不久，两军展开箭战，在朦胧的上弦月下，两军飞矢交错，随即听到外城处响起凄厉的杀声。

那是昭田从宅邸杀出，攻向城中心。守军起先还不知道是怎么回事，只见叛军杀声再起，再展攻势，益感不安。

"有叛军！"

"城内有人叛变！"

不知哪里发出这么一声惊呼，守军的士气瞬时溃散。

弦月当空，夜色昏暗，守城军完全不知敌军为谁，但见城外各营地篝火通明，却静寂一片，未来相助，不禁推测叛军是否就是他们。不久，发现叛军主要人物竟是昭田父子，无不震怒。

守城军大部分是晴景近侍及亲卫，堪称精锐，他们兵分两路，固守正门及后门，几度杀退前赴后继、攻城而来的叛军。然而，毕竟敌我兵力悬殊，叛军轮番而上，守军防不胜防。

　　是夜，晴景仍如往常般召集宠爱的女侍及小厮宴饮作乐，直到深夜大醉方歇。躺在宠幸之女怀中，哪知外头已杀得天昏地暗。

　　"主公！醒醒！主公……"女人摇了半天，他才睁开醺醺醉眼。"您听，那是什么？闹哄哄的……"女人脸色惨白，声音颤抖。

　　"什么闹哄哄的？哪里？好啦好啦，睡吧！天还没亮……"

　　他醉眼微睁，口里无意义地嘀咕了几句，又闭上眼正想睡下时，小厮急促的脚步声奔向寝室，惊慌呼报："主公，不好了！有人叛变！请快起来。"

　　女人惊叫，使劲地摇着晴景，"叛变，主公，有人叛变哪！"

　　晴景倏地睁开眼，"叛变？！"闻听此言便猛地跳起。他虽无英雄气魄、豪杰个性，但也不懦弱胆怯，至少还知道这时候该摆出武将本色，大喊一声："拿盔甲！"

　　"遵命！"同时，纸门外的小厮一跃而进，用力拉开隔间，冲到房间角落抬出盔甲柜，放在晴景面前。

　　晴景让小厮帮他穿戴武具，问道："什么人叛变？有哪些人？"

　　"还不清楚，但好像是以阅兵为名聚集城外的豪族。"

　　晴景心知自己被设计了，不禁怒骂："可恶的东西！"攫了小厮捧上的弓箭，便急奔外殿。

　　内殿里女人哭叫着惊慌四窜，混乱至极。晴景感觉像竹耙子在胸口乱搔一样狼狈不已。

　　如果是心思敏锐的人，此刻必然会怀疑到昭田父子，可惜晴景没这份能耐，他不像他那居心叵测、过着必须盘算一切生活的父亲为景，他除了性情温暾外，生活境遇又顺遂，如温室中栽培的植物，虽已年逾不惑，对一切事物犹存娇纵之心，他不但重用昭田，甚至丝毫不怀疑昭田会起二心，他甚至几乎要说："叫昭田！"每当麻烦事发生时，总是有昭田帮忙解决，他深信只要交给昭田准没错。

　　他一跨出殿门，近侍匆匆奔来，发髻散乱，颊上受了擦伤，一副乱军中突围的惨状，气急败坏地报告说："主谋是昭田常陆介，先锋黑田国忠、金津国吉已攻进城中心！"

　　"什么？！昭田！……"

　　晴景叫了这么两声，再也说不出话来。他不怀疑，也不生气，只是既惊讶又绝望，全身虚脱，差点儿跌坐在地上。

93

这时，叛军似已攻进内城，到处传来刀剑撞击、器物砸毁的声音，但是晴景此刻犹毫无头绪，不知该怎么办。他携着弓，茫然伫立不动，武士们陆续聚集到他身边，个个带伤。

晴景仍然没有主意，只是呆呆地寻思或许要切腹。他环视家臣，只见二弟景康及三弟景房率兵赶来，见到晴景，两人皆单膝跪地。

景康说："我方寡不敌众，防术已尽，叛军已杀入内城，虽知此城气数已尽，但若拱手让与叛军，着实可惜，请大哥暂先离城，再计日后征伐，我们兄弟当尽力护城！来人！快护送主公出城！"说罢，转身离去。

完全丧失自我意志的晴景像被催眠似的慢吞吞地往外走，在家臣看来，虽然佩服他果然不愧是大将，在此危急时刻仍态度从容，但仍忍不住频频催驾，"请快一点！请快一点！"家臣导行在前，往昏暗夜色中前进。此时月已西沉。

叛军进攻内城时，景虎也拽着长矛赶到正城门，但人小力轻，拿不动近两米长的矛，于是抽出短刀，斩掉一截后持矛而战。这虽然是他第一次上阵，但一点也不觉得恐怖，只要一看到漆暗中喊声震天的叛军里晃动的长矛穗尖及刀光，便浑身充满紧张与威风，涌起一股像是欢欣的感觉。他嘴里连番喊着"逆贼"，一马当先地奋勇而战，战斗时间虽短，但他确定自己刺倒了三个。

由于叛军轮番而上，攻势如潮涌，毫不衰竭，守城军且战且退，景虎动不动就想杀进敌阵，幸好始终守在一旁的金津新兵卫不停地制止他："后退，是后退的时候！"他们随着人潮退到外殿入口，但这时从后门杀进的叛军已进入内殿，四处搜寻晴景，到处与守城军近身厮杀。景康、景房兄弟也被杀死。景虎几度想冲上前为兄长报仇，但却被金津新兵卫拼死拦下。

"这些人是杀害吾兄的仇人，我若充耳不闻，岂非有辱我名！"

"话虽如此，但还请暂时忍耐。他们只是普通武士，真正的敌人是昭田常陆介，不杀昭田，就不算真报仇！"

新兵卫心想无论如何要先让景虎逃出此地不可。他带着景虎拼命找寻退路，但四处都是敌人，只得左闪右躲地来到外殿的武士守候室，眼前似乎无路可逃。他终于想出一计，"我很想带着你逃出城去，但现在叛军遍布城中，一时走不得，你就暂时藏身在这地板下，今晚已经没办法了，明天晚上我再来接你！"

"好啊！我听说从前镰仓幕府的右大将赖朝公也曾藏身在枯树洞中，这大概是我将来也会伟大的前兆吧！"

景虎说完，自己拆下屋角地板，钻了进去。

春日山城完全陷入叛军手中。在天色微明时，守城军或已战死，或已逃出城外，已不剩一兵一卒。

昭田率领合作诸将在城内举行胜利欢呼仪式，检视被斩的景康、景房及其他有名武士的首级后，打开城内的财宝库，毫不吝惜地分给诸将及有功武士。这一点，足可说明他由一介浪人成为为景倚重的家老的能耐，他很明白此刻收揽人心为上，因此毫不吝惜财宝。

昭田派使者分赴三条及越中报告战果，并下令严密守城，他认为不久越中援军即到，三条俊景也能振奋军心，打败讨伐军。

守城之令严密实行，城门、城墙及围墙等重要地点都设了岗哨，卫兵巡逻不断。因为主将晴景逃走，一里之遥处又有国主上杉定实，因此不能掉以轻心。

对昭田而言，定实是很难对付的人物。他毫无实力，不过是长尾家拥立的傀儡，虽然必须毁掉他，但善后问题极为麻烦。国内豪族都认同定实的宗主性权威，如果对定实下手，原先背叛晴景的豪族很可能倒戈相向。因此，不能与定实为敌，也不能掉以轻心，以防定实万一来攻，无论是为功臣春日山长尾家复仇也好，或是为夫人娘家复仇也好，定实出师可谓名正言顺。为今之计，只有严密守备，不敢懈怠防务。

太阳下山以后，细细的弦月绽放出清爽的光芒，城里各处就燃起熊熊篝火，仿佛要烤焦天空一般。又过了一会儿，篝火光芒愈加炽亮时，金津新兵卫从距离春日山城半里远的农舍草堆里爬出来。

他把景虎藏在内城的武士待命室地板下后，从城壕游出城外，躲到这里。虽然与这户百姓曾有来往，但在这个时候，他们也可能突起害心到城里告密来捉他，因此，他不敢露面，悄悄溜进屋去，抓了一大碗冷饭跑到林子里吃起来。饭里搀了许多杂粮，不住地从指缝间洒落，但是饿极了的他觉得美味极了，连沾在遮住半张脸的胡须上的饭粒也一颗颗小心翼翼地拈进嘴里。之后，他又钻入稻草堆中，睡了一整天。他知道必须等到天黑才能行动，就这样睡睡醒醒，挨过了漫长的一天。

新兵卫爬出草堆，对着天空打个大呵欠。天上淡淡地挂着几颗星，似有薄云轻掩。休养了一整天，精神甚是爽快，感觉浑身都是劲。因为有些便意，他走进林中解完手后，觉得肚子又饿了。

为了小心起见，还是偷着吃比较妥当。他沿着往春日山城的路物色到一家适当的农舍，悄悄接近窥看，可惜连看了三家，人都还没睡着。没办法，他只好伸手敲第三家的门。漆黑中窸窸窣窣的说话声戛然而止。

"开门！我是城里人！"

屋里干草铺上响起沙沙的声音。他立刻又用略带恫吓的口气说："我是城里武士！"

"哦！"

门"咯吱"一声开了，同时后面的干草卧铺又沙沙作响，点起灯来，这灯是把炉子里埋着的炭火移到松脂上的。

这户人家有夫妇两人和两个小孩，男人站在泥巴地上，老婆和小孩坐在干草铺上。原就严肃的新兵卫满脸阴沉，更显恐怖。在冒着黑烟及红色火焰、熊熊燃烧的松脂光里，男人瘦小的腿肚不住地打战，一家人眼里尽是惊惧之色。

"我只希望有点饭吃。"

"啊？"

"饭！我急得很，就是剩饭也好。我出城办事回来，走到这里突然饿了，怎么也无法忍受，我身上没带钱，就用这个代替吧！"说着，他脱下汗衫丢到女人面前，走向放在架上的饭锅处，伸手端下。他刚才一进门就看准了。碗筷都已洗净晾在箩筐里。他掀开锅盖，锅里约有三碗饭，也是搀了许多杂粮。他浇些水，就光着身子站着咕噜咕噜地囫囵吞下。女人突然蹿到他身旁。她穿着褴褛的衣服和像酱油熬成的污脏短衫，等于裸了半身，跟那像串在竹枝上烤干的河鱼似的瘦小男人完全相反，她肥胖高大。她晃着两只大奶，抬起腌菜桶上的石块。大概是觉得两三碗剩饭的代价不值得拿人一件崭新的白麻汗衫吧！

新兵卫才说："不必麻烦，这样就可以了……"女人已抓出腌菜，哗啦哗啦地冲洗干净，迅速切好，盛在大碗里端过来。

"多谢！"

新兵卫接过，配下最后一碗饭。菜虽然咸，但饭就显得甜了。他还想再吃，但已没饭了，于是放下碗筷，穿上外衣，鞠躬言谢："搅扰一顿，感激不尽。"

要潜回城里，新兵卫得下番功夫。他打算照逃出来的路线溯游回去，潜进水门入口。警戒最严的是外城的外墙，如果能平安潜到这里，之后就没有什么问题了。在外城各处及内城外墙站岗的，多半是外地首次进城的叛军，自己熟知城内地形，要避开他们的耳目应该不难。他充满自信地走向昨夜上岸的壕端，看到前面有几个人影晃动。他立刻趴下身子窥伺，人影有四个，拿着长矛，好像没穿甲胄，也有避人耳目的样子。他想大概是自己人没错。

他离开掩蔽物，踏步而去。四个人影霍地散开，摆开架势，都没有出声，定定地凝视着这边，大概也在怀疑是不是自己人。

新兵卫停下来，小声说："是自己人吧！我是金津新兵卫，你们是谁？"

四人解除紧张，挺起身子收回长矛，一一报上姓名：户仓与八郎、曾根平兵卫、秋山源藏、鬼小岛弥太郎，都是长尾家有勇士之名的年轻武士。他们虽然没穿甲胄，但身上都斜系叉带，绑着头巾。

"你们干什么，仔细说来听听！"新兵卫说，他既年长，地位也较高，口气自然大些。

鬼小岛回答说："我们昨晚寡不敌众，丢了城，今天想起来真是胆怯之极，刺骨之耻。为雪此恨，互相说好，打算潜入城里，豁了这条命斩杀仇敌！"

新兵卫听了煞是感动，搔搔发痒的鼻头后说："你们的人格真是令人钦佩，但是你们只有四个人，就算再刚勇，也成不了什么大事，毕竟，勇士不能白死。我看这样吧！我把景虎少爷藏在城内，现在正要去带他出来，等他出来后，我们就拥立他再兴家业如何？你们大概不知道，景虎少爷并不像晴景公那样，他年纪虽轻，却有成为了不起名将的气质。"

"你把他藏在什么地方？"

新兵卫迟疑了一会儿，据实以告："在内城的武士待命所地板下。"

四人皆感不安，"不要紧吗？"

"我相信不会有事，他个子虽小，胆子很大，和普通的小孩不同。"

虽然新兵卫直夸景虎，但这四个人似乎没什么感觉。毕竟景虎不但是先主不疼、不曾摆在显眼位置、幼小就被远送到栃尾的少爷，他的个性如何，四人无从得知。但他们都愿意在展开激昂行动前找个可以倾注忠诚心的人，因此任谁都好。

鬼小岛主张："真是巧得很，我们就拥立景虎少主吧！但是，去接他的事还是交给我们其中一个，这事比较适合年轻人来做。"

"不行，还是得我去不可，我知道怎么潜进去！"

新兵卫说完，脱掉外衣，裸着上身，把刀斜绑在背上，短刀插在丁字裤里，走到他逃出时上岸的地方，下到水里，没有半点水声。

四人散在壕边，藏身于掩体之后，注视着水面。不见一颗星星倒映的漆黑水面毫无涟漪，也毫无声响。人早已潜到水底了。

新兵卫机敏地躲过卫兵，到达内城的武士待命所廊下，屋里有几个武士喝酒作乐，笑闹声中杂着女人的声音，一定是没能逃出的女侍被拉来凑兴。

新兵卫窃笑运气不错。他知道在走廊和房间交接处嵌着一块厚木板，是大扫除时拆板子用的。

他溜到那里，拆下板子，一股霉臭潮湿的空气悄悄渗入鼻孔。他没进去，心想景虎应该会注意到，自己爬出来。果然，没等多久，他听到微微的呼气声，人已爬出来了。

两人默默地点点头，谨慎地奔出走廊，循着掩体阴影来到内城河边，蹲在树枝倒插在河水里的老松树下。他们必须在这里下水。新兵卫在景虎小时候教过他游泳，他应该不怕水，但仍不放心地问："你在栃尾时还游过没有？"

"嗯，整个夏天就泡在刈谷田川里，栃尾的小孩没有一个游得过我。"

"那就好，你尽量潜在水中，不要出声，我就在你后面，你潜到水门口，游出外城壕！"

"我知道。"

景虎脱掉衣服，也斜背长剑，短刀插在丁字裤里。

内城的警备虽比外城松得多，但四处仍燃着篝火，时有卫兵巡逻。两人趁空滑下土墙，钻进水里，静静地潜向水门。

不久已接近水门，但不知怎的，景虎浮出水面换气时不小心弄出声音，在寂静的夜里，那声音听起来异常的大。

新兵卫一惊，抓住景虎手臂，靠在岸边暗影处，慢慢地探头窥视两岸土堆及水门上边，正好看到一个持矛走向水门的卫兵身影。

"糟啦！被他发现了！"

新兵卫凝视着他，但卫兵似乎无意通知其他人。新兵卫还抓着景虎的手臂不放，用下巴指向那边，再定睛细看，虽然看不见卫兵的身影，但高高举起的矛尖映着远处烧得旺盛的营火，清晰可见。营火的火焰一会儿高蹿、一会儿矮缩，长矛也就一闪一闪的。

新兵卫心下明白，那人显然是打算等他们浮出水门口时一枪刺下，好独占功劳。

云游僧

新兵卫当下打定主意，他凑在景虎耳边小声说："待会儿我先杀了那家伙，之后你再出来，总之，我们先游到水门去。"

"可以吗？上去会被别的卫兵发现的！"

"我们不上去，走吧！"

新兵卫督促景虎再潜入水中，游到水门口，抓住景虎手臂，示意他留在这里。景虎领会他的意思，把身体紧紧贴着水道侧壁。侧壁是石砌的，除了交叉砌处无半点缝隙，还长满了水苔，滑不溜丢的，流进狭窄水道里的水快速流着，要停着不动虽然很辛苦，但他仍用指头紧紧攀着些微的缝隙。

这时，新兵卫大力踢水，与激起的水花同时闪出水门口。跨在水门口正上方、矛尖朝下等得望眼欲穿的卫兵立刻像叉鱼似的，无声地使劲向下猛戳。新兵卫早有防备，在出水门同时已避开正面，他转过身体，抓住矛尖运足了气用力一拉，卫兵便在极大的水声中被拽入沟里。新兵卫揪住他的发髻，同时右手抽刀斩下他的脑袋。

在那之前，景虎已游出水门，嘴里衔着短刀。三更半夜里突然响起的水声，引起各处哨兵的惊惧。

"那是什么？"

"在哪里？"

"在水门口那边！"

众卫兵叫嚣着赶往水门，有人还举着火把。但这时新兵卫和景虎已深潜在水中，斜穿过壕沟，游向岸边。虽然内城土堤上四处搜寻的卫兵的骚动也引起外城卫兵的捉喊声，但两人早已躲在沟畔掩蔽物后，那些等得心焦的年轻武士向此处奔来。

"不要紧吧！"

"一点擦伤也没有。"

攀着他们伸入沟中的长矛，用力一撑，二人便上了岸。

虽是暗夜，卫兵仍拼命四处搜寻，这一伙人待在沟边，很难不被发现。

"在那里！对面有可疑的人影！"

众人叫嚣着，箭支同时飞来，还有人拥向城门准备绕过来。

久待不利，众人簇拥着景虎忙往外逃。他们必须弄好景虎的衣服，也必须有被追兵追上的心理准备。他们边跑边谈，决定先逃往林泉寺。

天室大师还没睡，在禅房打坐。发生在兴建此寺大施主长尾家的灾厄，令这位七十多岁的老和尚心有戚戚，虽说是尘俗之事，在他依旧有难舍之物。连老和尚都有这层感受，那些年轻众僧怎可能不觉愤怒呢？有人甚至主张老和尚不该坐视不语，应该出面劝说逆贼，将之引回正道。

老和尚知道这种劝说是毫无效果的，逆贼必定是经过充分的思虑才倒戈而起，一举占下城池，他们此刻定是骄兵如盛夏炎阳，如何听得进清凉动心的劝告呢？

他一一安抚年轻气盛的弟子："我是有这么个打算，但到了该说的时候自然会说，现在时候未到。你们不要吵，此时唯有不失平常心而保持静默，才见以前修行之功。"

他虽然安抚了弟子，自己却无法真正平静。他听说城主晴景逃走，但下落不明，而且，以晴景那种胆识能否再中兴家业，也令人怀疑。中兴大业需要国中武士的助力，但晴景似乎欠缺那份人望。

景康、景房都已阵亡。今天上午，昭田常陆介派人送来他们的尸体，并传口信说："虽无意杀其兄弟，但战乱之间无法顾及，此乃战争之常，无关是非，谨送家寺，请为其做法事，以慰彼等在天之灵！"

老和尚收下尸体，葬在长尾家墓中，并为兄弟俩做了庄严法事。

他们兄弟中还剩下幺子景虎，但现况如何也不得而知。三条起兵称乱后不久，听说他自枥尾归来，留在城内，昨夜虽然也在城内，但无他的消息。

如果景虎有救，那么长尾家前途也光明在望。他幼年时在寺里待过近半年的时间，老和尚教他朗读四书，记忆中他是个资质极优的少年。他气性强悍，头脑聪敏，最具武将的资质。但即使如此，毕竟年龄还小，不过十三四岁，如果长尾家能多兴旺个三四年，他一定可以成为一个了不起的武将，但家变如此，国内武士未必有心拥立年轻的他。

天室大师思前想后，心中真是如解乱绳。就在这些杂思来去胸中之际，寺内突然骚动起来，好像寺僧都分头赶往大殿方向去。

天室大师心知一定有事情发生了。

"来人！"

"是！"

隔房的侍僧拉开纸门进来。

"外面的骚闹是怎么回事？去看看！"

"是！"

侍僧转身出去，老和尚像什么事也没发生似的恢复安静的打坐姿势，但紧接着又听到长廊下传来脚步声，那是有心压抑却仍急促不安的脚步声，而且不止一个人。老和尚神色不动，继续打坐。灯影透过拉门照进屋内，脚步声停在拉门外，人好像坐下了。

"回禀师父！"

"什么事？"

"传事僧有事面禀！"

"进来！"

纸门一开，侍僧和传事僧跪在门外，纸罩蜡灯搁在一旁。他们伏地一拜，踏过门槛进房，把门拉上后，传事僧说："方才，金津新兵卫和数名武士守护喜平二景虎少爷来寺，据说昨夜骚乱以来，景虎少爷一直潜藏城内，刚刚才为金津救出。他们是游过壕沟逃出，因全身裸露，已请他们先往客房换衣。"

"我马上来！拿保暖一点的衣服给他们，这时节虽然温暖，但浸在水里还是冷的。"

"是！"传事僧正要离去。

"等等，大殿里众僧喧闹，定是因为景虎等人之故，叫他们不要吵，万一大肆声张，倒叫那些谋反之徒得到消息。"

"是。"传事僧退去。

侍僧服侍天室大师穿上法衣，披上袈裟，拿起纸罩蜡灯走出禅房。大殿方面不但未见安静，反而更加喧闹。

老和尚长长的白色寿眉抽动着，急得光着脚板就走下院子。他回头吩咐侍僧："跟我来！"

踩着院中踏石，步出中门，直到大殿前。

寺内和尚几乎都集中在大殿前，漆黑中只见光溜溜的脑袋簇挤着，煞是奇观。

"贼徒若知景虎少爷在本山，定会派大军来攻。本山为长尾家所建，是长尾家世代家寺所在，蒙受长尾家恩泽已久，断无交出景虎少爷的道理。我等需诚心一意守护景虎少爷，必要时就以大殿为阵，拼至最后一人，如何？各位是否已有心理准备……"

一个和尚站在大殿阶梯中央，嘶声发表高论，每一句话停顿时，底下光溜溜的脑袋就一起激烈摇晃，兴奋地附和说："就是这样！"

天室大师就在这时候领着侍僧赶来，他接过侍僧手上的纸灯，凑近和尚的脸一个一个地看。

每个光头的额上都系着布条，甚至有人剥下施主供奉的甲胄，穿戴在自己身上。众僧皆挽起袖子，有人持着长柄关刀，有人拎着棍棒，也有人提着柴刀，甚至有人拿着菜刀。

天室大师一个个从头看到脚，众和尚这会儿都不好意思起来，个个缩着肩往后退。喧闹霎时安静下来，连刚才那站在台阶上义愤填膺的和尚，也不知什么时候悄悄地钻进人群里。

老和尚这样看了几个人后，像嘀咕似的低声说道："我说'这时候喧闹，反叫敌人知道'的话应该都听到了吧！都回房去！"便踏步回房。

客殿里，景虎穿上小沙弥的衣服，喝了热粥，不觉有点困了，便对新兵卫说："我想睡一下，老和尚来了再叫我，膝盖借躺一下。"

新兵卫虽然劝他"再忍耐一下，马上就要见到大师了"，但他不听。

"我忍不住啦！只要睡一下下就好，睡到老和尚来就行了。"

说完，他枕着新兵卫的膝盖就躺下来，很快发出匀和的鼾声。他个子矮小，脸颊丰润，看起来非常天真，在曾看过他不输成人勇士、奋勇杀敌的新兵卫眼中，无法相信那是同一个人。他凝视着景虎熟睡的脸，激动地想："你一定会成为不输令尊大人的名将！"

鬼小岛弥太郎等武士也有同样想法，他们把景虎在这危难之际仍与平常无异、安然入睡的大胆看成是名将资质，非常感动。

不久，天室大师来了，新兵卫摇唤景虎，但景虎就是醒不过来，闷哼了两声，翻个身，单手抱着新兵卫的腰继续睡着。

"就让他睡吧！不要勉强！"大师转身吩咐随侍和尚，"找点盖的东西来。"

侍僧立刻拿来薄棉睡衣，盖在景虎身上。

料理妥当后，新兵卫等人开口寒暄。

"欢迎光临寒寺。老衲虽为遗世之身，也正思量施主家的劫难，真是无以言喻，苟活多年，反见忧事。"天室大师忧伤地说，但语气一转，"看到景虎施主安然无恙，真是无比高兴。施主幼时，先主欲令他出家来本寺时，老衲曾收留半年，教以学问，非常了解他是什么样的人，如果能顺利渡过这场劫数，长尾家业再兴有望。老衲正窃思其年纪过轻，不知国内武士拥护意向如何，今有诸位武士随从，显见众人意向必定相同，殊为可喜。"

接着，就谈到今后打算的问题。

新兵卫说："无论如何，我等想趁天未亮前离开此地。此刻城外尚无警戒，但等天一亮，太阳一升，叛贼警戒一定扩及城外。"

"这个——敝寺虽然很想尽守护之力，但与城内相距太近，而且寺中尽是不事武功之人，万一为敌所知，反有危险，只有爱莫能助了，不过，施主打算往何处去？"

"这个……"

地点还没决定，新兵卫难以作答。这时，传事僧进来，在老和尚耳畔不知说了些什么，老和尚频频点头，然后向众人说："枥尾常安寺住持门察师父几天前来访本山，方才他建议说，景虎施主以前在枥尾待过，不妨暂往常安寺避避，不知各位意下如何？"

新兵卫一时无法回答。景虎是为逃避三条俊景追兵才逃出栃尾，如何能再入虎口呢？！他看着众人，眼露征询之意。众人似有同感，都不作声，只是面面相觑。

这时，景虎突然从新兵卫膝上翻身坐起，向天室大师寒暄："师父，久违了，这回又来搅扰啦！请您告诉那位栃尾的师父，请他带我去栃尾吧！"

新兵卫吓一跳，想要开口说话，景虎制止他："栃尾是我长大的地方，也是我在三条追兵赶到前逃走的地方，那里我熟悉得很，我看敌人暂时不会再来找我，只要先躲过眼前的灾难，以后的事以后再说吧！"

不久，常安寺住持门察和尚随传事僧进来。门察师父年约三十五六，相貌堂堂。他恭敬地伏地一拜。

景虎说："我是景虎，这个身子就交给你了，带我去吧！"

他虽是小孩，语气却充满威严，门察和尚感动得又伏地一拜。

随后，六名头戴竹笠的云游僧及一个草笠遮脸的小沙弥鱼贯走出林泉寺，向东而去。

清晨，宇佐美定行独自在院中漫步。雾很浓，远看是一片茫茫的乳白色，近看则像是抽得细长的棉丝，卷曲缠绕缓缓变形，很有意思。浓雾闭锁的树林间传来各色鸟禽的叫声。宇佐美放轻脚步，像怕惊动林鸟似的一步一步蹑足而行。树干是湿的，树叶上沾满露珠。

他思量着越后的乱事，心想这场乱事何时才能平定？又该由谁来平定？

为景死后，众人争论谁该担任守护代时，他曾发言表示晴景适任，争论因此解决。然而，他推举晴景，并不是看重晴景这个人，而是当时若僵持不下，很有可能形成三条俊景担任守护代的局势。他不想让俊景成为守护代。俊景生性勇猛，战技超群，却贪婪残忍得无可救药。他若大权在握，一定会酷虐百姓、驱战豪族。宇佐美以为，像俊景这种人物，适于征战沙场，却不适于作为一国之主。他原来想推举上田房景，但房景年事已高，怕俊景不服，不得已只好推举晴景。

从那时起他就不认为晴景适任。晴景是非常凡庸的人，性情温暾，好逸乐，又不聪明，完全不像是枭雄为景的儿子。当时他已预知，晴景终究无法平服国内诸豪。

因此，俊景起事，他并不意外，意外的是昭田常陆介的背叛。想当年，昭田深受为景信任，赋予家老大权。为景死后，昭田为保权势，积极拥护晴景，一副顾命大臣的忠诚模样。没想到俊景一举兵，他便衡量清楚利益得

103

失，与其依赖难成大器的晴景，不如自己独立，与俊景利益均沾。

宇佐美思及此，颇觉憾恨，不得不反省自己看人的眼光还有待提高。

一时下落不明的晴景，后来在距宇佐美居处两里的笠岛募兵，也派人催促宇佐美出兵，宇佐美遂派儿子定胜率兵五百会师。虽也有不少人响应，但他们似乎对晴景不抱什么希望。

宇佐美再想，当今乱世，武略不精，就难成大业，晴景没有这方面的才识，就算平定了这次的乱事，往后还会有问题发生。到底谁才有这份才略呢？他想了半天，竟无中意的人选，不觉感叹："守护代一职限于长尾一族的规定，真是棘手啊！"

如果没有这个规定，他自己倒想出任，他有自信能做个很好的守护代。可惜规定不能更动，虽在乱世，众人却都忠实地遵守这个规定，大概是避免众人产生"有为者亦若是"的心理吧！的确，在这种时节，人心最易谋叛。

想到这里，他不觉露出苦笑。雾稍微淡了些，阳光穿射在树荫之间，不知何时，衣服已叫晨雾给沾湿了。

他走出树林，举步往居室走去时，雾中传来年轻女孩的叫声："爹！爹……"声音清脆。

"在这里，我马上来。"

宇佐美加快脚步，脸色变得柔和多了。

宇佐美和女儿乃美在泉水上的石桥相遇。她年约十四五岁，端庄的脸蛋、细而挺的鼻梁、清澈的褐色大眼睛，有宇佐美定行的高雅气质，但像未成熟果实般的青白色肌肤，显现青涩，说不上十分美，不过，再等个一两年，她一定是个美丽而有魅力的女人。

"水已开了好久啦！"她笑着说，整齐洁白的牙齿在淡红的唇间微露，模样儿甚是清爽。

"哦，我正要回去，心想茶也该泡好了。"宇佐美愉快地回答，露出在人前绝不表现出来的老人模样。

父女并肩走回客厅。客厅角落的小壁橱前搁着风炉，茶壶冒出闷闷的蒸汽声。乃美坐在炉前，泡好茶，端到父亲面前。

宇佐美啜了一口："刚好。"他按照礼仪做法把茶喝完，"真香！今天比往常多走了几步，喉咙特别渴，你倒机灵，给我泡下这么一大碗茶，心思真细哪！"

乃美被父亲夸奖，高兴地笑着说："您很久没有夸我泡的茶了。"

"哈哈哈……"宇佐美抚着稀疏的白须，心情畅快地笑着。

随后，家仆送上早餐。宇佐美屏退仆人，让女儿服侍，父女俩不着边际地闲聊着。吃过早餐不久，近卫来报："栃尾本庄庆秀的使者求见。"

"本庄的使者？"

本庄庆秀的地盘距三条仅五里，但没有加入俊景的叛兵阵营，宇佐美也知道景虎曾在庆秀家住过几年。他很快猜到，景虎可能又藏回本庄去了。

"我就在这里见他！"

"来人是和尚装扮，身材魁梧，不知是否真的是出家人……"近卫有些不安。

"无妨，带他进来。"

近卫退出去后，宇佐美向乃美使了个眼色。乃美领会其意，欠身退下，一出一入之间，数名近卫即走进厅室，分站两厢。但是宇佐美对他们说："你们也退下，他能进城到这里，显然武功不凡，你们是防不胜防，罢了！"

武士遵命退下。

宇佐美抱着胳膊，欣赏庭院景色。雾已消失殆尽，院中洒满了和煦的阳光。雪国的春夏交替实在匆忙，前一阵子大地还被坚冰封冻，才想着这冰雪何时融化，却已是梅桃樱李百花盛开；才觉得春风拂面、落英缤纷，又已是碧绿满眼的初夏景致了。

宇佐美望着冒出点点新绿的树丛，思量起景虎的事。他没见过景虎，但对景虎从出生不被为景所爱、入林泉寺出家，到被为景断绝父子关系赶出家门，在栃尾本庄家生活数年，三条起兵谋反时返回春日山，不久又因昭田叛变，在战乱之中失踪的经过都知道。他想，景虎究竟是怎么样的一个孩子呢？听说他非常倔强，所以不讨为景欢心。不过古来也有不少幼时不讨人喜欢、长大后却成为一代豪杰的名将，若果真如此，岂非越后国也有了守护代人选，只是年龄太小了。

跟在弯腰谨慎前导的武士身后大步而行的和尚，果然体格魁梧，相貌堂堂。他身高近六尺，生得虎背熊腰，衣服袖口露出的两条胳膊，更是肌肉虬结、刚毛丛生。他眉毛粗浓，目锐如鹰。

宇佐美一看，心中暗叫："是他！"他知道眼前这和尚是春日山长尾家的勇士鬼小岛弥太郎，虽年仅二十三四，却是为景的近卫，立下不少战功。但鬼小岛或许不知已暴露了真实身份，于是宇佐美佯装不知情地寒暄。

"贫僧是栃尾常安寺门察师父的弟子道忠，特来拜见。"说着，动作笨拙地屈膝一拜。

"听说你是本庄公派来的使者？"

"贫僧正是。"

弥太郎点着剃得精光的脑袋，晃着单膝，正要说明来意时，两名近卫武士现身。一个捧着烤栗，一个奉茶。

宇佐美说："粗茶粗果，怠慢了！"

"打扰了！"

弥太郎先吃烤栗，接着喝茶。如果是一般禅僧，这时的礼仪做法应当极为洒脱，但弥太郎大概是临行前才学的，动作非常笨拙。

宇佐美按捺不住心中的好奇，突然大喝一声："鬼小岛弥太郎，不要动！"

弥太郎大惊，放下刚送到嘴边的茶杯，同时向后一跃，站在廊下，目控八方。

宇佐美这一声大喝，待在隔壁房间的武士也立即现身，摆好阵势，只等宇佐美发令。没想到他却微微一笑，向武士挥挥手，但武士一时不知他是什么意思，仍站着不动，他只好再说："退下，退下，没事！"他们才遵命退下。

弥太郎的样子仍不变，他挽起袖子，露出粗壮的胳膊，像金刚似的瞠目以待。

宇佐美笑笑，指着席位说："道忠师父，请回座吧！"

弥太郎不知道宇佐美在想什么，心里又在计划什么，他对这种策谋型的人物一向束手无策。于是，他用略带自弃的语气说："在下正是鬼小岛弥太郎。"

宇佐美笑得更开心了，因为弥太郎是如此单纯率直。"请回座吧！"

弥太郎依言回座。

"如果阁下的道忠之名是假的，那么，本庄庆秀公使者的名义也是假的了。"

弥太郎狼狈地回答："不不，那是真的。"

"哈哈，是吗？"

宇佐美虽还笑着，但马上就表情严肃地看着弥太郎。弥太郎不知道他为什么盯着自己，只是觉得气势上不能输，于是也睁着大眼回瞪。

宇佐美目不转睛地缓缓说道："让我猜猜阁下所为何来。"

"……"

"喜平二景虎少爷在春日山骚乱时，由你们护送到枥尾的本庄家，不对，是常安寺。你们应当有几个人，如果只有阁下，是不可能丢下他单独前来的。你们藏在常安寺，也与本庄家有联络，居中联络的大概就是常安寺的和尚了。"

他似乎对一切了如指掌，弥太郎脸色大变，仍大睁着眼，却无话可答。

宇佐美微笑着说："我好像猜中了是吧！现在我再猜一下阁下来访的理由，是想借兵吧！"

这回他只猜对了一半，弥太郎安心地吁口气。

兵书与纺车

"事情没这么复杂，在下只是来请教将军能否和景虎少爷见个面，如果同意，又在什么时候比较方便？"

"这个——"

宇佐美思量半晌，这一见面，结果自然还是借兵，他不是不想借，如果是值得帮助的人物，他更乐意借兵。"这只是本庄公的意思？还是景虎少爷也希望？"

"是景虎少爷先提出的，本庄公也同意。"

弥太郎似乎很得意，仿佛以景虎虽年少却有这层想法为傲。宇佐美看到像弥太郎这样的勇士都愿忠心跟随，心想景虎这少年的确有相当胆识，于是再问："除了阁下以外，还有什么人追随景虎少爷？"

"金津新兵卫、户仓与八郎、曾根平兵卫、秋山源藏等人。"

这些人都是春日山长尾家知名的年轻武士，能有这些人追随，可见其胆识不凡，有一会的价值。

"好！我就会会他吧！"

"多谢应允，那么什么时候方便？是由在下护送景虎少爷来此吗？"

"在下担当不起，理当由在下谒见，不过，我人到枥尾，恐又引人注目……"宇佐美思索片刻，问道，"阁下来此途中，是否经过一地叫片贝村？"

"没有，不过在下知道那地方，在来迎寺村附近吧！"

"不错，距来迎寺村南一里之遥。不过，在片贝村村外山中有座福昌庵，就在那里！那地方位于此地及枥尾中间，距栖吉领地及在下领地也不远，万一事起，也方便想办法，如何？"

"很好，那么时间呢？"

"七天后的正午吧！在下会先跟福昌庵的僧人联络的。"

事情谈妥，宇佐美盛宴待宾。弥太郎荤腥不拒，酒肉均沾，大快朵颐。
"在庙里食粗量少，我等俗人不好搅扰，只好同遵清规，真是辛苦哪！今日有幸得以饱餐！"

到了约定那天清晨，太阳还未露脸，宇佐美便启程离开琵琶岛。他虽带了半武装的随从五十人，但只留在领地边界以备万一，另外带了五名普通旅人装扮的近卫同行。

琵琶岛距片贝村有六里行程。距正午还有一个钟头时，宇佐美到达山麓。而庵堂建在半山腰。山上老杉茂密，青藤缠绕，山路蜿蜒崎岖，蝉鸣阵阵入耳。宇佐美一边拭汗，一边缓步登高。他的坐骑也和那五十名武士留在边界处。

接近庵堂时，弥太郎和另外一人出迎。
"已经来了吗？"
"不久之前已到此，这回多劳将军费心了。这位是户仓与八郎。"
虽然听过也见过这人，宇佐美还是说："初次幸会，在下宇佐美！"
一行人联袂上山。

行至半山，约有块方圆三十尺的平地，庵堂即坐落在临崖一隅。山势向东缓走。近午的阳光照在庵堂前面的平地上，煞是亮眼。东方一里远处，信浓川蜿蜒流过，泛着粼粼白光，河对岸是崇山峻岭，视野极佳。宇佐美脱下竹笠，凉风习习，身上的浮汗霎时干透。

庵堂入口有人影出现，皆着僧服，一位是庵主琢元，一位是金津新兵卫，另一位则素昧平生，但宇佐美一眼就看出他是真正的出家人，心想他大概是把景虎带到栃尾的门察和尚。

果然，门察自己报上法号，并说："贫僧是本庄庆秀公的代理人。"
宇佐美与新兵卫只是面识，不曾亲密交谈过，但此刻不由得心有所感地说："辛苦啦！阁下忠勤护主，令定行佩服！"

新兵卫也心有所动，一副就要感激涕零的表情说："哪里，哪里，请入内再谈吧！"

虽然一路步行而来，脚上倒没沾染什么灰尘，脱了草鞋，用毛巾挥挥，就走上居堂。

"欢迎欢迎！"景虎欣喜出迎。
宇佐美一听，不觉猜想，景虎是主动出迎，还是听从他人劝说而出迎？因为这个时候最能表现一介武将的器量。

平将门在田原藤太有意归顺而来访时，因过于兴奋，未及梳发即出迎，结果藤太认为他没有身为大将的沉稳端重，而罢归顺之意。

源赖朝在石桥山一战兵败，遁走安房，整军四五百骑重入下总时，平广常率大军两万追随而来，源赖朝却不准他进见，命令土肥实平转告平广常："虽屡屡促军发兵，却来兵为迟，实为可疑，且留后阵听候处置！"

平广常闻言大惊："此公定将成为日本大将军乎！今日兵败，势单力薄，我率大军来归，非但不准进见，反遭斥责，其威实在可惧！"

不过，中国圣人周公为求贤士，倒有"一沐三握发，一饭三吐脯"的美谈。

这三个古例，同时闪过宇佐美脑中，但是他倒不想以此来判断他人的器量胆识，因为只靠表象，无法了解一个人。

"不敢，不敢，请回座！"

宇佐美遵礼仪把景虎按回座席，隔着门槛伏地一拜："初次晋见少爷，在下宇佐美定行。"

"我是景虎，今年十四，久仰将军大名，今日得见，实在高兴。"

景虎端座席上，他的态度和言语虽然还带点孩子气，但自然阔达，毫不生硬。宇佐美心想他的举止不是被教出来的。

景虎又说："你过来些，在那儿讲话不方便！"

"恕在下放肆！"宇佐美跨过门槛。

这时，景虎突然开口："我要见你，是因为想当你的徒弟！"

宇佐美一时没听懂他的意思，微微一笑，"什么徒弟？"

"我想跟你学兵法。你也知道，我从小不得父亲欢心，幼时被送入林泉寺当和尚，林泉寺老师父看我不适合当和尚，只教我朗读四书和学习书法就送我回城。和尚没当成，春日山也待不得，结果到栃尾本庄家，这些经过想必你都知道吧！"

这是叫人委屈又愤怒的成长经历，但是景虎却一直笑着，侃侃而谈。宇佐美心想他太过于少年老成，不过，仍态度恭谨地回答："在下略知一二。"

"本庄人很好，待我很亲切，只是我不愿待在栃尾。过去，我整天和村童耍棒、游泳、捕狐狸，林泉寺学的东西全都忘了，更别提战场督阵、阵法等武将心得了。我知道你是作战高手，也曾将兵法当作一门学问研习，所以我想拜你为师，学习兵法。"

宇佐美以为景虎终究不过是要借兵罢了，没想到他的志向还如此远大。他感觉自己的心陡地一震，几乎要流下泪来。

"少爷所言，在下愧不敢当。不过，在下只是好为兵之道、独自摸索罢了,并未有傲人之处,仅能尽力而为。"

宇佐美心想,下一任守护代就是景虎了。他相信眼前这少年能平定国内乱事,已不在乎他年龄小了。

景虎抵达琵琶岛不久,昭田常陆介就退出春日山城,先往三条,再转蒲原郡,因为越中援兵迟迟不到,晴景方面招募的军队逐渐增加,人数已达两千,昭田于是心虚而走。

上杉定实火速把这消息告知晴景,晴景便高高兴兴地班师回城。奉宇佐美之命去支持晴景的定胜也把消息急报回琵琶岛。宇佐美只付之一笑,指示定胜见机回城。

景虎对这情势的变化毫不动心,专心致志地随宇佐美学习兵法。宇佐美是个儒将,但不是学者,因此他的教法简明直截。

"兵法之要是以我实击敌虚,这个虚有军势之虚,也有心虚,古来被喻为奇兵的军略几乎都可以说是击人心虚,因此,最重要的是研究此状况下人心如何?彼状况下人心又如何?例如,楠木正成在赤坂城的战略。

"坂东率三十万大军进攻楠木守城,心想如此小城,只手就能粉碎,于是策马越壕,兵临城下。这时坂东军轻看楠木,一心只想着攻城,丝毫未考虑防御,楠木看准他们这层心理,等坂东军进至桥上时,下令发箭,坂东军立刻有千人倒下。坂东军见城一时无法攻下,遂作久攻打算,为马卸鞍,人脱盔甲,一旁休息。楠木事前已料到敌军此举,故埋兵在两侧山中,乘机左右夹击,大破坂东军。学兵法就要如此这般,日常不息于研究人心的变化,以此心看兵法七书,定能获益匪浅,若无此心,则兵书犹如废纸。"

景虎像沙砾吸水般拼命地吸收宇佐美教给他的兵学常识。某天正午,他听完兵法,穿过院子准备回房时,突然听到纺车的声音,单调得几乎引人入睡。他很好奇,循着声音找去。

在院旁的一栋建筑里,乃美正在纺纱。她端坐在榻榻米上,一手转着纺车,一手从桶中拿出碎裂的麻苎卷在管上,就这样持续重复着单调的动作。她额头渗出细粒般的汗珠,挺直的背部也都汗湿了。她听到院子里走来的脚步声,抬眼一望,有些吃惊。她知道眼前这人是两个月前到此学习兵法的景虎,却是头一回见到。景虎也一样吃惊,他以为纺纱的是个中年女中,没想到是这样年轻美丽的女郎。

乃美停下手中工作,恭恭敬敬地向景虎行礼。景虎点点头,感觉眼前一亮,全身发热,心跳加速。

他问："你是谁？"

"本城城主的小女儿。"

"哦？我怎么不知道。"景虎笑着，走近廊下，"你叫什么名字？"

"乃美。"

她口齿清晰，仪态大方，景虎觉得她一定很聪明。他问："你知道我是谁吗？"

"知道，您是春日山守护代之弟景虎。"

景虎还想多聊，索性坐在前廊地板上。

"你自己纺纱？"

"是。"

"令尊吩咐的？"

"不，需要麻线时就纺。本来该一次纺够的，但我生性疏懒，只有需要时才纺。"乃美笑着回答，语调轻快，没有什么顾虑。

"那么，你也会织布了？"

"是的。"

"我母亲也会纺纱织布，而且又快又好。她身体虽然很弱，但是喜欢劳作。我最讨厌懒惰的人。"

"啊呀！我刚刚才说我是懒惰的人！"乃美笑着说。

景虎尴尬得满脸发烫，"我没说讨厌你，我是说讨厌那种优柔寡断又懒惰的人。"他的话语有些紊乱，语气略带愤怒，全身更是汗如雨下。"好热，今天真热！"说完，突然起身，走出庭院。

乃美继续先前的工作，一边转着纺车，一边想着景虎的事。

"他生气了吧！这人脾气太烈，不过，他谈起他母亲时，语调甚是柔和，一定非常怀念母亲吧……"

她略倾着细长的颈子，像百合花一样，脸上带着微笑，是那种年长姑娘心有余裕的微笑。

景虎目不斜视地急急走向外城居处，脸色很坏，心中也寻思着，"她多大了？她比我大，有十五六岁吧！不过大个一两岁，却一副姊姊的模样，挑人语病，太傲慢了……"

但是回到住处后，他的心情转好了，只觉得心底有某种浮动不定的勃勃兴致，就像是和暖春日远眺远山樱花或是黄昏时分凝神呆望美丽彤云时的感觉。

从那时候起，景虎常常学完兵法，便绕进乃美居处的院落逗留一阵子。

乃美并不懒惰，手中总是有事情要做，有时候缝制衣服，有时候用金银细线绣战袍。布料有时是京都和大坂（即现在的大阪）商人带来的南洋罗纱或羊毛织布，有时是雪白熟绢。

景虎喜欢看乃美刺绣，看她屏息专注、用细白的指头在布框里扎针的模样，娴静沉稳，有股说不出的美感。昨天看还是纷乱的各色丝线，今天来看已是只金光灿然的狮子，或是鲜艳动人的橘花图案。

有时候她不在居室里，让景虎扑了个空。隔天一问，说是到机房织布去了。

某天，乃美突然说："我泡茶给你喝好不好？"

"淡茶吗？"

景虎对淡茶毫无兴趣，觉得味道虽香，却很难喝。

"你不喜欢？"

"是不喜欢。"

"为什么？父亲说那是第二好喝的饮料呢！"

"第二好喝？那么第一美味的是什么？"

"浓茶！"

"那简直是茶泥嘛！"

乃美呵呵一笑，"试试看好吗？我先给你泡淡茶，如果不喜欢，再换煎茶。"

说完，她用竹刷在茶杯里搅搅，端到景虎面前，"请吧！"

景虎接过杯子，喝了一口，但觉入口极佳。他看着杯底隆起的细细的绿色泡沫。

乃美又端来面粉搀着柿皮末做的落雁糕点，"请用！"

景虎拿起糕点入口，使劲咬着，然后用力端起茶杯，像喝药似的闭着眼饮下。

乃美惊讶地看着，继而一想，或许景虎故意这么表现。她笑着说："你这样喝当然喝不出味道，必须用舌尖一口一口地慢慢品尝才行哪！"

景虎没理会她，径自说："你答应过的，给我煎茶吧！"

"好的。"

乃美退到风炉前，从茶柜取出煎茶用具，以娴静优美的动作泡好煎茶，奉给景虎时说："再过两三年，你大概也能喝出抹茶的味道了。"

景虎真有掷掉茶杯的冲动，小姑娘摆大人架子，令他颇不高兴。他按捺住心中不悦，一仰而尽，"好茶！多谢，告辞了！"说完掉头便走。

乃美对待景虎的态度，就像姊姊对待弟弟，即使景虎言行无礼她也不会生气。反之，景虎与乃美相对时，总觉得有张大网轻轻地当头罩下，这时他总是蓄意躲开，但是刚一躲开，紧接着又有一张隐形的网飘然而下，他再次斩破。他感觉自己像在无止境的飘飘落下的网中拼命挥刀斩开出路的人一样。每次相见，总是筋疲力尽地回来，但是又无法按捺不见，每回经过乃美居室的院落时，总是不由自主地进去招呼她。

一年过去，又是炎炎盛夏。

景虎领悟兵法之速，令宇佐美惊异不已，他的纸上战术，已非宇佐美可及。

"我看你已不必再学兵书了，应该亲自上场演练。所谓阵法，就是令使拥有七情六欲的军人作战，因此力与势皆会不断变化流动，而在此流动变化中，胜机稍纵即逝，如何掌握，就须实地演练，只靠兵书所记，往往陷于窠臼，易为敌人所乘，这点你要切记在心。"

景虎有心出门一游，亲眼观察近国情势。他先与宇佐美商量，但宇佐美不同意。

"若在平时，我是会劝你亲自观察诸国地势险易、国人风俗、诸将政治得失及兵制等，但如今时机不对。现在，越后一国四方割据，一为春日山晴景公的势力，一为在下的势力，一为三条俊景的势力，另一为蒲原郡昭田常陆介的势力，由于分崩割据，越中豪族皆虎视眈眈，伺机而动。此外，晴景公毫无平定内乱、为先主复仇的打算，日夜耽于逸乐，导致民心背离。长此以往，国内平静迟早将毁，此时出游，实在不宜。"

景虎闻言，也觉得颇有道理，尤其是长兄晴景之事，更令他痛心疾首，其实不待宇佐美转述，他早就从弥太郎那里听说了不少晴景的乖戾之事。

据说晴景常出城游山，途中一看到美女，不管是何人妻女，不由分说便带回城中陪宿，如有苦主来诉，反遭杀害，因此百姓一听说晴景出游，纷纷逃避，沿途不见一个人影。

又据说，今年春天晴景从京都弄来绝世美女，另有一弟，貌亦俊美，晴景也纳为新宠。

这些事在纯真的景虎看来，只觉得龌龊不洁，心想有机会要见见哥哥，好好劝劝他。这番心事他也跟宇佐美谈过，宇佐美考虑许久说："也好，不过依在下看，晴景公或许听不进去，但毕竟是骨肉至亲，总需要竭诚进谏，是为他好，"说着，突然放低声音，"也是为了将来。"

他这话有如打哑谜，却触及了景虎心底深处某种无法言喻的感觉。

景虎回看宇佐美，宇佐美却望着院中惹眼的绿景，拧着下巴稀疏的白须，眼神平静得若无其事。

数日后，景虎带着新兵卫等五名武士离开琵琶岛，因为途中必须经过已加入三条叛军的柿崎弥二郎领地，所以六人都打扮成巡游各国的云游僧模样。

出发之时，宇佐美对景虎说："路上要小心，千万不可随意泄露身份，让人知道你和春日山有关系，不过，有这五位壮士陪伴，想必不成问题。要小心的还是在到了春日山以后，你可以暗示晴景公说琵琶岛的武士分宿城外各处保护你。人一旦被他人掌握弱点，难免会生气，加上你又是他最亲近的唯一血亲。"

这番话虽然也如谜语般不甚明了，不过景虎完全明白，感激地点头作答。

两全美女

琵琶岛距春日山有十三里半，他们从容得就像巡游各国的云游僧般一路探访着神社寺院而来。

离开琵琶岛当天中午，即抵米山药师堂。七年前，景虎被断绝父子关系、送到栃尾本庄家时首次经过这里，去年又因三条俊景之乱，路经此处回春日山。那时，他也一样站在殿前廊下远眺颈城平野，感慨依然。

"我第一次站在这里时，年仅八岁，当时我说若以此山筑阵，则府内及春日山尽收眼底，可轻易攻陷，还被新兵卫夸赞了一番。而今，从宇佐美处学了兵法以后，今日再看，此地实在是最佳筑阵之地！"

初来时是晚秋，去年是晚夏，而此时是盛夏。平野及群山一片浓绿，阳光耀眼，夏云如潮涌般飘荡在远山峰顶及右手边延伸出去的大洋上。

这一年来，他以所学得的战术，应对设想的各种战争场合，其乐无穷。

距景虎所站位置稍远处，随行的五人忙着擦汗，然后围成一个圆圈吃起便当来。有人叫景虎："吃饭啦，你再不来，都叫大家吃光了！"

为了不引人注目，他们之间以朋辈相称，用语也摒除了繁文缛节的敬语。

"哦！"景虎快步走过来。

"喝水吗？刚汲来的！"鬼小岛弥太郎拿出盛水的筒。

"好！"景虎就着筒口吸了一口，水冷如冰。

因为是空着肚子，饭吃起来特别香甜。就在大家专心吃饭时，有个旅人频频拭着汗走上了参道。

他有很严重的龅牙，面相奇特。他横眼打量众人，在殿前参拜后，脱下草鞋，登上台阶，走向众人对面的那个角落。他打着赤膊，擦了汗纳起凉来，动作非常自然，谁也没注意到。直到他凉快够了，穿上衣服，摘下竹笠、枕着胳膊呼呼大睡时，才叫新兵卫注意到。

新兵卫悄悄地观察他，心想："这家伙是什么时候来的？是在我们之后来的，还是比我们先来，我们怎么没注意到？看他那样子不能不小心啊……"

他也不敢胡乱造次，于是向众人努努嘴，指着那人问："那边有个人，什么时候来的？"

众人一看皆大惊，目露惧色。新兵卫以眼神制止众人说："咱们也该走了，这里虽然凉快，但也不能流连不走啊！"

"走吧！凉快够了，又有精神了！"

众人起身，走到阶梯旁穿上草鞋。新兵卫很快穿好了，有意地往那人方向看去。那人依旧是刚才的睡姿不动，似乎睡得很熟，肩膀到侧腹的曲线缓缓起伏。

"看来是个普通旅人吧！"

一行人联袂出堂，走了没多远，新兵卫又回头观望，只见那人已成仰卧姿态，只有脸朝着他们这边。新兵卫很想认为他只是翻了个身而已，但不知怎的，总觉得那人是眯着眼打量这里。他再仔细一看，又觉得那人似乎没在打量，龅牙微张，一副在凉爽中睡得舒服的表情。

在一边听着山谷浓荫中聒噪的蝉鸣，一边走下山的途中，新兵卫突然想起那张脸似曾相识，但就是想不起在哪儿见过，他拼命搜寻记忆，走得心不在焉。

"怎么？不高兴吗？"鬼小岛凑过脸来。

"少啰唆，我是在想事情！"他换个口气，"刚才药师堂的那个旅人还在吧？"

"在啊！睡得很舒服哩！"

"我好像在哪儿见过那张脸……"新兵卫突然停下脚步，"哎呀！是他！"

众人吓了一跳，都停了下来。

"是服部玄鬼。"

"玄鬼？！不对吧！大家都看过玄鬼，那张黑天狗似的脸不容易忘记的！"

"不，我没有看错，那家伙可以在嘴里含着东西、自由地变化脸形。刚才那家伙是个大龅牙吧！一定是他装了假的齿龈，但是他那没有光泽的黑皮肤和鼻子,我印象深刻。虽然他装了假牙,鼻子不那么突出,但我就是觉得似曾相识。走,我们回去看看,他这样做实在可疑。"说完便领头往回走。

除了景虎外,一行人都知道玄鬼,但依然不觉得新兵卫是对的。但是新兵卫那么有自信地往回走了,他们也不得不随后跟上。

山路颇急,当他们大汗涔涔地赶回药师堂,蝉鸣不绝的堂前,除了凉风阵阵,不见一个人影。

"不见了!可惜!"

新兵卫有些遗憾,但其他四人仍怀疑那人是否就是玄鬼。如果是往下越后方向走的旅人,在他们离去之后从此路下山,并没什么可疑的。但是如果这么说,新兵卫八成要生气,于是众人皆缄默不语。

玄鬼是什么时候自春日山消失的,没有人知道,只知道是为景死后不久。他本来也不是正式的家将,只是为景特别任用的忍者,为景既死,他离开也没什么奇怪的,因此,他那时不在,也没有人注意。

新兵卫说:"为景公送给柿崎弥二郎的两个美女,是他到京都买来的,那两个女人很受宠,他或许投靠弥二郎去了,我们不能大意。"

"说得也是。"

众人第一次同意他的看法,不过,这事对他们来说,只是个模糊的印象。如今回想,小心防范总是对的。

当他们身影消失在视野之后,有个像是大包袱布似的东西轻飘飘地从大殿的格子天花板角落里降了下来,轻轻地毫无声响,落地瞬间,是个并足而立的人。他穿着草鞋,胸前抱着竹笠,拄着拐杖。他快步走到廊下,轻轻跃过扶栏,落在堂前地上,直奔进山谷,那动作就像飞也似的。他斜斜地奔下耸立的险崖,消失在如巨大盆景的谷底杉林中。

他的动作隐秘而快,但被景虎发现了。景虎突然看到他飞快沿着谷底白色溪流往下游而去的身影,惊讶地指着问:"那是什么?快得像天狗一样!"

众人顺着他的手指看过去。

"是他,就是玄鬼!"新兵卫叫着,这时他人已躲进覆掩谷中溪水的树林中,新兵卫环视众人,"谁还敢说那不是玄鬼?"

那人的的确确是玄鬼,他并没有离开长尾家。为景死后,晴景继续用他办事。他一时自春日山消失,是奉晴景密令到京都去了。

"听说以前我父亲送给柿崎弥二郎的女人是你买来的,据说是长得国色天香,我无缘一见,还真羡慕弥二郎!老实说我现在用你,也是为了这事,你到京里去,也帮我买个绝不输给那两个的美女回来!"

玄鬼不负使命，果真买回一个也是贵族出身的美女。晴景大喜，重重地赏赐了他。那是晴景任守护代那年夏天的事。

那年年底，晴景又悄悄招来玄鬼。

"你上次找来的那个女人美是美，可惜夜里没什么趣，跟画中人差不多。我要你再去给我找一个来，气质外貌差一点没关系，只要那方面擅长就行了。如果你能找来个二者兼备的最好，我一定重重有赏。"

玄鬼心想晴景马上就是四十岁的人了，还满脑子女人的事，既惊又鄙，不过，他还是恭谨地从命，启程上京。

容貌的美丑外表可见，难的是要那方面行的，这又不能亲自去试，如何鉴别还真伤脑筋，玄鬼不禁暗咒："尽做些蠢事的家伙，难怪族中无人服他，恐怕也不会长久了。"

玄鬼抵达京都不久，便听说三条俊景起兵叛变，接着昭田常陆介也背叛了晴景，晴景被赶出春日山城，越后情势大乱。

"果然不出所料，我就暂时待在京都，见机行事吧！"

他这一趟带了不少钱，如果晴景真垮了，那他可以全据为己有，在京都好好逍遥一阵子。但没多久就听说晴景收复春日山，灭了贼众，暂保小康局面。既然如此，他得赶紧完成使命。

他又找上常来往的那个人贩子，说明条件："难是难了点，不过还请多费心帮忙。"

"要找这么一个双全的美女，的确不容易，不过，也算你运气好，眼前就有这么一个，只是，价钱可不便宜哦。"

"放心，钱少不了你的。"

"那么，随我来吧！"

人贩子带着玄鬼出门。由于连年兵灾，京都建筑多半毁于战争，只剩下寒碜的小屋簇挤一地，整个市镇像个乞丐窝似的。玄鬼他们走访的家宅也一样，以前是个公卿宅邸的宽广建地上，半倾的土墙内，只有三间小屋，大部分院落杂草丛生，像是有蛇出没。

人贩子站在其中一间的门口叫人。

"哪一位？"

里头走出一名少年，身着有补丁的礼服，模样虽然寒碜，但相貌俊美，年约十五六。他看到人贩子，微微一笑，"是您哪！"但在看到站在人贩子身后的玄鬼时，脸突然羞红起来，看起来娇艳如女人。

"令尊呢？"

"家父在家，您请稍候。"

少年走进去不久，伴着咳嗽声，出来一位四十好几、脸色苍白的人。他穿着褪了色的礼服，头戴被风吹折了的纱帽。

"哦！好久不见，怎么样，生意好吧？"他堆着谄媚的笑跟他们打招呼，表情卑屈而带点狡猾。

"老样子啦！这位是越后春日山长尾家的人！"

"是吗？打老远来，真是简慢了……"这人在朝廷上大概也是中纳言官位的人物，却像商人一样极力讨好来客，他向里面叫唤："奉茶呀！"

"是！"

随着清脆的娇声，静静地走出一位姑娘。她身上穿的衣服也不好，虽然没有补丁，但也洗得快破了，只有腰间的红带鲜丽如新。未施脂粉的脸只涂了口红，长发垂肩系结，约有十七八岁。她捧着茶杯，双手纤细白嫩，近乎透明。她整个人都非常纤瘦，看似有病，却也有股异样的美。因为她的眉梢和眼角略为上吊，晶亮的眼神配着尖细的鼻子，就像只雪白的狐狸般美得带点邪气。

"请用茶。"

她把茶端给玄鬼，就退回里屋。她似乎也知道玄鬼他们为何而来，却那么镇静，甚至有些不在乎。

喝完茶，玄鬼他们告辞。一离开那间破屋，人贩子便问："怎么样？"

"美是美，可是那一方面行吗？"

"我可以拍胸脯保证，我搞这行三十年了，眼睛绝不会看错，像她那种身段、面相的女人，最懂得闺房情趣的。"

"是吗？好吧！我要了，多少钱？"

"这可是稀缺货哦，本来是要一百两的，反正你也不是外人，就拿八十两吧！绝不能再降了。"

"我看这样吧！我出一百两，连那小子也一起要了。"

"这个我得再去谈谈，依我看再加十两吧！我也好开口。"

"就这么说定了。"

玄鬼买下姊弟两个带回春日山，晴景大为中意，果然赏了玄鬼五十两黄金。他为姊姊取名藤紫，弟弟取名源三郎，宠爱有加。

这仅是两个月前的事。

晴景晏起已是习惯，这一天特别晚，快到中午时才起床。体内沉淀的酒气及冒出的油汗，令他感觉很不舒服。他漱了口，也擦洗了身子，才觉得好过些，但一吃饭，又觉得难受起来。

今天也特别热，刺眼的阳光铺满庭院，看了就叫人觉得头昏。树丛中蝉鸣不断，那生机盎然又专心致志的叫声，反把晴景叫得浑身是汗，火从心起。

"这些呆虫，有什么好高兴的，叫得那样起劲？！"

女侍在他身后猛摇扇子，他却丝毫不觉凉意。他怏怏地侧身一躺，女侍慌忙拿枕头过来，把枕头安放在他头下，又继续扇着。

四十岁该当壮年，但是闭目侧卧的晴景，脸部肌肉已显松弛，虽然还有原来端正的美男子轮廓，但脸色苍白，毫无生气，眼皮泛黑，略厚的嘴唇颜色紫中带黑，一看就是过度沉溺酒色的模样。

晴景闭着眼，想着昨夜一直搁在心上的事。每到傍晚，他就像重生似的神清气爽，因为终日郁积体内的酒气正好在这时发散掉，但同时他又忍不住想喝酒。想到第二天宿醉的不舒服，起先他还会想着只喝一点，到微醺的程度就好，但是一杯酒下肚，便酒兴大发，愈喝愈觉酒香诱人，忍不住叫人陪酒，就这样闹到深夜。每天都是如此，几乎一成不变。

昨夜尤其醉得厉害，这是因为玄鬼带来了令他不爽的消息。正当他喝得陶然自得时，侍卫说玄鬼有事禀报。他嫌麻烦，不想见玄鬼，但是一旁陪酒的源三郎说："玄鬼有事禀报，一定是相当重大的事，我看主公还是见见他吧！"

藤紫也附和说："弟弟说得有道理。"

如果是别人说这话，晴景一定会斥责他们无礼，或是吩咐玄鬼明天再来，但是这两姊弟开口，晴景便无异议。

"是吗？就见他吧！"

他命人把玄鬼带到后花园的亭子里，看看时间差不多了，才起身离席。藤紫手捧烛火，源三郎捧着佩刀，一同前往。他们姊弟俩有意让玄鬼看看他们是多受宠爱。

他们本来就美，来此以后，华服美裳装扮下，姊弟俩更是娇艳如花。

玄鬼蹲在亭子角落里，垂着眼睛。

晴景有些醉意，心情甚是畅快。

"有一阵子没见，你看有什么不同没有？你抬起眼，仔细看看他们两个，这可是我精心照顾才这样的哟！"

"哦！"玄鬼抬起脸又低下去，也不知他究竟看了没有，反正没什么感动的样子。

晴景很不高兴，"看仔细一点！"

"是！"

玄鬼又抬起脸，慢慢打量他们姊弟，一双小眼睛眨个不停，微张着嘴，表情由怀疑、惊讶到发呆，变换不停。

"怎么样？"晴景满足地笑着。

玄鬼其实很冷静，眼前这两人再怎么美，也是别人的玩物，他根本不关心，只是如果不装出惊讶的表情，晴景会不高兴，只好装装样子罢了。他心中暗骂："每次见他，就觉得他更添一份呆气，真是不知天高地厚的家伙，怎么会和先主差那么远呢？"不过，他脸上仍堆出惊异的神色，"真叫人吃惊，两位本就美丽，现在则更娇艳了。"

"哈哈哈……"

晴景非常高兴，脸上的笑意不退。玄鬼只好耐心等待。

晴景总算停下来了，"有什么事要禀报？"

"是！"

玄鬼仍低着头，把今天在米山药师堂看到假扮云游僧的景虎一行人之事说了出来。

晴景没有什么反应。他们本来就没什么兄弟之情，一则两人年龄差距太大，再则景虎从小就被逐出家门，在外成长，晴景对他实在没什么感觉。当昭田谋叛、兄弟离散时，即使没有景虎的消息，他也不在意。后来，林泉寺的和尚转告他景虎逃到枥尾时，他也只是心想："哦，他还活着！"仅此而已。

"哼！云游僧！我看他真是喜欢这种打扮吧！"他不在乎地说。

玄鬼感觉嫌厌，心想这人连苍蝇头那般的思考力都没有，但随即一想，大概是兄弟情薄，他才没有仔细寻思。

"因为他们通过敌地，不知有何用意？"

"哦？那他们打算去哪里？"

"往这里来。"

"这里？干什么？想在这里住下吗？"这回，他才有点惊讶。

"属下不知，但往此处来是千真万确的。"

听玄鬼的口气，这事是假不了了，晴景顿觉心底冒火，霎时不愉快起来。他也不是不知自己的状况，只是局势变得太快，自己也无可奈何，没办法，只好耽于逸乐，但始终没忘记时机到来时必须要做的事。

他也知道没有人相信他有这层想法，而从小就整天闷着头不知想些什么的景虎，会用什么样的眼光来衡量自己，他大抵也想得出。恐怕，景虎来这里是为了住在这里，但他无法忍受一天到晚都要看到景虎那双眼睛。

他在心中掐算，"那小子多大了？十四、十五，还是十六？"

他颇觉不安，如果景虎胆识俱佳，或许能收拢众家臣的心，再有宇佐美定行做他的后盾，那更不能大意。景虎既然寄身琵琶岛，或许已有宇佐美为他撑腰。左想右想，晴景愈发不安。

想到带给他这份不安的玄鬼，无疑是可恨的，他以一副忠义之心来报，或许是想讨大赏吧！但是，晴景心情给搅乱，还能赏他吗？

"知道了，辛苦你了。"

说完，他便回到席上。他不但不愉快而且不安，唯有借酒浇愁，不但喝了比往日多一倍的酒，末了还让藤紫姊弟一起侍寝，左拥右抱，好不快活。

想起昨晚的云雨之欢，他不觉两颊松弛，泛出微笑，但立刻又想起景虎的事，顿觉胸口郁闷。

"他什么时候到呢？昨天中午在米山药师堂的话，快则今日，慢则明日午前来吧！"

米山山麓一带，是柿崎弥三郎的领地。晴景心想："如果让弥三郎发现杀了最好，但有这么顺利吗？"

他闭着眼，想象那个场面，不知不觉睡着了。

"主公，主公。"

朦胧中感觉有人叫他，晴景猛然睁开眼，"什么事？"再定睛一看，源三郎带笑跪在面前，"是你啊！"

他想起昨夜和源三郎姊弟俩的缠绵悱恻，不觉心神荡漾，面泛春笑。

源三郎像女人似的羞红了脸和脖子，细声细气地说："景虎少爷来了。"

"哦！"刚才那种荡然情怀一扫而空。

"他求见主公。"

"唔。"

晴景嘴上应着，心下盘算着该怎么做，他根本拿不定主意。人一烦，原先油汗打湿的脸又冒出粒粒汗珠来。

"拿毛巾来！"

晴景接过毛巾，把脸、脖子和胸前都擦过一遍后说："你认为该怎么办？"

"这——"源三郎睁着大眼，唇红如花。

"是见他好呢？还是不见好？……"晴景这么说着，但突然想到这孩子并不了解自己对景虎是什么样的感情。

"既然他与主公是骨肉至亲，是不是该接见他，并谈谈以后的打算呢？"

"也对，那就见他吧！没想到你还真了解我的心。"

"这不是我一个人的主意，是和姊姊商量过的。"

"哦？你们姊弟俩先谈过了？"

"是，因为刚才外面的人来报，我又挂虑主公昨夜的感觉，于是先找姊姊商量了。"

"是吗？你真细心哪！"

晴景心中对他们姊弟涌起无法抑制的恋慕，忍不住想去看看藤紫，好好夸赞她。

"你传话下去，叫景虎他们等一下，我等会儿过去。"说完，走向藤紫的房间。

藤紫端坐房内，凝望着充满阳光的庭院，听到晴景进来，立刻起身相迎。她穿着雪白薄纱和服，腰系绯红丝带。

"参见主公！"她娴娜多姿地跪下。

"我是特地来褒奖你的。"晴景坐下。

"为什么？"她妩媚的丹凤眼睁得大大的，眼里有一丝惊奇。

"是景虎的事。"

"啊！是这件事吗？贱妾只是看主公那样担心，所以……"

"难得你会为我设想，我真高兴，哈哈……"晴景笑着，心中不觉溢满爱怜之意。

"贱妾不敢，我们姊弟都是只能仰赖主公照应，姊弟俩总是相互告诫，不可忘了主公关爱之情。"说着，她眼里闪现隐隐泪光。

晴景望着眼前娇媚纤弱的藤紫，更加无法按捺。她身上就是不长肉，听玄鬼说她们娘家几近赤贫，三餐不继，人瘦自是当然。但来到春日山后，虽然衣食丰厚，她仍然未增一丝肥腴。这对晴景来说，反觉得新鲜。而且因为她瘦，即使日当头，她也完全不出汗，透明般的嫩白肌肤总像轻风拂过般的凉爽。可是她一躺下来，却身烫如火，睡衣也汗湿黏在身上，说不出的妖娆。在晴景眼中，这真是个尤物。

坐着坐着，晴景不觉尽想着这些事情，哪管景虎还在外头等着他接见。

谏言

景虎不认为自己对长兄晴景有特殊的感情，但是兄弟大难生离，一年半不见，此时再度重逢，难免觉得该和平常不一样。他想起源义经和源赖朝兄弟在黄濑川重逢之事，兴起一丝亢奋，但日已西下，暮色渐掩，晴景却还没出来，而且除了刚进来时下人奉了一杯茶后，便再也没人闻问接待。遭此待遇，他无法视为平常，想起离开琵琶岛时宇佐美特别谆谆告诫之事，虽不觉害怕，但难免不安。

隔着门槛、坐在隔壁房间的新兵卫等五人也一样，他们排成一列，肃然端坐，但彼此之间开始以目示意，表达不安。

景虎心想必须使个计谋不可。他大声说："来人哪！"

新兵卫前移数步："什么事？"

"去叫传事的人来。"

"是。"

彼此以目示意后，新兵卫走出客殿，不久带回一个人。那人惊讶于房内光线如此之暗，"啊！在下疏忽，立刻点灯过来。"他匆匆退出，随即捧来烛火，把角落的烛台点着移出后，伏在景虎面前。

"让您久等了，请问有何吩咐？"

"琵琶岛派来暗中保护我的人都分散在城外村庄里，如果我拖得太久不回去，恐怕他们会不安。为了让他们安心，我想派个人去联络一下，是否可以让我的人出城？"

"是这样啊！请稍候片刻，在下立刻去安排。"说完，他慌忙退出。

景虎这计事前并未与新兵卫等人说好，只见他们一脸惊诧。景虎气定神闲地笑着对鬼小岛弥太郎说："弥太郎，你去吧！"

"我？"

鬼小岛弥太郎满脸困惑，心想这是计谋，还是真有人暗中保护。

"你去！"景虎再说一遍，微微动了动下巴。

"是！"弥太郎这下会意了，立刻紧闭双唇。其他人也心照不宣，暗思此计颇妙。

传事的武士久去不回，那是因为晴景在藤紫的房间不出来，他没法传报，但是景虎他们不知真相，以为晴景他们正急忙重新商量对策。万一晴景明知宇佐美的武士在城外待命，却认为他们不敢轻举妄动而仍坚持强势对策时，自己这边必须事先有所准备。

"如有万一，你们就在城内放火，在下也在城外民宅放火，弄出大军骚动的样子，如果城内惊慌骚动，未必不能斩杀出一条活路。"鬼小岛弥太郎小声说。

"很好！但不可操之过急。"

"是。"

话声方歇，传事武士已回。

"主公马上就到。还有，是哪位武士出城？"

弥太郎说："我对城内很熟，自己走可以吗？"

对方回答："带路人正在外面等候。"

"是吗？那在下去了。"

弥太郎向景虎一拜，环视同伙后起身而去。

弥太郎离去不久，晴景终于来到客殿。他听传事武士说宇佐美派人暗中保护景虎，分宿在城外民宅里，如果景虎回去太晚，怕他们不安生事，要派人出去联络。景虎所谓的不安，似有攻城之意。晴景不觉大怒："这宇佐美，以为我怕景虎，想杀了他不成？"

自接获玄鬼报告以来，他一直担心是事实，感觉不愉快也是事实，但是他压根儿没想到要杀景虎，因此他很不高兴宇佐美这样想他，他倒已忘了他曾希望景虎经过弥二郎的领地时被弥二郎杀了算了的想法。

被喻为恶人者皆很聪明，世上绝对没有愚钝的恶人，晴景不是恶人，也不是聪明人，不过是纵情逸乐的平凡人罢了，他无法虚饰感情、戴上假面具，因此他就摆着一张不高兴的脸走进客殿。

他默默坐下，看着景虎，又打量景虎身后隔着门槛而坐的四名从者。

受到冷淡待遇又枯等半日，紧张心情倏地松懈下来的景虎更觉胸口一热，但是他必须说只能说的话。他调整情绪，双手伏地，开口说："兄弟遭逢离乱，匆匆已是一年半，今日得见兄长，弟弟无上欢喜。"

这话原是出于需要而说，但说到一半，语声不觉哽咽，泪水亦激动得自然流出。倒不是他对晴景油然而生兄弟之情，而是想起去年乱事，自己历经九死一生的种种辛酸，忍不住鼻子发酸。

但是看在晴景及其家臣还有新兵卫等人眼中，却很自然地以为是兄弟重逢流下的感动泪水。

晴景用指头按拭发热的眼角，其他人也跟着低头落泪。

晴景整个心松软似绵："你也长大不少了，好一阵子不见，竟已成人了，多大啦？见到你真高兴。"

这是他生平头一遭像个哥哥一样对景虎说话。十五岁的景虎听在耳里，又是一阵激动，回答说："小弟今年十五。"说完泪珠便滴落在手背上。

景虎心想，大哥也不是自己过去以为的那种人，是个好人，如果有所谏言，他一定能了解的。

他主意打定，仰望晴景说："小弟有话跟大哥说，是否可以屏退左右？"

晴景没作声，只是看着景虎，刚才那和颜悦色的脸变得僵硬，眼里有着疑惑。

景虎也感觉自己的心变硬了，先前的感激如风吹雾般消失无踪，他后悔出言急躁，但话既已出口，只有硬撑下去，于是不甘示弱地凝视着晴景的眼睛。

晴景低声嘟哝："叫我屏退左右……你想说什么？我不曾屏退左右过……如果你有话要说，就这么说无妨……"

晴景无法正眼直视景虎，视线飘忽不定。景虎执拗地追逐着他的视线，又说："这是不足为外人道的事，请务必屏退左右。"他的口气更强硬了些。

晴景苍白浮肿的脸上闪过一丝惊骇，随即，四下飘移的视线直直盯着景虎："不妨，你说！我就这样听！"他满脸发红，带有愠色。

景虎也激动起来："既然如此，小弟就大胆直言了！"

他把双手放在膝上，端正坐姿，直视晴景。

"小弟冒险经过敌地来此，是因为不能坐视大哥最近的行为。事情无须小弟赘述，想我春日山长尾家如今处境艰难，国内贼众纷起，所辖仅及颈城一郡而已，且颈城郡米山西麓一带仍为敌人领地。大哥如果有男儿气概，当思振作，然而听世间言，大哥日夜耽于逸乐，几无平定国内、为亡父雪耻报仇之心。小弟深觉遗憾，但为家国计，斗胆直言，希望大哥早一日恢复本心，火速发兵讨伐贼众，平定国内，进而攻伐越中，为先父雪耻报仇。国内贼众不仅为叛乱之贼，亦是二哥、三哥的仇人，岂可坐视不顾！如果大哥真能发心而起，小弟愿为马前卒，以死效劳。"

景虎想说的话太多了，激动的词句自心底源源涌出，但碍于家臣在，无法尽情地全说出口，唯有尽量压抑自己的情绪择要而言。

晴景的神态变幻不定，一会儿心有余裕地显示符合他身份及兄长地位的傲然态度，一会儿表现出专心倾听的表情，忽地又一翻脸，仿佛就要暴跳骂人。其实这都不是他真正所想，他只是困惑而已，拼命思索该如何回应。他想了半天还是没想出来，却又不得不开口说些什么，于是他说："多谢你的谏言，兄弟嘛就应如此，我觉得真是难得。"说到这里，他停下不语。

"小弟不敢。"

景虎头微低，炯炯有神的双眼仍盯着晴景，那目光如箭，犹等待晴景下面的话，而且一副不肯罢休的态势。

晴景无可奈何，再度开口："可是……"他突然暴怒起来，心想景虎这个黄口孺子凭什么这样跟他说话？

"你刚才说我日夜耽于逸乐，是指什么呢？世人如此尖酸刻薄诽谤我，你竟然深信不疑，真想不到你如此浅虑。我虽不如先父，但也不劣于常人，虽不觉自己优于别人，但也不想让人在背后指使应该这样那样……"

晴景有些接不上气，一方面是情绪过于激动，另一方面是身体虚弱。

景虎正想开口，晴景立刻制止他："且慢！"他呼吸一急，情绪愈发激动，不多说两句，心里觉得不舒坦。

"你还说我无心平定国内乱贼和为亡父报仇，实在言重了。大凡要成一事，时机最为重要，不看时机而莽撞行事，犹如暴虎冯河，自寻死路。我只是等待时机到来而已，要知道世事不像你这小孩所想的那么简单。"

他的呼吸又急促起来，肩膀抽动不已。

景虎听他强辩，不觉生气，他性情本就暴躁，也不能让话题偏失到年龄问题上，于是瞪着晴景说："我说世间传言是客气了，小弟来此途中已调查过。大哥喜欢游山，经常游山固然是好，但在途中看到略有姿色之女，不问何人妻女，一律带回城中陪宿，近来百姓听说大哥游山，纷纷走避，路上不见一个人影，当是事实。另外，大哥从京都买来姊弟两人，爱宠有加，也非谣言吧！这是身为四民之上的诸侯所做之事吗？说大哥耽于逸乐，难道不对？还有，大哥说等待时机，小弟不以为然，时机是我方力实、彼方力虚之时，如果整日宴饮游乐，在彼力未虚前，我力早已虚蚀殆尽。应当片刻不息、积蓄武力财力、收揽民心，这才叫作等待时机。大哥刚才所言，不过是托词罢了！"

景虎说得头头是道，晴景却听得火上加火，他更气景虎那悍然挑衅的态度，把他说得这样体无完肤，真恨不得杀了景虎。但是他忌惮景虎身后四个模样吓人的随从，每个都像金刚罗汉似的睁眼静坐。晴景知道他们都是以一当千的勇士，何况城外还有宇佐美的人。他不敢鲁莽行事，但愤怒难耐。

"在外人面前这种话也……"他才说到一半，感觉自己是在抱怨，立刻闭嘴。

景虎立刻反击："就因为这样，才希望大哥屏退闲人的。"

晴景觉得怒火中烧，但什么也不能说，他浑身颤抖，喉咙干燥。

"茶来！"

他身后的近侍应声正要出房时，入口处翩然走进一个人，是个身穿耀眼华丽服饰的美少年，雪白的双手捧着黑漆茶杯，轻盈地端到晴景面前，行了一礼，便稍微后退坐下，仰望着晴景，像等候下一道命令。

他那不寻常、近乎妖艳的美，令景虎屏息。心想，这大概就是那个叫源三郎的弟弟了。景虎觉得，此刻说什么都没有用。

大约一个时辰后，景虎一行沿着海道赶往越中。

晴景不但不接纳他的谏言，反而恼羞成怒，这种情形下，他们自然不宜久待。

"小弟只是为了家国、为了大哥才敢直言不讳，如果触怒大哥，还请大哥原谅。不过，小弟该说的都已说了，现在已无牵挂，琵琶岛来的人还在城外等待，恕小弟就此告辞。"

景虎再度炫示宇佐美暗中派人保护他，以绝晴景的害心，告辞而去。他领着新兵卫等人出城，与鬼小岛弥太郎会合后，立刻赶往府中。如果他们在城外流连，过于冒险。琵琶岛根本没派人来，晴景若派服部玄鬼一调查，立刻就知道那是诡计，届时会有什么动静很难测知，还是尽早离开为妙。

在前往府中途中，景虎说："我想顺便到附近各国转转，你们看怎么样？"

众人皆知宇佐美不赞同景虎巡游各国的主意，都表示反对，但景虎不从。

"我又不是到远国去，只是在越后一带转转。在我看来，眼前这国内不会发生什么事，纵使发生了，咱们还是应付得来的。"

这五人也都知道景虎巡游近乡的目的是为了把自己锻炼成为一介武将。他们觉得这样做很有意义，同时他们血气方刚，四处巡游的确要比寄居琵琶岛城内、整天无聊度日有趣多了。

"既然你那么希望，咱们就陪你走一趟吧！"

他们决定先往越中，于是取道向左。

一路沿着海边行进，遥远的北方海上空，北斗七星晶莹闪烁，银河如雾般从北流向南。一行人听着浪涛，终夜赶路，竭力远离春日山城。

黎明时分，他们行至海边的小村能生。能生村紧靠能生川河口，虽然小，但港湾齐备，是个颇为热闹的小镇。靠海的权现山上有座白山权现神社，在越后国内颇有名气。

这里虽然也是春日山长尾家的领地，但距春日山已七里，大抵可以安心了。

"我们这身打扮，如果不上去参拜一下也说不过去，我们就上去看看吧！"

新兵卫提议后，众人没有异议，鱼贯上山。

山上的神宫寺又叫金刚院，属真言宗。他们先拜过金刚院后，再去参拜神社。

新兵卫说："这神社里有口与武藏坊弁庆齐名的武法师常陆坊海尊亲刻铭文的梵钟，钟声传至海上数里，是往来船只的指引，后人称之为'汐路之钟'，可惜毁于几十年前。"

清晨海面的风冰凉沁人，眼前视野极为壮阔。北边远处的水平线上可以看见佐渡岛群山的峰顶，西边则横着浴着晨曦的能登群山的阴影。他们吃过金刚院布施的斋饭，略事休息，便下山继续赶路。

午前，他们抵达糸鱼川，这里是个热闹的港口镇，也有供渡客投宿的旅馆。他们走进其中一间，略事午休，避过暑热，接近黄昏时才又启程。

前行三里，天黑时到达外波，又找了间旅店住下。距外波一里处有个叫"亲不知·子不知"的险处，从那儿到市振的一里路，都是可怖难行的险路，有时加上潮汐天候的因素，无法通行，在此地连困好几天也非罕事，因此村中虽贫寒，倒也有几家旅店。

这一带沿海，海边的民宅都是檐低屋暗，屋顶是用木板铺的，上面压着大小石块，以防屋顶被风给掀了。他们住的旅馆也一样。虽说是旅店，却极其简陋，只有一间大通铺供所有旅客同睡。店方不供应餐饭，旅客须自己带米带菜和锅釜，借用店家的炉灶烧饭，付给店方的只是住宿费和柴火费罢了。不过，有的店也准备分量极少的旅餐供应旅客，饭菜很简单，和旅人自带便当差不多。

他们六个当然分头带了食物、锅釜和餐具，再到附近的百姓家买来鲜鱼青菜，几个人分工合作，很快就弄好晚餐，填饱了肚子。

"亲不知·子不知"这个险地，是自日本阿尔卑斯山连绵而下的山脉至如屏风耸立般陡峭的岩壁及浪打岸头之间的一条通道。天候险恶时逆浪排空，险阻难行，即使风平浪静之日，满潮时也无法通过。除了景虎外，常常出征攻打越中的人都知道这地方。吃罢晚饭，他们向旅店老板打听明日天候及潮时。

旅店老板说："天气很好，风势微和，不过，最迟要在十时前到达市振，因为那时就要开始涨潮了。"

一夜无话，翌日天色微白时启程，走到险处时，朝阳已照在对面能登半岛的群山顶上，但阳光还未照到海面，墨蓝色的海水显得恐怖。但是海浪很平静，打到脚边的浪头也发出低沉而有规律的声音，不溅一滴水花。

沿途的岩壁上，到处都有很大的洞穴，大的足足有八九米宽，小的也有五米。

新兵卫解释说："浪太大的日子，只有循着这些洞穴，伺前浪后浪交会的空当往前突进。"

景虎关心的是军事方面的事，他决心不久就要出兵越中为亡父报仇，但他不想从这种地方行军，心想一定还有别的路。

"应该有别的路吧？"

"有的，从外波向左走有一条出路；另外在糸鱼川和外波中间有个小村青海，也可从那里入山，这两条路在市振稍前的境村处会合，为景公生前出兵越中，都走这两条路。"

"就是嘛！这条路不是行兵之路，可是，还有别的没有？"

"怎么说呢？是有一条穿越勺子、白马、乘鞍等高山的山路，但比这条海路还难走，也不是可以行兵之路。"

"这么说，从越中那边打过来，越后也就是天险多、易防守的国度了。父亲死后，甚至三条和昭田之乱后，越中军到现在都按兵不动，也是忌惮这层天险喽！"

"正如你所想，这的确可以说是本国之宝。"

"不能一概而言，大哥晴景或许这么想，但我并不觉得欢喜，防守虽好，但相对地出兵也难。我了解先父出兵越中、想收之为分国的心理，如果越后不能踏出越中一步，顶多只能做个闷坐西隅的国家而已。"

此时景虎的身体虽然长得快，但在随宇佐美学兵一年，精神成长也如此快速，这令众人惊叹不已，感动得几乎流泪。

行行宿宿，第四天一行人来到栴檀野。除了西边庄川河滩上的石头映着阳光泛白耀眼外，放眼所见，夏草既高且密，半掩人身，青草被阳光蒸烤得热气袅袅上升。

五名武士虽都参加过那一场血战，但眼前景致完全不一样，一时还摸不着头绪。彼此谈谈找找，随着当时记忆的复苏，渐渐看出地势来。他们指着地形，述说两军阵势及战斗经过。

他们也带景虎走至敌军所设陷阱之处，但已无任何痕迹，只有浓密的绿草丛生。

"我们都被打散了，拼命抵抗源源不断的敌人，没有余力顾及其他，我想为景公大概是在这一带阵亡的。"

但是这块地方也是一片繁茂的夏草，与其他地方没什么不同。

事情不过发生在两年前，如今却已景物全非，大自然力量的神奇和人生的无常，令人怆然。

景虎既不悲伤，也不愤怒，只是拭着额头的汗水四下眺望，突然在一丛绿草下发现一个锈红的东西。拾起来一看，是个头盔，护颈和穗毛都已腐蚀殆尽，只剩下盔身，虽然锈成红色，但上头的银星盔饰依然映着烈日闪闪发光。景虎第一次掉下泪来。

他又四处走走看看，一出庄川河滩，一个钓鱼人在水浅及膝的河边钓鱼，只见他一次又一次地把鱼竿甩进流动的河水中，迅速拉起，大概甩个四五次就钓上一条。小鱼在竿头弯身如弓，银色的光泽跳动不停。他们停步拄杖看着。

不久，鱼似乎停止吃饵了，钓鱼人踩着浅水走上岸来，一看见他们便问："你们在找什么东西是吧？"

他是这一带的百姓，穿着褴褛衣裳，头戴草笠，头发略见白丝。

新兵卫等人犹疑当如何作答，景虎已然开口："我们是越后人士，前年这里的一场战争，不少族人死在此处，这次我们为周游各国而来，想先为他们祈求冥福，但是不知他们究竟身殉何处。"

"我就说嘛，你们看起来也不像是坏人！其实，战争好像就在你们刚才徘徊的地方，我们这些百姓那时都躲到山里去了，打完仗后才回来，那一带死的人最多，我想就是那里吧！"

那人继续说，附近村民动员约百十来人埋葬阵亡尸首，"因为实在太多了，没法子一个个埋葬，只好都放进原先挖好的陷阱里葬了。不过，大将信浓守（为景）的尸体，后来由斩掉他首级的江崎但马将尸首复合，葬在前面的赖成村里。江崎是神保左京进的家将，年纪虽轻，但行事厚道，无人不夸奖他。"

景虎感激江崎但马的武士之志，把这个名字深深刻在心底。

一行人告别百姓，继续前行。

赖成村在栴檀野北边，因为耕地较广，人烟较密。他们进入赖成村再向北走，果然在白色干燥的路旁，有个高约一米多的土堆。土堆上夏草丛生，在微红的夕阳余晖中，迎着微风轻摇。

众人跪下，合掌祭拜。景虎从行囊中拿出香来，点燃以后，再合掌默拜。此刻，他心底浮现的父亲记忆，是那副眼神冷淡的表情、严厉斥责的声音以及憎恶的眼光，但是，他鼓胖的脸颊依然缀满泪珠。

他们从赖成翻山而过，至神通川畔，打算循河畔小路前往飞驒，再由飞驒过信州、入甲斐。

这条路相当危险。走了两天才走了七里，到达飞驒与中山。傍晚时分，他们在路旁的民宅休息，并打听这附近有没有寺庙供众人投宿。

"有是有，不过，是个尼姑庵。"

"没有别的吗？"

"没有了，不过，虽是尼姑庵，你们倒可以去，因为那尼姑武功了得，根本不把男人放在眼里。"

"年纪很大了？"

"哪里，年轻得很，而且很漂亮，当了尼姑真是可惜！"

据说这尼姑是两年前来到此村，大概是风闻这村子里有座荒废破落的无主之庙，她央求村长让她住下，反正村里没有和尚，缺人帮忙做法事功德。但是她年轻漂亮，一个人住在荒村破庙里不安全，村长迟疑着不敢答应，只见她一口气跃到院子里，举起院中的石臼置于头顶绕着院子跑三圈，再放回原位，却只是脸部微红，大气不喘。村长这才答应她。以后，她就单独住在庙里，村子里几个年轻无赖垂涎她的美色，晚上试图溜进庙里，结果一个个被打得惨兮兮的。

还有，去年越中路那边来了几个准备趁夜打劫的野武士，住在庙里那晚打算夜攻本村，结果也被她用根普通扁担打得个个倒地。领主三木家因此赏给她很多东西，她却全部交给村长，说留给村人用。

吃斋谈义

听了百姓这一番话，鬼小岛弥太郎大感兴趣说："去吧！好像很有意思。"

"当然，又漂亮又有武功，我们还真想见识见识！"其他人也说。

新兵卫笑道："一听到是漂亮尼姑就来劲了，这样不好呀！"

弥太郎怪不好意思地笑道："我等并不是好色之徒，过去有木曾公宠妾巴夫人在木曾公没落后在越后友松为尼，我们只是想见识这位今之巴夫人，以为将来打算！"

"为什么将来打算？"

新兵卫颇为不解，他转头看着景虎，心想景虎可能不愿住在尼姑庵里，没想到景虎默默领首。他只好说："好吧！咱们又不能露宿荒郊野外，只有去打扰一宿吧！"一行人随即朝着尼姑庵前进。

中山是宫川及高原川汇流之处，河水自此以下称神通川。尼姑庵在沿宫川街道上行四五百米、岔入左手山路不到一百米处，四周白桦、枫槭、杉桧等树交杂而生。

天色已暗，但林中犹有蝉鸣，也有河鹿的美妙鸣声自不知名的溪畔传来。景虎耳闻这鸣声，勾起了幼年时松江照顾他的记忆。

他听说松江在栴檀野一战被俘，此后下落不明。有人说她抗拒神保左京进而被杀，也有人说她色诱守卫，把守卫杀了逃亡。景虎认为，松江不是那种会色诱男人的女人，一定是抗拒不从而被杀。

他一直这么认为，但是刚才听百姓那么一讲，感觉那尼姑可能是松江，她也拥有惊人的力量及美貌。时间上也很巧合。战事是在春暖花开时发生，她若被捕后脱逃，在别处藏身一阵子后再来，大概也是夏天了。

"如果真是松江，那她该多大了？"景虎悄悄在心中掐算，"我五岁时她十八，我们差十三岁，那现在该有二十八了。"

她虽然像男人般粗俗，但真心照顾自己的种种回忆，充斥在景虎心中。

天色全暗以前，他们抵达尼姑庵。这庵相当大，但没有想象中的荒芜。

正殿后面不远，就是寺厨。里面烛光隐隐，散发出烹煮食物的香味。

"请问……"

他们敲敲门栓，那尼姑单手举着松油灯，单手挂着粗粗的尖头棒出来。她一身白衣，系着白带，步履如男人般轻快。油灯不亮，看不清她的脸。

新兵卫说："晚安！"

"晚安！"她回礼后，盯着新兵卫说，"你们虽是云游僧的装扮，是真的修行者想来借宿，还是看我一个尼姑住在山里想来欺负？如果想借宿，当然可以，只有粗茶淡饭供奉；如果想来欺负我，那就正殿前分个胜负如何？"

那声音太熟悉了，景虎也看清了她的脸，上前一步说："是松江吗？我是虎千代，景虎啊！"

"啊！"

松江端起棒子，小心翼翼地靠近景虎，拿灯就着景虎的脸端详半晌，突然扔了棒子，像崩倒似的往前一跪，"虎少爷啊！"便以袖掩脸，放声大哭。

新兵卫等五人也都知道松江的事，觉得今天这样重逢，真是奇遇。他们等松江停止了哭泣后，各自报上姓名。松江虽然高兴重逢，但不知是想起栖檀野的败战，还是怀念过去长尾家的繁荣，听完五人的姓名后，脸上又挂满了泪水。

好容易止住了悲伤，她将众人带往寺厨后面的禅房。

松江个性虽如男人，但很勤快，手上总是有事在做，看这房间收拾得干净整齐，就知她这习惯一直没变。

"这间禅房给虎少爷，其他人到正殿那边，那儿比较宽敞，我待会儿再带你们过去。你们先在这儿陪虎少爷聊聊，我去准备吃的，你们大概也饿了吧！"

说完，松江退出房门。她的动作迅速利落，跑到后面的菜园拔了些菜，又到厨房里乒乒乓乓地敲着砧板，又在寺厨前的储藏室进进出出，没多久她就满头是汗地回到景虎房间："都弄好了，来吃吧！"

早已饥肠辘辘的六个人，迫不及待地往厨房走。

围炉上架着一口大锅，锅里咕嘟咕嘟地煮着东西，香浓的味噌令人直流口水。

松江先为景虎盛了一大碗饭，再依序盛饭给新兵卫等人。

大锅菜的味道极佳，除了青菜和山菜味外，似乎也有野味。

景虎夹起一片东西，好奇地问："这是什么？这里不是吃斋念佛的庙吗？"

松江咯咯笑着说："这里是寺庙不错，但在这深山里，也不能老是吃斋啊！夏天还就罢了，冬天刮风下雪，光是吃斋，身体怎撑得过？所以我就向民家买些他们捕到的野猪啊、熊啊、鹿啊的，抹了盐晒干，或是腌在味噌里，偶尔切几片混在青菜里煮了吃，没什么不对嘛！谁说和尚和尼姑一定得吃斋？我听说释迦牟尼都还要喝牛奶补充体力，只有那些不知冬日深山寒冻的人才会说出家人只能吃斋！"

她说得头头是道，颇有道理。

她接着说："没想到今天你们会来，我实在太高兴了，为了庆祝重逢，我什么东西都放进去了，有熊肉、猪肉、鹿肉和兔肉，很好吃吧！"

景虎等人言谢，但随即担心她如此慷慨相待，那么冬天时她自己吃什么呢？

她倒轻松地回答："以后的事以后再说，大不了到村长家去讨点东西，没什么好担心的，倒是你们要好好吃饱啊！"

吃完饭，松江又泡了自己在山里摘来的茶叶，甘香爽口。

"喝完了茶，你们先回虎少爷的房间坐坐，我收拾完了就来。"

众人回到后禅房，没等多久，松江就来了。她洗过脸和手脚，换了一套白衣和服，显得清爽。那剃得青光的脑袋虽然怪异，但一股成熟的妩媚遍布全身，看起来比以前更美。

坐定以后，彼此开始叙旧。景虎讲别后的经过，松江则说栴檀野以后的遭遇。

"我被神保左京进的家仆苅田主计活捉，要不是我久战兵疲，他们又人多势众的话，我哪里会被他活捉？不过，他也不是坏人，对我还算客气，并派了一个小厮照顾我。我趁他出去时，杀了那个小厮，偷了马逃走。我先翻过山，到达神通川岸边，但预感不妙，于是转往常愿寺川，沿河而上，到立山山脚下芦峅寺附近的山村，在村长家当下女。没多久就知道神保派人四处捉拿我。芦峅村是芦峅寺的领地，官兵不得擅入，因此追兵也不能来捉我。但是村人却老是对我指指点点，甚至有人想去向神保通风报信，我想这样下去也不是办法，于是跑进芦峅寺求助，住持大师问我愿不愿出家为主公祈求冥福，我本就打算追随主公战死的，既已是遗世之身，出家也无妨。住持见我同意，当场为我落发，着法衣，取法名松妙尼，并说这村里的这个庙久无人管，要我来跟村长说一声，让我住进来。这里因为地处深山，又是别国领地，神保不敢侵入，应该很安全的，于是我就来了。"

她边说边哭，众人也陪着掉泪。鬼小岛弥太郎最是感动，不停地用手臂拭泪，突然开口说："连身为女人的你都有这份气概，春日山的晴景公简直无法相比。心思整天就在那对京都姊弟身上，既无意为先主报仇，更无意平定国内乱贼。景虎少爷看不过去，特地从琵琶岛赶到春日山进谏，他不但不听，还强词夺理强辩，他虽然是我的主公，但真叫我打心底瞧不起！"

松江听了，笑着说："他是个怪人，以前还扯过我的袖子，被我用力甩开，打到他腹部，躺了四五天才好。我说他是怪人没错，哪有人去扯父亲侍妾的袖子的？他有病。"

这种事大家头一回听到，面面相觑。景虎虽觉晴景这人无情，但更觉丢脸。他紧咬嘴唇，眼睛盯着灯火动也不动。

他们在寺里待了几天，虽然旅程匆匆，但松江强留，不好拒绝，同时山中岁月的确舒畅无比。白天，黄莺在山谷里婉转不停，鸟声入耳，清丽动人。

第五天下午，景虎一人在寺后的林中散步时，新兵卫突然走来，笑嘻嘻地说："有件新鲜事！"他的表情似强压即将爆发的笑意。

景虎等着新兵卫说明，默默地看着新兵卫。被他那清澄的眸子一盯，新兵卫有些犹豫了，似乎不知该不该说了。

"是……松妙尼好像对弥太郎特别有心。"

"特别有心？"

景虎完全不了解此话的意思，他不曾有过爱欲的经验，即使有所感觉，也像隔着霞霭眺望远山般朦胧。

新兵卫话一出口就后悔了，他原来只是想开玩笑似的提提就算了，但景虎反应如此认真，他不得不硬着头皮解释："像迷恋一样。"

"什么？！"景虎大惊，"真的？！"

"看起来是这样。"

景虎仰头望天，白云流过如长柱般高耸入天的杉树间的晴空。那云白白亮亮的，像片片薄绵。一片过去，又有一片过来，毫无间断，景虎就这么凝视着。

"你怎么看出来的？"

"她常常盯着弥太郎，那眼神是女人看心爱男人时的眼神。"

"……还有呢？"

"她跟弥太郎说话时声音不同，又美又柔，和跟我们其他人说话时完全不一样。"

"还有？"

"能说得出来的就只有这些了，像这种事多半是凭感觉去体会，很难用言语说明白的。"

景虎内心相当复杂。他视松江和普通女人无异，但她对男人有恋慕之心，以及她对人世爱欲之深，让他既惊且怒。他对松江有种近乎母亲的感觉。小孩子不喜欢母亲有爱欲，即使其对象是父亲。这种心理或许出于视母亲为圣洁的象征，也或许是出于嫉妒。总之，此刻景虎心里似有怒意。

他沉默一阵后问："弥太郎怎么样？"

"他虽是个粗人，但对这种事多少有些感应，他似乎有些坐立不安。"

景虎发现自己愈发不高兴了。他走了几步，停在一棵大杉树旁，敲打着树干，然后突然回头："那该怎么办？"

"既然如此，咱们明天就走吧！弥太郎今年二十五，松江夫人跟他差个两三岁，即使配成夫妇也没什么不妥。可是，松江夫人现为出家人，为先主祈求冥福，咱们还是在麻烦还没造成前先离去较妥当。"

"我也这么认为。"景虎松了一口气。

当晚，众人聚集进餐时，新兵卫对众人说："没想到咱们在此打扰的时间那么长，但是咱们还有要事在身，还是尽快巡游完各国，尽早归国，我看，就明天启程吧！"

松江正在围炉上的锅里盛东西，一听这话，立刻停下手上的事情，望向这边。她直盯着新兵卫问："明天就要走了？"

"是的，这些天劳你招待，真是愧不敢当。虽然心有依恋，但我们还有急事要办，以后再好好报答招待之情。"

松江红润的脸色倏地发白，"既然要走，我断无强留的道理，但为什么不早说呢？明天要走了，这会儿才说……"她的嗓音低而颤抖。

"很抱歉，是我疏忽了。"新兵卫道歉。

松江不再言语，继续盛饭，态度逐渐恢复正常。景虎打量弥太郎有什么反应，但看不出有什么特别的变化，此刻，他仿佛更专注于晚餐，目不斜视地看着碗里，像咽着口水等待母亲分配食物的小孩。

松江像往常一样先给景虎盛饭，但紧接着就端给弥太郎。弥太郎忙说："不是我，这该是新兵卫的。"

"不打紧，我今天想先给你，我忍不住喜欢你，但你明天就要走了，至少我还可以做到这一点，敬你一碗饭，你安心吃吧！"

松江的声音果然又柔又甜，但为了掩饰真意，故意这样说。众人都笑了，弥太郎满脸通红。

新兵卫说："人家敬你一碗饭，你该好好谢谢人家呀！"

众人忍不住大笑起来。

松江第一次羞红了脸，从脖子直红到剃得精光的脑袋。

"你们爱怎么笑都可以，你们走后，我又要一个人待在这人迹罕至的深山野庙里，然后被纷飞的大雪掩埋。我如果不做尼姑就好了，如果还是俗人，就可以跟你们走，并得到虎少爷的允许，做弥太郎的老婆，可是，我真是遗憾啊！"

她声音哽咽，一边用衣袖擦拭眼泪，一边分碗给其他人，那模样又奇怪又可怜。众人沉默无语，只有弥太郎一人咕噜咕噜地自顾吃饭。他大概也是难为情吧！他目不转睛，脖子上却冒出腾腾热气。

饭罢，闲聊一会儿后，景虎回到后禅房，其他人则回到大殿。

松江自己也开始吃饭。她吃着已经冷下来的饭菜，不时地擦拭泪水，心想："他们明天就要走了，我又是孤零零的一个人了。"

在此以前，她不曾觉得这里的生活很寂寞。夜里听到枭鸟恐怖的叫声，或是猴子钻在檐下，她都毫不害怕，安然过到今天，但此刻回想过去，却觉得自己忍得艰辛。

松江不认为是自己气弱而爱上鬼小岛弥太郎，她对弥太郎的恋情似乎有些不同。她不曾对男人有过这种感觉。她受为景眷爱，她也尽心服侍为景，那虽也是一种爱情，但不是女人对男人的爱情。但这回不同，弥太郎的任何事她都喜欢、她都爱恋，只要靠近他身边，跟他讲话，心底就有颤抖的喜悦。

弥太郎是为景的近卫，以前就认识松江，但对她没有任何感情的牵挂。可是松江却不这么想，她强迫自己相信："我从那时起就喜欢弥太郎的，只是跟着主公，压抑了这层思恋。"

她边想边吃，不觉吃下许多，竟然把剩下的饭菜都吃光了。

"哎哟，都叫我吃光了！"自己不觉傻笑起来。

她把锅碗瓢箸端到厨房后门口的水源下冲洗，十三日夜晚的月亮，在流动的水中碎成片片。

她一边搓洗碗箸，又寻思起来："他明天就要走了，这一别，恐怕一辈子都无法再会……"

泪水不禁洒落下来，她就让泪水挂在脸上，兀自洗着。

寺内一片静寂。景虎睡的后禅房、随从睡的大殿都已熄了灯火，传出阵阵鼾声。寺庙周围的树林及山谷里，夜兽穿梭逡巡，猫头鹰啼叫枝间，那"嚯——嚯——"的嘶哑叫声听起来煞是寂寞。月亮高挂中天，当月亮略向西倾时，大地无端涌起雾来。

雾从宫川谷底涌起，转眼间笼罩了深深的峡谷，分成好几股向山上飘升。雾乘着微风，像抽棉纱似的缠绕树干及灌木丛间，后来的又围绕着先前的，只见雾气愈来愈浓，眼前茫茫一片，连天空的月亮都看不见。

松江躺在客房的围炉旁，却辗转难眠。她身子无法放松，手脚一触到冰冷的地板，全身立刻紧绷起来。平常睡得极好的木枕此刻也觉得坚硬，脖子一碰就觉得痛。她翻了几次身，终于坐起来说："哎！睡不着！"

她系好衣带，走出客房。

迎面吹来冷冷的夜气和雾滴。虽然看不见月亮，但因为月光融入一颗颗细小的粒子中，雾成珍珠色一般。她已习惯这雾，缩着肩往前走。虽然视线不清，但路熟得很，她毫不迟疑地走到大殿入口，站在门外。

大殿的门是敞开的，雾流入其中，雾中传来此起彼落的鼾声。她没有进去，就站在门外叫："弥太郎君！"

她没有特意压低声音。她相信自己这么一喊，弥太郎便会醒过来。她认为弥太郎会像她思念他一样地想念自己，她深信自己如此真诚有心，弥太郎也必定真诚有心不可。

她的信念似乎很准，此起彼落的鼾声中真的有一个静止下来。

"我是松江，你出来一下。"

说完，她径自走到院中，她相信弥太郎一定会来。

弥太郎果然出来了，睡眼惺忪地问："干什么？这时候找我有什么事？"说着，打了个呵欠。

松江二话不说，伸手就打了弥太郎一巴掌。

"你干什么？"

"哪有人在心爱的女人面前打呵欠！"

"什么？什么心爱的？"

"你爱我，不是吗？我那样为你着迷，你也一样为我着迷，不是吗？你扪心自问！"

弥太郎不说话，心下思量着。

"别在这边说，这边是佛祖宝座前，他不喜欢男女在他面前谈情说爱。"

松江扯着弥太郎的袖子往外走，弥太郎乖乖地跟在后面。他虽有点摸不着头绪，但心头仍紧张又兴奋。其实不等松江明说，他也知道自己喜欢她，但喜欢是喜欢，能否说上爱就不知道了。只是每当松江待他亲切时，心里总没来由地感觉温暖激动。

松江领着他到林中。

"这里可以了，坐下来说。"

她要弥太郎坐在一块岩石上，自己在一旁坐下。

"我有话告诉你。我们两个既然彼此有意，就应该结成夫妇。"

弥太郎又吓了一跳。他没有恋爱经验，但不是没玩过女人，那些只是出于生理的需求。至少在他认为，男女相悦，定是男方主动，此刻松江却反其道而行，令他一时瞠目结舌，不知如何作答。

早熟的天才

"你说话啊！低着头不说话，哪像个男子汉？！"松江催促他。

"在下……这……在下……"

弥太郎不知回答什么好。他不讨厌松江，也很高兴松江向他示好，让他心痒痒地觉得很舒服。这是他第一次对女人有这种感觉，但能否说是爱，他自己也不清楚。就算是，他一想到松江是为景公生前的宠妾，心下就凉了半截。

"没出息，你还算个男人吗？"

松江按捺不住，绕到弥太郎面前，伸手又是一巴掌。

"哎哟！你干吗又打我？"弥太郎站起身来，两人面面相向。

"我就是这个脾气。"

"好痛啊！"

"我的手也一样痛。你把胡子剃了吧！留胡子虽然像男人，但脏兮兮的！"

弥太郎抚摸挨了巴掌的脸颊，松江搓着手掌，两人互相望望，不觉都笑了起来。

"我们刚才说到哪儿啦？……对了，说到我该跟你结成夫妻……"松江又说，突然有些不好意思地双手蒙脸，"真丢脸，让女人讲这种话……"

爱情如潮涌般袭上弥太郎的胸口，他伸手搭在松江的肩上。他只是搭着，还微微发抖，但是松江却迫不及待地向前靠在他结实的胸前，弥太郎只好伸出单手搂着她。

（啊！好温暖！）

弥太郎第一次感觉到女人的身体是如此温暖柔软，有种说不出的愉快弹性，何况，这身体里还有令人愉悦的香气。

松江抱着他，高兴地叫着："我好高兴，这样就表示你对我们结成夫妻没有不服气了！"

弥太郎想慌忙推开她，但松江的力量非比寻常，要挣开她还真不容易。他挣扎着说："你是为景公眷宠的人，在下不是讨厌你，而是……你放开我，叫人看见了不好。"

松江却抱得更紧了。

"我不放手，现在正是紧要关头，怎能放手呢？我对故主还有什么义理要尽？我在主公生前已尽心尽力，从今以后要忘了他。我要和你一起帮虎少爷重振家风，我如果做到这点，还有什么义理要顾？如果说我这么做还不够，不准我另外找男人的话，那实在太贪心了。我还年轻，好不容易找到一个喜欢的人，却要眼睁睁地放过不成？不会，如果主公健在，他也会说：'我老了，不能好好疼你，就让别人来疼你吧！'主公是个好人，他一定会这么说的，因为我也这么想。"

她的脸愈发逼近，嘴里呼出的热气直扑到弥太郎的脸上。弥太郎苦恼得心烦意乱。他百般思谋，却无言以对，心想顺其自然吧！他想抱住松江的脖子，结果松江那脑袋尽往他臂弯里钻，他想这时若松手，好像对不起人家，于是双手抱住松江的头，用力往自己身上拉。多奇妙的感觉啊！就在他沉浸在这种感觉中时，松江的唇已叠在他的唇上，那湿冷的唇内却如火般滚烫。

两人像小孩贪食水果般吸吮着对方的唇好一会儿。雾愈来愈浓，两人的身影茫然地融入浓乳色的气体中。夜枭啼叫，风声刮过高高的树梢。

松江突然把弥太郎一推，自己也跳开一旁。弥太郎感觉头晕而踉跄着扶住身边的松树干，喘着气。松江就在他耳旁轻语："够了，我已很高兴了，我们只是约定要结成夫妻，你要尽快地得到虎少爷的允许，我会一直等着，知道吗？"

"唔！"弥太郎坚定而用力地点点头。

虽然不见月亮，但珍珠色的雾弥漫在明亮的林中。

翌日清晨，浓雾未散，一行人即离开中山，溯着宫川往细江去。中山距细江十里，沿途险阻难行，天色很晚时才抵达。

细江是飞驒国司（朝廷任命的地方官）姊小路家的领地。姊小路家是在两百年前的建武年间由京都赴任到此，当时后醍醐天皇为恢复公卿政治，派任京都公卿担任地方国司。八十年后，足利派的京极氏来攻，灭了姊小路家，但国人不服，另拥姊小路族人继承国司之名，但实权仍在京极氏手上。后来京极氏家臣三木氏夺权，飞驒一地掌握在三木手中。姊小路氏虽无实权，只是虚名国司，但仍受国人尊敬，其城外的细江也相当繁荣。

"到处都是一样！悲惨可怜！古旧的东西为什么必须被毁？虽说除旧布新，但新的不一定全是好的！"

到处看到新旧势力的交替，越后也将不能幸免，但看到那外观犹壮丽、却难掩荒废之色的细江城时，景虎感慨甚深。

是夜，他们在城郊寺院的祈殿里宿过一夜。翌晨，准备出发前往高山时，弥太郎突然跪在景虎面前："在下有事相求。"他脸色发红，样子颇为奇怪。

"什么要求？"

景虎心想该来的终于来了。昨天离开中山时，他就发现弥太郎不对劲，他平常都快快活活，高声谈笑，但昨天却相当沉默，不时流露出沉痛的深思模样。当时景虎还想："他是怎么了？是对我不服气？还是对朋辈生气？"

景虎清亮的眼睛一盯，弥太郎有些胆怯，"呃……实在是斗胆敢请……"他又缩口不语，额头上冒出来的汗珠流过两腮的胡子。他表情微妙，拼命用两袖拭汗，并突然转向其他人："你们都过来，我有话说。"

众人都好奇地聚拢过来。弥太郎红着脸，把肩用力一挺，环视众人说："我等下要说的事，或许令你们意外，但你们若是笑我，我会生气，只要不笑，随便你们怎么批判，我不会生气，也不会恨你们。懂了吧！绝不能笑！"

他把视线转回景虎身上，迎着景虎的眼光，又挺着胸、绷着脸说："我谈恋爱了，哦，不对，说恋爱还不够，我已经私订终身了，对象就是松江夫人。"

他说得清清楚楚，睁着大眼看着景虎，又环视同侪，似乎要听听他们的意见。

瞬间，景虎大怒，那是一种出于复杂心理的冲动，是孩子看见母亲不贞时的愤怒，是幼主看见父亲侍妾与家臣偷情的愤怒，也是少年鄙夷成人不洁之爱的愤怒。

他正要破口大骂，新兵卫立刻以眼神制止他，表情平稳地向弥太郎说："你把话说清楚点！"

"好吧！"弥太郎一五一十地述说起那晚的事，"我本来没敢有这份私心，但是她说我们一起报恩给长尾家，我觉得也有道理，所以答应她结为夫妻。当然，这事得经虎少爷同意，我们也曾对天地神明起誓，如果虎少爷不同意，你们各位也不赞同的话，我们就死了这条心。"

真的如此放得开吗？挺叫人怀疑的。不过，这是一种气势，如果不这么说，那就太不像鬼小岛弥太郎了。

看到他这干脆又坚决的态度，景虎心软了，紧绷的嘴角略微松懈。

新兵卫见状，立刻说："这真是求之不得的天赐良缘，从前，名将把爱妾赐予臣下以激励臣下忠心之例无数，少主应该高兴应允并祝福他们。"

景虎虽然心软，但还不完全赞同。他环视家臣，大家都颔首赞同。他想，我不得不同意，这是成人世界的约定呀！

"既然大家都没有异议，我就答应你，愿你们两个永远效忠于我家。"

"是！"原先装腔作势的弥太郎态度一转，双手扶地，久久不敢抬头。

新兵卫对景虎说："说些祝贺的话吧！"

"说什么好呢？"

"说恭喜就可以了。"

"是吗？——弥太郎，恭喜你了。"景虎说完，似觉不够，又说，"我很高兴，小时候松江待我如己出，你们结为夫妻后，你要永远照顾她。她虽然看起来像男人，但本心是很温柔的，一定会是个好妻子的。"

说着说着，不觉涌出泪水。此刻他已毫无拘束，打心底觉得舒畅。

弥太郎仍伏在地上无声，好像也在哭。

新兵卫爽朗地说："恭喜，恭喜，咱们来拍掌庆贺吧！"

众人都伸出手来互拍，声动寂静的山堂，寺僧好奇地赶来察看，那时一行人已起身走出祈殿。

他们离开细江，往高山前进。弥太郎在此暂时与众人分手。大家认为他该及早通知松江，让她安心，于是转回中山。原先弥太郎不愿意，但众人逼着他走，只好恭敬不如从命。

细江距高山五里，其间是一片平原地带，田野广布，道路平坦，也有热闹的村庄。高山曾是飞驒国府，此时仅为经济中心，政治中心则在距此一里的南部松仓山。三木氏即坐镇松仓山，统管飞驒一国三郡。

他们抵达高山的翌日，也来到松仓城外观察。城门坚固，但景虎眼中却浮现出嘲弄的笑意。

新兵卫不解，问道："如何？"

景虎只"唔"了一声，没说别的，但在离开高山、走向信州路途中，他看看前后无人时才说："飞驒倚恃天险，整个国家可以说是无比坚固之城，因此只要国内不树敌，居城怎么建都无妨，只要在平地挖一条城壕就可以了。而他却窝在那寒气逼人的山中，想必国内政治情况不稳吧！如此一来，就算再有多么坚固的城堡，也没什么作用。当国内有敌而外国来攻时，这些难得的山河之险就不是险了，我想世上名将实在不多吧！"

新兵卫及其他随从都听得心服口服，直叹景虎真是早熟的天才。

为了从飞驒进入信州，他们取道溯宫川支流小八贺川而上，越过平汤岭、安房岭，过中汤，走野麦街道出松本平。这条路也极为艰险，大约二十里，第三天傍晚才到松本平。

信浓是一个山国，山峦重重，群山之间又有千曲川、犀川、木曾川、天龙川及其他河流环绕，只有沿河一带和诹访湖四周是平地，因此信浓人都耕种依山而垦的梯田。

由于这种地形易于割据，人心也呈割据状态，豪族据山对立，几为此地的历史特色。但战国时代以后，群雄并起，弱肉强食，日本国其他地方都已打破割据形势，展现统一机运，只有信州仍拒此机运，依然是小豪族分而割据，直到甲州武田氏经略信州，才给此地形势带来变化。

甲州以前也是小豪族割据的形势。甲州本是八幡太郎义家之弟新罗三郎义光的后裔领地。义光任甲斐守期间所生的子孙，有武田、一条、甘利、板垣、岩崎、小笠原、南部、大井、秋山、安田、平贺诸氏，散居甲斐、信浓各地，成为各地的豪族。

这些豪族原来都是地少人稀，武田氏之所以俄然得势，是因为其家出了一介豪杰信虎。传言信虎性情暴虐，为查看人类胎儿是如何发育的，竟下令连剖十名怀孕一个月至十个月的孕妇肚皮。人若惹恼他，即使是重臣也一样赐死。不过，在战场上他勇猛绝伦，十四岁继承家督后，三十多年间征服国内全部豪族，将居馆移至甲府的踯躅崎，号令甲斐全域。

水满之穴不得不寻求其他倾泻之途，何况甲斐贫瘠，是一个贫穷的封国，唯有侵略他国方能维持一国之经济。但是，南方骏河为今川氏所领，东方的武藏、相模是小田原北条氏的领地，两者皆为强国。比较之下，只有小豪族割据的信浓最适合攻略，于是武田氏决定向西拓展势力。

由甲斐至信浓，有佐久口和诹访口两条道路。前者是由八岳东麓沿千曲川北进，后者则由八岳西麓前进。

佐久口是险阻山道，诹访口则沿着宫川和上川的平坦道路，因此信虎最初打算由诹访口进兵，但诹访一地是诹访神社世代神官诹访氏的领地，防卫严密，不易攻入。

信虎只好与诹访氏合谋，矛头转向佐久口。但这条路除了险阻难行外，在要冲海野口的地方又有豪杰平贺源心把守。据《甲阳军鉴》记载，平贺源心"力敌十人，常持四尺三寸大刀，又因为海野口若破，则信州全域将陷入危机，因此村上、高梨、小笠原等地豪杰也来襄助防务。武田家的先锋不但屡屡在此遭挫，甚至反遭源心入侵甲府，两相交恶，树敌久矣"。

天文六年冬，信虎再度发兵佐久口。他判断寒地冬季习惯性不用兵，信州诸豪族也不会派兵相援，因此特地选在冬季进军。

平贺源心毕竟是善战者，颇知时务，他没有恃勇出战，只是坚守海野口城，尽心防备而已。武田军受阻城外月余，毫无战果，而寒意渐甚，风雪开始肆虐。信虎没有他法，只好暂时撤回甲府，这时，长子晴信（即武田信玄）自动请缨，愿意殿后，与主阵间隔三四里，以完全阻止敌兵追击。

晴信当时十七岁，年少聪明，自小就常有惊人举动，可是信虎不喜欢他，却偏爱其弟信繁。

信虎讨厌晴信，经常斥责他，这时忍不住说他："殿后成就武将名誉之时，就是敌军追击的危险之时。这样大的风雪，敌军如何来追击？别说傻话，要是信繁，才不会说这种呆话。"

但是晴信仍执拗不屈，信虎最终同意了他的所求。

武田军开始撤退，晴信率领精兵三百，在主队开拔约三里后，才慢慢跟着退兵，但到途中，又扎营驻下。

退兵实在不容易，不论多么勇敢的兵士，一旦撤退，总难免心生胆怯，恐惧敌人追击，虽然表面沉着，但内心恨不得早一刻离去。晴信麾下将士亦然，当晴信命令他们中途扎营时，有人不平，有人不安，纷纷劝谏，但晴信顽固不听。于是众人咸感悲痛，直叹："人在命运尽时夫复何言？明明知道一旦被敌军追击，等于在这孤立无援的大雪中曝尸，却不肯听纳谏言，我们除了觉悟一死以外，没有其他方法。"

但是到了半夜，晴信突然起身，召集近卫，下令说："我们现在回头攻打海野口城。我们撤退到现在，不见一个追兵，显然他们太过放心，以为危机已去，如果乘此不备而袭，就算我方兵力极少，但瞬间攻城，必定能取平贺源心的首级，大家打起精神来吧！"

众人大惊，重新整队，回转在风雪路上，一路直攻正门，另一路则由后门悄悄爬上城墙放火。

晴信的推算果然正确，海野口城被围一月，连续不断、日夜提心吊胆的守城生活使军兵皆大感紧张，当武田军撤退后，他们霎时解放开来，大开宴席，疏忽地安然睡下。睡梦中突遭武田军攻城，仓皇狼狈至极。

"卑鄙的武田军！"

怒火中烧的平贺源心穿着黑革编缀的铠甲，绑着头带，佩着四尺三寸的大刀，挥着丈余八角棒，疯狂地四处狠打，但终究被晴信近卫民部景政（后来的美浓守马场信胜）所杀，海野口城沦陷，武田氏往信州发展之路大开。

据云，信虎接到报告时并不高兴，只说了一句："不过是运气罢了！"

他对晴信弃城退回甲府一事更不高兴，又忍不住比较起两个儿子来："连留在城里一天也不敢，胆小至极，要是信繁，才不会这么失策！"

信虎对晴信的感情愈来愈淡，天文十年，他终于下定决心要放逐晴信。他派重臣板垣信方告诉晴信："你虽然不笨，但因为在乡下长大，言行诸事粗鲁无礼，将来有机会上京参见将军，恐将被人耻笑是乡下人，幸好你姊姊嫁到今川家去，你就暂时到骏河去学习一下诸礼做法。"

聪明的晴信当然知道父亲的真意，他表面上回答"悉听教诲"，暗地里却召集板垣信方、饫富兵部等人密商。

"我该怎么办？如果照父亲的指示去做，我恐怕再也回不来了……"

家将都知道晴信英明，武田家的昌荣系于他的未来，再者信虎残暴至极，霸业很可能就断送在他手上，他们商量的结果，以"不孝为大孝"的逻辑，决定弃信虎，拥晴信。他们就利用信虎的计谋，将计就计，准备放逐信虎。

晴信于是先派密使到今川家交涉，要求今川家协助，软禁信虎，以挽救武田一族的危机。

站在今川家的立场，既认为年轻的晴信取代猛将信虎治理甲州，今川方面较好控制，再者以信虎为人质，甲州自然就成了骏河的属国，因此很高兴地答应了。

获得今川家的同意后，就由老臣出面去劝信虎："就这样要晴信少主去骏河，他深感不安，迟迟不肯成行，不如主公先往骏河，请他们表示想要晴信少主，再从那边下令说今川家已同意，即刻启程，这样，就算晴信用心再深，也不能不去了。"

"说得也是，就这么办！"

信虎不疑有他，高高兴兴地前往骏河，不料立刻被今川家软禁，不能动弹。

晴信因此成为武田家督，时年二十一岁。

但信虎在被放逐到骏河以前，一直未怠于信州经略。前年初冬，他为了加强与诹访氏的关系，把六女弥弥嫁给诹访赖重，并把小县郡的长洼城给他。就此城的位置来看，等于派任诹访氏为武田家在佐久口的镇驻司令。

然而，晴信继承家督后，却认为从佐久口展开信州经略是不利的。

"就因为诹访氏强而必须放弃这条平坦之途不成？不行，我们无论如何要拿下诹访口。"

他对诹访氏族的变化虎视眈眈。正好，诹访氏的远亲诹访赖继镇守高远城，他老早就对本家抱有野心，也看出晴信要改变对诹访的策略，于是号召诹访上、下社关系者悄悄来通。

翌年六月，晴信率两万大军以怒涛之势攻入诹访郡，同时，赖继也翻过杖突岭入侵，在夹击之势下，赖重投降。

不过，赖重因痛恨背叛同族的赖继，投降前开条件说："要借武田氏之手杀赖继。"

晴信虽然答应了，但也将赖重送回甲府，幽禁于一室，迫使他自杀以终。

赖重投降时，一族全部被捕，送往甲府。但赖重有一妾所生的女儿，年方十四，却出落得亭亭玉立，貌美似花，她因家破人亡，泪眼潸潸，哀恸不已，看在晴信眼中，真是我见犹怜，于是收为侧室，带回甲府，众人遂称她为诹访夫人。

上杉谦信

天　与　地

上杉谦信第二卷◎

富士山后

晴信收谏访夫人为侧室，武田家老臣大力反对，但是长于阵法的老臣山本勘助却力排众议支持晴信，因为他认为晴信是文武俱优的武将，英明睿智，纵使将敌人之女留在身边，未必是养痈遗患，晴信当有此自信才对。

晴信灭谏访氏，是在景虎等人经飞驒入信州前三年的事。

景虎对武田晴信的事略有耳闻。在越后时，他就已听说晴信只带精兵三百，瞬间即攻下其父信虎八千大军久攻不下的海野口城，杀死威名四播的城将平贺源心，又放逐父亲，自立为主，并灭谏访氏，等等。

一般人对晴信的智勇善战都表佩服，但对他逐父灭戚的做法颇有微词。不过，景虎却有不同的看法。他想："很多事必须身历其境才知孰对孰错，要放逐父亲并不容易，一定是有外人所不知的复杂内情且别无他法；灭谏访家也可能是因为谏访氏对其逐父之举有微词、有出兵的企图，而不得已先发制人吧！"

景虎之所以这么想，是因为他本身也处于父亲不疼、对长兄晴景不满的处境中，或许在他心里，也可能有赶走晴景、取而代之的潜意识。他原先对晴信颇为同情，但当他进入信州路，一路上听见当地人的说法后，对晴信的观感似乎也有所改变。

这时，松本平在以深志为居城的小笠原长时的控制下，景虎等人只在此逗留了两天，第三天便翻越盐尻岭，向谏访前进。

谏访郡这时由武田家将板垣信方代管，岭上建有小笠原家寨，街道上设有关卡，严格检查过往人车。景虎他们自称是巡游各国的修行者，自越后经越中、飞驒、信州、甲州到此，欲往相州镰仓，便顺利地通关而过。

通过关卡不远，就是可以俯瞰诹访湖的地点。湖水夹在陡峭的绿山中，南北两岸则是平原，田垄不多，田里金色穗浪起伏。

一行人坐在草地上休息。

新兵卫小声说："武田家取诹访，不过是经略信州的第一步，下一步大概就是松本平了，小笠原大概也不敢掉以轻心，所以在岭上筑寨，也设关卡，可是这盐尻岭并非险峻地势，我看将来守不住的。"

户仓与八郎回答说："武田家若有此意，是守不住，但武田家真有这个打算吗？这盐尻岭是往松本平方面的唯一关卡，武田方面却毫无防备。我看武田家对南方的伊奈，好像兴趣比较大。第一，伊奈是诹访一族的领地，前年武田灭了诹访，又夺取诹访叛将高远赖继的领地，只留下高远一城给他。我想武田家眼前的目标当是全数收夺诹访一族的领地吧！"

其他人颇赞同户仓与八郎的看法。高远赖继因阵前通敌、协助武田家灭了诹访本家后，获得宫川以西的领地，但是他不满意这个赏赐，发兵赶走武田守兵，占领上、下二社。晴信大怒，出兵反击，高远赖继不敌逃回高远，骚扰附近村庄，但后来频频出兵伊奈方面。

新兵卫笑说："是吗？我们听听看景虎少爷的意见如何？"

众人自是赞成，因为这一路上景虎表现的军事见识，令众人佩服。

景虎表情相当严肃，瞪视着众人说："他现在正打算攻伊奈，不久就会有结论了，如果一直没有结论，大概就要越过此岭进入松本平吧！尽管小笠原方面在这岭上严密防备，武田方面却毫无所备，一方面是没有马上进行的打算，另一方面是想让小笠原掉以轻心，怠忽守备。依我看，武田家只是在等待小笠原习于平稳无事，不知不觉松懈了防卫之心吧！可怜哪！小笠原长时虽为一介勇将，但毕竟不敌那甲斐之人啊！"

他的推理简单明了，但听着听着，却发现他的语气不似往常，突然，他似乎是咬牙切齿地说："我讨厌晴信那个人！"

众人大惊，全都呆呆看着景虎。

景虎逐一看过众人后说："他放逐父亲也罢，灭亡妹婿也罢，在此战国之世，皆无可厚非，但是他把外甥女收为侧室，成何体统？！就算这是安抚诹访家遗臣的手段，也太乱伦、太肮脏了。我不喜欢，就算他取得了天下，我也不会尊敬他！"

众人都屏息噤声，不敢接腔。他那胖鼓鼓的脸颊激动得发红，锐利的眼睛冒出精光。虽然这种洁癖小孩常有，长大以后即习以为常，但他们依然觉得景虎的表现不寻常，加上景虎平常偶尔展现的这类情操，令他们深知眼前之主将来一定不同于其他武将。他们此时的感受，与其说是一种依赖，莫如说是一种恐怖，就像看到太透明的深渊，或是仰望毫无污点的皑皑雪山时的那种毫无来由的恐怖。

一行人下了坡，先到下诹访参拜下社，然后绕到上诹访参拜上社。

诹访一战已过三年，荒废的国土渐已恢复旧观，在湖光粼粼的景致前，市镇里处处烟雾缭绕。

不知是谁开口："战祸兴起时，人类的所作所为让人深感无常；但战祸一消，看到人类恢复营生之速，又惊叹于人的了不起！而世事就是如此循环不休。"

众人都有同感。

不久，他们到了上社。金漆神殿衬着巨杉及阴森繁茂的山景，呈现出奇异的景观，华丽庄严，令人油然生出敬畏之念。

牌坊外朝向东北是条笔直的道路，可以看见对面山上的上原城。上原城是诹访氏世代的居城，现在由板垣信方代管。

这一行人都有家城落于敌手的经验。长尾家还能迅速收复春日山城，但诹访家迄今三年仍未收复，而且毫无收复的希望。众人都不禁感慨："诹访旧臣皆苦闷难抒吧！"

当晚，他们借宿上社，入夜不久，鬼小岛弥太郎赶到，简单向景虎报告了经过。

之后，有人开玩笑地问他："你们的夫妇之契如何？说来听听！"

弥太郎昂然答道："还没有，少爷只是同意我们的夫妻之约，怎能擅自行事？！"

"那不是很辛苦吗？两人就这样大眼瞪小眼、强按心头欲火地过夜？我看你还是招了吧！是不是？"

弥太郎又狼狈又愤怒："什么话！我是男子汉大丈夫，怎么会说谎？"

"我又没说你说谎！只是要你把真相招了！"

"你们这些呆瓜，少拿我寻开心，给我闭嘴！"弥太郎一吼，众人大笑。

只有景虎没有跟着笑闹。他背着众人，枕着胳膊而睡，那短小的身躯画出一条僵硬的曲线。男女爱欲之情于他，茫然如雾，他依旧觉得很不高兴。

他们进入甲州，看过甲府馆，又参拜了附近的神社寺庙后，取镰仓街道越过御坂岭。岭下还是晨夕凉风习习的季节，但在海拔一千五百余米的山路上，正午的风亦如秋风般沁凉。

他们仰望眼前的富士山，循急陡坡路而下，在到达稍微平坦的地方时，迎面走来一队人，是三四个骑马女子及护卫武士。这几位女子大概是身份相当高贵的小姐夫人吧！光是武士就有五人，其他从人则有十二三人。

这一队人马似乎不该出现在这深山窄径里。女子都穿着罩衣、戴着花笠，罩衣和下摆露出的裳裙都美丽高雅，尤其是正当中女子的装扮。在满山绿荫、萧萧风声、茅蜩鸣叫声中，看起来犹如海市蜃楼。

他们窃窃私语。

"这些人是谁？"

"从哪里来？又到哪里去呢？"

就在他们茫然呆立时，队伍先行的武士策马奔来吼道："退下！退下！拿掉斗笠！我们夫人要过！"

六人立刻要跪在窄径左侧，武士又骂："再后退一点！"

"是，是。"

众人只好退到路旁的草丛中跪着。

那一队人马经过他们面前，他们装出惶恐的样子，却偷眼打量来人。

中心的女子年约十六七岁，丰腴的脸庞上还有着小女孩的稚气，但美得脱俗。她的眼睛尤其漂亮，她轻握缰绳，直视前方，眼睛在长长睫毛下像半闭着，但偶尔往这边一瞧，像吃惊似的睁得好大，漆黑清澄，水汪汪的，像是天鹅绒那般柔软的感觉。

等到队伍远去，转过弯看不到时，才有人说："好美，是什么人呢？"

他们下了坡道，看到三个百姓站在田埂上闲聊。他们派户仓与八郎去打听看看。

"对不起，请问一下，刚才那位高贵的夫人是哪里人呢？非常漂亮哩！"

"哦，你们也看到了吗？她的确是美如天仙，她就是诹访夫人，原来是诹访家的千金，现在是晴信公的爱妾。晴信公三天前到这一带打猎，舍不得留她一人在城里，就带着同来了。她那么漂亮，也难怪晴信公割舍不下。"

"原来如此，多谢相告。"

户仓与八郎打听回来，告诉众人。

"是她吗？"

众人不约而同地又望着刚才人马离去的方向，心里都在感叹，在那小女孩般无邪的美貌下，隐藏着多么深的悲哀啊！

"讨厌的家伙！"景虎咬牙切齿地说。

众人虽都有同感，但对他反应如此激烈却很惊讶。景虎凝视着面前的富士山顶，紧抿着唇往前走。

大约向前走了五六百米，迎面又来了一队人马。这一队全是男人，骑马者十，徒步者二十，大半都着轻便甲胄。映着午后两点左右的阳光，甲胄发出淡淡的光泽，看起来像是覆着坚硬外壳的昆虫。

景虎一行看见行列中心马上的男子左拳上栖着鹰，马上知趣地避到路旁跪下。

晴信穿着猎装，左拳系着鹰，骑着硕健的黑驹。他这年二十四岁，肤色白皙，长脸，是个俊美的青年。他以那敏锐的眼睛注视着跪在路旁的一群修行僧。

当他逼近时，最边上的小个子修行僧突然抬起头来，两人四目相对。

"啊！"晴信暗惊。不知是惊讶他年纪太轻，还是惊讶与他那鼓胀的脸颊不符的大胆眼神。但瞬间少年的眼睛便垂下，晴信径自骑过。

晴信立刻忘了这件事，心想镰仓街道上有各式各样的人来往，没什么好奇怪的。而后思绪一转，转到刚刚先他而行的诹访夫人身上。

在灭亡诹访家以前，晴信就知道诹访赖重有个女儿，当然不是其妹所出。他并没有居心要夺占这个女子，只是因为要经略信州，取道诹访口是最上之策，正好诹访家内有人内应，于是顺利地灭了诹访。

但是，当他看到诹访的女儿后，不禁为她的美色所动，忍不住想把她留在身边。虽然他也想过这女人是敌人之女，对她而言，有亡国杀父之仇，恐怕怨恨至深，不宜留在身边。但他就是割舍不下，还说服所有家臣，终于收她为妾。

近两年来，晴信沉溺于对诹访夫人的爱情中，她也爱上了晴信。起先她只是以待杀之身忍辱承欢，但久而久之，她不但爱上晴信，甚至尊敬他。不知是晴信的温柔情怀化解了她胸中的怨恨之冰，还是她已长大，了解到男女真情的可贵，反正晴信来看她时，她便欢悦，晴信少来探望，她便悲伤寂寞，一颗心完全系在晴信身上。如此一来，晴信更加疼爱她，片刻也不忍离开她，连打猎也带着她。

急急赶赴休息处的晴信，满脑子都是她的美丽倩影。想到夜里枕畔细语、缱绻情怀，紧抿的嘴角不觉微微上扬。不过他也反省了一下。

"我和父亲的个性完全不同，我很了解自己，虽说我们父子都喜欢沉溺在喜好的事物上，但我毕竟知道分寸。我相信凡事不论好坏，若是过度，反将招来灾厄……"

晴信指定今夜投宿在俯临金川溪流的寺院里。晴信一抵达，诹访夫人即到后客房门口出迎，她重新整过妆，也换过衣服，脸上泛着终日在野外嬉游的清嫩血色。

"你累了吧？"

"没有。"

她捧住晴信解下来的佩刀，露出两个可爱的酒窝。

"今天的猎物特别多，我很高兴，但这对你们女人来说不怎么有趣吧！"

"哪里，我也觉得有意思，只是好像又觉得它们很可怜。"

"哈哈，你觉得被鹰捕到的猎物可怜吗？"

晴信笑着，但突然绷起脸走到廊下，凝视着晴朗的天空。

对晴信态度的突然转变，诹访夫人不知所措，仍捧着佩刀呆立不语。

晴信随即注意到了，微笑地看看她后，大声向外头呼叫："来人！"

外面的轻装武士立刻奔进，跪在长满青苔的院中。

"刚才在御坂岭那边遇到了一群巡游僧是吧！"

"是！"

"那些人非常可疑，去把他们带来！如果不肯，就抓来；如果敢反抗，就当场格杀勿论！千万不要让他们逃掉了！"

"是！"

武士起身奔出院外，招呼朋辈手下，立刻整装出发。五名武士骑马，十名家仆徒步跟在后面，像疾风般沿着谷川道奔向御坂岭。

另一方面——

当晴信的人马经过后，景虎突然感觉不妙，"快走，搞不好那个色鬼会派人追拿我们。"

"会吗？一点也看不出来呀！"鬼小岛弥太郎说。

但是景虎不理他，"如果不追那是我们幸运，可是万一来追，我们是无路可逃，无论如何，还是快走为上。"

说完，他领先向前急走，其他人只好跟在后面。他们来到河口湖畔，如果渡湖，可以到达富士山下，但景虎还不肯慢下脚步，并说："这条路不能走，我们弯向旁边的路！"

他不给众人抱怨的机会，径自攀上茅山陡峻的斜坡。就这样急急走了半个时辰，太阳正向西沉，但是景虎还没放松脚步。

"再走，天没黑前不能安心！"

说完，又急急向前奔。不久，太阳已下山，残照映着明亮的富士山，映照得四周一片浅亮。

有人嘀咕："这时候富士山亮倒不太妙！"

这时，听到后面微微传来"喂——"的叫声。

回头一看，十五六名劲装武士在草山山顶挥手。

"你们看，是追兵！快跑！再过一会儿天就黑了，天一黑就不要紧了。"

不待景虎指示，众人吓得拔腿狂奔。他们和追兵在山上赛跑了一段时间，富士残照逐渐缩向山顶，逐渐变淡，与之同时，山脚开始变暗，没多久，山上山下一片漆黑。

到小田原观察北条氏的情况，又看过北关东、出羽后，景虎一行人回到琵琶岛，已是中秋了。

由于擅自决定巡游各国，景虎对宇佐美的一番劝谏已有心理准备，但是见面以后，宇佐美只说："当初阻止你，倒是我的不对了。读万卷书不如行万里路，旅行就是学问，是该走一趟的。只是，这回幸好没有出事，算是侥幸。然而，凡事存侥幸之心是名将之耻，希望你以后还是谨慎行事较好。"

然后，宇佐美又说："你不在的这段时间，在下观察了国内形势，好好地想了想。今天的越后是四个势力对峙，暂保小康的状态，这四个势力就是春日山的晴景公、三条的俊景公、蒲原的昭田常陆介和琵琶岛的在下。由于在下倾向春日山，昭田倾向俊景公，大致来说，则是两股势力对峙。只要保持目前的情势，这四家会一直是独立的势力。应该讨伐叛贼、统一越后的晴景公似乎很满足这个小康局面，毫无奋发之意，我虽然想设法激发晴景公，但一般的谏言似乎还无法打动他，唯今之计，除了打破眼前的小康局面外无他。"

"打破？"

"就是要你举兵起义，这么一来，三条那边不会坐视不管，一定会出兵，力的均衡因此被打破，这样晴景公也就无法老是沉溺于酒色了，你看如何？"

"好，我早已等得不耐烦了。"

再细商的结果是通知枥尾的本庄庆秀，展开修复枥尾古城的行动。

枥尾是群山围绕的小盆地，易守难攻，此外，距三条仅五里。在这里举兵，对俊景而言，一定觉得像对手杀到眼前一般，不得不起而对抗。这样做虽然冒险，但不这么做则无效果。

景虎和宇佐美立刻找来本庄庆秀，庆秀高兴地答应了，流着泪说："在下虽势单力薄，但愿效绵薄之力，以兴义师。"

枥尾古城建于两百多年前，虽早已荒芜，但城壕及城墙遗迹仍在，只要引刈谷田川的水来即可灌满城壕。

但是城位于一片原野之上，地势并不能说理想，但此刻也顾不了那么多，还是速速筑城为要，愈快愈好。

除了本庄一族及其领民，景虎、新兵卫等人及宇佐美的家仆领民也都出动，拼命赶工。挖壕砌墙，没几天就完工了。

当决定举兵时，弥太郎的朋辈对他说："瞧，终于叫你盼到了，去把松江迎来吧！"

弥太郎很不好意思，"没那个必要，反正她听到风声，自己就会来的。"

但是那帮人不死心，"消息怎么传得到那深山野地，无论如何你得去接她！"

"干吗一定要我去不可，可以去通知她的人多得是。"

倒是景虎也觉得应该去，"我们军中要有了松江，可敌一两百骑，你去接她来吧！"

弥太郎万般不情愿地出发，十天后带回了松江。众人见面纷纷向松江恭喜，要他们马上完婚，但是松江不肯。

"我不要，人家结婚要结发搽脂抹粉，我这个样子怎能搽脂抹粉，还是等头发长长了再说吧！现在姑且饶了我吧！"

她双手抚摸长着一根根竖发的脑袋，缩着身子，女人味十足。

举旗

众人看她并不是因为害羞，又加紧劝说。

"战争马上就要开始了，对方是个强敌，谁也预测不到会发生什么事，可能是你，也可能是弥太郎武运已尽，也可能是你们两个。与其到时抱憾而终，何不趁现在先了夙愿，如果要等到头发长出来，恐怕得到阎罗殿去完婚了，你说是吧？"

也有人劝说："女人当然不喜欢光着脑袋结婚的，但是你是女中豪杰，何必拘泥这一点呢？而且行礼时戴着棉帽，有没有头发谁看得出来？"

众人鼓动三寸不烂之舌，想说动松江，那情形颇有意思。

别人讲什么生死有命，松江还不为所动，但一听到棉帽的事，便有些动心地问："真的吗？武家婚礼时新娘要戴棉帽？"

众人看她略感心动，更加带劲地劝说："是啊！是要戴棉帽。"

"从头上一直盖到鼻头，能看到的只是嘴和下巴！"

"很迷人的！"

大家七嘴八舌，轮流攻说，松江终于被说动了，羞得光秃的脑袋都发红了。她用衣袖盖住头："那就这么办吧！……哎呀！羞死人了！"

众人兴奋地一哄而笑，松江还不忘从袖后叮咛："别忘了棉帽啊！"

"知道，知道。"

众人又是一阵哄笑。

婚礼很快就准备好了，本来要请宇佐美担任媒人的，但他是鳏夫，改由本庄庆秀担任，地点就在本庄家的后厅。

婚宴上，景虎、宇佐美、新兵卫等人皆在座，戴着棉帽、身穿本庄女儿年轻时穿的结婚礼服的松江，益显娇艳动人。

看得入迷的户仓与八郎悄悄向旁边的秋山源藏说："我也想讨老婆了。"

"我也一样。"

松江的确是叫人惊艳的新娘。婚宴完毕，进入洞房。房里只剩下一对新人独处时，松江说："我要是脱下这个，你一定会笑我。"

弥太郎这时虽觉得女人心难以理喻，但本能地像吠月狼犬般想好好看看眼前的女人，然后共枕安眠。

"我不会笑你，你还是脱下吧！要不然我好像和不相干的人睡在一起。"

"你是说别的女人？"

"是啊！"

"我才不要！哼！"

松江猛然揪下棉帽。

那棉帽是用纯棉织成，宽宽大大，当时的武家婚礼时新娘必戴，是为了不让闲人看到新娘的脸，不过，采用此礼的多半是身份不高的武士。一般诸侯城主级的武士所娶的多为朝廷公卿的千金，因此采用足利幕府根据公卿礼法所制订的武家礼法，而后沿袭至今。

因为是纯棉制，虽有里衬，但松江的头发根根竖立，恐怕原形毕露，于是她在棉帽下还包了白绫布。

"这样可以了吧！"

她脸上微微渗汗，雪白的绫布包着头，有股清爽的美。她笑着说："好舒服啊！我在飞驒深山的大冬天里也没戴过棉帽，刚才戴在头上，总觉得头顶闷闷地要冒汗……"

弥太郎早已心躁意乱，全身筋骨酥软，酥麻的感觉自下腹不住地往四肢和头顶冲去。

"松江……"

他像蚊子似的轻唤，猛然吹熄灯火，紧紧抱住松江。

没过几天,三条方面就听说景虎在枥尾重修古城准备举兵的消息。一年前曾奉命去取景虎脑袋祭旗却被他巧妙逃脱的河内股野闻知此事,惊讶于景虎那不合乎年龄的智略,更意外他这么快就冒出了这种大胆的念头。

"不知天高地厚的小鬼,竟敢老虎嘴边拔毛!看我不杀得你片甲不留!"

他兴致勃勃地准备出战。

枥尾方面并没有忽忽防卫,不断派间谍去探察军情。宇佐美定行也派人在三条通往枥尾盆地入口处依山筑寨以为配合。

数日后,俊景派两将各率领二百五十人为先锋,他们谨慎地向盆地入口处接近,看到防寨时不禁一愣。

那防寨可以用寒碜来形容。就在眼前的小河对岸,插着木栅、利用天然悬崖作墙,离地约十七米,上面横着巨木,墙内盖了间木板搭的小屋,最多只能容纳三十人。

"这没什么了不起嘛!"

"勇气可嘉,以为靠这防寨就能挡得了我们。"

"真是郑重其事啊!"

众人喧笑着观看了一会儿,但防寨中毫无动静,只有旗杆上的旗子在晚风中翻飞飘动的寂寞声音。

两员大将觉得可疑,下马聚商。

"这防寨的模样着实可疑,你看如何?"

"我看只是装模作样罢了,里面没有人。"

"我也这么认为,可能原来是想据寨以战的,但看到我们大军一到,吓得逃之夭夭了。"

"我也觉得是这样。"

两人看法一致,决定拿下这防寨。他们翻身上马,回头对兵士大叫:"敌人已经心虚了,把这防寨拿下!"

随着激动的喊杀声,两队人马争先恐后地往前冲,跃过小河,拔起木栅。已是秋末,河水仅及小腿一半,行动相当自由,他们立刻拔光木栅,上了岸开始拆寨门。

防寨中没有任何动静,仍只有旌旗在风中飞扬的寂寞声。三条兵士奋勇向前,欢声雷动地拆下栅门丢进水里开路,到达寨墙时,有人爬上岩石,有人四处寻找出入口,发现唯一的通路就是沿崖而上时,也跟着向上攀爬,只有两名大将和二十多名近卫没跟着爬。那些兵嘿唷嘿唷地往上爬,在午后的阳光下,像各种颜色的蚂蚁蜿蜒而上。

蚁队的头还差两三米就要爬到顶时,突然巨木上跃出几名劲装武士。两大将一看暗叫："不妙！"

与此同时，守兵拿着大木、巨石开始往下扔。惨事刚刚开始，蚁列遭巨木大石推打，哀号四起，往下坠落。从那么高的地方掉下来，本就难免为重伤，再加上木头石块落下，真是非死即伤，凄惨异常。

大将拼命呼叫："快回来，敌人有陷阱！"

即使他们不下令，岩上的士兵也想退回来，但情况没那么容易，只好就地藏身在略为突出的岩石下。这对守兵来说，更像张网捕鸟一样。

"那边有一个，丢！"

在那些拼命往下丢石头木材的守兵中，有个特别显眼的人。他穿着红革编缀的战衣，头包白布，显得特别突出。平常要三四个人抬起的巨木大石，他轻轻一举就起来了。不但力气惊人，而且投射极准，哪怕是躲在偏远位置的人也能一投就中。他体格并不魁梧，动作灵巧，像飞鸟似的轻盈地奔走在架在高崖上的巨木上。不久，他发现在小河畔忧心忡忡观看战势的两名大将，于是举手招呼。

"喂！那边的两位大将，要石块还是木材，你们自己选！"

那是女人的声音。

"是个女的！"

大将皆大惊，仔细一看，那人脸色果然较白。

"快点选吧！如果不说的话，我只好全都丢给你们了！"

女人又大声喊道，同时不断地丢下巨石巨木，砸在地上，深陷土中。

大将聚拢撤退回来的兵士，渡过小河，略为喘口气。还有很多兵士留在崖上，退回来的兵士很多都手足受伤，崖下更是死伤累累。这么一个小小防寨的守兵就让他们遭受如此损失，而且还撤退无路，如果放弃崖上的兵士不管，等于见死不救，他们的威名恐将就此扫地。于是二人又聚首磋商。

"绕到后山放箭试试看！"

他们从近卫中挑出善射者六人，正要下令时，俊景率领的主队赶到。

俊景是战术高手，听了两人的报告后，皱着眉头说："这样的小寨就是搁着不理也没什么妨碍，只要踏平枥尾城，这些人自然会望风逃散，可是你们去攻了，却遭受这么大的损失，反而先灭了自己威风，长敌人之志气，事到如今，也就算了，就照决定的方法做吧！"

说完，另外从旗下武士中选出射手，总共十五人。

挑选出来的十五名射手领命往后山方向出发。同时，俊景命令全军集中向寨中射箭，以转移守兵注意力。

在淡淡的午后阳光下,箭支泛出光泽,像羽虫群聚似的向小寨集中,没有人出来。守兵仍然藏身不露,只是竖起盾牌,也开始回射。因为人数很少,抵抗似乎无力。俊景这边遂斗志高涨,不时发出威吓的吼声,发箭更密。

突然,就在三条军队背后的山上,也发出战斗呼声。俊景惊讶地回头一看,那不高不陡、树木繁茂的山上,两三百支红蓝军旗林立在树梢间,由于高处风大,军旗被吹得急翻快动,相当壮丽。

"大家注意!"

俊景把军队分为两路,还来不及部署,山上林立的军旗已蓝旗在右、红旗在左地整整齐齐出现,就在瞬间,各旗又分为两组,各距五十米停住。

俊景虽知对手有充分的意图,但无法看出对手要使哪一招。他是第一次遭逢这种奇妙的战术。紧抿唇角不动,他觉得困惑,将士更不知所从,忘了还要攻寨,只是茫然地睁大了眼。突然枥尾道那边杀声震天,一队人马直奔而来。

狭窄的道路上沙尘滚滚,刀枪飞扬。

三条军心生怯意。俊景猛然惊觉,己方已陷危地,只要略现惧色,全军立刻崩溃。

"不要后退,敌方只有少数人!还不到五百骑!拿弓箭射他们,快拿弓箭!"

他拼命激励将士,稳住他们的阵脚。他以身示范,亲自射出一箭,迎面当先的一骑武士立刻滚落马下。

"哇——"

全军立刻斗志再起,稳住阵脚。身上有弓者随即蹲下拉弓而射,但这时守兵又在寨上出现,也拉着弓放箭。他们人数虽少,但因为居高临下,支支中的,又有五六人倒下。

俊景大叫:"别管他们,射前面的就好!"

尽管兵士把箭集中射向迎面而来的人马,但右上方射来的箭干扰极大,一旦中箭,皆深及骨髓。而且,前面的人马也骁勇无惧,他们也不回射,只是倾着头盔,用铠甲衣袖挡箭,像疯子似的嘶声高喊冲过来。

三条军队又开始动摇。这时山上右侧的蓝旗迅速下山,似乎打算阻断他们的退路。三条军一看,更加胆战心寒,退路若绝,岂非死无葬身之地?他们又惊又惧,全军霎时崩溃。

几乎在同时,枥尾突击兵已冲至眼前,策马践踏,挥刀舞枪,斩杀三条军。守寨兵见状,也跟着出动。

其中一名女武者丢掉手上的弓,解开腰上的绳子,舞着长柄关刀跃马狂奔。她越过小河，冲进己方战阵中，加入战斗。

"让开，让开！"

她不管是敌是我，策马直前，一直跑到站在队伍先头的鬼小岛弥太郎旁边。

"夫君，我来啦！"

弥太郎身穿黑单战衣，头戴鹿角徽饰头盔，骑着栗色马，挥舞着长枪杀敌。

"哦！你来啦！"

夫妇二话不说，并肩左砍右杀，勇猛无敌。三条的两千大军竟然不敌，纷纷溃走。

事到如今，俊景指挥再英明，也难挽颓势，兵士早已军心涣散，争先恐后地逃命。

枥尾军紧追不舍，斩人斩马，勇往直前，但在山上观看战况的景虎，一看时候差不多便鸣金收兵，不再追杀。

出师未捷，惊慌逃回三条的俊景自是非常懊恨，但是他不认为那是年方十五的景虎的过人本事。

"设计这样周详，一定是宇佐美指挥的没错，我军轻敌躁进，确是失策。"

他立刻通令同营豪族出兵，特别派心腹家将去蒲原郡通知昭田常陆介。军队陆续集结三条，昭田派了儿子黑田国忠及金津国吉各率千人抵达，自己亦随后赶来。

另一方面，景虎这边的人无不惊叹他过人的军事才能，战意高涨，但也不敢疏忽防备，以防敌人再攻。他们在通往盆地的所有入口都设了寨口。当然，景虎也派人向宇佐美报告首战获捷，乞求援兵，并派使者到春日山搬救兵。景虎心想，晴景恐怕不会乖乖地接纳他的要求，懦弱的晴景一定还会怪他多事，因种下了个麻烦种子而生气，因此也派人到府内馆的上杉定实处，详细禀明原委，祈求定实帮忙说服晴景。另外，也颁发布告给有意投靠的各地豪族。

宇佐美最先率兵五百抵达，接着是虽早已憎恶俊景却犹在观望形势的豪族。他们见景虎首战成功，立刻驰兵声援，但率众多不过三百，其余仅一两百人而已，景虎所募兵员实在没有多少。

另一方面，为加封领地之利诱而赶赴支持俊景的豪族还是很多，景虎不时派人刺探，回报一次比一次不利，对方兵员急速增加，没多久即突破一万五千。众人皆万分担心，新兵卫等人更是按捺不住，一起晋见景虎说："照这个情况下去，就连好不容易加入我方的都可能变心，再派人去通知晴景公吧！就派我们之中的一个去吧！"

但是景虎不答应。"如果没有春日山支持，我们就打不下去了吗？就算输了，顶多不过死而已！还是别想太多，以免玷辱了平日威名！"

新兵卫等人气得退下后，转往宇佐美阵营诉苦。

宇佐美却笑着说："你们去和景虎少爷说战，等于是班门弄斧嘛！连我都佩服他的善战技巧。打仗不在人数多寡，而在于谋略勇气，你们不也亲眼见过吗？还有什么不安心的呢？放心吧！照他的吩咐办事就对了！"

即使如此，新兵卫还是不能安心。虽说景虎以奇策赢得大胜，但俊景毕竟是老谋深算的大将，这回不但更加小心，而且为雪耻刷辱而来，应该不会重蹈覆辙。

没多久，晴景终于启程压阵的消息传来，众人兴奋欢呼，但听说他只带了五百兵士时，又惊讶又失望。

事情确如景虎所预想的一般阻碍重重。

晴景接获消息时果然大怒："这个浑小子，不知天高地厚，也不跟我商量一声就这样擅自生事，万一打败了，岂不又长他人之志？像这样可恶的东西，我才不为他压阵呢！"

他不肯出兵，上杉定实好言相劝："你坐视骨肉亲弟被杀，有损你的威名啊！总之，首战已胜，他才十五岁，就这样了不起，你是他哥哥，又是守护代，如果不去压阵，人家会怎么想呢？人家会以为你怕了景虎！"

上杉这番话有效，晴景听进去了，勉勉强强率领了五百人离开春日山。

新兵卫仍有不服，"敌人一万五千，眼看着马上就要两万人了，守护代出阵，却只带五百人，未免太少了！"

景虎说："只要大哥肯来，别说是五百，就是一兵一卒不带也无所谓，只要'晴景公亲自上阵'这句话就够了，我就打着这个名义，要多少兵也募得到！"

"是！"新兵卫终于认同了景虎的策略。

众人对景虎的成长惊讶不已，虽然在巡游各国期间就常为他敏锐的军事眼光折服，但这一次实地开战，竟能施展操纵敌心于掌上的出奇战法，更叫大家惊叹："此君真乃天生武将也！"

他们这种佩服的心理有些宗教的成分，好一阵子都沉浸在这种激动里。

"他的智慧是我们架着梯子也赶不及的！"

"才十五岁就如此胆识过人！"

"以后会成为什么样的人呢?"

众人你一言、我一语地交相称赞,新兵卫突然想起一件事,"你们知不知道景虎是春日山村毗沙门天神的赐子?"

众人立刻回应,"对嘛!他是袈裟夫人到毗沙门堂风雨无阻祈愿百日而求得的孩子!"

众人心里或许都认为景虎是毗沙门天神的化身,但没有人说出来,只是紧敛全身,虔诚地追索着这层思绪。

晴景到达枥尾那天,一大早便寒风狂飙,这一年的第一场雪纷飞。

景虎烧热了洗澡水,烫好了酒,燃起炽旺的营火,等候晴景。他在沿路各点都派了步哨,随时紧急通报,估算晴景大约会在下午两点左右到达。时候差不多了,他走出城门等待,但久等多时仍不见人影。步哨来报,晴景一行在途中取暖休息。

"晴景公宠爱的小厮非常虚弱,一下子就冻僵了,于是先休息,暖暖身子后再走。"

景虎勃然大怒,他按下怒意问道:"是叫源三郎的京都小厮吗?"

"属下不知,只知他貌美出众,比女人还漂亮!"

"废话少说!"

景虎吼了一句,立刻后悔,不该在下人面前流露出他对晴景的不满。但是怒意难按,他遂起身,四下走走,终于平静下来。

日没稍前,春日山一行终于到达。可能是因途中数度休息之故,一行人都没有疲色,而且都一副松散的样子,大概是看主将吊儿郎当,遂有样学样。

晴景在行伍中间,骑在额前缀着流苏、后腿是白色的栗色马上,身穿云朵革绒铠衣,披着带袖的黄呢战袍,戴着染成黑色的大棉帽。

再看源三郎,紧跟在晴景后面,骑着白马,身穿碎樱铠衣,身披用金线绣着长尾家九星纹的猩红披肩,佩着黄金打造的长刀,也戴着染成漂亮紫色的棉帽。他那细致的皮肤色泽苍白,两颊发紫。

景虎郑重行礼迎接。

"有劳晴景公在这种天候启驾,实在惶恐。"

晴景看也不看他,担心地看了源三郎几眼后才说:"哎,哎,辛苦你了!"

降雪

　　情绪极坏的晴景洗过澡，身子暖和了，换上舒适的武士礼服，又喝了几杯好酒后，脸色好多了。

　　在晴景身后捧着佩刀的源三郎也恢复了原先的血色。他穿着白袖红衣的中衣，上穿由五彩色线绣成散樱花瓣的紫底和服，用金银线织成桐花图案的裙裤，亮丽得叫人不敢逼视，比女人还要冶艳三分。

　　晴景和源三郎似乎完全没有身赴沙场的自觉。过重的行李会钝化机动力，也会降低战斗力，因此行军时非战必需品皆不携带是阵法铁律。景虎对晴景及其宠童为运送华服美裳而滥支人力颇不高兴，晴景吩咐一两人专门负责此事，兵员不过五百，却还要分神照顾这些东西，着实浪费。

　　但是，此刻还不宜指摘。他按捺住心中的不快，尽力接待晴景。他身穿着甲胄，还披着战袍。

　　酒过三巡，宇佐美离开座位，走到晴景座前。

　　"请主公赐景虎少爷杯酒吧！"

　　晴景默默举杯，把剩酒倒掉，递给景虎，不发一言。虽然他该说些褒奖的话。

　　景虎气得满脸燥热，但看见宇佐美亲自拿起酒瓶，催促似的表情后，只得压下愤怒，膝行向前。

　　"多谢赐酒！"

　　他双手一接过酒杯，宇佐美即倾瓶将酒倒入杯中，他一仰头，喝得一滴不剩。

　　宇佐美又说："酒杯可否赐给在下？"

　　景虎把酒杯递给宇佐美，斟满酒后，宇佐美说声："敬领！"静静地喝干，掏出怀纸，把酒杯包好，塞进铠甲里。他拭净胡须后，仰脸对晴景说："主公雪中跋涉压阵，想必相当疲劳，应当及早休息，但是敌人来袭或恐就在今明两日，是否可预立战策？"

　　"唔！"晴景点点头，但突然想打呵欠，他努力压下这个呵欠，哈哈大笑说，"今天确实有点累了，失礼之处，请各位包涵。至于战策嘛，不是已经定好了吗？既然能策划到目前这个地步，应该早已预订了，何况景虎虽然年幼，但有你这样杰出的军事专家跟着，没有不先订的道理，总不会到了这个节骨眼才慌得要谈战策吧！"

他的语气起先还很平稳，但逐渐变得讽意十足。

宇佐美讨好地笑着说："战争是每一瞬间都有形势变化的，因此战策也有必要应时而变，主公想必非常了解，而且，这场战事的大将军是主公，如果不听听您的想法……"

晴景毫不客气地打断他的话："这场战事根本没和我商量就展开了。你们搞成这么大的纰漏，现在就算要推我做大将军，我也不接受。我只是担心万一这场战争输了，好不容易保持至今的春日山长尾家或将就此沉沦，我才来的，并不是心甘情愿、高高兴兴来的，你们不把守护代当守护代、不把兄长当兄长，只是想利用我的心理，老实说我很不高兴。"

他愈说愈激动，到最后连骂人的话几乎都要出口了。

景虎也满肚子牢骚。晴景以等待时机为名，安于小康，耽于酒色，自己没办法才先举事。而且，夏天时自己还不惮安危，通过敌境赴春日山进谏，他却满口遁词，听不进谏言，如今这样举事也是不得已。再加上先前他到城门迎接晴景时一再压抑的不满，一时怒火攻心，他使劲地瞪着晴景，正要发作时，宇佐美开口了。

"主公斥责的是，未得指示擅自起事，主公生气自是当然，敢请原谅。在下原先也是想先修此城，得指示后再举兵，但因为三条方面消息灵通，大军拥来，以至于来不及求取指示。在下绝非遁词，从在下未赶上首战一事，主公即可察知。"

他这番话既合逻辑，又温和又郑重，说中了晴景的心思，晴景总算觉得好过些，景虎的怒意也压了下来。

宇佐美随即转向景虎说："快向主公谢罪吧！"

景虎双手扶地："对不起，小弟无计可施，方出此下策！"

晴景绷着脸不说话，他胸中既无机略，性情又不淡泊，一时说不出安抚人心的场面话。

"主公听到他道歉了，就赐他一句原谅他吧！"宇佐美在旁恭谨地说。

晴景大概也觉得没什么好计较的，终于点点头："你说得也有道理，这回就原谅你吧！"

景虎谢过后，宇佐美又提出战策之事。最终决定由晴景任正门主将，景虎任后门主将，联合守城。另外在三条往枥尾盆地入口处所筑的寨口各置二三十人，战时只略作防备，立刻经由捷径撤回主城防守。

计定以后，再以晴景的名义向附近豪族发出催兵符。

晴景虽然没有什么人望，但守护代这个声名还很有权威，应召而来的豪族陆续不断，其中上田城主长尾房景派旗下四名勇将带来千人兵马。

当然，三条方面也没闲着，为利所诱、加入三条方面的豪族也不少。

原来四分势力均衡保持小康状态的越后国，如今成为栃尾和三条两方对峙的风云之地，果然如宇佐美所料，一波兴，万波动。

看到加盟己方的兵力众多，晴景甚为愉快，主张："与其守在这个小城等敌人来攻，不如我方先动吧！"

同意的豪族不少，有人附和说："守护代的意见有道理，马上就是大雪时节了，届时两军都不能动，如果要挨过冬天，我方观望形势的人居多，自然对我方不利，索性在大雪前先结束对方！"

宇佐美反对这个主张，但他不从正面反驳："晴景公的意思及诸位的意见都说得对极了，的确，一旦越冬而我消敌长，则非同小可。然而比较敌我双方势力，遗憾的是，我方兵力远劣于敌方。在诸位面前谈兵法，实在是班门弄斧，不自量力，但仍愿一听诸位意见。大凡以兵攻城，非有十倍兵力不可，遗憾的是我方兵力不及对方四分之一，就算倾巢而出，也难以获胜，但是我方按兵不动，敌方也不来进攻，一旦过冬又对我方不利。如果能在近日中让敌人来攻最好，但这须讲求术策，我们彼此费心思量，看看该怎么做，如何？"

景虎对他这番说服技巧，惊叹不已。

这些豪族表面上是应守护代之召而来，其实心底早已盘算过利害得失。他们这种心理，很容易起叛心通敌，因为结合彼此的关系是那么的脆弱，整个军队像群乌合之众，因此根本无人有强权命令这些乌合之众。名义上他们奉晴景为守护代，但晴景毫无指挥他们的实力。即使是在最具实力的为景时代，这些人还动不动就反抗，晴景实力远逊为景，无力指挥自是当然。

要说服这些人，绝对不可以摆出高压姿态，必须不厌其烦地一边满足他们的自尊心，一边将他们引导进自己的看法不可。这一点，宇佐美的确有过人之处。在景虎看来，他心中早有定论，但仍虚心努力让众人相信这是借共商大计而达成的结论，让众人感到骄傲与责任在肩。

景虎心想，自己生来性急，脾气暴躁，因此对宇佐美的修养格外佩服。因而他在一旁静观事态发展。

座中一人开口："要诱敌来攻，需要显示我方势弱不可。"

宇佐美轻拍膝盖："对，这就是计策中心，本来就已经因为势优而骄傲的敌人，看到我方势弱，没有不盛气凌人来攻的道理，好主意！"

又有一人发言："咱们派少量兵员到三条境内挑战，然后诈败逃走如何？"

宇佐美拿军扇轻打掌心："妙计！我方示弱，更能激发对方。咱们的计策愈来愈明晰了。但是诈败一事妥当吗？万一世人以为我们真败，那些观望形势的人遂投靠敌方而去，岂不是毁了我们先前所下的功夫吗？"

宇佐美就像个老练的教师，借一问一答方式正确引出答案，在座豪杰也都毫无抵抗地接受，那就是反复派少数人马到三条领内，放火烧村，抢夺财宝，在三条军还没有出动前迅速逃回，以此激怒三条。

宇佐美转向晴景，毕恭毕敬地说："众人一同思量，得到这个结论，如此进行，气急的俊景必定愤而来攻，如今没有比这更好的计策了，敢请主公裁定。"

"好！既然是众人一致的意见，我也没有异议，众将勉之！"

烧村之计进行顺利。虽属寒冬，田里没有作物，但村落房舍都被烧个精光。他们二三十个人一伙，烧了两三个村落后立刻撤走。天寒地冻，百姓房舍被烧，损失自然非比寻常，向三条领主控诉的案件与日俱增。而三条方面每次派兵剿匪时，烧村的骑士队来去如风，早已不见踪影。

善战的俊景当然知道这是景虎方面的诡计，但他依旧按捺不住，勃然大怒道："要烧多少才够？好！咱们就打，打得他们一粒稻谷也不剩！"

他决定出兵枥尾。总兵力一万三千，分为两队，亲自率领七千，另外六千由黑田国忠率领。

景虎放在三条领内的探子及盆地入口各处的寨兵纷纷将消息急传回枥尾城。城内早已部署妥当，只是加强巩固各自岗位而已。另外，兵勇也分批出城竖栅结桩，堆积土袋。

距枥尾城后门四五百米处是刘谷田川，景虎判断敌军必定要渡过这条河，于是在离城稍远的河前构筑阵地。接连几天天气暖和，工程进展极速，但还未完全竣工，就得报说三条军已经出动。

"是时候了！大家快点！"

过去是晚上时只留下守卫，其他人回城，现在时间紧迫，当天晚上便大架帐篷，全员留宿，轮流上工，在第二日午后不久即告完成。

"这下好了，他们随时来都无妨！"

全员都摩拳擦掌地等候敌军，但那天始终未见敌踪。

"自古以来，不少战事都是紧张过后松弛时为敌所趁，而惨遭大败，所以绝对不可大意！"

宇佐美在三条通往此处的所有通路上都设下好几道监视，营地也燃起炽旺的营火，轮流派哨兵警戒。就在接近破晓时，强风夹着干雪呼号而下，气温骤降，寒气逼人。

景虎被营帐外呼啸的风声及寒气惊醒，立刻起身走出帐外。站在咻咻如哀号、呼啸而过的强风中，雪不停地拍打着双颊，风冷得刺骨，双颊和手立刻僵住。景虎不停地用力摩擦脸颊和双手，仰望天空。太阳还未升起，远空显得低矮而暗，雪花毫无湿意，细细如灰般，沙沙地随风翻扬坠落，眼看着堆积成冰。

宇佐美咳嗽着走出隔壁的帐篷，他也仰天而望。雪白的胡须随风扬动，这些年来益显得瘦削的身子似乎就要被风刮走了似的。

景虎问他："您看这风会吹到什么时候？"

宇佐美说："要成积雪了！"他的声音被风吹散，听不清楚。

景虎逆风靠近他："您看这风要吹到什么时候？"

"这——今天一整天都吹吧！这雪也要下个两三天。"

"我问的是风，真的会吹一整天？"

"应该会吧！"

"好！把士兵都叫起来！给每个人喝一杯酒，然后把桩栅都拔掉！"

"你说什么？"宇佐美睁圆了眼，以手护耳。

"我说得很明白，把桩栅都拆掉！"

他的口气坚决，不容一丝异议，他那闪着异样光彩的眼睛在夜色中闪闪发光。

"你不考虑一下吗？"宇佐美问。

景虎不听，没办法，他只好令人撤去费了好几天工夫辛辛苦苦竖好的桩栅。

天亮了。雪下得更密，风也丝毫没有平息的样子。在明亮的天地间，时而像流水、时而像旋涡般满天降下的雪封闭了视野，天与地似乎被封锁在纯白的苍茫中。

景虎分发军粮，令士兵休息，培养气力，大约一个时辰后，探子来报，敌军已通过盆地入口的寨前，继续向此方挺进。景虎令兵士吃了准备好的热粥，准备战斗。兵士们充分休息后又吃了热粥，气力更觉充实。

景虎命宇佐美带五百人及本庄庆秀带三百人为先锋，自己率领五百人守在十丈之后。

雪稍微小了些，但风反而更烈了。人在风袭过的河岸，冷得快要冻僵了。

景虎下令："烤火取暖！把那些栅木、栏板等都烧了也可以！"

营火烧得炽旺，兵士们全身都很暖和。

前方传来报告:"敌军一入枥尾盆地便分为两路,俊景率领的主队七千人直攻正门,黑田国忠率领的六千人则渡过刈谷田川浅滩,绕过枥尾村朝向这边而来。"

景虎判断他们打算两军同时夹攻枥尾城。他派人到正城门去报告这消息,然后又分了一杯烫热的酒给兵士。

大约两刻钟后,敌方先锋队出现在刈谷田川对岸的路上。这时雪更小了,可以很清楚地看到他们。但是风更强了,他们像被从斜后方吹来的西北风卷起似的前进。稍过一会儿,几队人马陆续出现。每队都旌旗林立,但因为风向的关系,旗帜全向前飘,看起来毫无威势。大概为了弥补气势,他们吹着贝螺、打着鼓前进。

当他们齐聚对岸时,立刻止步,重新布阵整齐,同喊杀声,螺号及大鼓齐鸣。三条军力是景虎这边的八倍,加上杀声震天,景虎这边的兵士略显惧色。

这时,远远听到正城门前也喊声不绝,那边可能已展开战斗。这边军势更显动摇。

对方看气势已夺先声,先锋队立刻下水渡河,几乎在同时,其他各队也争先渡河,大有乘势而来、杀个片甲不留的气魄。

宇佐美和本庄庆秀看到己方军心动摇,不觉略感焦急。打仗全靠一鼓作气,如果兵士就此心生胆怯,恐怕连十分之一的力量也使不出来。他想己方也该激励一下士气迎击,他不停地回望景虎主阵,但见景虎双手紧抱在胸前,大棉帽压至眉心,稳坐在矮凳上凝视敌方,一动也不动。

不只是宇佐美和本庄感觉不安,连新兵卫及景虎左右的勇士也一样。他们不停地看着景虎,似有催促之意,但景虎仍目不斜视,依旧维持着原先雕像一般的姿态。

宇佐美的令差和本庄的令差同时奔来报告说:"敌兵一旦过河即气力倍增,在其渡河一半时击之,乃兵法之常,应该以弓射之,趁其混乱时再以枪攻之!"

景虎仍然凝视敌方不动,头也不回地说:"我是主将,今早已下过令,我自有主张,在我下令以前,不得擅发一箭!"

"是。"

令差或有不服,但仍只得领命回去。

三条军在此时又转强的风雪中嘶喊,迅即越过河的一半。

新兵卫忍不住说:"恕在下冒昧,应该是时候了!"

但景虎仍旧没有回答。

景虎左右的勇士也开始动摇了,但不是恐惧,而是怀疑这年轻的主子是否因为军力悬殊而感不安,正犹豫是否该迎战?

手执长柄关刀的松江也开口了:"虎少爷,我冷得受不了啦,快让我和敌人斗斗好暖和暖和身子吧!"

她还是那粗俗百姓的语调,但此刻没有人笑。景虎虽然没有看她,但用略带笑意的声音回答说:"马上就让你去战斗,现在冷的话,就喝点酒,烤烤火!"

他的声音沉着而有自信,勇士们的不安立刻消除了。

三条军更向前进,先锋中已有几人很快过了河,到达河滩。但在这寒天冻地里渡河,手脚几欲冻僵,动作立即迟钝,其中一人手上的长枪甚至掉落了。

景虎清楚地看见这个情景,他的模样突然一变,粗鲁地把棉帽一摘,挥了一下军旗大喊:"上!"

定睛注视眼前动静,早已等得不耐烦的宇佐美及本庄庆秀立刻跃起,也挥动军旗连呼:"上!"并令号手吹起螺号。

同时出动的两队兵马越过寨栅,奔下河滩,笔直向前冲。

这时,敌军大约三分之一已到达河滩,其他的还在河中,个个都觉寒彻骨,手脚不能自由使唤,被急冲而来的宇佐美军及本庄军一攻,立刻混乱起来,有些人轻易被砍,大部分则跌落河中,几乎溃不成军。

景虎戴上战盔,系好盔带,站在主队前线督战。他身旁的勇士个个跃跃欲出,自愿请战,但景虎不准,"再等一下,待会儿就是不想战也得战!"

敌军虽然陷于混乱,但仍有些战志昂扬者,在河中拼命挣扎,不时激励己方兵士。其中有百余人组成的一队人马,奋力冲开阻挡在前的己方兵卒,强行渡河,冲上河滩。

为首的是蒲原郡知名武士松尾八郎兵卫,他高声咒骂,冲进本庄军中。其势是如此的凶猛强悍,本庄军抵挡不住,也乱成一团。

宇佐美挥动军旗,从旁袭击松尾队。松尾军左右受敌,陷于苦战,但毫不退却。

寒风强袭,河滩上的嶙峋碎石又滑又冻,动不动就要滑倒,但松尾仍撑着血战了一段时间。他几乎所向无敌,能抵挡他的人逐渐减少,他的威势竟然也开始压迫到本庄军和宇佐美军了。

即使如此,景虎仍不出动主队。勇士们焦急地直呼:"少爷!少爷!"

景虎只是说道:"还不到时候,后面还有!"继续凝视前方。

还在河对岸拥兵一千的黑田国忠一看松尾奋战不懈、开始压迫敌军时,立刻大喊:"这场仗我们赢了,冲啊!"率先策马渡河。

兵士毫不犹疑地跟进。他们心想这一千大军加入战斗，定可把已显颓势的敌军一举击垮，于是个个精神抖擞，喊声震天，强渡冷得刺骨的河水。

当黑田军上岸、抖落水珠时，景虎一跃而起，取了长枪，"上！"一马当先冲出。

那早已等得不耐烦的五百兵士也争相跃起，向前突进。

三条军在寒风大雪中长途行军，又刚渡过冷如刀割的河水，就算再有勇气，动作也不会那么灵巧。反之，景虎军取火暖身，又喝了热酒暖腹，养足气力与体力，以逸待劳，三条军自是无法相比，立刻四分五裂，被赶落河中。

这么一来，松尾队后继乏力，幸存的十数人有了逃生之意。八郎兵卫气得咬牙咒骂："能退得了吗？为什么不死呢？为什么不死呢？"

他独自纵横马上奋战不退。

这一天松尾的装扮是碎樱花饰铠甲，黑底无袖战袍，头戴半月形银饰的战盔，左手持枪，右手挥着三尺二寸长的大刀。他的战袍在呼呼河风中翻飞，半月形银饰闪闪发光，武者英姿煞是壮丽。在他面前，无人幸免。他已斩杀十三人，这时一名步卒急奔而来，挥着大刀报名："在下长尾喜平二景虎徒众奈弥辰藏，看招！"

他穿着无袖铠甲，熊皮坎肩，但膝盖以下却光溜溜的，他虽地位低贱，但相貌体格皆显雄伟。

"无礼的东西！"

松尾愤声斥骂，抡刀就斩，但辰藏却像柳叶下穿梭的燕子般灵巧地闪过刀下，绕到马前，一刀砍下松尾的马腿。马向前扑，松尾也倒栽葱似的摔下马来。

辰藏扔掉手上的刀，扑到松尾身上。两人就在冰冻的碎石上翻滚纠缠，最后辰藏终于制伏松尾，正想抽出匕首斩下松尾脑袋时，才发现刚才扭打时匕首被弄掉了。他灵机一动，捡起手边的石块往松尾的鼻端一砸，可怜那勇猛的松尾壮士，立刻血肉模糊，断了气。

他抽出松尾的匕首，切下他的首级，然后剥下他的铠胄，拿走了他的佩刀，以供检视首级时证明之用。

松尾一死，逃到河对岸的黑田军明显可见动摇之色。景虎立刻要全军发出喊杀声，黑田军的惧色更明显，景虎这边接二连三地喊杀，致使对方终于崩溃，争相败走。

景虎纠集兵马赶往正城门。

正拼命进攻城门的俊景是员勇将。他先是在首战时吃足了苦头，而后其领内各村又连遭火烧,他恨景虎入骨,如果不把枥尾城踩平,不但无颜再称武将,更无威信统御他人,因此,攻势极猛。

城内守军虽也预料到这点,但因指挥者的格局与景虎他们相差太远,自然陷于苦战。俊景手下轮番上阵,城外所设的栅寨一一被破,守兵全数逃回城里,紧闭城门以抗。

"攻啊!不要放松!攻进城去!"

俊景骑着漆黑的战马,在暴风雪中穿梭奔驰,左手持枪,右手挥旗,不断地激励部下,那些兵士争相越过城壕,攀上城墙,猛撞城门。守城军拼命放箭,但攻城军斗志昂扬,前赴后继,毫不退缩,眼看就要攻进城了。

这时,景虎正好率兵赶到,出现在敌军侧面。

"直攻主阵!别的不要管!"

景虎一声令下,全军密集成一团,直直冲向俊景的主阵。守城的上田军见状,也跟着打开城门杀出,斩向俊景的主阵。

俊景主阵立刻溃乱。俊景怒不可遏,率领百名左右近卫奋战,想挽回颓势,但看到守城军源源不断地出动,自知此刻已无力回天,于是命藏王堂式部殿后,自己带领二十余骑打算杀开一条血路逃回三条,但宇佐美早就算到他有此打算,先已绕到退路,吹响螺号,鸣起大鼓,向他施加威吓。

此刻,已退无可退。

"要我死在晴景那愚弱家伙和景虎那小崽子手上,难道是天意?!我怎么算也没算到……"

俊景苦笑着爬上左方的小山丘,暂且休息,看着藏王堂式部拼死血战。当他看到式部军溃散,式部本人也阵亡时,立刻率领二十余骑下山,直冲向胜利而骄的守城军阵。他来势汹汹,犹如疾风扫落叶,守城军虽挺身而挡,但立刻被他打散。

已有死亡心理准备的俊景眼见此景,突然心生或可生返三条的念头,于是指挥幸存的十二三骑,掉转马头奔向三条。

景虎见此,大为担心,万一就此放过了俊景,他恐怕还会举兵再起。

"别让他逃了!快杀了他!弥太郎呢?户仓与八郎呢?曾根、秋山源藏在哪里?!"

弥太郎从稍远的树丛中奔出来,"弥太郎遵命!"骑上马便往前冲。

紧接着,景虎身后也蹿出一骑,"我也去!"

身穿红革缀甲、白底战袍,头系白巾,斜拿关刀的武者,风也似的掠过景虎身旁。

金刚之舞

弥太郎赶到时，俊景已快突破宇佐美的阻兵了。俊景武功绝伦，抢着长枪左刺右挑，阻挡在他前方及左右的兵卒纷纷倒地。他所向无敌，跟在他后面的勇士也发挥惊人的杀伐力量，一行人犹如铁甲兵团，势如破竹地向前突进。

"包围他们！不能放走一个！"

宇佐美调度人马。他一手训练的精锐部队立刻一拥而上，团团围住俊景等人，但俊景仍如怒涛中挺立的巨岩般，领着手下奋战不歇。他们的身影在宇佐美的围兵中忽隐忽现，就像留下细碎泡沫的大浪退去后，仍屹立不变的黑色岩石。

眼看就要让他跑掉了，弥太郎来得正是时候。

"让开！闪开！"他直直冲进宇佐美的部队中，大声呼叫，"喜平二景虎家将鬼小岛弥太郎参见平六郎俊景阁下！"

俊景知道弥太郎。他勒住马缰，微微一笑，"好久不见啦！弥太郎。"

他的态度及语气有着主人对家仆的傲慢与亲切。老实的弥太郎一时愣住，不知不觉地回道："是！"弥太郎也勒住马缰，斗志瞬竭，甚至忘了自己为什么赶来的。

"难得你这么有出息，再会啦！"

俊景又笑了笑，双脚一夹马身，准备逃离。

弥太郎这才回过神来，忙叫："啊！等等！等等！"

他鞭马向前急追，但俊景的从骑长枪一挡，"让在下招呼吧！"

弥太郎非常生气，"啰唆！"举枪一刺，对方偏身闪过。弥太郎趁他闪躲的空当，想抽身去追俊景，但对方随即跟上，缠斗不放，另外两人见状，也跟着围上。弥太郎气急败坏地应战，此时，松江赶到。

"这些脓包交给我，你去追大将！"

说着，她像耍水车似的耍着关刀，架开对方一人的矛尖，然后从他右肩一刀劈下，血花四溅，对方已从马上跌落，马狂奔而去。

松江头也不回，舞着长柄关刀冲向紧黏着弥太郎不放的武者。刀锋落处，险些斩到武者的脸，他弯身闪过。

"交给你啦！"

弥太郎正想再追，又有一人缠上。但这名武士的马腿被松江一刀劈断，连人带马滚落地上。

这时，弥太郎已摆脱缠斗，直往前奔，"回来！你休想逃！"

他边喊边追，索性举起长枪用力向前刺，矛尖被俊景挥开，但刺中马尾脊梁，俊景的马受惊跃起。

俊景怒斥："无礼的东西！"回头挥刀猛力砍下，弥太郎急急抽起长枪抵挡，双方你来我往，厮杀起来。

俊景的从骑虽然赶到，但俊景和弥太郎热战方酣，旁人插不上手。宇佐美集中部队，下令："阻止其他敌军接近弥太郎！"

松江也赶到，"我已宰了三个，不费吹灰之力！现在就剩这个了！"

她舞着大关刀，也攻向俊景。

弥太郎有些恼羞成怒，"你闪开，这个是我的！"

俊景果然不可小觑，即使面对英勇如弥太郎夫妻，他也毫不畏惧，从容地在马上左躲右闪，攻防自如。弥太郎和松江也配合得恰到好处，弥太郎危险时松江救他，松江有难时弥太郎为她解危，两人配合得天衣无缝。

在飘飘落下的飞雪中，战成一团的三骑人马激战不休，不久，松江的大关刀趁隙斩入俊景的马颈，马像屏风般直直跃起，把俊景摔了下来。俊景挣扎欲起，弥太郎的枪尖已毫不留情地刺穿他的身体。

"可恼！"

俊景挥刀，斩断松江的马腿，松江像球似的从马上跌落。

但这只是猛将俊景最后的抵抗，弥太郎的枪刺穿其背，将他牢牢地钉在地上不能动弹。这时，四周喊声震天，宇佐美的部下自四面八方拥来，松江早已跃起，抱住俊景的身子，"这是我们打下的，你们争什么？！"抽出腰间的匕首，利落地割下俊景的首级。

再战成功。

景虎主张乘胜追击，一举攻至三条，诛灭黑田、金津等人，宇佐美意见亦同，但晴景却不同意。

"罪魁祸首俊景已死，那些喽啰就是置之不理也会作鸟兽散，谁还会去帮助黑田和金津呢？我们若再追击，不但无益，反而会遭到激烈抵抗，何必呢？所谓穷寇莫追是也。"

他召集诸将，颁发战功奖状后令他们各自回领地，他自己也急急赶回春日山。

宇佐美对景虎说："这场仗是因为你指挥有方而获胜，晴景公心感嫉妒。其实不论是谁出力最多，只要打赢了，功劳都是大将军一个人的，这是战争常理。你打赢和他打赢没什么不同,可惜,他心胸太狭窄了,或许他是思恋还留在春日山的藤紫等人。我看你就忍耐一阵子,等待时运也是武将必修的心得啊!"

说罢,他也撤返琵琶岛,但为防万一,他把大部分兵员留下,帮助景虎守城。

不久,枥尾城内论功行赏,获赏最大的是弥太郎夫妇和奈弥辰藏。

景虎对弥太郎夫妇说:"你们夫妇合力取下俊景首级,厥功至伟,我是很想赏给你们一两千贯,遗憾的是,我自己没有领地,总有一天,我会补偿你们这份功劳的,现在,我只能表示一点心意,你们收下吧!"

说着,他分别赐给他们大刀和铠甲。

景虎又对奈弥辰藏说:"后城门之战能获大胜,全靠了你杀了松尾八郎兵卫。因为我们赢了那边,才能及时赶救正城门之围,说起来,这场仗能打赢,都是你的功劳,我无法用言语表述你的功劳,也无法用物质完全回报,不过,从今天起我升你为武士,担任我的近卫,再赐你一把大刀,一套铠甲!"

奈弥辰藏这时十九岁,原是磐船郡西奈弥村的农家子,因为想当武士,前一阵子景虎募兵时应征而来。他只穿着护衣和草鞋,还光着两腿,从景虎手上接过赐品,后退两三步后,突然想起什么似的,戴上刚领到的战盔,左手捧着铠甲,右手持刀,起身又歌又舞起来。

他声若洪钟,喜不自禁地手舞足蹈,那魁梧的体格犹如金刚力士。众人哄然大笑,一起拍手助兴。

景虎也觉得有趣,随着众人打拍子。等到辰藏舞罢要退下时,景虎叫住他。

"你刚才唱的歌词最后两句是什么意思?我怎么没听过?"

"那是磐船郡地方的土腔,是'是这个吧'的意思。"

"哦——蛮有意思的。"景虎笑笑,"对了,我该给你取个名字,奈弥辰藏听起来就有下人味儿,不好,你以后叫铁上野介吧,我看你就像铁铸金刚一样,用铁作姓,颇相配的。铁上野介,听起来就有豪杰之气,别羞辱了这个名字啊!"

众人立刻附和,"好名字!""真羡慕哪!"

辰藏平伏在地,豆大的泪珠滴湿了手背。

积雪愈深,无法用兵,但是新入三条城的昭田常陆介仍加强守备。

不久,春天来临,虽然是动兵的时候,但是京都的劝修寺大纳言尚显函告府内的上杉定实,谓他将以天皇敕使身份来越后。书云:"闻听越后一国兴兵称乱，数年不得安宁，主上甚感烦忧，特御书般若心经一轴以赐，祈能平定内乱，求万民安泰！"

这轴御书心经现今收藏在米泽上杉神社的历史博物馆里，蓝纸金字，甚是华丽。

事实上，天皇御笔赐书，就是朝廷的强迫推销。当时，皇室极其衰微，传言后奈良天皇得靠卖书画为生，这些记事也散见于《后奈良院宸记》及《老人杂话》等天皇日记中。当时，若有人想求御笔书画，就在色纸或宣纸上附相当数目的钱，放在皇宫走廊上，隔天去看，所求的东西已好端端地搁在原地了。不过，《后奈良院宸记》里也写道，由于皇领供俸微薄，某位亲王就常躲在皇宫庭园里偷走那些润笔，天皇本身没拿到多少。

天皇这回赐笔的般若心经，当然是要奉谢金的，而且也由不得人拒绝。皇室虽然衰微，但一般人对皇室仍有根深蒂固的宗教性崇拜，僻远地区更是如此。此外，上杉定实和晴景都觉得这件事有很大的利用价值，他们想利用这事来收服国内分崩割据的豪族的心。

于是，定实和晴景都回复劝修寺大纳言："谨恭迎御赐心经！"

同时，他们向国内同族及豪族遍发布告："国内兵连祸结，生灵涂炭，今上忧甚，特赐御笔圣经一卷，以祈国内安泰。诸将若有诚心，当日内集聚，恭迎圣经！"

当时的人心尽管狡猾、贪婪、暴戾，但也不失天真，一接到告示，不但立刻准备恭迎御赐心经，同时暂停大小纷争。如果争战不休，未免太不给敕使面子了。

劝修寺大纳言于四月二十日抵达，上上下下共三十人。大纳言身着礼服、黑纱高帽，骑马先行，随从则穿狩衣、黑帽，下人穿着白衫，经卷收在白木唐柜里，放在肩轿上由八名下人扛着。

定实和晴景穿着大礼服，率领一门豪族到春日山城外迎接。

天皇下赐般若心经及敕使下乡，对春日山长尾家极为有利。人人都诚惶诚恐，因国内骚乱上扰天皇。春日山长尾家更不想错过这个机运，他们慎重地接待敕使劝修寺大纳言，除赠以厚重礼物外，又派使者携带无数贡品上京奉谢天皇，并乞求追讨国内逆贼的圣旨。

夏末，使者恭领圣旨回来。晴景大喜，着人抄写了好几份，分送国内诸豪。

他这一招极为有效，一向加盟己方的豪族因此更加齐心协力，而过去观望形势、立场犹疑不定的有不少自动归顺。

晴景对这反应虽然高兴，但生性惰弱的他，并无意趁此机运力图奋发，仍然一味迁延推托："等情势再有利一点时再说吧！现在我们的机运正逐渐好转，没什么好急的！"

景虎在枥尾却心急如焚。敌人根据地三条距枥尾只有五里，动见观瞻。昭田常陆介等人不会冷眼旁观春日山的动静，他仍不停地以利害巩固或诱邀己方加盟豪族，势力在稳稳地伸展中。

景虎屡屡派人传信给晴景，谓："情势愈益疏忽不得，若不及早讨伐，恐将铸成大患！"

但晴景根本不听，他坚持说："时间愈久对我们愈有利，这时候急什么？！"

景虎不依，再度进劝，晴景索性告诉他："你既然那么想战的话，就用你的手下去战吧！你上次也没得到我的允许就开战了，你一定很有自信！但这回我是不会为你压阵了，你最好有这个准备。"

上次的事景虎已道过歉，他也表示谅解了，但晴景现在又旧事重提，而且语气中还有憎恶的感觉，景虎自然怒不可遏。

"他好像想让我给逆贼杀死算了，真是岂有此理，我干脆亲自去说服他！"

于是，他再度离开枥尾，不过，走前仍特别安排了一番。他怕三条方面知道他不在时会展开行动，于是吩咐本庄庆秀和金津新兵卫等人要特别用心，别让三条那边知道他不在，也不要去骚扰他们，以免生事。他自己又装扮成云游僧的模样，只带了鬼小岛弥太郎和铁上野介就出发了。

弥太郎和松江新婚乍别，自是离情依依。松江一向不矫揉造作，她大方地当着众人的面夸她夫婿："你一个人可抵千人万骑，虎少爷果然有眼光！"

她这样自相抬举也就罢了，没想到她突然脸色一变，揪着弥太郎的前襟说："这一路上，你看不到我，看到别的漂亮女人也不能动心唷！你要一直想着我，知道吗？我也会一直想你的！"

然后，她又转向景虎："虎少爷，你要帮我好好看着他，他干了什么事，回来以后都要告诉我，不能说漏一项。"

弥太郎脸上挂不住，大吼一声："够啦！尽说些傻话！"

松江也不甘示弱地吼回去："谁说是傻话？！是最重要的事！"

众人皆捧腹大笑。

秋意正浓，在群山芒草泛白的日子里，他们三人悄悄出发。

景虎本来打算直往春日山，但在半路，想到该听听宇佐美的意见，于是绕道柏崎。他在途中耽搁一宿，翌日中午稍过，抵达琵琶岛。

宇佐美亲自到城门迎接："真是稀客！欢迎欢迎。"

他虽感惊讶，但还是平素那副沉稳的模样。或许是从景虎主从的表情中看出并没有什么大不了的事发生。

他招呼过弥太郎，微笑着看看铁上野介，便转向景虎，似有要景虎介绍之意。

景虎立刻介绍："他叫铁上野介，原来叫奈弥辰藏，去年那场战役后，我帮他改的名，还升他为武士。"

宇佐美笑着说："我记得，你就是杀死松尾八郎兵卫的人，这名字取得好，你这么年轻，又有这好名声，真叫人羡慕。"

"将军如此夸奖，在下真是高兴，今后也当尽力而为。我从小就发愿要当武士，现在可以说是死而无憾了。"

他的百姓语气与铁上野介这个豪壮的名字颇不相符，但是非常诚恳。

"很好！希望你一辈子不忘这份心愿，当个出色的勇士！"

宇佐美陪着景虎走过秋阳闲闲的赤松道，进入内城。

等景虎进了客殿，换过衣服后，宇佐美才问起此行缘由。

"还会有什么事？话传来传去，他究竟什么意思我也不懂，索性亲自去说个清楚。出来以后，想到也该来听听你的意见，于是半路上绕到这里。"

景虎一提起这事就气，但还是按捺住激动的情绪把话说完。

宇佐美揪着稀稀疏疏的胡须，默默地听完后，笑着说："你别白费心力了，回去栃尾吧！"

"什么？"

"你不必这么生气，上次打完仗晴景公回春日山时我曾经告诉你，他嫉妒你……"

"等等！"

景虎制止他说下去。景虎只认为晴景或有憎恶自己之意，但也不愿意外人如此说他。

"你要搞清楚，现在晴景公和我是长尾家仅存的兄弟俩。"

宇佐美轻轻颔首，依然微笑着说："就因为是兄弟才会嫉妒，如果是外人，哪怕你武功再好，也不会威胁到他的地位，但现在你是他唯一的弟弟，又如此智勇双全，国内豪族及家臣的看法自然有所改变，他不能不介意，难道你不认为如此吗？"

这话听起来太震撼，景虎摇摇头，"我不这么想，大哥是个温暾的人，我看他只是因为拜领了御笔般若心经和圣旨，又见我方加盟者增多，而恢复了以前的怠惰之心罢了。"

景虎这么说，甚是痛苦，因为话出口时，连他自己都没有自信。

"你说得不错，晴景公是有很大的怠心，但是我相信我的看法绝不会错。你若去了，一定是白跑一趟，而且不但白跑一趟，还可能会造成无法弥补的遗憾。我希望你打消此意。以前，对晴景公来说，你只是个少不更事的小孩，但现在你却是年轻而不可多得的杰出武将，为将来着想，他或许会先采取行动，因此，我真诚地希望你打消去春日山的念头。"

宇佐美平稳的语气逐渐激动。最后，景虎终于听从他的劝告，准备第二天折回栃尾。

当天，他们留宿琵琶城。傍晚时，景虎心情郁郁地在院子里信步而行，不知不觉走到乃美所居的院落外。

这地方跟以前他在城里学兵法时毫无两样，白墙依旧，青苔小径未变，枫红淡淡的群树也若先前。此刻，他似乎又听到白墙里传出的纺车声，他感到心头一热，兴起无限怀念，很想绕过白墙进去，但又不知是否因为害羞，还是别的原因，犹疑着不动。

"怎么办呢？"

他望着枫树间露出的淡红色夜空，心下思量着，突然看见铁上野介从林子那端跑过来，跪在地上。

"什么事？"他问。

铁上野介环顾四周，"这里说话不方便。"

"跟我来！"景虎带着他走往小山丘，在块岩石上坐下，"这里可以了，你说吧！"

铁上野介屈膝在地，压低声音说："是有关春日山晴景公的事，我听到一些很离谱的事。"

"听谁说的？"

"就在城里的武士待命处，刚刚听来的。在下觉得难以启齿，如果您不愿听，在下就不说了。"

"你说！"

"我听说上次打仗时，晴景公带了一位小厮，而且又宠爱那小厮的姊姊，她叫什么来着，对了，她叫藤紫。他们说藤紫那个女人虽是京都贵族出身，貌美如花，但心如蛇蝎，老是唆使主公做些坏事，这……实在不好说，我不知该不该再讲下去……"

景虎生着闷气，铁上野介讲了半天还没进入正题，生性急躁的他仍然耐着性子等他说下去。

"他们说，有一次晴景公带她游山，跪在路旁的一个百姓突然抬头，碰巧和她四目相对，她就对晴景公说'这个百姓色眯眯地看着我笑'，晴景公大怒，叫人把那百姓的双眼挖了。还有，别人只不过有一点疏忽，她就要晴景公把那人绑在柱上当箭靶；另外，她看到有牵马到河边刷洗的女人，就怂恿晴景公把那女人捉来，剥光衣服骑在马上……"

"够了！"

景虎大声喝止。他霍地起身，额上冷汗直流，心口悸动不停。身旁的空气中仿佛存在着某种不知来头的怪异东西，令他呼吸困难。他抬起脚尖，绕了几圈，好容易平息下来。铁上野介仍不安地跪在地上。

"这话不许对任何人提起！"

"是。"

"切记不可乱讲。"

"属下不敢，但这事很多人都知道，恐怕很快就会传开！"

"不准从你的嘴里说出去，知道吗？！"景虎厉声叮嘱。

"是。"

景虎径自走下小山。听了铁上野介的话，他觉得胸中闷得难受，真想呕吐。那些事虽然叫人难以相信，但又不像说谎，从晴景对源三郎的溺爱情况看来，不难知道他是多么迷恋藤紫了。

晚餐时，他和宇佐美对饮。

"好酒！再给我一点！"

他喝了不少酒。

宇佐美惊讶地说："我不知道你这么能喝！"

"我自己也不知道！"景虎毫无笑容地回答，"不过，喝了酒后，心情的确好了点。"

饭后，他回到客房，又觉郁闷难遣起来，他几度起身走到廊外吐口水。

明月当空，唾沫在冰块似的雪白月光中发出白色的光泽。

他突然诅咒了一句："女人！"

他在心中作呕不消的莫名混沌中感觉到女人的存在。站在廊下，他冷冷地凝视着月色明亮的夜空。他仿佛看到一个女人站在月光尽处，那只是个女人的影像，不是某个特定的人。

"女人！肮脏的东西！妖魔！"

他又诅咒起来，这时，突然听到悠扬的笛声，飘过夜空，在耳畔缭绕不去。

浅绿

景虎在廊缘坐下，倾耳聆听。笛音没有袅袅悠扬的气韵，倒让人感觉像是无数个细小的人偶摇头晃脑地自天空接二连三跳动而来，又狂舞而去。听着听着，胸中的郁结豁然打开，感觉舒畅起来。

"是谁在吹呢？难道是旅经这里的神乐师或狂言师（神乐，日本古代音乐；狂言，日本传统戏剧）？"

景虎想看看笛声究竟出自何人，他循声而往，竟是乃美的住处。但他不认为会是乃美吹的，他听过乃美的琴声，没听过也没看过乃美吹笛，她不可能在这短短一两年间就吹得那么好，何况，那轻快滑稽的曲调不像是乃美吹的。

当时，地方豪族常常经年累月地收留行旅的连歌师或盲乐师，欣赏他们的技艺。

景虎走进乃美的居庭，笛声戛然而止。

"是谁？"

房内没有点灯，听那声音是乃美。

景虎问："你是乃美吗？"

"啊！是景虎少爷吗？"

她窈窕的身影出现在廊沿，跪坐着望着景虎。

"是谁吹的笛子？我想多听几曲，于是过来了！"

"请上来吧！我马上点灯。"乃美欲转身入房。

"不要点灯，我就坐在这里听，你叫他继续吹！"

乃美以袖掩口笑道："哎呀，让您见笑了，是我吹的。"

"哦？"

景虎讶异地注视着她。景虎觉得她很美丽，已可以感到她身上有着过去没有的女人味，像暖雾似的笼罩着她的身体。但这种女人味并不会像先前那样压迫他的心理，让他感觉不干净，反而暖暖地柔和如轻雾般弥漫在四周，说不出的愉悦。

乃美歪着头俏皮地问："怎么样？你听了半天。"

"你以前不是没吹过笛子吗？"景虎略有不服气的感觉。

乃美拿来一个圆垫，"请坐！"

景虎坐下，"你以前就学过吗？怎么没听你吹过？"

"以前没学过，是你走后才学的。你走后不久，宫里的老乐师狛野行成带来一封父亲好友的信，我就开始跟着他学。"

"那——学多久了？"

"七八个月了吧。"

"这么点时间就吹得这么好，笛子给我看看！"其实，他对笛子的事不是那么有兴趣，但坐在这里也只能谈这方面的事。

乃美拿来笛子给他。他仔细打量，看不出名堂，只觉得很轻，像羽毛似的。

"好轻。"

"这是好几百年的东西，都枯干了，是行成师父家传的名笛。师父去年春天离开这里，到上州路去，临走时把这笛子送给我了。"

"这笛子有名字吗？"

"它叫浅绿，用朱漆写在上面，我点灯给你看吧！这么多年经人手摩擦，都快摩得差不多没了，但字影还在……"

"不要点灯。"

景虎映着月光细看，虽看不清楚，但确实有字影在上面。

"我可以吹吹看吗？"

"请！"

景虎端好笛子，轻轻吹起，立刻发出清亮的声音。

"果然是支好笛！"

"笛是好，但你也会吹！一般人第一次吹时总是用力去吹，反而吹不出好声音，像你那样轻轻地吹才对。"

"我也想学，难不难？"

"不难，我一下就学会了。"

"你教我好不好？"

"只要有时间。"乃美笑着说，"对了，我还没恭喜你，听父亲说你立了大战功。"

景虎被她一夸，高兴地说："是部下的努力，令尊也帮了不少大忙，不是我的力量。不过，敌人出乎意外的弱，如果打仗就是那样的话，我今后绝不会输！"他不知不觉提高了声调。

"家父很佩服你的指挥，他说他数十年还达不到的境界你却达到了，想起教你兵学只不过是几个月前的事，不禁高兴得流下泪来。"

乃美的话像是长冬久雪后淅沥而降的春雨，令景虎心花怒放。

"我喜欢打仗。"他话一出口，就发觉这话有点稚气，又敛容挺胸改口说，"战争是生死之场，所有精神都紧紧绷住，感觉发根竖立，呼吸屏住，我喜欢那种感觉。"

他愈在意，话就说得愈孩子气，他不禁急躁起来。乃美好像想说什么，但欲言又止，一劲儿地微笑。她那带笑的表情在月光照射下，像是听着孩子气傻话的大人。景虎倏地脸红了，"你想说什么就说吧！"

"听父亲说时我就担心，刚才又听你说喜欢打仗，我觉得千万不可。万一运气不好，谁知道会发生什么事呢？应该尽量避免打仗，就算是无论如何必须一战时，也不能一开始就战……"

景虎大怒："你是说我会输？！"

乃美的笑容消失了，但明朗的月光仍照出还留在她眼里的笑意。景虎一看到那带有余裕的大人神情，就恼怒起来。

"我不是说你会输，因为任何名将都有走运或不走运的……"

"你不要嚣张！没打过仗的人懂什么？我最讨厌自作聪明的女人！"

景虎态度丕变，乃美不解地看着他。

"这笛子还你！"

他把笛子扔在乃美膝上，便大步跨出院子。回到客房，床已铺好了，他衣服也没换就上了床，正要吹灯就寝时，又听到笛声，那轻快的曲调，叫他恼恨。

"她就会作弄人！"

他嘀咕着，但乃美的影像像画在他眼睑里，久久不去。在笛声中他缓缓沉入梦乡。

景虎回到栃尾，更加严密警备以防三条军来袭。但因为双方皆拥兵自重，没有发生大的争斗，算是平安过了两年。其间虽然有过几次小战，互有输赢，但栃尾方面若输，都是景虎没有亲自出战时，只要他亲上战场，绝对大获全胜。

景虎十八岁了，身材依然矮小，不到五尺的身躯，却超有气概。他的相貌颇符合他的气概，气色极好而浅黑的脸上，长着密密的细髭，浓眉高鼻大眼，瞳孔精亮，略厚的嘴唇显示出他坚强的意志。

他不但相貌堂堂，很多方面也与一般武将不同。他虔诚信奉毗沙门天神，在城内设置拜堂，早晚朝拜。当时的人对神佛或有极虔诚的信仰，但景虎特别虔诚，除了每天早晚诚心祈拜外，拜后还在佛像前长时间坐禅。

他完全不近女色。通常他这个年纪应该已娶妻生子，甚至置妾了，但他对女人毫无兴趣。本庄庆秀等家臣曾劝过他，他只是平静地说："我不要女人！"语气坚决得叫人不敢再劝。

他不喜欢吃肉，只是很喜欢喝酒，兴致好时可以喝个两三升，而且不配菜，只是配一点点味噌。他从来没醉，豪饮自如。

他的生活简单、严格而收敛，像僧侣一般。他战无不胜，因而名声大噪。很多人从心里赏识他，尤其是春日山长尾家世代家臣，无不寄望他能为越后带来真正的和平。

有些不怀好意的人到晴景面前搬弄是非，晴景愈发觉得不悦。他不好好反躬自省，与景虎联手，稳定动摇的人心，又没本领去设计景虎，他只是生气担心，更加沉溺酒色。不久，终于发生了让他不得苟安的事件。

事情起于源三郎。

天文十六年，源三郎十九岁。若是普通人早就行冠礼了，但是他本人不愿意，他姊姊藤紫也不愿意，甚至晴景也不想。因为他生得比女人还娇艳，都舍不得剃掉额前的头发。

那年春天，源三郎到距春日山一里半的金谷赏花。他带着四名年轻武士、一名持枪随从，闲闲地走在杂沓的人群中。他在白衫内着秋香色衬衣，穿着银丝绣着桐花的紫染裙裤，红缎襟的牡丹色无袖披风，佩着黄金打造的大小两刀。中分的绿色刘海垂在粉色生香的两颊上，真是貌美出众，惹人注目。游人都忘了赏花，尽顾着欣赏源三郎了。

由于多年来的生活方式，女人气十足的源三郎最喜欢看人们这种惊艳的表情。他半开着银底红梅扇子撑着下巴，婀娜多姿地走着。他从这株樱树走到那株，一路走向印着双雁图纹帐篷下的华服女人那边，那些女人正窃窃私语着。

能让这种女人欣赏，源三郎最高兴。其实他还不了解女人的魅力，只是知道女人比男人更懂得欣赏自己。就连春日山城内的女中在内殿庭院或廊下看到他时，都会屏息静观他的美貌。那时他也会觉得脸红心跳，感觉说不出的高兴。

随着他的接近，篷下的语声突然静止，等他走到那儿时，更是悄无声息。他很自然地放慢脚步，然后停下，以最优美的姿态赏起花来。

他知道篷下的女人都屏息窥望自己，虽然他不必去看。

让那些女人充分看个够后，源三郎又踩着婀娜多姿的步伐离去。女人的心全都飘离了帐幕，有着追寻那未做完的愉悦美梦般的茫然心情。待心神底定，犹有一丝恼人的暖意。

有一个人开口："我好像做梦一样！"

立时，四周都有人呼应。

"我还觉得身体僵硬、呼吸停止似的。"

"我第一次看到这么美的男人。"

"他是谁啊？"

"不是府内馆的人就是春日山那边的吧！"

"谁知道……"

"他有多大年纪？"

"不知道！"

"哎呀！"

娇声笑语，如竹丛里的雀群。

这些女人的主子，也就是她们的夫人，带着一丝笑意看着她们的亢奋与喧闹。她是位年约二十七八岁的美丽贵妇，她自己从银壶中斟了一杯酒，缓缓端到唇边。朱杯映着雪白柔滑的肌肤，煞是美艳。

她随口问道："怎么了？真看到那么美丽的人过去了吗？"

她微有醉意，瞳孔湿润。

"哎呀！夫人，您没看到吗？不过，以您的身份也不适宜这样看人，真可惜！"

贵妇只是微笑不语。

"那人大概十八九岁……"

"好美，皮肤比女人还白，还有眼睛、鼻子……"

"他还用银扇支着下巴，那，就这样……"

女中七嘴八舌地争相说明，她们愈说愈兴奋，说个不停。贵妇听着，心中模模糊糊有个优雅俊美的少年形象。

"那好，你们今天可是赏到人中之花了！"她笑着说，某种莫名的悸动闪过心中，心跳骤然加剧，"啊！我醉了！"她放下杯子，用指尖按着眉心。

这位贵妇是北蒲原郡新发田城主新发田长敦的妻子时夫人。新发田家从为景时代开始就心向春日山长尾家，昭田常陆介叛乱后，蒲原郡诸豪多半跟从昭田，只有新发田家仍然效忠春日山。为了表示忠贞，新发田家也和一般诸侯一样，在府内建有宅邸，把妻子留在这里，这情形和后来江户时代外藩诸侯在江户设宅留下妻子做人质的情形类似。

这段时间，长敦镇守新发田城未归，因为昭田常陆介的次子金津国吉在中蒲原新山筑城，动不动就侵犯新发田领地。家主长期不在，家风自然松弛，平日就喜逸乐的内院女中一看春暖花开，人人游山赏花，便忍不住地怂恿夫人去金谷赏花。

"听说金谷的花很美，那里非常热闹，去看一次如何？整天闷在宅里不动，对身体不好啊！"时夫人就这样被众女中哄出了深闺大院。

日暮时分，新发田家的内院女中收拾行囊踏上归途。夫人和几位身份高的女中横坐马上，其他人徒步，鱼贯下山。这一组亮丽的行列迎着微寒的春风和路旁游人的艳羡目光。

夫人相当醉了，担心让人看到，她紧紧拢着披风的领子，只露出一些额头，垂着眼在马上摇来晃去。突然，一名女中紧靠在她的马旁叽喳起来："夫人快看，刚才那个美丽武士，就在右手边的大樱树下。"

时夫人循声望去。只见源三郎就在盛开的花下，单手勒着披着火红色颈革的马嘴，左手拿着红穗黑漆马鞭，仰望着她们的行列。他黑缎般柔软的刘海垂在雪白的额前。夫人正想着他那如花红唇确实迷人时，二人眼光突然相对。

那在男人而言太过柔美的眼睛睁得大大的，像是讶异后重新注视时的眼神。

这时，那女中又在夫人耳畔嘀咕，"好俊美的一个人……"

那颤抖的声音传入夫人百无聊赖的心里，突然回响起来，一股异样的战栗滑过她的背脊。她又紧拢衣襟，垂下眼睛，但刚才看到的美丽影像仍在眼前跳动，心口也跟着起伏不定。

她呢喃着："我醉了，酒喝太多了……"

下了山要转出街道时，刚才那女中又靠马过来。

"知道他的名字了，他就是春日山晴景公宠爱的源三郎，果然是艳名远播的人……"

她一直絮叨个不停，声音虽低，语气却很兴奋。时夫人并没有看她，但可以感觉到她那两片薄唇张合不停，不由得厌烦起来。

"为什么要告诉我这些？你以为我喜欢听吗？"她的声音冷峻，脸色铁青。

女中愣住了，眼睛睁得大大的，然后惨白着脸，戚戚哀哀地辩解："我……我……对不起，恕我失言！"低了头，瑟缩地退后一个马身。

时夫人又收紧披风领口，垂下眼睛，一种想哭的感觉袭上心头。

"我醉了……"泪珠滴落下来。

夜半时分，时夫人醒来，白天的醉意已消，头脑像水一样清明。她凝视细细的灯火，想起源三郎。老实说，是源三郎的影子一直留在她脑中不去。

（我喜欢上他了吗？我会喜欢那样的小孩？）

她也曾听过源三郎姊弟的风言风语，知道他们出身京都贵族，是好色的晴景花钱买来，视为玩物，宠爱有加，不时召他们姊弟同时陪睡。

"那种人！"

她心中鄙夷道。

突然，她觉得燥热异常。"好热！"她露出雪白的膀子，又敞开衣襟，才稍觉凉快，又感到背上发烫。

"怎么这么热？或许明天要下雨吧！"

她翻个身，心想，"那姊弟都不是好人！"奇怪的是，她倒完全没有想到自己已是人妻了。

如果新发田长敦在这时回到府内，那么他夫人心中的迷惘当会像被晨风吹散的轻雾，不留一丝痕迹地消失，可惜，蒲原郡的情势紧张，把他牢牢钉在新发田城，无法走开。

这对长敦来说，只能算是厄运难逃了。那猛然覆盖在时夫人心头的阴影随着时日更趋浓厚，终于像生锈似的硬化，紧紧地钉牢在她心灵深处。那人的影像不时投射在心中各处，夜夜入梦。

年龄虽大，个性却不是那么好强，也不聪明，只是普通温柔女人的她，自然无法深深隐藏心底的秘密，嘴里不时漏出那人的名字。

"藤紫夫人姊弟是京都公卿出身，不知他们家是什么样子？"

"柿崎大人的爱妾娘家也是京都公卿，不知她们家和藤紫夫人姊弟家有没有往来？"

"真可惜，如果世道好一点，源三郎可以在朝廷拜官，不会沦落到这里侍候一个人吧！"

她这些话偶尔挂在嘴边，但是少数耳聪目明的人，一眼就看穿了她的心理，尤其是对这种事有着异常兴趣的女中，早就看穿了夫人心中的秘密。

人有各种满足欲望的方法，自己无法满足时，也会借着帮助他人达到目的而满足自己。那些窥知夫人秘密的新发田家女中，不知不觉就有了这种心理，让夫人达成对源三郎的恋慕，就好像满足她们自己的恋慕一样。当然，她们并不知道自己有这层意识，她们只是表示忠义而已，她们的热心更煽旺了夫人的恋慕心理。

这时，有个经常出入府内及春日山各藩侯邸宅的盲女。她年约三十七八，擅长筝曲，因为操守清洁，经常出入各邸宅内院及城馆内殿。新发田家的女中打算要她帮忙撮合这段情缘。

女中们商量后，劝夫人写封情书。夫人虽胆怯犹豫，但终究提笔写了。女中把情书交给盲女，要她转交源三郎。盲女当然拒绝，但女中们威逼利诱，她终于答应了。

盲女知道源三郎每天会到他姊姊那儿请安一次。翌日，她到春日山城藤紫的居殿，和女中谈话等着，源三郎果然来了。

她在隔壁房间倾耳细听源三郎的动静，听到源三郎寒暄完毕要走时，立刻追上去，在走廊追上了他。

"对不起，我有件事要拜托你，可以打扰一下吗？"

"拜托我？"源三郎面对这陌生的人，有些怀疑。

"是的，只要打扰一下。"

"什么事？"

"这里不太方便……"

盲女竖起全身的神经注意四周的动静，她那担心的模样挑起源三郎的好奇心。

"好吧！你跟我来！"

他穿过走廊，走出书房廊沿，穿上鞋子，"你下来吧！这里有鞋子！来，我牵着你！"

他牵着盲女，小心翼翼地把她带到庭院绿荫丛中。

"这里没别人了，你说吧！"

盲女听了一会儿，压低声音说："我替人带了一封信给你，就是今年春天你在金谷赏花时看到的那位夫人……"

源三郎心跳如雷，他虽然知道看过的女人都恋慕自己，但他本身仍不识男女之情。

"那位夫人是谁？"他也压低嗓音问。

"是新发田城主夫人……"

"把信给我！"

他一接过信，立刻塞入怀里。

惨死

源三郎那天值夜。

回到中御殿的房间后，他抽出怀里的书信细细展读。

信里绵绵叙说着金谷初会以后的思慕之情，"当我看到你在盛开樱花树下牵马而立的模样时，因为太过于俊美，有如见到妖魔般恐惧。那灿烂的夕阳照映在樱花和你身上，花因你而益增美丽，你则因花更添风情，宛如一幅名画，令我陶然……"

虽然源三郎对自己的容姿有充分自信，相信只要是看过自己的人无论男女都会生起恋慕之心，但看到这样由衷的赞美，仍然很高兴。另外，当他听盲女说那位贵妇是新发田城主之妻时，他心里便开始浮现她的影像。

那天游人如织，他被无数的女人观赏，得到无数的赞叹！美女虽多，但除了她之外，没有人能吸引他。

她看起来像是身份颇高的武家夫人，乍见其人，他心跳异常，不曾有过此经验。她虽然貌美、肤色光滑白皙，但吸引源三郎的还是她那沉稳端庄的大家风范，源三郎忍不住想要让她那紧抱胸前、嫩如柔荑的手轻轻拍打在自己背上。

不用说，他不知道她是何方人士，只知道可能是身份相当高的武家夫人。他本想向随从打听，但还是作罢了，因为以他的立场而言，这种事必须谨慎不可。

不过，即使那般感动，一夜睡去后也消失殆尽，他觉得与其自己去思慕别人，倒不如让人家倾慕自己要来得愉快。但当盲女告诉他时夫人就是在金谷赏花时对自己一见钟情的人时，她的影像忽地又显现心中。他不停地想："若果是她，那就好，嗯，一定是她！"

因此，他看到信后更是欢天喜地，反复地看了好几遍，怎么看也不厌倦，信中赞叹他俊美的段落尤其令他高兴。他觉得全身暖烘烘的，胸口澎湃不已。起先，时夫人的影像还和信中语句同时涌现在他脑中，但后来就只剩下那些优美的文辞而已。

但是，他也不能就这么一直反复地看信，万一被人发现了，岂不危险？他不曾爱过晴景以外的人，也不曾被其他人爱过。他倒没想到万一事情泄漏，对时夫人也将是杀身之祸，他只是小心提防着别被晴景发现他心中还有别人罢了。

他把信文卷好，放入小抽屉，觉得不妥，想了一下，又把它和其他东西包在一起，拿到御殿门口，交给随行的一个年轻武士，吩咐说："把这拿回去，放在房间架子上，别去动它！"

交代完毕，他才安下心来，整天都欢喜着，心中不时想着时夫人的容貌和夸赞他的文句。

夜里，晴景照例饮酒作乐，源三郎陪侍在旁，直到深夜。

"今晚你陪我睡吧！"

"是！"

他两手扶地，习惯性地媚眼迎向晴景，忽而感到一阵惊讶，晴景那醉意十足、浮油泛光的脸突然令他生厌，这感觉还是头一遭。

源三郎和时夫人悄悄通起信来，居间为他们传信的是盲女。起先，盲女只是碍于人情，心不甘情不愿地为他们传信，但每次源三郎和时夫人都不忘施小惠，渐渐地她也就习惯了，甚而乐于为他们跑腿。

有时候她送完信，还主动要求收信人给对方回信，在她怂恿的口气下，不写都不行。

说也奇怪，人往往不是不堪悲伤而泣，而是哭泣之后悲不自胜；不是滑稽至极而笑，而是笑后方觉好笑不已；不是激怒而吼，而是吼过后犹余怒未消。此刻的源三郎正是如此，起先他只是高兴地写些美丽温柔又无奈的情话，看看对方难了的思慕语句，但没多久他就当真起来，想见见她，想亲口跟她说话。

时夫人这边更是一往情深，死而无怨。当源三郎信上告诉她想见面、能否设法时，她立刻回信说"我想想看"。

她与女中商量。那些女中受到满足女主人的扭曲情欲即为忠义的信念的鼓舞，搜肠刮肚，终于想出一条妙计，要源三郎假扮女人混进府里，以他那番姿容，打扮成女人，一定可以混过守卫武士的眼睛。

其他女中无不鼓掌叫好，兴奋地想出各种借口。

"对对，就说他是陪夫人弹筝的人吧！"

"得帮他弄个筝盒。"

"他该用什么身份进来呢？"

"春日山城外总有些年轻的千金小姐吧！就借用她们之中的一个名义吧！"

"需要的东西我们这边帮他准备吧！他那里应该没有这些个女人用的东西。"

她们想象着源三郎的女装扮相，兴奋得无法自已。她们把盲女找来，告诉她这个主意。盲女知道事情搅到这个地步，已无退缩之理，她也相信那些女中的说法，说以源三郎的美貌任谁都会以为他是女人，因而放心大胆地去转告这一消息。

她到源三郎在外城的宅邸，告诉源三郎这主意。

"好极了！"

源三郎毫无异议，他喜欢扮成女人，他有浓烈的兴趣想知道自己将是多么美丽的女人。他不让盲女有说话的机会，兀自埋头思索需要的东西。

"和服要金线刺绣的红绫白绸，带子要……还要头巾……外套……"

不只是衣服，还有鞋子、饰物等，他都一一想到，他那张漂亮的脸蛋更显得美丽，清亮的眸子闪烁生辉。

盲女早听得目瞪口呆，许久才说："这里和京都不同，您要的那些东西未必能有……"

"哦，是吗？"源三郎的满腔热情倏地被浇熄，几乎不想再去见佳人了。

"总之，我把您要的东西转告那边，尽量为您准备吧！"

"哦！"

源三郎的声音了无生气，一张脸也骤失刚才的光彩，显得混浊而无生气。

不过，盲女还是仔细问清了源三郎要的东西。第三天她再度上门，告诉源三郎东西都已在昨天送到他在城外的宅邸，请他过目。

源三郎一听，又精神抖擞地换装出门。

时夫人准备的服饰都装在一个没有徽记的皮箱里，果然都非常接近源三郎指定的样式。其中有夫人自己的，也有从女中那里精挑细选出来的。

"这个好，这个好，我很喜欢！"

亢奋溢满了他的脸，他知道此时自己有多么美丽，见者无不动心，可惜，眼前却是眼睛看不到的瞎子。

"可怜的女人！"

此刻，他的兴奋之情已无法按捺。

"我想今天晚上就去！"

"今天晚上？"

"你去安排一下，拜托！"

说完，他拿起和服，在身上比对，瞧也不瞧盲女。那柔软光滑的绸缎触感，令他生起一股悚栗的愉悦。

那天晚上，源三郎男扮女装，离开城外，到府内的新发田宅。他对自己的女装效果非常满意。他平常就习惯涂脂抹粉，但只是淡妆而已，不像今晚这般浓妆。红绫和服非常合身，襟口露出雪白的纺绸，衬着他细腻的雪白肌肤，真是风情无限。他头上包着紫巾，系带自耳上垂落两层。

新发田家的武士完全没有起疑，盲女捧着筝盒，谄笑地对他们说："这位是夫人请来弹筝的，是春日山水谷但马家的侄小姐。"

守卫都挤到门口，争看眼前这美若天仙的女子。敏感的盲女行了个礼，带着源三郎大大方方地走进内院。

源三郎虽为童真，但因为一向以女人身份承欢晴景，此刻易装为女人，却要恢复堂堂男子的立场，难免使他感觉角色错乱，甚而有些迷惑不知所措。

　　时夫人芳龄二十八，一向生养在豪门深宅，除家人外，甚至未和其他男子交谈过，在某些方面来说，她仍属天真纯稚，因而此刻也觉得迷惘而害羞。

　　在那些女中看来，这两人虽然有些茫无头绪，但情投意合是不会错的了，于是都鼓足了劲，舌灿莲花地鼓励、唆恿他们，好成就这一段韵事。那两人初尝偷情滋味，竟一发不可收拾，此后便频频幽会，哪管什么身份危险。

　　然而，纸终究是包不住火的。没多久，源三郎和时夫人偷情的丑闻便传了开来，连新发田家的武士也略有耳闻。但源三郎是晴景的最爱，众人惮于晴景淫威，不敢乱讲，以免反遭不测。

　　消息终于传到新发田城主长敦耳中，他既惊且疑，在重名誉甚于一切的武家之门，这种谣言自是不能搁置不顾。一夜长思后，他找来弟弟扫部介治时。

　　"外间风言风语，愚兄虽未必全信，但也不能搁置不管，本当亲自处理，然新山那边蠢蠢欲动，一时无法离城，就请贤弟代兄走一趟，见机行事如何？"

　　扫部介治时在《北越军记》中是"刚强第一、武功数十"的武将。他年方三十，身材魁梧，脸生青须，目光锐利。

　　"小弟去倒无妨，但能否依我判断行事呢？"

　　"无妨，全交给你。"

　　"既然如此，小弟就走一趟。"

　　扫部介治时回到府内调查，但女中个个口风甚紧，守卫武士也只是风闻而已，没有确实的证据，如果硬扯出源三郎，"理"字上未必站得住脚。

　　扫部介治时为何而来，女中都心知肚明，火速通报夫人，并与源三郎联络，暂时停止往来，因此扫部介治时也查无所获。最后，他只好说要回新发田城，离开宅邸，但是第二天又悄悄折回，投宿在府内附近的农宅，命令随从假扮百姓走卒，到新发田宅邸四周打探，每晚十二点回来向他报告所见所闻。

　　接连五天都没有任何可疑的线索，扫部介治时也不禁怀疑是有人存心不良捏造这种谣言。但第六夜时，先后有两人报告说："平常出入宅邸的盲女带了个天仙般的美女入府。"

　　扫部介治时灵光乍见，急急赶赴宅邸。

　　守卫见扫部介治时来得意外，皆大为惊慌，但扫部介治时没有理会他们，径自赶往内院。

　　为了迎接多日未来的源三郎，时夫人和女中们正飘飘然地开着小酒宴，笑饮风情之时，扫部介治时突然冲进，女中们惊慌四起，想要阻挠扫部介治时。

扫部介治时挥刀就砍："贱人！还不让开！"

源三郎仓皇欲逃，扫部介治时一个箭步追上，毫不费事地一刀砍下他的脑袋，头也不回地逼近嫂嫂。时夫人作势欲逃，但裙摆被扫部介治时踩住，她挣扎的身体弯成弓状。扫部介低吼一声，刀锋自时夫人背部正中央穿透而过。

在场者无不惊惶失措，其中，盲女尤其惊惧，是她在源三郎与时夫人之间为他们互通款曲，引发这桩丑事的。她心里比谁都清楚，要问罪责，自己首当其冲。她怯怯地向角落后退，想静待这场暴风过境，但是眼睛像鹰一样敏锐的扫部介治时岂会看不到？

"贱人！"

他一把揪住盲女的衣带，在地上拖着，盲女惨叫连连，扫部介治时一脚踹在她腰上。

"饶命！大人饶命……"盲女在地上挣扎着。

"你做出这等无耻之事，理当知道罪无可逭，不过，你若老老实实回答我的问题，未尝不能饶你一命。你想活命的话，就实话实说，不准有半句假话！我问你，这家伙就是晴景公宠爱的小厮源三郎吗？"

他脚下使劲踩着，盲女气若游丝地回答："是，他是源三郎……"

扫部介治时接着把源三郎与时夫人金谷赏花一见钟情、私通书信、进而西厢情会等经过逐一问明白后，说："我虽说未尝不能饶你一命，但你的所作所为，虽死犹不足赦，你还是觉悟吧！"

说着，抽出刀笔直地刺进盲女背中。

盲女挣扎着，嘶声斥骂："可恨！"

扫部介治时不觉怒火攻心，"死到临头的贱人，还不知罪！"他扔掉刀，用铁拳使劲捶打盲女背部，直打到她骨折喷血断气为止。他把盲女的尸体踢到角落，割下时夫人的脑袋，捡起落在廊畔的源三郎的脑袋，各用他们的衣服包好，拎在手上。他瞪着缩在大厅各角、面如死灰的女中骂道："你们这些贱人，虽然死不足惜，但我不想多添杀生之罪，算你们侥幸！"

扫部介治时急急赶回新发田城，把事情经过详细告知乃兄，并把带来的首级交给长敦检验。长敦对爱妻之死纵有悲恸依恋，但也不能形之于外，反而犒劳弟弟说："你办得很好，辛苦你了！"

然后，他派急使到春日山报告说："作为人质留在府内宅邸的妻子，近因急病而亡，不日之内将另送人质，特此谨告。"

长敦心想，晴景想必已知道事情真相，对彼此来说，都是羞于道人的丑事，大家心知肚明就算了。哪想到晴景因为那千金难换的宠童源三郎被杀，悲怒攻心以至于狂乱，根本无法了解长敦这番心意。

他见信之后，更加悲愤，立刻招来长敦的使者，要他带话回去："源三郎是我无可替代的宝贝，就算有罪，也不能不知会我一声就擅自把他杀了，既然是扫部介治时下的手，就得偿命，把扫部介治时交出来！"

使者回去报告此事，新发田兄弟虽气，但也无奈，心想那糊涂的晴景，连这点为彼此留面子的苦心都看不出，还要追根究底地扒这摊臭粪，实在愚不可及，兄弟俩认为此事多说无益，索性装作没这回事，等晴景脑袋清醒后再说。

但是晴景不但没有冷静，反而变本加厉。他对源三郎的疼惜日益加深，一想到再也不能看到他妖娆的面貌，简直悲不自胜，而整日痛苦哀号、伤心欲狂的藤紫，更加重了晴景的悲伤。

"我们姊弟相依为命，远离京城，来到这偏远国度，而今，弟弟惨死人手，叫我这做姊姊的情何以堪？弟弟深受主公宠爱，不识男女之情，主公也非常清楚，想必只是为音曲歌咏而游于外，却叫那不知感伤情怀的乡下武人起疑杀害。想他年幼，虽有风雅之才，毕竟如一赤子，他们杀他犹如惨杀婴儿，悲哉莫此为甚！我心疼弟弟，我仿佛看到他凄惨的临终……"

藤紫的哭诉更令晴景悲愤，他整个心绪为之惑乱激动。

"这个仇我非报不可！一定，我一定要为源三郎报仇！"

他连派使者到新发田城，要他们交出扫部介治时，即使是脑袋也可！

新发田兄弟起初还充耳不闻，但看晴景这样纠缠不已，不禁生起气来。

"烦死了！这家伙究竟什么时候才会清醒？他要是一直这样缠着不放，那如何是好？"长敦说。

"不知天高地厚的蠢蛋，我厌恶他！"

"既有此心，该怎么做？"

"我看只要有那蠢蛋在，春日山长尾家是没有指望了，可是，我们也不能去投靠昭田。大哥，这样吧！咱们投靠枥尾的景虎君如何？"

"我也这么想，景虎君虽然年轻，但胆识俱佳，在枥尾一战中已充分展了现他的将略，好！咱们就投靠他，拥立他当春日山主。"

"好极了，小弟也有此意。"

兄弟俩意见一致，又商量其他事情时，晴景的使者来了，并带来晴景的口谕："数度传令交人，汝等皆以种种理由搪塞，无礼至极，此番迅速从命，否则，视汝等叛逆不忠之心已明，当即出兵讨伐！"

扫部介治时冷哼一声，瞄了长敦一眼，突然伸手扭住使者的鼻子。

"干什么？！"

使者大惊，想拨开扫部介治时的手，但扫部介治时力大无穷，使者挣脱不得。他大概想说"无礼"，但鼻子被揪住，只发出模糊不清的语音，他似乎想抽刀斩人，但扫部介治时早算到这一点，另一只手迅即抓住他的手臂，振落他的刀，回头看着长敦说："大哥，我想到个好主意，咱们就用他回信吧！"

长敦笑嘻嘻地说："怎么动手？"

"得花点功夫，都交给我吧！"

"好啊！"

"好，来吧！"

扫部介治时揪着使者的鼻子和手臂，往廊外拖去。使者虽疼痛难当，但丝毫无法反抗，就这样被拖到廊外。

扫部介治时招来家仆，数人奔来跪在院中待命。他像踢球似的把使者踢到家仆面前。

"把他架在柱上！"

不容使者有挣扎的余地，家仆一拥而上，七手八脚地把他两手左右张开地绑在六尺长的十字形木柱上。

"升起炭火，把火筷子烧得通红，我看烧十根大概够了！"他对自己想出的点子忍不住得意起来。

众人搬来火桶，升起烈火，还用扇子拼命地扇火，残暑犹存的正午空气被扇得晃动，冒出淡青色的轻烟。又粗又长的火筷子插在火里。

"烧红一点，否则不好做事情！"扫部介治时又说。

那使者大概已知道自己将遭遇什么样的命运，惨白着脸哀叫："你别乱来！我是使者，你想干什么？！"

扫部介治时朗声笑道："别吵！事到如今你还怕什么？你该早有心理准备的呀？！你当那个残忍无道家伙的使者，不是应该早有心理准备吗？！如果没有，这会儿你总该觉悟了吧！"

说完，他转身命令家仆："火筷子烧好后，在他的额头烙上'呆瓜'两个字，写清楚一点，好让那整天沉溺酒色、视线模糊的晴景看个明白！"

在这残酷杀伐的时代风气下，对敌人施以虐刑不足为奇，何况家仆也同情主人的不幸，皆怨晴景的无道，听到命令，立刻毫不留情地实施。

烈火炙肉的异臭，每一笔画下而冒起的烟，还有嗞嗞的异样声音以及使者的挣扎呻吟，都没令家仆们皱一下眉头。

"你好歹也算个男子汉！痛就痛嘛，叫什么叫，还乱动什么！你再不安静，连你两颊和脖子也一起烙。"

他们恐吓地在他剃得青光的上额和粗眉之间，仔细地写上扫部介治时吩咐的字眼。

"这样可以了吧！没法写得更清楚了。"

他们弄好以后，把使者往扫部介治时面前一推，仰对着扫部介治时。

那被烫得红肿起泡的额头上印着清楚的"呆瓜"两字，扫部介治时笑说："很好！写得好！"他点点头，随即又说，"把信匣也修饰修饰吧！削掉他的鼻子和耳朵！"

可怜那使者耳鼻被削，脸上血肉模糊地给赶出了城。

新发田兄弟如此回复春日山后，立刻议定由扫部介治时率兵两百到枥尾，向景虎表明归顺之意："事情如此这般，愚兄弟已放弃晴景，宁愿臣属景虎君。家兄本当亲自出面，然此刻新山的金津国吉蠢蠢欲动，暂时不得离城，敬请谅察！如果您不满意我们兄弟所为，大可斩下我的脑袋，送到春日山！"

景虎老早就从密探报告中得知事情原委，他完全赞同把奸夫淫妇处以一死的处理方式，他认为事后长敦给双方留面子的做法也很周到，倒是晴景那执拗追究、不惜曝己之耻的态度令他非常不高兴。

"这真是一场灾难！不过，贤昆仲的做法好极了，要是我也会这么做。你们来了就好，晴景公那里我会帮你们调停。"

景虎接纳了新发田兄弟。

另一方面，晴景看到使者惨不忍睹的模样，听完报告，气得发晕。

"可恶的新发田！这岂不表明了叛变，我还能坐视不管吗？！火速召集兵马！"

他立刻传谕各城出兵，但众人皆认为此事愚不可及，无人应召出兵。

"好！他们眼中都没有我这个守护代了，既然如此，我就自己出兵，赶快部署！"

正当他怒火攻心、头痛欲裂时，新发田兄弟归服景虎，扫部介治时率兵到枥尾，景虎也收容他们兄弟的消息传来！同时，景虎派人送来的书信正好送到。

信中，景虎为新发田兄弟的作为辩护，指责晴景不肯善罢甘休，才将事情演变至此，建议晴景视过往一切如流水，不要拘泥无聊的面子问题，以免众叛亲离。

晴景的愤怒达于顶点。

"好个景虎！他果然还恨我当初让他被赶出家门，这会儿不分青红皂白，倒说起我的不是了！这小子性情不好，父亲早就知道，不过立了一点点战功，就这样长幼不分，自大起来，他这脾气，现在若不治治，将来还不知道会做出什么样可怕的事来！现在我不恨昭田，也不怕黑田和金津，我只恨景虎！"

他咆哮过后，也在景虎派来的送信使者额头上烙了"叛贼"两字，也削掉他的耳鼻，令他带信回去："火速交出扫部介治时的首级，否则兄弟情断义绝！视汝为新发田同伙叛逆，将发兵讨伐！"

景虎原料到可能有这种事况，特意派个小兵去的，可惜晴景未能分辨清楚。那小兵哭哭啼啼地回到枥尾。

景虎心想："这还算是我的兄弟吗？无情的人！"

不过，他也置之不理。

初见洋枪

景虎因为新发田兄弟的事和春日山之间闹得极不愉快时，宇佐美定行悄然来到枥尾，他只带了几名随从。他事前没有通知，景虎虽然惊讶，但很兴奋。

"我弄到了很不可思议的东西，特地带来给你瞧瞧！"宇佐美令随从把扛着的箱子搁下，从中取出用黑布包着的东西，"这玩意儿叫洋枪。"

景虎大惊："哦！真叫你弄到手了？"

宇佐美还是平常那副沉稳的样子，但脸上有掩不住的笑意。

景虎脸泛红潮，目露精光，兴奋地说："我听说京城和西国一带有人使用，最近连关东的小田原也有了，你用过没？有用吗？"

"先看看再说，模样儿很怪的！"

宇佐美揭开黑布，两手捧起枪支递给景虎。

"的确没看过这样的玩意儿，还挺重的！"景虎仔细看过，窥着枪管口问，"就是这个洞吗？子弹和惊人的声音及硝烟同时迸出。"

洋枪是距此时四年前传到大隅的种子岛，翌年，种子岛就能完全仿造，下一年制造法也传到堺市。传播迅速是因为当时的种子岛是侵扰中国沿海及南洋一带的倭寇和日本海外贸易船的必经之地，岛主种子岛时尧也完全不视此为珍藏不露的秘密。洋枪传来时，时尧年仅十六岁，以两千两黄金买了一支，但只是感觉新奇而已，并无意拿它做新锐武器。

"怎么样？你用过没？有没有效？"景虎又问。

"这东西是很有用,不过雨天用不上,而且也打不远,顶多在二十丈以内还能正确中的,距离再远的话,就容易偏离目标了。还有,用过一次再用时很费手脚,不像弓箭那样方便迅速。说起来,这些还都不是大问题,重要的是贵得很,一支就要五百两,我好不容易买到了两支,本来,不买两支也不行嘛!"

"那么,这一支是给我的啦!不胜感激!"

"请笑纳!"

"是堺市的人弄来的吗?"

"是那边一个叫橘屋又三郎家里的人来兜售的,橘屋在西国一带有个外号叫'洋枪鬼'。"

"五百两不便宜。"

"他说南蛮人最早带进种子岛时一支卖两千两,比起来不算贵。"

"只要威力强,贵一点也无妨,他有没有说威力怎么样?"

"他没说,不过威力是很强,一旦射中,那威力是弓箭不能比的,而且发出的声音很可怕,在挫敌锐气方面倒是很管用。总之,你试试看就知道了。到靶场去吧?"

"好!等等,也叫大伙儿见识一下。"

景虎把在城内的家将都找了来。本庄庆秀、金津新兵卫、鬼小岛弥太郎、户仓与八郎、曾根平兵卫、秋山源藏等都到齐了,新发田扫部介治时不在,景虎还特地派人把他找来。

"好像都到齐了,哦,还有松江,去叫她吧!"金津新兵卫说。

弥太郎赶紧推辞:"算啦,她是个女人。"

"这怎么行?不叫松江不行的,她是本城一大女将,有必要看看这等可怕的战争武器,何况,如果没找她的话,以后她可没完没了,尤其是你弥太郎,可有苦头吃了。反正到时候她怪罪下来,我们就说都是你的主意,看你怎么向她交代!"众人一致恐吓。

弥太郎立刻起身,"那还是算了,我去叫她!"

众人捧腹大笑。

松江在去年春天生了个男孩,长得又壮又胖,景虎为他取名弥彦丸。松江虽然是个好母亲,但乡下女人的粗俗言行依然未改。

等到松江来后,宇佐美让他们逐一接过洋枪观察过后,做了简单说明,然后一同前往靶场。

晴朗的秋日午后,阳光和暖地照着大地,不时传来鸟叫声。

宇佐美吩咐家仆:"这枪射中靶的威力肉眼看不出,需要特别安置一下。"

家仆在厚一寸、一尺见方的樫木板上画上靶心。宇佐美自己用杖杓把洋枪膛填满,火口塞上火药,夹上火绳,每个动作均缓慢而仔细。

"的确,下雨天是不能用,这火会熄的。"景虎说。

"不错,这个火口——这里叫火口——上面洒的火药湿了,也不管用的。"

"是吗?"

"不过,像今天这样的好天气,它就非常有效,你看,声音很可怕,防范一下。"

宇佐美架好枪姿,一吹火绳,拉下扳机。耳边才听得轰声如雷,靶子已飞迸成两半。

"好厉害!"

景虎惊叹不已,众人也附和着,其中松江的声音尤其大:"啊呀!好大的声音,小孩子听到了,一定吓得哭个不停!"

宇佐美把洋枪交给景虎:"试试看!"

景虎一一遵照宇佐美的指示装填、瞄准,向着新靶发射,也稳稳射中。

"好极了,弓箭还不能这样箭随声到,它是比弓箭更胜一筹!"

景虎非常满意,又试了一遍,就交给家将让他们也试试。大抵都能中的,即使未中靶心,差距也不过三寸。

四人轮流射过后,枪管发烫,无法用手握住。第五个接枪的鬼小岛弥太郎手一碰到枪,便大喊"烫啊",把手躲开,又怕枪掉到地上,只好用指尖捏着木制枪托部分,众人大笑。

宇佐美见状说:"我刚忘了,这也是洋枪的缺点,顶多只能连续射击六次,像现在这季节就是这样,夏天时枪管烫得更快。"

"这么说,它的功能毕竟有限!"

"的确。"

弥太郎之后是松江,但是她不肯伸出手来:"好可怕!那种玩意儿我绝对不干!"

任人怎么劝说,她就是不肯,只好作罢。

回程中,众人就洋枪的事发表各自的心得,结论皆是:"这玩意儿雨天不能用,只能击中二十丈,装填费事,又那么贵,没什么大用,顶多只能做信号用。"

景虎和宇佐美听在耳中,什么也没说,只是一劲儿地微笑着。

宇佐美滞留了一晚，便告辞回去。

景虎似乎非常中意洋枪，每天都到靶场练习，有时也拖着家将一起去练习，而他们似乎都不怎么带劲，但在景虎的坚持下，只得遵命行事。

就在这段时期，某天午后，晴景把服部玄鬼召进春日山城。

玄鬼的家就在城外武士屋宅的最外端。晴景的使者来时，他正和另一个人在内屋里不着边际地聊着。

玄鬼年近五十，身子虽然看起来还很硬朗，但脸部已老得厉害，满是小皱纹，头发也全白了。

和他谈话的人身材虽不魁梧，但肌肉结实，胡须浓厚，眼光锐利，非常健壮，年约三十。

他是玄鬼的同乡。一个月前才来到玄鬼这里，住了下来，他们的交谈内容几乎遍及全国，最常谈到的则是伊贺。

"听那架势，大概是城里的近卫武士，我先避一避！"

那人一听到玄关的脚步声便这么说，悄悄起身，沿着走廊避进更里面的房间。他的脚步很平常，但像踩在空气中一样悄无声响。

玄鬼也起身走到玄关。果然是熟识的晴景近卫，玄鬼立刻跪在地上，"大驾光临，有何指教？"

"主公有急事召你！"

"是，我立刻就去。"

"就在老地方等候！"

"是。"

目送近卫走后，玄鬼回到内屋换装，准备出门。

刚才那人也回到房间，笑嘻嘻地说："会是什么事呢？依我看，一定是他弟弟景虎的事！"

"大概吧！"玄鬼取出怀中小镜，对镜梳理微乱的鬓发。

那人又说："那种事置之不理就算了，却偏偏小题大做，就像傻瓜把个小小脓痘弄成一大恶瘤一样，我看真是蠢得无药可救。"

玄鬼头也不回地说："想那些并非我分内之事。我走了，拜托你看一下房子！"

玄鬼一走，那人便横躺在榻榻米上，枕着胳膊闭上眼，安静下来。也不知他究竟睡着了没有，不见半点呼吸。

不久，玄鬼按照晴景的指示，跪在后院凉亭的椅侧。春天时开着红花的木瓜老树，像蛇似的弯着树干，伸展着茂密枝叶。为景生前，总是在这里向他传达密令。

玄鬼虽然跪等了好长一段时间，但动也不动，他低着头，露出整片白发，像尊雕像似的。

不久，木屐踩在踏石上的声音渐近，晴景走在前面，藤紫跟在后面。玄鬼并没有抬头观看，他是从脚步声及熏在衣服上的香料味道知道是藤紫。

两人走进亭子，晴景坐下，藤紫站在他后面。

"主公召唤，不知有何要事吩咐？"

"我要你去一趟枥尾。你大概也知道什么事吧！那混账小子，不把兄长放在眼里，总是打些可怕的主意，我想干脆叫他消失算了。这是你的酬劳，如果处理得好，我还会赐你数倍的金子。"

说着，他把一包沙金丢在玄鬼面前。整天沉溺酒色的他，不过说了这么点话，便气喘不已，但是涌上心头的愤怒难以按捺，于是喘着颤抖的声音继续说："新发田兄弟也可恨！不过，只要杀了扫部介治时就行了。只要你能杀了景虎和扫部介治时，赏赐任凭你求，要金银有金银，要领地有领地，我绝不食言……"

他还想说话，但喘得太急，只能剧烈地耸动肩部，凝视着玄鬼。

玄鬼双手捧着沙金，沉默一会儿后低声说："听从主公的吩咐办事，是在下分内之事，不敢拒绝，但是在下年事已高，这一阵感觉身体衰弱……"

晴景猛地打断他的话："你是说你不去？"

"在下岂敢，在下说过不敢拒绝，虽然去是要去，但……"

玄鬼的语调平稳不变，但首次抬起头来仰视晴景。晴景那不健康且不愉快的肥胖脸上，眼睛努力地睁着。在浮肿的眼皮下，针一般的视线盯着玄鬼。

"你到底是什么意思？"

玄鬼又垂下眼，"在下想找个帮手，正好目前有个绰号叫'飞加当'的同乡住在在下家里，在下想找他一起去。如果事情顺利办成，就让他接替在下为主公效劳，在下也可告老还乡了，不知主公意下如何？"

只要杀得了景虎，不论用什么方法，晴景都没有异议，他对玄鬼也没有什么舍不得。

"好！就依你的办法去做。"

"多谢主公！"

这时，藤紫突然开口："源三郎的事你也很清楚，当初是你把我们姊弟带到这里，彼此缘分也算不浅了，希望你能为他洗刷这份冤恨！"说完，她掩袖痛哭！就算她心再歹毒，但这梨花带雨的哀伤模样煞是动人，可惜玄鬼仍垂着眼，没有看她，只是低声说："夫人节哀！"

这时，藤紫凑在晴景耳旁，不知说了些什么，只见晴景频频点头，听完，立刻起身，"你在这里等一下！"

然后，带着藤紫离开了。

玄鬼仍蹲着不动。阳光入荫，稍微起了点风，四周树木沙沙作响。水畔的气温急速下降，玄鬼的鼻头泛出水珠，水珠逐渐扩大，一滴一滴地滴在地上，但是，玄鬼仍然动也不动。

当晴景和藤紫再回来时，天色已微暗。

"我想，光是嘴上说说，怕你觉得空口无凭，所以都写了下来，你拿去吧！"

藤紫拿出文件，交给玄鬼。

玄鬼摊开一看，确是晴景的笔迹，"成事以后，当录用尔所推荐之人，并如尔愿赐赏！"还有晴景的署名及花押。

藤紫又把一袋沙金放在静默无言的玄鬼面前。晴景说："这是给那位飞加当的酬劳！"

翌日清晨，玄鬼和飞加当离了春日山城，向北而去。玄鬼扮成云游僧的模样，飞加当则打扮成山僧。他们脚程极快，中午时已抵达米山山顶。

两名忍者——玄鬼和飞加当在当天夜里十时，就已抵达将枥尾城尽收眼底的山上。

他们并肩坐在耸立在草山斜坡上的大岩石下，凝视了眼下坐落在黑暗谷底的枥尾城好一会儿。

"马上行动吗？"飞加当低声问。

"今晚不行，连续走了一天，有点累了！"

飞加当露出白牙，有笑无声地说："连服部玄鬼这样的人也敌不过年岁了吗？"

玄鬼老实地笑说："是啊！不过，我从年轻时候起就是累的时候不做事，免得事倍功半！"

飞加当无言，再度凝视城那边，"看起来也不是很难攻的城嘛！也好，养足精神再说。"

"咱们先找个藏身之处吧！一直守在这里也不是办法！"

两人上了草山，进入林中，找到一块树根盘绕的大岩石，暂时栖身。树木枝叶繁茂，岩石又像屏风，可以挡风，人的肉眼也不容易发觉。

中秋已过，山上的夜风虽寒，他们却不得烧火取暖。把干粮沾了水，配着干鱼片细细咀嚼地咽下去，填饱肚子，就倒下睡觉。

玄鬼累了，耳朵听着不断吹过树梢沙沙作响的风声，和飘落在地翻滚作响的落叶，不知不觉神思迷糊起来，但忽地又睁开眼。

"你说什么？"

他眼睛睁得老大，但枕着胳膊像虾子弓身而卧的姿势毫无动静。

飞加当回答说："啊！我说出声了吗？"

声音从玄鬼的脚部传来。

"睡不着吗？"

"是啊！"

"睡吧！我累了。"

"唔！"

两人静声后，剩下的只是风声及落叶声。

玄鬼想睡，但了无睡意，他翻了好几次身，就是不想睡。

"飞加当。"

"还没睡？不是累了吗？"话声带着笑意。

"是累了，可是睡不着，才合上眼就叫你吵醒了，这会儿精神大了。"

"哈哈……"

飞加当低声笑着，起身抱膝坐在玄鬼枕边。

"起来吧！我有话跟你说。"

"唔……"

玄鬼窸窸窣窣地起身，他轻咳几声，白发在夜间也看得很清楚。

"你的身手似乎很生了！"飞加当的口气似有怜悯。

"是生疏了，我就快五十岁啦。"

飞加当没有回答，像吟咏风月似的仰望夜空。飒飒作响而摇动的树枝，青黑夜空中闪亮的星光若隐若现。

飞加当姿势不动，开口说："你看晴景公还有前途吗？"

玄鬼太了解他问话的意思了，但是没有回答。

飞加当又说："我对他的所作所为实在不敢苟同，虽然我是你特别找来帮忙的人，照理说不该讲这种话，但我觉得他不像是能让我安心依附的人！我听说景虎君的人品比他好多了。"

"听你这么说，是想背弃晴景公，投靠景虎君吗？"

"哈哈，哈哈！"

"我看八成没错！不过，晴景公是春日山长尾家之主，是长尾一族的统领，也是以守护代身份掌理本国的人，尽管他人品有问题，但他的身份足可依赖。总之，我已经答应晴景公了，而且，景虎君看起来好像很讨厌我们这种人。我心意已定，你要是觉得不好，我也没办法。"

玄鬼的语气似有不悦，飞加当又呵呵笑起来。

"你不会是迷上藤紫吧？还是念着源三郎？"

玄鬼没有马上作声，他低着头悄然许久，而后说："什么话！谁敢染指主公宠爱的人？！只是那两个都是我从京都朝臣家买来的，觉得他们可怜哪！"

飞加当叹口气："服部玄鬼毕竟年纪大了。"

"所以啊！我想把位子让给你，我自己告老还乡啊！"

"……"

"睡吧！好歹要睡上一会儿。"

他发出低低的呵欠声，翻身倒下。飞加当还在他枕旁，不久，也倒回原先躺的地方。

第二天早上，太阳还没升起，两人就在林中飞蹿聒噪的白头翁啼声中醒来。树林里立着冰凉的霜柱，林外像雪似的覆上一层柔白的霜。

"昨晚上觉得风虽停了怎么还那么冷，该不会是下霜了吧！果然。"飞加当双手搓着浓须覆盖的脸，发出像是东西磨在擦菜板上的声音。

两人一起身，只听得一阵振翅飞翔声，白头翁的声音忽地消失了。

玄鬼说："好多白头翁，林子里有不少椋子木吧！"

他歪着脑袋，脸上冻得起了鸡皮疙瘩，在发白的头发下，脸部的皱纹更深，脸色很不好。

"着凉了？"

"不要紧，等一下就暖了。"

他们像前晚一样进餐。

没多久太阳升起，周围的空气暖和起来。

他们没有走出树林，只是随着阳光照射的地方移动，或动动身子，或蹲蹲跪跪、趴趴倒倒地打发时间，到中午时，飞加当突然说："要不要看看我最近练就的功夫。"

玄鬼抱着膝盖打着瞌睡，他微睁开眼睛，懒懒地说："哦，好啊！"说完，他突然睁大眼睛，看着飞加当，眼里露出精光。

"这是掩人耳目的功夫，很好的！"飞加当站起来，伸出金刚杖指向前方，"我们就在这棵大红松和那棵树干有点秃的大树间进行，我在那中间出现后，你就拿石头丢我，随便拿什么东西都可以，小刀、匕首都可以。"

"很有自信嘛！就让我见识见识！"玄鬼似乎提起兴趣来了，他端坐好。

"请了！"

飞加当挂着杖子，大步朝对面走去，进入一丛树林里不见了，隔了一会儿，突然在正相反的方向现身，走向指定的地方。他一步一步地移动，踩在落叶上发出沙沙的响声。

不久，他走进指定的区域内，脚步还是不变，但走到正中间后，他止步，回头望着玄鬼。从枝叶间射下的光线照在他脸上，他带着微笑，浓密短须上的大嘴中间，白牙森然发光。玄鬼手上已握着一颗石头，默默地打了过去。石头像引线似的飞过树木之间，不偏不倚地打中飞加当的眉心。皮肤倏地裂开，原以为血水会迸溅四射，却只见飞加当如棒仰卧在地。

玄鬼不禁低声叫好。

这时，一个东西从高高的树上飘下，是飞加当，他笑嘻嘻地，从脚边捡起玄鬼的背心，不知什么时候摸去的。他晃着背心走回来。

玄鬼又夸赞道："好厉害，我虽然在丢出石头后就发现了，但在那之前完全没有看出，如果是外行人，就不会那么劳神了！"

那晚，夜很深时玄鬼潜入枥尾城。他一人独行，一身深褐色忍者装扮。

下山时飞加当问他："我也一起去吧！"

但他拒绝了，"今晚只是去看看情况，一个人就行了，要帮手时你再一块儿来吧！"

他毫无困难地跳过城壕，攀墙入城，如鱼在水般自由行动。或快或慢，从暗处移到暗处，好像来到一个熟知地形的场所，毫无迷路的样子。他虽然是初到此城，但凭着天生和修炼而来的敏锐感觉，安全地找到景虎所在的地方。

他找到一片宽广的庭院，院子对面有一个大房间。整个城里，好像只有这里面的人没睡，纸窗内还透出明亮的灯影。

玄鬼藏身在院子一隅丛生的松树间，他松了一口气，一手扶着粗糙不平的树干，一手抚着额头。

因为过于紧张，浑身冒汗，指尖滑溜溜的。

他先凝视透亮的纸窗，好静下心来，进而闭目，竖起全副神经窥伺房间里的动静。

房间里确实有人没睡，不时发出竖起膝盖的声音，但没有人走动。他从这声音判断，房中的人是个身材矮小的年轻人。

他曾远远地看过景虎，因此判断房中的人是景虎没错，但是他在做什么，却完全推测不出。

或许是在练习斩人的剑术，但应该会有挥刀切风的声音及刀归鞘的声音，可是他听了半天也没听到。如果不能只靠声音或感觉察知对象在做什么，就没有忍者的资格。玄鬼不禁涌起懊恨，他更清晰地感受到飞加当那带笑的语气："连服部玄鬼这样的人也老了吗？！"

玄鬼离开树丛，向房间靠近一些。他像黑蝶或蝙蝠般轻飘飘地游走在石头和灌木阴影里，很快就靠近廊缘，他再度屏息静心。

声音听得更清楚了，脚底摩擦地板的声音，竖起的膝盖，人似乎靠在膝盖上，但究竟在做什么，他还是摸不着头脑。这下，除了探头窥看外，没有别的办法了。

他像蛇从草丛中伸出头来似的，小心翼翼地正要爬上步廊时，突然想到一事，暗叫不妙。他这才发觉他把晴景写给他的证明带在怀里，他本来打算在出来之前交给飞加当，以防他万一失手时落入人手，但想归想，终究还是忘了。他从来不曾这么疏忽过。

"毕竟是上年纪了……"

他感觉自信就像阳光下的霜柱似的在融化。

他又潜身在步廊地板下趴着不动，心想："今晚就这样守着不动，这时候不可莽撞行事。"

但是心里却又蠢蠢欲动，因为那间歇传入耳中的房内声响，一直怂恿着他想一探究竟。

（就窥看一下也无妨，万一被发现就逃，也没什么损失。）

于是，他像水獭从水中攀上岸似的翻身到步廊上，动作轻巧没有声响。当他贴进纸门缝时闻到一股异样的臭气，像是东西烧焦的味道，但猜不出是什么。正当他准备抽身而去时，一声震天撼地的巨响，同时感觉到一股可怕的力量当胸击来。

他意识到时，人已翻倒仰卧在廊前的地上。

"有刺客！来人！"

房间里的人拉开纸门，放声大叫。

玄鬼看出那是景虎，挣扎着想要起身，但力不从心。遭受冲击的胸口感觉怪怪的，他探手一摸，衣服破了，胸前像被剜了块肉似的有个大洞，湿乎乎的，不用猜也知道是血。

他想处理掉晴景给他的书信，他伸手入怀掏出信，挣扎着送入口中，咬成两半，正要吞下时，景虎在廊上看到，立刻跳下要抢出信函。玄鬼牙关紧闭不开，景虎索性拿着匕首撬开玄鬼的牙齿，把信拿走。

玄鬼已无能为力，嘴角流出一大摊血，他的意识渐渐模糊，但仍低声地说："我知道了，那是洋枪！"

可惜，这声音在景虎耳中听来，有如血水中泡沫消失的声音。

家仆闻声赶来，景虎把信纸收入怀中。

睡前故事

"怎么回事？！"

最先赶到的鬼小岛弥太郎，他气喘吁吁地问。

景虎用下巴指指玄鬼的尸体，弥太郎奔过去。其他家将也都陆续赶到，知道景虎平安无事后都松了一口气，大家聚在玄鬼的尸体旁。

弥太郎突然说："拿火来！"

一人从景虎房间把灯拿来。弥太郎接过，凑近玄鬼的尸体，揭掉他的蒙头巾，因为满头白发，众人都大吃一惊。

"这个人我见过。"弥太郎嘀咕着，他不嫌脏地跨在尸体上，拉起尸体的两耳，盯着看了好一会儿，"我知道啦！他是以前为景公用的伊贺忍者，你们看，他虽然头发白了，但是他没错！"

众人听他这么说，再仔细一看，纷纷同意："不错，真是服部玄鬼。"

景虎也走过来问："就是以前在米山药师堂看到的那个人吗？"

"是啊！你看！"

弥太郎把玄鬼的脸凑向景虎，景虎已不记得药师堂时玄鬼给他的印象了，他无言地后退。

弥太郎双手一放，玄鬼的后脑袋瓜应声跌在地上，弹力突起了他的下巴，像是一条生命还在似的动着，众人吓了一跳。只见那下巴一点点地向后缩，恢复到刚才的位置，那在灯光下尖耸的大鼻子显得特别清楚。

"马上把尸体收拾干净，就当没这回事，大家切记！"

景虎吩咐后，自己拿了灯，拎着洋枪回到房间。在众人清理尸体后离去以前，他在房间里擦拭洋枪，用破布缠着木棍仔细地擦着枪管，上油，放在小床的枪架上。

他回座以后，倾耳聆听院子里的动静，确定没有人以后，在怀里掏出从玄鬼嘴里抢出来的信函。信函已经被他咬成好几片，景虎就趴在地板上，将一片片拼凑起来，看着上面的内容。

（成事以后，当录用尔所推荐之人，并如尔所愿赐赏！）

他认得出那是晴景的笔迹。他大致知道是怎么回事，即使如此，仍有着猛然遭人用力掌掴脸颊的感觉，愤怒溢满全身。

"他为什么那么恨我？"

他颤抖的胸中一直萦绕着这句话。

他继而想道："或许，我们兄弟将不免一战！"

但是，当情绪的亢奋消失后，他对从小不为父爱、成人以前兄长欲杀之而后快的自己，感到无以名状的深深悲哀与寂寞。

他想哭，但拼命压抑这个冲动。

不知是什么样的心理作用，御坂岭看到的武田晴信的模样突然浮现在眼前，他清清楚楚地记起衬着高耸入云的雄伟富士山，那身着猎装、拳上栖着老鹰、跨在黑驹上皮肤白皙的俊美青年，以及他看自己时那细长发亮的眼睛。

"……他只是放逐父亲，并没有杀父，因为他聪明……"

景虎凝视着直直立起、毫不动摇的灯芯火焰，任凭思绪乱飞。

飞加当听到了景虎射杀玄鬼的枪声。当时他正迷迷糊糊地打着盹儿，声音传到他藏身的山林里，极轻微的声响，但立刻惊醒了他。他对着漆暗的夜空寻思："很像枪声哩！"

他见过洋枪。在纪州的根来，他曾看过根来寺里的练武和尚在练习。中间隔着一个狭窄山谷，靶子安置在对面山上，四五个人从谷这边瞄准射击。他听到那些缠着在额前打结的布巾的和尚说："隔着这么远，打不中吧！"

射击结果的确不太理想，有些子弹还射不到对面山上，但是声音确实很吓人，在山谷间回荡，非常可怕。当时他就想，即使不容易射中目标，但光有这声音就威力十足了。

后来，他在山阳道的一个诸侯城外看到武士扛着洋枪去打猎，他跟着去看。只见武士隔着约莫十丈的距离，一枪就击中城外水沼中的两只鸭子。

那时，他伪装成行商，因此轻松地走过去和武士搭讪。

"了不起，一枪就击中两只！"

武士得意扬扬地说："这没什么稀奇，我一向如此。"

"既然有这个厉害的武器，在战场上一定战功赫赫啦！只要看到大将，瞄准他，一枪就行。"

"这东西在打仗时派不上用场，太麻烦了。那些鸭子雉鸟不会向我冲来呀，但是敌人会，当我还在装子弹的时候，早就被人穿胸刺喉了。不像弓箭可以频频发射，这东西不行，不过是大人的玩具，只能用来打猎。"

飞加当只知道西国已有洋枪，没听说东国也有，更没想到连越后这样的僻地也会有。

他爬出林子，越过山脊，来到向城的山坡上，俯瞰城中动静。城里只有两个地方有灯火,其他地方一片漆黑。那两处有灯火的地方也是静悄悄的,完全没有动静,不像有异变发生。

他看了一阵子,又回到刚才藏身的地方躺下来,很快就发出微微的鼾声。他像是睡得很熟,但似乎又很清楚时间的流逝,当玄鬼差不多该回来的时间一过,他便一骨碌爬起来。

"我看他八成是失败了!刚才那个一定是枪声,他大概还不知道那玩意儿吧!"

飞加当整理好装束,下山来到城门附近。他没有穿忍者的装扮,万一玄鬼失败了,不是被捕就是被杀,而城内也会小心警戒,这时潜入太过危险。因此,他只打算在城外转转,窥看一下动静而已。

他绕城一圈,发现城内毫无动静。他深信玄鬼确实失败了,也确实被杀了,至少也身受重伤,但是城内应该多少有些惊动的反应,可是眼前一片宁静。

"奇怪!"他的信念有些动摇,"也许,那并不是枪声……但若不是,玄鬼也该回来才对,一定是枪声,但又这么平静……"

他愈益迷惑,不知究竟如何。他先回山上,第二天晚上开始躲进武士家中,心想如果城里有异变的话,武士一定会向家人或来访朋友透露的。但是,他跑了几家,都没听到一点相关的话,倒是不少有关景虎热衷学枪击的内容。

"他专心得很,夜里也在学,睡觉时就搁在枕畔,连睡觉时都舍不得离开。"

"那东西在战场上没用,他还年轻,又孩子气,八成是像拿了新玩具一样爱不释手。"

飞加当这下明白景虎有枪,玄鬼也确实被他枪杀了,但真正的情形还是毫无头绪,这一点叫人想得发疯。

数日之后,一个寒冷的早晨,飞加当从山上俯瞰,发现盆地四周的村落通往枥尾城外的小路上聚了不少人。那些走在覆盖着如薄雪般的白霜的田中及原野里蜿蜒小路上的人,不是背着篓子,就是挑着担子。有男有女,也有人带着小孩,而且都是往城里的方向,没有一个反向而行的。

飞加当想了一下,恍然大悟:"对了,今天可能有市集!"

他立刻想到一个妙计。

他欢喜地起身准备,用半山处涌出的清水漱口洗脸,映着水面梳理乱发,掸掉身上的灰尘,扯平衣服的皱褶,又是一副山僧打扮,拄着金刚杖,斜穿过与城正相反的山中，消失在树林里。

没多久，他便沿着刈谷田川的支流走向枥尾，路上遇到一位中年百姓，自然而然地与他并肩而行。

"今天好像有市集呀！"

"没错。"

那是一位表情木讷的中年百姓，压在肩上的扁担两端吊着笼子，后面笼子里面装了谷物，前面的塞着叶菜萝卜，还有一只翅膀和爪子被捆着的肥母鸡。那母鸡不停地啄食菜叶，但那百姓毫未察觉，飞加当虽然看见了，但心里有事，也没声张。他仍和那百姓心平气和地聊着。

"这里的市集一个月有几天？"

"两天，三日和二十三日，城里希望再加一天，可是好像有战事。"

"市场在哪里？城旁边吗？"

"哪里，在城正对面的秋叶神庙门前，对了，师父是要去拜秋叶菩萨吗？"

飞加当虽然不知道这种地方请了秋叶三尺坊菩萨，但嘴上应道："是啊！我是为参拜三尺坊菩萨来的，市集就在庙门口吗？庙盖了很久了吧？"

"没有，前年才盖的。"

飞加当一听，故意装出遗憾的模样说："哦？那么新？我是听说很久了才来的……"

"这庙一点也不老，前年藏王山的菩萨给烧掉了，那时，这城里的景虎君便说把三尺坊菩萨迁来这里。"

"原来如此，是我弄错了。"

接着，话题一转，飞加当和他闲聊起来，趁便打听景虎最看重的家将是哪些人。

"最看重的当然是本庄爷、金津新兵卫啦，不过，他最喜欢的还是鬼小岛弥太郎，弥太郎的老婆是他小时候的保姆，力大无穷，还能拿刀上战场呢。"

飞加当聊着聊着，又把话题带到洋枪上。

"我巡游诸国，看过不少新鲜事，记得到纪州根来寺时看到有种叫洋枪的东西，我从来就没看过那样可怕的东西。"他闲闲地说着，突然语气一转，"不过，在这里好像一点也不稀罕，听说城主最近不知从哪里弄到一支，非常热衷地在练习，这你也听说了吧。"

"听说了，我是没看过，但声音听过，以前到城外时听过城里放枪，差点吓破胆了。"

"是啊，我听说城主常常练习，前儿天晚上还用枪打死了一个刺客。"

农夫突然眼睛一亮,"有这回事?"

"哦,你没听说吗?栖吉那边传得很厉害,说什么一枪打碎了刺客的肩膀,人也死了。城主年纪虽轻,却是个人物,大家都这么夸他。"

"是吗?……"

农夫也一副感动的表情,但忽然发现母鸡啄食菜叶,吓得大吼:"你这只贼鸡,要卖的东西都叫你啄光了,该死!"

他停住脚步,放下笼子,一手抓鸡,一手抓菜,满脸懊恼,"这样子还能卖给别人吗?!"

"糟糕,我也没注意到,真对不住!"飞加当安慰他说。

他和农人在庙前分手,走上高高的石阶,参拜了菩萨后下来,市场里已盛传起前些夜里景虎用枪打死刺客的事了。他暗自欢喜,火速离开。

当天晚上,他潜进弥太郎家的地板下,等着天亮。他就躲在弥太郎夫妻的卧室里,天一黑,夫妻俩就睡下了。飞加当不必窥看,凭气氛就知道小孩的被铺夹在夫妻中间,而且是个一岁七八个月大的男孩。他们夫妻没什么枕边细语,很快就睡着了,只有弥太郎的鼾声在静静的夜里撼响着,但约莫一个小时,小孩就醒了,开始磨人地哭闹。

松江伸手拍抚小孩,但小孩哭得愈凶。鼾声稍微低了,不久突然停止,听见弥太郎说:"肚子饿了吧?还是尿湿了?"

松江又拍拍孩子,但哭声更大。

"一定是饿了,喂他奶吧!"

松江起身,抱起孩子,就坐在床上。孩子当下停止哭声,发出啧啧的吸吮声。

不久,松江突然问说:"听说景虎少主用枪打死了一个刺客是不?"

"什么?"弥太郎有些吃惊。

飞加当立刻竖起耳朵。

松江轻松地说:"听说就是几天前的晚上,洋枪这么管用啊?"

"不知道!"

弥太郎的反应很冷淡,仿佛不欲搭理。

弥太郎的声音冷淡,飞加当反而觉得有异,他期待松江追究下去。

"你怎么会不知道?城里城外传得那么凶。"

"你听谁说的?"

弥太郎的声音带有不安,飞加当这下欢喜起来。

"谁说的?大家都这么说啊!今天是市集嘛!我去看看有什么东西可

买，不论走到哪里，都听到这话，你该不会瞒着我吧！？"

"市场上都这么说？"弥太郎的语气有些惊讶了。

"我看你就老实告诉我吧！"

弥太郎没有作声。

"是哪里来的刺客？是三条来的？还是普通的小偷？"紧接着便是哄小孩的声音，"乖，快睡哦！"

她似乎把孩子放回了床上，又继续说："你就告诉我吧！景虎少主是你的主人，也是我的主人啊！而且我还曾经带过他，现在他打死刺客的事连种田的农夫都知道了，我却不知道，这不是很丢脸吗？你就告诉我吧！"

"……"

"这事还能瞒着我吗？你给我老实说了吧！刺客是哪里来的？"

她大概是动手揪住弥太郎的衣服，床板上响起咯吱咯吱的声音。飞加当在地板下听着，心中颇纳闷这女人满嘴粗俗言语，真难以想象是当过喜平二景虎保姆的人。

弥太郎大概被她揪得受不了，"你放手啊！我告诉你就是了，不过，这件事绝对不能在外面胡说，景虎少主特别盼咐过，既然外面已有谣传，我就告诉你吧，是这样的……"

他把那夜发生的事一字不漏地说了出来。

"刺客是什么人？"

"服部玄鬼，就是为景公生前用的那个忍者。"

"是他啊！他还为春日山做事吗？还是已经投效别家了？"

"他还是春日山的人。"

"既然如此，那他潜进城里干什么？"

"我一点也不知道，景虎少主好像知道，但他不说。我只知道玄鬼那天晚上潜进城里，跑到他居住的前院，被他开枪打死了。"

"……"

弥太郎和松江还继续说着，但飞加当觉得已无再听的必要，但仍耐心地等他们夫妻睡着以后溜出地板下。

飞加当回到山上，他不能不为玄鬼感到悲哀。伊贺忍者几无全终者。由于伊贺一地山多耕地少，居民代代以祖传技术离乡谋生，但因为所做之事的关系几乎都没有好下场。在遥远他乡，像野狗一样被人打杀，能被当作孤魂野鬼而埋葬者算是好的了，大部分都是被丢弃在荒山野地，成为野兽野鸟的饵食。

这样的下场，伊贺人多半早有心理准备，他们有此觉悟而离乡，是因为出外谋生依旧胜过留在故乡过着饥寒交迫的生活，玄鬼和飞加当都是这样。

关于这次的行动，飞加当并不清楚玄鬼和晴景之间有什么样的约定，玄鬼只告诉他："事成回来，晴景公会雇用你。"

但是，飞加当心想，晴景除了给玄鬼相当数额的赏金外，也可能答应以后由自己接替玄鬼的位子。

玄鬼在故乡伊贺，是传奇颇多的忍者，可惜现在年事已大，不再像以前那样厉害了。他在这时候想到歇手回乡、安享天年，是很聪明。他这想法可能老早就有，身边也存了不少金银，加上这次的赏赐，他足可过个安适的晚年。可惜，落得惨死的下场，不能不叫人为他难过。

飞加当愈想愈同情玄鬼，他想："我要为他报仇，我要让他们知道，伊贺忍者是多么可怕，多么固执！这也是为乡人的未来着想！"

他沉沉地睡去，直到日上三竿才醒转，而后就一直寻思该用什么方法报仇。他想出很多条妙计，却不知选择哪个最好。

午后，他又爬到山顶，从树荫间俯视城里，脑子里还在打着主意。他听到城里传来的枪声，间歇不断，那声音晃撼着日光澄明而静止的盆地空气，回音不绝。

他游目四骋，搜寻枪声的来源。

"啊！是那边吗？"

在外城一块日射颇佳的空地上，七八个像豆粒般的人影在那地方晃动着。在空地的外围，靠近城壕的地方有几棵松树，红色的树干盘根交错，树下似乎安着靶子，土堆垒起的堤防看起来有些倾斜。豆粒般的人群中，"轰"地冒起一股白烟，靶子处窜起尘烟，随即是震耳的响声。

飞加当一直在看着他们的练习。

看完练习，回到藏身处，他还在想着报仇的事。那天夜里，他聆听着风声和落叶声睡下后，杂乱无章的思绪突然清明起来。

"我这样一心一意地想为玄鬼报仇，简直是傻瓜嘛！就算我杀了景虎，玄鬼也不能复生，徒然便宜了晴景。就算他雇用我，但我看他也不像有什么前途，依我的直觉来看，只怕他也不长久了，反倒是景虎会有出息。或许我该改变这愚蠢的想法，转而投效景虎才对！"

他继而又想："身为忍者，还想回乡安享余年，这打算本来就错了，玄鬼有这念头时就已死了，而不是被人杀死的。还有，他到底存了多少金银，这回和晴景有什么约定，他一句也没跟我说，未免太见外了，为这种人报仇，我岂不是白费力气？！而且，玄鬼说晴景答应这次事成之后，让我接替他的位子，但空口无凭，万一我办完事回去，晴景一口否定有这样的约定，我也无可奈何。这件事玄鬼活的时候我都搞不清楚，何况他死了，还有晴景那人也不好讲话，我要当真了，岂不自讨没趣？！"

他东想西想，心思愈明。

"算了，我就投效景虎吧！玄鬼兄，虽然我不够意思，但人各有志，只望你早日超生成佛，南无阿弥陀佛！"

说罢，合掌一拜。

飞加当迫不及待地等到天亮，便下山往弥太郎家去。这回他是堂堂正正地从玄关进入。

"在下是伊贺乡人加当久作，有事相求，可否一谈！"

松江出来接待。

她左手抱着脸颊红彤彤、骨架结实的小男孩。她美丽的脸孔及结实的身材依旧，孩子在她手上显得极轻。

"你等一下，他待会儿要进城办公，我去问问他要不要见你！"

她的语言的确粗俗，但态度很诚恳。

飞加当想起前天夜里躲在他们夫妻床下偷听他们枕边对话的事，忍不住想笑，但强忍住笑意，敛容回答："冒昧打扰，不好意思，不过，在下就是希望在他进城前一谈。"

"是吗？"松江把孩子放在膝上，敞开胸襟，掏出又白又大的乳房塞进孩子嘴里，她打量了飞加当好一会儿，"你是山僧打扮，但你刚才说是伊贺的……"

"伊贺乡人加当久作。"

"你是忍者吗？"

"正是！"

"哦！那我去跟他说。"

松江抱着孩子进到内屋，没多久出来说："请你从院子绕过去吧！免得又脱鞋又穿鞋的，你麻烦我也麻烦！"

飞加当顺从地从玄关侧的木门进入院子。前夜他就是从这院子潜入地板下的，当时他很小心，因此在这霜柱林立的院子里，丝毫没留下脚印。他很满意。

弥太郎坐在外廊地板内侧，已穿戴整齐，他那血色畅通的脸和微翘的嘴角下巴一带，益显精力充沛。

飞加当走到廊前，正要报上姓名，弥太郎开口说："我已经知道了，你坐吧！"

他指着廊侧已经准备好的一块圆垫。

"多谢！"飞加当坐下。

"有什么事找我？"弥太郎直接问道。

"在下在故乡习得忍术，有意奉公，听说当城之主喜平二景虎君胆识过人，为不可多得的武将，如果先生能代为推荐，为景虎君效劳，不胜感激。"

弥太郎没有马上回答，只是更敏锐地盯着他，"你知道一位叫服部玄鬼的人吗？也是你们伊贺的忍者。"

飞加当心想终于来了，但表面上很平静地回答："只闻其名，不识其人。他在伊贺忍者中虽然极为出名，但在下较年轻，玄鬼先生常年离乡在外，彼此无缘见面。在家乡时听说玄鬼在贵国春日山城服务，想必阁下认识玄鬼，既然如此，可以向他打听一下在下的本领，我们虽然素昧平生，但他也该耳闻在下有多大分量。"

弥太郎又凝视飞加当，脑子里不知在想着什么。其实，飞加当猜也猜得到他此刻心里所想的问题，不外是能否相信飞加当所言，或许他和玄鬼是一丘之貉，为着同样的目的而来，但也可能是真心投效而来，否则不会这么一副坦然沉稳的样子。

松江端茶出来，她把孩子背到背上，孩子胖嘟嘟的两只小脚从背带下垂在松江的臀上。

"谢谢！"

天气真冷，飞加当接过茶杯，双手紧紧捧着。茶杯直冒热气，握在手中，说不出的温暖舒服。

他已经好几天没摸过温热的东西了。等到双手暖和了以后，他慢慢地啜饮茶汁。在这大冷天里，热茶更显美味甘醇。

弥太郎开口问："你在这一行很出名吗？"

飞加当微笑着说："在下绰号'飞加当'，在东国或许无名，但在京都及西国一带，小有名气。您若怀疑，可以向玄鬼兄求证。"

"既然叫飞加当，那么很擅长飞跳啦！"

"在下不用助跑可跃过二十尺，撑杖则可轻松跃过三十尺，跳高可过九尺，如有支杖则可跳过十二尺高的土墙，但这点功夫不算什么，我最拿手的是躲过弓箭甚或西国流行的洋枪，只要距离在六十尺外，绝对不中。"

弥太郎睁大了眼睛。

麻衫

人们交谈时，多半会说些无关真心的寒暄，就在你来我往的寒暄中使谈话气氛融洽，进而导入正题。

但是，鬼小岛弥太郎完全不会这一套，他心里想什么就说什么。他刚才听了飞加当的自豪之语，也不会说些应酬的话，只是默默地盯着对方，心下盘算着。

"他既然敢说试一下就明白，显然不是吹牛的，景虎君最近身边不稳，有一两个这样的人帮忙也不坏，我就推荐他吧！"

飞加当看他不说话，以为他不相信，于是说："如果你怀疑的话，可以当场一试。"

"不必了，我想你也不会骗人，好吧！我就帮你推荐，但结果我不保证啊！"

飞加当满脸欣喜之色，"承蒙推荐，不胜感激，如能录用，定效犬马之劳。"

"那是当然，我推荐的人如果不好好做事，我还有立足之地吗？我现在就要进城，立刻提你的事，景虎君大概很高兴吧！也许要马上见你也说不定，你是要和我一起进城呢，还是在旅店或寒舍等候？"

"要人传讯也太费事，在下就随你一块儿进城吧！"

弥太郎已穿戴妥当，随即离家。

进了城，他让飞加当在武士待命所候命，自己到景虎的居室去。

景虎坐在面窗的几前看着图画，他撑着下巴凝视图面，听到弥太郎的声音，说声"进来"，顺势把图画折好，回过身子。

"今天来晚了！"

"出门时有人来访，所以迟了些。"

"烤烤手吧！今早霜下得很重哩！"说着，他自己把手覆在手炉上。

"多谢！"

弥太郎膝行前进，把粗壮的手盖在手炉上，一边搓手一边说："一个叫加当久作的伊贺忍者想为您效劳，托我帮他引荐。"

"就是你今早的来客吗？"

"正是，他有个'飞加当'的绰号。"

弥太郎重复一遍飞加当早上夸下的海口。

"等于他自称是高手了。"

"是啊！他还说如果怀疑，可以去问服部玄鬼。"

景虎脸色微变，"他认识玄鬼？"

"他说只是久闻其名，玄鬼很早以前就离乡在外，两人没见过，但玄鬼大概会知道他这个人和他的武功。"

景虎那胖嘟嘟的脸上的双眸又暗下来，他陷于沉思，过了一会儿微微笑道："很有意思的家伙，你觉得要见他吗？"

"可以看看他的本事。"

"对啊，也不能尽信其言，带他到靶场去，通知大伙儿都要来！"

"是。"

弥太郎高兴地退出房外。

景虎亲自扛着枪，侍卫捧着黑漆火药盒，一同走到靶场。

弥太郎带来了飞加当，本庄庆秀、金津新兵卫等家将也都齐聚。

景虎大步地走向飞加当。飞加当跪在地下，弥太郎正要开口引介，景虎头一摇，直接对飞加当说："我想瞧瞧你的本事，如果真如你自己说的，我就用你。如果我满意的话，可以赐你千石俸禄！"

他这单刀直入的说法，令飞加当略感惊愕，但很快两掌扶地说："献丑了！"

"你先让我看看绰号由来的飞跳本事！"

"是！"

飞加当起身，环顾四周后，走向靶子那边，约在一丈远的地方停下。

今天天气晴朗，院子里洒满了亮眼的阳光，一地的霜柱也晶亮亮地渐渐融化，冒出水蒸气。

"我先表演横跳！"

说完，他在那儿插下金刚杖，无须任何准备地纵身而起，只见他那柿色衣袖灌满了风如鸟翅般扬起，瞬即双足并拢落在前方。落地点距离金刚杖确实二十尺。

围观的人群发出赞叹。

"撑杖的话可以跳三十尺。"

他淡淡地说完，将金刚杖换个位置，撑杖一跳，确实是三十多尺。

"如果发出声音，可以多跳六尺，但是我们的工作不能有声音。"

随后展示了跳高的本事。他走到靶场小屋旁的赤松下停住，只见他仰头而望时，身子已轻轻飘起，双足并拢立在距地二十四尺的树枝上。大家猜想他可能是双手攀着翻身上去的，但没有一个人看清楚，只觉得他像鸟一样轻轻从地上飞到树枝上。

众人又是感叹。

飞加当轻轻落地，"如果用杖，距离可以加倍！"说着，拾起金刚杖，想再试一次。

景虎制止他："行了，了不起，的确不辱你的名号，值得嘉奖。"

飞加当双手扶地一拜，"多谢嘉奖！"

"我还要看看别的本事，听你说两丈之外枪子儿打不到你是吧？"

飞加当默默点头，自动走到适当距离处，插上金刚杖。

"到这地方刚好两丈，任何人都可以，等我准备好了就可以一试了。"

他迅速脱掉身上的麻衫，挂在杖头，然后脱下念珠，把麻衫绑在杖上。之后，他站在三步之外。阳光暖和，霜融的地面袅袅升起淡烟似的水蒸气。

"可以了！"飞加当露出洁白的牙齿笑着说。

"你来！"

景虎把枪递给弥太郎，点燃火绳。

"是。"弥太郎夹着火绳，摆好姿势，瞄准以后似觉不安，又把枪放回膝盖上，招呼飞加当说，"没问题吧？"

"没问题，你尽量瞄准吧！"

他表情不变。

弥太郎吹着火绳，又摆好姿势。众人屏息静声，视线在枪口和飞加当之间来回。阳光愈来愈亮，一片静寂中，传来某处的鸟啼。

弥太郎开枪了。

众人停住呼吸。飞加当似乎只微微一动，巧妙地闪过，脸色不变地站在刚才的地方。

"真的没打中吧！"他笑着说。

众人大惊。弥太郎又惊又奇："妙啊！我还以为会打中哩！"

"好本事！令人佩服，不过，实在太玄了，再试一次可以吗？"景虎说。

"可以，直试到你们满意为止。"他露出充满自信的微笑。

这回，景虎让曾根平兵卫开枪，结果一样。其他人都觉得难以理解，争相试验，但景虎说："不能一直那样试，我再试一次就好了。"

说完。他装填火药，摆好姿势，"可以了吗？"

"可以！"

飞加当话声方歇，景虎的枪已经发射。只听得一声如狼嚎般的惨叫，飞加当只跳起了约十二尺便重重摔落在地。

众人原是以半跪姿势在一旁观看，此时不觉都站起身来。

景虎非常冷静，他吹吹冒着丝丝白烟的枪口说："去看看，应该打中了他的胸腔。"

众人立刻奔过去。

飞加当仰倒在霜融泥泞的地上，那原像岩石削成的棱角分明的脸仍带着几许惊讶，但呼吸已绝，胸前血肉模糊。

景虎慢吞吞地走过来，众人突然住口，只是以莫名其妙的眼光看着景虎。

景虎解开系在金刚杖头的念珠，揭下麻衫递给弥太郎，弥太郎抖开麻衫，只见背部有两个大洞，洞边焦黑，的确是枪弹痕迹。

景虎说："这是把戏而已，没什么好奇怪的！"他看众人仍一脸疑惑，进而说明："那不过是个障眼法，让人看到与自己正好相反的地方去。起先我也搞不清楚，只是觉得这麻衫很可疑，再仔细一看，开枪以后，他的胸部会冒出淡淡的烟。本人既然毫发未伤，没有冒烟的道理，因此，我发现我们看到他时是看到这麻衫，看到这麻衫时就是看到他。于是我瞄准麻衫开枪，事情就是这样，凡事只要用心，就不容易受骗上当。"

众人听完，对景虎的英明机智，更是佩服得不得了。

景虎却毫无喜色，又说："我认为这家伙和玄鬼来到此处是为了同一个目的，他们既是同乡同道，彼此又有过人本事，既然不是敌人，哪有来了却不见面访谈的道理？明明是一丘之貉，却说只知其名不知其人，瞒得了我吗？哈哈……"

景虎这层推理猜中了一半。起先，飞加当与玄鬼是为同一目的而来，但玄鬼死后他心境逆转，诚心想投效景虎。然而，此刻的景虎并没有那份余裕去细细推察。

两度派人来暗杀，景虎对晴景的感情已到了厌恶的地步。他觉得有和宇佐美定行谈谈的必要。但刚准备出门，设在三条领内的密探便传来报告说，三条方面的动静不太寻常，协助三条的各地豪族最近频繁往来三条。

其实这不难理解，三条方面对自己这边一直虎视眈眈，应该已知为了新发田兄弟，栃尾和春日山之间已生嫌隙，利用这个情势也是当然。

"该怎么应付呢？"

景虎最先想到的是，以目前形势而言，栃尾是绝对得不到春日山的兵援了。最糟的是，他们还可能和晴景联手来攻。这要在平时或许不可能，但现在兄弟屡生龃龉，晴景又不识大局，是非不辨，说不定几句好听的话就说动了他，这一点不能不小心。

景虎严密防备的同时，派使者赴琵琶岛送信。

"阁下想必已有所知，三条方面近来动静俄然活跃，在下因诸多事故，与春日山之间骤生嫌隙，春日山若出，倍增不安。若仅防三条方面，那还容易，万一春日山受甘言蛊惑，与三条联手来攻，无疑腹背受敌，还望阁下届时能阻挡春日山之兵！"

使者翌夜即回来，带来宇佐美的回函："阁下所述之事，本人亦有同感，有关春日山方面，大可交由在下负责，定不允其一兵一卒越过米山！敬请安心为上！"

数天后的早上，一样霜结地冻。景虎接到报告说三条军已出动，金津国吉为主将，数名豪族为副，总数五千。

景虎笑说："金津国吉的本事我还没见识过，不过他哥哥黑田国忠的本事我已领教过了，也没什么了不起，料想，国吉不见得胜过乃兄！"

有宇佐美为他封锁春日山，解除背面不安，因此对正面而来的敌人，他无惧无惊，甚至想迎头予以痛击。

他召集众将，宣布此事，众人也意气轩昂，准备大干一场。

景虎将众人部署妥当后，独自带着枪，踩着霜柱爬上后山。他站在山的斜坡上俯瞰地形，演练战术。他盘算敌人来攻的方法，就地形而言，他们可能还是像上次一样分正门、后门两路来攻。

不过，这一回他们若故技重施的话，栃尾这边就麻烦了，因为兵员不足。上回是有宇佐美、上田房景、春日山等援兵，总数三千，但这一回只有新发田扫部介治时的两百兵力，总数不过一千二，要迎击五千多敌军，比例悬殊，若再分两路迎击，那更降低战斗力，务必想办法让敌军集中一路来攻。

栃尾盆地是纵长的三角形，最里端的顶点位置就是栃尾。从三条方面入此盆地，有两条路。

一条是首战时敌人采取的路线，沿着盆地西侧山区的峡谷窄路而来。这条路一出峡谷就是栃尾村外。另一条是第二战时敌军走的沿刈谷田川支流的路。

要让他们选择其一，并不那么困难，只要聚集百姓沿着山路竖立伪旗即可。这一招在首战时曾让敌军尝尽苦头。问题是进入盆地以后怎么办，他不希望敌军像上次一样前后夹攻。

他望着盆地中蜿蜒的小路、路岔、河滩以及包围盆地的群山，自言自语道："看来，还是得借助伪旗之计。"

如果采用此计，则此刻所立之处的东南方丛林是最适当的地点。若在那里安排两三百个百姓撑起更多的旗子，让敌军误以为人数过千而放弃攻后城门的话最好。

当然，这个计策也不能全靠百姓，还得有二三十个真兵露露脸，才不致被识破。只要他们一路攻向正城门，就直接迎战，不搞伪旗之计，免得一被识破，反而自乱阵脚。

思虑停当，景虎准备下山。这时，本庄庆秀和金津新兵卫上山而来，两人都穿着轻型甲胄，战衣在阳光下反射着刺眼的光线。

两人在景虎面前屈膝一拜。

"有事禀报。"

"到那边坐着说吧！"

景虎径自坐在一块岩石上，等他们两个都坐定以后道："说吧！"

"刚才接到通知，柿崎景家也出兵了。"

景虎原以为是春日山出兵，胸中一紧，待听得是柿崎弥二郎，不免松了一口气。

长尾俊景还活着时，柿崎弥二郎就已加入三条，俊景战死，昭田常陆介统率三条以后，弥二郎仍然效劳三条，同时成为昭田的女婿。昭田为了拉拢弥二郎，收了一个美女为养女，嫁给弥二郎。不过，弥二郎还不曾为三条出战，他一向盘踞柿崎城，窥伺春日山。

景虎虽知弥二郎这个人不容轻视，但仍表情不动地说："是吗？我久仰弥二郎的武功，这下有缘见识一番了。"

两人见景虎一副胸有成竹的气概，自是安慰，但仍建议说："弥二郎是战无不胜的勇者，我们得事先拟好对策。"

"我会。"

景虎简短地回答后，仰头望天。蔚蓝的天空中悠悠飘着雪白柔软的云朵。他看了好一会儿后说："辛苦你们了，下山吧！"

说完，踏着大步下山去了。

翌日正午过后，三条军攻来。和上次一样，沿着刈谷田川支流的路进入盆地，逼近沿着东边山脉的路。路在距城一里处与刈谷田川交汇。他们就在那儿分为两路，一路不过河，直上土堤，另一路过河后就止步不前。前者是以后城门为目标，后者则等待前者进到适当的地点，打算同时联手攻城。

景虎按照预定计划，在后山绵延向东的山腰树林里安置了鬼小岛弥太郎夫妇率领的三十兵员及两百个百姓，但旗子还没竖起。

昨日天气晴朗，但今日阴霾一片，空气寒冻彻骨。覆盖天空的厚云层仿佛就要撒下片片雪花似的。沿着刈谷田川河堤而来的两千敌军，吹螺打鼓地渐渐接近。

景虎定睛注视许久，发现时机一到，立刻举枪对着天空放了一枪。这轰然声响是个信号。埋伏在林中的弥太郎夫妇等人立刻高举旌旗，嘶声竭力地喊杀。他们每个人拿着三四根旗子，旗上印着宇佐美的三瓶徽饰。守城兵虽知是假，但看到千旗摇动，一时也误以为真有千军在旁襄助。

沿着刈谷田川而进的敌军停止前进，像是受到动摇。

景虎再发一枪。紧接着，鬼小岛夫妇等人用力摇晃军旗向林子入口处移动。这些人都是真的武士，他们出现在林外，马头一字排开，束手观敌。

在越后一国，几乎无人不知宇佐美之善战，眼前情势，大有攻城军一渡河，宇佐美便拦腰击来的气势。敌军似乎大受动摇，信使策马奔前驰后，不断交换讯息，没多久，他们似乎放弃攻打后城门，大军掉转马头，与另一路会合。

"好极了！"

景虎心下满足，但不露笑意，慢慢走向正城门。其实他已紧张得汗流浃背。

大约半个时辰后，正城门的会战展开。敌军分先锋、中锋及后卫三队，一齐向前推进。一进入射程，便竖起盾牌，从牌下放箭，慢慢向前推进。起初，守军的箭老是射中盾牌，但距离接近后，几乎每发必中，尤其是户仓与八郎，更是箭无虚发。他没戴战盔，胄衣袖子也脱下，拉长了弓等着，只要盾下略显空隙，他立刻放箭，瞬间射倒二十人，敌军阵势因而乱了，避开户仓与八郎的方位，偏向两侧。

这正是可乘之机。

"上！"

景虎令旗一挥，在城门内侧等待时机的本庄庆秀，率领两百手下开门而出，因为敌军已乱，本庄一举杀至敌军中锋。

中锋主将是金津国吉，他不慌不忙地张开队形两翼，准备包围本庄。敌军两千，本庄兵力两百，自然不能被围，否则如瓮中捉鳖，死路一条。本庄军立刻后退，但并不是逃回城内，而是沿城门向西，金津军追击在后，阵势也乱了。

在这之前，景虎已率近卫三百勇士下到城门口，他策马前奔，直攻金津军侧面。景虎兵数虽少，但都是以一当十的骁勇之士，立刻击溃金津军。而溃走的金津军中，被景虎预先安排了三十名勇士混入其间，金津军却无人发现。

担任后卫的柿崎弥二郎，眼看己军被寡数击溃，不由大怒。

"尽是些不知战法的没用东西，我就让你们见识一下什么叫打仗！"

说完，拉马过来，翻身上马，大喝一声："儿郎们，随我来！"便横着长枪策马向前。

他戴着金光闪亮的镰型装饰头盔，一身绯红战甲，跨在漆黑战马上，犹如驾着乌云的雷神。

"在下柿崎景家参见喜平二景虎！"

他边喊边晃转马身，手上长枪也挥舞不停，所到之处，或倒或扑，如刺芋头般轻松。

景虎避免与弥二郎交锋，战了一阵便喊："退！快退！"

他掉转马身，枥尾军也跟着撤退。

"别跑！那个穿红穗铠甲的就是景虎，杀了他！杀了他！"

弥二郎一马当先地追来，他的军队一上，前锋和中锋也恢复气力，回头加入追击。但是，当他们通过城门前时，在门内待机的金津新兵卫和新发田扫部介治时率兵五百冲出，切断敌军后路，开枪射击。

一听到枪声，原先拼命奔逃的景虎军立刻止步，景虎大叫："敌人中计了，我们赢了！快乘胜追击！"

军队立刻应声反击。本庄军也回转，迂回攻击敌侧。同时，在稍前已由后门进城的弥太郎夫妇率领的百姓，在城内竖起三瓶旗，杀声震天。三条军大惊，呆立不动。别说是金津国吉，就连弥二郎也又惊又疑，停马四顾。

这正是混入金津军中的枥尾勇士等待的机会，他们出其不意地斩杀敌将的马腿，而且嘴上还喊着："有叛军！大家小心！"

局势益加混乱，三条军争先恐后地撤退，枥尾军乘机全力追击，三条军完全溃走。

不过，弥二郎毕竟勇猛过人，即使是在这时候，他仍带领三十近卫殿后，阻挡枥尾追兵。

景虎见弥二郎撤退的情况，知道穷寇莫追，于是召回追兵。三条军惊魂甫定，不多时就逃往了距枥尾城一里半外的盆地入口附近。

天日较短，此时已近黄昏，于是各自筑阵扎营。

晚餐时，诸将都聚在金津国吉那里。弥二郎为败战而耿耿于怀，连最爱的酒也没喝多少，数落了诸将几句，便闷闷地回营。

"没用的东西，怎不叫人生气！"

他重新斟酒。这时，站岗的近卫走进帐中小声禀报："新发田扫部介治时求见。"

"谁？"

"新发田城主之弟……"近卫的声音更低。

弥二郎已有七分醉意，看近卫那模样不觉大怒。

"干吗那么小声？说清楚点！新发田城主的弟弟扫部介治时来了是吧？扫部介治时以前是我的好友，但现在敌我有别，来干什么？罢了，老朋友嘛，不好赶人回去，让他进来吧！"他故意大声嘶吼。

扫部介治时身着轻便甲胄，悄悄进来。

"扫部介治时，真是他乡遇故知啊！哈哈哈！"弥二郎开怀地笑迎扫部介治时。

"阁下精神很好啊！"扫部介治时微笑着坐下。

充分的反应

酒过三巡后，弥二郎说："你们的战法很妙，今天是打得漂亮，但明天不会这么顺利吧！最好有这个打算！"

他回想起来便觉愤恨，声音发抖。

扫部介治时笑说："就是呀！今天如果没有阁下的话，也不只那点成果啊！正当我们要宰杀金津国吉时，就因为有你挺身而出，害得我们功亏一篑，真可惜！你干吗那么帮着昭田？"

他笑中带着谄媚。弥二郎呵呵一笑，心情似乎好转。

"为什么？昭田是我的岳父啊！你不知道我娶了他女儿？"

扫部介治时故作大惊状，"哦，你娶老婆了，我一点也不知道！"

"不知道？！"

"是啊！听人这么说，我不相信。"

"为什么不相信？"

弥二郎生气起来，眼看又要开骂了。扫部介治时仍不慌不忙地说："我知道昭田有男孩，但确实没有女儿啊！所以听说你娶了昭田的女儿时，心想这恐怕是误传，你只是纳妾，而不是娶妻。"

"什么妾！是我明媒正娶的老婆，她是昭田的养女！"弥二郎终于吼出来了。

"你先静下来听我说，这样剑拔弩张地不好说话！"扫部介治时先平抚他的情绪，继续说，"是他养女有问题。也不知是哪里来的女孩，谁知道是不是良家妇女？就这样一个不知来历、只是细皮嫩肉的女人不过是个女侍，为了要拉拢你，才收为养女再嫁给你！所以啦，我就说是娶妾嘛，怎么会是娶正室呢！"

弥二郎没有吭声，气呼呼地瞪着扫部介治时。

扫部介治时继续说："我想，以你柿崎景家的身份，要娶正妻，只要看上任何诸侯朝臣的千金，对方一定欢欢喜喜地坐着花轿上门，是不？昭田常陆介算什么？！不过是个来历不明的外乡人，利用两个儿子侍候先主为景公，攀附权室，成为春日山长尾家的家老，就算是他的亲生女儿，也配不上你柿崎家的家世，配不上你这艺高胆大的武士。"

"……"

"何况，他还是忘恩负义的禽兽。原是流浪无靠的外乡人，幸得先守护代恩宠，成为首席家老，两个儿子也继承名家之后，享尽一门荣华，但是对他恩重如山的为景公一死，他立刻背叛少主，为景公次子景康、三子景房都惨遭他的毒手。如此罪大恶极的逆臣。拜这种人当岳父，妥当吗？我觉得你认他为岳父，实在可惜，这可是老朋友的肺腑之言啊！"

扫部介治时说得头头是道，又有诚意，弥二郎虽想发作，却又按捺下来，陷入一股奇妙的思绪中。

许久，他才开口："你是想来劝我的吧！"

"你先安静地听我说，昭田既是春日山长尾家的叛臣，也就是朝廷的敌人。你也知道，前年京里下了一道圣旨给春日山，要讨伐国内的逆徒，这逆徒除了昭田父子还有谁？和这种人同盟，只怕玷污了你柿崎武士的家风，我真为你可惜。"

"朝廷圣旨？哈哈……"

弥二郎大笑，魁梧的身躯抖动不止。

扫部介治时仍然一副认真的表情。

"圣旨就是圣旨，违者就是朝廷公敌。"

这话虽短，却如匕首一样锐利。弥二郎笑容消失了，脸色阴郁。他抓起酒杯想要斟酒，发现手抖不已，只好缩回膝上，狠狠地瞪着扫部介治时："你是来劝服我的吧！快说，咱们现在敌我两立，说话小心点，免得我一刀斩了你！"

扫部介治时微微一笑："是吗？那么你就斩了我吧！看来我的话是不合你意，因为我是来劝你去昭田、就枥尾的。"

弥二郎不动，扫部介治时也不动，两人互相凝视，看着看着，弥二郎的

225

表情软化了。

"别人会怎么说呢？我以前也曾背叛三条来归啊！"他表现出不曾有过的腼腆表情。

"有什么可顾忌的呢？事到如今，不用我说，你也亲眼见到三条灭亡了。今天不也一样，若没有你出手帮忙，又是怎么样的一番局面？做人要认清时势，景虎君胆识过人，虽然年方十八，但是战法高超，你也见识过了……"

扫部介治时还想再说，弥二郎把手一挥："你回去吧！"

扫部介治时凝视着他，立刻应道："好，我就告辞了！"

他悠然起身，弥二郎送他到营外。

扫部介治时带着从骑数人驰走在漆黑的山路间，心想，对方的反应足够了。

说服弥二郎阵前来归的策略，是扫部介治时主动提出、得到景虎允许的。他因自己兄弟的事导致景虎兄弟翻脸，因而诱发三条来攻，颇感自责，寻思着多为景虎尽一分力，也更想多立一点功劳。

弥二郎送走扫部介治时，回到刚才的地方，烫了酒又喝起来。他先狠狠地灌下四五杯，然后浅斟慢酌，边喝边想着扫部介治时的话。

他说忘恩负义的禽兽、逆贼、朝廷公敌什么的，当时听起来颇为刺耳，但现在自个儿细细思量，似乎又言之有理。当初自己也是充分盘算过利害后才加盟三条的，而今为了利害，信念又要动摇。

重要的是，他发现景虎似乎是稀世将才。景虎修筑栃尾古城、大破来攻的长尾俊景，不过才十五岁；同年冬天，他不但击退再度来攻的三条军，而且杀了俊景。这两次交战，弥二郎都没有参加，听到消息后只是愕然而已，心想他第一战不过是偶然得胜，第二战有宇佐美、晴景和上田的援兵，加上宇佐美的指挥，得胜也就不足为奇了。

话虽如此，他当时毕竟只是十五岁的小鬼，那等智能仍然叫人佩服。而今他已十八，愈发精明，天晓得他以后会成什么样？

弥二郎心想："因为看晴景是没出息的人，必败无疑，因而投效三条；即使俊景死了，仍无二心地臣属三条，并做了昭田的女婿。但现在景虎如此杰出，不容小觑，很可能取代晴景……"

弥二郎又想："景虎现在指责昭田是忘恩负义的禽兽，是逆贼，是朝廷之敌，虽然是叫嚣而已，在三条势力犹大时没什么作用，但万一景虎得势，这些指责恐怕就有很大的杀伤力了！"

他思前想后，脑海里一直拂不去妻子的白嫩脸庞。这女人生得美，他疼爱有加，反而令她承担不起。最近她总是说："今晚找别人陪你吧！"

她非常瘦，脸色苍白、没有血色，犹如梨花。喜欢这种女人的男人不少，春日山的晴景就是如此。他宠爱的藤紫就是这样瘦兮兮的。

其实，弥二郎喜欢的还是丰满华丽型的女人，很久以前为景公送给他的春、秋二娘，最合他的胃口。

可惜，这对美艳双姝在八年前相继过世，直到今天，他有时候还会想起她们。

思绪回归正题。妻子毕竟是明媒正娶来的，如果要和昭田断绝关系，岂不是要马上休她回家吗？他还真舍不得。

他苦思一阵，突然领悟："就算昭田要我还回去，只要我说不还，老婆也不敢说要回去。他们又不是亲生父女，没什么亲情，不过是为了把她嫁给我而挂个养女名义，我不还，他又能奈我何？我不还，绝对不还……"

他喝喝想想，想想喝喝，不知不觉醉意已浓，思绪也随之纷乱。于是，往旁边一倒，扯过熊皮垫盖在身上，瞬即鼾声如雷。

翌日，弥二郎如往常般准时醒来，毕竟体力过人，一夜酒醉，但觉神清气爽。

他推开熊皮垫，翻身而起，昨晚的思绪又浮现在脑海中，也不知道是什么时候决定的，反正背叛昭田、归顺景虎的心意已定，于是走出帐篷。

天气晴朗，太阳虽然还未露脸，但飘浮在东山上的云朵下部已染成金红色，光芒呈放射状散向四空。

营前空地上，兵士分成几组炊煮伙食，多人围在大锅周围，愉快地谈笑。味噌的香味弥漫在寒冷却清冽的晨间空气中。

弥二郎径自走过其间，来到霜柱林立的原野，心中犹在盘算："如果我只是带兵跑去说声'抱歉，让我加入你方吧'，这不等于摇尾乞怜吗？想我柿崎弥二郎怎能如此没出息？！我要露一手给他瞧瞧，让他知道我非等闲之辈！"

他使劲踩着霜柱走动，止步一看，左手不远处是昭田将监的营地。将监是常陆介之弟，是为监督战势而来。营地前，兵士也分堆炊煮。

弥二郎凝看半响，突然面露微笑，返回自己营地，冷不防地大声吼道："赶快准备出战！先穿了战服再吃饭！两刻钟后出发！来不及者一律斩杀！"

兵士都很清楚弥二郎说杀就杀的个性，众人慌忙起身准备，弥二郎觉得还不够，令号兵猛吹螺号，整个营地乱成一团。

附近的营地也惊慌不已，多人跑来探看，有人发问，但弥二郎一概不理，只是不停地斥责号兵："吹呀！吹呀！"

他目不转睛地盯着部下准备。

不久，昭田将监亲自出来。他年约五十五六，身材瘦高，风采颇佳。他的胡子已半白，穿着五彩穗编的甲胄，身披蓝底无袖织锦战袍。他略显急躁，没有戴黑纱帽，也没有缠着额巾。他走到四五米处时便不甚愉快地说："柿崎将军，这究竟是怎么回事？"

弥二郎没理他，仍然催促号兵："吹！用力吹！"

将监又靠近至三米处，"柿崎将军，你这样扰扰嚷嚷地是怎么回事？要出兵的话，又是攻打哪里呢？快回答我！"

"浑蛋！谁叫你们停的？快吹！快吹！"弥二郎吼斥号兵。

将监立刻脸泛红潮，他一步步地逼近，"我是监军，我正在问你，快回答！"

"吹！快吹！用力吹！"

将监似也觉得弥二郎的模样不寻常，他边说着"柿崎将军，我看你有些不对劲呀"，边探头窥伺弥二郎的脸，他想抓住弥二郎的手臂，但还没摸到，弥二郎便敛声大吼："无礼的东西！"

将监当胸被重击一拳，整个人踉跄地似要向后仰倒，"大胆！"他吼着，正要直起身来，弥二郎腰上的剑已横挥而过，他的脑袋飞入空中。

对于弥二郎出人意料的举动，三条诸军尤其是昭田将监的队伍无不暴怒，作势欲击弥二郎。但弥二郎早已摆出准备反击的气势，他跨在黑漆战马上，舞着长枪，在营前飞转，并大声喧嚷："武士出阵犹如天魔波旬（在佛教中，欲界第六天魔王名为波旬，常扰乱释尊修行），即使是我佛菩萨阻挡在前，也不能原谅！本将军出兵在即，将监不但意图阻止，甚至以手触本将军身体，因此，斩杀以献祭军神！如果诸位要攻击本将军，很好！本将军也很高兴能棋逢敌手！毕竟在此越后一国，还无人能当面阻挡我柿崎景家者。"

他这番话简直不把三条诸军放在眼里，三条诸军虽然气得咬牙切齿，却无人敢上。

弥二郎把手下分为两队，以一队守备一队行动的方式出发，他自己则在最后面压阵。他在马上，指挥部队，一副旁若无人的姿态，看得三条诸军眼睛喷火，却无可奈何。

他们对弥二郎这突如其来的举动无法理解，或许是不能确定。从弥二郎这个人的人格推测，他可能又心生叛意了，但三条诸军实在不肯承认像弥二郎这般勇将就这么轻易地脱离己方阵营，因此没有展开攻击行动。

当队伍行至半里外的高地时，弥二郎左手持枪，右手操起系在胸环上的军旗，大喊："整队！"

用力挥旗两三下。

队伍迅速向左右展开，形成鹤翼阵形。

弥二郎人在马上，再度嘶喊："你们如果执意追来，那就是把我看成敌人，既然如此，我当下和三条断绝关系，加入春日山那边。把我看成敌人，想必是你们本心吧！索性来吧！怕什么？"

他又挥令旗，于是鼓号齐鸣，喊声震天，大有回身反击之势。

三条诸军个个丧胆，踌躇不前。弥二郎却一再嚣张跋扈地发出挑衅而嘲弄的话语，意图诱使他们来攻。

他这种举动令三条诸将起疑，尤其是主将金津国吉。他想："弥二郎的背叛虽然可恨，但他这样自得意满的做法并不寻常，想必已和栃尾那边谋定。己方一个疏忽，很可能会落入陷阱。"

于是，他告诫诸队，停止备战。

对弥二郎而言，这是预料中的事。他唤来最信任的部下，令人传口讯给栃尾城的扫部介治时："你告诉他，就说我说，'前夜特来相劝，语多恳切，却失礼以待，然事后思虑，兄台所言极是，遂有归顺之意。目下则赴贵城途中，唯因三条军方穷追不舍，暂在此地对阵。敢请兄台将此事禀报景虎君，促请景虎君出马相援，并观愚弟效劳之志。另，为明在下归顺之志，献上昭田将监之首，特请检视！'记得了吗？"

"记得了。"

"你说一遍给我听！"

部下复诵一遍。

"好！快去！"

部下带着三名随从，快马驰向栃尾。

不一会儿，景虎便由扫部介治时处得知此事。他昨夜已知扫部介治时与弥二郎交涉，但以为至少要扫部介治时出马个两三次才可能谈妥，对事情如此迅速解决自是惊讶。

景虎没见过昭田将监，他招来扫部介治时及其他看过将监的人检视，确定是将监无误。

"我要亲自出城，留守之职就拜托本庄和新兵卫。我不带兵，只要扫部介治时的人马和我的近卫就好。"

景虎清楚地吩咐下去，两刻钟后，他已在城外。

扫部介治时的兵力虽有两百多，但只有十名骑士，其他都是步兵。

景虎告诉扫部介治时："我先走，你在后面跟着！"

扫部介治时微觉不安，虽然弥二郎献上了昭田将监的首级，但是他这个人反复无常，很可能又因为其他事而改变心意。

"我想不用那么急，还是准备妥当稳稳前进较好。"

景虎笑说："弥二郎虽是无双的猛将，但是他的兵员此刻却是无从依附的立场，心境易受动摇，我想尽早赶去以定军心，如果军心不定，弥二郎本身也会有危险。弥二郎已有心归顺，我不会有事的，放心吧！"

说完，他领着三十名近卫，飞速向前奔去。不过一里之遥，很快就到了。

景虎一绕过山腰，立刻竖起军旗。衬着晴朗的山景，奔驰而来的人马，旗帜顿显耀眼。弥二郎军立刻气势一振，三条军则大受动摇。

弥二郎见机，又召使者传讯："你告诉景虎君，他能神速赶来，不胜感激，此刻即当奉公一战！敬请一旁静观！"

说完，下令兵士鸣鼓吹号，发声喊杀。三条军更有动摇之色。

弥二郎人在阵前，长枪一挥，"上！"一马当先冲向三条军。弥二郎军虽仅一千，但以怒涛之势攻来，三条方面的四千大军早已斗志萎靡，瞬间溃散。

"追呀！"

弥二郎紧追在后，任意蹂躏。三条军已溃不成军，将领虽然想拼命稳住阵势，但弥二郎追击太急，反而愈增混乱。

景虎在弥二郎筑阵的地方竖起军旗，驻马观看眼前厮杀。他的近卫勇士个个迫不及待，想要加入战事，但景虎不准。

"这是弥二郎归顺的首战，就让他尽情表现，你们不必插手！"

勇士们只得勉强静伫观战。

弥二郎的勇猛的确无人能比，他就像从空中攫杀四处奔窜羊群的巨鸟一般，只见他长枪在手，一挑一刺之下，一个个人头便落了地。

景虎看得出神，但心里仍想："真是稀世猛将，可惜心术不正。"

战况进行了大约两刻钟，扫部介治时率领的两百人赶到，如果他早到一刻钟且加入战事的话，三条军很可能会全数灭亡，但因为弥二郎的追击太猛，战场已远扬。

就在此时，弥二郎鸣金收兵，他亲自殿后，队伍整整齐齐地撤回。

景虎看得出神，"好厉害！常听说他自夸是越后第一武士，并非夸口！"

弥二郎发丝散乱、浑身血迹地参见景虎。扫部介治时为他引见："这位是柿崎景家，悔前非而来归服，肯予收留，不胜感激！"

景虎立刻回答："过往不咎，很高兴你能明大义！今天的表现真了不起，真叫我开了眼界，希望以后一样忠勤！"

弥二郎笑说："在下久闻你年少智谋双全，能加入你这边，我很高兴！"

他的态度和用语说不上恭敬，仿佛是说你们这边有了我可是一大收获。景虎的近卫觉得尴尬，景虎也略显不快。

不过，弥二郎随即又说："待我献上初见的礼物吧！"

他回头令属下捧上一个盘子，景虎一见，不快立刻消失。盘上排着十二个人头，弥二郎一一报名，都是三条军叫得出名号的武士。

景虎微笑着说："好隆重的礼物，我承领了。"同时心中暗道，"找到一个好帮手了！"

三条军退出枥尾盆地、撤回三条以后，景虎也班师回城。

弥二郎背离三条、加盟枥尾后，三条方面的战力大损，景虎对之没有顾虑。此时，他担心的是春日山。他想让弥二郎回驻本城，封锁来自春日山的攻势，但还没决定时，宇佐美定行来了，只带了五六个贴身随从。

他一见面便恭喜景虎："这回又赢得大胜，武略武运皆值得庆贺，还有弥二郎来归，更是值得大喜。"

景虎当然知道他不是为说这些喜庆话来的，一定有大事要谈，不过，他想先谈自己当前的打算。

"我很在意春日山那边，想让弥二郎回到居城，好封锁那边。"

宇佐美立刻倾身低语："在下前来，正是为了此事。"

"行得通吗？"

景虎很明白宇佐美的想法，但担心宇佐美有异议。

宇佐美用力点点头，低声说："这话说来不敬，但是只要晴景公在任，春日山长尾家家势即日益衰退，最多只有两三年的命运了。还有，你和晴景公虽是兄弟，但总有一天会彼此翻脸，这情形不用在下明说，想必你也清楚。你想让弥二郎回到居城，不正是为了这个吗？"

景虎默然，脸色阴沉。

宇佐美又说："依在下所见，你最好有心理准备，如果终究不可避免，那么你与晴景公的交战愈快愈好；如果等到家运衰竭再对决，则后事难以善终。"

"你是要我起兵谋反？"景虎又惊又疑，满脸通红，眼中透出精光。

"非也！"宇佐美轻轻摇了摇头，声音更低，"我不会出这种馊主意。我们要让春日山先出手，必须安排成我们是被动应战不可。"

景虎这下明白宇佐美的用心了，他有些懊丧地问："那么不能叫弥二郎回到居城了？"

"正是！那方面可暂时不管，在下也撤除了米山的防务。你刚刚打赢三条，消息已传到晴景公那里，想必令他坐立不安吧！就像水往低处流，要让他冲着这边来。没有借口，我们可以给他找个借口出来，只要有想做的意志，有做的必要，何患无辞呢？"

"……"

"子与父战，弟对兄战，在人伦上来说当然不是值得夸耀的事，但当此战国离乱之世，父不父，兄不兄，不能不考虑人为一代、家为万世的问题。何况，非战不可的情形下应战，世人的观感也不致太恶，希望你有所决定！"

放逐父亲的武田晴信那俊秀的脸庞，在景虎眼前不断闪现。

设计

宇佐美巧妙地看穿了晴景的心理，景虎不但又赢了三条，而且收服了三条第一猛将柿崎景家，这对晴景而言，震撼极强，也更强烈地刺激了藤紫。

"上一次是新发田兄弟，这一回是柿崎景家，这两个都是主公的敌人，他把这两人收在身边，其心可疑。姑且不论其心术，他不过是运气好罢了，屡次战胜三条，结果他的名声如日出之势，这一阵心服他的豪族大概不少吧！好威风，俨然国有二君、家有二主。"

她意犹未尽，又挑拨说："总有一天他会被捧为春日山城主的，世人都这么说，等景虎当上家主，春日山长尾家家运就要否极泰来，豁然开朗，您没听说吗？"

她的蓄意中伤，更增添了晴景的不安与愤怒，终于发檄讨伐景虎。

"舍弟喜平二景虎不悌不顺，包藏祸心，不停聚集凶险之徒，图谋不轨。若任其不管，必将招致祸害，为免养痈遗患，决意伐之，凡我族党，同力共讨！"

景虎得知消息后，也散发通告给各豪族。

"先父为景公为伐越中贼徒，不幸阵亡；家兄晴景继为春日山主，并蒙各位推荐，任守护代一职。然性趋柔软，不思报亡父之仇以慰幽魂，徒宠幸奸佞，图谋安逸，致国内分裂，战乱不绝。而晴景公犹无反省之意，溺爱妇人小子，非但残害忠良，且深嫉年少景虎屡立战功，二度遣人暗杀。景虎幸得天佑，得以幸活，晴景公犹不干休，兴兵来伐。事已至此，夫复何言！景虎唯有起而防战，尚望诸公哀怜景虎立场，且助一臂之力；倘否，至少袖手旁观是幸！"

景虎其实不愿意自曝家丑，但宇佐美全力说服了他。如果不显现己方的对抗意愿，则豪族很可能如同上次要讨伐新发田兄弟时一样相应不理；如果豪族不应檄出兵，枥尾和春日山之间就打不起来。

双方互遣使者，使得依附春日山长尾家的豪族大乱。大家都知道景虎说得有理，多半保持中立，但也有不少人执着于义理，忠于旧主，上田的长尾房景就是，还有上田景国、刘羽景亲、泉泽河内、唐泽左马助、大崎筑前、大河骏河、松本大隅、庄濑新藏等人都加入春日山那边。

另一方面同情景虎、佩服景虎胆识而加入枥尾方面的有竹俣三河守、色部修理亮、杉原宪家。

晴景发兵枥尾在十一月末，已是飘过两三次小雪的季节，并不算是很好的开战时机，因为不久就是风重雪深的隆冬，战争势必中止，诸军不得不各自返回领内。由于蛰伏了一季漫长的严冬而心生怯意的事常有，也不乏遭敌算计而变心的情况，因此，晴景深知万一等到春天，情势恐怕更为不利。

人缘就像辘轳井的吊桶，一方上，则另一方下。景虎三番两次击败三条大军，屡屡展现他身为武将的优异资质，但是晴景却不曾表现过符合武将的行为，景虎受人尊崇，晴景背离人心，自是当然。此外，晴景的日常行状绝对不能满足豪族之心，他自己也很清楚，心想在隆冬深雪来前一鼓作气打垮景虎，是上上之策。

响应晴景、最先赶至下越后的，是上田景国、泉泽河内、松本大隅、大崎筑前等人，他们都是南鱼沼郡内的土豪。乘舟下鱼沼川，集结河口，再沿信浓川，在藏王庙附近上陆，等待晴景发兵。当晴景终于越过米山岭的消息传来时，众将也开始活动。

战场上的武士心理极其特别，即使不是为野心而出，也会不知不觉地出现如猎犬般的心理。

此刻的豪族并非欢天喜地而来，他们一点也不尊敬晴景，甚至鄙视他，只是南鱼沼郡一带的豪族旗头长尾房景应晴景恳请而出兵，因此他们只好跟进，但一出兵，功名心便跃然而出，当然也有着不辱武士行为的名誉心。

出于这层心理，他们私下议定："敌方一定等我们后卫到了才攻，正安心以待，我们就趁其不备，先下手为强！"

于是，他们自藏王出发，从桑探岭越过枥尾盆地西线的山脉。

当天正午不到，他们自藏王出发的消息便传到枥尾。景虎与诸将商量，在各要冲部署好军队。

宇佐美还在城内,是最好的商量对象。宇佐美认为自己不在琵琶岛较易诱发晴景来攻,因此要儿子定胜留守,自己带了五百兵士来到枥尾。

藏王距枥尾有四里路程,通常行军一日六里,但因为这条路是山路,虽不那么艰险,但也不好走。景虎判断敌军到达时是午后三时,宇佐美也同意。

"不要急,慢慢准备等待就行了。"

正午略过,探子回报,敌军先锋约一二百人已进至见附道。

这似乎不太可能,但有人推测可能是先锋在天亮前就已出发了。

景虎心想也有可能,他问探子:"在岔口前还是后?"

"在岔口前。"

见附道在半路分为两条,直走即越过见附到达三条,向左转则越过桑探岭而达藏王。虽然在藏王的晴景军一定走后者,但若有人走前者,那就事关重大,搞不好晴景气极了,反而与三条联手来攻。虽说这情形匪夷所思,但依晴景那个性,也未尝不可能,昭田常陆介原先就是他最信赖的属下,如果晴景有此心意,二人可能会一拍即合。

"无论如何,我们要特别小心!"

景虎向将士说明状况,下令加紧防备后,决定亲自出马侦察。

众人立刻劝阻:"千万不可,这种事还是交给我们吧!"

"不,我要亲自看看。"

他带了三十骑近卫出发,小心翼翼地观察四周,沿着荫凉处奔驰在蜿蜒而坡度不大的山沟路上。

入山谷道行约半里,就是岔口,他放缓马速,更加小心地注意四周,不久,发现迎面来了一队军马。

景虎停马,对方也停马,但立刻摆出备战架势,数人自行伍奔出,散入路的两旁。令人惊讶的是这些人都拎着洋枪,枪身反射着初冬的阳光。

"哦?是枪,而且有七支!"

景虎大惊,他虽知这个距离枪弹打不到,但路的两旁是灌木丛,担心敌人们潜行接近而被狙击,那就不易防范了。他敏锐地观察对方。

对方好像也在观察,不久,为首的将领挥动令旗,戒备立刻松懈,持枪兵士也回到行伍中。

那将领抓起缰绳,小碎步奔来,近看之下,但见那粗短脖子上的脑袋,露出个白鼻子,笑呵呵的。

金津新兵卫惊喜地说:"呀!是杉原兄!"

杉原宪家是北蒲原郡水原的领主，他虽表示要加入景虎，但位在三条势力范围内，景虎还以为他实际上来不了了。

杉原三十五六岁，有一张胖得通红的笑脸。

"在下杉原宪家，见过将军，因为途经敌地，因而旷费时日。"

他的态度很自然，虽是初见景虎，但毫无畏缩的样子。景虎跟他寒暄完毕，他便与金津新兵卫等熟识的朋友寒暄起来。

"我刚才在见附听百姓说，南鱼沼郡的人今天早上离开藏王堂营地，准备攻打这里，心想我这下可赶上了，高兴得不得了。"

说罢，他纵声大笑，笑声在山谷里回荡不绝。

新兵卫说："你从哪弄来这么多洋枪？"

"怎么，你注意到了？我最早从堺市买来一支，用过以后觉得很管用，还想多买几支，正好堺市有人拿了三四十支到小田原兜售，于是买了。你不知道，这玩意贵得很，一支要价五百两，我杀了半天价，结果用两千五百两买了六支，等于白赚一支。不过，我多年的积蓄也掏空了。这玩意一流行，真受不了，手下的武士苦了，被我榨干的老百姓更受不了！我现在不能不再存一点钱，但只能一点点地榨，哈哈……"

谈笑之间，景虎和杉原并骑回城。

敌人抵达的时间，比预定时刻稍迟，约五千人。他们一抵达，立刻整队，直接攻杀而来。

他们常年在猛将房景的训练下，攻势猛烈，但守军也早做了防备，从容应战。敌军攻势未曾稍歇，前赴后继，一波一波地向前拥攻，如怒涛拍打巨岩。就这样拉锯而战，直到日薄西山，天色已暮，才停止攻击，远远退去，扎营过夜。

景虎率领宇佐美及其他将领登上城楼，观察敌营。敌军忙着扎营，红艳艳的夕阳光芒下，有的人搭帐篷，有的人燃起营火，也有人在炊煮伙食，更有人袖手旁观。营地里似乎没有做任何防备，只是派几队兵士在前线防备偷袭。

宇佐美叹道："不愧是房景公亲手调教的南鱼沼武士，的确有过人之处。"

景虎点点头，继续观察敌营，而后对宇佐美说："这些人必定在今天夜里撤退，你看我们趁机攻之如何？"

宇佐美没有应声，他在仔细观察敌营，老脸上突然露出一丝微笑，又倏地消失，瞄了诸将一眼，对景虎说："千万不可，敌势犹强，一战未能成功，不可能今日来即今日退。我军若夜袭，恐有危险，我看还是等到天亮再说。"

景虎发现宇佐美这番话是故意说的，其实他早就注意到敌营情况，犹佯装不知，只为了要凸显自己在诸将面前的胆识，激起诸将对自己的信任。战争唯靠气力，不信赖主将的军队当然没有气力。宇佐美此时所言所行，就是为了让新近依附的将领产生对自己的信赖。

景虎明白他这份关爱，也就与之唱和，说："敌军未带行李，不可能扎营太久。"

宇佐美"啊"了一声，"不错！你真是眼力过人！敌军确实会在今夜撤退，他们只不过是假装要扎营过夜呀！"

两人这一唱一合果然奏效，以前的部属对这位年少主将又多了一份崇拜，新近加盟的诸将也暗叹景虎果然名不虚传，顿生敬畏与信赖之感。

入夜以后，城内早已准备妥当，待机行事。当夜半时分敌营篝火烧得更炽旺时，城兵大开城门，直冲敌营。如景虎先前预见的一般，敌军正准备撤退，此时遭袭，立刻脚底浮动，争相溃逃，枥尾军一鼓作气，乘胜追击。

晴景率领七千兵力越过米山岭，渡过鲭石川，来至狭长的平原地带，当晚就在该地扎营。但天亮之前，探子快马急奔而来，报告先锋第一仗大败，而后，败讯不断。

诸将血色尽失，晴景更是脸色铁青，指着房景一再数落："都是你的先锋！都是你……"

房景此时年已六十七，发须皆白，略显枯瘦，但他毫无惊惧之色，点头说："不错，在下就打先锋，由在下去挡！"

他将两千多兵力部署在鲭石川河滩到刈田一带，上午九时左右，天空乌云密布，空气暖闷。

枥尾军约在一个钟头后杀至，他们在半途曾暂停，重整军势。

房景军先是藏身盾后，箭如雨出，然后从盾后一跃而出，杀向枥尾军，攻势猛烈。恃胜而骄的枥尾军有些动摇时，房景又策动第二批战士从旁攻击，枥尾军立刻崩溃。

"好极了！全军上！"

房景下令全军展开总攻击，势如大河决堤。

"稳住！大家稳住！"

景虎及众将策马阵中拼命想稳住阵脚，但房景军攻势太猛，枥尾军已开始溃散。

就在这时，杉原宪家率领七人枪队从中脱队，潜至敌侧，亲自瞄准敌军中一个个穿戴显眼的将领射杀。他把七支枪分成两组，一组三支，一组四支，轮番发射，弹无虚发，房景军中重要将领逐一倒下。

重要将领纷纷被射杀，房景军的攻势迅速衰竭。他们面对这不可思议的武器心生恐惧，军心立刻动摇。

景虎见机，立刻聚合将士，重新激励，展开反击。

房景不愧是百战猛将，他知道此战若退一步，则全军必将溃乱。因此纵横战场，激励兵士，同时派遣急使到晴景主阵，敦促晴景火速出兵以力挽狂澜，但是晴景听不进去。

大凡胆怯者在激战最高潮时，往往只看到己军不利之点，而不知敌军也有同样苦处，当胜败之势呈七三分时，或许均势已破，但呈五五分时，则未必是己方不利。可惜，晴景终究不想挽回这个局势。天空云层更低，天色愈暗，更令他心寒胆丧，只想到房景军已四分五裂，枥尾军随即乘胜杀来，眼前不时浮现那不吉的幻影，根本已无力发兵救援。

房景左等右等，就是不见援兵，危机却一波波涌至，他气得咬牙咒骂："浑蛋晴景！他想见死不救吗？！"

正当他认为此刻只有暂时撤退再说时，天空突然更加阴暗，豆大的雨点自空中打落，随即下起有如整片天空都倾斜似的暴雨。

两军无法再战，各自收兵。

这场当季少见的暴雨，下下停停，连续下了三天。鲭石川水面高涨，似有洪水之虑，于是双方都将营地撤至靠山的高地，僵持对峙。

第四天雨势方歇，又开始交战。但在此前，晴景最依赖的房景愤恨晴景先前的态度，一句话不说，率兵撤回上田。

晴景方面士气的沮丧可想而知，前锋才一交手，便心旌动摇，大有不想恋战之势。

景虎很快就看出这层气势，遣使通知杉原宪家："敌军无意恋战，你找机会射击主阵！"

杉原宪家正有此意，立刻率领手下登上右方山丘，尽量接近晴景主阵。

山下热战方酣。

杉原吩咐手下："今天不必挑选目标，只要多打死几个就有功劳，上两颗子弹吧！"

兵士遵命上好子弹。

"好！对准主阵正中央发射！"

七支洋枪一齐发射，兵士同时发出喊声。虽然人数不过三百，但洋枪威力太大，加上人声鼎沸，原就丧失战意的晴景主队更陷于慌乱之中。

景虎见机，令号手吹起总攻击号，强劲的螺声在山谷间回响，余音不绝，枥尾全军随之发出杀声，全数出击。

晴景被这阵势吓得魂飞魄散，颤声大叫："牵马过来！"

传令兵马一牵到，他立刻翻身上马，准备逃走。近卫一惊，勒住马辔，劝阻晴景："主公万万不可，战方其时，岂可弃兵潜逃，还请定心深思，毕竟我军数倍于敌军啊！"

晴景此刻哪有这层余裕，"放手！放手！我到米山岭再阻追兵，快放手！"

他踢着马镫，猛力挥鞭，近卫被踢得头破血流，不禁大怒："无情无义若此，罢了！随你去吧！"

手一松，晴景立刻鞭马而去。

主将既走，指挥无人，全军立刻乱作一团，向后败走。

战场厮杀最乐者，莫过于激战之后、敌军败走而我军乘胜追击之时。这时，我军毫无危险，犹如打猎，虽说视敌非人如鸟兽的心态过于残酷，但己身刚刚度过或许丧命的危险，情绪亢奋之余，无暇反省这种心态，徒然觉得兴奋愉快而已。

枥尾军追杀溃走的敌军，直追到米山岭山下。敌军本来打算在这里重新筑阵抗战，但因为追击猛烈，只好放弃，直接上山。

景虎奔驰在全军最前方，但在山麓突然勒马，观看往山上溃逃的敌军一会儿后，突然鸣金收兵。那些精神抖擞、奋力追击的将士对这收兵号令甚为不解，飞马至景虎身旁，七嘴八舌地询问缘由。

"为什么要收兵？岂不坐失良机，我们应毫不松懈地打到颈城郡，拿下春日山。"

但景虎只说："你们去问宇佐美，他知道为什么要收兵。一大早就出阵，我累了，要睡一下！"

说罢，撬开路旁一家民宅的大门，径自进去。因为此地开战，居民纷纷逃逸，屋中无半个人影。

景虎到厨房的水缸舀了瓢水喝，脱了甲胄，横躺在草席上。

众将赶紧去找宇佐美仔细询问。宇佐美的队伍正在一百米外的村落里休息。马都卸了鞍，人也脱了头盔，燃起火堆烧水，一副极其悠闲的模样。

宇佐美面向营火而坐，烤着双手，慢条斯理地笑说："为什么？因为敌军气势会反弹啊！他们若在山坡上严阵以待，屡挫我方仰攻的气势的话，情势可能逆转，形成拉锯之战。这样，敌军气势很容易反弹，所以我们要以时间换取掌握优势，先放松心情养足气力，再杀他个措手不及，才有胜算。"

众将又是佩服景虎的判断："他一向如此，总是敏锐过人，打仗的确不一定要靠经验啊！"

众将也各自带队散开休息。

约莫半个时辰后，景虎蓦地起身，戴上头盔遮着眉眼，走出民宅，仰望坡上。那海拔三百三十米、陡峭的山路泛着白光蜿蜒向上，消失在树林覆盖的山腰间，完全不见敌踪。

这个山岭绵延到五百米半外耸立北方的九百九十三米的米山，山形复杂，历经三天的暴雨冲洗，山色清澄，像钢铁般尖锐地刻画在青黑色的天空中。

景虎令号兵吹号，螺声在簇挤的群山间回响，休息中的军队立刻惊起，随着冲锋号声快速整队，齐聚在山麓下。只见景虎已策马上坡，众人立刻紧随在后，因为休息了一阵子，体力恢复，瞬间便攀爬到了岭上。

正如景虎推测的一般，晴景军爬坡至半途便停下，打算坐等追来的枥尾军，以逸待劳。但是等了半天，不见追兵来到，探子回报，枥尾军还在山下休息。

"既然如此，就别等了，先退兵吧！"

有将领如此决定，于是开始撤退，他们越过山岭未久，就听到枥尾军震天响的杀声。

"糟啦！"

晴景军狼狈至极，想转身迎战，只要比枥尾军先回到岭上，就能占到优势。但是那些乌合之众却不作如此想，他们又惊又惧，恨不得早一步逃离，没命地向前奔。这么一来，就连勇猛之士也觉心慌意乱，随波逐流地加速逃去。

枥尾军到达岭上时，晴景军已下到六七分处。

景虎大呼："一个也不要留！杀啊！"带头往山下冲。

枥尾军闻令，犹如鲨鱼闻到血腥，个个亢奋鼓噪，像一把利箭蹿向晴景军。他们争先恐后，甚至不走正道，穿梭草丛而下，找到适当的据点后，或丢岩石，或拉弓放箭。其中，杉原宪家的洋枪队最为活跃。他带着七名部下，攀到接近敌军正前方的高崖上，专挑穿戴醒目的武士射击。

由于居高临下，瞄准极佳，不少知名武士皆应声而倒。晴景军的恐惧狼狈难以用言语形容，只是没命地狂奔。

鲭石川河滩的败战及米山岭惨败的消息传到春日山，是在翌日黎明时。留守的殿原丰后是七十多岁的老人，晴景出征后，他紧张地不曾离开春日山城一刻。

数天前他已接到攻打枥尾城失败，以及因为大雨而迁延的鲭石川河滩交战的消息，但情形还不那么悲观。

"因上田军喽啰急于抢功，陷我方于不利，然鲭石川一役已予敌痛击，若非大雨，则我方必定大胜，殊为遗憾。唯待雨歇，斩敌除尽，拿下枥尾，不日凯旋，速将此讯转知藤紫，令其安心。"

当时，丰后还真的抱持乐观，但黎明时值夜卫士来报："……我军极为不利，主公仅以身免，正在回城途中……"

丰后咳嗽着起身，换了衣服，老腿微颤。黎明的空气冰冷刺鼻，他连打几个喷嚏，鼻尖感觉痒痒的。

（败战？！啊！这就是无理取闹的结果，打一开始我就不赞成这次出兵。有景虎那样杰出的弟弟，高兴都来不及，还有反而去憎恨的道理吗？只要兄弟和睦，景虎的功劳不全都是家主的功劳吗？唉！……）

他打了个喷嚏，用袖口擦擦鼻子，换好衣服。

"带路！我要问个清楚。"

侍仆捧着手灯，走到玄关。

传令兵坐在玄关铺板上，数名仆役围在他身边打听事项。仆役都很亢奋的样子，传令兵都略显萎靡地应答。他的战衣袖子撕裂，光着脚丫，额巾缠着一头乱发。看到丰后出来，很辛苦似的站起来，跪倒在泥地上。

"你把事情详述一遍！"

"事情没什么好详说的，敌军太强，而且还有洋枪助阵。枪一发射，我们的盾牌铠甲都挡不住，他们尽是瞄准领兵的武士。另外，房景公不知为何生气，在战争开始前就率兵撤回上田，没有上田军助阵，我军势力大衰，鲭石川惨败，米山岭更不堪一击……"

他的口气带着不满，似乎是冲着晴景，却又不敢明说。

"你在什么地方和主公分手的？"

"在松留，主公要我尽快赶回来报知情况。"

此刻，再问也是多余。丰后令一名仆役领着传令兵去吃饭休息，又令一人速到留城武士家中，要他们急速上城，他必须找几个人迎接晴景回城不可。

这次出兵，晴景是意气昂扬，放下狠话说："不抓回景虎或是拿下他脑袋就不回来。"

因此兵力皆倾巢而出，留守城中的多是年老多病没什么用的人，但不少随他出征的武士已先行逃回，凑些人是不成问题。

"还有什么事要办呢？"

丰后坐在冰冷的地板上思索，鼻子又痒痒地打了个大喷嚏。

"对了，得通知藤紫夫人……"

他擦擦鼻子，起身走向内殿。天色略亮，院里霜白如雪。

来到大厅，他招呼值夜女中，请她传报："有急事要报知夫人，虽然来得意外，但请务必接见。"

他等了相当久的时间，天色更亮了，听得到鸟雀啼声。

值夜女中和服侍藤紫的丫鬟出来，"请这边来！"

他被带进向着院子的客室，纸门敞开，房间正中央燃着大火钵，藤紫单手覆在钵上，端坐不动。她化着淡妆，但美艳如花，丰后看了也不觉心动，但仍知礼地跪在廊缘，"参见夫人！"他鼻子又痒得想打喷嚏，但拼命忍住。

恶女

听完殿原丰后的报告，藤紫心中大惊，但表情依旧非常平静。

"这消息的确叫人遗憾，不过，老是悲叹过往之事也不是办法。你赶快召集人马迎接主公，保护他平安回城！"

丰后对藤紫没有好感，他认为晴景治事之乱，广受世间批判，全都是被这狐狸精迷的，但是眼前藤紫的气势及沉着倒令他意外。心想她不愧是贵族大家出身，这等大事发生时仍沉着应对，真是愧煞男儿。

"那么，在下就去准备，同时也请夫人准备，让主公见到可以安心！在下告退！"

丰后退出内殿，在弯弯曲曲的走廊上猛打喷嚏，步伐软弱蹒跚。

"把门关上，通通退下！"

女侍关上向着廊缘的纸门，各自退回另一房间，每一个都为败军之报而坐立难安。

一人独处时，藤紫的样子完全变了。她无法安下心来，面色凝重，频频叹气。

她想："我得逃走不可！"

她知道有太多人憎恨自己，而且有不少是城里的人。万一晴景不保，这些人一定会趁机报仇，犹如一犬吠、万犬和，他们很可能一起找上自己，到那时，就算晴景有心保她也保不住。他既无挺身在前斥退家仆的勇气，也没有制伏众人的能力。她一想到自己的身体被暴兵践踏蹂躏、四分五裂的模样，便眼前一暗，浑身关节疼痛不已。

但是，该怎么逃？又逃往哪里呢？

恨她的不只是城里的人，城外的百姓对她的怨恨应该更深，自己是造了不少孽，万一被他们逮到，绝对不会没事的。

还有，兄弟毕竟是兄弟，虽然景虎兵临城下，但兄弟仍然可能讲和，晴景仍可能保安泰，但那时候他一定救不了自己。景虎是不用说了，所有投靠他的豪族都恨自己，讲和的条件之一一定是杀了藤紫。

反正，自己是没有救了。事到如今，她颇后悔没有预先准备可以逃往庇护的地方，但现在想这个也没有用。

"总之，先逃再说，其他的事以后再看，我得快一点！"

她下定决心，唤来服侍她的丫鬟。

"你的老家是在名立吧？"

"是，在名立里面叫作赤野俣的山里。"

"你带我去那里，这里不久就要开战了，到时我和你都不知道会怎么样。攻城战时遭蹂躏的总是女人，除了被那些鬼一样的武夫欺负外，还可能被四分五裂哩！"

丫鬟吓得发抖。

"主公出征时还特别盼咐过我，万一我方打败时，要我暂时先躲到别处去，主公回城以后，重整军备，打败叛贼时，再接我回来，知道吗？你就先带我回你的故乡躲一躲，将来一定重重赏你，而且你的父兄都能升为武士，快带我走吧！"

小丫鬟也不知听懂了没有，浑身颤抖，不停地点头说："是。"

藤紫立刻收拾准备。这次逃命，必须尽量多带金银不可，她不认为晴景还能挽回颓势，东山再起。如今之计，她只有逃回京里，想到路费和以后的生活，金银绝不可少。何况，她长年待在这偏远乡村，弟弟也死了，若不多带点金银财宝，她觉得不甘心。

她收拾了过去晴景赏她的金沙和金银首饰，看到那些美丽的衣裳，也觉得不舍。心想，这一套套的衣服可以把我送回京里，就用这些和服充当路费，金银尽量留到京里再用吧！

她想挑选几件，但每一件都爱不释手，她压抑自己，仔细地挑选出来，丢给丫鬟打包，结果是重重的一大包，丫鬟根本扛不动。

藤紫心想：必须找个男人帮忙不可！

她想，这时玄鬼若在就好了。出于女人的敏感，她知道玄鬼对自己有着不同寻常的感情。在得意之余，免不了又有些生气、有些奇怪，早知如此，当初应该珍惜的。但是，现在再想这些也是多余。

"要找谁呢？"

她左思右想，脑里浮现一个个男人，都是年轻的武士，虽然有些老早就思慕自己的，但都随晴景出征了。

没办法，她只好把念头转到家仆身上，这个不行，那个也不行，推敲半天，终于选定一个。

那是叫久助的家仆，本来是直江津的渔夫，因为善于相扑，晴景在去年秋天用他为仆，负责打扫内殿庭院。每回他见到藤紫，那眼神总有着爱慕。

藤紫心想，"他看起来身强力壮，可以安全护送我回到京里，即使他不曾爱慕自己，也可以想办法说服他，如果以身体为诱饵，没有做不到的事。"

心意一定，她吩咐丫鬟去找久助来。

这期间，消息已然传开，城内里里外外都骚乱起来，异样的嘶喊声及笨重的脚步声不绝于耳，有人来偷窥藤紫居室的反应。藤紫把打包好的东西藏在几下，挺胸端坐在火钵旁，一有这种人探头探脑时便厉声斥责。

"无礼！没有召唤，进来做啥？！在武家做事这样鬼鬼祟祟做什么？！"

美艳的脸上有着难以亲近的威严，被骂的人吓得慌忙一拜，关上门便闷声溜走。

院子里有人接近的声音，听见小丫鬟说："你在这里等着，我去通报！"

藤紫亲自开门。久助跪在院中，他年约二十五六，身材结实，发须浓密，浓眉下两只眼睛骨碌一转，立刻低下头去。藤紫触及他眼神的那一刹那，心中掠过一丝不安：这个男人可靠吗？但现在已骑虎难下，没有犹疑的余地，她尽量保持威严说："主公曾经嘱咐，要我暂时离城，我选你护送，是老早以前就觉得你这时候可以帮忙！"

"啊！"久助身躯剧烈颤抖。

藤紫更加不安，但此时已无退路，"你上来，背着这包东西跟我来！"

久助似乎兴奋起来，表情是茫然如梦，颤抖着进房间背起包裹。

"走吧！"

藤紫拎起装金银的小包，走出廊沿，穿上小丫鬟穿的草鞋，下到庭院。小丫鬟光脚跟着她，后面又跟着久助。

藤紫早已想好该走哪一条路。这院子尽头的树丛中有条小径，衔接山路，爬一点山路转下谷中，有座架在壕上的窄桥。过了桥往前走一点，路一分为二，往右走可到有人居住的村里，向左走则入山，穿过那山就是海。她打算走往海边的这条路，难关是窄桥有卫哨，不过这兵荒马乱之时，守卫大概也跑了，就算还在，随便扯个理由哄过去，没什么困难的。

太阳升起，地上的霜开始融化，呼呼地冒着水蒸气。藤紫等人走到泥泞院落尽处的树丛时，殿原丰后刚与留守的一些老臣商量妥当，赶来内殿报告。他来到紧闭的纸门前，正欲开口报告时，猛然感觉院子那边有人，转头一看，大吃一惊！

"藤紫夫人？……"

瞬间丰后还弄不清楚是怎么回事，隔了一会儿才明白过来，不禁怒火中烧。他想大声斥止他们，但话到舌尖又咽了回去，他担心这事若传开，会大损城里的士气。

他赤着脚跳下院子，紧紧追赶。追上时他压低嗓子说道："这是怎么回事？你要去哪里？"

藤紫回头一看，脸色顿时苍白无血色。

"我只是照主公先前的吩咐行事，主公吩咐过，如有万一可暂先离开！"

丰后几乎要相信她的话了，但看到她惨白如纸、发抖不止的嘴唇时，判定她是在说谎。

"无论如何，请暂时先回去！"

他上前抓住藤紫的手臂。

藤紫脸色铁青地叫道："你以为我在说谎吗？放手！"

她想挣脱，但丰后虽老却依旧有力，她无法挣开。

丰后使劲拉她："总之，请你先回去！"

藤紫拼命挣扎，身躯踉跄，上身被拉到丰后胸前。情急之下，她抽出怀中匕首，反手刺进丰后的右腹，还使劲地剜着。

"啊呀！"

丰后惨叫一声，脸痛苦地扭曲着。放开藤紫的手臂，想捉住她的身体，但在他松手的空儿，藤紫已翻身溜开。

"你！"

丰后在霜融的院子里踉跄欲倒，撑着站住。他右手按住血不断渗出的侧腹，狠狠地瞪着藤紫。

丫鬟和久助都吓呆了。

藤紫对自己所做的事也非常惊讶，她注意到右手还握着匕首，本能地想扔掉，但瞬即改变主意，掏出怀纸，拭掉血迹，把匕首插回鞘中，细嫩雪白的手抖得厉害。她看也不看丰后一眼，对丫鬟和久助说声"快走"，便径自迈步往前，那两人慌张地跟着离开。

"等等！……"

丰后还想追她，但艰辛地拖了两步，便跌跪在泥泞的霜泥中。他扭曲着脸，狠瞪着藤紫的背影大叫："你这个坏女人！"

藤紫虽然听到，却头也不回，只催促后面的两个人："快走。"

丰后像冷不防落进深穴般气力尽失，四周变暗，横倒在地，身躯四周的霜泥仍袅袅冒起蒸汽，太阳升得更高了。

晴景回来时是在当天中午过后，身边的护卫加上迎接的人，不过只有百骑。他无精打采的，泛油的胖脸是不高兴的土色，身体不断地发抖，连到城门前要下马时都下不来，由家仆合力把他抱下来。

"所有的门都关上，好好防守，一个也不准放进来！"

他颤声下达指示，但兵士毫无反应，任谁都明白，就凭这点人手哪防得住？！

晴景不禁跺着脚，急躁地说："待会儿各队人马就会回来，这城没有防不住的道理！"

兵士懒洋洋地站着，各自散开。

晴景想看看藤紫的脸，喝一杯烫酒，快速走进内殿，一名留守老臣跪地相迎。

"启禀主公，藤紫夫人不知逃往何处了。"

"什么？！"

"夫人杀了殿原丰后逃走了。"

晴景不明白，反复问了几遍。老臣起先还诚惶诚恐，而后渐渐稳定下来，缓慢而详细地说明，隐然有种虐待的快感。

晴景眼前一黑，以快得无法想象的速度冲进内殿，那种激动是他在战场上不曾有过的，身上的铠甲咔嗒咔嗒作响。

"藤紫！藤紫！你在哪里？……"

他从一个房间找到另一个房间，都找遍了，哪有藤紫的踪影？

不久，他回到藤紫的居室，颓然坐下，呼人拿酒。

连灌下几大杯酒，眼里已有醉意，仍不时环视四周，竖耳倾听，总以为藤紫会突然出现，或是听到她的声音。他根本忘记了战争和迫身的危险，心里只有一个藤紫，不时流下泪来。

景虎军继续追击败走的春日山军。败军虽然四面八方逃散，但景虎军仍冲着春日山城急驰而来。

景虎照例跑在全军最前面，但愈接近春日山，他的心情就愈沉重。手足相残、兄弟阋墙的想法梗在胸中，压得他透不过气来。

他为自己辩护："晴景虽然是大哥，但这场仗是他发动的。他已两次派人暗杀我，如果我不下手，就会被他消灭，这是不是你死就是我活的情势啊！"

景虎进而又想："大哥是不适合担任长尾家主的人。他浑身都是缺点，完全不得民心军心。只要大哥在位，长尾家的灭亡是迟早的事，国内豪族都希望我能取代大哥。"

但想归想，仍无法激励起那萎靡殆尽的气力。这是他不曾有过的经验，过去在战场上，他总是精气百倍、斗志昂扬。

景虎的人马追到距春日山城仅三里的地方，心中那股感觉已教他无法忍耐，他勒马停步，令兵士吹起停止号。所有队伍都停下，毫无骚乱。

景虎派兵传告各队，在此扎营过夜。

"今晚就在这里休息吧！敌城就在眼前，尽量多烧些营火及派些岗哨，不得疏误。"

他以为会有人来抱怨，但是一个也没有，只见众将各自占了适当的场地准备扎营。这是因为诸将太过于信赖景虎的战术眼光，他们心里虽想，都已经追到这里了，而且天黑尚早，景虎下令扎营过夜的想法虽不可理解，但因为昨天才因在米山岭中止追击、而后获得大胜，因此认为景虎此刻又有了深思熟虑的打算。

景虎背叛了他们的这层寄望，心情更加沉重。他策马离开扎营地。这一带是五十公野的一隅，约在颈城平原的中央，是一片水田相连的地带。田埂上种了许多楝树，细细长长的树干，只有树梢长了一点点的枝，在田埂上排成一列，像一枝枝巨大倒插的笔。秋收时农民用板子架在树间，把割下的稻子放在上面晒干，这样层层架高，看起来像筑起一道高墙似的，是个特别的景观。到了春夏，绿叶覆满枝头，又是一番景色。

现在是冬天，树梢光秃秃的，只等着雪季到来。景致虽荒凉，却不妨碍视线，可以远远看到对面的山麓。

景虎一直骑在马上，凝望西边的春日山。

今晚即使在此扎营一夜，明早天亮了还是得一战。既已追至这里，若就此撤兵，官兵断无同意的道理，但是，他已无意再战。

"怎么办呢？"他在心底反复思量。

他第一次上阵是十四岁那年，昭田常陆介叛变袭击春日山城时。他因为九尺长枪太重，切短了两尺，持枪奋勇而战。第二次是修复栃尾古城与三条方面大战时，他首次担任大军总帅，那年才十五岁。从那时迄今，他经历七次战斗，每一次他都充满自信，丝毫没有可能战败的不安，每一次战斗时那种愉快亢奋、如酒醉般全身炽热的感觉，此刻全无。

这是他良心的旋涡,他有近乎神经质的洁癖,若不相信自己是正义的,绝对不战;若战,则必相信正义在我,会涌起惊人的斗志,战无不胜,攻无不克,具有武将的特质。但此时年方十九岁的他,并不了解自己,只是为不曾有过的斗志萎靡而感到疑惑、狼狈、焦虑。

日已西斜,愈益泛红,颈城野在夕阳斜晖中像烧得火红一般。西边群山在逆光中成为青黑色的阴影,线条分明地浮现空中。依山而建的春日山城不见踪影,但景虎依旧凝视着那个方向。

冷风萧萧吹起,马颈的鬃毛被吹乱了,掀起长长的毛尾,但景虎端坐马上动也不动。

宇佐美定行在自己的营地烤火取暖,感觉够暖和后,吩咐家将说:"我要去大本营一下,你看着这里,别让大家离得太远!"

语罢,上马出营。他缓缓踏过各营地,快要接近大本营时,忽然看见五十米前方有个全身浴在夕阳中的骑马武士。夕阳迎面照来,令人目眩,他眯着眼凝看半晌,确定那是景虎。他感慨地摇摇头,策马前进,但才走了十来米,便停下来,环顾四周已升起炊烟的各队营地,缓缓掉转马头。

众人见他才说要去但很快又回来了,都感到惊讶。

"这么快就回来了?"

"他在思考事情,我不想打扰他,连招呼也没打就回来了。好冷,真想喝点酒,运粮草的大概会送来,但来不及了。"

他从怀中掏出银子,分给数名兵士:"尽量多买点,让每个人都喝上一杯!"

"多谢将军!"

"不要乱来,先把银子拿出来再说要买酒,只要有,他绝对肯卖的,绝不可以恐吓,知道吗?"

"是!"

兵士们欢天喜地到附近村庄去买酒了。

当太阳下山、各营地都篝火通明时,买酒的兵士回来了,大的酒瓮由两个人抬着,中的酒坛由人背着,小的酒壶则抱在胸前,笑嘻嘻地回到营地。

"买到啦?太好了!"

宇佐美兴致大好,分给每个兵士一点,自己也喝了一点。陶然之余,脱了铠甲倒在营火旁,呼呼入睡,初更稍过,他便起身穿好铠甲,招来近卫。

因为将军全副武装,卫士大为紧张。当时也常有夜袭抢功之事,卫士心想准是这样没错。

"我有事要到府内一趟，你们五六个跟我去，寒天深夜的，辛苦啦！"

根本不是夜袭抢功的事，卫士有些失望，但立刻准备出发。

夜空清澄，溢满冷冷的星光，漆黑的旷野吹着横越北海而来的刺骨寒风，一行人在风中默默奔驰。

宇佐美深知景虎心中的烦恼，他决定想办法为景虎解决，请府内的上杉定实出马。

上杉定实是越后守护，也是长尾家的主人，而且其妻是晴景之妹、景虎之姊，与长尾家关系深厚。即使没人要求，他也应该出面排解长尾家兄弟的纷争。宇佐美希望借助他的立场，借此机会以景虎取代晴景继任家主。他知道，定实其实也对晴景的无道、悖伦及懦弱感到不满，颇欣赏景虎卓然不群的武略，因此请他出面，说服晴景隐居、把家督之位让给景虎，自然而然就能解决景虎的烦恼。

约半个时辰后，宇佐美抵达府内城。

府内城建于平地之上，原为守护公馆，并没有严密的军事防备，但因当世尚武，征战不绝，因此也不能免俗地挖起深壕、筑起高墙，变成城的样子。

宇佐美走近光影微漏的门房小屋窗下，轻敲板门。屋里的人还没有睡。

"谁呀？马上来！别忙。"

他打开板门。

"我是琵琶岛的宇佐美，麻烦你转报守护，我有事求见。"

"啊！"

门房吓了一大跳，拿过灯来，凑近宇佐美的脸部仔细打量。

"哎呀！真是宇佐美将军，请稍候！"

他急忙往外冲，不久，大门后响起急促的脚步声，大门随即打开，三名武士躬身迎接："参见将军！"

"不必多礼，我们来到附近，特来向守护请安！"

"请这边走！"

三名武士导引在前。

约一刻钟后，宇佐美与定实夫妻对坐于客殿。

定实年近五十，皮肤白皙，雍容高雅，他夫人四十出头，依旧美丽。

寒暄过后，定实主动触及问题："你是为晴景和景虎兄弟争执的事而来吧！"

"正是！"

宇佐美膝行向前，陈述自己的想法，定实不住地点头。

"好主意，就这么办吧！老实说，过去我一直和夫人提起，景虎年轻，却有超群的胆识，他这几年在战场上的表现大家都有目共睹。但他才十九岁，战略过人，政略如何却不得而知，难免令人不安。我一直没有开口，是怕无缘无故遭人怀疑，立年轻的景虎为守护代，是企图夺回守护之权啊！

"还有，我这想法，晴景也不会接受。虽然别人都认为他不适合当长尾家主、当守护代，但他本人可不这么认为，他总觉得自己是春日山城总领，景虎还是少不更事的黄口小儿，因此跟他提这事，只会遭到他的憎恨罢了。

"就这样，我东想西想都不对，只好睁一只眼闭一只眼由他们去，现在你既然也有这意思，我就出面试试看。这回，世人对景虎的观感更不同了，因为晴景实在是不像话。"

定实说着说着，脸上突然闪过一丝不安，"你是跟景虎商量过才来的吧？他有没有说什么？"

"这是在下擅做主张，景虎君并不知道这事。"

定实夫妻闻言大惊，尤其是定实夫人脸色明显地发白。

宇佐美赶紧解释："请不要误会在下有什么野心，实在是太了解景虎君心中的烦恼，才冒昧前来的。"说着，他描述了在五十公野田中看到景虎纠结的样子。

"景虎君是被动应战，却在就剩下最后致命一击时突然停兵，实在是因为手足之情，令他烦恼得不知如何是好，否则，像他那样斗志昂扬的人，怎么会在最后关头时松手呢？如果定实公肯出面斡旋，景虎君一定乐意听命无疑。"

定实叹了口气，"是吗？他小时候就是个别扭、不好应付的小孩，现在长大了，会变得那么老实吗？"

夫人则不停地以袖口拭眼。

晴景酒罢沉沉睡去，醒时继续痛饮，就这样喝喝睡睡，昏沉不醒。酒意朦胧中，他梦到源三郎，不由得流下欣喜的泪来。

"你还活着吗？我听说你被那可恨的扫部介治时杀了，那是骗我的吧？"

不知什么时候，藤紫也出现在身旁。

"你也在，啊！我太高兴了！我再也不离开你们了！无论走到哪里！"

他牵着姊弟俩的手，走到阳光和煦的春郊。温暖明亮的阳光洒落地面，脚下的绿野无限延伸，原野上开满了繁星似的各色春花。

"太高兴了，我太高兴了！是谁骗我说你死了，还骗我说你也逃了，这都是假的，我太高兴了……"

睡梦中泪水潸潸落下。

护送之狼

"主公，主公，主公……"

晴景听见遥远的后方传来呼叫声，回头一望，是老臣殿原丰后，举着手，提着白发苍苍的脑袋追上来。

"别理他，那个老糊涂没什么用处，刚才还把我杀了，我是不甘心才活过来的。"藤紫冷冷地说。

"是吗？他真是老糊涂了，也不能再帮我打仗了，就不管他了。"

晴景更握紧了藤紫和源三郎的手走了两三步，突然愕而大叫："杀了丰后！"

这时，耳旁的声音更大，"主公！主公！"

晴景睁开眼，侍仆双手伏地不停地呼唤他，"主公，府内的定实公驾到。"

晴景不明白他的话，他追寻着未尽的梦境，茫然无所觉，等到明白方才不过一场幻梦时，又陷入了悲哀遗憾中。

侍仆再报："府内的定实公驾临！"

"哦！"

晴景这时才想起败战逃回的事，他无精打采地起身，寻思定实为何而来，但连想想都觉得辛苦。

"快快请进！"

"定实公已进内城，在客殿等候。"

晴景的醉意乍醒，精神犹萎靡不振，他不想就这样去见定实，又叫了酒来。冷酒虽呛，他猛灌入口，当酒液流落胃中，沉重的眼皮四周发热，也觉得有点精神了，才起身走至客殿。

上杉定实单手覆在手炉上，凝然等候。他来时城门紧闭，大有防战的态势。进城以后，守兵不过五六十，他们大约猜得出定实为何而来，表情都有松了一口气的感觉。他们虽然基于义气道德，留在这里没走，但都有不知所措的感觉。只要景虎军一拥而上，他们根本挡不住。

定实心想，就剩下这么点人，可见有很多人在昨夜逃走。不过，这样也好，就算晴景再倔强，形势比人强，也无可奈何了。定实对此行有了深深的自信。

晴景粗暴地拉开纸门，走进房间，直挺挺地站着说："你来啦！"然后踩着重重的步伐，身上的铠甲噪声不绝。他径自坐下，呼出一股浓浓的酒气。

"打输了！好惨！"他哈哈大笑。

酒气又冲至定实的鼻尖，令他作呕。定实颇为不悦，就算他是有名无实的守护，晴景也不该以这种态度接待他。不过，他忍了下来，语气平静地说："我就是为这件事来的。"

"哈哈！你是来要我切腹的吗？不过我告诉你，我是不会切腹的，我还要打，现在还没分出胜负，出于武门血统，非打不可。这春日山城是先父划地筑成，是北陆无双的名城，就算景虎乘胜追击，也奈此城不得。我只要能挺住几天，各方豪族就会赶来救援，打退景虎，非把他追得走投无路、切腹谢罪不可！怎么，你还要我切腹吗？"

晴景愈讲愈带劲，到最后撑着肩膀，一副昂然不屈的样子。

定实当然知道他是虚张声势，但不忍直说，改以夸赞的语气回道："很勇敢，身为武将，就必须如此。我也想过你不会就此屈服的，这才是春日山长尾家家主的气概，了不起。"话说到这儿，突然语气一转，"不过，也因为这样，我才有话说，我就是希望你将这勇猛之心做乾坤一掷的舍身大事而来的。"

定实停下话头，盯着晴景的脸。晴景脸上流露出不安的神色，他好像要说什么，却说不出来，嘴角微微颤抖着。

"说起来也不是别的事，如果再战，你有这层心理准备，表示你还有充分的身为武将的尊严，很好。不过，我希望你也能为春日山长尾家和我着想。春日山长尾家现在就剩下你和景虎两兄弟，不论谁存谁亡，家力都要减半。如果弟死，人家会说哥哥无情；如果兄亡，人家又会说弟弟无义。不论结果如何，都会有人在背后指指点点，到时，人家又会怎么说我呢？人家会说定实一把年纪了却令他们手足相残，这算什么守护嘛！我左思右想，想到一个法子，你把家督之位让给景虎，自己隐居，怎么样？"

"你偏心！你护着反抗我的景虎！"晴景愤恨地说道。

"我没有偏心任何人，这是当前唯一可行的好办法。我想，你隐居去安享余生，对你绝对不算坏，我打算再和景虎谈谈，要他给你能安享余年的足够俸禄。既然你不中意，我也没有办法，告辞了！"

定实装出要走的样子，晴景慌忙阻止："等一等！"

"还有事吗？"

"要我隐居，让景虎当春日山主……"他的口气不愉快。

"兄传家业于弟，也不是没有这种例子，你是前任家主，理当能安享余生，但你不中意，我也不好勉强。"

"等等，你是跟景虎谈过再来的吗？"

"我没跟任何人商量，这是我个人的想法。只要你决定了，我一定说服景虎，我有信心。"

"景虎从小就倔强别扭又不老实，他肯让我活着吗？"

晴景的脸上已无虚张之势，只有不安与恐怖，这等于已说服了他。定实重新坐定，再谆谆劝诱。

万事顺利。晴景搬出春日山城，住进府内城隐居。他是暂时住在定实这里，等以后找到适合的隐居住所后再搬离。

景虎迁进春日山城，但枥尾城仍是防守三条方面的重要基地，防务不能松懈，于是他派本庄庆秀为代理城主，加上金津新兵卫一起守备。

景虎继任家督后，把颈城郡内五万贯的领地献给晴景，供作他的隐居费用。晴景当初虽有些心不甘情不愿，但得到这一份可观的隐居费，他非常满意。当家主时他得治理烦琐的政务，必须打危险的征战，但是隐居以后，他只要管自己领内的事就好，战事全交给景虎，他只要安逸过日就可，也没有人劝谏他不要喝酒，不要沉溺女色，从没有这么轻松舒服的日子，他忍不住想，"早知是这样，为什么不早点叫我隐居呢？"

不过，他对藤紫的思念却越来越深。

"藤紫是千金小姐，以为敌人攻来，吓得躲起来了，好可怜，她不知怕得多么厉害啊！"

他又想："她大概不知道我现在舒舒服服地过着隐居的日子吧！她如果还在国内，不可能不知道，或许她怕得躲到深山无人之处，没有和世人接触，也就不知道我的现况；或许是她知道了，却因为没有等我回来便私自逃走而羞于见我，也或者是回京里去了，搞不好被某个粗野的男人抓到，惨遭蹂躏……"

他愈想愈心痛，"这时候要是玄鬼在的话，一定可以马上把她找回来，唉！"他真后悔让玄鬼去白白送死。

他命令家臣和家仆四处搜寻，到处都找不到。他们到过藤紫走时可能带走的丫鬟故乡去找，她家人说根本没看到她们回来；他们也到那仆人久助家乡去找过，一样杳无音讯。当然，也派了人到往京城的路上搜索过，没有人见过她的踪影。

"都是些没用的家伙！"

晴景气极，又想起玄鬼的好处。

那天藤紫杀了殿原丰后，按照预定的路线逃出城去。原先以为最难过的壕端卫哨，果然不见卫兵。

"真巧！"

她们顺利过桥，走左边的路进山。走了一半，那一直默默背着行李的久助开口道："休息一下吧！累死了！"

藤紫担心追兵，"你忍一忍，到前面一点再休息。"

"不行，我肩膀酸死了。"说着，他重重地往路旁的石头上坐下，一副撬都撬不动的样子。

藤紫虽然心急，也没有办法。

久助一边挖着鼻屎，一边环顾四周。

藤紫催促他说："休息够了，走吧！"

"走是可以，但要走到哪里呢？夫人过去尽做些残害百姓的事，大家都恨你，很多地方不能去啊！"

久助这番话看似好心，其实辛辣无比。藤紫看到他那魁梧的身材和粗俗的表情，像是看到可怕的东西，感觉不安，但她不能表现出来，于是故意撑着气势说："我有我的理由，而且，事到如今再说那些也没有用了，我先暂时住到她家，等主公的消息。我刚才不是告诉过你了吗？主公老早以前就吩咐我这么做的。"

久助慢慢地重复说："主公以前这么吩咐的……"

他那态度明显地表示不相信。

藤紫心中一冷，仍倔强地说道："主公是这么吩咐！"

久助转向丫鬟，"你老家在哪里？"

他的口气很轻佻，平常他只是个洒扫庭院的仆役，就算对方是丫鬟，他也不能用这种口气说话。

丫鬟一听，果然生气了，没好气地回答。

"是吗？可是那地方不能去，马上就会被发现！"他看着藤紫，"这样吧！我带你去一个好地方。"

藤紫还没回答，丫鬟抢着开口："你打算带我们到哪里？"

"我原来是渔夫，最会划船了，我们就乘船出海，到某个岛或别国的港口去，如果留在这个国里，到哪里都不放心。"

这个提议不错，如果能走海路到达越中的某个港口，回京也比较方便。藤紫心动了，但丫鬟狠狠地回道："到陌生的国度去我不干，如果夫人听你的话，要跟你走，那我就从这里回老家。何况，主公吩咐要夫人和我回去等他的消息，我们不能擅自变更行程，你却不顾这点，尽讲些无聊的话来骗人，你这个坏蛋！"

她的声音又尖又高，脸涨得通红。

"你说什么傻话！我是为夫人着想才这么说的，如果你认为我不安好心的话，我不说就是了！"

说完，久助沉默不语。

藤紫心想，丫鬟是因为太想回家，气那久助故意捣蛋才说了重话，但是话中有许多地方值得考虑，不知道久助会起什么歹念。如果只要人的话，还可以闭着眼忍受，但如果看中的是财宝的话，那可是无法弥补了，还是看清楚以后再决定。

"无论如何先起身吧！留在这里太危险了。"

久助勉强地起身，浓须的脸上带着阴晦的眼神。

藤紫非常不安，心想难道找了个恶人相伴？

久助说："走到有人烟的地方附近太危险，还是等天黑了再行动较好，否则，可能遭到不测，因为老百姓恨死夫人了！"

他领着两个女人更往山中走去。听他这么说，藤紫害怕，丫鬟更怕，只好由他带着走进深山里。

春日山的西北方有座汤殿山，高两百五十九米；在汤殿山东还有一座岩殿山，这山稍低。

久助带着藤紫她们走进山坳。

"等天黑再走吧！天那么亮走不得！"

山上枹树、菩提树和山毛榉丛生，因为时值隆冬，树叶都已落尽。久助看到树林中有几棵杉树，道："那边好！到那边休息吧！"

他径自走到杉下，两个女人没办法，只好跟去。

久助"嗨唷"一声把背上的行李放下，抽出腰刀，砍些枯草铺成坐垫。

"你在这里坐一下，我马上生火。"

正午稍过的冬日空中，飘起淡蓝色的烟雾，缭绕在杉树梢头。

"你好像很烦躁，但也只有忍耐，因为眼前没别的办法！"

总觉得久助是一副满足愉悦的样子。他折着柴火，两手覆在火上，烤得太热时便搓手的动作给人那样的感觉。火烤得他身子暖和、脸色发红，表情也逐渐像醉意醺然似的。

藤紫表情冷漠，假装没看到，但心里害怕，一直想着自己找了个危险的角色帮忙，但怕显露出来反而坏事，因此态度仍装出平静的样子。

丫鬟心中的恐惧却没那么容易消除，她脸色苍白地站站坐坐，无法镇定，有时像是想和久助说什么，鼓着嘴唇，但又说不出口，深深地叹了口气，双肩无力地垂下。

久助似乎愈来愈得意，一双眼睛在两个女人身上荡来荡去，脸上似笑非笑。

突然，丫鬟大喊："我再也不要待在这鬼地方了……"发疯似的哭起来。

藤紫很生气，使出全身的力气大吼："你闭嘴！"

丫鬟被吓了一跳，停止了哭泣。

久助什么也没说，凝视了两人一会儿，便把眼光移到火上。

藤紫悚然，她想说些安抚久助的话，但不知该不该说，还是没有出声。

当天色开始暗时，久助终于起身："走吧！这时候走，到有人烟的地方时天已黑了。"

两个女人松了一口气，但是久助走的不是平常的路，他领着她们走进树林中草丛间的羊肠小径。

天色已经微暗，久助毫不犹疑地大步向前。藤紫虽觉可靠，但也怀疑他怎么知道有这种路，不觉开口问道："这条路你很熟吗？"语中不忘带着媚调。

"小时候常来这里玩，一到春天，这山上会长山蕨菜，我都来摘！"他的声音带着得意的轻快。

天色全暗后，没走多久，眼前突然展现出一片海，在比刚才略显明亮的天空下，宽广的海面无限延伸，一直到模糊的水平线处。

他们正站在高崖上，底下大概是乱石嶙峋的海岸，哗啦的浪声激起微白色的浪头，忽隐忽现，沿着崖边的小路向左右延伸。

"你看，终于出来了，这下可以放心了，休息一下吧！"

久助放下行李，面向着海展臂呼吸。藤紫和丫鬟也学着伸臂呼吸，两人一路行来，紧张地全身都汗湿了。

久助一直继续对海呼吸，只见他慢慢地转身，突然冲向丫鬟。丫鬟的身体跃起，飞离崖上，带着长长的惨叫声，落到白色浪头频频敲打的礁石中。

藤紫猛向后退，手握着怀中的匕首大叫："你干什么？！"

久助的右手拿着白亮的匕首，晃着刀尖。

"嘿嘿！那女人根本不是为了你，她一直吵着要回家，等真的回到她家后，她就把你卖给那些恨你的人！你身边带着这种人，不但帮不上忙，反而会有危险，你知道吗？"

他的声音很低，而且腔调怪异，令藤紫更加害怕。

她紧握着匕首，小心地步步后退。

"你别拿着那个危险东西，把它收进鞘里给我，否则，别怪我心狠手辣。"

他一边说着，一边继续转着刀尖。

藤紫喘着气说："把你的刀收起来！"

"嘿！你怕这个啊！好吧！"他抽出腰间的毛巾，擦拭刀子，凑到鼻尖闻着，"哼，哼！那女孩的血很腥！我以为她没碰过男人，没想到这么腥，大概暗中和什么野男人私通过，哼哼……"

他闻了一阵后把毛巾扔掉，刀子收进鞘里。

"这样可以了吧！来！把匕首给我！"

他伸出左手，侧着身，是算准时机后随时可以跃身攻击的姿势。

这时，藤紫心中闪过一道灵光。

（啊，他不是觊觎我的金银财宝，他要的是我的身体，否则，他会把我一起杀了。）

这么一想，她迅即恢复了镇静。她想露出笑脸，但立刻又改变了主意，因为这时候笑，笑不出媚态，还是摆出老实害怕的样子较好。

她把匕首交给久助，久助慢慢伸手来接。说时迟那时快，久助一个箭步贴近她身边，强壮的手臂缠在她脖子上，另一手紧紧抱住她的腰。藤紫感觉自己的身体悬空，那多日没有洗澡的汗臭及男人的体臭交织而成的呛人臭气，笼罩她全身。

"大胆！"

藤紫怒斥，想用力推开他，但双手碰到的是又厚又硬的强韧胸膛。

"嘿嘿……"

久助得意地笑着，似乎很享受藤紫在他怀里的挣扎。

两人紧贴着走着，藤紫继续挣扎，但突然停了下来。晴景身上没有那呛人的强烈体臭和刚硬的筋骨，他身上只有馊馊的酒臭和肥软的赘肉。此刻，她感到一种喝醉似的眩意，全身溢起麻痹似的恍惚感。

"嗨唷！"

久助把这娇小美丽的女人放倒在枯草上，像剥洋葱似的一件件剥掉她的衣服。

连续三天，久助和藤紫划着小船往越中前进。船是他们在庄内附近的乡津海岸偷来的。白天，他们就连人带船地躲在杳无人烟的海岸礁石背后，好好休息一下划了一整夜船的身体。因为是西北风的季节，船行得比想象中要慢，第三天夜里才驶进富山湾。

他们两人商量好，从注入富山湾的庄川河口放生津上陆，转回京都。但获得这个结论之前，两人有一番争执。

久助向藤紫说："你是京都贵族千金，送你回京后，你恐怕再也不会理我了；说不定你不但不理我，反而还有可能把我杀了。你曾经给我这么美的梦，就是被你杀了我也甘愿，但是我希望再多做一点梦。放生津这港很热闹，以前京里的贵族常来这里游玩，我们就在那里停留一段时间后再走，以后就是杀我，我也没有怨言，就这么办！"

藤紫当然不肯，但仍口气平稳地说："哪有这种事？你别以为京里的朝臣贵族有多么威风，多了不起。连年战乱，他们的领地都被武家强占，屋宅都烧光了，比百姓商人还凄惨。你看我，如果在京里衣食无缺，为什么要千里迢迢地来到越后这僻地小国呢？我就是无法在京里安身才来。你跟着我，我很放心，我手边多少有点积蓄，我们回京成家吧！就在嵯峨野附近买栋小宅和田地，我是贵族出身，用我的名义，根本不用缴纳田税，我们可以舒舒服服地过日子，我还可以生孩子，像你这样年轻力壮，一定能让我生个健康可爱的好孩子。"

她搂着久助的脖子，亲昵地和他耳鬓厮磨。

这下，久助像太阳底下软化的糖似的，"好吧！好吧！我们就直接过境放生津，回京里去……嘻！我的孩子！"

他带劲地划着。

他们驶进富山湾时已是深夜，天色突然转变。前两天日子都很晴朗，但此刻突然变天，风速转大，空中飘下雪来。干雪随着强劲的西北风打着旋，寒冷刺骨。

藤紫要久助解开包袱拿出衣服，这时候穿上，虽然会被潮水、海风和雪弄脏，但没有办法。她拿出好几套，从头到脚把全身紧紧裹住，只露出眼睛，蹲在船中央。

"怎么变天了？！"

久助嘀咕着，他也用女人的衣服包着脑袋脖子，使劲划着。但不论怎么划，船就是不前进，动不动就退回来。

"喂！"

他扯着嗓子呼叫藤紫，声音好像被风吹散了。藤紫听不见，蹲着不动，雪以极快的速度绕打着她那黑石般的身影。

"喂！"他再扯大嗓子。

藤紫微微动了，脸转向他，只见一个模糊的白脸浮现在黑暗中。

"我们这样到不了放生津，就在这里上岸，好吧？"

也不知藤紫有没有听到，感觉上她好像点了点头。

久助把船头朝向陆地，瞬间像顺风而行似的轻松愉快地靠近陆地。

他们只知身在富山湾内，但不清楚此地是哪里。只见右手边的岸上远处可以看见火光，于是以那火光为目标划着。船速更快，一下子到达火光前。

好像是个相当大的港镇，不少灯影忽隐忽现。久助告诉藤紫那可能是鱼津港，但藤紫向前倾着不动。

离开了越后国境，就不需要那么小心了，如果真是鱼津港，那更好不过。这港里有各国商人的船停靠，也有留宿船人的旅店。想到可以在久违的屋檐下烤火取暖、喝杯热酒，抱着藤紫温存时，久助不禁血脉贲张，陶然欲醉。

他拼命把船划到港口。

港内的船都系靠岸边，镇上的人都已睡下，各处家中都只泄出昏昏的光影。

小船乘着浪，被推到岸边的沙地上。久助跳下船，水深及膝，寒冻异常。他抓住船头，使劲地拉上岸拴好。他先把东西放在沙滩上，然后把手伸向藤紫。

藤紫说："别把我的衣服弄湿了！"撩起下摆，轻轻地让久助抱起。

岛城

迎着风的海浪汹涌惊人，动作若不快点，浪就要从头罩下，不但自己，连藤紫也会浑身湿透。久助慌忙地冲到岸上。

"呼！"

他放下藤紫。

气温低得吓人，纷飞的雪花黏在久助的湿裤子上，立刻结冰，双腿在冰板中失去了感觉，无法自由动弹。

"不得了！"

久助使劲地跺脚想促进血液循环，但藤紫更担心潮水溅到包裹上。

"快点，背着那个吧！"

"好吧！"

久助蹲在包裹前，拾起包裹挂在背上，但冻僵的手无法在胸前打好结。

藤紫急得跺脚："快点！"

"没办法，手冻僵了！"

"这哪像你，啧！"

藤紫绕到他前面，伸手要帮他打结，但他被藤紫喷那么一声，心中一怒，气力顿生，说声"不必麻烦"，倒也顺利地结好。

"走吧！"

这时，风雪更厉害了，纷飞的雪片挡住了整个视线。久助单手扶着藤紫，在雪白的旋风中站着不动。他们身后，刚刚乘坐的小船被抬上高高的浪头，发出刺耳的声音，但是他们看不见。反正已用不到船了。

当风势稍弱，久助背起藤紫说："不要紧，只要跑到那边的房子里，就舒服了！"

他迈步快跑，但速度不快，跑得踉踉跄跄，没跑十丈，又遭强风大雪袭击。

久助停下不动，喘着气，当风势略弱，他又准备开跑时，突然发现四个穿戴甲胄的人挡在前面。这些人都拿着长枪，枪尖闪着白光。

"啊！"

久助倒抽一口冷气，以为遇到了强盗。他想到藤紫唯一可靠的就是自己，立刻勇气大增，毫不畏惧地看着对方。

"哎呀！你们想干什么？以为我怕你们吗？门都没有，还不快让路！"

他正想抽出腰间的短刀，只见对面的人长枪一挑，挥向他的脚，小腿一阵刺痛，人翻倒在地，因为背上还有包袱的重量，害他躺着不能动，像翻倒的乌龟似的挣扎着四肢。

"可恶！"

"浑蛋东西！难道不知我们是港口警卫？！"

其中两个压在久助身上，夺走他的短刀，解下他背上的包袱。

久助原想充英雄，却落得狗熊下场，气势大衰，拼命地辩解说："我不知道啊！我以为是打劫的强盗，我真的不知道……"

"闭嘴，瞧你鬼鬼祟祟地，有什么话，等一下再说！"

他们把久助翻转过来，绑了起来。

另外两个走向藤紫。藤紫知道反抗无益，这些人应是港口卫哨无疑，她乖乖地让他们上绑。

警卫所就是刚才久助激励藤紫说跑到那里就可以舒服的建筑物。房子里是宽敞的土厅，中间架着一个大木头火桶，炭火堆如山高。

头头是个三十多岁的胖子，圆扁脸、眯眯眼和与身材不符的短小四肢，总觉得像猪一样，两个大鼻孔下，有略卷的稀疏胡子。他坐在地板上，两腿伸在火桶旁烤火。

警卫带回两人时，他用下巴指指，"坐在那边！"

藤紫和久助被拖到土厅。他懒懒地听着手下的报告，"哼哼"地点着头，但并不瞧藤紫他们。

听完以后，他开始询问，仍然没看他们。

"你们是从哪里来的？"

"从越后来的。越后守护代和他弟弟开战，守护代打败了，他弟弟大军攻向春日山，我们虽然住在府内，但怕遭战乱波及，所以暂时逃到贵地，真的。"久助说。

那人似乎已知越后春日山长尾家兄弟交战之事，表情不动，仍眯眼看着火桶问："那家伙说的没错？"

"事情确实和我夫君说的一样！"

藤紫故意用低贱的词句回答，但无意掩饰她那美丽的声音。

警卫头头一听，睁大了眼看她。他一脸惊讶，凝视许久后问："你们是夫妻？"

久助抢着回答道："我们是夫妻，是府中町的小买卖人家，我会点小角力，老婆擅长弹琴和其他技艺，常到府中和春日山的豪门大宅里表演助兴，赚点生活费，真的。"

久助对对方逐渐发亮的眼睛感到不安，不停地补充说明。

那人好像理解了，但指着放在他们面前的包袱命令卫卒："打开！"

包袱一打开，便露出了华丽昂贵的衣饰器物。他拧着唇上的鼠须，要卫卒一样样摊开来看，然后看看藤紫，冷哼一声。

久助不安，又开口道："这都是那些老爷夫人赐给我们的！真的！"

最后，他们取出金银。在微暗的油灯下，看到堆如小山的灿烂金银时，都愣住了，只是呆呆地凝看。

久助又说："那是我们多年存下来的，不骗你！"

头头脸色一沉，"闭嘴，不准再开口！"他转头向卫卒说，"把他们丢进牢里，这些东西收好！"

他好像非常生气。

不久，这件事报到鱼津城主铃木国重那里。

"逮捕到的两个可疑男女，自称是为逃避长尾晴景兄弟战乱、由越后府内经海路逃到此地的商家夫妻，但看容貌气质，一点也不像夫妻。他们还带着大量的金银和昂贵的衣饰器具，非常可疑。"

铃木国重下令说："明天带进城再说，可能其中有些内情，今晚好好看守。"

天亮未久，铃木命人把昨晚抓到的两人带到城门前的白沙地上。

隔了一夜，雪已变小，霏霏而落。

铃木略为打量了两人后，什么也不说，便回到厅内，转告侍卫："把那女的放了，洗漱干净送到内殿，小心侍候，别让她跑了。那男的还是扔回牢里，他们的东西都送来这里！"

"是！"

侍卫退出厅堂，没多久便回来复命："皆照指示处理了，东西也带来了。"

两名小厮抬进一个大包袱。

铃木亲自解开包袱，逐一点检，衣服、器具、金银等都堆如小山，他边看边摇头。

吹袭越中的风雪也吹袭着越后。今年雪来得迟，但雪一来，却是往年少见的大雪，连下了好几天，田野、山里很快就被覆上了一层厚厚的雪。

战争完全停止了。

没多久，新年到来。天文十八年，景虎二十岁。

正月时正式举行了担任长尾家主的仪式，长尾家臣、豪族等人群集春日山城，参加盛典。仪式结束后，景虎论功行赏。

过去，他因为没有领地，只能口头或书面褒奖，颇为苦恼。现在，终于可以解除这层烦恼了。他毫不吝惜地分封领土，受赏诸人皆大喜过望，再次感叹："好大的气度！"

景虎这么做，并没有其他的目的，只是做该做的事而已，没想到却带来意外的效果。

二月底时，积雪渐融，战事又将开始，自愿投靠景虎的豪族与日俱增。这些人原都是居间观望、略倾向于三条的人。但是他们知道景虎主政，赏罚分明，而且气度恢宏，比其父为景犹有过之，于是争相投效旗下。

景虎可动员的兵力日益增大，相对地，三条方面就日益衰微。

四月初，景虎率兵五千攻打三条。在此以前，他和三条数度交锋，战无不胜，但每一次都是坐以待敌，不曾主动攻击过，因为他的战力仅是防守，攻击力量犹嫌不足。这回能出兵攻击，自是无限感慨。

三条城在信浓川中的大岛中。大岛方圆四里，三条位于东南隅、五十岚川注入信浓川的位置，又名岛城。

景虎率军离开春日山的第二天中午，主队到达米山岭。他下令休息进餐。他自己很快吃完饭，朝着米山药师堂的尾根方向前进。

左右近卫立刻停止进餐，跟在景虎后面。

"你们不必跟来，我要一个人静一静！"

近卫闻言，只好退回去。

沿着斜坡下到半山，是一片树林，林中鸟声不绝。景虎不时停下，倾耳聆听鸟啼，慢慢地循着尾根道而去。

他拄着五尺长杖，杖头是丁字形，下面四五寸是缠着绳子的防滑握把，里面藏着刀。

不久，他朝东北方而立，极目眺望。天气虽晴，但远山蒙着薄雾，模糊一片，视野并不佳。

他驻足观望不久，便转回阵地，告示全军。

"因有所思，要在这里停留数日，各队就地扎营，营地略作移动无妨，但须和附近队伍保持密切联络，以防突发事变。"

先锋部队已经下坡，到达鹈川岸的田野，后卫队才前进到正要上坡的黑岩村落。景虎命人传告指示。

接着，他又指示主阵："从今天起我要单独在药师堂禅居四天，第五天早上回营，这段时间诸事由杉原宪家指挥！禅居期间，不准任何人接近！"

将士闻言，无不目瞪口呆，鬼小岛弥太郎夫妻等近卫勇士更是惊讶不已，他们联袂冲到景虎面前。

景虎却先发制人："你们不要阻止我，我已充分考虑过了！"

"不不，我们不是要阻止您，只是想，至少得跟着您保护您！"

"多谢费心，若有闲人，气即易散，关于这次战争，我想祈问药师如来。你们退下，免得打搅我。"

他说得斩钉截铁，勇士们一时不知所从，只好退下。

不久，景虎拎起一个大包袱，拄着手杖离开营地，沿着先前的尾根道直走，在二十米左右处左转，沿着斜坡下谷。

其实，到药师堂禅居斋戒不过是个借口，他是打算去观察三条的地形。他少年时代虽在栃尾待过，也去过三条几次，但记忆已经模糊了，只记得城在信浓川河中的岛上，临水而建，四方环绕着水，不能用平常的战术进攻。当然，他也派出密探仔细调查过，但他对自己定的各种战术没有自信，因而决定亲自侦察。

他离开春日山时，就已经决定中途停军，亲自去勘查三条地形，因此随身带了伪装的用具，藏刀杖就是其中之一。

他走进林中，脱掉身上的战袍、甲胄，和佩刀包在一起，藏在一块大岩石下。他解开带来的包裹，原来是出家人云游四方时背的带脚箱子，里面装了略脏的僧袍、头巾、手套、脚绊和簇新的草鞋。他迅速穿戴上身，再挂上大串念珠。

鬼小岛弥太郎夫妻为首的近卫勇士，虽然暂时听从景虎的嘱咐而退下，但怎么也无法放心，很快又不约而同地聚在一起。

"这事不寻常。"

"主公虔信神佛是没有错，但在开战前这样做，实在不寻常。"

"药师如来对战争有什么灵好显？！他是医药之神，怎么会管战争呢？"

众人你一言我一语，结论是"此事太不寻常"，于是有人提议："无论如何，我们还是跟去看看，只要别被主公看到，就不会打搅到他了。现在这节骨眼上，他的生命太重要了，万一三条方面有所行动，很可能会造成无法弥补的损失。我们就躲在药师堂四周保护他，一点也不会妨碍到他。"

其他人听了，都觉得有道理，当下做好决定，联袂走上尾根道。

在午后暖和的春阳照射下，一行人走得略微出汗，突然一人惊叫："咦！那是什么？！"

众人闻声转过头来，"什么？"

他指着谷底："那个，在那里嘛！"

山坡上是一片刚抽出绿芽的树林，接近谷底处是茂密的杉林。在杉林与杉林之间，溪水白花花地流着，有个人正沿着溪畔的道路朝下游走去。

"是和尚嘛！"

"怎么会在那个地方？"

"大概是拜完药师堂后回来的吧！"

大家七嘴八舌地揣测了一阵子，仔细再看，松江突然大叫："是主公嘛！你们啊，一个个都是睁眼瞎子，如果那是别人看不出来也就罢了，居然看不出那是和尚打扮的主公，真是！我以前在飞驒深山里看过他那样打扮，我都没忘！男人啊，尽是些笨蛋！"

她话声未歇，人已边跑边滑下陡坡。

"真的是主公！"

众人立刻跟着下坡。

新绿初冒的斜坡上尘土扬起，小石头滑落坡下。坡间的石块逐渐陡峭，人脚不容易站稳，但他们似乎未曾注意，一个劲儿地直直往下冲。

他们穿过杉林，跑到溪边时，景虎已绕过山尖，看不见踪影了。但他是朝着下游走没错，于是众人继续往下游追。

绕过三个山腰，谷底渐宽，来到两侧有带状水田的地方，终于看到前方的白衣人。

"喂！喂！"

众人边跑边举手呼唤。

景虎回头一看，追者身上的甲胄映着太阳，闪闪发光，个个像是背着厚重甲壳的昆虫。他看到最前面那个身穿红色甲胄、白布包头的松江，立刻知道追来的是自己人。

他摇头苦笑，坐在路旁的石头上等着。

众人追上来后，立刻环跪在他脚边，每个人都跑得气喘吁吁，一时无法开口。

景虎心想，若让他们先说反而麻烦，不如自己先把话说明。

"我就知道你们会追来，你们这么关心我，实在感激。我曾经想过是不是该明白告诉你们，但'欺敌先欺我'是兵法名言，希望你们能了解。我对三条地形完全不了解，想实地去勘查，人数若多反而危险，所以打算一个人去，你们已明白了，可以回去了吧！"

众人呼吸已恢复平常，又争着阐述自己的看法，不外是大家都了解景虎的打算，但是单身赴敌地太过危险，至少得带两三个人去。

景虎早已看清情势，如果不想个办法，这些人是不会乖乖回去的。他立刻决定："好，我只带一个人去，多了不行，你们要是不服，就通通给我回去。"

众人闻言，立刻端正姿势，抬头挺胸，一副气势轩昂的能干表情，期望自己能雀屏中选。

景虎看他们那模样，觉得好笑，但憋着笑意，定睛注视着众人道："你们都是智勇双全的武士，我真不知道该选哪一个好。这回，我并不想和敌人正面接触，希望悄悄地去悄悄地回，因此，女人为伴似乎较好。我带松江去。弥太郎，你不反对吧？"

"无妨！无妨！"弥太郎略有遗憾的样子。

其他人更是失望，想说些什么，没想到松江得意地向着众人开口："你们什么也别说啦，就是因为有我，你们才知道主公到这里来了；要不是我，你们现在还在药师堂四周傻守呢！我陪主公去是理所当然的。你们别说啦，回去吧！我陪主公去，不过四天，大家放心啦！"

众人垂头丧气地无话可说。

翌日午后，景虎与松江渡过三条东边五百米处的五十岚川。松江换了身农妇衣服，用脏布裹着头发，光着脚丫，赶着一头大黑牛。她和云游僧装扮的景虎并排而行，优哉游哉地在和暖春阳下赶牛而行。看来好像是附近的农妇刚与云游僧碰上，凑巧结伴而行似的。

接连两天，他们有时候靠近城，有时离城很远，把三条城绕了一遍，充分看清了地形。

三条军力的部署不太分散，一旦形势不利时，有些地方不易增援，但重要地点则部署了相当多的兵力，而且彼此容易联络。

景虎心想，真不愧是昭田，虽然他是叛贼，但智略毕竟不凡。

景虎观察完地形，也定好了攻击方针，于是打道回营。

渡过信浓川上游浅滩，有个小村庄。他们走至村中，听到前面不断传来醉汉喧闹的声音。

循声望去，十六七米前的一栋稍大民宅门前的树下，拴着两匹马，另有数支长矛架在檐下，矛尖映着阳光，亮得刺眼。醉闹声就是从这间民宅里传出来的，大概是三条城或附近一带的守兵在巡逻途中强行要酒喝。

他们两个并不特别紧张，跟在白色唾液垂地、缓缓而行的大黑牛后面，土声土气地说着话。这时，从屋里走出一个人，果然如他们猜想的一样，是身穿甲胄的兵士。他满脸通红，步履踉跄，猛眨着眼，还不停地搓着拳头。

他没注意到景虎他们，直接走到墙边想小便，但走着走着突然回头，很感兴趣地朝他们走来。

"喂！女人，你身材很好嘛！来陪大爷喝酒，我们有一大堆酒，就是没个女人陪！"

说完，伸手便抓住松江的手腕。

"饶了我吧，军爷！我得赶回家里，孩子还饿着肚子等我哪！"松江笑着回答。

"这不正好，你来陪大爷喝酒，等你回去时，我给你一大堆酒让牛驮回去，你夫君一定乐死了，来吧！"

他用力拉着松江。

松江非常生气，但仍面带笑容："真的对不起啦！我夫君是不喝酒的，酒不会让他高兴的。"

松江虽然故意在颊上抹了些泥巴，弄出脏兮兮的样子，但在大太阳下细瞧，还是遮掩不住她的天生丽质。她眼睛的神色与众不同，皮肤颜色白嫩，眉鼻端丽，从脖子到胸前有着匀称的美丽弧度。

那醉兵也注意到了，"哎呀！好个美人胚子，怎舍得放你走呢！"他一把欲将松江拉进怀里。

松江隐忍半天，终于按捺不住，厉声怒斥："你想干什么！"

只见那兵士的身体翻到空中，随即跌落地上，溅起一片灰尘。松江单脚踩在他背上,他便吐舌喷血,无声而亡。

这一切发生在极短的时间内,景虎暗叫不妙。大概刚才松江的怒声惊动了屋里的兵士,数人联袂冲出。

松江抢了一支架在檐下的长矛,景虎也抽出杖里藏着的刀。

兵士大惊:"啊!奸细!"

"快跑!"

景虎呼叫松江,奔向马旁。一名兵士抽刀跃上,景虎挥刀斩开,然后,火速割开两匹马的马缰。其他兵士想攻击景虎,但松江不让他们得逞。

"看枪!"

枪随声去,二人随之倒地。

"快上马!"景虎自己骑了一匹,又牵一匹给松江,"先离开这里再说!"

松江翻身上马,伏身抱着马脖子,像疾风般随景虎没命狂奔。

正奇虚实

好在第四天时,景虎和松江回到了米山岭。景虎非常高兴,这次观察地形,所获甚多,他已定好策略,自认有把握打赢这场仗。

众将也充满自信。他们不必问为什么,只要景虎说会赢,那就一定会赢。他们是那么相信景虎。

翌日,大军再发。同日,宇佐美定行率兵至北条与景虎会师。途中一宿,翌日抵达与板,这地方在信浓川左岸,距三条城四里。

当时,景虎悄然前往宇佐美营地。

宇佐美相当惶恐,"哎呀!不敢当,不敢当,应该是属下前往拜会才对。"

"我不想引人注意,我来比较不引人注目。"景虎坐在皮垫上,"我想来听听你对攻城的计划。"

"真巧,在下也正想请教主公的看法。"

"很好,那就先说我的看法。你知道,三条城是在四水环绕的沙洲上,相当坚固。城在沙洲东南隅,东、南两面都是既宽且深的河水,因此在这两面的防备较松,重兵放在西、北两面。我曾想过,用少部分人从西面或北面进攻,诱敌注意,大兵则从东南渡水攻城,但这只算平凡之策,我方损害既大，昭田也能马上对应。所以，我想将计就计，派主要兵力从东南进攻，牵制住敌军主力，另派奇兵由西北攻打，一鼓气攻垮对方，你觉得如何？"

宇佐美从怀中掏出一张图，摆在景虎面前。

"这是我预先准备的。"

"是三条城平面图？"

"老早以前就画好了，后来，因为军务倥偬，三条城那边又鸠工整建过，可能已有多处不符，不过参考参考还是可以的。"

"真是再好不过了！"

景虎仔细检视。图面相当细密，他比对自己勘查过的地方并加以订正，几与实城无误。

宇佐美笑说："哦？你最近去过吗？"

"两三天前才去过。"

景虎把他和松江乔装勘查敌地虚实的经过告诉宇佐美。

宇佐美一直点头称赞。

景虎又说："大体就如同我刚说的，详细情形则是这样，我们先从北方或西方动兵，短战之后就退兵，然后换东南方攻击。这时，敌方一定以为我军主力进攻防备较弱的东南方，对不？"

宇佐美点点头："没错。"

"因此，我们东南方的攻击必须特别计划，才能以少量兵力诱敌主力出动。我们要准备架船桥和攀城高梯，也要有人积极抢功，弄得轰轰烈烈，才能以假乱真。不过，若是我方将士知道这是假的，行动可能就不那么逼真了，或许敌方也会看出破绽，所以这计连我方也不能知道，必须让他们真心全力进攻不可。"

宇佐美脸现喜色，那是对景虎智略又增长了几分的欣慰。

景虎问："你看这计如何？"

"好极了！在下也想不出更好的了。这样吧！东南方的攻击就交给在下。"

"很好，我也觉得除了你以外不作第二人想。"

宇佐美点头致谢后说："既然如此，我希望您能跟我在一起，因为要瞒过自己人，您必须在场不可。"

宇佐美没有说得很详细，但景虎已非常明白。要瞒过自己人，就得做出兵力充分的样子，等骗过敌人把西北的守兵调到东南方时，再由西北方乘虚而入。

"很好，就这么办！"

计策决定，景虎回到大本营，遣使召集诸将，下达明日战事指令。

"敌城的地形你们也知道，我们只有从西北方攻进。为了分散敌方守备，我们分三队从三个地方攻入。一队从左渡口，一队从大堰口，另一队从八王子同时进攻，我们以枪声为信号，一听到枪响，立刻出动。攻击时刻就在黎明前，各队须在夜间即到达自己的阵地。攻过河后，立刻向大本营集结。我打算把大本营设在城外西北方，我会在那儿燃起烽火，大家就以那为目标集中。由于那岛是一片平地，只有那一带稍高，应该可以看得清楚。岛上水田很多，大家要小心别掉进田里，尽量往高处走，地图就在这里，你们仔细研究研究！"

他继续分派了各队部署地点。众将熟记下各自部署地的地形后解散。

深夜展开行动的春日山军趁夜赶至渡河点，等待时机。

景虎将主队集结在八王子口。数天前他已勘查好渡河点，他自己走过左渡口和大堰口，而八王子口则是详细向附近居民打听后知道的。

春寒料峭的季节，夜里气温更低。河中升起的水蒸气凝结成浓雾，笼罩河面，几乎看不到对岸。

景虎派人侦察对岸的动静，探子回报，相当多的守兵架好栅寨正在等着。上次他来时并没有栅寨，大概是听说春日山军来攻，急急造起的。景虎虽想尽量减少损害，但这时候再改变渡河点反而危险，如果不顾损害，一鼓作气过河，或许反能减少损害。

景虎招来今天才从栃尾率兵来会师的金津新兵卫，在他耳旁低语数句后，便领着杉原宪家的洋枪队乘船划到河中央。知道洋枪是最有利的武器后，景虎去年冬天特地派人到堺市买来三十支，都寄放在杉原那里，加上杉原已有的七支和景虎自己的一支，总共有三十八支枪，威力不可小觑。

在茫茫一片的乳白色气体中，船悄声前行，没多久就可以隐约看见沿岸栅寨内建起的城楼上部。

景虎命人停船，"瞄准距顶端五六米的地方！"

全部瞄准后，景虎下令齐射。

三十八支枪同时喷火，迸发出惊人的爆炸声，同时，在岸边的己军发出喊杀声，整个河面鼓噪异常。仔细分辨，遥远的左方也有杀声。

敌军虽有心理准备，但没想到春日山军如此逼近，又有如此之多的洋枪，他们仓皇地向河上放箭，但景虎早已向下游移了三十多米，并再次对敌军展开射击。

守城军更加狼狈，骚动更大，景虎又划回上游，再次展开射击。就这样,他在雾中上上下下地变动位置、反复射击时,已军也杀声震天地接近岸边。守城军已仓皇失措。

景虎再把船划到六十多米外的下游,从那儿登陆,等待已军攻上岸,当两军正要展开接触战时,他又对着奔驰中的敌军开枪。枪的威力令敌军丧胆,他们已有怯色,回头就跑。

景虎军从堤防上追到城外,但城外筑有坚固的栅寨,暂时制止了追兵。

景虎只是想略为进攻后便撤回兵力,他们仅是竖起盾牌挡箭,等待其他队伍聚集。这时候天已大亮,雾也淡了。

其他两处登陆的军队多少遭到了一些抵抗,但他们奋力向前,击破防军,在九点左右与主队会合。

景虎并不打算固守原定的战略,觉得大军已攻至此地,不依计行事也无妨。守军的抵抗相当坚强。岛上到处是水田,攻击之路就只有沿着堤防或地势较高的城下町地区,这对守城军来说,是极为有利的地形。

景虎略为攻击后,便按照预订计划撤退回八王子,当天就又绕到城东南口的对岸。

那天已无交战,许多人在河上忙着,或是聚集小船,或向附近民宅征索绳缆,或拆掉房子收集木材。他们彻夜分头进行,到天亮时全部聚集在河边,到中午时水面上已连起数百艘船,河滩上堆了好几座小山似的木材。

景虎下令快造船桥。众人将船并排,左右打下木桩以固定船身,再把木材架在船上。另有部分兵士打造梯子,找出最长的木材,打上横木,再用绳子卷好固定。这些作业故意在河滩上进行,好让城里的人看见。

这一带是信浓川和五十岚川冲积而成的低湿地。景虎的大本营设在五十岚川的堤防上,竖起军旗及金扇马印,尽量凸显存在,同时燃起炽旺的营火,像要烤焦天空一般。

这些作业刚开始时,守城军似乎不太在意,因为他们认为作业进行到一半时,后山雪融的水流入河中,水流加快,作业自然受阻。

景虎命令宇佐美,木桩务必打得牢固些。

宇佐美亲自坐船在河上指挥:"不要急,只要专心造牢一点就好!"

速度虽慢,但一条坚固的桥逐渐成形。

城内守兵开始动摇,爬到城楼和城墙上观察的人日益增多。

看见城内动摇的模样,这边也有人试着攻城。他们徒步或划船悄悄地靠近城,攀上堤防而战,但因为是零星行动,没什么成效,往往受点小损失,即使如此,已方战意仍然高昂。最重要的是,三条军已开始重视这方面的攻击,城墙上守兵的数目明显增多。

景虎判断是决战的时候了，不巧的是，月近满月，整夜都有月亮。这是他原先没有料到的，他苦笑着自嘲："千算万算，还是有地方没算到。"

这么一来，就必须等满月过后再说。这个季节里，北陆路一带雨少，很少有天阴的时候。但是第七天下午，天空转阴，入夜以后开始下雨。雨只下了一点便停了，但天空依旧是阴的。

景虎找来宇佐美，"就在今晚吧！全看你了！"

"你放心。"

"洋枪队我带着，你听到枪声后，就放火箭到城里，刚才下了一点雨，大概不成问题，只要城内烧起一处，里面的人就会方寸大乱。"

"火攻是个好主意，我倒没想到，这个季节用火攻，确实有效果！"

宇佐美对景虎的成长更增一分欣喜。

景虎领着两千人马，悄悄绕至五十岚川上游，过了河，又远远绕到南方，从八王子口过河。

这方面的防备丝毫未退。虽然留有兵力，但有些轻敌，因此挡都不挡便落荒而逃。景虎故意不经过城下町，急攻至南边堤防上，突然冲至正城门前，命洋枪队一齐开枪射击。

守城军打开城门迎战，但没多久听到后城门惊人的喊声，略现动摇之色。

"看！敌军已有怯意！快追！"

景虎亲自领兵策马前奔，挥刀斩杀数人。

三条军大乱，躲回城内，春日山军虽奋力直追，仍没赶上，城门紧闭。

"出来！出来！我是个女人！被女人追杀得逃回城里，你们还要脸不要？"

松江舞着长柄大刀，向城内大吼。城内毫无反应，只是不停地射箭。松江像水车轮舞转般挥着大刀，挡住来箭，那动作干净利落，众人看得佩服。不过，景虎把她叫回阵，等待城内变化。

没等多久，城内发出激烈的吵闹声，大概是宇佐美那边的火攻奏效了。

景虎抬头看天，观察云态，只见覆在略微泛白的天空上的云向北移动，那么火势将向北延烧，城门正好在左侧，敌军一定会从这里拥出。在避火时敌军将会损失巨大。

景虎把兵力移到堤防上，"现在城里起火，敌军马上会从城门拥出，准备好弓箭和枪！"话声方歇，城内已冒起滚滚浓烟和冲天烈焰。

城内的骚乱声向城门处拥来。器物撞毁的声音、人的怒号声全都交织在一起，在互相弹撞、旋成一团的骚乱中，不时听到女人和孩子的尖叫声。

"等我下令时再开枪，之前，绝对不能开枪，也不准放箭！"

在景虎高声下令的同时，城门缓缓打开。只见淡淡的烟雾从门口飘出，烟下，人潮像弹出似的一拥而出。看着看着，烟量和人数都增加了。那些人像无声拥出似的，斜经过堤防上单膝跪下摆好射姿的景虎军前，疾奔向城下町那边。将士们像猎物溜过眼前的猎犬般蠢蠢欲动，景虎却说："还不是时候，还不是时候！"

他知道此时若攻击敌军先头部队，敌军很可能会拼死一战，导致己方牺牲太大。重要的是杀了主将就好，眼前这些小兵尽量让他们逃，等他们逃开后再攻击主队时，他们很少会回头助战。因为没有比逃离危地的兵士更胆小的人了，因此，景虎打算只要攻击敌军主队就好。

未几，敌军主队出来了。三四百名卫士团团围住骑在马上的女人小孩。卫士皆全副武装，手持盾牌，密集一处。城内的火苗愈益炽旺，喷起漆黑的烟和红黑色的火焰，衬着逐渐变亮的天空向北延烧，城内已完全笼罩在浓烟烈焰中，但那密集的卫队却不慌不忙，沉稳行动。

坚固的城寨似已动摇。昭田策马在前，身穿熏革穗饰铠甲、头戴半月形金饰的白星盔，左手持盾，右手架着长柄大刀。

景虎吹燃火绳，枪口向上扣动扳机。

那早已等得不耐烦的兵士一起开枪放箭，发出杀声。密集的队伍中有数人倒下，但无惊慌之色，头也不回地继续前进。

"开枪！放箭！"

景虎大力挥动令旗。洋枪数度喷火，箭也不断射出，又有数人倒地。但是昭田军未见动摇，仍不急不徐地继续前进。他们一定是判断过此时交手毫无益处，必须保持阵势不变地退到某一距离外再做打算，因此对景虎军的攻击没有反应。

景虎觉得很不愉快，心想一定要打乱他们这阵势不可。

他令旗一挥："上！"

待命武士立刻跃起，直往前冲。他们打算迂回绕至敌前，制止敌军前进。

昭田军或许已先想到这一招，他们突然停了下来，竖起盾牌，神态自若，毫无动摇之色，倒有沉稳一战的决心。

景虎虽然佩服他们的临危不乱，但忍不住扔掉头盔，紧踢马腹向前疾驰："跟我来！"

他高举着佩刀，对准敌军侧面突进，全军跟在他后面，嘶声竭力地喊杀。

敌箭不断飞来，景虎挥刀挡箭，瞬间就踢倒盾牌冲入敌阵。昭田军全军向着他斩刺而来，景虎毫不退缩，纵横马上斩杀敌军。这时，跟在景虎后面以及绕路而来的军队都已赶至，两军交锋，陷入混战。

景虎策马打转："昭田常陆介何在？出来！我是喜平二景虎！"

像暴风掩至似的，昭田快马冲到景虎旁边，他用力一收缰绳，马的前腿跃起。

"昭田常陆介在此！看招！"

他挥砍着手上的大刀。

"来得好！"

景虎掉转马身，欲从他头上一砍而下，这时两匹马激撞弹开，景虎挥刀落空。

景虎的近卫勇士已蹿至身旁，"主公！且让属下效劳！"纷纷欲围杀昭田。

景虎高声斥止："不要出手！这是逆贼，我要亲自了结他！"

众勇士依言退开。

景虎和昭田转战马上，刀剑撞击，铿然有声。昭田年已七十多岁，数回合后，刀法即乱。半月形盔饰被景虎削掉，肩受轻伤，眼见不敌，立刻策马奔回己方阵中。

"卑鄙！别逃！"

景虎怒极，穷追不舍，但昭田军阻挡在前，昭田迅即躲到阵后。

昭田及家人正由心腹卫队严密守护，昭田像把家人赶回似的退回城门。门内浓烟滚滚，烈焰熊熊，女人小孩发出惨叫，但在昭田的劝说威逼下，噤声奔进城里，昭田也下马跑着，城门缓缓关上。景虎判断他一定是想在烈焰中自杀。

这么一来，昭田军已无力再战，阵势崩溃，一路向北方溃走。

景虎军在后追击，但是景虎没有动，面向城门合掌一拜。强风把火苗及浓烟吹向北方，但热气波及距城门十丈余的景虎身上，他的脸被熏得发烫，他耳边仍残留着女人及小孩的惨叫声。

（虽然是昭田叛变的报应，但女人小孩何罪之有？可怜哪！速速超生成佛！速速超生成佛！……）

这时，城门内又有动静，从半开的城门喷出的浓烟中，夹着人影。

那人没有穿甲胄，一头白发散乱，腰间带刀，手拄长刀，睁眼四下打量，那眼睛和景虎对上便静止不动，是昭田。

愤怒溢满景虎全身，怒吼："这还算男人吗？！"便驱马狂奔向前。

昭田返身想逃，景虎穷追不舍，昭田回身掷出长刀，景虎举刀轻松挡开，然后，挥刀砍下，从他左肩直剖到右肋。

三条城终于沦陷。城已化为灰烬，但景虎命人建起临时小城，派新近投靠的豪族山吉丰守为代理城主，便暂时先返回枥尾。因为还有许多有关三条城的事务要料理，不能马上回春日山。

约莫过了一个月，五月初时，春日山派来急使，谓国主上杉定实病况危急。

定实是长尾一族之主，虽然有名无实，但名义上总是主人，而且，他一向善待景虎，景虎与晴景兄弟纷争时也是他出面调停而得以两全其美，何况他还是景虎的姊夫。

景虎只率领近卫勇士，火速赶到府内。

定实衰弱得很厉害，而且老了许多。景虎出兵向他辞行时，他才只有一点白头发，现在却全白了，枯黄如土的瘦削皮肤上满是皱纹。他应该还不到五十，看起来却像七老八十了。

"我已经不行了！"

定实挤出一丝苦笑说，他喘得很厉害，仅仅只说了这么一句话，他那瘦削的肩膀便起伏如波浪。

"不会的，您还年轻，得打起精神呀！"

"烧一直不退，唉！哦，对了，看到你太高兴了，这么重要的事都忘了，恭喜你报了仇，灭了宿敌，今后，越后一国将安然太平了，做得好！做得好！"

"都是托您的福。"

"哪里，是靠你自己的胆识才略，很好。手给我，我想握握你的手！"

他的手干枯无力，景虎觉得自己的手是那般年轻有力而有些歉然。定实握住景虎的手许久，松软无力的细手像火烧似的发烫。

景虎陪侍定实没多久，定实便昏昏睡去。景虎年轻有劲的身体无法安然待在这死气沉沉的房间里，向看病的武士使了个眼色，便蹑足走出病房。

屋外是清爽的初夏气候。阳光普照，悦人的风吹过绿树，空中飘着白云。景虎穿着院屐走下院子。他沿着泉石畔漫步，猛吸着新鲜的空气，一吸一呼之间，定实夫人的侍女走来。

"夫人准备了茶点，请您过去品用！"

"唔！"

他跟在女侍后面穿过庭园。

这位侍女长得很美，身材略显高大，但皮肤光滑细腻白嫩。她走在前面，腰部附近的隆起部分优雅地晃动着。景虎看得心中发慌，赶紧移开视线，却又看到系着丝结垂在背后的黑发两侧平滑的颈线，有点偏青色但白得没有一粒斑点。景虎心口猛跳，又把视线移开。

这时，他突然感觉到心灵深处有朵像大白花朵般摇晃的人影，随后，这人影立刻换成他在琵琶岛时的种种回忆。

定实夫人的居室是两间相连的宽敞厅室，光线明亮，轻柔的微风从室内穿过。

"你这么忙还赶回来探病，难得你有这份心意！"定实夫人把定实发病时的情形及病势变化说了一遍，"原先得了感冒，只躺了两三天就起床，也没有在意，谁想又不舒服倒下了。这回不但咳得厉害，还发高烧，人就愈来愈衰弱，现在就这个样子，看来，也没有法子了，是命啊！"

"千万别那么说，定实公是有些衰弱，但我不觉得有什么严重的！"

景虎并非有意说谎，通常，人是无法感受自己所没有的心理与事物的，就像恶人无感于善、懦弱者无感于伟大、无神论者无感于神的存在一般，充满生命力的景虎自然无法感受到悄然逼近定实身上的死亡阴影。

"你这么说是在安慰我吧！这样也好，我都已明白，已有心理准备，放心不下的只是膝下没有一个孩子，这也是命，没办法。"

她眼眶有些湿润，但毫不激动，平静如常。

景虎非常感动。

后方传来衣裳摩擦声，景虎不禁回头一看，一个年轻女孩捧着茶盘。她不是刚才那名女侍，年纪大个两三岁，也很美丽，娇小身材，长脸蛋，相貌高雅如名师雕出的美玉饰物。

她动作娴雅地把茶杯放在景虎面前，略微后退，定定地看着景虎，眼光大方而亲切。

景虎双颊有些发烫，奇怪这女孩为什么用这种眼光看着自己？

"谢谢！"他捧起茶碗喝下，"味道恰好！"这话没特定对象。

"还要吗？"

"不，够了。"

定实夫人微笑着打量他们，而后直视景虎说："景虎，你知道这位姑娘是谁吗？"

"不知道。"

"是和你很熟的人。"

"咦？"

景虎转头凝视那女孩，她也大方地笑着回看。可是，景虎毫无记忆。

"这位姑娘究竟是谁？"

"你不知道吗？她也出身诸侯之家，她虽然是你的亲人，但在你小时候就离开家了！"夫人叹了一口气，用袖口轻按眼角，"她就是大你两岁的姊姊阿绫。"

"啊！"

景虎再回头凝视对方，看着看着，女孩那美丽的眼中溢出泪水，流过白嫩的脸颊。

景虎也觉得眼眶一热，"绫姊？"

"你终于认我了！"阿绫拭掉泪水，哽咽着说道，"我好几次偷偷打量你……但是，你都不知道，今天我们姊弟终于相认了……"

追想曲

阿绫的母亲是为景的侍女，由于生母地位卑贱，所生子女待遇也差一级。为景不曾给阿绫和其他子女一样的待遇，为景死后，阿绫的待遇更差。晴景继位后，终日只图自己的快乐，根本不顾弟妹的死活。身为长姊的定实夫人可怜她，把她接到府内抚养。

景虎并非不知道有这么一个姊姊，但过去他几乎不曾想到过。自幼不蒙父爱、被断绝父子关系逐出家门的他，所想的尽是自己的事。

他们两人完全没有共同的回忆，顶多是有一点关于父亲的记忆，但也没有共通之处。他们都觉得父亲了不起，但都不怀念他，因为他们都没有被父亲疼爱的回忆。

谈话很快就到了尽头，显而易见的虚无感弥漫座中。阿绫寒暄后告退。

阿绫离去后，定实夫人对景虎说："你大概奇怪她这样的年纪还没出嫁吧！不过，这不是我的错，都怪晴景。我跟他提过几次，该为阿绫找个对象了，但他每次都只是口头敷衍，根本没放在心上。现在你继任家督了，国内也恢复了平静，你一定要为她安排，拜托你！"

"我知道，我一定为她找个好对象。"

景虎嘴上这么回答，但心里还不清楚这件事该怎么安排才完美妥当，不比在军事上的绝对自信。他想，身为一家之主，除了政军事务外，要处理的事还很多！

景虎一直留在府内馆探病，直到定实病情稳定后才回春日山，向国内及近国豪族宣告国内平静。同时向京都的足利将军及关东管领上杉宪政报告继承家督、讨平逆贼之事。景虎的武勇无可置疑，将军及管领都承认他的继任，并祝贺他平定国内。邻近豪族也派遣贺使，国内豪族更是亲自赴春日山恭贺。

其中，只有上田的长尾房景与众不同，他自己不来，也没派儿子来，而是派家仆送来贺词贺礼。

去年冬天晴景攻打景虎时，房景应晴景之请出战，在鲭石川河边与景虎大战，陷于苦战，晴景却坐视不救，房景一怒，不辞而别。据说，那次出战，房景原极不情愿，还是晴景屡派使者恳劝，才勉为其难参加，但毕竟是当面与景虎为敌，因此景虎与晴景和解、继掌家督之职后，他自觉尴尬，不肯来见。景虎眼见以前依附晴景的众将、三条方面的豪族都纷纷来归，上田长尾家是春日山长尾家最近的族亲，又是自己的亲叔叔，却持排拒态度，难免令人介意。

不久，病况一时稳定的定实突然转危，随即过世。葬礼盛大举行，众豪族亲来吊丧，房景父子又未露面，派家臣代表。

景虎更觉不对劲："难道有什么内情？！"

他左思右想，推敲出一个更大的疑惑："难道房景与晴景定有密约？晴景没有儿子，他们可能定下晴景死后让位给政景的密约，晴景可能用这香饵诱使房景出兵，真会是这样吗？！"

如果真是如此，那么景虎继任家督、讨伐三条平定国内等事，都不是房景父子乐于见到的，他们一定是愤怒晴景违约、不平景虎继位，却又无可奈何，除非靠武力夺取。

这事情不能去问晴景，就是问了，晴景也不会据实以告，可能反而会伤了和气。除非房景父子有清楚的敌对行为，尤须采取断然措施以儆效尤外，此时唯有佯装不知，再想其他解决方法。

他不愿才与兄长争完，又要和近亲同族起纠纷，惹得世人批评。他知道自己身为越后一国首席武将，尤须注意各方的批评，必须靠自己的能力赢得众望。

他想，当此之际，能商量的对象除了宇佐美外无他。思索数天后，他便带着少数护卫来到琵琶岛城。

景虎此行未事先告之，琵琶岛城守卫大惊，一面恭迎入内，一边急报宇佐美。

宇佐美仍是一成不变的沉稳表情，在途中恭迎。

"如果先有通知，在下当出城恭迎。"

"我是临时起意，未能事先通知你。"

"是吗？无论如何，我还是很高兴。"

进入客殿，景虎立刻说："想借用一下你的智能！"

宇佐美微笑低语："是上田的事吧！"

宇佐美仿佛能看穿人的想法，景虎又惊又喜："正是。"

"前阵子国内宣告平定时他只派使者，这阵子定实公的葬礼上他也名到人不到，这些我都看在眼里。其实，在举行葬礼期间我就想跟你谈了，但想想有一天你会主动找我谈的，于是忍住没说。"

"是吗？"

"这事您跟晴景公谈过没有？"

"没有，差点想去，但还是打住了。"

宇佐美有松了一口气的表情："那样好，若去追究很可能反而弄得进退两难。这时候，只要知道对方对我们抱着不平的心情就够了，而且，应该有解除这不平的方法。"

宇佐美的智略就像急湍流水般哗啦哗啦直冲而下。景虎非常高兴，倾身向前问道："你说有法子？"

"当然有。"

"不会是开战吧！我已不想再与同族交战了。"

"当然不是，所以才要设计设计。"

"快告诉我吧！我只要想个几天，就能想出道理的。"

侍仆送上茶来。宇佐美亲手为景虎奉茶，一杯饮尽，他屏退侍仆，继续刚才的话题。

"定实公葬礼之时，夫人旁边陪着一位美女，我问了人家，才知道那是令姊，我都几乎忘了，为景公是有这么一位千金。"

他闲闲地谈着，景虎却不由地焦躁不已。

"我也是去府内探病时才见到她的，我从来没有想到过她，她的事还是大姊定实夫人告诉我的。不过，你不是说有解上田那边心事的法子，快告诉我吧！"

宇佐美笑道："我正在说啊！"

"那么……"

"政景的妻子去年过世，他一直没有续弦。幸好前妻没有生儿育女，虽然是填房，但跟新婚没两样，也算是一桩良缘，就把令姊许配给他如何？"

话说到此处，景虎已完全明白了。他虽有过人的智谋，但毕竟才二十

277

岁，人生经验既浅，也不曾知爱女人，没想到这一点自是当然。

"是吗？"他的声音中似有失望的调调。

"您若不满意……"

景虎没有回答。与其说他不满意，倒不如说他心情沉重。虽然世上常用婚姻作为政治手段，在诸侯豪族家中更是平常，但景虎本能地不喜欢这种行为，他觉得不爽。阴湿的心和阴险的行动本来就是他所排斥的，政治婚姻亦然。而且，他对和自己一样不受亲人疼爱的姊姊特别同情，希望能给她一个更幸福的婚姻。

"您好像不满意。"

"没有别的法子吗？我不喜欢。"

景虎语气很重，表情略显幼稚。

宇佐美微笑着说："我了解您的感受，您认为这方法不像男子汉所为，先就不满意了，而且您希望为令姊找一桩更好的姻缘，是吧？"

景虎心思被他猜透，乖乖地点点头，"正是这样！"

"您的想法的确高尚，但也略嫌狭窄了些，这都是因为年轻之故。上田原是您最亲近的一族，亲上加亲，有什么不妥？如果上田阴谋图己，才以婚姻媾和，这是不像男子汉的做法，但现在并不是这样。因为我们觉得上田那边或有不平，以亲事弥平他们心中的不满，增进彼此关系，是最理所当然的方法，不能以男子汉或娘娘腔的想法来衡量。第二，这对令姊来说，正是幸福的归宿，而不是被当作牺牲品。因为您并无意消灭上田，反而希望他们常保安泰。唯一的难点是他们年龄的差距，令姊芳龄二十二，政景公已三十七岁，足足大上一轮。不过，令姊早已错失婚期，如果出身小族，找个合适的对象嫁了就算了，但她是越后国守护代的姊姊，要找门当户对的对象就难了。我已说过，政景公前妻没有生养子女，这对令姊来说，当是很合适的姻缘。"

宇佐美滔滔不绝，景虎终被说服。

"我了解，我自己心里有疙瘩，只要上田没有异心就好。"

"您了解就好，长尾家当可世代昌隆！"

"可是，这牵线的事该交给谁呢？辛苦您老人家一趟，可以吗？"

宇佐美却摇摇头："千万不可，世人皆知在下多虑，因此这件事必须让世人认为是您自己的主张，最好派心腹前去。"

"的确。"

景虎又学到一课，智略纵横者不能不以大肚为怀。

当夜，他留宿琵琶岛城。和宇佐美共进晚餐后，他走到廊外，吹着凉风。已是暑天，天空中是初七的半月。景虎仰望月亮，想起以前住在此城时，为乃美的笛声吸引到她住处的事。那年，他十六岁。

那时，乃美把一位旅行乐师送给她的笛子给景虎看，两人谈了许多，最后因为乃美说他好战而生气，他怒斥了她一顿，不欢而散……

回想那时真是幼稚。那时候，想去看她时便大大咧咧地走去，现在长大了，心想不该再这么幼稚了。他有点难受，仿佛看见府内馆女中领他到夫人房间时那白嫩的粉颈和摇曳生姿的腰臂，他呼吸急促。

"笨蛋，想什么嘛！"

他在心中暗骂自己，再度仰望月亮时，耳边传来笛声，仍是那首轻快活泼的曲子。

（她是吹给我听的！）

景虎霎时全身血液沸腾、燥热不已。他拼命压下这种感觉，像瞪视似的凝视着月亮。

景虎回到春日山，把此事告诉定实夫人及阿绫，她们都无异议。于是，派金津新兵卫到上田，数天后，新兵卫回来复命说："他们说知道了，要我先回来，近日内将派使者复命！"

这答复相当冷淡，令人感觉他们是打算拒绝。景虎希望这件婚事能够促成，好尽早祛除房景父子心里的不平。

他决定亲自走一趟上田，左右都极力劝阻，他们也对房景父子的态度感到不安。

"别说了，他是我叔父，而且武名甚高，不会耍那种小人手段的。我相信他，这一趟是去定了。"

左右不好再劝，但决定陪同前往，大有豁出性命、舍身救主的气概，景虎难以拒绝。

"好！我带你们去，但绝对不许擅自行动！"

春日山距上田有二十四里，快的话两天，慢的话要三天。景虎第二天宿在十日町，先遣鬼小岛弥太郎到上田通知他将于明日抵达。

翌日晨间，他攀越过衔接中鱼沼盆地和南鱼沼盆地的八个岭，政景可能在岭上恭迎。

景虎主从慢慢地走在蝉声噪耳的绿荫山路上，他们骑在马上，凉风不时自谷底吹来，虽然不热，马却全身汗湿了。

"就到了，到岭上时休息一下，给马吃点粮草。"

主从都爱怜地拍着马脖子，马汗湿的鬃毛下，皮肤热得烫手。

好不容易快到岭上时，山上有人遥唤："喂——"

抬眼一望，有个人驻马在下坡口大松树荫下不停地挥手，是鬼小岛弥太郎。他那红黑的脸上露出洁白的牙齿，笑得很高兴。景虎他们也挥手回答。

弥太郎一拉马缰，缓步下坡，来到景虎面前，轻身下马说："政景公在岭上恭迎大驾。"

景虎大抵预想到会这样，说了句"是吗"，点点头，继续前进。

岭上是略微宽敞的平地，榉树、栗树等阔叶树带来了凉爽的树荫。政景把马拴在树干旁，坐在矮凳上，穿着武士礼服，头戴乌纱帽，随从也穿着礼服，分坐两旁。

景虎一上来，眼光自然投向那边，轻轻点点头，下马。

政景也点头回礼，起身走过来。

"想必是景虎公了！"

"你就是政景兄！"

两人相视而笑。两人虽是堂兄弟，却是头一次会面。政景三十七，身材魁梧，肤色微黑，面色红润，高高扬起的浓眉，长而大的明亮眼睛，充满强壮、精明的男子气概。他虽然比阿绫大十五岁，但两人没有不配的地方，景虎觉得真是再好不过了。

这中间，政景的家仆也摆好座席，就在刚才政景坐的地方铺上席垫，他们两人相向而坐，各自身后是随从之席。

"天气炎热，有劳大驾光临，不胜惶恐。"政景边说边引导景虎入席。

坐定以后，政景又说："初次幸会，虽忝为一族，但因多次错过，缘吝一面。"

政景用语郑重，表示他对景虎的亲切及对家主的礼节。

景虎也亲切回答："久闻吾兄武勇过人，神交已久，今日得见，果不其然。"

政景也带来了行厨，准备了各色食品。他接过家仆奉上的葫芦，斟满一杯："先让我敬主公吧！"他仰颈饮尽，咂舌笑道："好酒，这是我特地挑选的！"

说罢，他献杯给景虎。景虎接过，自己斟满一杯，点滴不剩地喝尽，感觉一阵甘美凉意由齿缝渗入口中，通过咽喉滑下。

"果然是好酒。"他把酒杯还给政景。

政景接过酒杯，放在面前，略向后退，双手扶地下跪说："主公近日诛杀叛贼，平定国内，可喜可贺，然因家父老衰，在下俗务缠身，未能亲往致贺，实乃不敬，特此致歉。"

景虎笑说："别再说道歉的话了，只要肯见我就很高兴了，我不会抱怨的。"

"在下不敢。"

"真的，这样相见，特别愉快。"

"在下也有同感。"

景虎的随从也准备了酒肴，招待政景的随从。众人都心情畅快，热闹谈笑。

景虎心想，来了真好，但很小心地不触及重要的话题，以免双方都陷入为难的场面。他暗自警惕，一杯接一杯地喝着，他喜欢喝酒，不论喝多少，还不曾醉到坏过事。

到达上田城时天色尚早，主人家已备好洗澡水。景虎洗净身上的油汗，换上干爽的服装，坐在宽敞的客厅和在隔房的弥太郎等人闲聊，政景又备了酒菜进来。

"家父马上就到。刚才家父小腿抽筋，现正在叫人按摩，待会儿才能过来，先由在下作陪吧！"

安置好的大餐盘上盛着一尾烤香鱼，鱼身肥厚，身上的盐烤得焦黄，引人垂涎。

"好大的香鱼啊！"

"这是在鱼野川捕来的，敝地属山村，海鱼只有咸鱼可吃，但河鱼就丰富了，鲤鱼、鲫鱼、鳗鱼、香鱼，还有鳖，尤其是香鱼，又肥又嫩，入口极佳。"

"我就尝尝看！"

景虎用筷子夹下一块鱼肉，合着蓼叶沾了醋，才夹到嘴边，隔室响起尖锐的吼声："等一等！"

是弥太郎。

"干什么？"

"请等一等！"

景虎无奈，只好把鱼肉放回碟子里，搁下筷子。这时，弥太郎跨过门槛走进来，进至两米前时跪下，膝行到景虎桌前，拿起筷子说："让在下尝毒！"

景虎怒斥："无礼！"

他虽不认为政景有毒杀他的阴险心理，但没有尝毒便吃也不对。然而，在此状况下他不得不骂弥太郎。

"这是在下的责任。"弥太郎回答。

政景似乎有些生气，他的家将也脸色不对，因而景虎的随从也脸色大变，室内一时充满杀气，只有弥太郎悠然自在，在众人的凝视下吃得津津有味，一点也没有尝毒的感觉。他不时地啧啧发声，将鱼肉沾足了蓼醋送进嘴里，从鱼头到鱼尾吃得一点不剩。

政景愤恨的脸上露出苦笑的表情，然后正色向景虎作揖道："是属下疏忽了，敬请原谅！"转头吩咐家仆，"端新的餐盘来！"并对弥太郎说道："怎么样，是不是头晕眼花了？"

他的语气带着挖苦，脸上又是干涩的笑。

弥太郎可不服输："在下不敢认为政景公会做出心黑手辣的事，但是在下的任务，就是要防患一切不幸于未然。"

不愉快的气氛霎时弥漫座中，景虎心想若不赶快消除这气氛，很可能造成进退两难的困境。他想直接切入问题，回头对随从说："你们暂时退下！"

"啊！"

弥太郎略有难色，但立刻起身退到室外。

政景见状，也吩咐家将："下去！"

宽敞的客厅里就剩下他们两人。夕阳斜照庭树，院子里流泻着茅蜩的叫声。

"政景兄，你猜得到我为何而来吧！"景虎凝视政景说。

"大概猜得到。"

"既然如此，我就直说了，这件事虽有许多经纬，但我希望你能接受。我是春日山的四子，年纪还轻，与国内武士的关系还很浅，最能依赖的只有同族之人。你们是我最亲近的族人，我很希望能加强彼此的联系，彼此成为能商量的对象，请务必答应。"

他的声调平稳，但充满气魄。

政景精悍的脸上出现被逼迫的痛苦表情，他想开口，但这时若让他说出不对路的话，事情就没有转圜的余地，于是景虎继续说道："如果你不接受，就表示你认为景虎没有统领长尾一族的胆识，我这判断对吗？"

"这……"政景苦笑着欲分辩。

景虎却不给他开口的机会："我对长尾一族统领的身份和守护代的身份一点也不执着，只要你们父子认为我没那份能耐，我随时可以让位给你，我的话不是策略，也不是信口开河，我是真心这么认为的。"

景虎的脸色发白，大眼发出异常的光泽，盯着政景。政景也一样，苍白的额头浮出小粒汗珠，眼神沉郁。

在可以听到彼此呼吸的静寂中，一种无言的压迫充斥着整个房间，金属般的茅蜩叫声阵阵入耳。

这层紧迫被院子里的脚步声打破，木屐踩在踏石上的声音由远而近。二人望向声音来处。

一个瘦小的老人拖着木屐，拄着长杖，走在院中踏石上。他拖着右脚，缓慢地走着。老人身穿宽大的武士礼服，显得身躯更小，乌纱帽子下的鬓角和长须都已全白，像能剧里的老翁面具。

"是家父！"

政景向景虎点点头，赶过去牵着老人的手服侍他走过来。老人脸上毫无表情，但看得出是很放心地让他服侍。

景虎胸口发热，他从来没有这样让父亲依赖、这样关爱父亲的回忆，他有些羡慕。

老人咳嗽几声，走上廊缘，慢慢走进房间，坐在刚才政景坐的地方。他直直地看着景虎，长长的白眉下，发光的瞳孔像在瞪人。

"你是景虎吗？"他声音低沉而有力。

"侄儿正是，特来拜见叔父。"

"不敢当！"房景两手扶地低头，"在下房景，幸会。"

"幸会！"景虎也扶地回礼。

房景看着景虎，突然眼眶一红，哽咽道："你终于长大成人了！二十岁了吧！听说你武功显赫……"他突然纵声大笑，"呀！不是听说，那次在鲭石川交锋，我被打得惨兮兮的，不过是去年的事，哈哈！了不起！"

"叔父过奖了。"

房景又开怀大笑，突然笑声一歇："刚才在那边听到这里有些言语纠纷，顾不得脚痛赶过来，果然如我所料，哈哈！你这次专程前来，没什么不好商量的。你第一次来见叔父，叔父理当送份厚礼，这样吧！就把政景送给你当姊夫吧！我这老头子希望两家能长久和睦相处！"

事情如此急转直下，顺利解决，景虎有些不敢相信，他张着嘴，好一会儿才说："承蒙叔父同意，不胜感激！"

"我们才需要感激哩！这点事还劳你亲自走一趟，真是不敢当，不过，这样也好，有什么问题都该消解了。哈哈，儿啊！这是你的福气，三十七岁了还能娶到二十二岁的新娘，而且是守护代的姊姊，还不快谢过主公，哈哈！"

房景非常愉快。

梦想

婚事谈妥一个月后，阿绫便嫁到了上田家。这件事进行得很急，生怕一延迟了又会出什么差错似的。景虎以五千贯的俸禄作为阿绫的嫁妆，多少有想弥补她不幸的少女时代的意思。

又一个月后，房景到春日山城出勤。

"他们小两口过得很好，这下我可以安心了，不论什么时候走，心中都了无遗憾啦！"

房景打心底里这么认为，这份感受使他显得和蔼慈祥。

景虎也有所感触，激励他说："心中没有牵挂，岂不要活得更好吗？您是我们族中唯一的长辈，必须特别长寿，好多照顾我们哪！"

房景笑道："哈哈！你这样说真叫我高兴。"

房景回去后不久，政景即来。他们父子俩对目前的境遇都很满足，没有什么不满的样子。

倒是政景关心景虎："我看您该娶位夫人了。"

"还早，我才刚满二十岁。"

景虎并非不好意思，这一阵子他虽也想到自己没有成家，和守护代这个职位不太相配，但也没办法。

"二十岁不算早了，反正迟早都要娶的，得认真地考虑一下，等我跟阿绫商量后再来谈。"

政景回去以后，景虎身边的人也轮番劝起景虎该娶老婆了，他们认为这样有助于稳定国内人心。但每回景虎总是笑着斥退他们："还早，还早！国内才刚刚平静，急什么？"

其实，每次谈到这个话题时，景虎心里都会想起琵琶岛城的乃美。如果要他在所见过的女人中择一人为妻的话，除了乃美，不作第二人想，但是，他仍有所顾忌，乃美愿意吗？如果他开口要娶乃美，宇佐美一定会答应，但是乃美未必心甘情愿地嫁给他。他认为乃美一定无法视他为夫。

倒不是乃美讨厌他，他知道乃美对他带有某种好感，但他感觉那是一种姊姊对弟弟、带有某种优越感的爱，而不是女人对男人的爱恋。所有与乃美有关的记忆中，她都是以一种高一等的宽容态度与他接触。

"乃美比我大一岁，虽然只是一岁，但因为她优于常人的聪慧，使得她总是像姊姊一样。"

他知道，很多人娶了年纪大的妻子，反而过得十分幸福，像松江就比鬼小岛弥太郎大三四岁，生活非常幸福美满。但这还是因人而异的。

在某种意义上，他认为世上再也没有像自己和乃美那么不相配的组合了，自己的个性是不准任何人压在自己头上，乃美又是那样聪慧，终究不像肯屈居年少丈夫气焰下的女人。

"我们在一起或许是个不幸，甚而可能会导致我和宇佐美的关系破裂，婚姻这种事，若好，则两家有更强的联系，若坏，则原来亲密的两家也可能会翻脸成仇……"

景虎并不懦弱，大部分的事情，他成功的可能性较多，那是因为他天性坚强，加上举兵以来连战皆捷，对自己更有自信。但是，偏偏对于婚姻，却悲观地连他自己都惊讶！

这种心情让他很不愉快。有一天晚上，他突然决定："去见乃美，亲口问问她不就明白了？一个人在这里东想西想没个定论，好！明天就去琵琶岛！"

胸口的郁闷豁然开朗，他神清气爽地睡下。

做了一个梦。

地点在琵琶岛城内。沿着城墙有个嫩叶清绿、凉荫宜人的缓坡。坡上有条处处充满岩角峥嵘的小径。景虎气喘吁吁地爬着小径，出了点汗。他不断地听到笛声，是那飘逸而轻巧的曲子。他感觉必须到吹笛人的地方，向他学这首曲子，因为他手上也汗涔涔地拎着一管笛子。

但是走了又走，缓坡依旧漫无止境地延伸，怎么也到不了吹笛人的地方。他数度停下脚步，仰望着一直绵延向前的坡道，长长地叹了口气。

"不要去了，不过是笛子，对武将来说，并不是必须具备的修养不可。"

每当他如此想时，耳畔又响起笛声。那令人想闻声起舞的轻快曲子似又诱惑着他、催促着他移动脚步。

景虎打起精神继续爬坡，不知什么时候，他猛然抬眼，看见坡上伫立着一个豆粒般大的人影，看着看着，那人影愈来愈近，终于立在眼前。他穿着甲胄，蓄着长长的白须，手拄一根顶部弯曲的长杖。

景虎以为他是房景，但老人自称："我是毗沙门天神！"

"啊！"景虎大惊。

老人笑说："你要去哪里？这条路不是你该走的路，如果走这条路，你一定会后悔。"

"为什么？"

景虎才问，人已醒转。

夜仍深沉，各种虫声围绕着卧室，一阵一阵地叫得像骤雨急打屋檐一般。

"啊呀！是梦……"景虎喃喃道。

他全身冒汗，仰望着细细灯芯照射的天花板，回想刚才的梦境，是那么的鲜明。他想，笛声和毗沙门天神是多么奇妙的配合。虽然他不认为这是梦兆，但他仍不免觉得或许笛声意味着乃美，而毗沙门天神意味着自己的自尊吧！

他想，我似乎不太能对付乃美，但我终究还是要去一趟，正面跟她谈谈不可。

第二天早上，景虎说突然有事，要到琵琶岛去，他只带了三名侍卫和两个小厮同行。

正午左右，他们越过朔日岭，一走进山下的小村入口时便发现村中状况怪异。景虎等人驻马观看：绿荫围绕的一栋栋茅屋，中间一条笔直的村道，外表看起来是个沉稳安静的村子，但却被一股异样的喧闹气氛笼罩着。

紧接着，人们纷纷从一间间安静的屋子里奔出，向前急跑，有人扛着扁担，有人拿着镰刀，有人握着柴刀，嘴里咆哮着。

女人小孩也跟着冲出来，女人拼命拦阻小孩，不让他们跟着跑去。

这模样太不寻常了！一定是逮着了小偷强盗什么的，景虎策马前进，停在聚集于第一间房子门前的女人小孩前。

"喂！"他招呼他们。

众人闻声回头，大吃一惊。

"发生什么事了？"

众人没敢回答，只是慌得跪在地上。他们不知景虎的身份，只知是地位很高的武士。

"回答我！发生什么事了？"

一位皮肤黝黑、身体僵硬的小老太婆回答："杀人了。"

"是村里的人还是外来人？"

"村里的人。"

"谁？死了几个？"

"两个。"她没说是什么人。

"死的是什么人？"景虎再问。

小老太婆不再回答，紧闭着嘴，脸色阴沉地看着自己的膝盖，像合上壳钻进沙中的河蚌。

景虎看样子是从她嘴里问不出什么了，便不再问，策马向前。奇怪的是，刚才群集在前面第一间房子前的女人小孩都不见了，大概怕被问到都躲起来了。回头一看，刚才那堆人也不见了，真叫人啼笑皆非。

但是，噪耳的叫声仍从远处传来，到了那里自然明白，景虎向随从打个手势，众人快马向前。

出村不远是一条河，路是沿河向下游延伸。不远处有座小山，山上有几株赤松及一座用茅草做屋顶的小庙。村人聚集在小庙前的路上，七嘴八舌地谈论着，看到景虎等人走近，突然安静不语。

景虎停在三米开外的地方，对随从说："去带两三个人过来，最好是村长什么的。"

"是。"

一人跑马过去，短暂交涉后，带回两个人来，他们脸上布满惊恐之色。来到景虎马前，立刻卑躬地伏在地上。地上积了厚厚的灰尘，他们这一趴，灰尘像烟雾似的扬起。

景虎下马，站在他们面前。

"听说杀了两个人，都是村里的人。"

他们没有回话，只是把脑袋紧贴着地面。

"杀的是什么人？抬起头来回答！"

只见他们嘴里咕哝咕哝地，听不清说了些什么。

"抬起头来回话！"

"是！"他们略抬起头，额上沾着白灰，"杀的是太郎兵卫和阿泽，用镰刀砍死的！"

"谁下的手？"

"次郎兵卫，是太郎兵卫的弟弟！"

"什么！弟弟杀了哥哥？"

"是的！"

"阿泽又是什么人？"

"次郎兵卫的老婆！"

"次郎兵卫杀了自己的老婆和哥哥？"

"是，以前就听说他们两个偷情，这回被次郎兵卫当场逮到，下了杀手。"

景虎感觉像是冷不防挨了个耳光般受到了冲击。他不再盘问，凝视着赤松环绕的小庙。那些围观的群众都噤声不语，屏息静观景虎会做什么处置。

不久，景虎开口："这也算是对不义者的惩罚吧！"

"是。"

"你们又为什么这样闹嚷呢？惩罚无义的人是可以被原谅的，难道你们不懂这个道理？"

"我们懂是懂，可是杀兄如杀亲哪！"

这些淳朴的老百姓，对景虎说的道理似乎难以判断。但是，景虎自己可不能迷惑。他略作思考，夺妻之恨难消，何况兄夺弟妻，如非人禽兽，岂堪为人兄？既不堪为人兄，自无杀兄如杀亲之理。

于是，他高声说："这事由我来处置！"

正当他要走向那边时，人群中突然爆发出哄声。

"死啦死啦！"

"割喉自杀了！"

景虎暗叫不妙，往前奔去。人群自动让开一条路来。他奔至庙前，人群早已将庙门敞开。只见一个百姓趴在血泊中微弱呻吟，血从他的喉咙喷涌而出，血污的右手紧握着镰刀。

他前面有两个脑袋，一男一女，自杀者的血溅到脑袋上。

景虎非常阴郁地凝视着眼前的景况，不久，他开口说："这人终究是没救了，就算他活着没罪，也终身受良心谴责，既然死了，你们就好好埋葬他吧！"

他找来村长，拿了些钱吩咐办好此事后，翻身上马，但已无心向前，"我改变心意了，回去吧！"

说着，掉转马头原路返回。

回到春日山时天已全黑。他没有回城，直接往毗沙门堂去。他请寺僧为他做护摩法事，终夜端坐在神像面前。

他对男女之间的爱欲一直有种洁癖，他如今年已二十，却不曾接触过女色，这在当时极属罕见。他认为男女的爱欲像带有某种不知底细、恐怖如黏稠泥沼般的东西。再刚勇的男儿一陷足于此泥沼，便柔弱胆怯；再有正义的男儿陷身于此，也会变成无义无道之徒。除了这种他可以解释的恐怖外，还有某种无以名状的不安与不快。

想到乃美时，这种感觉虽略微冲淡，但今天遇上那件事，又唤起他内心更鲜明的不快感。

他无法认为昨晚的梦只是单纯的杂梦。他决定要确认一下，究竟是不是真的启示？

堂内只有住持和景虎，闲人一概禁止入内。

住持四十出头，相貌堂堂，体格魁梧，望之不像僧人。他穿着纯白的净衣，左腕挂着菩提子的大念珠，结着不动明王的剑印盘坐在蒲团上。他不断微声诵念陀罗尼，不时解印，抓起乳木投入火炉中，每一次动作后，浓烟即得势而高高冒起。

景虎盘坐在住持斜后方的蒲团上，他双手合十，凝视着神像。

在香烟缭绕中，神像看起来比实像略大。神像以前一定上有七彩，但如今已色彩斑驳，被烟熏得焦黑，连西域风格的甲胄刻痕都已模糊，只有双眼簇亮生光。仔细凝看，神像眼底的白粉依旧，瞳孔中像是嵌入了水晶，当烛火摇曳，瞳孔就放出闪烁晶光，令人几乎以为真有生命藏在其中。

正是中秋时节，庙堂四周虫声噪耳，却不失节奏。虫声从低调逐渐升至高调，达到顶端后又逐渐低移，终至完全不闻。忽而又反复起吟，循环不已。住持的陀罗尼颂，没有高低节奏，只是低沉单调地延续下去。

夜渐深，寒气逼人，肩胛、四肢发冷，连腹背也透着寒意。景虎的知觉渐渐消逝，不时感觉到住持的陀罗尼颂远扬，眼前只剩一片茫茫白雾。

他想，不是自己想睡，而是这样下去自己自然会睡。他在心底警惕自己："不能睡，我必须与毗沙门天神坚持下去不可！"

他尽量睁大了眼。

奇迹就在这时发生了。他好几次睁大眼睛时，护摩的烟特别浓密地冒起，像雾似的裹住神像，当他正感觉神像双眼的光芒穿透烟雾射向他时，神像已缓步来到他面前。

说时迟那时快，神像那嵌着异国式护手的双臂一翻三叉戟柄，紧紧按在景虎的脖子上。那力量如巨石压顶般沉重，而且冰凉。他愤怒地盯着景虎。

"你是我的化身，我一向对你多有照顾，你却一点也不明白，连昨天我到你梦里指示，你都不相信，那我还给你启示干吗？如果你以后再像现在这样多疑不信，执迷不悟，我就再也不给你任何指示了，听到了没有！听到了没有？……"

他双手使劲地紧扼着景虎的脖子。那力量大得惊人！景虎浑身无法动弹，他拼命忍耐。他不想开口，也无意道歉，如果是启示的话，就像启示一样明明白白地告诉他不就好了，却偏偏用这种与平常做梦无异的方法，他不相信还不行，甚至还要用这种方式来压制，景虎想着就气，但肩上的重压难以忍受，痛刺骨胳。

景虎紧咬牙关忍耐，却注意到肩膀被人抓住激烈摇晃着。

"怎么了？您怎么了？"

感觉那声音自悠悠远方忽然近到耳畔，景虎猛地睁开眼睛。

"您醒了吗？怎么了？好像被魇住似的。"是住持，他的瞳孔里有着忧虑。

景虎松了一口气，望着毗沙门神像，还是与刚才无异的姿势，笼罩在淡淡的烟雾中。

景虎心想："刚才那是启示吗？"

这时神像眼睛冒出精光，略有笑意。

景虎不觉合掌一拜，口中吟念："南无归命顶礼毗沙门天……"

他已深信是毗沙门天神显灵无疑，虔敬之念如潮涌般溢满胸怀，他全身浮汗，额头上的汗如雨滴。

半响之后，景虎走出毗沙门堂。夜犹未央，他避开侍卫等候的客房，从侧门走出庙院，往田圃方向走去。

景虎踩着露水沾湿的草地，眼前浮现乃美的影像，是她对月吹笛的模样。月光从她浓密的发根照到秀丽的脸蛋上，再照到肩膀和胸部。她纤细的手指在笛孔上灵巧飞舞，每一次接气时轻触吹口的嘴唇便迅速闪动，隆起的胸部轻喘起伏，修长的细眉下双眼微闭，长长的睫毛遮着下眼睑。

景虎耳中似乎听到那轻快飘逸的曲调。

他从来不曾想过，战场上的武勇与人世爱欲孰重？他还年轻，不知道爱欲的可怕与魅力，因此能轻易获得结论，舍爱欲而取武勇。

但武勇之道不是功名之道，亦非权势之道，虽说武勇之道亦通此两道，但景虎并未用心在此，他所求者，不过是具备战无不胜、攻无不克之武力于一身，不惮不惧天下任何事物的男性气概而已。

这大概也是因为他还年轻吧！对一个成年男子而言，权势远比爱欲更具魅力，但他于此两者都无所觉，只是凭心行事。

不过，决心只是决心而已，如果凡事当下皆能如决心所行，那人生未免太容易了。景虎虽然努力拂去乃美的幻影，但挥去又来，纠缠不绝，直到冷露湿脚，犹在心上转着。

夜已泛白，东方天空的横云被曙光镀上瑰丽的颜色。

幻影或许与魂灵一样，随着天色变亮，乃美的幻影也离景虎而去。

"南无归命顶礼毗沙门天！"

景虎向着光彩倍增的带状云层合掌膜拜。

景虎与上田妥协，把阿绫嫁到上田，虽为越后带来完全的和平，但上杉定实死后，越后确实无国主。定实没有子息，景虎虽为守护代，但这职位不过是越后豪族之首罢了，景虎与他们的关系并非主从。而且，定实死后，越后便无守护，既无守护，则守护代一职不是显得奇怪吗？

于是，景虎召集豪族，协商这个问题。

房景首先发言："咱们另立国主吧！要拘泥守护这个职位，不但有祖先规定的许多规矩，还需要有京都天皇和幕府大将军的任命不可，如果是国主，就没这么多麻烦了。有力者为一国之主，现在任何地方都是这样，我看你也不必客气了。"

他说得轻松愉快，立刻多人附和。

"对！这样好！如果京都将军和关东将军还有势力的话，当然最好是获得他们的同意派任，但现在他们都已失势，咱们就从今世之俗，自立国主吧！"

宇佐美并没有说话。景虎看着他，只见他抱臂在胸前，手指揪着下颌稀疏的胡子，像在考虑什么。

"骏河守，你的意见如何？"

宇佐美恍然一惊，端正坐姿回答："在下的意见与诸位相同，故无重说的必要。"

想来他是不同意的，否则他不会一副若有所思的样子。景虎看得出来，宇佐美的意思还是要他先向京都大将军请示，由他以守护代身份代理国务。

如果真的向京都幕府大将军提出此请，并配合相当的礼物，将军一定会答应。现在，将军也只是徒具虚名而已，他的威令或许还能通行于京畿一带，但在地方偏远的诸国，他的威令毫无力量，如果自己主动去请示，再送上贵重礼物，大将军没有不欣然接纳的道理。不管用什么手段，只要大将军采纳，就有正式的名分。名分就是力量，一则可以封死往后动辄前往京都请愿的其他豪族；二则领内有人反抗而讨伐时，师出有名；三则或许幸运地被任命为守护。一举数得，何乐不为？景虎揣测宇佐美的心意一定如此，心想这样也对，于是开口说："感谢叔父及诸位将军推心置腹的意见，不过，我的想法略有不同，京都的势力虽然衰竭，但大将军终究是大将军，我还是把事情呈报上去，请求指示，诸位觉得如何？"

"那也好，反正也不费事！"房景率先赞同。

其他人也跟着赞成。事实上景虎已是国主，形式上也不必计较。

"既然大家都没有异议，我们就这么办，现在就写请愿书，请大家一同签署。"

景虎唤来佑笔（秘书），当场写好请愿书，由众人连署。

数日后，携带请愿书及贡品的使者首次赴京，年底时才带回幕府大将军义晴着令女官写的回函。信中主文写的是接纳请愿之旨及道谢贡品，末了，有一行男人笔迹："近日另再指示！"

景虎心想这是义晴的笔迹，义晴似乎想让景虎他们对他的补写字文抱有期待。

（他打算怎么说呢？）

景虎左思右想，揣测义晴的心意。

没过几天，新的一年（天文十九年）来临，景虎二十一岁。

二月底，积雪渐消时，义晴将军来了封信，写道："准予使用白伞袋及毛鞍！"

这两样东西是越后守护的排场，因此，可以解释成他任命景虎为守护，他之所以不明说派任，是因为顾及自己为无实权之身。

无论如何，景虎这下可是货真价实的越后国主、越后守护，自是无比高兴，再遣使者携带厚礼赴京。

整整一年，太平无事地度过。这段时间，景虎更虔心向佛。

天文十九年五月一日，他把上弥彦吉谷十八社在鱼沼郡内的封地，赐给鱼沼郡宇都宫神社的大宫司，令其不可怠忽神事。

同月十三日，他仔细选任刈羽郡吉井的菊尾寺住持，管理寺社。

天文二十年三月二日，他捐赠田地给曾经庇护过他的枥尾常安寺。

在他捐地给常安寺十几天后，上州平井的关东管领上杉宪政和小田原的北条氏康开战，上杉惨败，北条军兵临城下。

关东管领一职原本统辖全关东至北陆、奥羽，即日本东部，而小田原北条氏的第一代早云入道却是身份不明的旅行浪人，浪人的子孙兵临关东管领居城，可见战国世道之乱。

景虎很想知道更详细的战况，宇佐美正好赶来，似乎心有灵犀。

"你是为关东之事而来的吧！"

宇佐美笑道："哦？您已经知道了吗？"

"想知道详细一点，你知道吧！"

战事是在流经武藏儿玉郡和上州多野郡的神流川河滩举行，这地方距平井约一里半。上杉宪政接到北条氏康率兵两万来袭的报告，立刻率领上州、野州豪族三万余人迎击，两军在此遭遇，时为三月十日。

上杉军人马较多，而且以逸待劳，因此初次交锋便旗开得胜。由于双方十多年来屡有争战，上杉一向只赢过小接触战，重要大战总是败北。因此这一次获胜，对上杉来说还是头一遭，因而士气松懈，到了下午，两军形势便逆转了。

北条氏康亲自上阵，一马当先，激励全军，北条军因而士气大振。上杉军四分五裂，溃不成军，上杉宪政仅以身免，逃到平井城。

宇佐美下结论道："小田原军虽然攻到城下，但从早上打到下午，死伤者众多，生者亦疲，因此巧妙地撤退，不肯穷追不舍，他不急于立功，毕竟是出名的老将。"

"唔！"景虎颔首同意，然后说，"你想来劝我什么是吧！我可无意动兵啊！"

宇佐美与上杉宪政交情颇深，在景虎出生以前，他就一直以上杉管领家为后盾，与景虎之父为景对抗多年。景虎揣度他是来说动自己出兵关东援救管领家。

宇佐美微笑说："你想得极对。但是关东形势演变至此，可暂且放在心上，静观以后的变化！"

是夜，景虎又做了个梦。

他梦见有数十人悄行在初十月亮照射的山路上，他们团团拥住一个人，噤声悄然夜行。

突然，旁边似有人说："是平井的宪政公！"

不知什么时候，景虎身旁站了一位老人。他穿着甲胄，蓄着长长的白须，拄着顶端弯曲的长杖。景虎一惊，人便醒了过来。

远处鸡啼，景虎凝视着黑暗的天花板。

流水

景虎过去也曾梦过，知道那身着甲胄、蓄着长白胡须、拄着顶端弯曲长杖的老人就是毗沙门天神，因而深信那夜的梦又是某种启示无疑。

他到毗沙门堂去，令寺僧修法，想求更详细的启示，但毫无所得。

然而，他的信念毫无动摇。他频频派遣忍者到关东侦察情势。他让忍者假扮成行商，带着越后土产蜡烛、苎麻、咸鲑、黄檗等巡走各国。当时的间谍都是这样打扮行事。

几个月后，他接获关东形势变化的报告。

这一阵子，小田原又计划攻击平井，已飞檄己方豪族准备出兵。关东管领那边所受的震撼非同小可，不少世代臣服的豪族都公然背叛，投向小田原；表面上还臣属平井、暗中却向小田原输诚的人更多，平井城内人人互疑，躁动不安。

景虎感慨无限："可惜！时势若此，名家又能奈何？"

后续情报陆续到达，得知管领方面的形势如土崩入水，流泻无踪，但小田原那边却迟迟没有出兵。景虎对北条氏康这仅虚张声势就把上杉管领方面吓得人心动摇的智谋，更是佩服。

就这样，天文二十年过去了，新的一年来临，景虎二十三岁。

正月中旬，一个瑞雪飘飘的深夜里，一名忍者归来。侍卫报告景虎，景虎指示说："先给他烫壶酒，让他吃点热的东西！"

景虎看看时候差不多时才出来接见。地点在内殿一隅，这是专门为在冬天接见这些人而设置的场所。硬土大厅中架着大炉，燃着熊熊烈火，水壶不断喷出蒸汽。

忍者是中年男子，他身份极低，虽是武士，但总是担负这类特殊任务，因此身上没有一处像是武士的地方。他像环游各国的行商，人很和气，却有些狡猾的样子。他酒足饭饱，脸色舒畅，搓着双手。看到景虎进来，立刻滑下地板，跪在炉边。

景虎坐在他对面的矮凳上。

"雪夜赶路，辛苦你了。"

"哪里。"

"你说吧！大概有不少消息吧！"

"是！"

他仍跪地伏首，絮絮叨叨地报告一切。

平井方面的势力愈易衰颓，今年的新年只有少数几个豪族进献贺仪，就是全部总动员，也只能召集骑兵五百、步卒两千而已。众人虽知其势已衰，但没想到竟到这个地步，这下，管领方面才觉得事态不妙。虽然还有世代臣属的长野业正及入道资正等矢志效忠的勇将，但整个气势与如日东升的小田原比起来，显得微弱不堪一击。

新年期间，平井城内日夜召开军事会议。重臣之一曾我兵库提议："与本家有关系的近国诸侯中，有最近武名高涨的越后春日山长尾景虎，长尾家本是本家世代家老，可否请其支持？"

有人赞成，也有人反对。

"万万不可！长尾家虽是本家家老，但景虎之父为景曾起叛心，先后杀害越后守护房能公及其兄先代管领显定公，可谓旧敌宿仇，怎能去求助他们呢？"

众人争执不下，数日未决，最后上杉宪政下裁决说："长尾家虽与我有深仇大恨，但只要肯反正，就是我的臣下，而且，听说景虎不但武艺超群，而且信仰虔诚。大凡虔信神佛者少有不义，如果诚心相求，应当不会受拒，我决定了。"

景虎想起去年的梦境，果然不是杂梦，而是毗沙门天神的启示，不觉心中一凛。

"他派使者来了吗？"

"没有，宪政公亲自前来，已于十日深夜率领从人五十离开平井，快则后日，慢则三天后到此。"

就连景虎也不免惊讶，更觉大势之趋不可小觑。

他当下已有心理准备，宪政来了，定会要求他出兵关东与北条氏一决胜负。

北条氏历经三代勤奋不懈的经营，已是关东第一的大诸侯。国富兵强，小田原城宏伟坚固，被喻为天下名城，城外的繁荣犹胜过京都的四条五条。在关东，人人争学小田原人的发式、服饰及佩刀方式。与这样一个关东霸者挑战，是男子汉最乐之事。景虎顿觉热血沸腾，总之，这是毗沙门天神给他的使命，他必须去完成不可。

"辛苦你了，下去休息吧！"

他犒赏过忍者，令他退下。

景虎回到寝室，一时无法入睡，但觉胸腔鼓动异常，难以平静。他从床上坐起，点着灯，抽出枕刀。那有着丁香味儿的刃纹从刀柄到刀尖像凝霜似的透明。他看着这把长二尺五寸五分的长刀。他个子虽小，却爱用长刀。他握着刀柄，竖起寒凛的刃挥了十下，戛然而止。身上微汗渗出，心情舒畅，上床之后便很快就坠入沉沉睡眠中。

雪在第二天就停止了，天气转晴。景虎做完每天固定的射击练习，正在吃午饭时，上田房景派急使送来一信。

"今日见到平井的宪政公，谓有事相托，欲前往贵城，预定先在敝城休息一两日后再行上路，特禀报之。又，宪政公出发时当着政景护送，届时亦将遣使通报！"

发信日期是两天前。据送信使者说，宪政率领从人五十余人。

景虎犒赏了使者，令其休息一夜，再带回信返回上田。

翌日，房景使者又到，谓政景今日陪同宪政出发，三天后到达。

景虎已准备好，将外城当作招待寓所，因为政景也来，他又多添了各种装备。

宪政预定抵达那天又是下雪，严冬的干雪下下停停。景虎早上即出城，在五十公野的村庙备妥接待酒膳。

宪政一行人在正午稍前时抵达，正是雪下得最大的时候，人马都很疲惫。

上杉宪政这时才三十岁，但看起来已显老态，或许是因为这几年家运倾衰，但和他酗酒好色、纵情意欲的生活也不无关系。

见面以后，略事休息，吃过景虎准备的午餐后，由景虎为先导，返回春日山。

景虎心想当夜只设欢迎酒宴，有什么话明日再谈。但是一到春日山，刚进外城的接待寓所，宪政立刻表明："我想先说明我为什么来此，这件事若不解决，我心无法安定，想必你也无法安稳吧！"

他的神态焦虑不安，景虎虽风闻他生活放纵、施政暴恶，但对他如此急躁仍感意外。心想他从小养尊处优，一旦命运遭舛，自然无法发挥大家风范。

"我原想一两天后再谈，既然您有此意，就请说吧！"

"好！你听着，我离开平井到这里，是有不再回平井的心理准备！"

他的语气叫人猜不透，仿佛他离开平井是景虎的责任。景虎听在耳中，觉得莫名其妙。虽然已知他这个人器量胆识平平，但他话中的意思仍叫人惊讶。心想，或许他是想用这种方法来说服自己出兵关东吧。

景虎强按脸部的惊愕，回问："您的话叫人意想不到，敢问究竟是什么意思？"

"你仔细听着！"宪政倾身向前，这也不像位尊者的态度，"你知道吧！我们家这十年来一直败给小田原派浪人的孙子！"

"我很遗憾！"

宪政突然掉下泪来，景虎大惊，既觉滑稽，又觉怜悯。

宪政拭掉泪水，继续说："连连败仗，人心动摇，去年春天神流川之战又败，人心随之四散，现在已是欲战无力，如果这时还留在关东不动，我一定会遭受痛苦的下场。"宪政又哭了，语声为之一顿，而后突然说道："我把管领之职让给你！"

景虎怀疑自己的耳朵，他凝视着宪政，宪政像有人催促似的赶着说："上杉的名衔也让给你！永享之乱时朝廷颁发的锦旗、关东管领职补任的圣旨、系谱、传家宝刀、匕首、竹雀幔幕等通通让给你，只要你肯出兵关东，灭了北条，帮我雪耻报仇，再将上州一国留给我，我就满足了！请你接受吧！求求你！"

他两手合十作揖，泪水湿透了苍白的脸颊。

这真是意想不到，景虎再度想起梦中启示，难道是指这件事吗？他一时无法回答，"这……"

宪政以为他要拒绝，起身说："我刚才说的东西和传家之宝都带来了！我给你看！"

他连走带跑地奔向上厅，刚才由下人扛着的唐柜搁在那儿，景虎看他着人小心翼翼地搬动，没想到里面是装了那些东西。

"你看！"

他掀开盖子，双手取出柜中之物。先是装在夜光贝饰黑盒里的圣旨，接着是锦旗，然后是系谱，每一样都装在盒子里。接着拿出大刀、匕首，这两样装在锦袋里。他一样样拿出来排好，最后抓出幔幕，双手摊开，匆忙地怕不这么做景虎会说不要似的，那模样就像站在街口向行人兜售货品的行商。

"你看，我不是说着玩的，我是下定决心才来的！"宪政的语气非常迫切。

景虎说："这些都是贵重的东西，请先收起来吧！"

他虽然感慨毗沙门天神的启示很灵，但或许因为宪政的举止太过轻佻，他突然不愿继续这一话题，心情颇为沉重。

"以在下无足轻重之身，承蒙如此看重，实不敢当……"话说到这里，景虎发觉自己正在婉拒，心下一惊，这既然是天神的指示，岂可谢绝？

因而语气一转："上杉家是我世代主家，我当竭力筹思良计，打退敌人，以求国内安堵才对。但刚才您说的继承上杉家督及管领职都攸关主家威严，如果没有京都大将军的敕令，我是不敢私自行事的。只有蒙受大将军的准允，敌人也遭惩治后，我才能遵命行事！"

原先担心他会拒绝的宪政，脸色倏地开朗。

"你知礼行事，令人佩服。不过，上杉氏姓是我家之物，管领职是我家世袭，都可以凭我高兴处置，既然你有顾忌，照你的方法也好，但是你不能拒绝啊！"

"绝不！绝不！"

"那就这么决定了，太好了！太好了！"宪政快活起来，但随即又不安地问，"别忘了要把上州一国给我啊！"

"绝对不会！"

景虎心想如果拒绝了他，他可能又去找别人兜售这笔买卖吧！他终究不是想保住管领职位的人，思及此，景虎不觉对他产生了轻侮感及怜悯感。

如此这般，宪政一直待在春日山城的外城里。据《关八州古战录》记载，景虎捐赠给他三百贯的领地，供他们主从食费。

关东管领上杉宪政受不了小田原北条氏的压迫，离开关东，来到越后投靠景虎的第五个月，景虎受封为弹正少弼，叙官从五位下。

这官位是春日山长尾家的排场，晴景也曾获封此官位。不过在这个时代，这个官位不需特别有功于朝廷，向朝廷献金即可得，这也是朝廷最重要的财源。

在此稍前，景虎开始学习音律，师父就是上杉宪政。

宪政在武艺方面虽无足观，但因为生长在世家，好风雅之道，咏和歌，作连歌，能踢球，谙琵琶、横笛、尺八、小鼓等音律。景虎接受他的请求，留他在春日山悠闲度日，他就像坐上大船般安逸，又开始过着以前奏音弹曲的优雅日子，但多少有些无聊难耐，于是提议要教景虎些东西。

"武士虽然善战就好，但如果能够谙些风雅之道更好。你总有一天会成为关东管领，届时上京参见大将军及天皇，如果通晓风雅之道，则武艺更加耀眼。你想学什么都行，我都可以教你。本来学艺应从少年开始，中年以后才学的，哪怕学得再精，总觉得有武骨阴影，不过，你这年纪还好，好学也好教。"

景虎虽不认为这些贵族教养是必要的，但他也不讨厌诗句和歌，有时诗兴一发，也能咏吟一二，文字或句法不恰当的地方，就请林泉寺的和尚帮他修正。他并不一定要做得多巧，只要能发怀抒感就好。因此，他不想再要宪政教他诗歌，只想学音律，他以前就一直想学，这一阵子的学习欲望更渴切。

近几年来，他时常陷入严重的忧郁之思中，觉得万事皆空，一切都无聊，就连曾经令他心情亢奋的战争、领内治事及信仰等都令他感觉了无意义。

（我做这些事又能怎样？几十年后我终究要死的。不管我立下多大的武功，实施多大的良政，不久还是为人所忘。就算我常留在人们记忆中，受人追思，这对我而言，又有什么关系呢？我终究还是会变成无知也无感的虚无之物。）

这层思绪像阴湿的乌云般充斥胸怀，沉淀不动。他常常想死，好几次抽出短刀凝视着锐利的刀锋。

这种异样的感觉大抵数天后消失，但已够他苦的了。这时他也不喝酒，因为喝了酒也不能解开心事，只是醉得痛苦，到第二天更加忧郁。

这个时候，他最常想起的是乃美的笛声，想到那夜空中飘然而落的轻快曲调，就觉得自己若谙音律，此时或可纾解郁怀了。

于是景虎告诉宪政："请您教我音律吧！"

"可以！我会尽我所能。就先从琵琶开始，这是我最拿手的。"

宪政非常高兴。就一个武将而言，他是不如眼前这年轻人，甚至此刻连生活都要靠他照应，因此能借长技立于上位，自然高兴。

宪政带来数把琵琶，他把其中一把给了景虎："这把名为'慈童'，是我家传之物，我送给你，希望你好好保存！"

他自己抱了一把"凤"，从那天起开始教。起初非常困难，但约一个月后，景虎忽有所悟，立刻进展神速。

"哦！这么带劲！你很有天分，普通人学不了这么快！"宪政夸他，教得更起劲了。

景虎不认为宪政的夸奖是恭维，他相信是自己悟性良好。他会心悬音律如此之久，就是这个缘故。无论如何，他受到鼓励，在政务余暇便勤加练习。有时候上宪政那儿请教，有时候自己练习。

当琵琶学得差不多了，宪政就教他吹笛，大概他已熟谙音律，因此学起来比琵琶更快更精。

"好极了！好极了！"

宪政高兴得不得了，继续教他小鼓。他一样学得很快。

音律的效果果然鲜明，每隔两三个月就会侵袭他的忧郁感再也没有出现，或许是音乐本身化解了忧郁，也或许是他的认真学习化解了忧郁，总之很有效果，他觉得这是好的开始。

景虎并没有忘记与宪政之约，他不断派遣间谍去侦察关东形势，收集情报，开通往关东的军道，但因为时机还未成熟，这一整年便在学习音律中度过。

天文二十二年二月十日，晴景过世。

晴景把家督一职让给景虎后，就在府中筑馆，悠游余生。正月底他染患感冒，病了十天便咽了气。

景虎接到危笃通知赶来时，晴景已无意识，好一会儿突然回光返照，他凝视景虎，嘴唇嚅动，像是要开口说话。景虎凑上耳朵，听见他说："……对不起，原谅我……"

他大概是为他这辈子从来不曾像哥哥一样对待景虎之事而道歉吧！他那满是皱纹的脸颊闪着泪光。

景虎胸口一热，紧紧握着他的手。晴景已无力回握他，只是扭曲着嘴角想勉强挤出笑容，但笑容未现，他又闭上眼睛。他似乎又丧失了意识，但嘴唇仍在嚅动，像是又要说什么，凑耳近听，却是："……藤紫，藤紫，你到哪里去了？……"

话声中断，呼吸也绝。晴景的遗言令景虎惊愕，男女爱欲之强、可怕、恐怖与不洁，一时梗满胸中。

　　（他还想着那个女人，那个抛舍他而去的女人！）

　　景虎心中有着怒意，他凝视着晴景的脸，那蓄着污脏胡须的嘴唇微张，露出黄色牙齿的脸逐渐变得释然，手已冰冷。

　　悲哀倏地涌上心头，泪水潸然而下。

　　数天后，晴景的遗体送往林泉寺安葬，法名千岩寺殿华岳大禅定门。

　　两个月后，景虎派往信州方面的间谍赶回，报告愈加复杂的情势变化，说是武田晴信已自甲府出兵，准备攻打村上义清的最后据点埴科郡葛尾城。

　　村上义清是北信州第一豪雄，因为村上健在，高梨、井上、岛津、须田、栗田等信州诸豪方能抵挡住武田氏的侵攻，如果村上灭亡，则信州诸豪亦将全灭，北信地方当下归武田所有。如果北信归于武田，则越后就与武田势力毗邻相接了。

　　"不可大意，稍有变化即速速回报！"

　　景虎派出更多的探子。他想起在后富士山看见晴信英姿及楚楚可怜的诹访夫人，屈指一算，已是九年前的往事了。

　　村上氏与武田氏的争战，起于六年前的天文十六年。

　　武田晴信于天文十三年灭诹访氏，取得诹访郡，在天文十六年征服伊那郡北部，于是转锋向北，最先攻打隶属村上氏的佐久志贺城。

　　村上氏世代坐镇埴科郡坂木的葛尾城，所领包括信州四郡、越后二郡共六郡，不但在小豪族割据的信州是第一豪族，家主义清也是一员猛将，因此各方视之为北信豪族之首。志贺城虽是村上氏经略佐久方面的基地，但若被夺，这地方的豪族必定背村上而就武田。因此，村上义清大怒，屡与武田对抗。

　　两强之间互有输赢，而后，武田氏逐渐居于上风。天文十七年二月，两强决战。武田晴信率领板垣信方、饫富兵部、小山田信有、小山田昌辰、内藤丰昌、马场信胜、诸角虎定、栗原左卫门佐、原昌俊、真田幸隆、浅利信音等心腹诸将倾巢而出，越过大门岭，至依田洼，再由砂原岭进至盐田，在仓升山麓筑阵。村上义清则纠合信州中部以北的豪族与之相抗！

　　武田军先锋是板垣信方。在善战的武田诸将中，板垣是最老练的武将，麾下勇士无数，信州军不愿正面对抗，迅即退回第二阵。

　　板垣首战成功，竟在阵前检视部下斩来的首级。人之命运将尽，的确所言所行皆不似其人平日表现，即使是板垣那样的名将亦然。由于他打先锋，部队追击村上军相当路程，距离武田各阵相当远了，万一敌军突然反击，已军救援是赶不及的，但他似乎没注意到这点，还优哉游哉地巡视所斩首级。

信州军接到探子回报此消息，立刻派一队兵士掩旗而行，悄然迂回，出其不意地现身攻击。

板垣大惊，立刻整队防战，但机先已失，挫败而终。他亲自挥枪奋战，各队也奋力上前营救，但为时已晚。

激战开始。信州军杀了武田家首席家将板垣，一雪首战之耻，因而战志高涨，身经百战的武田军人马虽多，也仍然陷于苦战。

村上义清离城而来时，心中已想好秘策，见战势一陷入混战，立刻实行。他令背着箭筐的百名弓兵在前，手持长穗大枪的武士分立自己马身两侧，伴着激烈的杀喊声向前冲锋。他根本不顾己方诸队的苦况，只是朝着武田晴信的大本营直冲。

义清先就命令弓兵："绝不可迂回放箭，把箭搭好，直到敌人进至七尺距离内才能放箭！"

武田军争先杀来欲阻止义清，但受阻于这奇计，人未至已先倒，余众立刻畏缩不前。

"了不起！好儿郎们！就照这法子！敌人已有惧色，快！继续冲！"

义清这时已四十八岁，久经锻炼的身体毫无疲态，他穿着蓝线编缀的铠甲，头戴锹形装饰的战盔，跨在披着绯红鞍具的褐马上，嘶声喊叫，终于冲入晴信本营。

晴信麾下的勇士面对不知死活、一味笔直前进的村上军，不禁有些惧色。

武田晴信身穿卯花编缀的铠甲，头戴长及覆背的白犁牛毛的诹访法性盔，骑在红鞍黑漆战马上。

"别退！大家忍住！"

他放声制止退军，只见村上军一拥而来，大将义清已迫在眼前。

"你是晴信？可恨！"

义清跃马挥刀。

"不错！你是义清！"

晴信也驱马拔刀抵挡。

两人同时挥刀，但刀尖都未及身，就被对方挡掉。两人再度挥刀相向，这回也只斩掉对方的铠袖，第三刀才两刀相碰，锵然有声。当第四度交锋接近时，晴信的马突然受惊，鬃毛一扬，向旁一跃，跃过三尺。

"无耻！想逃吗？"

义清大怒，放马欲追时，一旁的武田武士立刻横挡在前，一枪刺向义清的马首。

义清的马像屏风翻倒似的倒向一旁，义清直直跌落在地。

"好极了！"

晴信的近卫武士自八方赶来，一齐攻向义清。义清挺起半身，挥刀如转轮，辛苦防战，这时，十五六骑村上军赶来，奋力斩杀，救起大将。

这一战称为上田原之战，因为村上军杀了武田老将板垣，算是信州军略占优势。

曾慑于甲州军淫威而不敢动弹的信州豪族这下纷纷奋起，最先发难的是筑摩郡深志的小笠原长时。他与村上、仁科、藤泽等诸氏同盟，越过盐尻岭，两度侵入下诹访。虽然两度都被击退，但也使得诹访郡内的豪族乘机作乱，乱势遍及全信州，武田晴信六年来的信州经营成果有瓦解之势。

"不能再犹豫不决了！"

晴信下定决心，率领七千兵士攻入下诹访，征服郡内豪族，再挥军转向筑摩郡。

小笠原长时虽在盐尻岭阻挡，但阻兵被破，退至奈良井川西方的桔梗原，又被追击而来的武田军打败，到最后连居城也回不得，逃到埴科郡投靠村上义清。

武田晴信的势力伸展至筑摩、安昙两郡，如今，信州除了伊那郡南部及北信地方外，全归武田所有。

北信的反武田势力中心村上义清纠合诸豪族，拼命抗战，但气势不如从前，渐居下风。

四如之旗

景虎派到信州的探子不停地回送情报。武田军大举进攻葛尾城，村上义清虽勇猛抵抗，但终究是无法抵挡。

所谓唇亡齿寒，景虎将信州形势通知上田政景，令他火速出兵至中鱼沼郡的仓俣以坚守越后，自己则率三千精兵稳守中颈城郡的关山。中鱼沼郡的仓俣以南和中颈城郡的关山以南都是村上义清的领地。万一武田军攻下葛尾城，可能乘胜进兵，攻到越后领地。有必要摆出守备之势，令其不敢躁进。景虎筑寨构阵，阻挡北国街道，摆出盛大军容，以防万一。

数天后，他接到葛尾城失陷的报告，城兵或死或降或逃，主将义清则下落不明。

"可怜！竟落得这样下场。"

景虎除了更严密警戒，也派出更多的探子。据悉，因为义清去向不明，武田军详细搜索川中岛至善光寺一带。而且，武田军毫无撤兵之意，继续在川中岛南方的雨宫、屋代、盐崎一带扎营。扎营情况整齐划一，令出必行，相当壮观。

景虎不禁涌起强烈的好奇心，决定亲自去看一看。他借了一套虚无僧装（普化宗蓄发吹箫、云游四方的僧人），穿上草鞋、脚绊，带着箫，头戴斗笠，背着卷好的草席，以备野宿或休息用。

侍卫当然力劝他打消此念，劝说不成，打算陪同他去，但是他说人多反而惹人生疑，于是独自一人离了关山。

第一天，他走过关川冲积而成的峡谷平原，不久来到信、越交界附近的小祠堂。虽然不知道祠堂里祀奉的是何方神圣，但他知道虚无僧通过神佛前时要演奏一曲上供的规矩，于是走入祠堂院中，吹奏一曲，拜礼后出来时，看到数骑武士迎面而来。他们穿着猎装，戴着绫兰笠（兰草编织，内为衬绢里的武士戴笠）。

景虎不知来者何人，自顾吹着笛子，静静地走在路边。

骑士队接近时，景虎发现这一队人马有七八人，为首的像是主人，随从都是骑兵，并没有步卒，不觉怀疑："难道是村上？"

尽管心中如此认定，他仍然没有停止吹箫，继续向前走。

那队人马终于近至眼前，景虎靠向路边，停止吹箫。他手扶着笠缘，仰望领头的武士。那人约四十多岁，两鬓半白，紧抿嘴唇，嘴角刻出深深的皱纹。他目光锐利强悍，不过，那只是瞬间而已，人早已擦身而过。

景虎确信那一定是村上义清没错。这一带是村上领地，他潜伏在此不无道理，虽然非常危险。武田军正搜索川中岛至善光寺一带，不久一定会搜到这里。

"他打算一直藏匿下去吗？还是想与小田原北条氏取得联络，从背后威胁武田，等武田退去后，再纠集己党订立复国之策？"

无论如何，景虎觉得有一见武田军容的必要。

翌日清晨，他抵达善光寺。

他先参拜寺佛，献奏一曲。为了不被识破真实身份，他必须遵从虚无僧的既定做法，事实上，他对神佛的信仰本来也虔诚。

出了善光寺，遇到一群身穿轻甲胄的武士，十几个人的枪尖映着初夏的朝阳，充满杀伐之气，但纪律严明地行进，显然是在搜索残敌。

一路上景虎遇到好几次武士队，也曾遭到盘问，但没有败露行藏，因为他年纪轻，身材小，一副柔弱的模样。

　　他来到川中岛。这是夹在犀川和千曲川之间的广阔三角洲，其间散落着村庄与树林，三分之一是河滩般的原野，三分之一是旱田，三分之一是水田。这里寒气虽来得早，农民却已插完秧，灌满水的田地像抹上了一层淡彩似的覆上一层浅绿。

　　战国之世，武士忙于征战，农民依旧耕作不辍。如果没有他们的劳动生产，则举世皆饿，武士也无法维生，因此领主鞭挞百姓耕作，但不是所有的人都是被迫下田，很多人是以勤劳为乐、以生产为贵的心情下田的。这心思是多么尊贵，人世间就是靠着这种心才得以延续。与之相较，那些逞饱私欲、费尽心思夺人领土的武将诸侯实在无可救药。

　　景虎心有所感，撑起笠缘，暂停脚步眺望那广阔的平野。

　　这里是村上家的领地。村上家虽领有越后二郡、信州四郡，但属川中岛至善光寺一带最肥腴的土地，为领地中心。

　　"这些秧苗长大成熟的收获，会成为武田家的吗？"景虎想到这里，似有着悲伤的感慨。

　　"打仗绝不能输！我虽然不喜欢，但总有一天我必须和晴信一战，届时，这一带会成为战场吧！"他想。

　　从关山到此，中间并无宽广的平地，沿河的峡谷地带和野尻湖周边虽有平地，但都过于狭窄，不是出动大军的地势。如果要战，以善光寺到此地最适合。

　　艳阳下的田埂小路，一路蜿蜒南下。

　　大约走了二里，看见前面远处有三个地方冒起炊烟，再仔细一瞧，在新绿与民房之间有东西飘然闪烁，不用想就知道那是军旗。

　　他吹着箫，眼光仍未偏离那边，缓缓前行，遇到一条河，心想这一定是千曲川。这条河极宽，水量丰沛，水流也急。

　　岸边有渡船。一栋快要倾倒的小屋立在堤防下的柳树荫下，船系在屋前。从那里到对岸有条粗藤联系，大概是船攀着这藤横渡过去。因为水流太急，只靠棹橹是不行的。

　　景虎走下堤防，来到小屋前，只见两个身穿铠衣、戴战笠的杂兵，坐在柳荫下吃着兵粮。看到景虎，吓了一跳。

　　其中一个吼道："你是什么人？"

　　景虎沉稳地回答："云游四方的虚无僧！"

　　"你到这里干什么？"

　　另一个把噎住的饭团好不容易吞下肚，帮腔道："你要过河吧！没有路条是不能过去的！"

他们两个都拼命装出严肃的表情，但仍掩饰不住老好人的本性。

"在下是来观摩战事的，可惜好像已经打完了，但希望至少能看看打胜仗的武田军阵营，请让我过河吧！"

这个时代有很多还未出人头地的浪人武士暂时栖身虚无僧中，也有不少虚无僧是兼武者修行的。

"你是武者修行吗？"

"是有此打算，在下原是武家出身，但因为某事，不能为各国诸侯所用，为了生计，只好云游四方，这样也可修行。"

"真有心啊！"那杂兵颇为感动，但又直直地盯着景虎说，"可是，你年纪这么小，不像是能专一虚无僧的人！"

景虎苦笑着说："我不是没这样想过，人凡事凭运气，或许有一天我会恢复武士身份，所以先做武者修行，并无损失。"

"是吗？那就看你了！我们也不好干涉！"

说完，他们又开始专心咬着饭团。

景虎问："我可以过去吗？"

"你有路条吧？"

"没有。"

"那就不行！"他们厉声回答，随即又缓和口气说，"我们刚才不是说了吗？没有路条就不能过河，真对不住。"

"路条要到哪里领呢？"

"你来的路上应当有个筱井村，村中有个庙，有我们的武士在那里发路条。那庙离大路有点距离，你大概没注意。这一带的村人都拿了很多。"

"哦！我还是得回去拿了再来？"

"是啊！你就多跑一趟吧！"他们虽有些同情，但坚守法令。

景虎转身往回走，但他已无意再回到这渡口。虽然他很想看看这阵子威名远播的"孙子四如之旗"（即武田信玄的"疾如风，徐如林，侵掠如火，不动如山"军旗），虽然没看到，至少，从这两个守兵身上已看出武田军律之严及用兵的程度了。

回到关山数天后，因甲州军撤回本国，景虎也跟着撤回春日山。他也通知仓俣的政景撤兵。

三个月后，得到报告，说村上义清出现在善光寺东北方五里处的高梨政赖居城，井上、须田、岛津、栗田等信州豪族赶往会合，据说这些仅存的信州豪族决心集全力抵抗武田的侵略。因为这地方比川中岛更接近越后，疏忽不得，于是景虎又火速通知上田，请房景再到仓俣镇守。

景虎遣使当天下午，高梨城派使者带来一封诸将联名签署的信函。

"我等为武田无餍贪欲所逼，年年割地丢城，如今惨无容身之地，想必阁下已有所闻。我等此番众心一致，欲与武田暴恶决一死战，未知阁下能否助一臂之力？既有求于阁下，本当我等亲往诉愿，然悍敌来袭在即，不克远离，敢遣使者往诉，无礼之处，尚祈见谅！"

景虎有如遭雷击般的震撼，但瞬间即逝。他喃喃自语道："终于来了！快得叫人意外……"

他又想起在御坂岭看到的晴信模样，似乎那时在心底深处就已有期待今天这番状况的感觉。使者为补信上所言不足部分，准备开口解释，但景虎觉得无此必要。他有意伸出援手，于是阻挡道："我答应你们的要求。高梨家是我家亲戚，政赖公年纪虽略长我，却是我的外甥，既然有求于我，当然不能见死不救。再者，信州诸将若有万一，则武田先锋必朝我而来，我当然不能袖手旁观。至于用什么方法相助，我还要研究研究，总之，我必定会以某种行动援助的，请你转告诸将放心！"

使者欢天喜地地回去了。

八月初，武田军通过川中岛，沿信浓川道向高梨挺进。景虎接到报告，令柿崎景家为主将，率领数名豪杰向川中岛出兵。他自己则没有动。因为，背后受威胁的武田军无法集中兵力攻击高梨城，一定会派使者来向他抗议，他打算届时劝武田归还信州豪族领地。若在平常，武田不会听从，但若在危地，则或许会听。他们听从也就罢了。否则，自己可以堂而皇之地和武田断绝关系。

他指示弥二郎说："或许不会开战，但千万不可大意，只要有一点点变动，立刻回报！"

可惜，景虎这一招算错了。晴信知道越后军想截断他后路时，当夜便遣一军悄悄折回，夜半稍过即达川中岛，展开夜袭，弥二郎惨败。

报告于翌日黎明传回春日山。

景虎大惊，这是他首次战事失利，愤怒与耻辱遍布满全身。他不待漱口便穿上甲胄，口授军势部署，令侍卫写下，吼道："立刻出兵，我先走！"便只带了一个马童，向南奔往北国街道。

翌日清晨，景虎立马川中岛，环视四围。

来此途中，他遇上好几个己方派出的使者，综合他们的报告，结论如下：

武田军夜袭弥二郎，大败越后军，而后直闯高梨，专心猛攻，数刻之后即攻陷高梨城，虽然武田军立刻撤退，但在沿途各城都置重兵，构阵筑寨，同时分批向深志及上田方面退却。

　　再三失策，令景虎咬牙暗恨，全身发烫，但也不得不佩服晴信的武略。晴信清楚地看透了景虎的计策，一再抢得先机，终至大胜，这策略令人拍案。

　　而且，他也猜到景虎可能盛怒出兵，他不但不与一心求战的景虎正面交锋，反而更迅速地向己方领地后方撤退。因为他盘算这一战已赢了，己方损失也大，不如避开。

　　反观景虎这边，弥二郎等诸将被打散，被追击到西边上水内郡山间不能动弹，高梨城诸将也下落不明。

　　"可恨哪！晴信！"

　　景虎切齿咒骂。他放眼四望，一片金黄的稻田，延伸过去是一片桑田。开战一带被践踏得面目全非，但经过昨日半天的雨水滋润，看起来恢复了不少。显然战争是在极短时间内有效进行的，这是因为己方疏忽及敌方战术试精所致。

　　"如果我在场的话……"

　　他忍不住反省，随即又思绪一变："我不该说这种自责的话，不论是什么理由，输了就是输了！应该承认失策，及早策划雪耻战。"

　　但瞬间他又想道："无论如何，此战已伤我武名，在越后豪族心中，不知做何感想！"

　　想着，不觉胸口微微抽痛。

　　他心情阴郁，有点抛舍一切的自暴自弃感。"总有一天，我要和晴信决战，我必须打垮他，否则，我就没有作为武人的立场。不论我赢抑或他赢，这是一场终生之战……"

　　他再度咬紧牙关，暗自发誓。

　　他所在的盆地四周，有几重山脉，大部分的山名他不知道，只知妙高、户隐、饭绳等山名。

　　经过昨天半日的雨水冲洗，天空如水般清澄，群山在正午阳光下仿佛唾手可及。

　　下午，越后的官兵抵达，紧接着，柿崎景家也从群山之间出来。

　　"主公恕罪！属下完全没有想到对方会打出那一招，是属下的疏忽！"

　　弥二郎虽然请罪，但他的语气似有景虎自己也判断失误、故罪是不能单由他承担的意思。事实确实如此。景虎虽然吩咐他"不可大意"，但同时也说了"大概不会开战"的话。

景虎有如骨椎被刺般的痛楚，"是我交代不清，不是你一个人的失策！"

他其实无意再开口说话，但为了激发己心，不得不再详细询问武田军的打仗情况。

"所谓败军之将不可言勇，的确，武田军是在下前所未遇的劲敌，他们就如主阵军旗上所说的'疾如风、掠如火'一般。当然这也是属下疏忽了。他们悄然无声，如水一般漫过来，待我军发觉时已近在咫尺，他们不停地开枪射击，人从枪烟下暴风似的一拥而出。我军犹在睡梦中，惨遭袭击，士气遽衰，无法防战，只能后退，宛如遭大火吞噬一般。敌方夜袭成功，能令在下败得如此之惨，也叫在下佩服。"

弥二郎心中虽也懊恼，但此刻若不夸赞对方，反而暴露自己的丑态，因此不停地誉敌。但最后他自己似乎也受不了了，突然放大一倍嗓门说："不过，在下绝不怕他，现在已了解了敌方手法，下次再有机会，我发誓一定好好洗雪这次的败战耻辱！"

"我也这么打算！到时好好干吧！"

"属下定不负主公所望！"

景虎突然问起："你刚才说武田军的洋枪接二连三发射，他们有很多吗？你看大概有多少？"

弥二郎偏着脑袋想了一下，"事情来得太快，我们乱作一团，又是夜里乌漆麻黑的，搞不清楚确实有多少，不过，依属下看，大概不下百来支！不是我找借口，兵士听到那吓人的声响和枪口冒出的火花都吓呆了，连我的命令也听不到，情势才这么崩溃的。"

"唔，唔。"

景虎点头称是，他心中起了相当动摇。武田军在前夜突击时用了百支以上的洋枪，就算是多估了，他们整个军队里的枪支也不会少于两百支。

而自己这边，自攻打三条以后虽陆续添购，但顶多不过八十支。按这情况，就算自己出马，严阵以待，也未必有赢的希望。他虽觉自己没有亲自出阵是失策，但或许因此反而将可能遭到的不名誉减至到最低，思想及此，不觉背脊发寒，或许这正是毗沙门天神的庇佑。

景虎在川中岛滞留两天，第三天早上便开始撤退。三天后，回到春日山。

村上义清、高梨政赖、井上昌满、岛津忠直、须田满国、栗田永寿等信州诸豪来到春日山，则在翌日。

景虎小时候就和高梨政赖见过一两次，其他人则是初会。景虎隆重地接待了他们。

"景虎受各位委托，出兵川中岛，惜遣将不材，未能克敌奏功，有负所托，深感愧疚！"

村上义清代表众人回答："不敢不敢，失策的是我等！我等先前已有与敌交手的经验，知道敌军作战手法，应事先告知将军小心应付，我等却疏忽了此事。追究起来亦为我等失策，辜负将军心意，实在抱歉！"

村上说完，众人七嘴八舌地说起武田的横暴，希望景虎再助一臂之力。

景虎回答："自然，在下虽为后生晚辈，却蒙诸位如此诚心相求，实不敢当。前曾述及，只要诸位领地犹在武田手中，在下亦感如坐针毡，岂能高枕无忧？必将驱逐武田，让诸位安居所领为荷！"

信州诸豪流泪感谢说："既然有将军这句话，那么我等自今日起愿效麾下，纵然他日能安居本领，亦当永为将军家仆！"

村上义清甚至表明愿将他在越后国内的两郡之一献给景虎。

"诸位的心意我很了解，但是在下尚未为诸位尽任何力，无功受禄乃贪，在下自不敢当。今后当尽心尽力，到诸位及在下皆满意时再说吧！现在暂时还是以客相待诸位吧！"

景虎条理分明而委婉地摆平了这事，令六人相当折服。

寒暄过后，彼此谈论兵法时，景虎谈到武田的战法。

"晴信这个人虽然贪欲无道，但战略实在高明。过去征战无数，他从不曾崩溃败走过，总是战至最后，笑傲败军。他的战术与人不同之处，是绝不曾得意忘形，总是小心翼翼地向前进击，因此不曾因途中形势丕变、转胜为败过，这真是无与伦比的坚固战法！"

村上义清这么说后，其他人也都点头称是，举自己所遭之例来证明。

景虎听着听着，仿佛武田那井然有序出兵、节度有制的交战情形跃然眼前，他不觉心口微微抽痛，感到一阵腹痛似的郁闷。他一仰而尽朱漆大杯中的酒说："我了解了，晴信这人战则求最后的胜利，他的最终目的是扩张领地。但是在下的看法不同，我不在乎后胜，当然也无意扩张领地，只是战则不愿失败而已，大概是年纪还轻吧！哈哈哈！"

他有些醉意，士气高昂。

约莫过了二十天后，九月初，景虎突然起意上京。主要目的是到堺港订购洋枪，顺便向朝廷道谢去年的叙官，能够的话，再拜谒幕府大将军，得到他继承关东管领家的正式允诺。

九月初，他自春日山出发，随行虽还是以前的那些豪杰，但他们毕竟也有些年纪了，不能像以前那样健步如飞，因此另外带了二十几个年轻力壮的小伙子，全队近四十人。

他们全都武家装扮，有武士身份者骑马，而寄居越后的关东管领上杉宪政的家臣也奉主命陪同景虎上京。

景虎一行沿着九年前扮云游僧返国时所走的海路，在第五天黄昏抵达鱼津港。当夜就在近海的旅店过夜。

翌晨，景虎起得比谁都早，一个人出了旅店，漫步镇上。这地方曾经被他父亲为景征服，成为他家的领地，但后来国内诸豪称乱，杀了父亲，此地又脱离越后。说起来，这是有杀父之仇的敌镇，纵然他不为父亲疼爱，但身为武将，一股伐此国以恢复旧业、为父亲雪耻报仇的念头挥之不去，他必须好好看清此镇的地理形势。

港都的早晨来得快，太阳还未升起，凝聚水蓝曙光的近海镇边已见稀疏的人影。他们都背着像盛着渔具的箱子，扛着橹，默默走向海边。景虎也和他们一样走到海边，走在潮风和露水打湿的沙上，观望往来各国的商船和渔船簇挤的港口后，绕到城那边。

这时代的城，并不像稍后时代那样筑起石墙，建起城楼，昂然耸立，现在只是四周堆起种着草坪的土墙，城墙为木板、粗土，城楼的屋顶是由木板搭成的。

鱼津城也一样，略偏离镇心，四周是多树的武士宅邸。城外绕着城壕，壕上浮着枯败的莲叶和菱叶，水色黑蓝，深不见底。

景虎漫步在柳荫蔽口的壕畔道路上，绕城一周。这城虽是平地而建，但规模不错，也很坚固。

这时，太阳出来了。景虎转身向着旅店方向，穿过武士宅邸包夹的街道时，听到不知从何处传来的琴声。

琴声从远处传来，声音不大，但在朦胧的晨曦中、老树繁茂的武士宅邸路上，听起来非常动人。

（这里不愧是诸国商旅往来之地，不似乡野陋村，还有风雅之士。）

景虎愈往前走，琴音愈清楚，也听得出曲调。奏者手法十分娴熟。

（从这娴熟的手法看来，弹琴的人大概不年轻了，但从琴音的柔艳看来，也不像老人，大概是中年的武士妻子，或是中年盲女吧！大清早就如此风雅！）

景虎边想边听，不知不觉来到传出琴音的屋前。

那是一栋很大的屋宅，屋旁围着宽约两丈的沟壕，壕内侧的高土墙上种着茂盛的枸橘，造得非常坚固，一定是城主的重臣或城主家人的屋宅。琴声从宅内茂密的树隙间流畅泻出。

景虎放缓脚步,最后终于驻足不动。他倾耳细听,不知是什么心理作用,他突然想起哥哥的爱妾藤紫的模样。

(我曾经听过她弹琴,或许弹得就是这首曲子,但这曲子叫什么呢?听起来甚是悠闲!)

太阳已当头高照。

"这样不行!"

他急忙起步离去。

上杉谦信

天 与 地

上杉谦信第三卷◎

爱欲与信仰

景虎离去后，琴声犹持续未歇。在日照寂寂、人影全无的路上，琴声不时像珠落玉盘似的流泻着清脆优美的回响。

琴声是从那座宅邸最深处的小房间里传出来的。那房间坐落在根部冒出翠绿叶子、夹着赤松的落叶树林前，当空的阳光穿透枝叶缝隙照在树林根部。房间中已立起糊着薄纸的拉窗，那雪白的拉窗看起来似已有迎冬的准备。

琴声像小河淌水般或缓或急，从拉窗内侧流出。突然，"啪"一声裂耳之音，像是手抓满弦欲断似的弹着。接着传出"唉，唉"的轻叹，像是人已起身，衣裳擦地，打开拉窗，走出屋来。是个女人，而且正是藤紫。

藤紫站在廊缘，凝视阳光遍照的树间，好一会儿静止不动，一脸忧郁的表情。

她已二十八岁了，依然娇美如昔。以前她身材纤细、毫无血色，近乎透明的白皙皮肤洋溢着异样的美，但现在长了些肉，略显丰腴，血色也好多了。或许有人认为她此刻比以前更美了。无论如何，她一点也无肉弛色衰的样子。

她离开春日山到这里，已经五年了，一直是鱼津城主铃木大和守的宠妾。

那时，铃木对久助处置得相当严厉，搜遍他的全身，把短刀、首饰等东西都搜光后投入城牢。但对藤紫却非常怜惜，让她在内殿沐浴更衣，吃些热点，再舒服地睡上一觉。

铃木最初接到报告说，久助和藤紫是避越后战乱逃来的夫妇，但当他看到他们后，一眼就断定他们不是夫妻。这两人的长相、风貌相差太多，检视他们随身携带的东西后更加肯定，因为那些东西都是养尊处优的贵妇才有的。

他判断："这女人的身份一定很高贵，却自称和这种低贱粗俗的武家仆役是夫妻，个中必有缘由！"

为了查明真相，翌日，他把藤紫叫到客房相询。

藤紫说："贱妾是有话禀报大人，然内容不足为外人道，请大人屏退左右！"

好好休息了一夜，她出落得愈发娇艳。铃木见她脸上那有旁人在便不开口的坚决表情，大为心动，于是屏退家仆，与藤紫对坐。

"这样可以了吧！你说！"

"是。"

藤紫垂着眼，一股说不出的端庄高雅之美，令铃木有些心旌动摇。

"你说吧！"他温柔地催促她。

就在这时，藤紫突然以袖掩面，放声痛哭。那像是历经无数苦难后遇到亲人时放心又自哀的模样，惹得铃木也胸口发热。

"你只是哭，我怎么知道，快说吧！或许我能帮忙！"

"是！"

藤紫抑住泪水，虚实交织地娓娓道来。自己原是京都朝臣之女，远至越后，成为守护代长尾晴景的侧室，因晴景之弟景虎谋反，晴景惨败。但晴景出兵前曾吩咐她，万一有急报来说己军失利时，就暂时离城，躲到某地去，等日后纠合己军、东山再起时再接她回来。于是她先离城，没想到这护送的人起了歹念，杀了女中，又强暴自己。可怜自己一介女流，无从反抗，只有任凭这人自作主张逃往他国，冒着风雪来到此地，等等。

她原就冰雪聪明，事情经过说得合情合理，毫无破绽。不过，话语几度哽咽，化作哭声。奇怪的是，她这泣不成声并不是装出来的，她是真的悲伤，真的无法自持，真的热意梗在喉头，真的流下泪来。

男人总是禁不起美女的眼泪，铃木亦然，打从心底可怜她。

"我明白了，那可恶的奴才，我就怀疑他不是好东西，这种人不可饶恕！"

铃木当即下令斩了久助。

当晚，他亲自到藤紫的房间告诉她这事。

"大人大恩，我无以言谢！请受我一拜！"

她两手拍合，伏地一拜。那细白柔嫩的手掌发红，许是拍得太用力了。铃木看在眼中，真是我见犹怜。

这样一个高贵端庄而美丽的女人如此言谢，铃木有着说不出的满足感。这时，他不知怎的，心中却浮现出眼前这女人被那粗贱奴才侵犯的种种模样。他虽觉得残忍，但自己心底那股好色的欲望也蠢动起来，他暗自咬紧牙关忍耐。

这时，藤紫垂眼看着自己的膝盖喃喃说道："我的身子已受糟蹋，再也不能回越后了，就算晴景公安然无恙，我也不能恢复以往之身……"

她的声音愈来愈低，似消未消。或许就是这轻柔的语气诱发了铃木强自按捺的欲望，一种狂野的感觉遍布全身，他突然伸手按住藤紫。

"啊呀！"

藤紫娇呼，挣扎欲逃，但挣不脱他的手力。

"让我来照顾你！你就留在这里吧！"

他紧紧抱住藤紫，在她耳畔低语。

"不！不！"

藤紫更用劲地挣扎，但她愈用力，愈激发铃木体内的狂野之念。

"我不放手！为什么你让那奴才得逞，却不肯依我呢？为什么不依我……"

铃木上气不接下气地把她按倒在地。

"……贱妾之身已是奴才糟蹋过的残枝败叶……不敢玷污了大人……啊……"

其实铃木不知这是藤紫的圈套，欲迎还拒，招惹得他欲焰狂流。

就这样，藤紫成为铃木的宠妾。但是铃木夫人不喜欢这自称京都贵族的异乡女，城内气氛难免尴尬，于是，藤紫搬到这里居住，铃木不时来看望。

鱼津城主的身份与越后守护代相比，自是差得太远，而且，在越后时她是集晴景宠爱于一身，何等风光。但在这里，却没有这样的待遇，铃木虽然爱她，却不让她逾越侧室的身份。

藤紫忍不住怀念起从前。她心地不佳，权势欲物欲也强，但身陷于此，只有安慰自己忍耐了。

景虎抵京以后先谒幕府，当时的将军是足利十三代义辉，但势力范围仅及京都附近。而且，将军大权落于管领细川氏之手，管领的权力又落于家臣三好氏之手，将军只是徒具虚名，犹如供人摆布的人偶。

景虎拜谒将军因而也有相当麻烦的手续，心想虽然准允谒见，但不知需等几天。结果，幕府官员除了慰问他远道而来的跋涉之苦外，并告知他明日何时晋见。或许是他的献礼丰富，连官员也不忘打点的功效。景虎虽然心下明白，但仍有权威受到伤害的不悦感觉，但他强忍在心，回答说："那么，在下明日准时晋见，请大人代为禀告！"

景虎在京都的下榻处是三条西大纳言家附近的民宅。三条西家与越后关系密切。越后一地自古盛产青麻，年年向京都朝廷进贡。后来因庄园制度发达，无须进贡献廷，于是越后商人组织了青麻座，散销全国，三条西家即拥有许可设座的权利。

这时的经济是同业组成行会的时代，如果没有加入行会，不能独立经商买卖，这种行会称为"座"，但许可行会会员的权限，多半操在贵族、神社和佛寺手中。像京都祗园神社有棉座的许可权，大山崎的离宫八幡有茬胡麻油座的许可权，三条西家则有青麻座的许可权。

因为这个缘故，三条西家和越后人有特别的关系，与景虎也亲，因此景虎请他们安排上京的住处。不过，三条西家虽为贵族，但所居极为狭窄，无法容纳全部随员，因此只有景虎和两三名随从住在这里，其他人则分宿在附近的民宅。

"啊！是吗？没见到？像你这样有钱的诸侯亲自上门求见，将军不知会多高兴！但顶多只是让他高兴罢了，哈哈！"三条西大臣笑道。

景虎感觉不悦。他认为，授将军之职的是天皇，把将军当笑话，等于是拿天皇当笑话讲，别人不懂也就罢了，三条西身为朝臣却不可不知。

"在下先行告退，待会儿再谈吧！"景虎说完，便起身回到自己的房间。

他心中有愤，数度自语："人必自侮，而后人侮之！"

这是他年少出家进林泉寺时，天室大师教他念的《孟子章句》。当时只是朗诵默记，不明白意思，现在懂事了，才能深切体会话中的意义。他想，当今的贵族都是如此愚蠢！

他继而又想，"世道不同了！"

人们经常认为自己生存的社会是扭曲、不均整、污浊而不正当的，心想过去应有均衡正当的人世。然而，实在事物皆为个性所致，因此常常扭曲，常常混淆，也常常动摇。完美的世道过去不曾有过，今后也不可能有。因此，知道完美只存在于人的观念之中，是悟的第一境界；即使当下抓到这实在而不失望，反而心情略好地努力做事者，就达到悟的第二境界；不谈不完美，也不期待完美，但一切言行举止自然朝完美前进者，可说达到大悟之境了。

不过，在年轻人身上不能期望这种事，他们不了解只有不完美才是实在的证明，他们愤恨不该有不完美。愤怒就是热情，热情就是力量，因为可借此力来促进世道变化向上，因而值得珍惜，但终究不能否定这力是出于认识不够而产生的。

景虎的愤怒就是这种。他愤恨弱肉强食、正屈于邪、战乱频仍的乱世，但看到刚才三条西大纳言的态度，他想他知道了根源何在。天子的尊严及将军的权威受到忽视，这就是乱世的根源。和平当在秩序之中，秩序就是尊者受到尊重，卑者遵其卑遇。

其实这层认识是顺序颠倒，因为世乱，秩序才失，尊卑之别才乱，但是他不这么想，只能说是他还年轻。

翌日，他谒见将军义辉。

义辉这时十八岁，纤瘦苍白，带点神经质，但态度亲切，不停地询问平定越后的经过及交战之事，毫不厌烦。看来他像是刻意按压心中的某种勃勃意志。

景虎深深感到："此君绝非满足今世者。"

是夜，将军遣使告诉他："如果有意朝圣，可以为你安排，不知意下如何？"

这时，三条西大臣也说："对呀，在下倒是忘了这个好机会，如果你有意的话，我也可以帮忙安排！"

景虎知道他们安排这些事情所得的谢礼，是他们重要的收入来源。他虽不是很有诚意，但也不该婉拒。

他答复将军使者："真是喜出望外的光荣，得蒙将军安排，感激之至！"

他另外也托三条西大臣帮忙。

事情进展得极快，第二天就办成了。

景虎跟随三条西大臣参内，拜谒后奈良天皇，获赐天杯、短剑，是支黑漆剑鞘、长七寸的双刃短剑。

他在拜谒之前，通过三条西大臣，要求天皇赐他"征伐邻国之敌，努力开创太平"两句话，天皇照说如仪。景虎对自己的力量有自信，也相信自己心术之正。他不认为自己这样做有愧于心，非但如此，他更相信自己做得正当。

翌日，他到大德寺前住持彻岫宗九处参禅，为了解除那不时毫无来由侵袭他的忧郁。当此忧郁上身时，他对自己的力量和心术，完全没有自信，只觉得一切皆空。

宗九此时高龄七十三，后奈良天皇信仰虔厚，封他普应大满国师。他有两道长长白眉和棱角突出的颧骨，眼光如电。

他听完景虎的倾诉，说："人生来的智慧才觉及善良之心皆不足以恃，一要打坐，二要打坐，三还是打坐，除了打坐无他，坐吧！"

令景虎迅速打坐。

是日，宗九禅师除了教他打坐，也教他无字公案。

禅师道："唐土有位叫赵州的大和尚，是此道高僧。有人问赵州，'天地草木，鸟兽虫鱼，悉皆佛性，然狗子亦有佛性吗？'大师答曰：'有。'但有一次某僧问大师，'狗子有佛性否？'大师曰：'无！'这话听起来奇怪，其实一点也不怪，如果你能领会，那么你就是自由自在、金刚不坏、死亦不死之身，也就是成佛了！好好下功夫琢磨吧！"

景虎拜谢回去。他很想留在大德寺过僧堂生活，但身负诸多要事，须在较短时日内办完，无此悠游闲暇，只好在办事余暇打坐，外出时亦可在行路之间打坐。

他根本不知道该从何处着手，有与强敌交锋的感觉；也像要攀上耸立四方、却无缝隙可抓的大岩石，只得在四周绕来绕去的感觉。他感觉自己正像绕着岩石打转的蚂蚁。

打坐时，他胸中波涛汹涌，像一望无际的海上无风而起的如山高般的大浪，相互推挤擦撞，溅起白色的细沫。

外头不断传来声响，远处的开门关门声、水井的辘轳转声、人声、鸟声、风声、雨声、外头大街的嗒嗒马蹄声、远处的嘈杂声。这些声音传来时，心就不知不觉追随其声，而忘了打坐。即使没有这些外扰，他的心也为涌起的杂念所牵引。他不在时国中的事、武田晴信的事、村上义清等信浓流亡而来的豪杰与将军的事、宫里的事、旅途中的经验，甚至想到在鱼津城外武士宅里听到的琴声，不知不觉费了工夫。

这些杂声、杂念不断，很难叫他专心。

"真难啊！"

他深有所感，但一想到连这种感觉也是杂念之一，更觉不知何去何从。

他没有值得呈现的见解，因此没再往大德寺去。过了几天，他不想一直留在京都，想做数天的短游，于是前往堺市。

其实到堺市是他这趟旅行的主要目的，当时，除了种子岛以外，只有这里生产洋枪，他是来定购洋枪的。

离京翌日，抵达大坂。这时的大坂以石山本愿寺所在地而出名。本愿寺是五六十年前，为莲如上人所建。据说在整地时，有大量的础石及石瓦出土，莲如认为以前此地可能建有大庙，甚为感激，自觉"起意在此因缘之地建寺，乃佛缘深重之故"！

完庙以后，取名石山御坊。

据今日学者研究得知，这里曾是孝德天皇时的难波宫，因此出土的础石及瓦很可能是难波宫的东西。

当时，一向宗的总寺在山科，石山御坊虽为莲如上人的隐居室，但因其后三十年，山科本愿寺及日莲宗的总寺本国寺之间开战，山科的本愿寺被毁，遂以石山御坊为总寺，称本愿寺。

因为被奉为总寺，而修筑了与之相符的壮丽伽蓝，但因为战乱频仍，而且其财力之丰与俗权之大，为天下武将既羡且妒，因此，庙的整体构造坚固如城，四方围以深壕高墙。大坂镇就是以其庙前镇的地位聚集信徒而营造起来的。当时镇有六町，周围环以土墙及深壕，宛如封建诸侯城堡的城前镇。

景虎看到本愿寺的坚壮及庙前镇的盛况，不觉啧啧称叹。他家世代嫌恶一向宗，其父为景尤其厌恶，因而弹压领内的一向宗信徒。

本来，越后与一向宗颇有渊源。邻近府内的直江津有传说是一向宗主亲鸾上陆的遗迹。其宗主长期滞留越后说教，因此门徒众多，信仰虔诚。门徒怠于向领土缴租税，但对总寺的奉献不落人后，他们常常因为奉献总寺而缴不出租税，只好向官员搪塞，这情形令为景非常生气。

"和尚靠信徒布施为生是当然，但一向宗的和尚太过分了。利用百姓的无知，恐吓他们不奉献即下地狱，犹如压榨苛征。和尚为什么那么需要钱呢？还不都浪费在破戒无惭的奢侈中，这样，领主怎能立于领民之上呢？！"

于是，他弹压领内的一向宗僧侣，但最后也因此战死在越中。在越中，表面上与他交战的是当地土豪，但实质上是越中的一向宗信徒。他们利用一般百姓根本想不出的陷阱战术，大获全胜。

因为这层缘故，对景虎而言，本愿寺可说是父仇之敌，但他此刻看到寺庙的壮丽结构及庙前镇的殷富模样，是惊叹之情大于怨恨。他也想到，本愿寺的现任住持显如与武田晴信是连襟，他们的夫人都是故左大臣三条公赖的女儿。

他想："绝不可与之为敌！"

他只看过一眼，没有留宿，直接往堺市而去。

堺市原来是足利将军赐给山名家的地方，但后来因山名家谋反而被没收，改赐大内氏；又因大内氏谋反而收回，再给细川氏。目前属细川氏陪臣松永久秀所有，但只能征收租银，没有统治权。镇由镇本身统治。这个时代，市镇可以大量向幕府献金以买得镇自治权。

此地原本是面临茅渟浦的渔夫村落，因此后人统称此地开业致富的富商为纳屋众，纳屋就是鱼贩。

堺市繁荣始于大内氏领有时代。大内氏是足利幕府的贸易主管。由于此时是倭寇全盛时代，中国明朝为区别倭寇及和平的贸易船，不受理未带足利幕府颁发之核准票的船只。大内氏即负责颁发核准票。

原先不过是鱼贩的堺市小富拿了这核准票，订制贸易船往中国及朝鲜做生意，获得巨利，攒聚成富豪。

当时，中国把此处、博多及萨摩的坊津称为日本三津，不过，坊津的情况较差，博多和堺市并称贸易港口双璧。堺市如此热闹、富庶，自然能向幕府买得自治权。

自应仁大乱以来，京都因连年征战，化为焦土，即使重建宅院，瞬即烧毁，所见极其荒芜。有办法的人都纷纷离京而去，连贵族朝臣也不例外。武田晴信和本愿寺显如的岳父三条公赖，虽高居左大臣官位，也离京投靠山口的大内氏，结果死于陶晴贤之乱。

贵族朝臣既都弃天皇而去，尤其是以艺道技艺为生者，相继离京，奔往堺市。堺市富商云集，港镇热闹，又太平无事，是他们得以生存之地。当然，富庶如堺市，并非没有强敌意图染指，因此镇方召集诸家浪人为佣兵，并在镇四周挖了深壕，筑起高墙，做好坚固防备。如此这般富庶太平，人们如蚁逐砂糖般聚集而来，是自然的趋势。

因此，和歌、连歌、音曲、香道、舞蹈、绘画、雕刻、镶嵌等名工巨匠齐集于此地，新的艺术茶道也诞生了，成为日本艺术、技艺的渊薮。

景虎不曾见过这样热闹富庶的城镇，他充满好奇地进了城。

他们在堺市的落脚处，是每年都来越后做生意的纳屋助八郎的家。景虎在京都时便通知他将来打扰，助八郎家已准备好接待事宜。不过，助八郎本人到高丽去了，由大掌柜和助八郎的妻子接待。

"你们来啦！太好啦！我还每天在想什么时候来呢！不过，外子出外做生意了，你们别见外，就当是自己家一样，多住几天，好好地看，好好地玩玩！"

眉毛剃得青青的漂亮老板娘，花也似的唇里露出珍珠似的牙齿，讨好而利落地招呼他们。

景虎大惊，在越后，相当身份人家的妻子除非是至亲，通常是不见客、更不招呼客人的，更叫他惊讶的是，她说丈夫去高丽的口气就好像到邻近办事一样。景虎惊叹武士之家没有这份大气，但也不禁认为："商人实在可怕，或许为了利益，就是下地狱也去！"

他在堺市待了十天，也参观了洋枪工厂。工人像锻刀似的把钢烧软，打平，折反，又打平，卷在细铁棒上打，用药和铜填补缝隙，抽出里面的铁棒，塞住底部，再用钢凿在旁边打洞。塞底是用钢凿把螺丝形铁棒旋入枪管内侧。

枪厂掌柜说："种子岛为了这塞法吃了不少苦，怎么也搞不懂，还是把女儿给了红毛人后好不容易才问出来的！"

的确，制造程序看起来辛苦费事，卖得贵也不无道理。景虎只定购了一百支。

另外，他想也该对本愿寺下点功夫，于是派金津新兵卫为使者送上礼物，计"大刀一口、桃花马一匹、银钱千吊"。

大刀和钱是现成的，但马并未准备，特别嘱咐说："返国以后随即送至。"

新兵卫当天即返回，报告说："不得了！外表看起来已经那么坚固壮丽了，里面更是严密，就算千军万马来攻，数年也不见得攻得下。还有那华丽奢华，是我从来没看过的！真是不可思议的一座庙！"

第二天早上，本愿寺便派答礼使者送来大刀一口、绸缎十匹、缟织二十匹。这礼回得是献礼的数十倍。

景虎谨慎地应对后，自嘲地笑着说："世间传言寺庙反将贵物还诸于民，不正是这样吗？的确是个不可思议的庙！"

他们继续由堺市往高野山，但坐骑和行李都交由年轻武士留在京都看管，景虎只带了几名豪杰同行，一伙人又伪装成云游僧离开了堺市。

这个时代的高野山参拜者，可依地方或家族而决定宿庙，而且是世代相传。越后长尾家的宿庙是本中院谷里的龙光院。不只是长尾家，包括上越后地方及府内一带有人参拜高野山时，不问武士百姓，都可以借宿此院。院中的和尚每年到府内地方，挨家挨户布施，分发护符。等于越后地方家家户户都是龙光院的施主，经由该院信奉高野山。禅宗信徒、天台宗信徒及一向宗信徒也都一样。

景虎也是事先通报该院，不日将进山朝谒。龙光院僧引颈企盼数日。等到景虎人来，院僧大喜，从内院到坛场及附属的十谷众寺，都带景虎看过。

山里气候不似南国，略感森寒，似已降过几次雪，谷底和日荫处犹有积雪，每天早上则下霜。

入山四天，景虎听说一名寺僧藏有一把古制琵琶，不时弹奏作乐，立刻要求让他看看。他一直想找一把可以称得上是名器的琵琶，在京都和堺市他都留意找过，可惜没找到中意的。

景虎一看便十分中意，轻轻一拨，声音清亮，更加喜爱。景虎问他肯否割爱，对方不舍，于是只求借用一日。第二天早上，景虎便带着琵琶走入杉木林中。当年，弘法大师开山建宗时，特别爱护山林，因此林中有许多两三人合抱、高耸入天的大树，在黎明霜气中，繁茂浓绿得别的地方看不到。

景虎找了个地方坐下，抱起琵琶调音，但第一声琴音便澄澈心底，心魂也随着颤音震抖，久久不已。这是把稀世名琴无疑，景虎的心不觉高昂起来。

上玄之曲在琵琶道中是最上秘曲，宪政虽然教他了，但他不曾发自内心弹过，此刻，他有一弹的意愿。

调好调子，平心静气地奏起，但觉身心整个投入，空气虽然寒冷，他的手轻巧自在地在弦上移动，俄而入迷，忘了自我。他感觉身体似乎端坐空中浮云上，头上是阳光遍布的蓝空，脚下是轻风缓吹；进而，觉得全身气化入空，只剩琵琶声音流于空中，缭绕不绝。

不知过了多少时间，忽然胸中灵光乍现。

"天真独朗……"

与之同时，眼前的巨杉、四周的岩石、远山山顶、天地及所有万物都豁然明朗，只见一片亮白。不仅如此，连他自己都有发光的感觉，那不是阳光的反射，阳光只是染红远山山顶及杉树树梢而已。他看到各种东西都在发光。

在那光亮中，景虎仍无意识地继续弹奏，忽而心中一动，用尽全身力量一气弹过四弦，发声道："解了！"

他相信自己解了无字公案，欢愉渐渐涌上心头，脸上不知不觉展现笑意。

美女为魔物

回到京都时已近十二月了，他带回了那把琵琶。他实在爱不释手，一再恳求，终于如愿以偿。他虽知这是把稀世名器，但主要还是因为在弹奏期间达到悟境，故而不舍得放弃。他亲自拿回京里。

三条西大臣夸赞道："真是稀世珍宝，想不到你也好此风雅之道，很好！横槊赋诗，有儒将风范！"

景虎请他为琵琶命名。

"叫'朝岚'如何？《风雅和歌集》里有首古歌：'朝岚下富士，袖飘浮岛原。'你的居城正好在山上，改成'朝岚下春日'，正好相符，这名字不是很好吗？"

"朝岚，是好名字，多谢赐名！"

他很满意这个在春日山清晨凉爽的空气中弹奏琵琶的意义。想到自己弹奏的乐音传到海上，传到远方的佐渡岛，他便觉一股壮阔的气韵布满胸中。

抵京翌日，他便前往大德寺参拜。

宗九一眼即知景虎似有所悟。坐在他面前，刚把左手拿的如意换到右手，便狠狠瞪着景虎大喝："作什么领会！无！"

景虎顶礼一拜，喊道："天真独朗！"

宗九竖膝大吼："无是天真独朗吗？人是生物，但生物是人吗？！"

景虎哑然！他感到自己掌握到的东西却是毫不足道，不觉狼狈失语。

"说！说！说！无是什么？无是什么？说！"

宗九吼着，原本瘦弱的他顿时形容可怖，长眉下目光如电，他高举的铁如意似有打下之势。

景虎浑身冒汗，呼吸哽迫，喊道："无是原来形象！"

宗九似乎更气，他的膝盖碰触到景虎膝盖，吼道："又说这话！无聊汉！不知解脱这穷屈即不知悟！说！快说！"

景虎被逼得无路可退，呻吟着："唔！"

"什么？"

"无！"

宗九脸色倏然一变，恢复祥和之貌，朗笑道："解了！"

景虎茫然若失，觉得浑身力量消尽，但也感觉眼前纸门一开，视界豁然大开。他调匀呼吸，感觉全身浮汗发冷。

"现在感觉怎么样？"

"八方无碍，天地开朗。"

"好！现在你就是金刚不坏、虽死犹生、自由自在的佛了，可喜可贺！今天就回去吧！好好地浸入法悦，喝点酒，明天再来！我有东西给你！"

第二天景虎依约而来，宗九授他法号"宗心"，赐他三皈五戒，也传他衣钵。三皈是皈依佛、法、僧三宝，五戒是在家者应守的五个戒律：不杀生、不偷盗、不邪淫、不妄语、不饮酒。身为武将又好酒的景虎，要守不杀生戒和不饮酒戒，似乎奇怪，不过真意是要他不以无义非道之动机杀生、不过量饮酒罢了。衣钵则是三衣（三种袈裟）和受布施的钵，禅家是取达摩授慧可衣钵做传法之证的故事，以传此二物为传道奥义。

这种种说明了宗九非常欣赏景虎的佛心，认为他必成居士禅的大器。

尚未失去法悦之喜的景虎，由衷地接受了这些东西。

景虎又在京都待了十数天，踏上返国之途时已是十二月下旬了。

一行人自栗田口北上，越过蹴上，出了山科野，翻过逢坂山就是湖畔的大津。绕过湖畔，渡过唐桥出东岸，一路向北行。湖乡的十二月已相当寒冷。稻田已收割殆尽，湖岸及沼地丛生的葭苇已枯黄，越过北海若狭地峡吹来的冷风呼声萧萧。湖左岸是比睿山，右边是比良山。比良山顶已是瑞雪皑皑，比睿山顶犹苍黑一片。

冷冷风中，景虎不时驻马湖畔，凝眺比睿山，自然而然想起源平争霸的往事。

当年源氏大将木曾义仲越过信州木曾的峡谷地带，大破越后的城资茂，拿下越后，势力骤增，继而出征越中，在俱利伽罗岭的夜袭战及筱原合战予平家大军致命性的打击，而后以破竹之势席卷加贺，长驱直下越前、近江，进逼京都，比睿山顶白旗林立。

这段琵琶法师所讲的平家物语，景虎耳熟能详。平家一门狼狈、恐惧、战栗，将多年惯居的家宅付之一炬，离了京都，浮于西海之波。

景虎心想："从越后往京都之路，在三百多年前就由义仲踏开了，并非做不到的事！"

他想起天皇及幕府将军义清的模样，生出一种站在比睿山的四明峰顶俯视山城盆地的感觉。他在京都时曾参拜延历寺，也登上四明峰顶，坐在将门岩上眺望山景。京都就在眼下，点点黑块，从比睿山缓流而下的鸭川细白一条，远处右手边的桂川蜿蜒成白色，在遥遥南方的薄霭中合而为一。

"我和木曾不一样，我无意当将军，我只是想尊奉天皇、将军，将此乱世化为有道之世！"

他想，天皇和将军对他来进谒不会不高兴的，"惧怕我上京、失色发抖的是三好长庆之辈，他是管领细川家的家老，只是将军的陪臣，却一手掌握京都政权，真不忠至极！"

景虎心绪高扬，就这么驻马沉思，忘了时间的流逝，就连寒风吹起，马鬃翻乱，衣袖飘扬到脸上，也没意识到。

北陆路已下过几次雪，但厚雪封地的时候还没到。景虎一行旅途轻松，数日后抵达鱼津。是夜，景虎罹患感冒，第二天即发烧，度数相当高，只好暂缓出发，暖和地睡了一天。

景虎以为好好休息了一天，第二天就会好了，但是翌日非但没有退烧，还继续烧到第三天，热度虽然退了，但身子还是软绵绵的。

"您脸色很差，再休息一天吧！"

家将劝他再休息。他原想在年内赶回越后的，在这里耽搁了几天，反正已来不及了，多待一天也无妨。

他穿着厚重衣物，坐在炉边喝茶。正午过后，鬼小岛弥太郎、户仓与八郎、秋山源藏三人突然趋前。

"我们有事请求！"

"什么事？"

"我们想放半个时辰或一个时辰的假，这三天尽闷在屋里看病，闷死了，而且筋骨都没有舒展，想到外面走走，伸展筋骨。"

这要求合理，闷居无事的生活太难为他们了。

"好！你们去吧！不过，别惹是生非啊！"

"没问题！"

三人高兴地往外走。其实，还有一个原因，他们知道此地是景虎父仇之地，总有一天景虎会来征讨，遂想趁此机会好好观察城池和四周的地理情势。

他们优哉地四处看看，绕城一周，这时，云层突然降低，气温下降。

"回去吧！看来要下雪了！"

他们加快脚步，绕过十字路口来到一条大路上，眼前出现一座大房子。外头围着约两丈宽的壕沟，沟侧是草已枯干的高土墙，土墙上栽着枸橘。

"挺坚固的嘛！我看不是城主铃木的外宅，就是重臣的府邸。"

"看清楚点，到时候这房子可能挺麻烦的。"

三人议罢，走近房子观察。

壕水清澄，但深不见底。青黑的水面到处有枯蔓，大概是菱角吧！

他们沿着壕沟绕过街口，不远处迎面走来三个人。居中的女子华服美裳，戴着垂着轻纱的市女笠，另外两个一个是女侍，一个是仆人，挑着朱漆圆柜。在微暗阴森的街道上，没有其他人影，只见中间那个服饰美丽的人影闪动，有种说不出的美艳。

三名武士跟在他们后面前进，从女人的服装及姿态感受到都会的气息，那感觉和他们在京都及堺港所看到的一样。

略走了一阵子，到了一个城门般的威严大门，其中有桥连接街道，那三个人上了桥。

这时，雪花飘降，在纷飞雪片中渡桥的女人的身影益显娇艳。三名武士心想，这女人大概是这栋豪邸主人的妻女，大概也是来自京都的朝臣贵族吧！

那女侍突然注意到他们三个，不知向女主人说了些什么。那女人回头，掀开垂纱望了他们一眼，露出雪白纤瘦的面庞。

"好美！"

三人同时一惊！

女人放下垂纱，转身进入门内，铁门重重地关上。

三人皆屏住呼吸，动也不动，互相使个眼色后快步离开。一直到离了较远的地方才止步，回头盯着那栋豪邸。雪已停了。

弥太郎忍不住大叫："吓了我一跳！那不是藤紫吗？"

户仓与八郎也应声道："是啊！我也吓了一跳！"

秋山源藏喘着大气："还以为她躲到哪里去了，原来跑到这地方，真是，漂亮的女人是魔物啊！"

弥太郎道："就是说嘛！那女人杀了殿原丰后，就不见了，这会儿又出现了，不是妖魔是什么？！"

"她刚才盯着我们瞧，可能认得我们，不会有事吧？"户仓有些担心。

弥太郎歪着脑袋，想了想说："不要紧，我们看过她，她没看过我们！不过，还是赶回去告知主公！"

说罢，三人急急往旅店走。走到镇心，抓个路人追问刚才那房子是谁的。

"那个种枸橘的房子啊！是城主的外宅，住着他的京都老婆！"

他们本想再问那女人是不是从越后来的，但想想既然三人都认为那是藤紫，大概错不了，就不必多费唇舌惹是非了。

景虎还在炉边饮酒，刚才苍白的脸色现在好多了。

"回来啦！怎么样？看到什么有趣的东西吗？"他兴致不错。

弥太郎跪禀："随便看看而已，不过，倒是看到了一个意外的人！"

景虎给他们一人斟上一杯，"哦？什么人？"

"晴景公的爱妾藤紫夫人！"

"什么？！"

景虎酒到嘴边，停住不动，惊愕地看着弥太郎。弥太郎遂把经过详细说了一遍。

景虎知道那栋豪宅，还在宅外听到里头传来的琴声，那时，还莫名其妙地想起藤紫。不过，景虎没说这些，只是说："是吗？"

他想起哥哥临终时犹念念不忘藤紫，频频呼唤她，那声音至今还留在他耳边，想到哥哥这临死的心情，他想放过藤紫。虽然藤紫不是好女人，哥哥因为她而更加暴敛，藤紫也招致越后百姓的怨恨，人人都恨而杀之为快。如果他杀了藤紫，把她的脑袋拎回去，不知多么大快人心。但是，顾及兄弟一场情缘，还有哥哥那份心意，他想还是搁下不管她吧！

他笑道："听说女人是没有废物的，果不其然，哈哈！"

这出乎意外的反应，令弥太郎有点不服气，但是景虎不理他，拿出琵琶说："听我奏一曲琵琶吧！"

古人曰："读万卷书，行万里路，方与人言。"

在书籍种类稀少且不容易到手的时代，旅行的确是最有效果的学问。

景虎十五岁时假扮云游僧遍游近国，已获益匪浅，这回更是收获良多。固然是旅行的范围较广，同时也因为他历经不少人世变迁，体会深刻。

听别人叙述，只能有某种程度的想象，若非他亲眼得见，他想象不到京都的荒废、皇室的衰微、幕府的权威失坠等。景虎认为，他得知了上天赋予他的使命。见识过堺港，他惊愕于新的外来文化，也深刻感受到和平能使人世多么富裕、多么幸福。本愿寺势力的强大、高野山圣地的森严清净、彻岫宗九禅师的严格钳锤，都鲜明地印在心里。他再度感觉到自己有所成长。

开年以后的第三天，他回到春日山。

出发前他已计划好：在年底回国，向武田要求归还信州诸豪的领地。武田应该不会同意，等到交涉决裂的三四月时，就正好是出兵的好季节。

他在旅途中又详加计划，归国以后立刻付诸实行。他先遣使者到甲府送信，同时对北陆路的一向宗信徒展开怀柔工作。

在旅途期间，亲眼见到越中、加贺、越前等地人们信仰一向宗的虔诚，又见到石山本愿寺势力的强盛，如果他与武田开战，争执延长的话，北陆路的一向宗信徒可能策动越后的一向宗信徒骚扰国内，是以有怀柔的必要。

在为景时代，越后的一向宗寺庙全被赶出领地外，分散到越中、能登、加贺等地，但国内的俗家信徒还留着没走。这些信徒不只是农民，也有豪族，万一生事，相当棘手。

他先把在大坂石山本愿寺承诺要奉献的桃花马着专人送上。接着，他采取根本对策。

高梨政赖的居城高梨城在高梨的中野，中野附近有个笠原村，村中有座一向宗的本誓寺。它规模很大，从北信州到西越后的一向宗寺庙都受它控制，因此，本愿寺也很重视它，选择特别的人当住持已成定例。

现任的住持叫超贤，才智出群，武略亦佳。在十几年前，一向宗信徒在各地发起农民暴动，与当地豪族相战，超贤就是他们的领导人，立下武功无数。

他认为中原战火必将波及笠原，于是离了笠原，往加贺御山而去。

加贺御山即现在的金泽城。六七十年前，加贺国司富樫氏在一向宗信徒暴动时被杀，加贺一国成为本愿寺领地，于是扩张此地原有的寺庙，以造城方式建成加贺御堂，统领北陆地方同宗的寺庙。信徒尊此地为御山，后来改成尾山，但因同音之故，也有书本误写为小山。

超贤在来御山途中，在春日山东麓福岛村暂住，中颈城郡一带的信徒求其教化，故逗留说法。

不只是百姓信仰超贤，其信徒中也有地方豪族及长尾家将。超贤滞留约一个月后，即离越后，续往加贺。

景虎虽知此事，但未放在心上，不过，当他有意与一向宗信徒妥协时，就有心利用超贤了。

他询问家中及豪族中的一向宗信徒谁与超贤最亲近。众家将不知景虎心意如何，面面相觑，不敢立刻回答。

"我没什么恶意，我也是信佛甚深的人，一向宗也是佛门，不是吗？放心吧！"

家臣这才放心地一一举出人名，人数还不少，显见一向宗与越后关系之深，要想连根斩除这种关系，根本不可能。

据家臣报告，直江实纲、吉江长资两人与超贤最亲。直江是三岛郡与板城主，为长尾家世代家臣；吉江是蒲原郡吉江城主，原为上杉家旧臣，数代前也向长尾家称臣。两者俸禄皆丰，刚直不阿，很受国人信赖。

景虎当下决定，就用这两人办事。

"我想和一向宗修好，因为这一趟旅行下来，觉得应该这么做。我听说信徒信仰的超贤和尚在加贺御坊，我要你们去说服他，把事情办妥！"

景虎单刀直入，一下子切入主题，那两人惊愕不解。

景虎继续说："你们去转达我的口谕，'自吾父以来，因所奉宗门不同，而将贵宗门逐出领内，然在下以为既同属佛道，本应和衷共济，如若相煎太急，恐来世得报，故欲改此恶律。去年冬天走访京都，曾向石山御坊总寺献礼，亦有此意。在下愿尽力助先前散于他国之贵宗各寺返回旧地，为奏教化之功，亦请大师驾临敝国，总领众寺！倘大师意纳此议，可在敝国如愿建立本誓寺，在下自当献赠寺领！'就是这些。"

两个人更是惊讶，半晌才问："您刚才说的都是真的吗？"

景虎目光严峻："我曾经骗过人吗？"

两人立刻平伏在地："在下遵命，誓将劝服超贤大师，如主公所愿。主公英明，我们信徒不知有多么高兴！谨在此言谢！"

他们声音颤抖，心中的感激无以言喻。

两天后，两人各带了数十名从人及景虎献赠的礼物，冒着风雪西行。

越后距加贺九十里，因为头三天大雪，路途受阻，费时十七天才到达。

加贺御坊不仅是北陆路一向宗寺院的总辖，也是加贺一国的政厅，庙堂壮丽坚固。据说当宗教的堂塔伽蓝开始壮丽时，就是堕落之始，一向宗宗祖亲鸾本身也公开宣称"终身不持堂塔"，但是除宗教本质外无他物可信。要唤起信徒的信念，就像佛像端丽庄严一样，堂塔、伽蓝也难免壮丽。

两名越后武士看到加贺御坊的壮丽结构，将此视为今世仅有的极乐天堂，更加深了信仰。

他们求见超贤。

超贤对这意外的来访也感惊愕，着人将他们请到客殿。

超贤年约四十，是一向宗内屈指可数的武僧，数度出战，身材魁梧，右颊上有道鲜明的刀痕。

"稀客，稀客！大驾光临，有何指教？"

"我们带好消息来了！"

两人传达了景虎的口讯。

"当真？"

超贤不急着承诺，他紧抿厚唇，看着两人。

两人知道他有所怀疑，极力辩道："大师有所怀疑，自是不无道理，不过，现在的景虎公与长尾前几代家主不同，绝不是说谎的人。"

超贤很清楚他们两个为人诚实，于是道："我相信，的确叫人高兴。不过，此事贫僧不能一人做主，需与众僧商量，两位就且在此逗留数日，等待答复如何？"

"大师说得极是！搅扰之处，还请包涵！大师若接受景虎公之请，则不但是越后信徒之喜，我等亦感有面子！"

"两位言之有理！贫僧受教。"

二人在加贺逗留了五天，参拜寺内各处，更加虔诚。他们受到郑重接待，饮食精美，还睡在越后乡下不曾见过的棉绒丝被上。

第五天下午，超贤答复他们。

"迁延数日方做答复，实在抱歉。寺方是很想接受贵主所请，但贫僧无法速往贵地，去当然是要去，但须等以前自贵地四散的诸寺皆回到原地，并归总寺支配后。不知两位以为如何？"

他的态度非常慎重，自然是与为景时代的遭遇有关，想想也不无道理。两人觉得也不好进一步逼迫。

"我等虽不敢擅自做主，不过，景虎公想必同意所请，在下将尽力禀明。不过，大师将来务必要移驾越后！"

"当然，贫僧虽不能即刻前往，但会尽快安排上路的。"

"听大师此言，我们就放心了，也不虚此行了！"

语罢，他们谒见坊主（石山本愿寺派来的金泽御坊之主）、僧官，当夜享受盛宴招待，翌日踏上归途。

归途天气极好，十天左右即回到春日山。景虎听了报告，道："有理，这样很好，不过，为表示诚心起见，以你们两人的名义再写封信给超贤，提醒这事，我也写一封。"

在这之前，景虎派往甲州的使者回来了。

晴信回答说："公之义气，令人感动，然在下与村上、高梨交战，收其所领，非一朝一夕之故，在下亦有在下之理，仅听彼等片面之词，即论断在下为恶，岂非有失轻率乎？"

景虎于是再遣使者传达口讯："纵然彼等有罪，亦罪不致领地皆被夺，还望公能速返其领，窃思此当为武士之所为也。"

景虎不用问，也知道晴信的回答。因而他已下定决心："武士以弓箭得物，以弓箭收复失物，应是武士之举！"

景虎召集村上义清、高梨政赖等信州流亡诸将，告诉他们自己与武田的交涉，预定开春后即出兵攻打信州，请他们速与旧领地内的可靠之士联络。

众人皆感激得流泪。

约莫一个月后，时序入春。

景虎日日召集重臣商讨出兵信州之策。某日，其姊上杉定实夫人遣使来报，说有要事商量，请他到府内一趟。

景虎带了几个人骑马赶赴府内，却见到久未谋面的乃美，不觉心下一震。

"想不到会在此见到你！看来还是安好如昔，可喜！"

乃美退后一步，双手伏地一拜："好久不见，家父也向主公问安！"

"我好久没看到令尊了，他还好吧！"

"托主公的福，家父康健如昔！"

乃美似乎瘦了很多，她以前就不胖，现在更纤瘦了，只有眼睛变大了。她脸色不好，感觉好像哪里不对劲，但景虎怕惹麻烦，没有开口问她。

定实夫人说："乃美是骏河公的使者，骏河公本该亲自前来，但怕引人注意，不方便来，于是叫她借到这里玩的名义来！你们好好谈吧！"说完，夫人退到别的房间。

景虎转身向着乃美，摆出准备倾听的姿势。

"家父要我来报告甲斐的动静，在您赴京时已有不稳征兆，现在更加厉害，武田晴信已对本国武士展开离间手段，请您严加注意！"

居然有这种事，自己没有怀疑，确是失策。

景虎问："那么，令尊有说哪些人可疑吗？"

"北条丹后守最可疑。"

丹后守北条高广是越后旧族，颇有威名。

"哦！我知道了，请向令尊致谢！"

"是。"

谈话方歇，定实夫人进来道："如果就这样回去，别人会怀疑，我们就开个酒宴，你把你学的小鼓和乃美的笛子合奏一曲给我听，这样我有耳福，也可以避嫌。"

于是，酒宴摆开，景虎和乃美合奏一曲，定实夫人听得入神。她不时打量他们两个，眼里有着某种意味。

入夜未久，景虎便告辞离去。定实夫人和乃美送他到中殿入口处，当景虎跨出门口时，乃美凑在他耳边说："我最近就要出嫁了！"

"啊？"

他想问清楚一点，但那时乃美已关上门扉。

朦胧的月亮挂在半空。

旭山城

北条高广本姓毛利，是辅佐源赖朝开创幕府政治的京都朝臣大江广元的子孙。广元的三子季光领有相模国爱甲郡毛利乡，遂改姓毛利。季光之子经光和孙子时亲又领有越后刈羽郡佐桥庄，在此落地生根，称越后毛利家。本家也一直姓毛利，高广之家是分枝，世居佐桥庄的北条，遂以北条为姓，如今势力已凌驾于毛利本家之上。

北条距琵琶岛不到三里，任何事情都逃不过宇佐美的耳目。

景虎骑在马上，暗斥北条愚蠢、不知死活。但是想到武田晴信，便不敢大意。晴信趁他上京不在时出手诱引北条，想从内部瓦解越后。虽说两军交战，互相使诈是战国之常，但景虎仍然认为晴信这个人很可怕，行为卑鄙。

"《孙子》里虽有《用间》篇，但是此术可怖，虽有效果，但我不会使用。我要堂堂正正而战。就连身为坂东平氏远族的我都这么想，他身为名将新罗义光嫡流、甲斐源氏武田之主，怎不觉得卑鄙可耻呢？毕竟是逐父弑亲、以甥女为妾的人，所作所为皆这么卑鄙！"

他对武田晴信的愤怒更甚于北条。

"等着瞧吧！"他咬牙切齿道。

问题是晴信出手策动的不只是北条而已。宇佐美说北条高广最可疑，意指其他还有可疑者。那么，会是谁呢？景虎应该问的，却忽略了这事。

他苦笑着，心想："我一看到乃美，总是没什么话说，哪怕有话想说，有事想问，总是开不了口。"

不过，这件事非同小可，明天必须再问清楚不可。

这时，他突然心中一震，想起乃美送他出门时说的话。

乃美说："我最近就要出嫁了！"

那低沉而颤抖的声音，清晰地响在耳畔。

她要出嫁，并没有什么好奇怪的。她比景虎大一岁，也二十六了，对女人来说，是错失婚期太久了，至今一直没有对象，倒是奇怪。

景虎想起这事，便觉心绪起伏不定。虽然他无意娶乃美，但为何又如此心绪骚乱？这不合道理呀！

他想："我难道还念着乃美吗？难道我心里一直期待乃美不要出嫁，永远待在家里吗？"

他虽知这是男人的自私心理，但无可奈何。

他想知道乃美嫁到哪里？虽然知道了也不能怎么样，但就是想知道！

突然，他心绪一沉，那感觉万物万事皆空的忧郁似又袭上心头。

（啊！又来啦！）

难道无字开眼、见性成佛都没有价值吗？他茫然四顾。晕月当空，地上洒着朦胧月光。是梅、桃、樱及野草花都盛开的雪国春宵，马蹄单调成声。

"这月亮不好，这微风不好，这马蹄声难听……"

他想尽快回到城里，披上宗九赐给他的袈裟打坐，否则，他将陷入无法自拔的忧郁中。

"快！"

他向从人大喊，策马狂奔向前。

景虎通宵打坐，心绪好不容易沉稳下来。用罢早餐，立刻派人到府中馆接定实夫人和乃美来城里就餐，悠游一日，以回报昨日酒宴，顺便请夫人欣赏一下他弹的琵琶。

使者很快就回来，带回定实夫人的口讯："乃美已回去，若是早来一步，当无此憾！我则欣然接受，随后就来。"

景虎心想"糟糕"，但随即转念一想："这样也好，或许一切都是天意。"

这么一想，就觉得无须东想西想，自寻烦恼了。所谓"退一步海阔天空"，的确有理。

有关甲州豪族有意叛离之事，以后再修书问宇佐美好了。

景虎招来北条高广本家的毛利景元，问他对北条受武田诱叛的事。他却回答毫不知情。

"但是无风不起浪！在下好好调查后再回禀主公！"

"就这么办！我想北条这人不会只是因利而受诱，或许对我有所不满！仔细调查清楚！"

"遵命！烦扰主公，不胜惶恐！"

毛利景元战战兢兢地回去了。

另一方面，景虎写信询问宇佐美，宇佐美立刻回信。说是有三人可疑，虽只是甲州有密使与他们联络，或许只是谈谈而已，但他们若心中无鬼，就该报告守护，但是又不见他们报告此事，因此不能轻忽此事。

数天后，毛利景元来复命，报告说只是谣言而已，景虎令他回去好好监管，不可疏忽。

景虎本来想立刻粉碎这个阴谋，但须掌握明显的证据不可。如果没有确实的证据，反而会激怒众人，归顺武田，而已经私通武田的更借机称乱，因此必须慎重行事。为此，他不得不暂缓攻打信州。

他告诉村上义清等人及家臣："我们必须一战成功，因此要做好万全的准备。"

据说男人的二十五岁及四十二岁是厄年，对景虎来说，这一年实在多灾多厄。中鱼沼郡内有上野中务大辅家成及下平修理亮两个豪族。上野的居城在千手町北一里，下平的居城在十日町附近，两地因隔着信浓川交错，结果因领地起了纠纷。

裁判领地争讼是最棘手的事。景虎听完他们双方的说辞，要他们提出证据文件。

争执的问题是上野那边在数代以前强占信浓川右岸田地二十多町步（一町步约合一公顷）。景虎亲自查看了双方的文件，又叫来当地百姓询问。结果，明显是下平这边有理，但上野家已强占数代，已根深蒂固地认为是自家之物，很难割舍。

如果是在平时，这件事一定要断个黑白分明、强制执行不可，但现在不能这么做。万一纠纷扩大，国内受到动摇，晴信所使的伎俩很可能生效。

于是景虎命上野归还一半土地，双方和解，但是双方都不愿接受，上野的态度尤其强硬。

九月以后，事情还是没有解决。北条高广突然举兵谋反。他大概是看景虎调解纠纷无功，显然不得人心，如果现在起兵，响应者定多，越后将再度陷入战乱状态。

"终于来啦！"

景虎把上野和下平关在本庄美作的家里，亲自出阵。北条高广得知消息，也出兵至善根，打算迎击。

景虎一到善根，便展开攻击，北条高广立刻兵败溃散，因为本家毛利景元在背后夹击。

毛利景元假装同意北条高广举兵而跟着出阵，事实上他早已计划阵前倒戈，否则他无法向景虎交代。

景虎虽然不喜欢这种作为，但此时此刻仍需奖励毛利景元。他按捺住不悦的心情说："辛苦你了！今日之功我绝不会忘。"

北条高广在善根战败，逃回居城不动。景虎进军至城下，打算一举攻下，但北条高广只是防而不战。必须争取时效，焦急之下，景虎武略尽失，使出轮攻的笨方法，但城防坚固，守兵善战，攻兵数度被击退。

这天，他坐在主阵的矮凳前，瞪着城，心中盘算攻城之计，近卫趋前报告说："鬼小岛弥太郎大爷的夫人求见！"

只见松江穿着窄袖和服，披着花色美丽的斗篷，手拄青竹杖，脚穿草鞋，带着一个小丫鬟。松江已三十九岁了，几年前就已不再驰骋沙场了。她身上多长了些肉，但皮肤依旧白皙，依然美艳动人。

她脱下斗篷，递给小丫鬟，向景虎走来。也许因为胖了，走路动作自然迟缓些。

"怎么来啦？有什么事吗？如果只是来探望，我看免了，最迟明天就要把它拿下！"

景虎心情焦虑，用语有点粗暴。松江也不甘示弱："我才不是来慰劳的，武士上战场，辛苦是应该的，要慰劳什么？！是夫君要我来帮忙的，他叫我去劝降，都是女人好说话嘛！"

心思敏捷的景虎立刻明白她的意思，是要去说服北条高广的妻女，由她们劝北条高广投降。

"是弥太郎的主意吗？"

弥太郎正留守春日山。

"是啊！想不到他还挺聪明的！"松江圆圆的脸颊露出两个深深的酒窝。

景虎不觉也笑了，焦躁的心立刻平稳下来。

松江遣人向城中送信："鬼小岛弥太郎之妻为探望丹后守夫人而来，希望能得引见！"

等了相当长的时间后，城里才有回应。这时日已西斜，寒风阵阵。

松江独自进城。扛枪城兵在壕沟的桥头迎接，像团团围住松江似的护送她过桥，走进城门。

当那又厚又重的门扉发出"咯吱"声、在她身后紧紧关上时，不知从哪里蹿出一只猛犬，冲着松江猛叫。

松江知道这是守城兵故意吓唬她，他们知道她是什么人，也知道她为什么来，想先来个下马威，挫挫她的胆子。

松江丝毫不怕，只是斜眼看看它便走过去，说时迟那时快，那狗突然张开鲜红的大嘴扑向松江。

松江不慌不忙，瞄准它的嘴伸出右手，揪出它的舌头，更向喉咙深处伸去。狗被松江吊了起来，只剩下后肢立着挣扎。刚才那翘得老高的尾巴无力地垂着，痛苦地呻吟，发出"呜呜"的声音。松江就拎着它优哉地走了十米远，突然往前一甩，狗像发疯似的叫着，不知躲到哪里去了。

守城兵的把戏还不只这个。松江登上几层石阶，走到上面的路时，对面的土墙后蹿出一匹受到惊吓的马来，被扯断的缰绳飞扬在天。它奔到松江面前，立起后腿，前腿在空中踢踏，眼看就要踏在松江身上了。松江灵活地一闪，猛拍马的侧脸，马吓了一跳，但瞬间又凶暴起来。松江脱掉斗篷，往马头上一罩，马立刻老实下来。她拉住缰绳，牵着它绕着圈走了几步，对守城兵说："是匹好马！给它喝点水，暂时放在暗一点的地方就好，别去招惹它！"

松江接连两次的表现，把守城兵看得目瞪口呆，立刻乖乖地听命行事。

松江顺利进入内殿，见了北条高广夫人，用她平常说话的口气劝降。大概是她英勇表现产生了效果，第二天，北条高广便俯首称降。景虎也不追究，只是告诫他下不为例，收兵回城。

翌年四月，景虎出兵信州。他在善光寺北方的横山筑起要隘，以此为根据地，向各地出兵，烧杀武田诸城。他这么做，是想诱出武田晴信，但是晴信不为所动，因为他最宠爱的诹访夫人罹染重病了。

诹访夫人今年二十七岁。诹访家被灭时她十四岁，算来承欢晴信十有三年。她十九岁那年为晴信生下一子，取名四郎，就是后来的胜赖。

晴信妻妾无数，但对诹访夫人用情最深。对杀其父、夺其国一事，他并不后悔，也不自责，因为经略信州是自存之道。对风土硗薄、无天然资源的甲州而言，唯有向外发展才能自救图存，但东南有强国虎视，北为险峻群山，发展唯有向西。而诹访氏正好位于向西的出口，灭亡诹访势在必行。

"人必须求生存，即使吃人也罢，如果不愿被吞，就必须图强，我只是因为强，所以吃了诹访赖重！"

晴信这样告诉自己，但他对赖重之女那非比寻常的爱情，却是单纯无借口的。虽然他对家臣解释说："诹访家遗臣一定含恨于我，但是我收诹访姬在身边，将来生下孩子，继承诹访家家名，就能安慰那些遗臣之心，投效于我！我收她为妾，不是只为好色而已。"

但他这层功利的念头并非一开始就有的。起初他只是怜惜她，忍不住想留她在身边，这番话是为说服老臣而讲的。

他以为有一天当他厌倦她时，即可抛之而去，纵使她生了男孩，或许也不会让孩子继承诹访家名。只要他无此意，又何患无辞。

没想到，他对诹访夫人的爱情与日加深，丝毫不见褪色。当她生下男孩后，晴信对她更是疼爱有加。这孩子也是可爱。晴信已有三个儿子，但独对此子钟爱，随着他长大，益发显得俊美、气宇轩昂，晴信煞是满足。

"就让这孩子继承你家家名吧！"
晴信为孩子取名武田诹访四郎。

诹访夫人高兴得流泪，诹访家遗臣也非常高兴。这些遗臣有的已任他国，有的仍臣属武田，多半则在诹访及伊那地方务农。他们心中相当不平，只要有好机会，就可能发动反抗武田之举。

四郎出生后两年，晴信与村上义清交战，老将板垣信方被杀的上田原之战后，诹访遗臣即策应深志的小笠原长时，有意发起暴动，因而丝毫不能疏忽。

但当晴信为四郎取名诹访四郎后，他们心中的不平急速消退。不少人以诹访时代的武功为名而求仕武田。那些老臣为诹访家后继有人而高兴，晴信也很满足。

四郎九岁后，长得更加聪明俊挺，他的母亲也依然美得楚楚可怜，晴信对他们母子的爱有增无减。

诹访夫人病发，是在这年春天。那日风和日暖，晴信带着诹访夫人到内殿花园赏花，数名侍女陪同。

园中的粉红桃花倒映池中，四周是刚抽绿芽的柳树，午前阳光和煦，红花绿叶倒映池中，艳丽非凡。

晴信赏了一阵，突然出口成诗："屡颜亦有蛾眉趣，一笑蔼然如美人。"

他心情极好，努力寻思下两句该怎么做。他看着火一般的红花，凝神构思，身后的诹访夫人突然咳得厉害。

晴信诗兴被打断，有些不高兴，他回头一看，诹访夫人屈着纤瘦的身子，拼命忍着咳意。那模样很不平常。

"怎么了？"
女侍也奔上前去："夫人，怎么了？"
他们惊声问道，拍抚着诹访夫人的背。好一会儿，诹访夫人才止住咳，直起身子。

"对不起，请您原谅！"

"不要紧了吗？"

"是，不知怎的，突然咳起来。"

诹访夫人娇弱地笑着，晴信发现她的脸色近乎透明地苍白。

"感冒了吗？你脸色很坏！"

"应该不会吧！……"

话未说完，她又剧烈地咳起来。她两袖掩口，女侍忙着照应。

晴信一看，实在不寻常。"快叫人来，把夫人送到那里！"

说着，只见刚掩在诹访夫人嘴上的袖口有东西滴落，在亮眼的阳光下落在地上的是鲜红的血滴。

（啊！）

晴信按住心头的惊慌，推开女侍，抱住诹访夫人，但一时不知该怎么办。他虽知该让她安静，但又觉得不能待在这里。他心思慌乱，没有了主张。

这期间，诹访夫人仍咳嗽不止，咳出的血，把她雪白的手都染红了，真叫人怀疑她那纤瘦的胸腔哪来这么多的血？晴信又疼又怜，恨不得自己能代替她受苦。

"振作啊！振作啊！……"

他慌乱无措，忽地想到身上的披风，立刻脱下铺在地上，让诹访夫人躺着。

从那以后，诹访夫人即卧病在床。医师说是肺痨。

她的病况相当严重，咯血不止，高烧不退，身体更见羸弱，宛如削掉了肉，纤瘦的身子几乎透明。因为没有一丝血色，反而更增添了一层可怕的美。

晴信尽力为她治病，从小田原请来关东第一名医，不但令领内各神社寺庙为夫人祈福，更派人远至比睿山、高野山祈福。之后，诹访夫人虽然停止了咯血，但热度未退，身体依旧衰弱。

"她若有个万一，我会怎么样？"

晴信想到诹访夫人死后的自己，便难过不已。他聪明好学，涉猎甚广，经书、兵书、史籍等都潜心钻研，皈依佛法亦深。他已三十五了，知道人是无法长久抱持同样的感情与心理，悲、喜、叹、怒，终究不过是一时之气，很快就会忘怀。但即使如此，他一想到诹访夫人死后，自己一定没有继续求生的气力。

正当晴信有这种感觉时，得知长尾景虎出兵善光寺平。密报像发梳般涌入甲府。看来，景虎是有相当的决心了。长尾军以善光寺后山为根据地，向四方出兵，攻烧武田的城寨，打算引出武田一决死战。

晴信老早就知道会演变到这个地步。去年初越后数度派使者来，要他归还夺自信州豪族的领地。

虽然晴信回答说不能听信片面之言，武田与信州诸豪之争非一朝一夕之事，但长尾景虎仍数度派遣使者。

当景虎告之晴信"武士将以弓箭取回被弓箭取走之物"时，晴信就知他有意开战，但没有上当，仍然列举信州豪族之过，辩称武田出兵的正当性。

当然，晴信知道总有一天必将开战，因此也不敢怠于准备。他也煽动越后豪族中的不满分子，虽然被景虎识破，没有成功，但他继续施展其他的策略。他整修北信诸城，在重要地方筑寨置兵；他也收拢善光寺的僧兵，结果连堂主栗田宽明都被他收拢了。

当他准备完全、随时可以出战时，诹访夫人突然发病，使他无法决心出阵。

他虽然非常明白，武将不能拘泥于儿女私情，只有耀武扬威、家国安泰，家人才能常保平安幸福，不该本末倒置。但此刻他就是无法下定决心。只要诹访夫人情况略好一些，他便延迟出兵一天。

当然，其他方面该做的准备他没疏忽，他派出拥有洋枪三百的三千援军去支持善光寺堂主。善光寺堂主在长野市西郊旭山筑寨，越后军则在善光寺北方的横山筑寨，一方面攻打旭山，一方面四处骚扰武田各城。

五月底，诹访夫人的病况好转，晴信终于放心出兵。

在出阵仪式前，他探望诹访夫人："我很快就会回来！你不要为我操心，专心养好身子，要和以前一样健康地迎接我回来！"

诹访夫人躺着合掌说："您也不要挂念我，我会祈祷您平安归来！您要小心……"

四郎就在母亲枕边探病，他是血色丰美的俊秀少年。父母告别时他别过脸去，但父亲一起身，他便仰望着父亲说："母亲不会就这样过世的，我想陪您一起出阵！"

晴信心中有如被刺的感觉。他略感不快，但立刻压抑下来，笑嘻嘻地按着胜赖那小小的肩膀亲切地说："你真是了不起的武将之子！我真高兴，不过，你年纪还小，现在的你该好好照顾母亲，让她早一刻痊愈。这是我最高兴的事哟！"

说完，他走出病房。他立刻忘掉四郎的事，只剩下诹访夫人那仿佛透明见骨的细白小手合掌的样子，以及洒落在她苍白透明脸颊上的泪珠记忆，溢满心头。

晴信率兵五千自甲府出发，途中会师的军队极多，通过上田时已是一万三千大军。他渡过千曲川，越过川中岛，在犀川前的大冢筑阵。

景虎接到晴信出兵而来的消息，精神一振。

"来啦！这回我要亲自一战，绝不再有前年的失策！"

他把攻击各地的兵员集中在横山，全力展开对旭山的攻击，如果不先打下这个据点，很可能腹背受敌。但是，旭山之敌相当顽强，他们绝不出山而战，他们凭据天险，又有很多洋枪弓箭，威力不小。

在这僵持战况下，晴信大军开到。占据横山的长尾军、凭借旭山的栗田部队及大冢的武田军成鼎立之势。

景虎一看到犀川对岸飘扬的黑底金字四如之旗，便觉焦躁。他想渡河挑战，又担心旭山军横加拦截。

双方就这样对峙不动。

双方都有些焦躁。晴信心系诹访夫人，恨不得早一刻结束此战回去。景虎更是如此。为了打破胶着的情势，双方都暗使谋略。晴信频发朱印状给靠近景虎主阵的部下官兵，鼓舞他们的勇气。

景虎虽不喜使诈，但为形势所逼，不得不向善光寺僧兵下功夫。

善光寺庙大人多，意见未必一致，既有利害关系，必然产生对立。此时，未必众人皆与栗田宽明同党，景虎就对这些人下功夫，告诉他们如果肯加入越后，世代将受尊崇。

景虎等信佛教，世人早有所闻，他这么说，也不完全是出于谋略，而是有此本心。不少僧兵被他感动，改而投效景虎。

对峙之势持续到十月。其间，景虎曾进攻川中岛，但胜败未决，又退回横山，两军再度隔河对峙。

十月中旬，诹访夫人病势恶化的消息传来，晴信无意再对峙下去了。他与景虎不同，只要有利，他不会拘泥于男人的面子、武士的自尊，他自在地运用智能。他当场就想出不损面子维护自尊的方法，他遣使访骏河的姊夫今川义元，请他居间协调，与景虎谈和。

不论从身为足利将军一族的家世来说，或从领有骏河、远江、三河三地的地位来说，义元都以东国诸侯头领的身份自居。他立刻应允，派老臣朝比奈泰能去劝说景虎。

善光寺如来

陷入胶着状态的战争最叫人心烦,那气氛阴霾得犹如梅雨季节的天空。将士士气低落,众人疑心生暗鬼,流言乱飞,搅得军情混乱,令主将不敢有丝毫疏忽。

当时,守护代与国内豪族的关系,不比后世诸侯与其家将的关系。守护代不过是豪族之首,并无强大的统治力。因此,长期对阵,有人即感不耐而擅自撤兵,守护代亦不能阻止。不过,景虎有鉴于此,曾要己方将领写下誓书,书中第一条就是不管景虎率军对阵多少年,自己一定心无二意,从命在阵,效死马前。

虽然景虎手上握有诸将的誓书,但对他而言,此番今川家愿充当调停人,不如说是渡河有船了。当然,他没有表露这层心思。

他想,"我这边撑得辛苦,敌军那边好像更苦!奇怪的是,晴信应该是顽强不屈的人啊!怎会……"

他态度沉稳,接见朝比奈。

朝比奈泰能这时三十五六岁,他身为今川家重臣,有众多出使各家的经验,是这方面的高手。他谆谆劝告景虎,此战既非因双方怨恨而起,并不是为双方而战,对人民及协助双方的豪族都是徒添困扰,是否可以就此打住,和睦共存。

景虎回答说:"在下并非好战,而且亦非为本身得利而战,您该知道吧!"

"在下非常了解,将军大义之举,令在下由衷佩服。而今,武田愿以犀川为界,川北属将军,川南归武田,并撤去旭山要塞为条件讲和。武田肯将多年辛勤经营之地让步至此,可见吾之诚意,不知将军意下如何?"

这真是出乎意料。

景虎从派至各地的间谍所搜得的消息,知道武田晴信是相当顽强不屈的人,一旦占领的土地绝不会放手,不但敌人夺不回去,领民也无意背叛。显然他不但胆略过人,政治经营也有一套,是懂得恩威并施的名将。

但是景虎不喜欢晴信的个性,因此他对晴信的看法不同。他认为晴信欲望太强,一旦到手的东西绝不放手,又用心使诈,让人心不致背离。这一点,景虎自叹弗如。

现在,晴信不但愿割让犀川以北,还要撤去旭山要塞建筑。旭山是在犀川以北，武田当然得拆去这个军事设施，但是即使拆除，因基础仍在，很容易修复，随时可再做据点。

怎么看，讲和条件都对武田不利，是相当大的让步，这不像晴信所为。他一定是急于结束这场战事，为什么？景虎很想知道。

但此刻他压抑住这个念头，问道："这确实是武田提出的条件吗？"

"自不待言，如果将军不信，我家主公可以出面证实。"朝比奈脸色略有不悦。

"这些事攸关以后的纷扰，因此不得不详问清楚，在下没有别的意思。不过，在下已走到这个地步，碍难当场作答，可否请暂先回府，待在下考虑数日后再答复？"

朝比奈也似乎未期望他马上答复，约定两天后来听答复，便告辞回去。

景虎马上招来忍者，命他去查探武田军内情："快去查出晴信为什么事心烦！"

忍者像风似的退去，第二天夜里，逐一回来报告："没有什么大事，只是晴信公最爱的侧室诹访夫人重病，开春以来即病发，是痨咳。"

五名忍者中有两名都这么报告，景虎心想，是这个没错。

他知道诹访夫人是被晴信灭亡的诹访赖重之女，为晴信生了个儿子，取名诹访四郎。

"她罹患重病了……"

景虎想起在富士山后御坂岭上初次见到的美女。

"何其不幸啊！虽然家世显赫，却落得家破人亡，又成为杀父仇人的玩偶，早死或许是解脱……"

景虎胸中一阵难过。他不了解男女之间的特殊情谊，哪怕是有血海深仇，一旦真心相爱，就是人世间最大的幸福。

次日，朝比奈依约前来。景虎立即告诉他："劳您数度奔波，实在抱歉，和议之事，就依对方条件，我方欣然同意。"

"好！多谢将军同意，在下这趟是不虚此行了，肩上的重担也能卸下了，我家主人不知有多高兴！"

"不敢当，该道谢的是在下！"景虎答礼后继续说，"为了慎重起见，不得不再做说明。这次交战，在下并无土地野心，只是受人之托、忠人之事罢了。虽然犀川以北，还不够补偿他们丧失的领地，但今川大人既然出面，大家也只好卖个面子。或许有人心中不平，但依在下之见，能否让他们就在本国继承原有家名，而且，今后武田家不得再威胁彼等，希望今川大人能转告武田严守此约。"

"将军思虑周详，所言极是，在下定当禀告今川大人！"

景虎和晴信都没有出席签约式，各派重臣签署，两军约定时日同时撤退，时为闰十月中旬。

景虎回到春日山，召集信浓武士，把武田家归还的土地分配给他们。

"我知道你们或许有些不满，但请多多忍耐，因为今川大人出面调停，事非得已。诸位知道，在下受关东管领上杉公之托，不久即出关东，届时，若有能力，一定弥补诸位今日不足之处！"

信州豪族无不由衷感谢。他们本来在本国已无立锥之地，根本不敢奢望能全面收复故土，如今能得回一些领地、重立家名，全靠景虎仗义出兵。从此以后，他们变成忠贞不贰的景虎家将，后来长尾家改为上杉家，在丰臣时代迁往会津，又在德川家康时代迁往米泽，他们都跟随到底，直至明治维新。直到今天，高梨家仍在米泽，代代担任法音寺住持。

景虎在春日山下建庙，取名善光寺，供奉善光如来。庙附近一带成为随如来尊像迁来的僧兵住所，称善光寺町。景虎非常尊崇善光寺如来，这尊佛像与毗沙门天神像同为上杉家的终生守护神。

武田那边也在这时把另一尊善光寺如来移往甲州，在甲府的板垣建寺供奉，称为甲府善光寺。

后来武田氏被织田信长灭亡时，这尊如来被迁往京都，翌年又送回甲府。之后，丰臣秀吉建方广寺，又迎来这尊如来供奉，一年后如来在秀吉梦中显灵，说想回信浓善光寺，于是这尊如来回到信浓，时为庆长三年。

和议约定一谈妥，晴信不待签署，便匆匆赶回甲府。当然他的大本营未动，仍待签署和约，他只是带着几十骑人马，悄悄回国。

诹访夫人的病已到了无法自枕上抬起头来的地步。医生告诉晴信，夫人的病已回天乏力，只是在等日子罢了。

上月中旬左右，诹访夫人突然大量咯血不止，连日高烧。这个月来咯血虽止，但高烧依旧未退，身子益趋衰弱，一缕魂魄就像蜡烛轻焰般飘摇欲熄。

晴信一眼就看出她更衰弱，虽然不见憔悴之色，但整个人已毫无生气。

看到晴信进来，诹访夫人想笑脸相迎，但苍白无血的嘴唇撑不出笑意，只微微掠过一抹阴沉的气息。晴信心知不妙，但同时又有一股强烈的欲望要她好起来。

"听说你的情况不好，我担心死了，还好，看起来没有那么糟嘛！你放心！好好撑下去，我已经回来了，你一定要像以前那样健康给我看！"

诹访夫人目露感激，低声说："对不起，让您担心了，我要他们别通知您的……"

晴信听得心疼，仍强颜欢笑："什么话？战争僵持不下，如果有时间的话，我一定能打赢。但眼看就要冷了，不宜再战，所以和对方讲了和就回来了，不是因为你的病才回来的，你别多心！"

诹访夫人没有反应。她那淡蓝色眼中的黑漆瞳孔直直盯着天花板，像是看着远处的某样事物。

晴信心想她大概心不在焉，没听到自己说的话。这时，四郎进来了。他刚才已在外间迎接过父亲，进来后只是行了目礼，便坐到自己的位子上。这孩子健康俊美，看了就叫人感到愉悦。

晴信发现诹访夫人根本没看四郎，心中大惊。他暗觉有异，这时，诹访夫人的瞳孔一转，向着四郎，但更令晴信惊愕。

她眼里没有任何表情，那眼睛不是母亲看自己孩子时的眼睛，冷淡、无情、毫无关心，不对，她好像没有看到，她的眼似乎正向着远方某处，看不到周遭的一切。

晴信全身有种僵硬的感觉，他清楚地知道："她已经死了，身体虽还活着，但灵魂已到了彼世！"他闭上眼，深深叹了口气。

十一月六日，诹访夫人去世。

景虎把领地分配给迁离信浓的豪族，下令兴建春日山善光寺时，又发生一起领地纠纷。这回是发生在下越后，争端由下野守黑川实和越前守中条藤资而起。两者都在北蒲原郡北端，隔着胎内川，北为黑川，南有中条，相隔仅一里。

本来这一带是镰仓幕府创业功臣和田义盛的封地，他分给子孙，以胎内川为界，南部给五子义茂，北部给六子义信。到了义茂之子义资、义信之子义治时，各自定居在此，并以乡名为氏名。

说起来两氏是血缘极亲的同族之人。

这次的领界纠纷，就像先前的上野、下平之争一样，因河川改道而起。胎内川每隔几年就要泛滥一次，有时候是连续两三年泛滥。因为没有河堤，河川每次泛滥后就发生变化，境界线也消失不见。数百年来，河川频频改道，曾是河床之处变为陆地，曾是陆地之处又变为河床，两家领地就这样混淆不清，纷争也非始于今日，已经争了好几代，但这时候争得尤其厉害，大有准备干戈相向的气势。

"又来啦！"

景虎感觉很不舒服。老实说，前年的上野、下平纠纷还没有彻底解决。

虽然理在下平，但仍然安慰下平，要下平做某种程度的让步，答应土地分割案。上野方面虽然不爽，也只好接受。这时，景虎以为提出引发纠纷的土地分割后就行了，没想到根本不行。纠纷再起，而争执的土地是由上野管理。因为裁判是要上野割地给下平，因此上野只肯交出包含湿地池沼的地方，下平方面当然不甘心，索性推翻前议，要求重新仲裁。

　　景虎命本庄庆秀去调查事情经过，发现果然是上野方面耍诈。景虎虽然生气，但仍希望事情能圆满解决。他再派本庄庆秀去训诫上野，重新割让土地，但这回又该下平方面不依了。他们表示已忍到极限，不愿再谈和，决定索回先祖领地，一步也不让。

　　这件事还没解决，又发生同样的事，景虎真是厌烦。他不想重蹈覆辙，寻思如何一举解决。

　　他突然想到："这境界已混淆了好几代，双方都自认有理，也有证明自己有理的文件证据。但是，这争执已持续了好几代，显然不是有理与否就能解决的，如果有理就能解决，岂不老早就解决了！"

　　既然光靠一个"理"字还不够，得想想其他方法。于是，他想起请林泉寺的天室大师出面。

　　天室大师数年前即辞去林泉寺住持一职，成为长庆寺住持，也在春日山附近。

　　老和尚已七十余岁，很高兴地接下此任，他只携一杖一盖，飘然往下越后，数天后归来，还带回了那两家言和的誓书。

　　景虎对天室大师的手腕既惊讶又佩服。大师扬动白眉笑道："老衲点化他们，原是兄弟一家至亲，如此争执，岂非有伤先人之心，不可强言说理！他们立刻觉悟！"

　　景虎命直江实纲仔细调查争执的土地，平均分配，双方皆同意接受，重新言和。

　　景虎也拿这方法去调停上野和下平，但是依旧无法定夺。

　　那年过去，纠纷持续到第二年。上野和下平都来到春日山，每天遍访本庄庆秀等重臣，诉说自己有理。这么一来，原先解决的中条与黑川又重提旧账起来。

　　生性恬淡的景虎对这种执着之争，实在无法了解。

　　"不过区区几十町步的田地，值得这么计较吗？"

　　他又惊又恼，不久，即发现像自己这样天生物欲恬淡的人稀少，人多半是物欲旺盛，而物欲旺盛才是人的本性。

"人啊！"

他无法不产生厌人的心理。

过去那种莫名的忧郁又悄然袭来。他厌倦一切事物，什么都想抛掉。他把自己关在毗沙门堂里，打坐参禅，但忧郁及厌人感有增无减。

有一天，一种心绪悄然袭上心头。

"人就算能得长寿，不过是百年寿命，在这愚者之世，不论立下什么功业，又有谁记得？何苦处心积虑地执着于喜怒哀乐？"

景虎无法抛开这个观念。他不停地想起高野山的静寂及清澄。

三月底，他终于召集重臣到内城，告诉他们："我仔细考虑过了，我要隐居，以后的事就交给你们了。国家治事你们可以请示上田的政景公，也可以自行合议决定，或是大家各分东西也罢。我现在就隐居，不久就去纪州的高野山，所以，今后一切国事都不要来烦我，来了我也绝对不看！知道吧！"

重臣皆怀疑自己的耳朵，个个大惊失色。但景虎说完，便立刻回到毗沙门堂，披上宗九大师赐他的袈裟，在毗沙门天神像前坐禅。

不久，重臣赶来，近侍通报求见。

景虎答道："我不是已经说了，没有必要再见，我绝不见你们！"不肯接见他们。

毗沙门堂建在与春日山顶并立的险峰顶上，四周围以砖瓦土墙，走进正面楼门，是毗沙门堂、诹访堂、护摩堂三个并排建筑，与内城隔着一条深谷。

景虎不肯走出这块地方，不论重臣如何求见，都不肯出来一见。上田房景已死，政景继任家主，他是景虎最近的亲戚，又是他姊夫，众人只好求助于他。政景亦惊，匆匆赶来，求见景虎，但也不得见。

景虎派人转告他："远道而来，诚不敢当，然我决心已下，纵使见面亦无用，不如不见。"

政景无奈，只好先回上田。

景虎为什么会这么做，是历史上的一个谜。江户时代的《武者物语》、《北越军记》等都指称景虎此举是以退为进，令诸将后悔，而写誓书效忠。事实如何，不得而知。

六月底，长庆寺的天室大师收到景虎的信，告之隐居的理由与决心，请他转告家臣及领内豪族。

"静观吾国往时，逆臣竞起，凶徒横行，国内成乱离之势多年。宗心虽为年少，不忍坐视，举兵枥尾，讨伐逆贼。幸得祖先庇荫，每战得利，卒灭乱贼，得以平定国内。其后，受信州流亡豪族之托，与甲州武田氏交战，因今川家仲裁，以至谈和，然信州诸豪亦得以恢复旧领。虽不欲自赞，然彼等得继家名，皆宗心之力。又，前年宗心上京时，获准参内，拜领天杯、御剑。此当为吾家空前无上之光荣。回顾国内，年年丰收，户户积余，民有鼓腹，可谓天实厚幸宗心。古人有云，功成名遂身退，乃天之道，窃思此应为宗心今行之路。大凡我越后之国，多名族、旧家，不乏贤良之士。倘能众人公议料理国政，当无何碍。诚心委托。宗心如此絮絮诉写，因恐去国之后，或有无端诽谤者，希我国人不至误解宗心为祷！"

天室大师看完大惊，赶往春日山，可是景虎已离去。

景虎令近卫把信送交天室大师后，即剃发扮成僧人，悄悄出了春日山城，向南而去。他打算到信州，沿木曾路先上京，再赴高野山。

时间是六月底，他身穿墨染法衣，头戴竹笠，手持杖刀，一身轻便地行走。他觉得身心皆充满解放感，清爽至极，自在如受彻岫宗九大师钳锤时明心见性一般。

他想："为什么没早一点这么做呢？现在回看从前，简直有如地狱生活。生而承受难以承受的人生，在地狱中生活，真是愚不可及。"

他当然也料到春日山一定闹翻了天，而且会派人来追他回去，因此，他不走越中路。等到他们在越中没找着他，再转到这条路来找时，也许他已渡过犀川，进入武田领地了。就算在这之前被追上，他也绝不回去，如果他们纠缠不放，不得已时只有杀了他们。

"西行法师在俗世时是善于弯弓骑马的武士佐藤义清，当他决心遁入佛门时，忍心踢倒偎在他身边不放的幼女而奔出家门，我此刻的心就与他当时一样。"

景虎快步前进，没有休息，午前已到距春日山约七里的关山。前年，武田晴信攻打村上义清的居城葛尾城时，他曾出兵到此，镇守国境，以防万一。如今回想起来，遥如隔世之事。

"人生在世，须担心种种，心灵寸时不得休闲，虚掷了重要的一生，岂非愚痴？若把此愚痴自赞为小心谨慎，岂不更加愚痴？愚痴可有极限乎？"

他这么想着。

这时，后方突然传来"喂——"的叫声。

"追来啦！怎么这么快！我还以为起码要到黄昏才可能追上我呢。"

他头也不回地加快脚步，但后边喊叫不绝，马蹄声已可听到，不止一两个，而是相当多的人。

前面街道两旁的民宅也有人跑出来，手上都拿着刀枪木棍。他们大概以为这么多追兵，一定是重要人犯，如果帮忙拿下，定有赏赐，于是自动出来围捕。

这下，景虎无法，只好停在枝叶伸到街心的赤松树荫下，回头看着追来的人。

来人已逼近三米外，马蹄扬起雾般沙尘。最前面的是松江，紧跟着她的是弥太郎，后面的人虽被沙尘遮掩，看不清，但可想而知会是哪些人。

景虎不觉苦笑，他本想如果追来的人纠缠不放，不惜斩了他们，但现在来的是这批近卫豪杰，怎下得了手呢？唉……

原野之秋

松江最先上马，最先赶到，但却等丈夫先下马。

弥太郎站在前头，接着是松江，之后是金津新兵卫、户仓与八郎、秋山源藏、曾根平兵卫、铁上野介等亲卫豪杰。他们满头满脸都是灰尘，只有双眼充血，冒着异样的光彩。当他们看到景虎竹笠下剃得青光的脑袋和一身僧服，都像遭到雷击一样脸色大变，看着看着，双眼含着泪水。

弥太郎一副不曾有过的难过模样，低着头，细声说道："我们听了您给天室大师的信，特地追随而来！"

他顾忌景虎的感觉，轻声说完便用力低下头去，其他人也跟着低头行礼。好一会儿，他们抬起头来，一脸茫然无所从的表情。这些年来，他们已习惯以景虎为主而尽忠效劳，如今这样，他们茫然无措，也不无道理。

景虎心中觉得抱歉。

金津新兵卫趋前说道："您的心意我们了解，但是以这种方式退隐，似乎为之轻率。在下以为，当有符合身份的仪式，正式昭告家中众人及国内武士后再退隐，就请暂先回城吧！"

新兵卫已五十多岁，鬓发微白，脸上亦有老相，今日看来尤其显老。

景虎有些心动，但随即觉得必须坚持不可。

"你说得有理，但我既已来到此地，那些仪式就免了。"

"话虽如此，在下绝不敢阻挠主公意愿，只是希望主公顾及世评，行个固定仪式，请先回城吧！……"

新兵卫反复劝说，突然，松江一把抓住他的手臂，往旁边一拉。

"新兵卫大人，你怎么不守约定啊！听你这么说，好像你对主公要隐居的事没有异议，只是不能不告而别是吧！这跟我们原先说好的不一样啊！我们没有别的主公可跟，不是说好无论如何得把主公带回去，不论主公说什么都不要听吗？你在这里反反复复讲那些道理，我看你也没老糊涂，可别忘了呀！"

她一副强行的架势，看着众人："对不对？我们是这么打算的！"

其他人没松江这么单纯。他们知道新兵卫那样说，是用计先把景虎哄回去，以后再慢慢劝他。因此，一时不敢回答，只是面面相觑。

松江勃然大怒，满脸涨红："你们都聋了是吗？哑啦？喂！夫君！你说，该怎么办！"

松江放开新兵卫，一把揪住弥太郎胸前。

"干什么！"弥太郎怯怯地要拨开她的手。

她揪得更紧，大力晃着："你说啊！现在正是节骨眼上呢！快说！快说！"

弥太郎一脸委屈，由着她摇晃。

户仓与八郎插身进来，"松江嫂，别这样，放开弥太郎兄吧！大马路上的，让人看了笑话！"

"谁敢笑？！"

松江脸色一沉，走向人群吼道："你们看什么看？看到别人有麻烦还笑？！"

那些百姓看她来势汹汹，吓得一哄而散，各自逃回家里。

"这些老百姓真无情！"

她嘀嘀咕咕地走回来，又想揪住弥太郎。景虎颇受她真情感动，虽然不想改变决心，但也觉得无法把他们赶回去。

"都跟我来吧！我有话跟你们说！"

说完，向前大步走去。

关山是沿着北国街道而成的小镇，镇形狭长，在镇中有条路可登妙高山。因为这镇处在妙高山的山脚平原上，妙高道在这一带就是坡度较缓的山路了。

景虎走进远处的关明神宝藏院。前年他出兵至此，大本营就在此寺，去年出兵善光寺平时，往返皆投宿这里，与寺僧很熟。

一伙人滞留宝藏院甚久，主从日夜交换问答。景虎用尽方法要他们明白自己为什么要隐遁，但他们就是不能接受。

"老实说，我并不是傻瓜，我觉得自己是有智慧、有勇气的人。我家先祖中有了不起的人物，先祖高景鲁山在足利三代将军义满公时是无与伦比的武将。当时，京都相国寺的绝海和尚赴大明时，鲁山公伟名已传诸大明，大明人士殷殷探询，绝海和尚尽己所知以告。大明人极为佩服，请求绝海和尚返国后画鲁山公像送给大明。绝海和尚答应此请，回国后，千里迢迢遣使至我家说明此事，于是先祖令画工画一画像，转由绝海和尚送往大明。这件事在我们家谱中有记载。

"比起鲁山公，我并不逊色。鲁山公也逢本国离乱之世，努力征讨，平定国内。而我，十五岁在栃尾举兵，不数年，不独平定国内，也追回信州豪杰的失土。至于所获得的荣誉，与鲁山公相比有过之无不及。鲁山公仅受幕府将军、关东管领褒奖而已，而我，关东管领欲让上杉家名给我，大将军亦有褒奖，而且得以朝觐天颜，获赐天杯，拜领御剑。不是我自夸，我的运气超过我的能力，既然功过其实，就须谦逊保守，所谓'满招损'，所谓'亢龙有悔'，我功成身退的时候到了，你们就让我随心去吧！"

众人不以为然，反驳道："鲁山公是鲁山公，主公是主公！不能相提并论。我们知道鲁山公了不起，但我们不认识他，而您，是我们一直追随的人，我们没办法这么快就放弃您。您说了一大堆道理，其实您是丈八灯台照不到脚边。您说管领要将上杉家名及管领一职让给您，但您并没有接受啊！我们觉得，在主公您未继承上杉家名、继任管领一职、成为关八州之主以前，不宜轻言隐退。"

"正如你们所说，你们和我的关系特别，因此你们看我的眼光也特别，但这眼光过于偏颇。我不是那么了不起的人，世人看我也不会那么崇拜，反而会非常苛刻。我天生比人好求虚荣，我想在未受伤之前抽身，这是最好的方法，等到境况凄惨时，我可是求死不得啊！知道吗？"

"主公这么说，我们大概也知道原因何在了。都是上野和下平两个浑蛋，还有黑川、中条及北条高广那些畜生，我们现在就去取他们的脑袋来，您就不再有烦心之事，而隐遁的念头也可以打消了！求求您！"

不论景虎怎么说，他们就是不听。他们不但日夜轮流守在隔壁房间，还让追随他们而来的手下团团围住宝藏院，以防景虎偷偷溜走。

不久，重臣及豪族也陆续赶来。他们很后悔忽视景虎而演变至此。现在，他们才知道景虎的存在对越后一国、对他们自己是多么重要了。

只要景虎不在，国内情势就动荡不安。如果被强权者统一，还能保持和平，否则每个人争权夺势，立刻又是崩乱之世。晴景担任守护代时，就因为胆识不够，国内混乱数年。如今，越后与他国关系比那时还复杂，武田虎视眈眈，不可掉以轻心。

事到如今，他们才慌张，想来打消景虎出家的念头。但景虎不见他们。

他严格下令："我不见他们，叫他们回去，否则，连你们也一块儿回去！"

新兵卫等人没有办法，只好先劝那些人回去，他们继续留在这里劝驾。

但是豪族依然络绎不绝地来到此地，北国街道人来人往，热闹非凡。

景虎在此处滞留甚久，每天外出一两次，到野外散步，当然，新兵卫等人都紧跟不放。

高原地带的秋天来得早，才六月底，已有些秋意，到了七月中旬，秋色就更浓了。每天清晨，伯劳鸟高声啼鸣，夜里虫鸣终宵。一望无际的斜坡上，芒草翻浪，草丛中飞起蝗虫，秋云静静地停在群山之上。

景虎更加想念高野山的澄明和静寂，心中念念不忘，但他想不出摆脱这一帮老部下的法子。他虽焦急，却是一筹莫展。

长尾政景到春日山时，已是八月中旬了。他听说景虎出家、离开春日山，也接到景虎近卫已追至关山的宝藏院、众人皆留在该处的报告。但是，他并不急着动身。他先以领内有纷争，不能马上离开为由，在上田待了一个多月；接着又说患了痢病，不能动身。

他这么做，是因为景虎的隐退攸关他的前途。长尾本家只剩下景虎和他两个人，如果景虎隐居，他自然接任家督。

他就像一般武将，有与常人无异的野心。在娶景虎的姊姊阿绫之前，他和其父房景还曾计划，以景虎伐兄、迫兄隐居的罪名向景虎挑战，准备取而代之。他自信有武勇智略，虽然景虎的胆识过人，但他深信自己也不逊色。

他观望形势，如果景虎终于离开关山，远遁国外，他就赶赴春日山，利落地处理后事，接任家督。

可是，已经八月中旬了，景虎还没离开关山，国内豪族更是全部心向景虎。

"人心真是奇妙，一旦失去，才觉珍贵！景虎现在已经像神一样受爱戴，看来，我的运气是定了，这下，不能不尽力去挽回景虎了！"

他在苦笑的同时下定决心，到了春日山，见过重臣，问起详细经过，转往关山。

日暮时分，政景到达关山。他与景虎关系不同，身份也不一样，景虎自然不能不见他，立刻命人引见。

政景以前就听说景虎常披袈裟，性好出家，但看到身着黑色僧衣、脑袋剃得青光的景虎时，忍不住兴起一股异样的感动。

"模样整个变了！"

"哈哈，怎么样？合适吧！"景虎笑着说道。

政景并不急着切入主题，只是闲聊阿绫的事，和去年出生的长子。不久，两人共进晚餐，小酌数杯。

天色在不知不觉中暗了下来，房子四周倏地涌起各种虫声。

政景很了解景虎这个人，他也知道怎么说才有效果，但是他犹豫不决。他知道，只要他一开口，景虎就会放弃隐遁之志，如此一来，政景继承长尾家督的好运便会消失殆尽。此刻，他是唾手可得，但如果错失这个机会，他再也别想获此好运。因此，他迟迟无法谈到正题。但是，他又不能一直讲些无关紧要的话，于是，敛容道："我想，您猜得到我们为什么而来吧！"

景虎也姿态端正，表情忧郁，"我知道。"

"我很了解您的心情，但是越后国得您之力，虽保安泰，如今您矢志去国，则国人无所依恃，请您打消此念吧！"

景虎脸色更加忧郁。

"希望你们原谅！以后的事，有你和大家商量，一定顺利无碍的。我已经是剃发僧衣之身了，就成全我吧！"说着，他笑着附加一句，"妨碍他人的道心可是大罪哦！"

政景早就知道这种说法打动不了景虎，但是，如此一来，他也算尽了义务，只要在此处巧妙地打住谈话，长尾本家的家督和全越后的统治权将全部归于自己掌中，他的心在发颤。

他暂且沉默不语。

景虎也沉默着。

屋外聒噪的虫声流入烛火微明的室内。不知怎的，那虫声一阵阵、一阵阵如骤雨般袭来，调子渐渐拉高，突然一阵静寂，而后又由低渐高、阵阵啼送，反复不停。

政景觉得必须说些讲了有效的话，或许是他想把事情问个明白，或许是出于他刚直的武士心态，也或许是他觉得心虚。他开口了。"自从你放开一切政务不管，已经半年了，你知道这期间发生了什么事吗？"

景虎笑答："既已是遁世之身，与发生了什么事无关吧！"

"千万别讲这种无情的话。上上个月底以前，你还在春日山，不能说你没有责任。"

景虎脸色肃然："的确，我疏忽了。"

"您大概也不知道武田又开始向我国武士展开各种手段了吧！"

景虎脸色有些紧张，他眼睛发亮，脸色苍白。原先预想会有此效果的政景仍惊讶于他的反应，政景知道就因为这一句话，自己的幸运之神已离开了，但奇怪的是，他并不失望，毋宁说有种安堵感。

"武田似乎已对大熊朝秀努力施展离间功夫，记得前年北条丹后的事吧！或许，武田还对其他人也下了功夫。"

大熊朝秀是距春日山仅四里半的箕冠城城主。原来是与长尾家身份相同的豪族，自景虎担任家督后，他发誓臣随景虎，与本庄庆秀、直江实纲等人并为重臣，前年上野家成和下平修理发生地界之争时，景虎还派他和本庄庆秀一同担任仲裁，极得景虎信任。因此他心向武田，对景虎是相当大的冲击。

"此事确实？"

"无从得知，据国中老臣说，本想向您请示，但是您都不见他们，连文件都不肯看，他们不知该怎么办，只好搁着不管，毕竟，大熊家身份不同，不好随便调查！"

政景的语气有责备景虎的意思，他心里确有此意。

景虎凝视前方一点，紧抿的嘴唇微微颤抖。

政景又说："这事要是传出去，只怕有人起而效之，所以老臣们都辛辛苦苦地防范走漏这个消息。"

景虎整张脸沉下来，仍不作声。他的心受到极大动摇，此刻正在天人交战。政景觉得有必要来个临门一脚。

"我听说武田晴信也已答应要给市川信房领地，消息很确实哦！"

市川谷在千曲川峡谷地带，越过一重山，就是越后的东颈城郡。武田的野心显然是意图从内外两方面包夹越后。

景虎叹了一大口气，面向政景伏地一拜："是我疏忽了，一旦起了佛心，武士之心便四散而去，才弄到今天这个地步。大熊大概是因为无所依托，才受诱上当的，从今后，我再也不说隐遁这种话了，让你们担心，真对不起！"说完，泪水潸然而下！

"您回心转意了吗？真是谢天谢地。"政景也喜极而泣，他拭掉泪水又说，"您这次会这么做，实在是因为我们一族及国中武士向心不足，因而自责。为了不再让您心有所烦，我们都将写下誓书为凭！"

"你想得周到，这样也好，我也要写一张誓纸给你！"

"您？"

"我太喜欢遁世思想，常常厌倦世俗，自己也不知如何是好！为了避免再犯，我就写下将来绝不遁世的誓纸，向你保证！"景虎笑道。

政景知道他那不为人知的梦想已然远去，再也不会回来了，但是他心中毫无遗憾，只是充满安心的喜悦，泪水又打湿了眼眶："不敢！"

两人交换誓纸，翌日清晨即离开关山，回到春日山。时为八月十八日。

众家臣及越后豪族听说景虎打消出家念头，返回春日山，纷纷赶到春日山效忠。众人都有黑夜尽、黎明来的感觉，喜形于色。

政景向众人说："为了让主公安心，我们都交出将来绝无二心的誓纸吧！"

这些人自是争先恐后交出。其中，中条藤资说："是在下特别惹主公担心，当然更加自责，我还要奉上爱子当作人质。"

这么一来，与他争执的黑川实也不甘示弱，交出两个儿子当人质。

不少人跟着仿效，认为这样更能让景虎安心。

不过，旗下豪族中仍有两个没来，大熊朝秀是其一，另一个是城资家，这两人都已被武田拉拢过去了。

景虎非常懊恼虚掷政务六个月，便造成这情势。他深深自责，遣使通知那两人："速到春日山参觐，外间已有传言，当速速赶来以消此疑惑。"

他希望这两人知道自己不隐遁后，心有所悔而立刻与武田断绝关系，当然他也会原谅他们，但是就在使者到达以前，那两家早已会合，率领全族奔往越中。城资家的居城鸟坂城距箕冠城仅二里左右。

城氏在越后也是古老家族，是余五将军平维茂的后裔，先祖曾任秋田城主，迁往越后以后便以城为姓，是越后第一大族。城氏曾经反抗过木曾义仲、源赖朝、源赖家，因此镰仓时代以后势不如昔，但因家世古老、名望第一，因此身份虽不高，却是不可轻侮的一个势力。不过，这两族奔往武田，对景虎而言，正是杀鸡儆猴的机会。他派兵追击，上野家成和下平修理亮自愿请缨，显然他们是为弥补他们心中的自责之念。景虎毫不犹豫地批准了。

两人奋勇争先，率兵出击，两天后的深夜，便有捷报传回。他们追击到西颈城郡的驹返，猛攻之下，逃兵被打散，乘船向西逃去。

驹返沿路都有天险，如果逃军在此布防，追兵不会赢得轻松，或许是背叛而逃，心生胆怯，斗志不扬，才被追兵打得落花流水。

又过两日，两人凯旋回来，报告经过说："我们追到海边险处，原以为他们会据险抵抗，没想到他们只顾着逃命。不过，他们可能早有准备，已雇了好多艘船。不过，我们也不是白痴，他们既不迎战，我们就用火攻，火一烧船，还有地方逃吗？不过，大熊和城氏逃得快，没逮着他们。"

景虎频频点头，奖赏他们令他们回去后，独自感慨着。

"战争就靠一股气，气则由坚信自己是对的而生，大熊他们纵有勇士威名，倘因心中有愧，一样不能对抗追兵！"

数天之后，北越后方面传来报告。会津的芦名家军队突然入侵，但迅即被击退。

"怪哉！"

景虎怀疑这又是晴信的伎俩。

翌日传来第二报："生擒者十数人，其中有部分军头，调查得知，芦名家是受武田之托发动此战。因事关重大，即将俘囚押回春日山，由主公亲自审问。"

景虎迫不及待地想问个清楚。

两天后，俘囚送到，是个年过四十、满脸胡须的大个子。景虎亲自调查，他为那人解开五花大绑，令其坐在皮垫上。

"你叫什么名字？"

"我是芦名世臣长井六郎兵卫。"

他的乡音很重，不仔细听还听不清楚。

"俸禄多少？"

"两千贯。"

"地位颇高的嘛！我看你体格魁梧，在芦名家大概也是知名勇士吧！运气不好被俘，遗憾吧！不过，胜败乃武士之常，武运尽而见生擒之忧，古今不少勇士都有，没什么好羞耻的。"

景虎婉言安慰，他那阴沉紧绷的脸慢慢松弛，微微一笑说道："我知道你要问话，你尽管问，只要我能回答的，我绝不隐瞒。"

景虎也笑道："不错，我是有话问你，芦名家真的是受武田之托而侵犯我国吗？"

"是的！"

"我国与芦名家虽然相接，但不曾有过恩怨，怎么可能？"

"的确没错！武田派人来说，事成之后把岩船郡给我们，我家老爷便答应了。后来，武田又派人来说，越后的大熊朝秀也已加入我们这边，要我们和大熊商量行事。没多久，大熊派人来说，事情紧迫，要我们赶快行动。于是我家老爷吩咐老臣山内舜通，山内舜通又转知我们起事，大熊派来的人为我们带路。事情就是这样。"

他说得很详细，但不容易听清楚。

果然如景虎所料，晴信是在进行周密的包围计划。计划之缜密、庞大，令他惊讶。这半年间，晴信以闯空门的心态织起这张包围密网，是那么用心执着，景虎不禁燃起炽烈的敌忾之心："我绝不输给你！"

甲越虚实

景虎不能就这样开战，必须讲求对策。他相信晴信的策谋不只这些，他派人四处搜查，果然得到更多情报。

善光寺北方山岳地带的小豪族在葛山筑城，号称葛山众。这地方在犀川以北，属越后势力范围，但是，晴信正在离间他们与景虎的关系。葛山众中人数最多、势力最大的是落合氏，晴信对落合氏的分家、落合三郎左卫门说："你如果加入我方，将来一定让你成为落合氏总领，即使现在的总领以后归依我方，这个约定仍然不变。"

此外，晴信也以土地笼络水内郡山岳地带的香坂氏及高井郡的井上左卫门尉等人。

景虎认为晴信是坏人，以前他不觉得晴信是好人，只是打从心底讨厌他，但现在更认为他是大奸大恶之徒。

这么一来，更必须迂回作战不可，而且得先稳住自己阵脚。

弘治二年过去了。

弘治三年开年不久，景虎听说晴信向信州更科郡八幡村的更科八幡宫献祷文，祈求信州平定，于是令人把祷文抄来一观。文中旨趣大约是信州豪族交相攻伐，国内不安，不忍坐视生灵涂炭之苦，于是蒙坚取利，统一国内。如今邻国之主某某乱行私欲，侵入本国，妨我大业，祈愿佑助，打退此敌，还本国于平静。如能遂愿，当献神领一所，云云。

景虎看罢，勃然大怒，立刻提笔，也写了一篇祷文，现存《越佐史料》中。

> 敬曰：夫我神社、菩萨真身乃无量寿佛，遥经十万亿年来日，父为仲哀天皇，母为神功皇后。在胎内时业已征伐三韩归朝，死后为百王百代镇护，以八幡宫显灵，故于九州丰前国建宇佐宫斋祀。是后，清和天皇御宇请奉城州男山，石清水流遍满六十余州，以致日本全国无地无八幡御社。彼信浓国更科郡亦有奉请，人人崇敬。

> 今有佞臣武田晴信，乱入本国，施压暴威，悉灭本国诸士，破坏神社佛塔，国内悲叹经年。景虎虽对晴信了无必斗之宿恨，然为邻国越后国主，不能漠视，乃为襄助见弃之本国豪族所托，今以晴信为敌，激发

军功，于他，毫无私利私欲之念。

吾闻神受非礼不予，纵令晴信有信仰之心，然以非分之望夺国，无故骚扰本国领主，侵乱万民，神明有灵，何能感动？

伏惟乞愿，景虎明此精诚，垂予佑助，倘若本国如景虎之意归于宁谧，景虎扬家名于天下，成就所愿，愿进神领一所，并以丹诚虔奉，为求信、越两国荣华长享、万民喜悦，谨祈如右。

弘治三年正月二十日
长尾弹正少弼平景虎
八幡宫　御宝前

武田晴信是日本史上武将中最具策谋的人物，思虑缜密，数倍于景虎。他派在外面的探子自然抄了景虎这份祷文，送回甲府给他过目。

"果不其然！"

晴信笑眯眯地看着。曾经令他伤心欲绝的诹访夫人过世的哀痛既了，如今的他，心中毫无嗔碍阻挡他现世的欲望，他更加专心一意，欲望也更加强烈。

他完全不懂景虎这种愤怒，但他并不奇怪，只是有点怀疑。前年讲和后，景虎虽然付出那样大的牺牲，却一坪土地也没要，全部分给信州豪族，让他们重建家名。晴信并不佩服，反而觉得有些滑稽。

"人虽清廉，但像个小孩！"

为了景虎那孩子气的正义感，他不得不吐出已收到掌中的犀川以北的信州之地，怎不遗憾？他想，如果不把这些土地再追回来，岂非开了恶例？！

另外，关东管领上杉宪政求助景虎，亲往越后，要把管领之职及上杉家名让给景虎的传言也刺激了他。他听说这个约定，是以景虎为宪政收回上州一地为条件。晴信对关东也有野心，南方受阻于今川氏，东南受制于小田原北条氏，对武田而言，完成信州攻略后，除了往上州发展外无他。

左思右想，景虎的确是他必须制服的敌人。就在今川义元为他们协调议和后，他暗中形成了对越后的包围网，离间他们内部，笼络信州豪族。

看到景虎的祷告文，晴信也清楚地知道景虎对他的敌意与战意，他脸上笑意顿消。

"开战时刻终于来啦！幸好听说越后今年大雪，可把他钉死了！"

晴信飞檄给甲州武士及他势力范围内的信州武士，派出六千军队，攻打葛山城，由马场信春担任大将。

葛山在善光寺西北方，城在山巅之上，地势险要。武田军必须在越后路雪融以前攻下，他们不顾损伤，轮番猛攻，但是城防坚固，毫无屈色。

葛山山腰有座静松寺，武田军遂利诱寺僧，得知城中水源不足，用水全由该寺供应。

武田军大喜，立刻兵围静松寺，阻绝与山上的交通。正巧连日天晴，未下滴雨，城中需水迫切，武田趁机乱射火箭，城内处处起火，立刻烈焰冲天。守城军无奈，城主等男人一并杀出，不幸阵亡，妇女亦从高崖投身而亡，葛山城陷落。

后来，据说聚城冤魂绵绵不尽，静松寺住持一上山冤魂即作祟，直到今天，该寺住持仍不敢上山。

在葛山城附近的千曲川西岸，还有岛津忠直镇守的长沼城，但葛山城一沦陷，岛津见无法抵挡武田攻势，遂退至北方约一里的大仓城。

消息密集传到春日山。景虎下令众豪族，自春日山出发，来到信、越国界的田切，等待诸将会合。但因大雪肆虐，会师困难，他虽心急如焚，却无可奈何。

武田军如入无人之境，先以殿后军队封锁大仓城，然后席卷千曲川两岸而下，攻击下水内郡的饭山城。自前年议和后，此城为高梨政赖居城。

高梨政赖遣急使向景虎求援，但景虎卡在田切不能动弹。政赖报告愈益急迫，大有援兵不来，索性弃城而走的意思。

景虎只得暂先编出一支部队，支持饭山，另外又命政景出阵。政景当下由上田出兵，翻过山岭至信浓川畔的十日町，沿河水蜿蜒而上约十二里半，到达饭山。

越后军出动的消息急传至甲府，晴信虽离甲府进入信州，但未朝向饭山，他由诹访开向松本。他和景虎对交战的决心不同。景虎喜欢全力相拼、一决雌雄，晴信却不喜欢这样冒险。他喜欢反复使用让敌人削足断脚的战略，弱化敌方主力后再予以致命一击。他不到景虎主力集结的饭山地方，而是前往松本。这项行动非常隐秘。

四月中，雪融，越后豪族终于聚集田切。十八日，景虎宣称："这回要设法诱出晴信，不管三七二十一打一决战！"

他越过国境，来到善光寺平，因为他不知道晴信到松本去了。

当他在善光寺后的横山城筑起大本营时，守在上高井郡的山田城及福岛城的武田军不战而退。景虎重修旭山城，与横山城成犄角之势，等待晴信到来。但是，他完全不知道晴信所在，只知道好像在松本某处。

景虎留兵在横山城和旭山城，先退回饭山，向北扫荡武田势力。

五月初，他接获晴信出现在川中岛的报告。

"好！"

景虎再入横山城。武田军遍布善光寺平，但不知哪一个是晴信的本营。
　　景虎大为急躁："给我一个个全部攻下！"
　　越后军西至峡谷地带的香阪，南至岩鼻，准备攻打武田军的一个个阵营，但是武田军绝不应战。当景虎军如疾风之势攻来时，他们就退得老远，等到景虎军撤退，他们又东一堆西一伙地冒出来，简直就是在耍景虎。
　　"可恶的晴信！想把我钉死在这里吗？！"
　　他惊觉晴信的企图时，晴信已率兵至仁科，北上攻打安县郡北部的小谷城。小谷城是小谷七骑等山岳武士镇守，隶属越后。
　　就这样迂回交战，战机终于成熟，两军正式决战上野原。

　　上野原在长野市东北部的上野附近。
　　八月下旬，晴信率领一万五千人到达川中岛。景虎则兵分三处，一在旭山城，一在饭山城，自己则坐镇横山城。
　　两军相对数日，又呈现前年那种胶着状态，两军皆不愿如此，互相使出对策。
　　景虎在各营中堆起小山般的柴火。晴信的探子探知此事。
　　武田诸将猜测："他准备打长期战？"
　　晴信摇头笑道："非也，一两天后夜里，敌营一定发生火灾。这些柴火就是准备做假火灾用的，他只想诱我们出兵，埋伏击杀我们，所以到时候一个人也不准出去，只要静观就好！他太年轻了，以为我会上当吗？"
　　两天后，八月十三日拂晓，越后军阵中将兵把小行李驮在马上，准备撤退。武田诸军有意追击，但晴信严令禁止："不准出去！敌军正等着我们上当呢。"
　　当天晚上，越后军阵地里果然烈焰冲天，将士忙着救火的样子清楚显现在明亮的月光和通红的火焰下。
　　虽然晴信一再吩咐这是越后军的诱敌之计，但部下觉得不太可能，老想出击，晴信不得不再次严令禁止："违者格杀勿论！"
　　不久，天色一亮，只见武田军该攻来的路上空空如也，如大道敞开，越后军在两侧展开，布成闯入其中一兵不留全杀的阵形。众人一看，不觉丧胆，皆佩服晴信的先见之明。
　　接着换晴信用计了。他放出数匹马接近越后阵地，派五六十个步兵去抓。他想越后军一定不会放过送上门的敌兵，定会加以攻击，这时再派出百骑援救，诱出更多的越后军，而后，己方再派出更多的援兵，然后作势逃回，越后军可能乘胜追来，到时就以伏兵击杀。但是，这计谋也被景虎看穿,一卒不出,没有上当。

八月二十六日凌晨,天色未亮。景虎夜半醒来如厕。清晨的寒气令他一颤,用森林深处涌出的冰凉如刀的冷水洗过手,他仰空而望。

薄雾笼罩晨空,月挂中天,月光朦胧。他感觉空中有种撼动,虽然没有嘈杂的喧闹声,但确实是有动的感觉。

景虎大步踏出,走到崖边的岗哨。守在城左方及前方的军队还在睡梦中,营火熊熊,但寒气依旧逼人,巡逻的哨兵不时蹀足搓手取暖。

景虎望向敌军所在的东方,坡度斜缓、二里外的千曲川平原上也笼罩着浓雾。靠这边的雾较淡,但乳白色的气体沉淀不动。

景虎凝视雾中,看不到任何一个动的东西,但他确实感到一股骚动。

他返回阵地,唤醒侍卫:"你们分头到各营地去叫醒他们准备,要快,但不能出声。吩咐诸队不能发出声音。敌军营地有异,我敢说他们一定会在今天动手!"

"是!"

近卫武士立刻起身准备好,分头出发。

景虎也向城内发出相同命令,他自己也穿上甲胄。这时,探子一一回报。

"敌军在夜半过后开始行动,打算渡过千曲川。"

消息一波波涌进,结论是:"敌军全军似要渡河,目标朝向东北方。"

景虎立刻明白敌军意图。在横山城东北方四公里处是户神山,山虽不高,但武田军若占据此山,可以截断景虎与饭山城高梨政赖及大仓城岛津忠直的联络。

景虎心中暗笑,晴信以为景虎摆的是常山蛇势阵形,准备从中截断,但是他不会用所有力量集中去截断,一定把大部分兵力集结在适当处,给予被截断的景虎军迎头痛击。

"他以为我会坐以待毙吗?"

越后军最靠近户神山的是政景的部队,附近一带兵力全由他指挥。景虎遣使到政景阵地传令:"敌军先锋正打算攻占户神山,不过,你不要管他,带兵直冲敌军各队!"

政景知道景虎的计划,由他先与武田各队交锋,等到武田军相当疲累时,景虎再亲率主队攻打武田主营,一决胜负。

政景立刻传令麾下诸营,分发军粮,放出探哨,等待时机。

天色已亮,鲜红的朝阳自雾中升起。

户神山在政景营地东北方半里处,千曲川流经该山东部一里后改道向北。在薄雾中，户神山看起来像蒙上了一层薄绢，但河面仍罩着浓雾。它对面的上高井山隐隐可见，但从山麓至河面一带仍是茫茫的白色雾气。

雾中不断传出噪声，逐渐接近，没多久，即出现军队，人数不明，他们像警戒敌军会从旁攻击似的，尽量绕过越后军侧面，迂回前进。

斥候回报，武田军先锋正陆续渡河，向善光寺前进。

"好！"

政景起身，粗鲁地走近号手身旁，拿过他手上的螺号，亲自吹起。强劲的螺声在薄雾中扩散，震耳欲聋。

武田军听到螺声，不觉停止行进，准备应战，但政景根本没搭理他们，又继续吹起冲锋号，然后，拿起长枪来到阵前。马夫已牵来他的坐骑，他翻身上马，大喊一声，"上！"直向东南方冲去。

他是打算攻击正渡过千曲川、向善光寺前进的武田军侧面。螺声响起，准备好突击的越后诸军一起嘶声喊杀，如雪崩之势滚涌向武田军。

正向户神山前进的武田军暂时停下，观察千曲川这边的动静。越后军出乎意料地攻击主营，他们一时不知如何是好。如果他们反转攻击越后军侧面，很容易攻破，但临行前晴信特别吩咐攻占户神山的任务绝对要达成，他们只好继续向户神山前进。

政景直向前冲了半里，这时雾已散了，周围愈见明亮。放眼望去，好几个整然有序的军队分散在前方不到半里的原野上。马旗在风中飞扬，盔甲金饰映着朝阳闪闪发光。

政景停下马，回头观看，骑马武士都紧跟在他身后，但步兵还落后极远，有必要等他们到齐后重新整队。

他下令："下马休息，派兵监视敌方动静，不可大意！"

他自己也暂时下马。

不久，步兵赶上队伍，政景让他们略事休息后，再度上马，大声宣布："敌方虽是大军，但景虎公在横山城内，时机一到即出，我们要尽量牵制敌军！我先上了！仔细看我的功夫！"

说完，驾马向前，诸队紧跟在后。冲到武田军前两百米处，便令弓箭队和洋枪队在队前散开，进至百米处射击。箭羽齐飞，枪声震耳。武田军也以弓箭、洋枪回应。

政景下令继续射击，亲率五百骑兵编成的一队人马继续向前冲。

政景堪称一员猛将，十五岁时初上战场，迄今二十余年，战无不胜。他身穿红丝金线编缀的铠甲，头戴金锹宝剑交叉装饰的战盔，披着红色带袖的锦织战袍，脚跨披挂鲜红马鞍的褐色骏马，一手拿穗长一米、柄长三米的长枪，一手执缰绳，随着马身起伏逼近武田阵前，宛如十二神将之一。他驾着红云彩霞飘然而至，风采令人眼睛一亮。

那些甲斐武士不觉略受动摇，但立刻打起斗志，当即有两骑迎向政景。

"了不起的武者风范！让我们讨教几招！"

政景开口："你们也配？！"

那两人勃然大怒，"什么不配？""接我一招就知配是不配！"武器随声而至。

"啰唆！"

政景单手持枪，左挥右挡，两人立刻从马上飞落，跌在地上，扬起一片沙尘。

一拥而上的越后军以阿修罗之势牵制住武田军。两军互有胜败，越后军杀了武田氏一族的一条左卫门大夫和信州武士小笠原，勇气倍增。

然而，晴信的主营毫无惊惶之色。在这一带地势略高的桑田中，印着"南无谘访南宫法性上下大明神"的谘访法性之旗，及孙子四如之旗静立不动，好几队军人整然有序地守在它四周的田里及草地上，不时随着主营敲出的金鼓响声，或奔往前线作战，或退回休息。

政景觉得懊恼，晴信不但沉稳不动，还被重重守护，看这情况，就算景虎来了，也无法和他一决雌雄。

于是他率领精兵三百，展开新的突击，但武田似乎看穿了他心意，依旧以金鼓为信，出兵收兵，轮番进出，纵是政景也接近不得。

"可恨哪！可恨！"

他恨得牙痒，猛然发现自己正在后退中。再转头一看，景虎主队已冲出茂密的森林。毗字军旗在晨风中飞扬，在朝阳下闪闪发光。

"景虎公来了！大家振作！冲！"

政景大喊，再度上马，率领士卒向前冲。

景虎一直在等待敌军阵势大乱，好一鼓作气冲进武田主营，算准时间出了城，但等了半天，不见突击的机会。政景很能打，不愧是一代名将，但是晴信的战法更妙。他虽然焦急，但也不得不佩服晴信。

这种战法，他是头一次见到。到目前为止，他所遭遇的敌人，不论强弱，无不亲自出马而战，愈是厉害的大将，愈是一马当先而战，借此以激励士气。

但是晴信就待在主阵里，人影不现，只靠金鼓操纵将士自如。景虎曾听宇佐美说过，唐土名将就是采用这种战术，汉朝的韩信、蜀汉的诸葛孔明、魏国的曹操、唐朝的李卫公都是这样。据说孔明不穿甲胄，只着道服，羽扇纶巾，指挥三军，屡获战果。

但是，那是民性及地势不同的唐土战术，在日本，大将亲自出战是最好的方法，因此众人都如此而战。

景虎坐在阵前，手握青竹杖，凝视武田主营，思来想去，数度在心中夸赞："好厉害！"

宇佐美也随军而来。景虎想找他过来问问，但这时候没那个闲工夫。

这时，政景军队的后方远处，一队兵骑急奔而来。

景虎大惊！那一定是占据户神山的敌军远远瞧见这里的战斗，赶来救援。

景虎不再犹豫，起身下令："新发田！本庄！迎战！"

景虎右方的千名新发田和千名本庄庆秀军整然出动，一接近敌阵，便枪声连发，硝烟下喊声四起，突击向前。

两军各加入新的援手，战况又有新的局面，益加激烈，即使如此，武田的主营仍然不见动摇，只有诹访法性之旗和四如之旗在风中飘扬。

六分之胜

两军接战连续不断，就像两个金刚力士拼命厮斗，时而纠缠不放，时而松手暂喘，却无人肯退，僵持不下。就在两军陷入混战，不知何时能赢过对方时，新发田部队开始制压住武田先锋高坂弹正，越后军乍现胜机。接着，本庄部队也加入突击，高坂先锋队退至第二阵。之后，越后军即势如破竹，直冲高坂部队。高坂部队被冲得七零八落，甲州军陷于混乱，阵形已散，略居下风。

越后军重新整队，等待新的攻击命令，他们个个精神抖擞，旗正飘飘。

但是，守护晴信主营的武田诸队仍未见动摇之色，他们仍沉稳坐镇，不知是大胆、迟钝、坚固，抑或深不可测的毅力？

景虎看这情况，不免焦急，又觉得佩服。面对这有如铜墙铁壁的阵形，他如何能彻底与晴信一决雌雄呢？他想，万一一个不留心，非但眼前所获的胜果不保，甚至可能会遭到惨败。

当景虎判断无法获得决定性的胜利时，不如见好就收，夺得胜利的名誉是武将心中唯一所系。于是他下令："鸣金收兵！"

钲声响起,越后军部队各自撤退。

这时,包围晴信主营的部队中有一队出击,因为距离较远,鼓声听到略迟。景虎揣测,晴信是见机行事,越后军若前进,就将之包围,越后军若是撤退,便加以追击,原先被打散四方的武田军定会回身反击。

景虎打个冷战,万一己军继续撤退,很可能会遭歼灭。事不宜迟,他立刻下令:"吹螺号!吹螺号!"

强劲的螺声在宽阔的战场上哄然作响。当越后军调转欲攻击由晴信主营杀出的队伍时,原先被打散的武田诸队果然回头以包围之势展开攻击。

如果这时越后军顾虑反攻的武田军,军心一动,必定难免全遭歼灭。幸好他们军心稳定,集中攻击中间的武田军。

"好!打得好!"

景虎为激励他们的气势,命令螺声再响,同时青杖一挥:"弥二郎!上!"

柿崎景家的五百人守在景虎主营左方。早就等着景虎一声令下,好奋勇上前。他头戴金锹灿然的头盔,一身黑色甲胄,牵着黑漆骏马,横眉凝视战况。景虎令声才出,他便大吼一声:"遵命!"翻身上马,挥着一米多的大刀,向部众呼叫,"随我来!"便驾马而出。

柿崎景家不愧是员猛将,带头领着呈三角形阵势的部队,长驱直入战场,宛如楔子打进脆弱的木材般。武田军乱成一团,弥二郎的部队犹如疾风扫落叶,把武田军追得四散而逃。

越后军见弥二郎的部队锐不可当,亦得气势,个个奋勇杀敌,已占上风。

景虎突然鸣金收兵。

越后军开始撤退,但晴信的主营又战鼓雷鸣,一队武士追击而出。越后军停止撤退,调转军队,这时晴信主营再度擂鼓,又有一队武士开向侧翼,有侧攻之势。

"好!"

景虎也吹起螺号,指令黑川实和中条藤资的部队开到武田军侧面,二话不说地便展开攻势。武田军立刻溃散,但很快又回到主营会合,准备反击。

景虎心想,己方军队从早上到目前,已与武田军五度交锋,想必疲累至极,如此既不能一鼓作气攻击武田主营,也不能毫发无伤地撤退,必须特别谨慎。

他传令诸队,就地整队,听随螺号,向武田主营前进。武田各队以为越后军要发动总攻击,略显仓皇,但主营毫无惊慌,只是金鼓轮流发号施令,令声歇处,一片静寂。

景虎知道晴信看穿了他的意图，因此没有表现出积极的战意，但仍挥军前进，进至适当的距离时，才鸣金收兵，各队又整然有序地撤退。

这时，武田军又精神昂扬。

越后军又停军不动。

景虎突然把心一定，如果武田军倾巢而出，则己军也全面反击，决一死战。他紧握青杖，凝视武田动静。只听得武田主营金鼓轮番作响，大概是为制止今天数战中都处于下风、想反击以恢复名誉的焦躁部下。

"不打也好！晴信不愧是不损威名的名将！"

景虎微笑，下令撤退。

在武田军的金鼓声和越后军的退兵钟声中，越后各队退至景虎左右布阵。时间已过正午。

这一天双方不再交锋，就这样对峙僵持。入夜以后，两军皆燃起炽旺的营火，严加戒备，直到黎明。

雾气很浓，景虎带着数名近卫，骑马至两阵之间，仔细观察敌阵。

武田阵地锁在浓雾之中，但可以感觉到戒备森严，不过，却有一种说不出的松懈气息。

景虎揣测："今天似乎也没有战意？"

他担心又要重演过去那种胶着状态，心急之下，又往前趋近。这时，突然听到远远传来马嘶声。一匹马嘶，数匹也跟着嘶叫。

景虎判断这是武田军正在拔营。

"怎么办？"

他只有两个选择：是追击，还是也跟着撤兵？正因为战场是生死之地，士兵逃离战场时勇气遽衰，那种好不容易脱离危地的感觉，会使人对求生的执着加倍，因此，若有追兵在后，往往不堪一击。

这真是强烈的诱惑！

景虎紧咬牙关，凝视着雾中武田军所在的方向，仔细盘思，他突然猛一摇头。

（晴信深谋远虑，应该不会无备而退，眼前这仗势可能是个诱敌陷阱！）

景虎当下决定退兵，反正也没什么丢脸的。昨天的战斗，越后虽不能说有十分的胜利，但也有六分的胜利，己方显然略赢一筹。

但是，他不能就这么呆呆地看着敌军撤退，他必须比敌人更快拔营，出其意料地撤退，好显现他过人的武将才能。

这个时代的武将，或多或少地视战争为一种艺术，而竞争彼此的手艺。景虎尤其如此。没有人像他那样喜好战争，对战争有着艺术家在创作时的亢奋与陶醉。他一辈子不近女色，可以说是艺术家对艺术，或是宗教家对宗教的舍身奉献感情。

他返回营区，立刻下令全军撤退。各部队不发出一点声音，迅速行动。天明时分，大军已离了善光寺平，沿着北国街道向北。

之后，晴信和景虎未再动兵。永禄元年春，身在一向宗加贺御坊的超贤派人禀告景虎，他将移居越后。三年前超贤就已经答应迁来越后居住，但对景虎的承诺一直抱有疑虑，迟迟没有付诸行动。

如今超贤自愿要来，显然对景虎已十分信任。这对景虎来说，非常有利，此后驾驭向来敌视长尾家的越中就容易多了。越中的一向宗信徒极多，可以说全民皆信徒。越后入侵，他们视为佛敌入侵，团结一致地协助豪族抗敌。他们不同于正规的武士，不拘任何规范，只要能获得效果，再阴险、毒辣、卑鄙的战术一样使用。

这些倒还罢了，麻烦的是他们没有军人的样子，很难对付。表面上他们一副善良百姓的样子，但一有机会便展开偷袭，放火盗马，斩杀落队兵士，得手以后便溜之大吉，防不胜防。景虎又不能杀害良民，简直穷于应付。

超贤是一向宗高僧，如果能得到他的信任，则越中人民对景虎的看法自然改观，将来出征越中时，只要单独应付当地豪族即可。再者，不但越中，连北陆路都是一向宗的地盘，能登、加贺、越前，甚至江州的一半都信奉一向宗，如果他们对景虎有好感，则景虎迈向京都之路就容易多了。何况，越后境内也有不少一向宗信徒，今后统治更为轻松。

景虎思之大喜，立刻把春日山东方左内村一町四方的地域规定为圣地，并下令附近的福岛、左内、门前、春日新田及黑井五村村民为超贤兴建二十四丈四面正殿的本誓寺。这五村村民多是信奉一向宗的信徒，自是欣然接受。

本誓寺的营建工程顺利进行，眼看就要落成。闰六月底，景虎得报武田晴信将居城由甲府迁往信州，决心彻底展开信州攻略。这个消息，由晴信上奉户隐神社的祷文证实。

"……前年在神前卜易，戊午之年移居本国可否？得'升'卦九三，查诸《易经》，爻辞为'升虚邑，无所疑也'。

"又卜与越后为敌之战如何？得'坤'卦。其辞，'君子有攸往，先迷后得主，利。西南得朋，东北丧朋。安贞吉。'窃思神意以在下移居信州则吉，戊午之年即今年，故在下今年内将迁居信州。届时本国悉归我手，倘越士怒此而动干戈，反速取灭亡……"

景虎自知文中的越士就是指他，心想，晴信一定会等到冬天大雪封埋越后时才行动。

"哼！又想重施闯空门的卑鄙伎俩，我偏不让你得逞！"

景虎立刻发檄国内，出兵信州。这么一来，千曲川为两家势力之界的协定自毁。越后军打过善光寺平，出动至小县郡，兵临武田诸城城下。

这时，幕府将军足利义辉突然遣急使传来口谕，谓今年五月，细川家家老三好长庆陡起逆心，袭击义辉，义辉幸免于难，逃至江州坂本。希望景虎火速带兵上京，讨平逆贼，以救义辉于危难。

景虎五年前上京时，就看出幕府权力倾颓，乱象丛生。将军不过是傀儡，大权全在三好长庆手中。天皇的景况，也比将军好不到哪里去。当时他就非常生气，认为这个上下颠倒、贵贱错置的社会需要纠正，并有纠正此世、舍我其谁的大愿。

自京返回越后途中，在江州，景虎隔着湖水眺望比睿山，想起木曾义仲的故事。

"我和木曾等人不同，我并不想当将军。但是不久之后，我将会攻上京都，安奉天皇、将军，正此乱世。"

如今，接到将军的请求，他当然想立刻奉命上京。然越后大军才发往信州，一时兼顾不得，只好令使者回禀义辉，将尽可能迅速结束信州战事，招募近国义军，上京救驾，讨伐三好长庆。

数日之后，本誓寺竣工，七月十三日举行落成庆祝供养法会。翌日，景虎亲自出马信浓，入横山城。不过，他此来不是为战，而是要与晴信讲和的。

他下令已开往信州各地的部队暂时停兵，并派使者到甲府去见晴信。这时候晴信本人还在甲府，只是将部将开到了信州。

景虎的使者告诉晴信，将军义辉有难，应将军之请，他想尽速上京救驾，因此想停止甲越两国之争，希望晴信同意。

景虎坚信，晴信会欣然同意。因为武田家是源氏嫡系子孙，与将军家颇有渊源。甚至晴信还可能也忧虑此事，愿意与他商量如何诛杀三好长庆，而赶来一会。因此，景虎亲自赶往信州，也有期待这次相会的心理。

然而，他引颈企盼多日，使者迟迟未归，他本来就急躁，时机又那么急迫，真把他急得坐卧不安，险些生怒。

第二十天，使者才带回答复。

"为什么这么慢？"

"在下有隐情禀报。在下往甲府一途，经过甲州军层层通报放行，到甲府时已过了七天。在下一再声明事情紧急，请速速通报，他们却以'军令如此'搪塞。到了甲府以后，又足足等了十天才得到答复。"

"见到晴信公了？"

"没有，晴信称病，没有接见我，答复来迟，也是这个缘故。"

"你见了谁？"

"美浓守马场信春，由他转述晴信公的答复。"

景虎问到这里，已感觉到晴信的不友善。他清清嗓子，再问："答复是什么？"

"晴信公说：'阁下心系将军、思往救驾的义气令在下佩服，但是想因此而中止我等交战的提议，在下却苦于理解，因为战端是由阁下开启的。前年，在今川大人的调停下，双方以千曲川为界，约好互不侵犯；去年虽曾交战，但在下仍坚守约定，不敢逾越千曲川一步；如今阁下却渡川南下，远至小县郡烧杀肆虐，令我军困扰，而今又突然提议停战，或战或和，皆由尊意，岂非过于自私？阁下所作所为，已为我方招致莫大损害，若有诚意言和，则该道歉并提出赔偿条件。如果阁下同意将信州一国交给在下，并自封于越后不出，则在下或可考虑！'"

这哪里是答复，根本是嘲弄嘛！

景虎大怒："晴信这家伙，利欲熏心，连将军危难也不顾，岂可原谅！"

他下令全军再开战斗。传令兵刚离横山城，前线就有急报回来："武田大军沿千曲川北上，在小诸出现，诹访法性之旗和孙子四如之旗都已竖起，晴信可能亲自出阵！"

"正合我意！"景虎恨恨地说。

他再次下令全军集结川中岛，决心以此平坦之地为决战战场，一举歼灭晴信，再前往救驾。

越后各队分别自前线撤退，集结川中岛，但是晴信大军却守在小诸不动。不论越后军如何挑衅，武田军就是不动如山，最多派少量人马赶走来骚扰的越后军，但不会紧追不舍。

战况又陷于胶着。秋去冬来，将军义辉的使者再度莅临横山城，带来义辉的命令。

曾经叛兵作乱的三好长庆，因为受到舆论的压力，自悔其过，主动向义辉道歉求和。义辉近日之内将返回京都，先前请托景虎援救之议作罢。

义辉还说："如今余所担心者，是汝与武田连年征战，据闻两国本无怨恨，却劳民伤财，为民之患，岂非愚不可及？余亦令示武田，今后汝等双方和睦相处！"

景虎听完使者的转述，立刻答复说："将军教训，在下不敢不听。诚如将军所说，在下与武田毫无恩怨，只因晴信无道，强占信州豪族领地，在下应彼等之请而出。在下常思弓矢之道亦有义矣，无道之辈如晴信，方舍其义。倘晴信遵从将军指示，同意和睦相处，则在下自当和睦相处。"

答复过后，景虎又遣人拿来纸笔，修书一封回复义辉。

"将军虽与三好长庆言和，然在下以为，三好长庆之流不能信任，因其包藏祸心，随时可能再叛。在下本想借此机会，断绝三好长庆后患，事情既已议定，亦无可奈何。唯望将军多多警惕，倘三好长庆略显叛心，即速告在下，必兼程上京诛贼，以维幕府权威。"

他还准备了许多礼物让使者带回京都。

将军义辉也派使者到武田家。使者被请至小诸阵地。

晴信看了将军的训令后，立刻辩称："在下与越后长尾家的矛盾令将军心烦，实在惶恐。长尾指称在下夺占信州诸豪领地，诸豪求救于他，而对在下展开征战，实则不然。说起来一切皆出于信州葛尾的村上义清的野心。村上在信州为豪族之首，武勇过人，但仗着武威，欺凌他人，不断吞并邻乡领地。小县郡海野的海野幸义即被其夺占领地，幸义之弟真田幸隆被贬为浪人，寄居上州长野业正家数年。而后，幸隆有缘仕于在下，常常悲叹欲杀村上，夺回领地，在下怜其身世，于是征伐村上。村上自知不敌，纠合北信诸豪迎战在下。身为武者，大敌在前，自当全杀无赦，在下因而不独征伐村上，亦征伐北信诸豪。"

晴信所说，也不全然是谎言。海野幸义被村上义清灭亡，领地被夺，其弟真田幸隆浪迹在外，在上州路寄居数年确是事实。但晴信侵略信州早在这事发生以前，村上义清攻杀海野幸义，是因为海野幸义为武田侵略先锋，村上义清所为，不过是自卫而已。幸义之弟臣事晴信，也是晴信主动延揽，因为真田幸隆非等闲人物，又是地方望族，晴信利用他，经略信州更有效果。

足利义辉的使者本来就不知个中详情，心想听起来晴信这边也有理，并不是如景虎所称，一切出于晴信的贪婪。

晴信倒不在乎使者相不相信，他心知将军必须在此仲裁中获得某种利益，调停不过是借口。

他随即敛容慎语道："当然，在下绝无违背将军教诲的意思，如果长尾能谨遵教诲，保持和平，则在下亦当致力和平。不过，信州一国几乎全归我手，所余仅长尾所属之犀川及千曲川以北及南信浓的极小部分而已。亦即，信州或可说是武田家之物，且居于其内之豪族百姓悉数跟随在下。有幸请得贵使往信浓一行，请仔细观看，返京之后，将此情况禀告将军，在下所望乃信浓守官名而已。"

他当着使者的面，派遣军使到越后议和，转告他的提议："因蒙京都将军大谕，身为武臣，不得违背，既然如此，你就到越后阵地去议和吧！两家的境界线按照前年的协议即可。"

他打发走使者后，当天便率领数千骑从人，护送将军使者同往甲府。

到达甲府以后，他连日盛宴款待使者，夜夜有美女陪侍，还以各种名义赠送金、银、刀剑、名马等礼物。

不久，两军议和、同时撤退的报告送至。

"很好！"

晴信亲自到招待使者的居处告之此事。使者对晴信处世之明快，非常佩服。

"您这样做，的确不负将军所望，待我回京报告将军，想必将军非常高兴。至于您所希望的封号，在下一定代为奏请，并愿鼎力相助。"

晴信赶紧言谢："一切拜托大人了！前日在小诸时曾谈过，等在下派人陪同大人详细观察信州的情势之后再返京。"

对方随即谢绝道："我看不必了，先前在下前往小诸时已大致看过，一切都如您所说，已经够了。"

这也早已在晴信的计划之内，他于是默默一揖，报以感谢的目光。

上京计划

武田晴信的计划成功了。

是年年底，义辉将军派遣使者到甲府，封晴信为信浓守兼信浓守护。

信浓守为朝廷派的地方长官，犹如今日的官派县长，但因王朝势力失坠，是有名无实的虚衔，通常是赐给与该地毫无关系者的名誉称号，也可以献金名义买得，但像晴信这样与当地渊源深厚者几稀。

信浓守护则是幕府官职，始于镰仓幕府。本来肩负当地军警责任，平时颇具威势，但战国之世，新兴势力兴起，守护本身常受制于新兴强人，如越后守护上杉氏反要依赖原为家臣的长尾保存命脉。

如此这般，这时的国守与守护都是与实务无关的荣誉封号，一向重视实利的晴信却主动争取这个封号，当然有他的理由。

他郑重言谢，犒赏使者，赠予丰厚礼物，并送上献给天皇与将军的无数礼物，恭送使者返京。

永禄二年，甫一开年，义辉将军便遣密使到越后，传谕景虎："如汝所虑，三好长庆并无真实和顺之心，使余日日如履薄冰。所幸，汝与武田之间矛盾已解，想必已无后顾之忧，近日内可否上京一叙？"

景虎知道，三好长庆的专横不但与以前无异，他的家宰松永久秀更是可恶至极，将军威势日薄，民间怨声载道。

于是，他答复使者说："在下完全了解将军的意思，去年曾有允诺，且知京都事情，即使将军没有吩咐，在下也想上京一探。不过，甲斐的武田是心机颇深的人物，去年将军征召在下上京时，在下曾与武田谋求议和，但遭拒绝。如今虽暂时相安无事，但在下仍想先确定武田方面的意思后再做定夺，就请大人暂时滞留敝地，等候武田方面的答复。"

说完，他再派使者传达口讯给武田："虽然去年冬天以来，我等在将军的协调下议和，但为慎重起见，在下想确知此约是否能延续将来？在下之所以有此一问，是因在下打算近日内上京庆贺将军返京坐镇。在下上京之行乃为公事，并非私事，亟望阁下能谨守前约，保持和睦，毋趁在下不在之时攻伐本国。阁下若有任何意见，敬请明示为荷！"

因为有前次之辱，因此景虎这回的语气措辞都较为严厉。

使者紧张地离开春日山。越后路仍是积雪及膝，信浓路及甲州路也雪花纷飞。不过，武田方面的态度与去年完全不同。使者渡过千曲川，到达第一个武田的番哨时，哨兵长很客气地把通行证交给他，还慰问了他雪途跋涉的辛苦。凭着这张通行证，他顺利地通关过卡，两天便抵达甲府。

一样由马场信春出来接待，听取口讯。措辞虽然不甚客气，但马场信春仍表情平稳地听完了。

"是这样吗？请稍候一会儿。"说完，便退了出去。

晴信这一两年略微发了些福，红润的脸让人感觉精力充沛，但也有些威严。屋里升起一盆炭火，旁边搁着架着铁丝网的漆金桐手炉。他面向茶几，摊开书本，抄写着东西。他披着宽袖厚棉的丝织外套，膝盖上套着护垫，低头奋笔疾书。他正在看唐人诗集，遇有喜欢的诗句，便抄写下来。他知道越后有使者来，马场信春出去接待。他正在等待马场信春回来禀报。

没多久，马场信春回来了。晴信搁下毛笔，返身面向他。

晴信那肉厚肤红的脸上带着笑意问道："又是说将军派使者来，他想上京，因而要停战吗？"

他的嘴角抽动，却没有笑声。晴信其实也放了不少探子在京里，得知义辉将军依然为三好长庆等人所苦，且由于三好长庆的家宰松永久秀争权夺势，将军的立场更加危险，只好再派密使到越后求援。

马场信春也笑着回答："稍有出入！"

"哦？"

"景虎公是说为庆贺将军返京而上京。"

"那家伙就喜欢撒谎！"晴信晃着厚圆的肩膀笑着，但仍然没有声音。

"该怎么处理？"

"好好招待来使。"

"是。"

"我马上见他，带他到客殿去！"

"遵命。"

马场信春退下后，晴信单手覆在手炉上，不时抚着胡须，凝视空中。随后，他唤来近侍。

"我要去见越后使者。"

近侍服侍他换穿衣裳。晴信换上武士礼服，套上皮袜，近侍捧着他的佩刀，缓缓通过长廊走向客殿。

客殿上厅的帘子垂着，越后使者和马场信春端坐在帘前。晴信自在地走上上厅，坐下后，吩咐："掀起帘子！"

帘子轻轻卷上时，马场信春两手扶地，准备报上使者的姓名。晴信手上的扇子左右一摇，制止他说话，径自喊道："越后使者！"

"在！"使者慌忙匍匐在地。

不只是使者，连马场信春及众家将都大为惊愕。因为晴信一向以家世为傲，自诩与最近新窜起的诸侯不同，特别注重形式，行事慎重。

晴信就在众人的惊愕中继续说："我是晴信，很高兴景虎公愈益康健，可喜！"

使者一时慌了手脚，只得匍匐在地应答。

晴信更摆出一副很和蔼的态度："刚才听说，景虎公有口讯，是这样吗？"

使者重复了一遍景虎的口讯。

"正是！"使者终于恢复平常心，双手放在膝上，挺胸而坐。

晴信也端正姿势，依然微笑着说："这就是我的答复，你仔细听好！阁

373

下为庆贺将军返京而赴京，奉公精神令晴信佩服。晴信身为甲斐源氏嫡传，奉公之事一日不敢忘，本当一并进京表露忠诚之志，然世局纷乱，分国中尚有未定者，无暇分身，唯羡慕阁下此行耳。是故，阁下所虑之事不必挂心，晴信绝不妄为生事，若违此诺，则晴信见弃神佛、家毁人亡——这就是我的答复，你要一字不漏地传给景虎公！"

使者听他所言，措辞语气均与去年大不相同，反而无法安心，差点茫然自失，忘了该回话，好一阵子才颤声道："多谢大人迅速回复，待小的回去禀报。景虎公一定非常高兴。"说罢，伏地一拜。

"哈哈，哈哈！"晴信仰天大笑，"我也很高兴，事情就这么着，我还有事，就此失陪，由马场信春陪你吧！不妨放松心情，优哉游哉地喝两杯！甲州的酒味道相当好哦！"

他笑着起身，缓缓消失在内殿。

隔壁房间已备好酒宴，使者受到郑重款待。席间，他突然想到，该不该向晴信要张誓书？他嗫嚅地向马场提了这事。

马场沉吟半晌说道："你的口讯上并没有说要拿誓书，景虎公有特别盼咐吗？"

"没有！"

"既然如此，那就不用了，晴信公是当代名将，言而有信，你们大可放心。"

使者也就不好再坚持了。

景虎派遣使者赴甲州的同时，也着手安排上京事宜。等到使者回来，得知晴信的和睦意愿后，再派使者前往致赠谢礼，同时向国内豪族宣布上京计划。随他赴京的豪族卫士有长尾实景、长尾藤景、直江实纲、柿崎景家、吉江景资、北条高常等共计五千人。同时，准备了献给将军的一把吉光大刀、黄金三千枚、骏马一匹，以及送给将军母亲庆寿院夫人的五百支蜡烛、二百匹纯棉、一千两银子等礼物。

三月中旬，积雪渐消。放在京都的探子回报，二月时尾张诸侯织田家也以庆贺将军返京为名赴京，见过将军后返国。

织田信长此时二十六岁。织田家原是尾张守护斯波氏的家臣，信长之父信秀雄才大略，靠一己之力压倒主家，成为尾张第一豪强。信长十六岁时父亲去世，信长接掌家督，因为脾气古怪、特立独行，把家中闹得天翻地覆，好不容易年事较长，才收敛本性，巩固其尾张霸主的地位。

这时的信长，名气还不够响亮，知道他的人也认为他不过是"尾张那暴发诸侯的小儿子"！

越后与尾张之间还夹着武田势力盘踞的信州，因此，景虎对他不甚放在眼里。听说他也上京去见将军，不禁怀疑："这无名之辈为了何事去见将军呢？"

虽说武士应该尊敬将军，但多半止于遣使献礼而已，要亲自上京拜谒，若非具有相当实力、身份者，反而有藐视将军之意。

探子回答说："织田信长为什么上京参谒将军，确实的情形小的不知，但三好长庆、松永久秀等人怀疑是将军遣人召他上京的，不过，将军召这样的人上京，或有贻笑大方之处。"

探子本身也有嘲笑之意。

但是景虎却无法轻易这么认为，想那织田不久前还是一吹就倒的新兴弱势诸侯，却上京直接参谒将军，确实没有自知之明，但是他敢于如此做，或许也是个大胆人物。

"有没有打听到关于这个人的事？"

"他只在京都停留四五天便返国，故在京的情形不清楚，不过，听说他在国内的风评很差……"

探子把他在京里听到的有关信长的逸事传闻，全都说了出来。

信长十六岁时娶了美浓稻叶山城主斋藤道三的女儿，但是翁婿不曾面对面过，直到信长二十岁时，斋藤提议双方在美浓与尾张交界的某处见个面谈谈。到了约定那天，斋藤道三早一步赶到，躲在镇郊民宅里窥看情况。只见信长带着七八百人，扛着五百支长枪、五百副弓箭及洋枪，浩浩荡荡地行来。信长坐在马上，那装扮极其怪异。头发用鲜黄的扁带扎成小圆竹刷状，身穿印染着粗大阴茎的宽袖单衫，腰插黄金圆鞘的大小刀，刀柄特别长，用三绞绳裹缠，下身是虎皮和豹皮缝合的半短裙裤，腰间像耍猴戏似的吊着七八件打火袋、葫芦、毛巾之类的东西。

斋藤道三和家臣一看，不觉呆住，"这不是傻瓜，简直是疯子嘛！"

可是，等到在指定的寺庙正式会面时，信长却以一副天生高雅的姿态出现。头发整整齐齐地束扎在头顶，穿着褐色武士礼服，腰插小刀，步履优雅地走出来。斋藤道三等人又是一惊。

探子总结道："——反正，京里的人都说他不是个寻常人物，不可等闲视之。"

景虎抱着胳膊专心听着，他不喜欢标新立异，心想那只是故弄玄虚罢了。虽然，他一直认为真正的强者是最寻常、笃实、毫不特立独行的人，但信长的情况似也不能一概而论。他心想，信长一定有些什么。

"将军准他参见了？"

"是的。"

"……"

景虎心想，一定是如三好长庆、松永久秀等人所猜测的一样，是将军召信长上京的。或许，将军是担心景虎无法上京，连这种小角色也找去，就像溺水的人见了草绳也攀，可见将军受三好长庆、松永久秀压迫之深。

三月下旬，景虎差不多已准备妥当，选定四月三日为吉日出发。

景虎委托上田的政景留守，因为有很多事需要商量，政景于三月中便住进春日山城外的宅邸里。

政景把妻子都带了来。他儿子已五岁了，景虎非常疼爱这个外甥，把自己的小名喜平二赐给这孩子。夜里，政景一家三口待在起居室里。喜平二坐在矮桌前，持着毛笔专心地学字，政景坐在一旁，一边看他练字，一边慢酌阿绫为他斟上的酒。

此时已是暮春，百花即将开齐。屋外是阴湿的暗夜，远处蛙鸣不断，屋内一片安详。忽而一阵急促的跑步声传来。

"报告！"

"什么事？"

宁静祥和的气氛突然被破坏，政景略感不快。

"景虎公微服来访，人已……"

这时，廊缘外已看到跟在两名家将身后景虎的矮小身躯，他用白绢裹住头脸，大步而来。

"哎呀！"

政景、阿绫慌忙起身欲迎，景虎人已踏过门槛，他揭下白绢，露出青光的脑袋笑说："不必多礼，就这样吧！"

政景忙说："这里简陋，还是移驾客室吧！"

"不必，这里就行了。"

景虎径自找了一个地方坐下，先对政景说："今晚心情很好，在城里待不住！"又转向阿绫道："跟姊姊好久没见面了，听说你来了，一直想来看望，但又忙得走不开，今晚才得闲，你没怎么变嘛！很好！"

"您也愈来愈能干了，这回上京固然可喜，但也要小心……"阿绫用袖口抑住泪水。

"我会放在心里，平安无事地回来。"

景虎说罢，转头看着喜平二。喜平二手上的笔垂立，睁圆了眼看着景虎，见景虎对他一笑，才回过神来。他赶忙搁下笔，后退一步，两手扶地一拜，"喜平二见过舅父。"

　　景虎很高兴地笑道："你就是喜平二！哈哈，长得这么大了！上次看到你时还跌跌撞撞地学走路，只有这点高！"他比了个两尺高的手势。"没想到现在这么大了，过来这儿！"他把喜平二抱上膝盖，"哦，好重！瞧，身上都长了结实的肉，很健康，将来会成为个好大将！"

　　他抱着喜平二，抚拍着他的肩背，看到桌上的笔纸，"哦？在练字，来！写给舅舅看看！"

　　喜平二坐回桌前，磨了墨，继续练字。

　　"好！写得好！这范本是林泉寺的大圆侍者的嘛！"

　　景虎起身，绕到喜平二背后，抓住他的小手指导他说："笔要这样拿，这么拉、捺、勾，看，不是跟范本一样吗？来！自己写一遍！"

　　政景夫妇在一旁看得极为感动，没想到景虎如此疼爱喜平二。

　　一会儿，新的酒菜端来。政景请景虎入席。三人喝着酒，漫无边际地闲聊后，景虎突然端正坐姿，对阿绫说："姊姊，我有事要和政景兄谈，暂时委屈你一下好吗？"

　　"是！"阿绫赶紧带了喜平二退出室外。

　　政景以为有要事商量，满脸紧张。景虎却笑道："别这么紧张，先喝一杯吧！"

　　他为政景斟满酒，自己也斟了一杯，喝了一口，继续道："说起来还是上京的事。从各种事情推测，我这次上京，可能要在京里待相当长的时间，因为将军的问题不简单，我想索性趁这一次斩草除根，否则，又要养痈遗患了。将军家如果没有力量，新的恶党随时会冒出头来，所以，我必须留在京里为将军出力，你了解吧！"

　　这话对政景来说，着实意外，他紧张地问："国里的事怎么办？"

　　"我就是为了这个才来的。如果到时我滞京不归，国事就拜托你了，我相信以你的胆识才智，可以处理得很好。"

　　政景胸中激动不已，这与三年前的情况一样。那时是景虎想出家去国，这回是应召率兵赴京，都是要长时间离开越后。三年前因为景虎后来反悔，潜藏在政景内心深处的达成大志的机会一去不回，没想到现在又再度面临同样的机会。他觉得胸中燃烧着炽旺的不安感觉，但他努力压抑着不表露出来，他警惕这或许是景虎考验他的策略。于是敛容答道："这真是意外，将军家的事虽然重大，但您的计划若实行，则国内情形又和前年一样，我实在很难接受，还是希望你能尽早回来！"

景虎试图说服政景，但政景皆一一反驳，最后景虎笑说："我又没说绝不回国，只是依情况可能在京里停留久一点，你该不会是反对我这么做吧？"

政景也笑着回答："我怎么敢！既然这样，就照您的意思，万一国内有什么事，我就和其他留守要员商议处理，您就安心地上路吧！也希望您尽早回国！"

谈话就此打住。

四月三日，越后天清气朗。景虎一行五千余人浩浩荡荡开往京都。沿途所经各国皆郑重款待。四月二十一日，渡过琵琶湖，到达比睿山东麓的江州坂本。

松永久秀

三好长庆的家宰——京都所司代松永久秀在坂本迎接他。

三好氏是阿波地方的豪族，原是足利幕府管领细川家的执事，在长庆被派任为河内、和泉代理官时，家运大开。和泉的堺港是日本当时最大的贸易基地。财富源源不断地流入三好长庆的私囊。富家而后强兵，他的权势高涨，终于压制住家主细川晴元，独掌幕府大权。

松永久秀是三好长庆的家宰，他原是京都西冈人。他到三好家服务时身份虽低，但聪明伶俐，举手投足之间有着京城附近培养的风流气，又善于察言观色，不知不觉成为三好长庆的宠臣。三好长庆派他为堺港代官。景虎上次赴京、到堺港见识时，该地已在松永久秀的支配下。

当三好长庆赶走细川晴元、入京掌握幕府实权时，松永久秀出了不少力气。他生于京都近郊，太了解京都人的心理及习惯，知道怎么和朝廷、幕府、公卿、神社寺庙、富商等人交际。三好长庆统治京都，松永久秀成了不可或缺的人物。三好长庆愈加喜欢他，终于任命他为京都所司代，一手包揽京都市的警政大权，权势有凌驾主家之势。

尽管他权倾一时，但毕竟名义上为三好家的家臣，奉命来坂本接待景虎。这时他才五十岁，但头发已全白了，在湖畔众多出迎的武士中特别显眼。在初夏的阳光下，他的两鬓泛着银光。

景虎坐在正靠岸的船上，对那一头白发特别注意。他回头问佐佐木义秀的部下："那个头发全白的人是谁？"

"他就是京都所司代松永久秀。"

"是他？"

景虎定睛凝视。随着距离的拉近，他看得更清楚了，只见松永久秀身材适中，气质高雅，五官端正，面色极佳。衬着红润的脸庞，银白的鬓发益显光彩。景虎心想，果然品貌非凡！

船一靠岸，景虎才下船，周围众人便欲上前行礼寒暄，这时松永久秀踏出一步，回看众人道："在这个地方接待客人太失礼了，先到住处安顿下来再谈不迟。"

他的提议有理，众人自无异议，于是只向景虎行了目视礼。

松永久秀从容地面向景虎略弯下腰身道："在下是松永久秀，奉将军之命接待远来的贵客，请先赴下榻之处略事休息如何？"

景虎注意到他的两道浓眉漆黑如墨，与苍苍白发形成鲜明对比。"有劳远迎！悉听安排。"

松永回头召唤："牵马！"

双方家将各将坐骑牵来。景虎先上马，松永久秀也跟着骑上，并驾而行，景虎的家将跟随在后，再后面则是京都出迎的众人。

景虎及贴身侍卫下榻在舟桥弥兵卫尉的宅邸里。

据《上杉年谱》记载，舟桥是足利义辉将军的代理。坂本一地原为比睿山领地，但数年前义辉将军受三好氏压迫，避难于此数月，因此世人以为坂本部分地区是将军家的领地，尤其是濒临湖岸的户津。户津和大津都是东北地方及山阴地方物资经由琵琶湖进入京都的重要港口。这两个地方的货物走海路进入若狭湾和敦贺湾，渡过狭窄的若狭地峡运至琵琶湖，再借舟楫渡湖航行到户津或大津，转进京都。足利将军的领地随着实力失坠而削减，但因为港口税收利益很多，足利家拼死也要确保这个据点。舟桥弥兵卫尉就是户津滨的将军代理。

舟桥家的宅邸原就宽敞，数年前将军滞居在此数月，修筑得更坚固、壮观。景虎的房间就在当年将军起居的大客房里。

景虎一到便对松永久秀说："我们一行总共五千余人，其他人的住处怎么安置？"

"不劳费心！"松永久秀从怀里掏出一张图，摊开在景虎面前，指着图中一点说道，"这是这一带的平面图，您的随行人员分住各处，这儿就是舟桥宅邸。"

图面是用墨描绘，景虎随行部将及其属下扎营的地点都以朱笔点出，他们分居湖畔各村，以舟桥邸为中心，看起来一目了然。

松永久秀又说："从这个廊缘都可以看到，请过来看看！"

他领着景虎走到廊缘。此处地势为比睿山的山脚地带，向着湖岸略呈斜坡，水田和林地集散各处。水田里还没插秧，灌满了水，树林里已是新绿色彩。斜坡尽处，湖水粼粼，雪白船帆数片，悠游其上。

松永久秀指着湖畔的村落逐一告诉景虎："那是某某将军的居处，那座庙里是某某将军，那……"

距离近的用喊声就可以传到，远的吹螺号或焚烽火就可以立刻赶到。

景虎颇为满意，谢道："劳您尽心安排，不胜感激。"

这时，松永久秀走到景虎面前，弯身把扇子搁下，然后两手扶地道："先前因杂事混乱，颠倒先后，实在失礼。在下是京都所司代松永久秀，奉将军命令接待大人，大人不辞艰远，上京参见，忠诚之至，今世难得，在下深深佩服。"

他似乎对这类应对很娴熟，礼法端正不差。

景虎也答礼道："在下长尾景虎，乡野村人，有劳大人费心接待。"

从初见到现在，景虎一直仔细观察松永久秀，觉得他的确是个人物，言行举止中规中矩，以他这份才干，由一介平民爬到今天这个位置，也不稀奇了。不过，同时也让人有奸恶之感，原因在于他的相貌。他的眉眼分明、鼻梁高挺，但是那红润的脸庞、银白的头发、漆黑的眉毛、精亮的眼睛以及用力紧抿的厚唇凑在一起时，更觉得他非奸即恶。景虎暗忖："他可能是将来我必须粉碎的敌人！"

就在景虎与松永久秀应答之际，刚才到码头迎接景虎的人也都陆续抵达。有三好长庆之子义长率领的三好一族；接着是天台座主应胤二品亲王的使者某某大僧正、觉林和尚、南光和尚、三井寺使僧、百万遍知恩寺住持及五山禅僧等佛门人士；最后是京都内外的名医、商人、连歌师、名工巨匠等。到了夜里，朝臣公卿也赶来凑兴。

景虎自然是以酒与这些人应酬，他心情愉快地和众人觥筹交错，心中却打着主意。

老实说，坂本虽靠近京都，但仍属近江之国，不能说是进京了。他怀疑被安顿在这里，似乎有不打算让他进京的意思。当然，这不会是将军的意思，大概是三好长庆、松永久秀等人的主意。思及此，他觉得颇为无趣，但既来之则安之，索性暂时观望一下，反正到时要收拾这群鼠辈，是不费吹灰之力的。他主意打定，当下便心情转好，痛饮至深夜。

第二天一大早他便醒了，太阳还没露脸，湖岸对面空中略现曙光。他洗过脸，走到廊外。

"来人！"

中门外有人应声，随即奔跑进来，是鬼小岛弥太郎。他单膝跪地，"有何吩咐？"

"大家都在吗？"

"都在。"

"我要巡视一下营地，叫大家跟着！"

"遵命！"

弥太郎得令出去，瞬间中门外便马蹄杂沓，嘶声阵阵，众人如往常一样迅速集合。

弥太郎牵进景虎的坐骑，他一手拉着缰绳，一手把带来的草鞋往鞋垫上一丢，草鞋画了个漂亮的弧形，整整齐齐地落在鞋垫正中央。这丢草鞋的技术是当时武士都会的本事，虽然拿草鞋原是仆役的工作，但身份高的武士有时会视情况帮主子拿草鞋，因此必须学会这技术。

景虎拿起马鞭，穿上草鞋，翻身上马便出了中门，中门外面，众豪杰已牵马而待，马鞍上都架着洋枪，手上还持着长矛，矛尖在渐亮的空中冒着白光。

"早安！主公心情似乎很好！"众人一齐请安。

景虎答道："早！"

众人随即上马，随着景虎驾马而出，但是没走几步，屋侧突然奔出三名武士，是松永久秀派来的人，他们慌忙地挡在马前："对不起，你们要去哪里？"

弥太郎快马冲到前面，矛尖指着他们吼道："我们主公要巡视各营地，有谁敢阻挡在前，格杀勿论！这是长尾家军法，还不退下！"

三人吓得往后一缩，景虎头也不回地驱马离开。

各部队的军头扎营处或是神社、寺庙，或是地方绅士的宅邸，兵士则分宿在民宅里。其中最引景虎注意的是这些寺庙多属一向宗，可以想象一向宗在这里的势力。

兵士们都已起床，各自忙着手上的工作。有人照顾马匹，有人忙着搭起昨晚来不及搭的帐篷，有人准备早餐，在火上烤着干鱼。当班卫士从主营地抬来煮好的饭和汤汁。放眼望去，到处都是成群的人，笑闹声不绝于耳。

百姓的情况也不错。这一带多是半农半渔的村落，兵士或陪老人在晒谷场上晾着渔网，或陪小孩整理渔具，或帮妇女打水，处处充满了亲和感。

381

不过，警卫仍然严密，村落四周布置有携枪带刀的哨兵，来往巡逻监视。

景虎非常满意，"不愧是我一手调教的！"

兵士看见景虎一行，惊愕地赶紧起身行礼，目送景虎等人过去后，又坐下忙刚才的事。

景虎大约花了两个钟头，巡视完所有的营地，回到居处，派人昭告全军，他对全军军规严谨、亲民爱民的做法很满意，希望继续保持这个状态，千万不可疏忽。

之后，他才吃早饭。这时金津新兵卫来请示："松永大人派人求见！"

"我吃完后再说，让他暂时等一下。"

"遵命！"新兵卫退了出去。

景虎继续慢慢进食。早餐非常丰富，有鱼有肉，但是景虎绝不沾箸，仅泡了汤汁就吃了四碗，第五碗则是泡着开水咕噜咕噜地吃光了。

早餐撤去，新兵卫带进松永久秀的家仆。

景虎张口就问："有事吗？"

"将军使者大馆藤安大人求见！"

景虎闻言一惊，既然是将军的特使，有什么好客气的，直接来见就行了。难道这当中有他不知道的礼仪做法？不过，他随即判断是使者忌惮松永久秀，松永久秀也派人挡关，不让将军与自己有自由接触的机会。

"鼠辈！"

他觉得轻蔑，但未生气。不过，他觉得必须表现出生气的样子，于是怒目射向松永久秀的家仆说："将军上使要见一国守护，还须别人家的家仆通报吗？难道这是京都的礼数吗？在下是乡下粗人，只知古时的礼仪做法，请多指教！"

家仆脸色发白，嗫嚅道："不，这不是规定的礼仪做法，只是在下身为接待，所以凡事皆代为通报，以免……"

"住口！既然你是接待的人，只要负责接待就好，何必多此一举，让将军上使鹄候，岂非陷我于无礼，这下，我该如何向将军道歉？！"景虎怒斥他一番，倏地起身，"我要亲自出迎，否则无以言罪，还不带路！"

那人吓得浑身发抖，跟跄地引路而去。

大馆藤安正在距舟桥家四五百米的当地豪绅家休息。景虎亲自把大馆接回居处，不待大馆开口，便换上武士礼服，漱口、洗手，退到下座，与大馆寒暄。这固然是由衷表现对将军的敬意，但也有嘲讽三好长庆、松永久秀之意。他知道接待人员一定会把自己接待上使的态度报告给松永久秀知道。

"太郑重了，不敢当，不敢当！"

大馆备受感动，掏出将军的密函，交给景虎。景虎毕恭毕敬地接过展读。

汝不远千里，上途参观，闻说昨日抵岸坂本，忠良之志，深感于心。唯望及早进京，或有诸事妨碍，亦将排除万难，余迫切期待与汝相见，切记！

景虎为信中惮忌权臣、愤慨满怀、唯有仰靠自己的将军的心情感到难过，不觉泪湿眼眶。他唤来侍卫，备好笔纸便书：

景虎谨接赐函，以无足轻重之身受将军重托，不胜感激。然以小人环伺，口讯即托大馆大人转呈！

他签好名，递给大馆。接着说："在下这次进京，表面上是为庆祝将军与三好长庆和睦相处，安然返京，实则已有相当的心理准备，请转告将军。还有，也请将军尽快安排在下进京之事！"

大馆明白他的言外之意，深深颔首道："在下知道，定当转呈将军，将军想必会很高兴！"

接着是盛宴款待，大馆直喝到微醺，方尽兴而归。

景虎希望能早一天进京，但就是迟迟无法成行。三好长庆和松永久秀等人想出各种理由阻拦。景虎原先认为一见面就闹事不好，尽量按捺性子等待，但忍了七天终于按捺不住。

"我们老远从越后赶来，二十号就来到这里，今天已是二十六号了，已不能再等了，明天说什么也要进京，如果情势不好，我就留在京里等局势变妥当再走。麻烦你转告松永大人吧！"

他本来就性情急躁，一开口便压抑不住，语气相当激烈。

接待人员脸色大变，拽起裤边便飞奔出去，几个时辰后，松永久秀亲自来了。他穿着褐色衣服，脸色依旧红润。除了景虎初到那天他出面料理了一些接待事宜后，便因公务繁多，留在京里，没再露脸。他寒暄过后便笑道："时间过得真快，您来此地已经六天了，京都虽只隔了一重山，但多日滞留此地，想必相当无聊。如今将军府情形正好，明天就请进京，将军很期待见您！"

他就像不知道景虎那番怒话，丝毫不提这件事，漆黑的眉下，眼睛眯成细线，脸上堆满了讨好的笑。

景虎虽然觉得受到嘲弄，但不好发作，只是回道："终于可以了，麻烦您了，多谢！老实说，今天早上我还因为这事对你的人说了重话！"

景虎本打算嘲讽他的，但他巧妙地避开了主题："都是些办事不力的蠢材，让您见笑了。往后再有这事，尽可斥责他们，不用客气。"

景虎觉得眼前那张红润的脸像浇了水的青蛙。

翌日，景虎威风凛凛地进京。从坂本入京，有经比睿山或退到唐崎经白川前往，以及绕过大津越过逢坂山再通过山科盆地北端过东山的三条路。前两条是险峻的山路，不适合仪队通行，于是选择了迂回大津的路。

这一天天气晴朗，从坂本到大津，左手边就是波光粼粼的湖水，逢坂山、山科野及东山也已新绿耀眼。越后武士一行美冠华服行走其间，煞是好看，引得沿途居民夹道围观。

景虎走在行列中央，他身穿浅绿绸衣、柿色小裤，披着蓝底锦袍，以薄薄白绢裹着头部，戴着绫蔺笠，腰佩金鞘大刀，右手握着藤弓，背着箭袋。他骑着褐色骏马，右边跟着要换骑的栗毛马，马鞍上挂着镶金纹饰的洋枪和装着干粮的红缎袋。两匹马都披着鲜红的马鞍，行走之际，红色像燃烧一般。

京都的样子和他六年前上京时完全不同。那时，战乱刚息，市内到处是杂草丛生的废墟和簇挤的破落小屋。但现在市里屋宅林立，商家门前百货琳琅，路人服饰及表情都洁净清闲。虽说三好长庆、松永久秀等人徇私利己，视天皇、将军为刍偶，但京都的繁荣富裕仍然不可思议。

人民像杂草般韧性极强，虽屡遭强权肆虐，依旧不失活力。只要有持续短暂的小康状态，立刻就像冒出的绿芽，繁茂一片。这是景虎所不明白的，他心中有失望的感觉。

不速之客

近代以来，不乏景虎这种地方诸侯以如此庞大的人员装备进京参见将军的情形。但诸侯上京总是为了战争，总是带着全副武装的杀伐之兵。像景虎这样华服美冠、气宇轩昂地参见将军，不但百姓惊叹将军尚有实力威震四方，将军麾下的武士也喜不自胜。

当时的幕府已名存实亡，所管者只是京都附近足利家的领地罢了，天下政务则全包揽在三好长庆、松永久秀手中。将军徒具虚名，近卫自然为他难过，对现实感到愤恨，因此当他们看到景虎以如此尊重将军的姿态上京，自然为将军感到高兴。

景虎在抵达以前，赠送给将军的礼物已送至将军御所，装饰在招待长尾家臣的两个房间里。那数量之多，品目之繁、之豪华，令人目不暇接。

将军的家臣因领地贫狭，俸禄少，全靠收受地方武士为升官觐见而活动的谢礼奉献而活，没什么骨气。他们看到这大量豪华的贡品，感动非比寻常，其中，最令他们动心的是金银。景虎领内的佐渡盛产金银。

经过庄重的欢迎礼后，景虎入接待室暂时休息。喝了杯茶，景虎进入屏风里，由从人帮着换上大礼服，坐下稍候，接待人员随后便至。

"准备妥当的话，请随在下来！"

景虎起身，跟在他后面轻轻走进大厅。上厅的帘子垂着，群臣分坐左右。帘中微暗，静寂一片，将军似还未就座。当景虎坐到帘前后，将军随后入座，帘后略起杂声。

奏者宣告："弹正少弼长尾景虎参见将军！"

"卷起帘子！"声音略显稚嫩。

帘子缓缓卷起，在这之前，景虎已弯身双手扶地，微微抬脸，肃穆地注视正前方。

将军义辉倾身向前，视线与景虎相对，展颜而笑："好久不见，自上次你来到现在，已六年了。弹正乡弼忠贞如昔，且不远千里而来，真令我特别高兴。"

景虎额头平伏在两手之间道："承蒙关爱，景虎不胜感激。诚如将军所言，睽违已久，唯御体无恙，且更康泰，可喜可贺。"

义辉的确已是体魄结实的青年了。六年前他还是个瘦高苍白、有神经质感的美少年，现在则骨肉匀称结实。听说他随关东兵法家冢原卜传学习剑法，成绩颇佳，不过，神经质的感觉仍残留在浓眉和苍白的额间。

"你愈来愈能干了！"

义辉的态度非常亲切，脸上有着笑意，眼中却似浮着泪光。

景虎望之，自是激动，不觉也眼眶湿润地答道："多谢将军夸奖！"

义辉问了些旅途经过和留宿坂本的情形，这时，他身后的近侍不知说了些什么，他脸色倏地一暗，应答数句，不悦地点点头，转向景虎说："他们说今日初见，只能照规矩来，没办法，下回再来谈吧！"

诸侯参谒将军是有规定仪式，不能超过规定的时间，不能谈规定以外的话。义辉不但超过了规定的时间，而且情绪激动，不知会说出什么话来，近侍显然是担心他乱说话惹麻烦。

景虎猜想，座中一定有内通三好长庆及松永久秀的人，甚至将军的近侍都已被三好长庆等人收买，置将军于傀儡地步。思及此，不由心中大怒，既然如此，索性让他们知道自己的决心。

他端正坐姿，开口道："日前，大馆大人来访坂本时在下即已表明，此次上京并非仅为祝贺将军返京而来，是决心为将军效劳而来。将军倘有使唤，纵令国有大事，景虎亦不返归，决心滞京为将军所用，此旨亦已告之国内留守要臣，愿将军明见此心！"说到这儿，他语气放软，"今日且暂为应酬，请将军安歇，在下随即退下。"

"唔，唔。"义辉又眼眶湿润地点点头。

景虎回到坂本，日已西斜。他梳洗过后，穿着麻织单衣，拎了扇子坐在廊沿。湖面已抹上暮色，暮色逐渐向对岸的平原掩去，刚刚犹在夕阳照射下发出淡红光彩的村庄白墙及树丛处处的水田地带也立刻抹上暮色，变幻只在刹那间。

景虎摇着扇子，凉风入怀，放眼遥望比睿山。那山不高，抬头就能看到它的顶峰。

景虎心想，我上次来时就想到会像木曾义仲从北陆攻来似的来此，终于来了。将军看到我来，是那么的高兴，他嘴里没说，但我很清楚他心中所想。我绝对不会违背他的期待，不久之后，他一定会把所有的心事告诉我，不论是什么要求都可以，我有力量，也有男子汉的信心义气！

他回想着参见时将军的话语、态度及表情，心中一再地感慨并坚定决心。这时，侍卫报告："关白殿下大驾光临。"

"关白殿下吗？"

"正是。"

"有没有从人？"

"只带了两位家仆，是私人访问。"

景虎颇觉意外。初抵坂本的夜里，关白近卫前嗣曾随其他朝臣一起来访，彼此有过一面之缘，但交情还不到微服私访的地步。

人既然来了，也不能赶他回去。景虎吩咐："先让他在别的房间稍候，小心别怠慢了他，我去换件衣服。你们把这里收拾干净，碍眼的东西都收到那边。"

语罢，他回房间迅速换上肩衣裙裤，走到前嗣等候的房间。

前嗣身材瘦高，白皙的脸上有淡淡的痘痕。他天庭饱满，下巴细长，胡须稀疏，虽说不上是美男子，但气质很好。他与将军义辉同年，今年二十四岁。

景虎进来时，前嗣正挥着折扇，面向洒了水的庭院，望着立在矮树丛里清亮的灯笼。他"啪嗒"一声合起扇子，看到景虎，轻快地笑着说："没有预先知会，冒昧上门，真是抱歉。只是心下一起意，便迫不及待要来，虽知失礼，还是来啦！看你的脸色，我就放心了。如果不方便，我这就回去，怎么样？没关系吧？"

他的语气极轻，以他的身份来说，似乎过于轻佻。

景虎心想，嘴巴上说要回去，又不是就在隔壁，而是足足四里路，还得翻座山，何况他是地位仅次于天皇的大臣，岂有真的叫他回去的道理？

"说哪儿的话？竭诚欢迎大驾光临，请这边走吧！"

景虎带他到自己的居室，这是这栋房子里最好的一间。

上茶未久，酒宴立刻备妥。两三杯酒下肚，前嗣快活地道："今天想必痛快极了，现今世上再也没有像你这种敢说话的人物了，了不起！"

景虎不解："您是指？"

"你在将军面前说的话呀！你说是决心为将军效劳而来，纵令国中发生大事也不回去，已有准备而来，是不？"

"我是这么说……"景虎惊讶他的消息如此灵通。

"那席上有松永久秀的人，吓得半死，赶紧去报告，松永久秀那张红脸也变成绿色的，浑身打战。我呢，当然也有人，所以马上就知道了，真是说不出的畅快！在家里坐也不是，站也不是，索性就赶了过来，哈哈……"

他捧腹大笑，一副忍不住欢喜的样子。

景虎觉得他这人开朗好热闹，但态度略嫌轻佻。不过，他不会只是为了这事而来，一定有别的事，但他身份不同，不能唐突乱问，只得耐着性子和他应酬。

前嗣的模样更轻佻了。

"弹正，听说你讨厌女人？"

景虎苦笑道："不是讨厌，只是有些……"他除了苦笑，无法再说什么。

"如果讨厌女人，那就喜欢男人啦！京城里什么都有，只有金银和正心没有。那些相公中也有很漂亮的，怎么，你要愿意的话，聚一聚如何？我也不排斥，当然还有别的。"

景虎只有继续苦笑，"不，谢了……"

前嗣酒量很好，身体虽瘦，却大杯大杯地灌，一点也无醉态。景虎更是千杯不醉。

夜渐深，湖上的渔火渐少，前嗣终于放下酒杯道："弹正，我是有求而来！"

景虎心中一紧，却不露声色地微笑道："请说，只要是在下能力所及的，一定让您如愿以偿。"

"啊！真是太好了！这要求来得突然，或许令你惊讶，不过那是我真心所求的。今天，您虽然在将军面前那样说，但总有一天还是要回国的，到时，能否带我一道走？"

真是出乎意料。在这时代以前，朝臣公卿无以谋生，离京投靠诸侯的事并不罕见。周防山口的大内氏和骏河的今川氏宅内以公卿寄居出名；前任关白一条教房出奔土佐领地后便不再归京；景虎之父为景攻打越中放生津城时，投靠城主畠山氏的德大寺大纳言实矩等九名公卿也与城共亡。

但这已是上一个时代的事了。如今，在优胜劣汰、弱肉强食的态势下，小豪族大抵归并于大诸侯，各据一方，虽然战火未熄，但已非毫无秩序，且有乱中生序的现象。雄踞各地的大诸侯借着与古老权威的结合，以巩固自己的权威。他们领内若有皇室或公卿的庄园，大多都归还原主，借此获得官阶叙升。公卿留在京都，一样能够生活，同时京都也呈小康状态，流散四方的朝臣皆络绎返京。就在这时候，身居高位的前嗣却想离京，景虎难以相信。

他反问道："您是想游览越后吗？"

公卿虽穷，但不失风雅之心，而前嗣更是一位歌道高手，如果是为寻访和歌中的名胜古迹而出京，并不奇怪。

但前嗣猛烈摇头："不，不是一时之旅，我想长住越后，成为越后之民，怎么，带不带我去啊？"

他不像酒后戏言，表情非常认真。

"这实在太意外了，究竟是为了什么？"

"不说不行吗？"

"您贵为朝中第一高官，要带您到偏远之乡，如果没有让在下信服的理由，恕难从命，因为得考虑朝廷和世人的看法啊！"

景虎有些不悦，觉得前嗣这人太无常识，已经不是小孩子了，说话却这般轻率。

前嗣捻着胡子，一手持杯，略微思考后，把酒喝尽，将酒杯伸到景虎面前："敬你！"

"不敢！"

景虎接过杯子，前嗣亲自拿了酒壶斟满，顺便要求："抱歉，能否暂时屏退闲人？"

景虎令侍卫退下。

前嗣也回头对捧着佩刀的从人说："你也到那边去！"然后，他对景虎说："你说如果我不说明原因就不带我走，好吧，我说！"

"洗耳恭听。"

"我是不想待在京里啦！连看都不想看，我身为关白，虽位极人臣，但没有实力，谁都不在乎，害得我老是愤恨不平。我这心情就和将军一样，但将军还好，还有你这诸侯老远赶来襄助，我这朝臣却什么都没有，有的只是虚无的崇拜而已，谁不知道人们别过脸去时都伸舌做鬼脸。岂有我生在朝臣家，就必须一辈子待在京里忍受这愤恨的道理？从几年前开始，我就认为男人的生存价值，是借自己的力量立身处世，所以，我想去闯一闯，怎么，这样可以了吧？"

自尊心强的景虎，虽然很了解前嗣的感触，但是他数落京都生活的事，景虎却不能跟进。于是婉转道："我了解了，但事关重大，容在下考虑几天再做答复，同时也希望您三思。"

前嗣听了，打开扇子扇风入怀，"再想也是一样，我觉得没有比这更好的主意了，如果碍于关白这职位，不做也可以，反正摄家（有担任摄政、关白资格的门第，自镰仓时代起，近卫、九条、二条、一条、鹰司等并称五摄家）里想做的人多的是。"

"呃，我看这话题就此打住吧！问题实在太大，不宜仓促决定。"

"是吗？"前嗣略感不服，但也不再纠缠。

五月一日，在近卫前嗣的安排下，景虎参见天皇。

前次上京时，景虎也曾进谒后奈良天皇，但没有上殿的资格。准许上殿的资格是常人五位以上、官员六位以上不可。但上殿只是出入天皇私宅的清凉殿，也不一定完全照规矩来。景虎的官位是正五位下弹正少弼，与天皇不亲，因此，两次都不是正式进谒，只是以参观御花园的名义进宫，在园里接受天皇赐语的方式。

前嗣告诉他："我已经吩咐管事的公卿了，你放心，宫门前会有人接待，你跟着他进去就行了，我会在里面等你，到时我来安排。"

景虎一大早便穿戴整齐，骑马进京。他先在三条西大臣家里略事休息，重新换上乌纱帽、礼服，仅带数名随从，徒步进宫。

如同前嗣所说，宫门前有数名公卿正在等候，因为不是正式的谒见，这些人也穿着平常的服装。不仅前嗣特别关照过，景虎昨天也送上了厚礼，因此他们毕恭毕敬地亲切引导景虎进宫。

宫里的样子和六年前不一样了，那时候建筑斑驳，难掩荒废之色。现在看来，虽然还略嫌粗陋，但有着一股安稳的气息，静寂、清雅，有着古老神社的森严感。

踩在初夏阳光照射的白色细沙上，参观了御花园，穿过几个小门，直往里走，看见前嗣带着三名年轻公卿等在松树荫下，看到景虎，便走过来。

景虎弯身作揖："今日得此殊荣，多谢安排！"

前嗣用扇子做个制止的姿势，"天皇已等得不耐烦了，你可来了。"说完，转身便走。脚踩在沙地上，发出沙沙的声音。

景虎一走进松竹丛生的窄院，感觉到廊前帘后人影晃然。待帘子卷起，走出一位穿袍服的人，四十出头，脸上有浅浅的痘痕，肤白祥和，微笑地向景虎点点头。

景虎心想，"是皇上！"立刻跪倒、双手扶地行礼。

那人和前嗣四目相对，微微颔首，便拖着曳地裙裤刷刷地走进殿内。

"跟我来，皇上有话赐你！"前嗣用扇尖按按景虎的肩头，走上阶梯，景虎跟在后面。

天皇坐在稍高、镶着缎边的榻榻米上等着。前面是宽广的地板，数名公卿穿着袍服分坐左右。

天皇面前偏左处是一圆座，前嗣坐到那里，指着天皇座前方板间的一点，景虎坐到那儿，弯身伏地行礼。

典仪官向前膝行数步，威仪堂堂地宣布："弹正少弼平景虎，不远长途入京，贡献无数，有感忠诚王室，特赐天杯、宝剑。"

在静寂中那清亮的声音，森严得令人不由得敛声屏息。

两名身穿纯白和服、鲜红长裤的女官，捧着矮几和酒杯出来。她们把矮几放好，斟上酒。女官脸上涂着厚厚的白粉，像人偶一样没有表情，但跪着前进后退的动作流畅优美。

在矮几上白木酒杯里的酒呈淡淡的黄色。景虎三拜后举杯而饮。酒味极淡，略有酸腐的感觉，但他毫不犹豫地一仰而尽，用怀纸包好酒杯塞入怀中，再伏地一拜。

一名公卿膝行出列，把八寸长的短刀和淡绿绸袋放在矮几上，再端到景虎面前，然后退下。

典仪官再宣："此乃栗田口藤四郎吉光所作之'五虎退'名剑，赐予景虎，以彰忠诚。"

景虎双手捧起矮几，再拜谢天皇。

这时，帘子放下，帘后有人起身，脚步声远去。

谒见结束。

景虎归途中顺便往近卫前嗣宅邸言谢，前嗣还没出宫，于是和各公卿道了谢，寒暄几句。今天照顾他的公卿是不必说了，其他那些没什么关照、只是列席的公卿，一样少不得谢礼，景虎派了家臣分头送礼。

他在傍晚时分回到坂本，天皇的册封也随之赶到："叙任从四位下近卫少将。"

他等于是升了一阶官位，自是光荣。近卫前嗣等公卿开始勤于来访，或许是出于崇拜英雄的心理，但也因为来访一趟当场即有物质的回报。景虎很能满足他们这层欲望，如同《上杉年谱》所记："在洛中，以衣服、金、银、青铜、红烛、白布赠予旧好尊卑，即日日使介往来，不辞劳苦。"

在交际往还间，景虎与前嗣愈益亲密，他对前嗣的立场也非常同情，终于答应将来回越后时带前嗣一起走。

景虎不只和公卿交际频繁，和武将也来往密切。他从中选择忠诚于将军者，加强关系，其他人则不露声色地小心防范。他也尽量常到将军那儿报到。他甚至劝将军讨伐三好长庆、松永久秀，只要将军下令，他立刻展开行动，但是将军无法下定决心。

"时候快到了，不要勉强。"

有一天，他从将军处出来，队伍穿过乌丸大道时，迎面来了两个骑马武士，在马上谈笑风生，马后各跟着四五个徒步下仆。当他们看到景虎队伍的先导接近时，像看到麻烦似的，掉转马头想避开。

但先导卫士已奔跑过去抓住他们的马辔："下马等候，是越后少将的队伍！"

一名武士立刻大喊："放手！"

另一人也喊道："放手！不得无礼！我们是松永大人、三好大人的家臣！"

景虎早就看到了这一幕，一听他们这么说，猛然喊道："杀了他们！"

随侍两旁的鬼小岛弥太郎和户仓与八郎说道，"遵命！"箭也似的飞奔过去。弥太郎拎着景虎的长枪，与八郎也拿着景虎的大关刀。

那两人看到弥太郎和与八郎的架势，吓得拨开先导抓住马辔的手就逃，嘴里还喊着，"我是三好家的家臣！""我是松永家的家臣！"

"什么三好！什么松永！"

弥太郎和与八郎一个箭步追上，弥太郎的矛尖刺透了三好家仆的身体，与八郎的关刀则从松永家仆的右肩劈到左腰。

闯空门

　　景虎在光天化日下，当着众多围观的京都百姓，诛杀他们视为瘟神病鬼的三好长庆、松永久秀家仆，百姓莫不又惊又慑，哇的一哄而散，躲到远远的地方犹睁大眼睛看后事如何。他们脸上的惊恐之色已消失，换上惊叹的表情，悄悄地与旁人交换意见。

　　"好厉害的诸侯！像杀蚊蝇蟑螂一样！"

　　"他不怕三好长庆和松永久秀吗？"

　　景虎冷眼看着事情的进行。弥太郎和与八郎收拾妥当，回到景虎马前待命。

　　景虎点点头道："你们分头到他们主家去报告这件事！"

　　"遵命。"

　　"你们就说，彼等无礼行事，因而诛杀。彼等虽自称为贵府之人，然窃思贵府之中当不致有此不分轻重轩轾之鼠辈，特此知会。倘万一真为贵府人士，且对在下所为不解，随时可上门求解，景虎当亲自说明。"

　　"是！"

　　两人神气活现得仿佛预见某种有趣的事情即将发生。

　　弥太郎突然又问："这口讯的意思我懂，但太长了点，我记不住，请再说一遍可以吗？"

　　"不必！你说到主旨就好了，快去吧！"

　　"是。"

　　两人带着自己的部下，分头前往目的地。

　　景虎哪里也没去，直接回坂本了。他很有兴趣看看三好长庆及松永久秀的反应。一直避免与他发生纠纷的三好长庆和松永久秀，会回答死者不是他们家人而避开麻烦，还是老实承认是他们家人而道歉？由于这事发生在众目睽睽之下，或许为顾虑以后的影响而强硬抗议。

　　"如果闹到弓箭相向，我还求之不得，正好借机一举消灭他们！"

　　虽已入梅雨季节，但是没有下雨，是微阴闷热的暑日。他越过初来时处处犹见新绿、如今已是浓荫茂密的东山山路，来到山科野，又见前方一个武士飞马而来。

　　景虎放缓马步，凝视来人，殿后的金津新兵卫奔至他身旁："是源藏！"

源藏是今天奉命留守坂本居所的武士。

秋山源藏奔来的样子极不寻常，景虎停下队伍，下了马，坐在路旁树荫下，摇扇等待。

秋山源藏在二十米外下马，大汗涔涔地奔向景虎，跪在景虎面前两米处。景虎心想或许事关机密，于是屏退左右侍卫，令秋山前行数步。

秋山依命膝行向前，额头的汗珠源源冒出，像冲水似的湿透两颊，自下巴滴落。秋山无暇拭汗，急急低报："国内派来急使，带来政景公的书信。"他从怀里掏出信函。

景虎伸手接过，秋山更压低嗓子道："是有关五日武田侵扰大田切口之事。"

景虎强按心头震惊，若无其事地向秋山点点头，仔细拆开信封，看起信来。

"昨五日正午稍过，善光寺平的横山城急报，谓黎明时武田军出现川中岛，并越过犀川侵入。该城立即出动，在河岸布阵，并向武田抗议违约，但武田方面答称，'晴信公为信浓守护，警备领内、惩暴治恶乃当然职权。'不肯停兵。事态甚为险恶，横山城求援。在下立刻发檄各地，率先出兵，沿途接报，密如梳齿，得知武田军已破横山军守备，一路北攻。在下抵达关山时，武田军已越国境，进至大田切口。在下仅有三百余人，隔大田切川与武田对峙。武田军约有五六千人，晴信似也亲自出马，本营竖起四如之旗。我方人数陆续抵达，入夜时已达七千，静待天明殊死一战，未料武田军即趁夜撤退。如公所知，其退势坚稳，我方无隙可乘，唯戒慎目送而已。今后有何变化，无法预见，但随机应变，尽心防范而已。还望主公及早完事，返国坐镇。行军怔惚，匆作此书，尚祈见谅！"

景虎心中暗骂："晴信浑蛋！"

当初就是知道晴信是怎样的人，特地派遣使者去交涉，勿趁自己上京时生事。当时晴信还爽快地答应，请他不必挂虑，还说若是违反此约定，当受神佛冥罚。没想到言犹在耳，他便趁隙生事，难怪景虎怒不可遏，判定晴信是打一开始就有闯空门的打算。

"真是心思鄙秽的家伙！"

景虎怒火中烧，恨不得长了翅膀飞回越后。好一会儿，他才平抚了胸中怒气，看着源藏，源藏浑身汗湿。

"源藏！"

"在！"

"这事暂时不可泄漏！"
"是。"

回到坂本，景虎立刻招来国内特使细问端详，问话之间又有使者赶来，带来政景的信。

"武田军仍在继续撤退，缩在犀川以南。我方向其严重抗议，武田方仍重复当初渡江时之借口。我方再度抗议：纵然晴信公为信浓守护，既有约在先，何以单方毁约，越境入侵？武田军方答称：此乃我方过失，实因不知国境线究竟在何处。特此致歉。狡猾得令人惊讶。我方再谓：贵军亦知景虎公刻正上京中，我方暂不再追究，待景虎公返国之后，当请有所交代！双方争论暂停，两军仍隔犀川相对。"

景虎看罢，略感安心，但不免又挂虑起来。政景留守国内，纵使开战，也能应付，但晴信非寻常敌人，故而景虎倒是希望能不战而和。景虎心中暗祷事情不要恶化。

另外，他也盘算该怎么将此事告之随行将士。大凡人远离国土，易生不安，突然告之，可能会造成无法收拾的混乱与动摇。但是，这消息很快就会传开，他必须先让少数军头知道不可。如果在发布以前他们就已得知消息，擅加猜测，结果反而更糟。

他左思右想半天，决定只让部将级者知道。随即命人通知各部将晚上八时会集本营。

使者衔命出去，景虎觉得心下安稳一些，同时有些倦意，伸长了腿，往旁倒下，枕着胳膊，弥太郎回来了。

景虎翻身坐起："怎么样？你是到三好长庆那里吧！"

"是，我去的时候，一个满脸皱纹的干瘦老人蹒跚地出来应对，说那不是三好家的人，因为他家今天没人到那个地方。我说怕会是无聊人士冒充三好家的家人，特来知会，他说那太感谢了！就是这样。"弥太郎笑嘻嘻地报告。

"是吗？"景虎面露笑意。显然三好方面是不想惹麻烦。

这时，户仓与八郎也回来了。

景虎问："他们也是说死者不是松永家的人？"

"不，他们说或许是。他们还说，将仔细调查，如此无礼者自当该杀，如果查出是松永家的人，当再登门致歉，请先暂回！"

"哦？"景虎觉得意外。

"在下心中暗惊，但回道'既然没有抱怨，似已谅解，再登门道歉之事就不用了'，说完便回来。"

"什么人出来应对？"

"四十多岁、体格魁梧的人，他自称是家老，不知打的什么主意。"

"这人听来相当狡猾，有些鬼点子。表面上不惹什么纠纷，但心中不安，或许会趁这个机会讨好我们。"

"对，很可能是这样。"

景虎不再言语，拿起长刀，赤脚走下院子，那是数天前大馆大人回送他的礼物。为名工兼光打造，长二尺七寸五分，对身高仅五尺多的景虎来说，这刀显长，但他轻松地拿在手上，走到院中。他略为调整气息，冷不防地合气抽刀，纵刺横劈，刀锋过处，风声呼呼。

他劈了一阵，全身汗湿后，向移到廊缘观看的两名爱将说："这刀有点重，不太好使。"

两人同声回答："一点也看不出来。"

"是有点碍手，我个子小，手没劲，没法子！"

主仆对话之间，传事武士来报松永久秀求见。

"请他到这里无妨。"

景虎说完，继续挥舞大刀，发出比刚才更猛烈的喊声，以更激烈的动作击刺。

素袍装扮的松永久秀走入架灯口，看到院中舞刀的景虎，咧嘴一笑。他那红润的脸庞喜滋滋地，仿佛很欣赏，坐进客厅后仍在继续观看。

景虎又继续舞了一会儿，才收刀入鞘，转头望着松永久秀。松永久秀还是满脸笑容。景虎不觉一愣，他知道松永久秀以为他是故意卖弄，其实他并非卖弄，而是若不如此发散因疲劳而生的惰气，就无法会见像松永久秀这样歹精的人。虽然如此，这种感觉令他觉得满脸发烫，当然，这是否因剧烈运动而导致浑身热汗，外人无法分辨清楚。

"失礼，我马上来。"

"不急，慢慢来。"

松永久秀还是微笑地寒暄，那是大人对小孩有余裕的表情。

景虎到澡间冲洗掉汗水，也换了素袍回来。松永久秀略向后退，双手扶地，态度郑重地说："今天承蒙使者来报，立即展开调查，确实是在下家中之人。虽曾谆谆教诲，然人数过多，偶有不放在心上者，终以无礼招致杀身之祸，家仆之罪，责任在主，特来致歉！"

景虎也回道："只要您能了解，就感激不尽了，专程来访，实不敢当！"

"哪里，在下若不走这一趟，就无法心安。不过，该员尚有家属，不知大人如何安顿？"

"您是说如何处理遗族？"

"不听主家教诲，犯下如斯大错，触怒大人，实罪无可逭，本来，其家族亦当同罪，如果大人肯宽大为怀，希望仅予以申斥即可。"

松永久秀的态度太过谦卑，反令景虎觉得他不是出于真心，而是在试验自己。

景虎略感焦躁，口气有些重："这是府上家法之事，我等外人不容置喙。"

"不敢，在下绝无他意，只是于理得听凭吩咐。"语罢，他又道歉。

两人闲话家常半晌，松永久秀突然问道："方才听家人说，街中传言武田侵入贵国，发生战事，此事当真？若果是真，则事关重大啊！"

果然，他是为察看景虎闻知此消息的模样，特意上门致歉的，可能他也有探子耳目放在信州路、越后及其附近吧！

景虎笑道："您消息真灵通，我也是今天从京里回来才知道的。不过，后来急使传书，武田已撤退，我国中留守将士，的确善尽职责！"景虎无意隐瞒，实话告之。

松永久秀回道："那太好了！虽说旅游在外，本来就有些不放心的，但发生这种事，想必也只是一时忧虑罢了，所幸事情已轻松解决。不过，武田还可能再做出什么不义无信的事吧！大人出发之时，武田不是曾允诺不趁您不在时生事吗？这件事他还请将军颁了训令，实在不如传言所说啊！"

松永久秀像是打从心里愤恨晴信的无信无义，但景虎听着听着，突然怀疑或许武田是受松永久秀唆使的。

（我行前曾向领内及沿途诸国宣称，这次上京，是要借己力带给京都和平，恢复天子及将军家本来的权威，使天下太平，万民安堵；而后在觐见将军时，也声明此行是决心为将军效劳而来，倘有所用，纵使国内发生大事也不归国。这些话应该都已传进松永久秀耳中。松永久秀自然不愿我一直滞留京中，于是怂恿武田，威胁国内，让我无法安心滞留京都。对武田而言，装腔作势也没有什么损失，反有所得。这两个一狐一狸凑在一起，不知还会耍出什么花样……）

心中有了主张，景虎安然笑道："如您所说，武田是不义，但老实说我一点也不担心，就像我对将军所说的一样，国中已安排妥当，哪怕留在京都几年也无妨。"

"的确，的确，不愧是威撼天下的名将，在下真是佩服之至。有大人如此忠心效劳，皇上、将军甚或我等无足轻重之辈，欣喜无甚于此。"

他夸奖得近乎谄媚，景虎觉得憎恶，也有些不安，甚或觉得恐惧。可以想见，如果自己一直滞留京都，武田却反复骚扰入侵的话，只靠政景等人是应付不了的。景虎也必须考虑武田的举动对国内豪族的影响，甚至可能连他带来的人都会受到动摇。

景虎略有焦躁之感。

松永久秀接受景虎简单的晚宴招待后告辞，阳光肆虐的长日也已暗下。

天色全暗时众部将聚集，各带着高举松枝火把的随从，骑马而来。

景虎在最宽敞的房间里和他们见面，不独告知了这件事，还让众人传阅政景的信函。众将虽然惊讶，但多能体会景虎的处置，因而放心不少，借机饮酒叙情，直到微醺方各自归去。

景虎继续留在京都，或向将军请安，或与近卫前嗣等公卿交际，偶尔也去参谒神社寺庙，表面上悠悠度日，但心底仍免不了焦虑。

根据他的观察，京畿的乱源在于三好长庆及松永久秀，如果要正此乱序，必先诛杀三好长庆及松永久秀不可，那时他在京都的任务才算告终。但是三好长庆及松永久秀非常了解景虎的心理，不敢轻举妄动，谨守将军陪臣身份，使景虎找不到下手的机会。

景虎终于按捺不住，他面见将军，痛切陈言，要求将军下令诛杀三好长庆、松永久秀。

将军义辉虽赏识他的忠心，但并不应允："虽然他们是无法对抗你的武勇，但怎么说这里也是他们的地盘，众寡之势悬殊，万一有什么错失，我以后要靠谁呢？如果你回国以后，他们再有僭上暴恶之举，届时再通知你，率大军进京诛灭他们，现在还不是时机。"

"打仗不靠势之多寡，在下有五千兵力，就算他们有几万人马，在下也能当即粉碎他们！"

但是，义辉怎么也不肯答应。不过，当景虎准备返乡的风声传出来时，他又急忙派大馆兵部少辅来探询口风，恳请他滞留京都，准许他使用有升高地位之意的彩轿及朱柄伞，又赐他皇室赐给足利氏的五七桐纹徽饰，最后甚至说出要授他关东管领一职。

前些年关东管领上杉宪政不堪小田原北条氏之压迫，出奔越后求景虎庇护，并主动把上杉家名及管领职位让给景虎，条件是由景虎为其消灭小田原氏以洗雪耻辱，只将上州一地留给他终养天年即可。当时景虎觉得事关重大，不敢私相授受，只回以等到幕府大将军应允，也消灭了小田原北条氏之后再说。将军义辉不知打哪儿听来这事，主动玉成此事。

景虎想到年轻的将军只有自己可以依靠，如何能高兴呢？他甚至觉得心痛。

"多谢将军厚爱，但是关东管领是重要职位，目前对在下而言，负担过重。如果拜任其职，则在下必须向世人展现有胜任此职的能力不可，既然如此，何妨等到在下返国后出兵关东、消灭北条氏以后再说。在下是草莽野夫，若不能说服自己或世人，便觉愧疚难承。"

将军感叹道："你的心术之正，总是叫人无法不佩服，也好，一切就依你吧！"

将军亲自写了密令，内容是上杉宪政的进退一切听凭景虎指挥。

九月以后，景虎开始起意返乡了。他滞留京都，的确有安定之功，只要他在，三好长庆及松永久秀不敢乱来，但他又不能就这么一直滞留下去。他本身焦虑，带来的武士也有思乡之意。这一阵子，武士间的谈话内容都围绕着家乡妻子，他们对国内情势也有不安，政景等人频频来信，敦促景虎早日归国，这情形似乎也不能一直置之不理。

景虎当然担心他离去以后的京都，他想至少可以先杀了三好长庆、松永久秀以绝后患，于是再度觐见将军，禀告归国之意。将军又惊又悲，极力挽留他，但对诛杀之事仍不肯应允。

"既然将军无法下定决心，在下也无计可施，在下归国也情非得已，未如当初所言长留京都，在下亦有苦衷，唯望将军首肯！"

将军无言以对。

景虎看他那茫然无依的样子，煞是心痛，"在下虽然归国，然奉公之心丝毫不敢忘怀，将军如有使唤，请尽速遣使告之，在下必火速上京效劳！"

"仰仗你了！仰仗你了！"

将军只是重复这句话，眼中含着泪水。

瑞雪飘飘

景虎向近卫前嗣表明返国的决心。

"你答应带我一起走的。"

"当然。"

"成就我愿，感激不尽！"

前嗣非常高兴地宣布此事，便忙着准备上路，但是他的父母、天皇，甚至一干朝臣公卿都大为惊愕。

前嗣的父亲植家训诫他说："虽然在职关白一时到近国游山玩水之事常有，但不曾有远赴他国的先例，你以为关白是什么东西？岂有此理，还不打消这念头！"

前嗣根本不听："我可以辞掉关白这职位，我老早就和景虎约好了，这会儿不能出尔反尔！"

植家没有办法，只好求助将军义辉。义辉劝阻前嗣，但是无效，于是转令景虎不要带前嗣离京。

前嗣仿佛猜透义辉的打算，赶紧修书给景虎，表明不管将军吩咐什么，自己的决心不变，信上甚至用熊野神社的牛王宝印按了血印。

景虎屈服了，毕竟有约在先。他见过将军使者大馆，并写下承诺书呈交义辉将军。

"有关近卫殿下赴越后之事，将军的命令令在下惶恐，或许世间有谓在下诱引殿下，然实无此事，此乃殿下自行提出。今太阁殿下伉俪及将军皆不同意，在下亦觉迷惘。在下将试劝殿下一二，然殿下不从，务必要在下实践前诺，在下亦无可奈何。对将军之令，虽感惶恐，但观当今都中景况，暴恶之徒遍地，对殿下失礼者多矣！殿下有意去京，在下极为同情，还祈将军见谅！"

景虎去看前嗣，告诉他将军的意思，又试着劝他回心转意。

前嗣脸色一变："你是说不带我回去了？"

"不是，不过令尊令堂及将军都这么吩咐，你是否暂缓一下，等待时机呢？"

"不行，所谓失之毫厘，差以千里，我要是稍微耽搁一下，恐怕再也走不成了，我绝不变更心意！"

"是吗？那好！在下也这么打算！"

景虎再度写信给将军，表白因为前嗣心意不变，只好带他同行了。

这下，换了携带天皇密旨的三条西大纳言来劝阻了："……明年正月皇上将举行即位大典，关白大人若缺席，实在失礼。皇上也知道关白大人心意坚决，不敢强留，但至少等到大典过后再行可否？"

既是皇上敕令，景虎更觉为难，只好以更强硬的语气劝阻前嗣，没想到前嗣却回答："即位大典无聊极了，有什么好在场的，我辞掉关白行不行？"他的心思全系在越后地方。

景虎脸色一沉："请勿说此戏言，关白一职岂可戏言？时间已近，就算大人辞官，朝廷亦觉困扰，还请大人无论如何延到大典以后，短短几个月的时间，越后国还不至于消失。"

"唔……"

"老实说，在下官拜四位少将，忝居朝臣之末，本当延迟返国，恭逢盛典，但是国内情势不允许，待在下先行返国，做好迎接大人的准备，眼前还请暂时打消主意吧！"

"既然如此，就这么办，可是，你千万不能变心！"

"岂敢？在下一定派遣使者恭迎大人！"

"那你发誓！让我安心！"

"好！"

景虎写下誓书，按了血印，交给前嗣。

十一月七日景虎启程返国，二十六日即回到春日山。距离他四月初出发，整整隔了八个月。

随行部将及其家人，欢喜自不待言。

那天天气特别寒冷，雪花纷飞，队伍在城门前解散后，众人便欢天喜地地冒着雪花返家。有人兴奋地谈笑，有人抱着幼子耳鬓厮磨，有人甚至不避人嫌，扶着妻子细看端详，温柔问候。景虎坐在马上目睹这一切，竟忘了要进城门。他胸口不觉发热。

（回来真好！只要武田存在一天，我就必须留守这里，离开这么久真是罪过啊！）

但是这激动之下，又有一种难以言喻的寂寥。

（我没有那样欢喜迎接自己的妻子儿女，独自一人孑然立于天地之间。不过，我的家就是这国，家将和领民就是我的家人，他们不是如此高兴我回国吗？）

然而，他还是有些寂寞，有点后悔决定独身以终的感觉。

当天，他先召集留守的老臣，开宴庆祝平安归来。之后，特别把政景和宇佐美叫到起居室。

宇佐美这两年特别显老，原先瘦削的身体更显枯干，须发也全白了。那原就高雅的风貌现在更有如昂首阔步的白鹤一般。

景虎上京时，宇佐美来春日山送行，之后一直留在城外宅邸中，协助政景留守。他此刻的模样像比那时又老了许多。

景虎略觉心酸，问道："你今年多大了？"

"七十有一了。虽然心里不想服老，但毕竟年纪大了，一到冬天就受不了冷。"

景虎由衷地说："你要特别小心，别伤到了身子啊！"

此时，他心中突然掠过乃美的事，她还没出嫁。很久以前，她曾说要出嫁，但不知什么缘故，也没有下文了。她比景虎大一两岁，如今也有三十一二了，这个年纪还待在娘家未嫁，总令他心中牵挂。他想问乃美的事，但无法轻松出口。

重新摆酒对饮，景虎对他们说："我留下你们，是想详细地听听武田的事！"

政景答道："我们本来也想报告，但怕您太累了，打算明天再说，既然您问起，就据实以报吧！接到您的命令后，国内武士便小心搜寻武田谋略，不过一无所获，这方面暂可放心，倒是邻国越中方面麻烦。武田不断派人到该国富山神保等武士处，不知又在打什么主意，我们得小心为上。"

"的确！武田那种人就会做这种事！"

景虎心中大惊，上京经过越中之际，松仓城的椎名康种和富山城的神保氏春都特别照应他，神保甚至在途中相迎，盛宴款待，翌日更恭送至高冈，归国时亦然。他那专一的亲切态度，根本看不出有异心，连景虎都对他很有好感。如今闻言，他暗思："世上尽是表里不一的人，丝毫疏忽不得！"

景虎又问武田军入侵时的情形，政景详细作答。在抗议之后，两军暂时对峙犀川，大约一个月后便议和退兵。景虎再问以后的情况。

宇佐美答道："依在下推测，很可能开春时再展开行动，他们向越中武士下功夫，大概就是为了这事吧！他们可能唆使越中武士起事，等主公前往讨伐时，再由南边入侵，也可能进兵川中岛牵制我军，让越中军袭击我方背后，让我们进退失据！"

景虎点头，"不能大意，但是我们没有证据，得设法掌握证据，否则便师出无名了！"

"您说得是，只要是事实，用心找一定找得到的！"政景道。

景虎使劲地点头称是。

深夜时分，政景和宇佐美才告退，景虎送他们出门，才知雪下大了。眼前所见，万物俱白，大约已积了三四寸深。像灰似的干雪无声无息地自漆黑的空中飘下。

"今年雪积得早啊！"

景虎就这么望着深夜雪景，许久许久。

景虎几经考虑，除了多派密探到越中外，也宣布将军准许他继任关东管领职位的消息。他想，武田才是大敌，不希望越中这边也生事，或许发布此消息，越中武士就不会受到武田的教唆了。

消息宣布后，反响极大。家臣及越后武士争相献礼庆贺，信州武士亦然。连属于武田的人也献贺词、敬赠大刀；关东诸侯也纷纷遣使进贺献刀，多达三十二家。

景虎所在意的越中方面也一样，效果如景虎所预期的一般。景虎虽然安心不少，但搜寻证据的行动并未停止。

年底，近卫前嗣托知恩寺的和尚送信，告诉景虎，皇上即位大典已决定在正月二十七日举行，等到大典及附带仪式结束后，他立刻起程，方便的话赶快派人去接他。

"他以为这里是极乐净土不成？"

景虎忍不住苦笑。不过，他还是尽速派了使者，送去大量的金银献给皇上当贺仪，同时带了回信给前嗣。

"本地至二月底以前犹为厚雪冰封之地，且待三月阳春时再起程吧！"

这时，他也得了知乃美的消息。

景虎无意中听得，乃美和他父亲一直待在春日山城外的宅邸里。那天，景虎在居室里看书，断断续续听到隔室守候的侍卫闲谈的内容。

"……昨天下了好大的雪，我有事到府内一趟。中午过后办完事，喝了一点小酒又冒雪而归。到了城外时雪小了些，等我走到毗沙门堂附近时，却听到一阵笛声。不知是什么曲子，听起来叫人身心俱澄，好像连横打过来的风及打着旋儿的雪也静止不动了。我就站在雪中听了一会儿，笛声像是庙堂里传出来的。我很好奇，想去看看是谁有这雅兴在雪中吹笛，可是进了大门后，笛声却停止了。我还不死心，继续往里走。这时堂门突然打开，有个人出来，穿上雪鞋，戴了蓑笠，朝我这边走来。人愈来愈近，我正要招呼他时，却发现是个女人，于是没敢作声。她经过我身旁时，看了我一眼，天！那冷得彻骨的感觉，几乎叫我以为她是雪夫人不成？好美！这回上京我也看了不少美女，就没看过这么漂亮的女人，我愣在那里，痴痴地目送她走出庙门……"

说话的人很有技巧，很能引起听者的兴趣，景虎觉得看书受到干扰，本想叫他声音小些，但听着听着也觉得有趣起来。

隔室有人问："年纪多大？是谁家的姑娘？"

"别急，听我说嘛！我当下走进禅房，问和尚刚才吹笛的女客是谁，和尚说是宇佐美将军的千金，常常到神像前吹笛，好像是在了什么心愿！"

景虎闻言一惊，"乃美竟然在这儿！"

隔壁有人接着说："没错，宇佐美将军是有位没出嫁的千金，不过年岁已经不小了，比我们都大很多！"

"对呀！我小时候看过她两三次，她现在也该三十好几了！"

"这样还漂亮吗？你也真会讲话，为了使话题有趣，竟把个半老徐娘说成京畿没有的美女！"

众人笑成一团。

最先说话那人忙着辩驳："绝无此事！我只是擦身而过，惊鸿一瞥，当时真的觉得她好美。你们别吵，听我说嘛！我问和尚她来了什么心愿？和尚起初不愿说，后经不起我哀求，才悄悄透露，她好像有个心上人，却无缘在一起，所以常来神前奉献一曲，托给心上人。不过，这都是猜测的。"

众人又问："那会是谁呢？"

一场无聊的猜测争执就此展开。

景虎这厢却觉有如五雷轰顶，如果乃美有心上人，除了自己还会有谁？他左手撑着腮帮子，茫然地望着虚空。

景虎想见乃美，但见了面，又似乎会发生无法收拾的结果。他强按心头的意愿，没有去看她。

腊月二十七日那天，宇佐美上城求见。

"我想告辞，明天早上返回琵琶岛。虽然那边的事都有小犬定胜料理，没什么好担心的，但我确实也离开太久了，想回去过年，年后再来拜年吧！"

景虎马上想到乃美也要回去了，他有种解脱的感觉，但同时又有些惋惜。

"也好！辛苦你许久了，代我向定胜问好，这些天他特别辛苦了！"

"哪里！我好几年前就把所有事务都交给他了，在家里什么也不做，只是和女儿喝茶、读书，犹如隐居，定胜已然习惯，没什么特别辛苦的！"

"是吗？这么说来，倒是为了我，还劳动你老人家辛苦，真该好好谢你才是。来，让我敬你一杯，慰劳你和暂时的离别！"

景虎命人斟了一杯酒给宇佐美，又端出一套在京都购买的茶具道："这一阵子那边流行新的泡茶方法，叫幽茶，好像是堺港商人千宗易开创的，听说他学会茶道各流派后独创此式，说是茶室的布置也应如乡村民宅，静寂澄心，取其幽寂，所以称为幽茶。我去堺港买枪时，见过他，也买了一套茶具回来，听说你最近好茶道，就拿去用吧！"

"真是求之不得！多谢。"

那套茶具相当重，景虎要他先放下，等一下派人送过去，但是宇佐美舍不得放手，心满意足地笑着说："不，不，想到这是我的，就一点也不重了！"

景虎送他出门，回到房间继续喝酒，心中喃喃念道："乃美终于要回去了。"

　　他脑中浮现她陪着老父，冒着满天风雪艰苦地走在沿海道路的模样，不禁暗自祈祷："明天最好雪能停了！"

　　他也想象他们父女俩用他送的茶具喝茶的情景。

　　在不习惯的人眼中，幽茶的茶具一点也不美，甚或觉得难看丑陋。

　　他仿佛看到乃美捧着茶具仔细端详说"这就是京都流行的吗"的模样。

　　他一个人喝了许久。

　　幸好翌日雪停，虽然阴霾满天，吹着刺骨冷风，但不用冒雪而行，路上轻松得多。景虎略觉安慰。

　　雪停了三天，除夕夜里又飘飘而下，新年那天终日不断。众人冒雪上城恭贺新禧。

　　景虎在大厅接受众人贺礼，大开酒宴，举杯同贺新年，到了傍晚，又照惯例在内殿与侍卫喝酒。才喝了一阵，他便已有醉意，无法再喝。

　　"不知怎么搞的，今年醉得快！我先进去睡一下，你们留在这儿继续喝，待会儿我酒醒了，可能要出去！"

　　景虎回到寝室睡下。他睡得很沉，猛一睁眼酒宴还在热闹地持续着，连隔室的值班卫士也开始把酒畅谈了。

　　景虎悄悄翻了个身，闭上眼睛。但他思绪清明，怎么也无法再次入睡。隔室的谈话声清晰入耳。

　　"对了！上次山吉兄不是说在城外的毗沙门堂看见了雪夫人吗？"

　　"就是宇佐美将军的千金吗？"

　　"对对，我也看到了，就是昨天，我经过那附近，听到笛声，想起山吉兄的话，好奇得很，我也跑进大殿前等着看她，结果听得入迷了。"

　　"胡说，你哪里是听笛，是等她吹完了出来时看她吧。"

　　"你别这么说，那笛声真的好听，身心都感觉清净一空哩！"

　　"别提笛子了，她到底美不美？"

　　"你这人真没风雅！不过，她真的很美，她那略带苍白的脸有点忧郁，不过真是美，又高雅。我在惊艳之下，根本没时间去想她的年龄！"

　　景虎窝在被中，心想，难道只有宇佐美回去了，乃美还留在这儿？继而一想，雪中跋涉对女人来说太艰苦了，留下也没什么不对。

　　他感觉那原来以为已断的细丝又连了起来，更加无法入睡。

　　不久，大厅那边的喧闹已息，众人喝够了，满足地回去了。但是隔壁的小宴仍继续着。他们的话题已变，但似乎已醉了，话声不觉高扬。

景虎翻身而起，邻室立刻静寂下来。

"来人！"

立刻有两人奔了进来。

"拿衣服，我要起来！"

在侍卫侍候下，景虎换好衣服走进邻室。剩下的三个人慌忙地把杯盘移开，和先前的两人一起伏地一拜。

"不用收，我也加入吧！过年嘛！不要紧的！"

景虎泰然坐下，要了新酒，和众人对饮几杯后，众人又放心地热闹起来。

不久，景虎笑嘻嘻地说："我要去个地方，你们跟我来！"

众人吓了一跳，但都乖乖从命。

半个时辰后，景虎等人来到城外宇佐美的宅门前。大门紧闭，门房的灯也熄了。

近卫叫门，门房听是景虎来访，慌忙起来开门，他老婆奔告内宅。

"来得不是时候，给你添麻烦了！"

景虎进门，走向玄关。玄关门大开，点着烛火，乃美低头跪在地板上。景虎来了，她也没抬头，视线仿佛钉在扶地的白嫩手背上。

"我来听你吹笛！"

她惊愕地抬起脸，随即又低下头去。

景虎揭下头巾，随从上前一步欲接，乃美迅速起身，裸足走下土地，跪着单膝伸出双手。景虎把头巾交到她手中，继而把蓑衣脱下递给她，猛然看到她的指尖抖得很厉害。

闻笛

一进客殿，景虎便说："我来听你的笛子，你吹吧！"

乃美并没有听命，只是恭敬地祝贺新年。

景虎只好回应道："恭喜！"

乃美脸上初现笑容："怎么有这份兴致？"她恢复了符合三十岁女人的沉稳。

景虎瞬间有些无法自持，但很快定下心来，"刚才喝了酒，醉得睡着了，一觉醒来，见雪花飘飘，感觉可以听到雪的声音，而雪声底处又似乎回

405

荡着笛声，于是想到了你。突然起意，想听你吹奏一曲。"

景虎觉得自己饶舌，但还是继续说下去，他怕不说下去，他人也无法继续待下去。

乃美微笑着倾听，而后说："主公长期待在京都，想必欣赏过许多精于此道的艺人表演，我这村姑野妇的消遣，不敢献丑！"

乃美说完，红晕在脸上渲染开来，她像是要哭的样子。其实她是嫉妒，似在埋怨景虎在京都有诸多美丽多艺的艺妓相伴。

景虎当然不了解她细腻的心思，忍不住问道："你不是常常到城外的毗沙门堂献奏吗？侍卫们都这么说。"

乃美略显狼狈之色，羞红了脸，但红晕又慢慢地退去，恢复了先前近乎透明的苍白。她说："您若不嫌弃，我就献丑一曲吧！"行礼后起身出屋，那姿态非常沉稳。

酒肴很快送上，但很简素，只有干鲍鱼片和烤栗，朱漆酒杯放在朱漆台上，酒则装在银壶里。

三名武士把东西恭放在景虎面前，随即退下，另外走出一名穿素袄小裤的老武士。他恭敬地为景虎斟杯酒后，略为后退，伏地一拜。

景虎认得他是宇佐美家的老臣。

"你也来啦！难得，今年高寿了？"

"恭喜恭喜！在下今年六十五了。"

他态度谨慎不敢多言。

景虎端起酒杯，轻饮一口，笛声不知从何处传来。起初声音很低，而后逐渐拉高，大概隔了三四个房间。

还是那首轻快的曲子，像是无数个三四寸高的小人儿摇头晃脑地从空中边走边舞而来，倏地又消失而去。景虎是第三次听到这首曲子。

第一次听到时是他十五岁那年的一个秋夜。他记得那时被笛声吸引，后来发现是乃美吹的，非常惊讶。后来两人谈起战争，乃美说战争靠运气，听在他耳中像是怀疑他的能力，他气得吼了一句"你是说我会输"，就走了。那时他刚在栃尾举兵，两度击退三条军，还杀了长尾俊景。

回想起来，景虎不觉苦笑："那时太年轻了！还是个孩子！"

即使如此，他还是有些赧然。

第二次听到是在继承长尾家督、杀了昭田常陆介、平定国内的那年夏天。当时叔父房景及其子政景的态度暧昧，他到琵琶岛找宇佐美商量对策，当晚又听到笛声。他知道乃美是有意吹给他听的，那年，他二十岁。

今夜的曲调比以前更轻快洒脱，景虎仿佛看见无数的小人儿在月光遍洒的夜空中飞舞，但稍纵即逝，变成了漆暗空中霏霏而降的雪片。那雪片随风而散，打旋，转浓，化淡，乱舞不已。那曲中已无欢乐的气息，倒有一层悲愁与苍凉。

景虎不觉起身，循着笛声走去。他不曾注意到自己的脚步已踉跄，也不曾注意到泪水已划过脸颊。

他拉开纸门，乃美坐在房间正中央，向着一灯如豆，继续吹着。

这房间没有点着火炉，冷得四肢发僵。景虎看到自己呼出的空气像一道白烟。他走进房中，看着乃美。

乃美继续吹了一阵才停下来，抬头望着他，毫无血色的苍白的脸上带着微笑："如何？"

似悲似怜，似悔似咎，甚或是怒的无以名状的感受霎时涌上胸口。

"你为什么一直不嫁？为什么永远是一个人！"

景虎颓然坐下，垂着头，两手扶地，滚烫的泪滴落在手背上。

乃美也低着头，她的头发和肩膀颤抖着，头紧紧贴着紧握在膝上的笛子。她发出极低微的牙齿摩擦声，像是强忍着呜咽。

正月初五，宇佐美上城拜年。景虎慰勉他雪途跋涉的辛苦。

他笑道："没什么妨碍，不过多耽搁一天行程！"

"初一那晚我到你宅里去了，突然想听乃美吹的笛曲，便迫不及待地去了。那天喝了一天的酒，人醉了，去的不是时候，给大家添麻烦了。酒醒以后，觉得真对不住，但已来不及了，哈哈！"景虎似在找借口解释那天的行为。

宇佐美只是笑着说："是啊！"他也知道乃美的心，也同情她，为她难过。

二月过后不久，越中方面的探子回报，松仓城的椎名康种和富山城的神保氏春因领地界线争执而干戈相向，正准备等雪融后决战。

几天后，椎名派使者觐见景虎，叙说缘由，请景虎做其后盾。椎名使者报告，最初争执只是领地界线，但与宗教问题混合后，事情变得更复杂了。在有争议的地界上有四五家椎名的百姓，但他们的家寺却在神保领地内，因此神保认为争议之地连同百姓都该属神保，双方都不退让。由于最近神保与武田走得近，椎名自然来求景虎支持。

景虎一直怀疑：神保氏春内通武田，故意挑起与椎名之间的纷争，等景虎出兵越中之后，立刻牵制景虎，让武田从南方顺利进兵。

他不动声色地问道："你家主人和神保都是畠山大人的家臣，也算是同僚了，不能设法言和吗？"

"那已是老早以前的事了，现在没有丝毫朋辈的气息。"

这个答案也是预料之中的。神保氏与椎名氏原是越中当地武士，后来为足利将军家三管领之一的畠山所管。后来畠山氏衰微，自限在能登一地之后，神保及椎名便起而自立，至今，既无尊畠山为主的气势，彼此也无以朋辈相称之意。

"我问你，那个家寺也是一向宗的吗？"

"正是。"

看来似有和解的可能。景虎心想若请本誓寺的超贤出面斡旋，或许容易说和。他数年前已经历过土地纠纷，即使查清土地由来，双方还是不服，这回也是土地纠纷。如果折半为二，并补偿以黄金，或许能解决。这黄金就由自己出，充其量不过百两罢了，只要能平复纷争，不给武田有可乘之机就好。

"一切我都知道，我不希望彼此开战，你告诉椎名公，我会尽量处理，避免战事发生。当然，如果对方强行开战，届时我一定后援！"

使者连连叩谢后回去。

景虎请来超贤，说明事情经纬，请他出面协调。超贤自然义不容辞，第二天即起程前往越中，数天后返回春日山。

"事情已办妥，双方都保证尽快协调，绝无怨言，这是两氏的誓书。"

景虎为超贤兴建本誓寺后，规定越后、佐渡及犀川以北信州之地的一向宗寺都归超贤统领，是知道超贤有那份能耐。如今，超贤连越中的寺庙也能影响到，更令景虎另眼相看，暗喜自己没有看错人。

越中问题可说解决了一半，景虎另派老臣直江实纲携带黄金百两及旨意前往越中，调停椎名及神保两族的纠纷，定出折中办法，不足之处，各补以黄金五十两。如此一来，两族自无异议，并感激关东管领景虎的处事明断。

椎名家及神保家都派使者向景虎郑重致谢，并表明等开春雪消后，两族之长再亲自上门言谢。景虎打从心里高兴成功地解决了这场纠纷。

但是雪消以后，美丽的北国阳春来访时，派在越中方面的探子回报：神保家的两名家仆沿着神通川往飞骋前进，出信州，进入武田军在深志的屯营，留宿一夜后，再往南行，显然是要前往甲府。

"辛苦你了，这消息很宝贵！"景虎犒赏了探子一些银两，命令道，"你马上回越中，等那两人回来，看看他们有什么动静，一有消息马上回报。"

探子领命回去。就在他回报神保家密使返回不久，椎名康种亲自来见景虎。

椎名先谢过景虎上次的仲裁，进而说："最近，神保方面坚称上次仲裁中有所损失，看来，我与他之间难免要干戈相向，希望您能谅解！"

"大胆神保，故意重提旧怨，岂非故意要我没面子，我是可以马上毁了他，不过，我还是派人去细问端详，看他作何答复。神保敢捋虎须，是因为有靠山，我大概也知道是谁，你暂时回去，一切交给我！"

他打发椎名回去后，找来直江实纲，命他去质问神保。

直江非常愤怒："真是岂有此理，在下立刻起程，是否也请超贤大师同往？"

景虎笑道："神保终究是要消灭的，你这次去，不是要去劝他回心转意遵守约定，而是见机行事。"

景虎的意思是要他弄个出兵的名义，直江恍然大悟："我明白了！一定不辱使命。"

在直江出发的同时，景虎便发檄己方众将，同时率领精兵三百离开春日山，一路向西。他打算以迅雷不及掩耳的战法征服神保，然后立刻搬兵回国，防备武田出手。

（晴信这家伙，以为我会中你的圈套吗？）

景虎策马走在岩石嶙峋的窄路上，望着右手边风平浪静、阳光和暖的海面，不觉露出微笑来。

景虎一共出兵五千，到达市振的第三天兵员便已全数到齐。市振是夹在山海之间的小村，屯扎五千兵员，非常不便，景虎只好让兵员分宿在沿街村落。市振再过去一点就是越中地。景虎在越中的宫崎村扎起本营，众将分宿在后。

翌日，直江实纲赶回。景虎随即派鬼小岛弥太郎为使者，到富山城宣战。

"你就说，此举已令关东管领景虎面上无光，想必阁下已有心理准备，景虎公当来征伐！"

"是！"

弥太郎兴奋领命，他已四十多岁，征伐战事仍令他如鱼得水般精神奕奕。他出发的装扮虽是素袄乌帽，但甲胄也令从人随身携带，因为战事立刻就要开始。

翌晨，景虎开始进击，当天来到鱼津北方不到一里处的北中。并在前一天派使者分赴松仓及鱼津知会椎名康种及铃木国重，结果椎名亲率三十骑近卫迎接。

景虎看到跪在路旁恭迎的椎名，立刻下马，拎着细青竹鞭走近椎名道："站着说就好，军旅之间不必太拘束。"

椎名起身，恭敬地答道："因在下之事而劳您出动，实在抱歉。在下已在鱼津稍南处布置千名兵员，听凭管领指挥！"

"很好，我可能用得上，走吧！"

两人一并上马，并辔驱往北中。

铃木国重不但未见踪影，也没派使者招呼，据探子报告，铃木把兵员都聚集在城内，囤运大量粮食，似有笼城打算。

景虎闻言，不禁暗笑："像铃木这样的小小城主也敢反抗我吗？八成是武田与他有约，利用笼城之计牵制我军，让武田军攻入越后，我可不能上当！"

他也想到哥哥晴景的爱妾藤紫，现在正是铃木的宠妾。他想到藤紫对他不曾怀有好感，或许她正以当初蛊惑晴景的本事，唆使铃木投靠武田与自己作对！

他还想起七年前的深秋，经鱼津城上京时，曾在鱼津城外的一栋巨宅里听到藤紫的琴声。那和煦阳光照射在深壕及长满枯草环绕巨宅的土墙，宅内茂密的树叶以及优美的琴声。

铃木国重的态度激怒了景虎的部将，纷纷作势欲惩。

景虎笑着制止他们："别轻举妄动，这点小城不必管他，只要攻陷了神保的城，这鱼津城自然失去了屏障，到时便唾手可得。如果现在先攻他，万一耗费时间，徒添敌人气势，这场仗反而更辛苦了，大家千万记住！"

"是！不过，我们若闷不吭声，未免心里不舒坦！"

"放心，我自有主张！"

翌日，景虎继续压阵向北，经过鱼津城外时，派遣一名使者告诉铃木："为问罪神保氏春，率兵通过贵城，先前已派使者通告，未获任何回音，至感挂心，不日回军之时，当再来拜访！"

景虎盘算，这段话够叫铃木胆战心寒了，等到富山城真的陷落时，他一定吓得坐立不安，三十六计走为上策。

过了鱼津城，行约半里时，那名传令武士追上队伍，回复景虎："我赶到城门外，报了姓名，但里面悄无声音，我在门口反复念了三遍口谕便回！"

"很好！"

景虎点点头，他可以想象鱼津城内屏息静声、畏缩恐惧的情景。他又想到藤紫，她可能又像当年看情况不对便逃走一样，又准备藏身到某个安全的地方去了。

他只听过藤紫的琴声，没见过藤紫，虽然听人说她貌美高雅，但他就是无法想象拥有那般邪恶心肠的女人是美丽的。

正午稍过,大军到达距离鱼津城约四里处的常愿寺川。昨夜先行出发的椎名康种纵横奔走,忙着搜集渡船,系在草萌芽发的柳岸边,绵延在青青河水上。

兵士正进用军粮时,河对岸出现一位骑马武士,挥着扇子呼喊。众人一看是鬼小岛弥太郎,也兴奋得挥手大喊。

只见弥太郎把扇子一收,用力一扯缰绳,马便从青柳堤上哗啦一声跃进河里。河水看似缓慢,其实流速颇快。岸旁的人赶紧伸出船桨让他撑着。漆黑的马身四周溅着水花,很快就跃上绿堤,直奔主营,在景虎面前下马跪禀:"报告!口谕已经传达。没想到主公来得这么快,敌人一定吓瘫了,不消片时半刻便能收拾干净!"

"好!辛苦你了!"景虎把左手的青竹鞭交到右手,向旁一挥:"出发!"

传令兵立刻奔往各营通报。这时,弥太郎也从自己的坐骑鞍后扯下一个包袱,掏出甲胄换上。他动作快速,换好战装时,其他各队已有序地上了船。

胜利欢呼

渡过了河,距离富山城虽不到二里,但这一带小溪纵横交错,自成天险,无法让大军一鼓作气地向前推进。

富山城本身也相当坚固,流经西方一里处吴羽山麓的神通川河水直接引到城四周为壕,既深且广。

景虎两次上京时路经此地,知道这里的地势。他把全军分为数队,各由当地百姓领路,分路向城集中。他另外挑选一队,竖着耀眼的旗饰,绕过海边,沿神通川进至城西。

虽已是三月底,但水田下秧甚早,在常愿寺川和神通川之间的三角地带田中都已灌满了水,准备插秧。在蜿蜒其间、春花乱绽的绿色小路上,绵延不断的越后军正向富山城进攻。

景虎心想神保可能不战而降。因为己方出兵神速,不但武田军来不及会合支持,他想牵制越后军更不可能。神保误算至此,恐怕此时已心惊肉跳,不知如何是好。或许他会坚定信心,决定笼城,但等他看到城西的旗队时,就知自己后路已断。哪怕信心再坚,也难免心寒,惊惧之余,弃城而逃。到时,景虎就像收拾猎场里的猎物般收拾他即可。

景虎没有把这个想法告诉部将,他觉得己方形势正好,没有必要告诉他们,以免骄兵生隙,有所闪失。

他表情严肃,身穿蓝线编缀的铠甲及无袖白绢战袍,他没戴头盔,只用白绢包着头,单手紧握青竹杖和缰绳,目不转睛地凝视前方,嘴角紧抿。他左右及身后是四五十骑精壮武士,也都敛容凝望前方。只听见马具摩擦声及蹄声,萧萧如雨下,有着慑人的威严及气势。

约行至城前不到半里处,即看到建在地势略高处、浴着晚春午后阳光的富山城。

景虎驻马,环视四周,指着左前方略高的旱田:"那儿!"

立刻有人应声,奔向后方。跟在队伍最后的军需队杂兵立刻奔向那高地,扎起营帐,竖起旌旗,营帐四角皆插上毗字旗。

营帐扎妥,景虎驾马至帐前,坐在安放在正中央的矮凳上,近卫武士依序分坐其左右及背后。他们的坐姿严谨,一副随时可以弹跳而起的样子,毫不松懈地盯着前方。可看到己方各队正循着数条小路向城池逼近。突然,其中一队像黑豆似的散开,瞬即冒起黑烟,伴着枪声,同时,该队前方出现零零落落的敌军,也开枪还击。但交手时间极短,他们人数极少,不到百人。

景虎心想对方是试探性质,很快就会缩回城内,甚至只是摆摆姿态,其实已准备弃城而逃。

他抬头望日,判断约是午后三时,沿海迂回到达神通川下游的队伍正开始爬上堤防道。

枪战持续了约一刻钟,守城军逐渐后退,当敌踪再现时,城内突然冒起一柱黑烟。

景虎猛然起身:"牵马!神保逃了!别让他跑了!"

他飞身上马,直往前冲,近卫武士紧跟在后。城中的烟变成黑褐色,密密裹着全城,分不清树木房舍。

神保逃得很快。越后军从东、北两方来攻,还有一队由神通川东岸下游挺进,他当然只有向南或西南方逃逸。景虎判断得没错,他指挥追兵迂回向西,当地百姓报告说,神保主从一百余骑在城西南口渡河,逃向西南方。

神通川河广水多,而且没有舟楫,据说神保主从逃过河后,把所有船底打破,沉入河底。百姓又说,栴檀野附近有座龟山,有神保氏祖先的旧城遗迹,神保可能逃往该处。

景虎放弃追杀，他返身回到城旁，静待城内火苗渐熄，率领众军入城，举行胜利欢呼。城中房舍几已全部烧毁，连树也都只剩枯焦的枝干。

是夜，城内及附近都燃起熊熊营火。城外的武士宅邸及民房都安然无事，但大军不敢进驻，以免夜间遭袭，无法应变。

翌晨，越中武士前来归服者络绎不绝，他们都乞求领地安稳，并愿做前锋征伐神保。景虎一一接纳，虽然其中不无可疑者，但他照单全收。因为他已得报神保正驱使百姓抢修龟山古城，他想借这些归顺武士的手拿下神保。

他派本庄庆秀为监军，领兵攻打龟山城。本庄出发未久，又有消息传到，鱼津城主铃木国重失踪，城兵正大肆掠夺城中财物。

众将对景虎的先见之明，甚为佩服。景虎只是笑道："世上真正心刚者几稀，其他都差不多，所作所为也相去不远！"

他想尽早把这消息传达给刚归顺的当地武士，让他们更加安心，于是紧急派出使者。

当夜，本庄庆秀着人回报："龟山城又名增山城，曾是神保先祖居城，虽然尚未修理完成，但地居险要，不易进攻，而且追随神保者颇多。此外，投顺我方的当地武士因为与城中人血脉相连，素有交情，因而战意不高，为今之计，该当如何，请速指示！"

景虎心想事不宜迟，如果多延一天，刚归服者可能又起叛心。他招来弥太郎："你去告诉庆秀，我明天一早就出发，决定粉碎龟山城。你另外也告诉那些人，如果有人挂念城中亲友而不能专心作战，可以报告监军，退出战区，我不追究，但是如果留在营中却有二心，则视为通敌谋反，绝不饶恕！去吧！"

景虎扬眉瞠目，眼冒锐光，形容可怖。他下这番口谕，是经过缜密的计算，他必须在人心浮动不定时予以明确指引，他相信这个旨意自会经过某种管道到达龟山城中，届时城中人心动摇，自可大挫神保勇气。

弥太郎兴奋得令，亢奋而去。

夜半稍过，全军即已起床，准备出发，当大军渡过神通川时，天色微明。

大军向前进至五六町时，只见弥太郎迎面急驰而来。

他满面怒容，愤恨道："越中武士尽是胆小鬼，那些守城的全都跑了，连神保也不见了，留下的都乖乖投降了，不过一天一夜的工夫就撑不下去，还不如一开始就束手就擒，真是没出息！"

这虽也是景虎预料的结果，但他也只是笑道："的确，我也有挥拳落空的感觉。我还想让他们见识一下我的弓箭，可惜英雄无用武之地！"

再次经过鱼津城外时，景虎觉得藤紫已不在城内。当然，藤紫不认为景虎知道她藏身在此城中，但是她很明白景虎对自己没什么好感。当她知道景虎威风凛凛地上京，蒙幕府大将军赐任关东管领时，更是惊惧不安。

在此之前，武田晴信便屡派密使来鱼津，铃木一直没有肯定的答复，像铃木这样的小国诸侯若与强邻结合，虽有好处，但风险亦大，保持若即若离方是最安全之道。铃木虽不聪明，但这一点智慧还是有的。

但藤紫心虚，日夜劝说铃木，终于说动铃木投靠武田。但是，没想到景虎这么快就攻入越中，这时坐等武田支援已来不及。她想起当年逃离春日山的情景，更是惊恐万分，又说动铃木，把她藏在鱼津东北一里处片贝川沿岸的小荒村里。

那地方是在村南、衬着一片树林的神社之家。藤紫带了无数的行李到此。她经过逃离春日山的可怕回忆，因此一受铃木宠爱后，便告知京都娘家，仆役也从京都找来。京里的男人虽身心皆弱，但至少忠实可靠，不会像久助那样包藏祸心。

侍候她的有两名侍女、两名武士、五名小厮，全都出身京都，藤紫把他们都带在身边，跟着铃木的武士、小厮来到神社。

这地方非常幽静，藤紫仔细地检查完四周后，令领路的武士和小厮返回鱼津，便忙着整理居处。她突然停手，匆忙地带着两名侍女和小厮登上后山。

那是座低矮的山丘，穿梭在红花绿叶遍开的林中小径，很快就到达了丘顶。顶上没有大树，长满青草，草中处处冒着蕨菜。

侍女兴奋地摘着蕨菜，藤紫直直挺立，回望身后连绵而上的山势，又向前俯瞰丘下的村庄及左前方一里处的鱼津城。

她仍然十分美丽，虽然已三十五岁了。在正午明亮的阳光下，眼尾可见细微的皱纹，但肤色依旧鲜艳，就像身畔盛开的花瓣。

她神色不定地环视四周，然后直视前方不动。片贝川蜿蜒流过前方四五百米处，冒着银光绕了一个大弯，在一里外注入海中。她的视线停在波光粼粼的河面上。不久，从上游驶来一艘船，张着白帆，迅即消失在下游。

她脸色倏地开朗起来，吩咐众人："回去吧！把蕨菜都扔掉！"说完，径自往山下走。

回到神社，她立刻对从人说："我们搬到别的地方去，快拿行李！"

一行人连声招呼也没打，便把行李驮上马背迅速离去，随后来到片贝川畔、净土真宗的寺庙禅房里。穿过庙后的树林，便是高约两丈的断崖，崖下是青潭，崖上有条斜斜的石梯通往青潭。

藤紫向寺僧说明自己是铃木的亲人，欲借住此庙。寺僧不置可否，把紧邻寺厨的一房借给他们。藤紫和侍女住在房中，男仆则睡在大厅。

他们在此搅扰，寺僧倒没什么话说。不过在藤紫送了金子给住持，又送了一套和服给僧妻后，他们的态度立刻变得热情亲切。藤紫又趁机向他们借了三艘船，系在后山潭里。

逃离春日山失败的教训，一直深藏在她心底。不论设想多么周到，生活多么安适，她仍然无法安下心来。她原以为藏身在山里的神社，便可安全躲过劫难，万一敌人来了，还可以躲入深山里。但到了以后，却发现那里反而容易成为敌人的目标，得另寻藏身之处。她在小山丘上发现这庙后紧临片贝川，更觉喜出望外，万一有事，就可以驾船逃入海中。

她开始整理行囊，虽然只是挑贵重的东西带，但少说也有三十几个皮箱，危急时很难处理，得先整理一番。

她先将金银及铜钱装成小包，最危急时可以亲自带在身边。另外把一些金、银、钱和衣服分装在两个皮箱里，危急时可让从人背着；另外又装了五箱衣服、发饰及器物，挑剩下的东西则另外装箱。

在她到此地的翌日，越后军在近海处渡过片贝川向南，当夜在鱼津北方扎营的消息传来。片贝川的渡河点及北中都距此地仅一里，藤紫吩咐从人，有异变就立刻回报，并派人在沿路监视，自己则紧张地蛰居在庙里。

越后军只在北中停留一夜，便南下富山。如果富山城能防备坚固抵得住越后军的攻击，武田援军便赶得上；或是武田军直冲越后，牵制景虎，富山城也能守得住。

富山城距此地有一天的行程，藤紫不能不担心事情的进展，她派人到鱼津城去打听消息。人在夜深时带回消息说，神保不战而逃，一把火烧掉了富山城，如今鱼津城也乱成一团。

"什么？"

"城主也不想笼城而战，决定先逃到北山再做打算。他还吩咐，他会绕到这边接夫人，请夫人准备！"

藤紫没有开口，她无法开口，这下，她内心深处隐然藏匿的不安完全验证了，她心痛得一时不知如何是好，直想着："又来了！又来了！"

她想到逃出春日山的情景。

"回京去吧！告诉大家，赶快准备！"

她的语调缓慢清晰。

"嗯？"家仆没弄懂她的意思。

"还不快去搬行李！按顺序搬！"

"是！"

家仆飞也似的奔去，大概是要回京的关系，他乐得连蹦带跳。

藤紫心想非快不可，否则铃木来了，就走不掉了。她无法带着三十多个行李，必须留下一半。

就在众人骚闹中，住持和他老婆赶来察看，吓了一跳。

藤紫当下有了主意："城里有命令要我们到别处去，剩下的行李就都捐给庙里，算是这两天的照顾之礼！"

"那太不敢当了！"住持夫妻喜形于色。

"那就告辞了！"

藤紫行了礼，便举步而出，走没几步，便听到身后脚步声零乱，回头一看，只见那两人奔向房间的背影很快就跳出了火把的光晕。接着像是抬箱笼的声音。藤紫虽觉可惜，但也没办法。

大约半个时辰后，铃木国重率领二十多骑家将及五十多名步卒赶到庙中。听说藤紫已走，勃然大怒："岂有此理！"

住持怯生生地回答："夫人派去的武士从城里回来，说是将军命他们迁往别处！"

铃木这下明白藤紫是逃了，他简直不敢相信，听说藤紫早就准备了几艘船在片贝川的潭里，现在也由不得他不相信了。

"这个贱人！"

他回身上马，此时片刻耽搁不得，他必须尽快赶到北山藏匿。

"快走！"

他向随从大吼，并策马急奔，从骑倒还罢了，可怜那些步卒气喘如牛地拼命追赶。

这时，藤紫的船已驶至片贝川入海口附近，很快就出了海。这天是三月三十日，天上没有月亮，海上漆黑一片，没有风，但是浪涛起伏很大，平底的河船航行其上相当危险，众人都非常恐惧。

家仆说先回陆地换船出海，但是藤紫觉得这么做更可怕。这样的夜里出航，更清楚地唤起她当年逃出春日山、雪夜行舟至鱼津港，在海边被卫士捕捉的记忆，她忍不住恐惧，总觉得不论停靠哪个海边，都会有那样可怕的卫士虎视眈眈。

"晚上上岸太危险了，等天亮了看得见时再说。大家小心船要靠在一起，不要远离陆地，沿岸航行，这一带海岸都是沙岸，应该不会有危险。"

三条平底船就像树叶似的随浪起伏，沿着海岸线缓缓前航。

天明时分，他们驶近鱼津外海，但是不能靠岸，只能继续往前划。中午时驶入常愿寺川河口外海。众人到现在都滴水未进。原先计算天明时就能驶进放生津港，可以换船，买些食物前往能登，然后改走陆路到加贺，或行船绕过半岛到越前敦贺或若狭小滨。没想到一切都失算了，平底船如果张满了帆，很容易被浪头打翻，只好费力去划。

空肚子还能忍耐，但暖和的春阳一照，又让横过北海的潮风吹了半天，众人都像晒干的青菜一般。众人实在受不了，必须设法弄点食物饮水，于是一艘小船航往岸边，其他的两艘则下锚在距岸一町处等候。

那艘船一上岸，船上的人便进入松林深处的村落里。那是个拥有十五六间房顶由石块压着挡风的屋子的小渔村。船上众人心想这村里一定有水，但食物不会精美，不过能有些沙丁鱼干、鲫鱼或是鱿鱼干就谢天谢地了。

他们目不转睛地看着渔村方面，突然，刚才进去的家仆没命地奔向岸旁的小船。众人来不及弄清是怎么回事，已看到村中追出十几名步卒，挥刀舞枪。跟着家仆的那名武士心想是逃不掉了，索性转身抽刀欲斩，但被一名手持长枪的步卒一枪刺倒。小厮已奔到船边，但立刻被追兵斩杀。

篝火

众人忙着起锚。锚绳虽然不长，但拉起来颇费事。男人都起身帮着拉，船身激烈摇晃，几度欲翻。藤紫双手扶着船边发抖。

岸上杀完人的步卒正掀开船上的箱笼，争着抢夺箱中之物。两三个人抢着一件和服，鲜艳的花色在阳光下被撑开，就像几只蚂蚁在争夺一片蝴蝶翅膀一般。

那些没抢到东西的人忙着把船推回海中，目标显然是藤紫她们。

藤紫胸中一紧，感觉又要旧事重演了，她像要拂去这不祥之念，尖声喊道："快！快呀！"

锚好不容易拉起，船立刻开航。众人脸色苍白，藤紫更加害怕。只见那条船已被推进水中，步卒跳入船中，使劲猛划，眨眼间便快要追上。藤紫大叫："丢掉行李！丢掉行李！"

即使在这个时候，藤紫仍能发挥她的智慧。她知道把行李丢到海里，不但舟脚轻了，可划得快些，那些追兵分神打捞皮箱时，或许她们能逃脱险境。

皮箱一个不剩地丢入海中，在水里浮沉。事情正如藤紫的估计，追兵停止追赶，忙着捞起水中的箱子，争夺箱中的东西。这段时间，藤紫她们已逃开一段距离。她看到他们争夺她那些长年累月珍藏的衣服器具，颇觉痛惜。不过，她贴身还藏着金银，心想："我还有这些，够我在京都悠闲过一辈子了！"

她想象自己在嵯峨野、东山山麓或是下加茂一带盖栋房子，买下十四五亩田地，雇用五六个男女仆役，舒适度日的情景。

"到那时，会有人愿意娶我为妻吧！"

她不愿再嫁公卿朝臣，他们那贫穷无力谋生的情况她最清楚；她也不想嫁入武家，动不动就打仗的生活她受不了；最好是生活宽裕的商人。这一阵子京里也恢复了以往的繁荣热闹，听说下京一带出了不少大商人，她也听说很多堺港的大商人在京都都建有别宅。

她抱着身体，手尖触着缠在腰上的金银包，脑中想着种种希望。

追兵的船已落后许多，他们似乎已满足所得，无意再追，但这并不意味着安全了。小船还是只能在距岸两三百米外沿岸前进。没多久，前面岸边又划出一艘船，载着身穿甲胄、手拿刀枪的杂兵。

藤紫浑身发冷，仍不忘大叫："划到海里！快划进海里！"

众人忙将船头转向大海，但划不了多远，那艘船已逼近，船上兵士的脸已看得清清楚楚，尽是些满脸胡子、面色红黑、粗俗如鬼的男人。那船已和藤紫的船并排而行。

船上一名小厮飞身跃入水中，而那船同时跳过来一名兵士，举起长刀就刺。小厮惨叫挣扎，瞬间沉入水里。

那兵士竖撑着长柄大刀，两腿叉开站着大吼："谁要想逃，下场就跟他一样！"

两艘船剩下的一名武士和两个小厮，都吓得不敢动弹，那两名侍女更是脸色苍白，紧靠着藤紫，不住地打战。

藤紫叫道："衣服财宝都在那边丢了，那些人捡回去了！"

这是她最后的挣扎，或许这些兵会回头去追那条船，要求分点利益。可是，她的盘算落空了。

那兵狞笑道："我们不要那些东西，我们要的是你们三个！好白好嫩的皮肤啊！"

藤紫心中暗叫一声："天啊！又来啦！"

刚才讲话那人大概是这些兵的头子，他优哉地坐到藤紫身边宣布："这个女人是我的！大家搞清楚啊！"

其他人没有异议。他们把两名侍女拉到他们的船上。侍女根本无法抵抗，乖乖地任凭他们拉扯。那抱着藤紫的兵头对船上的小厮吼道："快划回岸上！快点，否则我宰了你！"

小厮一听，吓得没命地用力猛划。

"快点。再快一点！"

他一边恐吓小厮，一边抚弄藤紫的身体。藤紫没有任何反抗，心中一直盘算要如何逃过此劫？

小船很快就靠了岸，岸边已聚集了一大片黑压压的人头。日影偏西，那一张张像扛着硬壳的昆虫的脸都有羡慕之色，船才靠岸便一拥而上，争相往前挤。

"不要动！不要动！是我们的！"

船上的兵抱着女人涉水上岸。那兵头也抱起藤紫吼道："让开！让开！"他怀里抱着这么个美女，既得意又不安。

众人闻言，自动让开一条路，然后又拥随在他身后。突然，人群中有人高喊："传六，那女人是晴景公最宠爱的女人，你想据为己有，不怕死啊！"

"什么？"

兵头吓了一跳，仔细瞧着藤紫。这时，旁边又有人叫道："真的，是藤紫夫人！"

"是藤紫夫人没错！"

众人七嘴八舌地肯定了藤紫的身份，藤紫可以感觉到抱在她身上的手有些发抖，凝视自己的眼中有着惧色。她想，必须把握这个机会。她沉稳而又威严地开口道："把你的手放开！我是什么人，你应该知道吧！"

那兵头脸色如土，一放下藤紫便慌忙退后两步，啪地跪趴在地上，额头顶着沙滩不动，嘴里不知咕哝着什么。

那抱着侍女的杂兵也一样平伏在地。众人见他们这番动作，也心生恐惧地屏息观望。藤紫冷冷地打量着他们，心中还在盘算："这一步是逃过了，但下一步该怎么走呢？"

深夜时分，景虎还在富山城内城后架起的营帐内重新部署兵力。他面前摊着一大张越中地图，他不时察看地图，写下几行字后，回头递给守在帐口的传令兵："把这个交给……"

传令兵接过函件，点着一根火把，牵出自己的马便上马奔去。

景虎是预定明天早上离开这里回春日山，因此赶在今晚重新分配兵力。夜半过后，才大功告成。他伸个懒腰，喝了几杯酒，拎了酒壶走到帐外。

月色昏暗，但营火通明。景虎像依恋那昏暗似的，爬上内城外的土墙坐下。望着稀疏星子，听着远处的蛙鸣，又喝了几杯。

他觉得有些醉意，营帐那边有名卫士持着火把而来，"报告！"

"什么事？"

"驻守日方江海滨的山吉公刚才着人报告，他那里抓到一位叫藤紫的妇人，该如何处置？"

"哦？"

"要把使者叫来问话吗？"

"唔！"

卫士撑着火把快步跑去，旋即带回使者，是个武士。

景虎说："是怎么回事？前一阵子听说她在鱼津一带。"

"随从的侍女、小厮说她是鱼津城主铃木的宠妾。最近因铃木与神保伙同对抗主公，她惧怕战事，先藏身在鱼津附近的村落，后来听说鱼津城失守，顿觉无依无靠，准备回京，中途在日方江岸被我们的人逮捕。"

"哼！把她和所有从人都带来！"

"是！"

景虎想起经过鱼津城时，就曾想到藤紫可能不在，果然不错。他回到营帐，吩咐："山吉那边会送来几个俘虏，在那边搭个帐篷收容他们，我要睡一下，除了有战事，不准吵我！"

他又喝了些酒才睡，酣睡无梦，黎明前便醒了，漱口洗脸后，近卫报告俘虏已经送到。他只是点点头，没有特别指示。

"今天要拔营，吹螺！"

螺声很快就响彻清晨的空中，将士从各自营地集结到城门前，原本沉稳的空气浮动莫名。

景虎边吃着早餐，边寻思着该如何处置藤紫。杀了她是最简单利落的。就像第一次上京回国，鬼小岛弥太郎等人看到她欲杀之而后快的心情，就是全越后的人心。如果在这里杀了她，固然消除众恨，如果把她带回去枭首示众，那更是大快人心。

但是，他又转念一想。藤紫的事已过去许久，也许越后的人已不那么恨她。晴景是那么爱她，杀了她未必是对。其实她也是可怜的女人，如果世道太平，她或许做个公卿夫人安度一世，可惜生于乱世，来到遥远的北国为妾，进而走上歧路。幸好，听说她带着京都的随从，那就饶她一命，放她回京都吧！景虎一决定饶恕藤紫，便觉心情轻松，心想："古人说以德报怨，大概这是人类的天性吧！"

他正穿戴甲胄时，一干近卫豪杰联袂而来，甲胄声咔啦咔啦作响。景虎知道这些人为什么来，但他佯装不知，穿戴完毕后才笑问："要出发了，你们还待着不动？"

弥太郎膝行向前："我们来是为了一件事。"

"我知道，是藤紫的事吧！"

"正是！不知主公将如何处置她？越后一国，无论武士百姓，都恨不得剜她的肉，剥她的皮，听说她在鱼津时也是一样。这女人简直是毒蛇化身，只要她活着，这世上就祸事不断！"

弥太郎滔滔诉说，其他豪杰也频频点头称是。待他一口气说完，景虎把手一挥："我知道，我知道，你当我没考虑过这事？"

"属下不敢，只是……"

"啰唆！还不快去准备，要是迟了，一样照军法处分！"

"是。"众人一并行礼后鱼贯退出营帐。

景虎也走出营帐，侍卫捧着头盔跟在他后面。营外就是庭院，经过前天的火焚，大树全都烧毁，但对面的一丛小竹却毫发未伤，在清亮的晨曦中，带着露水的叶子呈现鲜明的色泽。景虎走过去，抽出短刀，砍下一根细竹，削掉竹叶，弄成一根细竹杖。他收刀回鞘，拿着竹杖轻挥数下。

这回出战，他首次用青竹杖代替令旗，觉得非常上手，骑马时还可当马鞭，步行时可当拐杖，用起来麻利带劲。这渐渐地就成了他的习惯。

景虎坐在一块石头上，回头对侍卫说："把山吉送来的人带来！"

"是！"

"她不是等闲人物，小心侍候！"

"是！"两人领命而去。

藤紫是昨天半夜被送到这里的。她在日方江的营地受到慎重招待。她虽不知景虎心意如何，但心想景虎当不致亏待她，因此，她尽量保持威严，生怕自己没有自信的样子招致不好的结果。

但是被送到这里以后，她所受的待遇骤然一变，一伙人被关进一个粗糙的营帐里，连点干净的热水都没有。此外，警戒森严，警卫来回巡逻。

看到卫兵枪尖映着营火发出的森冷光芒，藤紫感觉脊背发凉，尽管如此，她还是故作威严地告诉卫兵："我要见喜平二，你去传报一下！"

"喜平二是谁？你是什么东西，敢这样无礼乱叫！"

藤紫心中的一丝希望给打消了，她感到十分恐怖，颤声说道："我是藤紫，请您告诉主公……"

"不行！主公现在在休息！"

藤紫不再说话，坐在粗草席上。两名侍女肩并肩地缩在营帐一隅，武士和小厮在她们对面缩成一团。藤紫把此刻自己的境遇归罪于他们，恨恨地瞪着他们。他们动也不动地窝在原地，没多久便摇晃着打起瞌睡，索性往地上一倒，弓着身子睡了，那小厮还打着呼噜。

藤紫想到即使自己被杀，他们或许还有救，才如此放心地睡着。她心底更恨，想嘶声大喊，但终于按捺住这层激动，拼命思索怎么逃过这一劫！

夜色泛白，营帐外传来与卫兵不同的脚步声，帐门被掀开，惊醒睡着的人，藤紫更加生气。

两名武士站在门口："主公要见藤紫夫人，请随我们来！"

他们的声音很亲切，藤紫燃起一丝希望："我准备一下，请稍候！"

她必须给景虎一个好印象不可。就着朦胧的天色，她取出怀镜，用纸仔细拭掉浮在脸上的油污，遗憾的是没有水来醮粉。她脸色苍白，用唾液匀湿的胭脂，薄薄敷在两颊和嘴唇。

等在入口的武士还很年轻，他们对藤紫那从容不迫的模样颇感不耐，但随着天光渐亮，对藤紫的美艳不觉转为惊讶。

藤紫微笑："请再等一会儿，女人准备是需要一点时间的。"

她化好妆，更加兴致勃勃，又花了好长一段时间整理衣裳。

"请带路吧！"

她对自己颇为满意，心想一定有好结果。

景虎焦灼地等着，他不时望天估量时刻，不时将横在膝上的青竹杖轻敲在左掌上。

藤紫终于出现了。景虎停下敲杖的动作，看着她摇曳而来。她真美，在明亮的晨光中美艳如盛开的牡丹，而且愈接近愈美，景虎的后颈窝一带有种针扎的感觉。

藤紫在三尺外坐下，媚笑道："贱妾藤紫，参见主公，真高兴您出人头地……"

她的声音表情媚态十足，景虎后颈窝的针刺感更加剧烈。他猛地将竹杖往地上一插，起身吼道："你该死！你心里有数吧！"

还留着微笑的藤紫的脸倏地发青，她抽身欲逃，但景虎抽刀一挥。连声惨叫也没有，藤紫的脑袋便滚落到烧焦的赤松根旁，拖着尾巴似的长长的黑发。

景虎这番处置，大出侍卫意外，众人不敢作声。景虎招来卫兵："把这尸体收拾一下，请附近的庙宇厚葬，还有，她的人都打发走吧！"

指示完毕，他戴上头盔，上马，与近卫欢呼三声后，策马奔向城门。

三国岭

上杉宪政在三年前即已离开春日山城,宪政生活向来注重逸乐,寄居在别人的城里,尤其是生活几近律僧的景虎城里,实在憋得无聊。于是告诉景虎他想住到府内,景虎便在府内馆附近为他造邸,让他搬到那里。

景虎实在不了解宪政,他抛舍名望世家的头衔跑到越后,靠以前的属下供养,生活却优哉游哉,每天就是和女人、年轻武士饮酒作乐,聆赏歌舞音曲。偶尔心血来潮,便逼问景虎什么时候出兵关东。

"你打算把关东怎么样?不快不行哪!我昨天半夜醒来想起这事,便辗转难眠,熬到天亮!"

可是,没一会儿工夫,他又忘了这回事,照旧恢复享乐。

他对小田原北条氏的怨恨依然很深,但缺乏实际作为且不得要领。景虎自越中凯旋翌日,宪政就来找他,恭贺他武功卓绝后便说:"可不可以趁势打入关东呢?这个消息可能已传入关东,那边的诸侯一定对你另眼相看,只要你把军旗挥在关东平原一角,他们就像草一样望风披靡。这么一来,不论北条如何凶猛,也没办法。你一定能像平定越中一样收服关东,请你务必出马!"

宪政说得不错,如果挟此战胜余威打进关东,确有相当效果,但是,景虎并不能忽略对武田的警戒,越中的战果攸关其他豪族对武田的向背,晴信不会就这么拱手让人,他一定会再要出什么伎俩,景虎不得不有所防范。

"您说得很有道理,但因为种种缘由,我想还是再等一阵子吧!我绝不会忘记这件事,一定会在不久后出兵关东,赶走北条,把上州一地献给您,您莫焦急,安心等待吧!"

"是吗?这样也好,一切拜托你了!"

宪政若无其事地告辞回去。

景虎激励守备信州方面的将领及密探努力搜集武田方面的动静。景虎迅速攻略越中的消息令武田诸将大为震撼,但晴信本人则毫无表示,他只是加强与越后势力交界处的守备,此外,没有什么离间越后的动作。

景虎反而更加戒备,关注信州的动静。四月底,常陆的佐竹义昭遣使来报关东的情势。

"主公弹指之间逐走神保、伐平越中之事已传遍关东,武勇威名如雷贯耳,令北条武士胆战心寒,旧管领家忠义之士,亟望主公出兵关东,如大旱之望云霓。倘若旗指关东，则关东风起云涌，八州尽入手中矣！切望及早出兵，平定八州，正式接掌关东管领一职为荷！"

景虎回答说，为了防范武田蠢动，暂时不能动兵，但不久的将来定当出马。

五月底，连日阴雨，越后平原的秧苗日渐成长，色渐浓绿时，信州方面的密探报告一惊人消息：五月十日率领四万大军上京的骏河太守今川义元，于十九日在尾州桶狭间被织田信长斩杀。景虎起初不敢相信，但陆续接获的报告都证实此言不虚。

据云，今川军以破竹之势开进尾州，攻陷各处城寨，织田方面眼见就要灭亡，不料信长率领两千精兵悄行至山隘，当义元在谷间隘地大开酒宴时，信长乘着风雨突击，杀死义元，取下他的首级。信长将其首级挂在矛尖，挥在马前，回到清洲居城时还不到下午四时。今川军因主将被杀，如土崩瓦解，溃散四逃。

景虎眼前，仿佛出现织田信长悠悠骑在马上，马前吊着今川义元首级，行经跪在道路两旁的百姓人墙之间的模样。景虎听说信长之名，还是在去年上京前，记得那时听说信长也上京参见将军，他还对信长的不自量力感到不愉快。信长果然不是寻常之辈！今川义元也算时运已尽。感慨归感慨，他得寻思一下这次事变会带来什么样的形势变化。

他想：晴信一定朝着骏河摩拳擦掌了。

武田家与今川家关系深厚，今川义元之妻是晴信之姊，晴信便曾利用这个关系，放逐其父信虎到骏河；此外，晴信长子义信之妻，也是今川义元之女。两家可谓亲上加亲，按说晴信理应帮助义元之子氏真，为今川家的安泰尽一份心力。但骏河、远江等地日暖风和，土地肥沃，而且氏真并非有道之士。在这种情况下，晴信未必肯出力襄助，甚至可能见利忘义，有心染指。

景虎心想，届时，自己这边也将有所动静，或许出兵关东的时机将至。

景虎一方面注意侦察甲州方面的情况，同时进行出兵关东的准备。

七月初，房州的里见义尧报告说："北条氏恃强来侵，属下虽当尽力防战，然以小敌大，胜算难期。倘主公宣称将出兵关东，北条氏或将打消来侵之念，尚祈见告是否真有出马之意？"

武田果然如景虎所料，已开始在骏河方面动手脚。景虎于是下定决心，答复里见义尧："下月中必定出兵，务请坚定防战！"

景虎随即檄告领内诸将及关东大小豪族："八月下旬当出兵关东，凡我将士，悉率兵众参与，以效忠诚！"

他同时也制定了出兵时春日山城的留守规则：

　　一、留守将领应常派相当兵力驻守春日山城。

　　二、春日山城建筑修缮之事不可松懈。

　　三、各乡仔细调查乡内可征调之人手。

　　四、万一之际，召集颈城郡内一般庶民于春日山。

　　五、无论何事，须当场处罚无道狼藉之辈，倘有偏袒不公、隐匿犯人，待我返城后加倍重罚其主。

　　六、留守将领中如有不正之士，不可隐瞒，立即追报阵中。

　　七、留守人员凡事相商，以期处置取善弃恶，倘有偏袒私心、独断独行者，监视将领当即追报其名于阵中。

　　八、留守将领与高梨政赖合力轮番出兵侦测信州情势。

　　九、不得伐采春日山之竹木。

景虎并指定荻原扫部助、直江实纲、吉江景资等人为监督。

永禄三年八月二十六日，景虎率兵两万出春日山。在出发之际，接到近卫前嗣从京里捎来的便笺。

"数日内将起程赶赴贵地，此行有西洞院时秀大人相伴，万事拜托！"

景虎吩咐直江实纲："关白大臣来访，就安排府内的圣德寺接待吧！你赶快着人检查圣德寺，有需要修缮增建的地方赶快进行，绝不可有一点疏忽！"

交代完毕，即率大军出发。

从越后前往关东只有三国岭及东北方的清水岭两个出口，皆在狭窄的山道上，由此可出上州沼田，沿利根川到涩川，再到厩桥。

出发第三天的下午，景虎已立于三国岭之上。三国岭海拔一千二百四十四米，由于岭前多高山阻隔，视野并不佳，左手边半里处的三国山则相当高。景虎只带随身侍卫，登上三国山。

站在峰顶最高处，但见高低环拥、连绵不断的群山对面，飘着薄雾般的岚气，底处则一片蒙蒙，虽是秋高气爽，但视野一样不佳，即使如此，景虎仍有无以名状的感动："那就是关东大平原，应该属我统治的关八州！"

当夜，在三国岭扎营，翌日清晨，即下关东。

九月十九日，近卫前嗣一行抵达府内，直江实纲郑重地接待前嗣和西洞院主从一行的十多人，当夜安置在府内代官宅里。

前嗣精神极好，还记得直江实纲，很自在地与他寒暄："我还记得你！

还是一样健康。可惜越后少将出兵关东了,如果在关东要待很久的话,那我也走一趟关东好了!"

翌日,早已备妥的两顶轿子抬着他们前往府内城。一路上,百姓跪在路旁,争看地位仅次于天皇的关白大臣。西洞院大人表情沉稳,端视前方,近卫前嗣则好奇地东张西望,看到年轻白嫩的女孩时,也毫无顾忌地打量。

下了三国岭,右手边是著名的法师温泉,再往下走就是西川峡谷,流经此地的河水称西谷川,是利根川上游。路途虽险,但却是关东与中、下越后间的唯一通路,因此颇为热闹。

当大军距离三国岭六里左右时,距月夜野稍远处,下野唐泽山城(亦称佐野城、栃本城)城主佐野昌纲率众来归。

昌纲这时年五十二,犹身强力壮,勇武威震关东。不知是出于田原藤太二十四世孙的家世骄傲,不愿向一介旅浪人崛起的小田原北条氏折腰,或者是看不过北条氏的蛮横做法,他坚持效忠旧管领家,是少数持续抵抗北条氏的关东诸侯之一。老早以前他就向景虎表示,当景虎出兵关东时他一定率先来归,以为前导。景虎对他这号人物自是最为欣赏,立刻着人引见。

"欢迎!你果然没有违背前言,可喜可喜!"佐野昌纲态度恭谨,详说经略关东的方策,内容颇有动人之处。

景虎道:"我与这地方素昧平生,诸事还求阁下指导!"

语罢,赐酒佐野昌纲,这时又有一队人马前来,领队自称:"在下是上州箕轮城主长野业正的属下大胡秀纲,奉长野之命,前来为越后少将前导!"

景虎召进一看,大胡秀纲年方三十,却沉着老成。

大胡秀纲即新阴流流祖上泉信纲,本姓金刺,是信州诹访下社的宫司分支,后来迁至上州上泉,以地名为姓,再迁至大胡,又改姓大胡。长野业正则是上杉管领家最忠贞的反北条人物,与佐野昌纲交情亦深。

众人志同道合,把酒言欢,尽兴而散。

翌日,再度行军。从月夜野沿利根川,到达距真庭约二里处的沼田。

沼田是北条方面的猪股则赖的地盘,猪股出兵至中途,筑塞据阵以待,但被先锋佐野昌纲一驱而散,溃回沼田城。

沼田位于赤城山山麓东北隅,为利根川、薄根川、片品川三条河汇流的三角洲盆地上。由于沼田城前为湿地,不便驱动大军。

景虎找来佐野昌纲,商量攻城之计,这时大胡秀纲径自过来,自告奋勇道:"佐野兄已打下漂亮的一仗,如有机会立功,且让在下表现可否?"

昌纲有些不悦,有意拒绝,景虎却笑道:"虽说老当益壮,不过让年轻人表现也好！"

昌纲立刻恢复神色说："我虽然不愿割爱，不过，既然主公有令，就让给你吧！"

于是秀纲进计："你带人进攻大门，我则带人攻打后门！"

他着人在薄根川上游砍伐巨木，组成木筏，载着巨岩而下，以固定城四周的立足点，同时引导柿崎景家等数名步将，抄小路爬上城后的户神山，从山上连发枪弹。

这种攻击不知进攻了多久，不过在实际威力发挥以前，早已吓破了城兵的胆。城主猪股悄悄离城，逃到小田原。沼田城陷落。

沼田城原是沼田万喜斋的祖传之地，数年前因家变，万喜斋投奔奥州黑川的芦名氏，管领上杉宪政便把此城赐予猪股。后来，猪股叛心陡起，投靠了北条氏。景虎拿下沼田城后，便找寻万喜斋的后裔，终于找到藏身民间的万喜斋幺子平八郎，派他为城主。

景虎攻下沼田城的兵威以及事后的处置，收到的效果极佳，不战而归者络绎不绝。景虎暂将经营关东的根据地放在厩桥，派兵四出威胁犹归属北条氏的各城。

小田原北条氏对此形势不得不详加筹谋。当时的北条氏之主是早云之孙氏康，据说其人深沉而有大度，老早就研究了景虎这个人及其战法，拟定对策。

他对密如梳齿般的军情报告毫不动容，但因为关东诸国的大小诸侯动摇的情况相当严重，他也不能完全置之不理。众豪族对他这悠然不急的态度大惑不解，甚至以为他是胆怯。由于附属的豪族投靠景虎者甚多，北条世代家臣难免心焦，不停进劝："照这情势演变下去，早云公以来三代经营或将化为乌有，务请及早出马，稳定江山！"

但北条氏却答说："不急，我自有打算！"当然，他心里也觉得事到如今或许该采取一些行动。与景虎正面冲突，危险太大，虽该避免，但仍需想法抑制己方豪族的动摇。他综合所有的报告得知，越后军四面出动攻击己方豪族，留在厩桥景虎身边的兵员最多只有五六千，佐野昌纲已回居城，但是他的大部分兵力都充当了越后军的前导，因此唐泽山城内的守兵数量极少。于是，北条氏康决定攻打此城。

北条氏康立即檄告己方诸侯，派儿子氏政为大将，率领福岛、远山、大道寺、多目、笠原、垣和、清水、内藤、富永等地豪族及家将共三万五千大军，开往野州。

临行前，氏康训示儿子说："时间若拖长，散在各地的越后军就能赶回支持，届时将于我方不利，务必快刀斩乱麻，一举歼灭佐野，不容他有争取援军的时间，切记！"

北条军冒着凛冽寒风，向北挺进万物枯尽的关东原野，第四天即达佐野，进攻唐泽山城。北条军同仇敌忾，攻势夜以继日，唐泽山城告急。

佐野昌纲遣急使求援，但因越后军已散至各地，景虎手边也没多少兵力。昌纲心知援兵恐怕无望，唯有激励将士，奋力防战。

景虎接获佐野昌纲求援的报告，相当亢奋。北条军三万五千，当是小田原出动了所有势力，如果能一举破此大军，则北条家武力自然衰颓。

景虎认为机不可失，他告诉使者定当出兵援救，同时派遣急使到各地召回人马，自己则亲率三千兵力赶至厩桥，数度亲自出马探查军情，等待大军集结。

北条军知道景虎出动后，更加紧攻势。

景虎判断，等待大军集结是来不及了。他召集部将："佐野是一条好汉，虽然他不会投降，但可能撑不住而遭歼灭，自我入关东以来，他不但率先来归，而且尽心尽力，我如果见死不救，情何以堪？所以我打算进城，与佐野一起抗敌，你们就留在这里等其他部队集合，再攻打敌军！"

诸将纷纷劝阻，"我们很了解主公的心意，但要强行通过敌军大阵进城，恐怕有些困难，而且非常危险，不妨再等两三天，等各队集合后再一举出动！"

"不行！你们以为那城还能支持两三天吗？我心意已定，就算途中被杀，也义无反顾，你们别再阻止我！"

主意既定，立刻着手准备，翌日清晨，景虎率兵三千杀向唐泽山城。

景虎故意不穿戴甲胄，只穿黑棉僧服，头裹白绫，跨着金鞍黑马，携着十字矛，身旁紧竖"无"字旗。另选十六名精壮勇士，都戴鹿角装饰头盔，分立两班，各持长柄关刀，徒步在前；他们后面是十二名骑马武士，未穿盔甲，额缠白巾，排成两列；景虎身旁则是十六名近卫武士，也是额缠白巾，徒步紧守在景虎四周，全队共四十五人。

在天降寒霜的清晨，他们冲出本营，穿过北条军阵地，直向城门攻去。那攻势凌厉无比，北条三万五千大军竟为之震慑，无人敢出手阻拦。

佐野昌纲在城内遥观此景，感动莫名，亲率四五十骑人马赶至城门迎接他。靠在景虎马前，涕泪交流。城内随即欢声四起，勇气倍增。

北条军惊憾之余，立刻退却。越后军及佐野军联手追击。北条军退至古河，丧兵一千三百七十余人。

新管领政虎

武田晴信见景虎威风横扫关东，自然无法心安。他原有意染指骏河，特意笼络今川家诸将，并向三河的松平家康（德川家康）提议分割远州。本来只管专心此道，但景虎在关东的成功，令他大感威胁。

晴信与小田原北条氏的关系匪浅，六年前，他把女儿嫁给北条氏康的长子氏政，但是这层关系并不足以说动他出面干涉，他在乎的是利害关系。景虎不但已确定要继任关东管领，而且威震关东八州，晴信不能坐视不管，否则，关东八州皆将落入景虎之手。

正当晴信作如是想时，北条氏康遣使来谈："长尾景虎擅闯关东，威胁八州和平。长尾素为阁下之敌，倘其壮大，于阁下自当不利，亦将危及我方。可否出手相援，于背后牵制长尾，倘能击退恶敌，谨以西上州为谢。"

晴信爽快地答道："很好！"

这几年晴信亦潜心向佛，数年前皈依佛门，号德荣轩信玄。但是信佛并未稍减他争霸天下的野心。他利用与大坂本愿寺住持显如是连襟的关系，煽动加贺、越中的一向宗信徒，侵入越后，同时指示越中豪族上田石见守及神保氏春出兵越后。

神保氏春被景虎赶出富山城后，躲入龟山城，后又被景虎赶走，一时下落不明。但当景虎班师回越后以后，他又在西越中召集残兵败将，准备伺机而动。接到信玄指示后大为高兴，立刻与上田石见商量。

大坂本愿寺接受信玄要求，下令加贺及越中的信徒出动，但因为景虎早已准许领内一向宗弘法，并为北陆道大宗师超贤在春日山郊外兴建本誓寺，与一向宗关系密切。因此，北陆路的一向宗信徒虽接获总寺指令，但多半置之不理，只有极少数人与神保谈拢，企图侵入越后，但立刻被越后军驱散。

报告抵达景虎耳边时，他立刻明白这又是信玄的教唆，也猜到北条氏康与信玄之间暗通款曲。

他不能不感到忧虑，但是他不能因为不安而撤回越后。

"既然这样，我索性一举攻下北条！"

景虎寻思，今年既已打算在关东过年，除了吩咐春日山城加紧防备外，并命人将上杉宪政和近卫前嗣护送到关东。他是打算奉上杉宪政之名歼灭北条，至于近卫前嗣，景虎则打算在平定关东后奉其为关东将军。

小田原北条氏在关东是新兴的侵略者，自古以来对这类侵略者，可以正统的权威名义征讨，而上杉宪政就是正统的权威。至于奉近卫前嗣为关东将军，则是景虎个人的主意。近卫前嗣虽与关东素无关连，但因为身任关白大臣，地位仅次于天皇，因此关东人应该乐于服从他。由此可见，景虎仍是相当尊重权威主义的旧式人物。

如景虎所安排的一般，宪政与前嗣先后到达厩桥。关东诸将争相来见，其中不少是北条那边的人。

对此形势极感不安的是古河将军足利义氏。他是前任将军足利晴氏的四子，因为生母是北条氏康的女儿，因此得以被立为将军。景虎出兵关东以来望风披靡的威势，令义氏焦虑不安。北条氏康也怂恿他加紧防备。于是他赶修古河城，发檄四方征召兵马。

景虎看在眼中，笑道："很当一回事嘛！"

景虎大军在厩桥过年，充分休养到二月中旬。下旬，大军以雷霆之势南下。古河城不堪一击，足利义氏逃到小田原。景虎对降者施以安抚之策，让他们保留领地，对抵抗者则毫不留情地蹂躏。

三月初，兵入相州，弹指之间，已可望及小田原城。此时，追随他的关东大小诸侯七十六人，兵员九万六千，加上他自己的兵马，总数达十一万三千。

小田原城内召开军事会议。众将意见纷纷，氏康独持己见："依我看来，景虎这人天性刚烈好强，生气时可以跃入火中，鬼神亦惧，这回他是为继任关东管领，更欲展现其威武给关东大小诸侯。像他这种人最适合野外打仗，如果交兵，我方一定损失惨重。因此，我觉得笼城抗战最好。小田原城是三代坚城，城内粮草堆积如山，只要我们用心防守，两三年也不会被攻破。景虎血气方刚，耐性极差，一定会很快就放弃攻城，退兵而去，到时我们再看情况，或者加以追击，岂不更妙！"

北条氏康身经百战，战略高人一等。听他这么一说，众将觉得有理，同意笼城抗战。他们立刻自国府津、前川、一色、酒匂、大矶、小矶、梅津等地撤回兵马，严密守城，同时向武田家及今川家乞援。

景虎不费吹灰之力便杀到小田原城前，与城内展开枪战。

《小田原记》中叙述景虎此时的情况为："景虎为让关东诸士见识其刚强威势，身着红线编缀之金色铠甲，外罩绣着竹雀的鲜黄战袍，腰系宪政给他的朱色令旗，在敌军飞来的枪弹中四处奔驰，如入无人之境。关东诸将从未见过如此激烈的指挥架势，莫不啧啧称叹！"

景虎从三月初攻到闰三月中，近四十天，但小田原城依旧坚固不破，而且甲州及骏河的援军也已开至国境线上。甲州军已至笛吹岭，骏河军则已抵达三岛。

景虎判断眼前是无法拿下小田原城了，于是在三月中时解围，往镰仓而去。《上杉家谱》记载景虎此举是接受宇佐美定行、直江实纲及关东诸侯佐竹义重、小田中务少辅以及宇都宫弥三郎等人的建议，不过，景虎本身大概也如此期待吧！

本来景虎进兵关东，为的就是平定关东及就任关东管领、继承上杉家业。他攻打小田原城也是为了两个目的，一是歼灭关东霸者北条氏，一是为循古礼在镰仓鹤冈八幡宫神前继任管领一职。

如果不先压住小田原，恐怕他会横加攻击。如今，虽然不能攻下，但也充分展现了武威，料定小田原方面也不敢随便出击。

闰三月十六日，盛大的就任典礼在八幡宫前举行。

当天，风和日暖。樱花早已落尽，群树枝头冒着绿叶。六百余兵员沿街警备，关东诸侯除供奉行列者，全在仪式开始前进入八幡宫院内，林立两旁。

时刻一到，景虎入宫参拜。他坐着幕府将军义辉前年赐准的网代轿，撑着朱柄伞，持梨纹枪，牵着覆着毛鞍的骏马。直江实纲和柿崎景家充当先导，从者千人，皆盛装华服。道路两旁挤满了围观的人群，争睹热闹。

景虎在牌坊前下轿。

《上杉年谱》中有这样的记载：

"景虎公下轿于华表之前，入社参拜。御大刀交由鹰巢城主小幡三河守。已在神前礼拜，凝归依丹祈。诸士罗列庭上，倾首拜贺，渴仰铭心，恳诚发信。奉献雄剑一口、龙蹄（名马）一匹、黄金百两。社僧真读《仁王》、《般若》，祝部颂唱中臣祷词，五名神乐男、八名圣女返袖调拍子。铃声飒飒，鼓音咚咚，香烟熏彻四方，灯火辉映内外。寺院诸僧、弥宜、神官以下，皆赐无数金银衣帛。"

参拜仪式结束后，宪政就在神前将上杉家督之位让与景虎，景虎取其名中一字，改名政虎，就任管领职。这时，政虎三十二岁。

《九代记》中还记载有，当就任管领职仪式结束，政虎退出八幡宫时，武藏忍城主成田长康抬头看他，政虎大怒："无礼至极！不知礼法的家伙！"

他拿着扇子拍打成田长康的脸。成田长康自觉颜面扫地，不告而别。关东诸将得知此讯，对成田咸表同情，也疏远政虎，返回各自领地，连政虎的手下都议论纷纷，准备疏离。小田原城中见状，立刻展开攻击，越后军瞬时即瓦解，政虎一路败走，退回上州。

不过，《上杉年谱》的记载却是，政虎暂驻山内，犒赏诸将，准许他们各归其所后，于四月二十八日离开镰仓，途中参谒武藏府中的六所明神，之后才撤回上州厩桥。小田原虽派出数千追兵，却始终未出现在越后军之前。

至于成田长康不告而别，则是事实，但另有其因。成田长康与长野业正、太田资正等人并称大将，但在政虎就任关东管领大典中，长野和太田都有任务在身，只有成田没有分配到任何工作，与其他诸侯杂列院中。成田自感愧愤而去。政虎之所以未重用成田，实在是因为他时而投靠宪政，时而投靠小田原，虽是剑术名人冢原卜传的弟子，武功精妙，但人品并不佳，政虎自然疏远他。

两相比较，似乎《上杉年谱》的记述较为正确。不过，政虎也放弃原先想奉近卫前嗣为关东将军的想法，因为关东诸将不服前嗣，因此改立现将军义氏的长兄藤氏为关东将军。

政虎回到厩桥，最高兴的莫过于近卫前嗣了。他终日无所事事，交游对象也只有随他从京都来的西洞院大臣，早已觉得烦闷难当。

一看到政虎，便满脸是笑："哎呀呀！总算把你给盼回来了！等得我好苦啊！"

"有事吗？"

"没有，只是很想见见你罢了，哈哈！这回真要恭喜你了，好威风的管领，这么一来，你和我就是同族之人啦！我真为你高兴！"

近卫前嗣指的是政虎继承上杉家世之事。上杉家原是京都藤原北家的劝修寺家的分支，镰仓时代随将军宫宗尊亲王下关东，自此在关东落地生根，后来因领有丹波何鹿郡上杉庄，遂以上杉为姓。政虎继承上杉家，就等于认藤原家为宗，也等于和藤原家出身的前嗣同宗。

"这话该我来说才是，今日有幸与殿下同宗，实乃无上光荣，还请殿下多多关照！"

当日，为犒赏将士而开的庆功宴上，近卫前嗣和上杉宪政都列席。入夜以后，宪政先行告退，前嗣则酒兴正起。

初更方过，庆功宴罢，但政虎仍意犹未尽。

"殿下已尽兴了吗？我们还没尽兴哪！"

"哪里尽兴！就是喝到天亮也无妨，好久没跟你见面了，今天我可要喝个痛快！"

政虎酒量极佳，平常宴罢，总要移席到内殿客厅再开小宴，与赏识的近卫武士再喝几杯。今日也不例外，酒宴移往内殿。但酒过三巡，前嗣突然建议："这样重复喝没什么意思，我看到我那里去喝吧！情趣不同！"

"有什么特别情趣吗？"

"也没什么特别，只不过我那里可以望见赤城山，此刻月亮也近中天，凉风习习，咱们一边观山赏月，一边对饮，岂不更妙？"

"的确！今天的夜色也不错哩！"

政虎望着敞开的院中，屋檐很深，看不到月亮，但明亮的月光溢满院中，树丛的叶片上发出晶莹的清光。

"夜色清朗，观山赏月，一定很有意思，走吧！"政虎把酒杯搁下，回头对年轻的家将说，"你们也一起来！"

近卫前嗣的宅邸在城北一隅。厩桥城是背临利根川面东而建，因此坐在前嗣的居室中，东北方便可望见赤城山顶。

赤城山山脚原野极广，连绵近五里，厩桥城也在原野一端。从此处仰望山势，坡度到远处突显陡峭。

在高挂中天的清朗月色下，赤城山雄伟耸立，政虎兴起一股莫名的感动，不觉赞叹："好美！"

"不错吧！你再看看这边！"

前嗣指着左方。只见自遥远北方流过赤城山原野的利根川晶亮地蜿蜒在宽广的河滩上，青白色的光泽像细带似的穿梭在河岸的芦苇丛中。再仔细看，河岸上有如星星般晶亮的光芒，忽明忽灭，忽远忽近。

"那是萤火虫，不巧今天有月亮，看不出什么，要是在没有月亮的晚上或是阴天的夜里，它们就像繁花乱开似的美丽极了。京都宇治川的萤火虫闻名天下，我看还比不上这里，你瞧！这里的视野多宽阔！"

政虎又是看得入迷片刻，众家将亦然。他们忽而仰望赤城山，忽而俯视利根川，无不对眼前美景赞叹连连。

"没有比这更好的下酒菜了！我就欣然接受殿下的招待了！"

酒菜上来，众人开怀畅饮，约莫半个时辰后，政虎告辞。他走出玄关时，听到不知何处传来的女人的娇声。那声音年轻柔美，听不出在说些什么。政虎也不特别在意，心想那大概是前嗣的宠幸吧！

不禁暗自笑道："哈哈！他一向挑剔，难道也看上了关东的女人吗？"

他的脚步有些踉跄，家将赶忙上前搀扶。

"不要紧！"

政虎相当醉了，走下石梯时，突然一股难过的感觉溢满胸怀。他难以举步，驻足而立，对着月亮深深呼吸。

梗在胸中的是乃美的身影，是在月色皎洁的琵琶岛城她房间廊前吹笛的身影，那嘹亮的笛声仿佛响在耳畔。

政虎猛然察觉家将正以不安的眼神望着自己，于是解嘲道："醉得好舒服！"

那声音高得出乎他预料，他心想：我是真的醉了。

约莫过了二十多天，五月底，北条军出现在武藏南部，政虎旋即出兵迎战。北条军一听说政虎出兵，立刻退兵。政虎追击到六乡川便下令停止追击，他怕再重蹈覆辙，对笼城的北条军无可奈何。他必须设法诱出北条氏康，打一场决定胜负的野战。他假装得了重病，闷居在主营里数天，没有出来巡营。

他这个计谋甚至骗过了自己人，近卫前嗣非常担心，数度遣使送信慰问，并表示愿意赶来他身边照应，令政虎苦笑不已。

京都的义辉将军也派遣使僧一舟，携来将军的亲笔信函以及大馆的信。

义辉的信函是祝福政虎出兵关东成功。大馆的信则是告知政虎，将军义辉想到越后托庇政虎，希望他好好照应。

原来，将军义辉已不堪再受权臣拘束，想投奔政虎，如果政虎同意，不日便起程。

政虎详细盘问了一舟事情经纬，一舟涕泪交流地痛诉义辉受三好长庆、松永久秀等人欺凌的情况，一切皆与当年政虎在京时无异。政虎虽可惜那时没斩草除根以致遗祸至今，但仍忍不住同情将军义辉的处境。

他含泪道："不论将军何时想来，我一定亲往迎接，至少我会带人在江州路恭迎。这件事务必缜密安排，我先派两三个可靠心腹陪你回去，及早安排妥当此事。"

政虎心知将军离京恐怕也不那么容易，但既然将军有求于他，他就不能有所踌躇。

至于他的诈病计，虽然骗过了己方，但北条氏康却不上当，不但没有出战的意思，反而撤回军队，又缩回小田原城中。政虎无奈，只有返回厩桥。时为六月中旬。

某日，宇佐美定行求见。政虎立即接见，只见宇佐美的老脸更加憔悴。

"怎么回事？满脸忧虑的。"

"昨日领地来报，小女十天前罹患感冒，未加在意，竟至重病，数日前突然大量咯血……"

政虎惊骇失声，但觉四面八方一股强劲的压力迫向全身，胸如绞拧般呆坐不动。他脸色大变："这还得了！快回去看看！"

"是！"宇佐美伏地一拜。

"你马上回去，不必再讲究什么礼数，反正我最近也要拔营回去。无妨！你快回去吧！"他话说得极快，"乃美是你的独生女，真叫人心疼！她一定也很想见到你！快回去吧！……"政虎不觉哽咽，话也说不下去了。

宇佐美仍伏着白头在地，"在下自年轻以来，即觉悟武士出战应忘妻子眷属一切，的确也能定心做到，没想到如今这把年纪，反而心迷意乱，徒然让主公见笑，还请主公谅察！"

"不妨，你快去吧！"

宇佐美起身退出，政虎目送他远去，突然叫住他："骏河守！"

"唔？"宇佐美回身跪下。

政虎本来想说"叫她不要死"的，但话到嘴边便改口道："代我问候乃美，就说我要她好起来，还想听她吹笛……"他再度泣不成声。

"多谢主公！在下一定传到。"

"好！快走吧！"

宇佐美静静起身，缓步而去，留下清癯的背影。

夕阳山下

送走宇佐美定行数日后，春日山城遭急使来报：武田信玄正向信越国境移动。

信玄把大本营设在川中岛，派春日昌信为先锋，越过犀川。高梨政赖等信州豪族抵挡不住，春日昌信再过野尻湖，北上至大田切附近。在野尻湖东南方的割岳山上有政虎的守城，由信州豪族轮番守备。

他们旁观武田军的进击，并未出手，但当信玄来到城下打探时，城门突然大开，城兵一拥而出，攻击信玄，同时有兵士从小路横击。

武田信玄陷于苦战，兵员战死不少，连素有夜叉美浓绰号的美浓守原虎胤也身受十三处伤。不过，武田军终究厉害，反制越后军，攻下割岳城。

春日山城中遵守着政虎出征关东时订立的规则，陆续派兵南下阻挡，就连武田信玄也疲于应付，于是放弃割岳城，退回川中岛。

不过，信玄却以属下情报有误，致使出师未捷，问罪下来，斩杀投奔他的信州豪族海野民部丞、仁科盛政及高坂安房守等三人。事后，他又以此三家为信浓望族，族不该绝，于是把自己的次子龙宝改名海野胜重，继承海野家。此时龙宝年方十八，但双眼已盲。由于海野家臣不服，信玄又增加海野世袭家老奥座为千贯俸禄，以笼络人心。

仁科家方面，信玄则以其妾油川夫人所生的五子继承，改名仁科信盛；高坂家则由春日昌信继承，春日改姓高坂。

这些消息陆续报到政虎那里，他自然怒不可遏，痛斥武田信玄是专闯空城的劣盗。当然，武田这次出动，是应小田原北条氏的要求，欲自背后牵制政虎。然而，入侵越后为武田夙愿，小田原有此要求，武田自然欣然同意。

更令政虎愤恨的是，信玄对三家信州豪族的处置。这三家之中，仁科和海野在他自京都归来、宣称将继任关东管领时，随同北陆关东众豪族献刀庆贺，高坂家却未献礼。因此不能说他们真有二心。

何况，这三家家世既不该绝，就该另寻同族血亲继承，而信玄却以自己的儿子及宠将继承，难掩其欲夺三家领地以报私爱的意图。

政虎激怒道："这卑鄙险恶的小人！身为关东管领，我不能坐视他胡作非为！"

六月二十一日，政虎与前管领上杉宪政一同离开厩桥，踏上归途。近卫前嗣则留在古河。

"我暂时要留在这里，也算锻炼锻炼。这里的武士虽然未必都听我的，但比起京都三好长庆、松永久秀那帮徒众，已经好得太多了！他们虽然不大尊敬我，但只要你好好吩咐一声，他们都会遵从的，我就暂且在这儿磨炼磨炼自己的人缘吧！"

他原先是那么想待在政虎身边，究竟是什么原因改变了他的心意，无人知晓。政虎心想，或许是他宠爱的女人不能离开关东，反正，政虎目前需要一个具有代替意义、具有手段、能受关东武士尊敬的名望之士留在关东，上杉宪政是不行了，足利藤氏的反对者仍多，近卫前嗣或许适合。

"也好！就依殿下之意吧！"政虎同时严令关东武士，"不得疏忽殿下，如有人胆敢无礼，绝不宽贷！"

在归途中，有关信州形势的报告陆续到来。信玄在川中岛附近，沿千曲川筑起海津城，令高坂昌信驻守，他本人撤回甲府。

"哼！这是有意为敌了！他也知道我是不会坐视不管的！"

政虎在接到最初报告时，便有了决定。此事攸关他关东管领的面子，他知道，他和武田信玄之间免不了一场决战。

一路上他仔细筹划对策，于六月二十八日返抵春日山。

接下来的几天都在凯旋庆功的欢乐声中度过，其间还盛宴款待了义辉将军的使者一舟，并挑选陪同一舟回京的使者。

临行前，政虎吩咐派去的使者说："在一切安排妥当以前，你们就一直留在京中，等到日期大抵决定后，立刻派一个回来报告，我好率人到江州恭迎！"

一舟及政虎的使者于七月二日起程赴京。当天，有以长尾政景为首的一族重臣向政府献刀庆贺的仪式，其后两天则是政景宴请诸将武士，犒赏军功。

七月四日开始，政虎着手安排与信玄决战的部署。他要求会津的芦名盛氏及出羽庄内的大宝寺义增加盟己军。当时，关东管领所能管辖的地域仅及上野一地，其他地区名义上虽属关东管领管辖，但实际上皆呈独立自主状态，政虎无法仅凭一纸命令便能让他们出兵，但他依然这么做了。

同时，他令家将斋藤朝信、山本寺定长驻守越中，令政景留守春日山城。

他指示政景，必须特别注意处理越中的人质。如果芦名和大宝寺的军队赶来，便指示他们进至藏田，在西滨、能生、名立一带部署。如果越中情势不算火急时，援军就停在府内；如果情势紧急，则由政景亲自率援军出阵。

政虎这回是有一掷乾坤的觉悟，他独坐毗沙门堂内，坐禅、护摩以定心志，专心策划一切。

八月十日，作战计划完成。

"这样可以了，其他的再多想也无益，只有随机应变了！"

他很满意地步出毗沙门堂。一个多月不吃不喝不睡的政虎，发乱须长，脸削眼凹，独有目光锐利刺人，模样相当骇人。他命人去召集诸将，先行沐浴剃发更衣，恢复清爽的心情。

他悠闲地喝着酒，打量室外风景，秋高气爽的天气，阳光灿然洒满一院。当他正陶然浅醉时，近侍来报，诸将已聚集大厅等候。

"唔！"

他拿起小几上的文件，走向大厅。

大厅里，众将屏息而待。在这类军事会议席上，众人就像森林中的树木一样，谨默不动。政虎一出现，众人一同伏地而拜。

政虎缓步走进上厅入座。位在众将之前的本庄庆秀起身，进至政虎面前，再两手扶地一拜。

政虎将手上的文件递给他。庆秀膝行向前，接过文件，迅速阅过一遍后，再伏地一拜，略向后退，半转过身子斜向众将道："现在宣布出兵信州的部署计划，大家仔细听好！"

他以低沉却清楚的声音逐一念出。座中有人听到自己的姓名时便用力应答一声。

负责打前锋的是村上义清、高梨政赖、井上昌满、须田亲满、岛津忠直等信州豪族。政虎对此做了极简单的说明："负责先锋诸将原是信州人士，地理方面极熟，人缘亦佳，如果有人愿加入我方，皆可收编，但不可疏忽大意！"

等本庄庆秀全部宣读完毕，政虎再度开口："计划已定，大家迅速准备妥当，以便随时可以出阵！"

说完，吩咐上酒同乐。

不过，这天的盛宴之后，政虎并没有再回内殿小酌，他反而又回到毗沙门堂。

正是天暮时刻，他坐在毗沙门堂殿中，望着远处的米山，沐浴在火红的夕阳下。当他想到山的那一边就是琵琶岛时，胸中无端涌起剧烈起伏的浪涛。

他心中浮现出乃美的各种影像，那细小如巴掌大的脸庞、透明的肤色、苍白的嘴唇、细可见骨的手肘，皆历历如在眼前。

政虎凯旋归来时，宇佐美定行没有亲自来贺，只派来了他的长子实定。当时，他还托实定带话："等乃美病况好转后再赴春日山城出仕！"显见乃美的病况相当严重。

其实，政虎在毗沙门堂内废寝忘食、演练作战计划时，乃美的影像仍不时浮上心头，搅乱他的思绪。他必须不时挥去这层心障以专心思考。实在挥除不去时就打坐、燃护摩以静心。

当一切计划妥当，他的心思顿然空虚时，就再也忍不住那份思念的感觉。望着米山夕照，油然生出想见乃美的欲望。

他过去不曾有过在上阵之前犹心系儿女之情的情形，他每一次出战，都是全心紧勒、战志昂扬，一股沛然气魄溢满全身。他尊重自己的这种感觉，也相信这种感觉能佑他战无不胜、攻无不克。

因此，此刻这种迫切想见乃美的感觉，令他非常狼狈。他暗责自己，立刻盘腿打坐。由于多年的修炼，他很快便进入无念无想的境界。城内山林里的鸟啼、噪音及晚风拂过檐端的声音瞬间自耳畔消失，心身坠入空无的境界。好一会儿他才回过神来，睁开双眼。

米山上的夕照已消失，山色转为浓稠的暗青，一轮明月悄悄挂在山的右下方。

原先那份思慕又袭上心头，似乎刚才进入无念无想之境时心中某处仍挂念着乃美。政虎叹一口气："也罢！我只有去看看她了！否则，我无法以平常心上战场！"

约一刻钟后，他率领十个卫士，出城向东。月亮爬得更高，光芒也更清亮了。

政虎告诉众人："出兵在即，我有事想借用骏河守的智慧，明天傍晚回来！"

主从十人都骑着马，还牵着路上要换骑的马，一路急驰。春日山到琵琶岛十五里，他们在夜半稍后即达。

宇佐美定行大惊，亲自奔往城门迎接。

"真是意外！真是意外！"

夜深气寒，他咳嗽连连，瘦削的面庞被月光照得苍白，看着叫人心痛。

"我是临时起意。"政虎意欲下马。宇佐美拦阻，"还有一段路！您就坐着不动吧！"他亲自牵着政虎的马，走上坡度缓缓的路。

奔波了半天，虽然夜露已下，仍然出了一身汗，感觉很不舒服。政虎要求先到浴室冲个澡，浑身爽净后回到客殿。

宇佐美已准备好酒菜相待。他亲自为政虎斟酒："请用！"

"麻烦你了！"政虎接过热得刚好的清酒，一仰而尽，"唔！好酒！"他啧啧舌尖，"再来一杯！"

连饮三杯，有些醺然。"军队部署已定，打算十三日出兵！"说着，他把计划书递给宇佐美。

"劳您亲驾，实在不敢当！"

宇佐美接过文件，捻亮灯火，仔细观阅。他不时点头，看罢，折好交还政虎。

"看来这回是真有决一死战的觉悟了！"

"不错！你也知道，过去和那家伙交战，总是不了了之，胜负不分。这回，我想好好决一雌雄，究竟鹿死谁手，未为可知，不过，我会全力以赴！"

政虎的语气平静，用字简短，却铿然有力。宇佐美频频点头，而后微笑道："在下倒有一语相劝，不知您听得进否？"

"你说！"

宇佐美捻着稀疏的白须，低沉有力地说："您也知道武士出战应无牵无挂，唯有孑然立于八方碧落之中，方能确实应对各种变化。从这点来看，说什么决一雌雄，说什么鹿死谁手，甚至发急生气的心情似乎与八方碧落、四方无碍之境地相差有千万里，您是否该再自省一下呢？"他突然垂眼，更放低声音："请恕在下直言不讳！"

政虎胸口一热："说得好！我当铭记在心！多谢你提醒我。不过，我在战场有如疯子，不应有像疯子那般的无心，哈哈……"

他有些腼腆，大笑举杯。宇佐美接过酒杯，斟酒，喝完后把杯子还给政虎。

政虎接过酒杯，按在胸前道："我今晚来是有两件事，一件已经办完了，另一件还没了，请你让我见见乃美！"

他一口气说完，宇佐美并未回答，仿佛没听见他的话。

"让我见她！我等着你的允许下酒哩！"政虎直盯着宇佐美，"乃美的病情怎么样了？很严重是吧！我三天后就要出战，我已有必死的心理准备，所以我必须见乃美，请答应我！"

宇佐美抬起脸，那张老脸更显苍白，脸上的表情似哭似笑。

"多谢您关心！小女一定非常高兴，幸好这两天感觉好些，白天暖和时可以坐一阵子！不过，现在只能在床上见您了！"

"你答应了，多谢！"

政虎把酒一仰而尽，泪水忍不住涌出，混入酒水里。

宇佐美等将病房收拾妥当后，才领着政虎到乃美房间。

两名女侍扶着乃美坐在床边，她大概略施了脂粉，那凝视房间入口的脸庞上有着红晕，看不出一丝憔悴。

看见政虎进来，她想起身迎接，身子轻晃着。

"那样就好！不要起来！"

政虎迅速进屋。为他安置的座位在距离乃美约两尺的地方，铺着鹿皮垫子，但他径自靠近乃美，宇佐美赶紧把鹿皮垫子往前挪。

政虎嘴里道："不要紧！"眼睛凝视着乃美。

乃美双手扶地向他行礼。她的头发比往常要黑，撑地的手肘细得叫人心疼。

"听说你病了，我很担心，一直想来看你，却没有空，你知道我又要打一场大仗了吧！"政虎的语调极轻。

乃美仍低着头回道："听家父说您要出征信州，百忙之中还特地抽空来探望我，实在感激不尽！"

宇佐美和女侍都已悄悄退下，政虎发现房中只剩他们两人时，有种近乎眩晕的感觉。

他颤抖着声音说道："你抬起脸让我看看！"他觉得自己的声音仿佛来自远方。

乃美抬起眼直视政虎，一双又黑又大的眼睛，"我好高兴……"她的声音颤抖，泪水倏地滑落脸颊，流过瘦削的下巴。

政虎愕然，细细打量着她。她脸上虽不见憔悴之色，但到处有着细碎透明的冰片似的。

"别着凉了，身子要紧，回床上吧！"

"……"

"回床上去，你这么坐着，叫我无法安心待在这里！"

乃美轻轻拭去泪水，默默地想移回床上。她的身躯跟跄，政虎虽有抱她上床的冲动，但一时之间做不出来，只有看着乃美艰难地躺回床上。

政虎为她掖好被子，轻按棉被四角。

"我好高兴……"乃美还想说什么，她很快地伸出手抓住政虎的手腕。

她的手冰冷得令政虎打了个寒战，"乃美，乃美……"政虎别过脸去，把手按在乃美的手上，"我也一样高兴！老实说，我没有一天忘了你，没有一天不想到你。好久以前，我就曾经想求你父亲把你嫁给我，而我也来到半途了，但因为途中遇上不愉快的事，使我厌恶了女人，于是又折了回去。实在无聊，如果我不受那事影响，一个劲儿地来，或许你已是我的妻子了！你也不会生病，或许还为我生了两三个孩子，我真遗憾，我……"

他忘我地叙述着，胸中有一股热气似要发散。

"我好高兴，我也一样。我一直暗恋着您，我以为恐怕我会在您永远不知道我心恋您的情形下死去。虽不觉遗憾，但仍然希望您知道我的心意。如今您知道了，我也没有遗憾了，这是我真心所想……"

她呼吸急迫，热气吹过政虎的耳朵。

不知从何时开始，两人紧紧相拥，唇唇相叠。乃美许是发烧的缘故，嘴唇像燃烧似的发烫，政虎并无所觉，只是尽情地吸吮。

月升月落

不知是男人的热情容易冷却，抑或情绪过于复杂？政虎的心很快就蒙上一层阴影。他想到乃美此刻重病在身，这样撑着对她的病不好，同时也想到自己明天一早必须离开此地，在天黑前赶回春日山，此时必须休息不可。

乃美似乎也感受到政虎那浮动的心绪，她更激烈地吻着政虎，似要缠住不放，但当她知道无法再唤起对方的热情回应时，原先紧勾在政虎颈上的手倏地松开，嘴唇也离开了政虎的。

政虎仍抱着她的背，在她耳畔轻语："好好休养身体，你一定要好起来，我一定娶你为妻，一定！"

乃美没有回答，只是泪水静静滑落。

"把病养好，一定要好起来，否则，我们两个都太可怜了……"

"好……好……"乃美轻轻答道，紧接着低头哭泣。

政虎认为她是激动地哭了，他自己也有种想哭的冲动。他静静地放下乃美，退回座上。抬眼细看，乃美的脸颊上仍残留着小滴泪珠，但泪已干的眼睛凝视着他。那眼睛深邃清澄。

"干吗这样看我？"政虎笑问。

"没有啊，只是……"

乃美想笑，但脸庞突然飞红。政虎看着她那细致透明如脆瓷的脸颊，轻柔地说："我刚才说的你都了解吧？"

"是。"

"明天一早我就要走，明早再来看你！"

"好！"乃美垂眼静答。

政虎为乃美裹好棉被，起身离去。

他的寝室就设在客房里，随他而来的小厮困倦已极，但还没睡。

"哎呀，抱歉！累得快睡着了！"

他让小厮侍候更衣，上了床。小厮正要折叠他换下来的衣服。

"别折了，就挂在衣架上，快去睡吧！"

小厮依言把衣服挂在架上，两手伏地行礼后，捻弱灯火，便退出房去。

政虎耳听他悄悄离去的脚步声，望着微暗的天花板，感觉十分满足。

（这下都搞定了，这世上确实有命中注定的事。剩下的就只是我打赢这场仗和乃美病好了，她的病会好的，瞧她那么高兴……）

总之，他非常满足，舒畅地打了个大呵欠，闭上眼，坠入沉沉的睡梦中。

他做了一个梦。

一望无际、起伏不定的稻浪，生长在一片自远处微微倾斜过来，又向远处微微倾斜上去的宽广原野。

他心想这或许是妙高山下的原野。他向右方仰望，只见好几座急峻的山岭耸向高空。

他独自走在山脚的平原上。拄着青竹杖，穿着草鞋，大步而行，他没打算去哪里，只是心中焦急得快步前进。

不久，远远的前方有一个骑马人，是个女人。她戴着市女笠，穿着美丽的和服。瞧她那神态，像是略有伤感。她也没有人陪，独自一人坐在马上，踽踽行在穗浪高及马腿一半的原野中。

政虎心想："多危险啊！一个女人独自走在这样荒凉的地方！"但他继而发觉，"啊！这里不是妙高山，那是信玄的爱妾诹访夫人，那么，这里当是御坂岭了！"

他往左方看，富士山以更高更雄伟的姿势耸立。

（果然！）

他很满足。

他又急起直追，但是距离始终无法拉近，尽管他走得又急又快，对方缓步而行，距离就是无法缩短。

（奇怪哩！难道她看起来不急，其实走得很快吗？）

他突然察觉，那是乃美！他必须追上她，想加快脚步，不知怎的，膝盖僵硬得不能动弹。

"喂……"他想举手招呼，却发不出声音。

乃美仍是缓慢的步伐，却渐行渐远。

政虎欲唤无声，浑身冒汗地呻吟，在挣扎中清醒过来。

屋外虫声盈耳。那鸣叫一夜的各种虫声自远处传来，渐渐高亢、复杂，而后突然静默，就这样反反复复。

"是一场梦……"

他嘟哝着，抬手欲拭去额头浮出的冷汗时，感觉床边似乎有人，他愕然欲起时听到微微的呼气声，是女人柔弱的叹息声。

"是乃美吗？"

"是我！"

乃美裹着棉被窸窸窣窣地靠近，在前方三尺处屈身跪拜。

政虎赶紧起身，"怎么啦！小心冻着了！"他拿过架上的衣服披在肩上，捻亮灯火。

乃美仍跪在地上不动。

"怎么了？睡不着吗？"

她不回答，只是颤抖着无声哭泣。

政虎没有爱欲的经验，他虽知女人也有情欲，但实际如何并不清楚。他以为乃美是高兴之余睡不着，想来看他。他心里虽觉疼惜，但对乃美这样糟蹋病体也微觉不悦。

他正在盘算说些什么要她回房，乃美却低声字字清楚地说道："女人不

443

知自重，定叫人轻蔑，但是，我自觉不久于人世，不得不这么做。刚才您跟我说那番话，我很高兴，可谓死而无憾。但是……因为太虚幻无常，欲由心生，以至忘却廉耻，不怕您见笑，我想侍候您睡！"

那最后一句话像利刃当胸刺下般，令政虎惊骇不已。他浑身像火烧似的发烫，眼前一片火红，但是脸色一片惨白。他那短须杂生的下巴剧烈颤抖，他那凝视着乃美肩膀的眼睛透亮，像正准备袭击猎物的鹰眼。

他立刻闭上眼，连做几个深呼吸以静下心来。不久，他睁开眼睛："为什么说活不久了？别说这么不吉利的话！我要和你永远在这世上享受人生，你也要这么想，千万别说这种丧气话。病由气生，从今以后，你要用心活下去，你一定会好，一定会像以前一样的健康！"

乃美没有回答，她已不再颤抖，但仍一副顽固的样子。

政虎叹口气，接着说："这样吧！等你的病好一点时，就搬到春日山来，我每天探望你，这样，你一定好得很快！我会常常弹琵琶、击小鼓、吹箫让你高兴，这样你不好都不行。你懂吗？"

乃美的身躯有些动摇。政虎趋前抱住她："懂了吗？你懂吗？"

乃美别过脸去。

"你别害羞！我很高兴！你要是懂了，快回房去休息，起来吧！"

乃美的骨架细瘦如小鸟。政虎心疼地搀着她走到廊下。夜空中已有破晓前的气息，西沉的月光掠过屋檐落在廊下，地板寒冷异常。

乃美不要他送，他就站在廊下目送她离去。她的身影虽然瘦削，但脚步却意外地轻盈。她站在转角处，回头一瞥，而后拐过转角，消失了。

政虎按照预定计划，在当天傍晚一回到春日山，便下令："八月十四日出兵！"

派任先锋的信州豪族业已先返信州居城，届时各自由居城出兵。因此随同政虎从春日山出兵的是第二梯队。诸将皆知政虎性急气躁，早就准备好一切，陆续聚集在春日山城外。

十四日清晨，晓月犹挂西空，诸军已集结在城外广场，大将五十余人，兵士数万余。政虎纠召集诸将在毗沙门堂前，亲自焚起护摩祷告，取神前之水，与众将同饮。饮罢即令号兵吹奏螺号，劲扬的螺声回荡在群山之间，响彻逐渐泛白的天空。

清晨六时，城门前的广场上诸军高喊三声出征欢呼后，依序出发。

两天后，十六日上午，大军抵达善光寺平。打先锋的信州豪族已先发而至，兵员一万三千人。

此时，善光寺平及川中岛一带没有武田兵员，只有川中岛东南方千曲川畔的海津城中有高坂弹正驻守。

诸将进言："这真是天赐良机，咱们就先毁了海津城！"

政虎摇头道："武田信玄可能会这么做，但是我不会！我总觉得这种战术下流。我要等武田大军集结后再堂堂布阵而战！"

诸将再进言："主公这种正义观念，正予武田信玄以可乘之机，他就是看准主公不会如此，才只留高坂一人驻守那小城！主公不觉得他的狡计可恨吗？"

政虎笑道："不管怎么说，我是不会这么做的！我想正正当当地交锋，看看鹿死谁手？如果我行事不正，就算赢了也徒然留人话柄，我不喜欢！何况，高坂弹正年纪轻轻，独守孤城，面对我大军，岂不凸显他的勇气可嘉？我倒想放他一马，完成他的勇志！"

政虎毫无攻城的打算。当夜，大军进驻善光寺平的横山城。

翌日开始，武田军陆续抵达，如夏云涌现蓝天。有的进驻海津城，有的在城外扎营。

"这么一来就有意思了！"

政虎情绪大好，亲自带了少数侍卫出去侦察。

三天过后，大量的武田军抵达，但信玄还未到。

十九日夜，政虎派到甲州的探子带回消息："信玄于十六日自甲府出发，途中耽搁一宿，昨夜下榻诹访，今日自诹访出发，午后越过和田岭，兵员大约一万，其中包括今川家和北条家加盟的军队。"

政虎估计，加上已在海津城内外的六千兵力，武田军约有一万六千人。双方可谓旗鼓相当。

他当下招来卫兵，发檄全军："明日破晓时，只留辎重队及护卫队五千在此，其余全部出发，穿过川中岛，在雨宫渡口过千曲川，直上妻女山！叫大家准备！"

这个命令震骇全军。犀川虽名为上杉、武田两家势力的分界线，事实上上杉势力仅及犀川，武田势力仅及千曲川，川中岛不属于任何一方，有缓冲地带的效果。但是，海津筑城以后，对川中岛就能收控制之效，川中岛犹如纳入武田势力，同时，千曲川以南之地也成为武田的范围。如今要穿过川中岛、过千曲川，进军千曲川以南之地，等于深入武田腹地。如果武田军切断雨宫渡口，不但上杉军无法与善光寺的辎重队联络，与越后的联络亦断。此举非但是冒险，简直是无谋。

监军直江实纲及柿崎景家立刻联袂求见政虎，再问此举是否妥当。

政虎微微笑道："你们是怕我军孤立敌地，粮草亦绝吗？"

"的确，粮道既断，与本国联络亦绝，在兵法上此谓死地也！"

政虎再笑道："只是死地吗？海津城的机能不是就毫无作用了吗？"

"话是如此，海津城眼前被我们看轻，因而畏缩不动，因此不能说敌人就确保了川中岛及千曲川以南。但是，如果雨宫渡口落入敌手，情形就不一样了，还请主公三思！"

政虎终于放声笑道："打仗如果只求安全，你们说得极是，不过，我这回是打算决一死战。如果我摆出稳扎稳打的架势，信玄那只狐狸八成又弄些无聊举动不战，或许提议修好。那家伙打十遍算盘，如果不是十算十胜，他是不会出战的！我现在就担心这个。如果，他看到我自敞喉咙、处于死地时，他一定来攻。我正是放饵钓鱼，就决定这么做！"

直江和弥二郎不再言语，政虎的毅然态度似乎感动了他们。

"我们了解主公的心意，届时必当戮力以战，效死主公！"

语罢，恭谨地退出。

拂晓时分，地上笼罩着淡淡一层雾。上杉军展开行动，渡过犀川。

从渡河点到雨宫渡口之间二里，几乎是平坦的地域，只有旱田和水田。八千大军整然有序地移动，海津城及其附近逡巡的武田军立刻警觉，鸣金吹螺进入警戒态势，但是上杉军不顾其动静，直直南下，在雨宫渡口过千曲川，直攀妻女山。

此时，太阳已升空，天气晴朗。

妻女山标高五百四十六米，海津城在其东北方约半里处。站在山上，可以俯瞰城内外动静，一旦在此布好阵势，竖起林立军旗，具有相当的威压效果。

探子不断传回信玄的动静。信玄于二十日那天进入上田城，整整滞留一日，二十二日才再动身。上田到户仓间的一里，是狭窄的山峡地势。诸将建议政虎出兵户仓迎击武田，则武田虽拥有大军，囿于地形，也只能一点一点地出兵迎战，上杉军可以逐一将之歼灭。

但是，政虎没有应允，他大笑着说："我要光明正大地打这场仗。敌人缩在洞里不出来，我不会烧了松叶去熏他出来！何况，信玄这人狡猾至极，他难道没想到会遇上这个局面吗？他待在上田城里整整一天，就是为了盘算进路，他是设计好了才动身。依我看，他不会到户仓口，他会走令人意想不到的路，出现在令人意想不到的地方，不信你们等着瞧！"

没有多久，探子再报，信玄的先锋队已至坂城，派出部分兵力到稍前位置，然后取道左方山路前进。

"没错吧！他是打算走后山的路！"

政虎对自己料中信玄的动向一事，感觉很满意。他猜信玄会出麻绩，越过猿马场岭至屋代对岸，果然不错。二十三日上午，信玄的先锋队果然出现在那里。

不过，在户仓口、八幡村，还有算是川中岛一部分的石川等地，也都出现武田军，其势如云涌山巅，如浪击海岸，相当壮观。这倒在政虎的预料之外。如果他当初听从部将建议攻至户仓口，此时必像袋中老鼠般任人宰割。

他不觉赞叹："了不起！信玄的智略果然高人一等！"

来自各方的武田军逐渐汇集成一路，沿千曲川西岸北进，攀上川中岛西线的茶臼山。

在妻女山上看得目不转睛的政虎暗叫不妙。这真真出乎他的预料。茶臼山标高七百三十六米，比妻女山高。

武田军在茶臼山上竖起大旗小旗，燃火焚柴，一壮声势。在西沉的落日衬托下，令人为之动容。

海津城及其周围的军队得此气势，也变得活络起来，那原先垂下的旗帜也在晚风中翻扬，连升起的炊烟都显得特别黑。欢呼声不时响起。

"好极了！这下有意思了！"

政虎欣然笑道，他浑身带劲，但觉勇气百倍，有着陶醉的快感。

不过，因为海津城与茶臼山连成一线，妻女山上的上杉军与善光寺的兵站便断了联络。将士无不担心，觉得沉重不已。

茶臼山上的大本营、海津城及其周围的武田军终夜烧着炽旺的营火，不时发出威吓的喊声。在美丽的星空下、夜半淡淡的月光中，营火熊熊，喊声响彻夜空。

政虎虽觉对方无聊，但也必须讲求对策。战场上兵士的心理非常特殊，虽然明知这种事只是虚张声势，但如果默不回应，反而会生胆怯，一旦心生胆怯，便会愈益惧怕。于是，政虎也命己方兵士烧起营火，当对方喊杀时，己方也立刻喊击回去。

就这样，漫长的秋夜过去了。

政虎一醒来，立刻走到展望最佳的位置，观看茶臼山，俯瞰下界。从海津城到川中岛、善光寺一带，雾茫茫一片，如乳色的大海。

政虎凝视着雾海，只见雾沉淀在平地之底，处处浮出的树梢如海中之岛。他专心地看着茶臼山与海津之间，雾似乎淡了些，看着看着，树梢的数目增加了，像透过薄绢一般，也可看见丛丛人家。

紧接着，他看到一队人马正在移动。当雾更淡时，到处可见人马踪影。

"果然！"

他很满意地回到帐篷，漱口洗脸吃早饭。这时，监军直江实纲到来。

"马上就好！你等一下！"

他继续吃着早饭。

探子来报："茶臼山与海津城间，敌军往来频繁！"

"好！好！"政虎高兴地点头，喝口白开水，放下筷子，转身对直江说，"信玄那老狐狸和海津联络，打算把我将死！他想得倒好，不过，我也是钓着大鱼了。"

直江来此是打算提出意见的，看到政虎兴致勃勃，没说什么便回营去了。

雾散以后，任何人都可以清楚看见武田军穿过川中岛密切往来联络的情形。在晴朗的秋空下，上杉军皆面色凝重，感觉已陷死地。到处都有人低声抱怨："这算什么指挥？这样日积月累下去，我们除了饿死外无他！"

这时，政虎的营帐中开始传出小鼓声，伴着"哈！""唷！"的喊声，回荡在秋气清澄的山间。众人皆感惊愕。

忆良人

将士忧心如焚，政虎却悠然无惧。他每天除了展望茶臼山信玄的营地，俯瞰海津城外，便是与侍卫合唱歌谣，亲自伴奏小鼓琵琶，实在轻松愉快。

其间，武田军的联络情况愈发紧密，也愈益大胆。

政虎下令："除了敌军来攻，我军不得出战！"

上杉军只能静观武田动静，因此武田军大胆如入无人之境，上杉军唯有暗自咬牙切齿，也难免心生不安。

将领认为这样下去，己方勇气将丧失殆尽，必须设法激励士气。商量之后，又联袂求见政虎。

这一天，政虎坐在距营帐稍远、可以俯瞰川中岛的地方，铺着熊皮垫，弹着琵琶。

清爽的秋气下，下界一切犹如擦洗过的一般鲜亮，田野、水沟、树林、人家、道路，如蚂蚁般穿梭其间的人影，以及数十人到百人以上大规模往来的武田武士，都看得一清二楚。

他把视线转向临千曲川而建的海津城，又望向茶臼山上的信玄大本营，一边弹着那把"朝岚"，他不时哼着歌词，一副自得其乐的样子。

数名将领沿着山路上来时便听到琵琶曲声，他们认为这是政虎自信的表示。他们停下脚步，互相对望。

"怎么样？主公似乎自有主张，我们再去说，岂非浪费唇舌？"

"我也这么认为，毕竟主公指挥作战神乎其技，非我等所能参透。"

众人为之语塞，驻足不动。几只红蜻蜓从他们头上飞过，朝向北方，众人耳畔回荡着淙淙的琵琶声。

众人有意归去，此时，又有一人开口："话虽如此，但对手是武田信玄，不可等闲视之，我看，我们还是该说几句话才对！"

"说得也是，信玄不是寻常人物。"

众人又举步往山上走。

侍卫禀报部将求见，政虎没有停下拨弄的弦，只是点点头。

"领他们来这里吗？"

政虎仍颔首不语。

众人随着侍卫来到政虎身旁，甫一坐下，政虎便停止拨弦，转身向他们说："来得好，这里视野极佳，我每天都在此享受。你们既然来了，就喝喝酒，慢慢欣赏，享受享受！"

他心情很好。不过三天的工夫，让山顶的秋阳把肤色晒得微黑，脸颊上的浓须剃得很干净，看起来气色很好，相当健康幸福。

众人寒暄过后，引入正题。政虎把琵琶横放膝上，左手握住把手，右手调音。听罢部属的话后，他语气平稳道："你们的顾虑不无道理，不过这好像是怀疑我的策略似的！"

他脸上带着微笑，众人仓皇狼狈。

"属下不敢，属下不敢……"

"既然如此，就不该有话要说。我是打算打一场空前未有的战争。我已成竹在胸，就等时机到来。不过，你们的顾虑也不坏，多谢你们费心。来！喝酒吧！再听我一曲琵琶。"

众人喝过，聆赏一曲琵琶后，鱼贯下山。

之后，政虎仍继续弹奏琵琶。他喝了酒，有些醺然，思绪飘然想到病卧琵琶岛的乃美身上。

"你等我！我一定打胜仗回来！你也要战胜病魔！知道吗？……"

琵琶曲不知何时成了《忆良人》。

就像政虎从妻女山顶俯瞰川中岛、眺望茶臼山一般，武田信玄也从茶臼山顶俯瞰川中岛，眺望妻女山上的上杉军阵营。

他自从皈依佛门后，出征时甲胄外头都罩上法衣。此时他也爱如此装扮，一日数次离开营地，站在高崖上眺望妻女山。

有些地方他无法理解。他判断政虎把大军开上妻女山，目的在于居高临下制伏海津城，同时压迫千曲川以南的武田势力。不过，当他进占茶臼山后，即频频穿过川中岛与海津城紧密联络，妻女山反而陷于死地。至此，政虎的阵营应该会出现一些变化，但至今他仍未看出任何迹象，令他百思不得其解。

茶臼山与海津城间人员来往频繁，政虎却完全置之不理，实在奇怪。如果是寻常武将，信玄或许会判断是因胆怯而不敢出手，但对方是政虎，他就不敢如此断定了，因为他很清楚政虎的战术及用兵皆非寻常。

"他究竟打什么主意？"

信玄颇感不安。二十八日夜，他招来功夫最高的一名忍者，屏退众人，吩咐他道："你现在就到敌营，仔细给我调查清楚后回来报告！"

忍者领命而去，瞬间消失在夜色中，直到夜色泛白时方归。

信玄立刻接见了他。黎明寒气逼人，信玄不停地咳嗽。

忍者跪在晨露打湿的草地上，向坐在矮凳上的信玄报告："敌军大部分分布在妻女山半山以上，另外，雨宫渡口也有部分，大约两千人……"

"这个我知道，我要听的是他们的军心状况怎么样？都很悲观吧？"

"不错。他们都很悲观，悄悄议论主公为什么会让他们陷于如囊中老鼠的境地。"

"大将的情形呢？"

"不尽相同，有人忧形于色，有人安然如常，有人还学着他们主公喝酒。"

"政虎呢？"

"他非常轻松愉快，令近卫武士吟唱歌谣，自己击小鼓伴奏，热闹一阵后喝点酒便睡！"

"唔，唔，他们防范严密吗？"

"非常严密，守卫轮班巡逻，没有空隙！"

"好，我知道了，下去吧！"

忍者退去以后，信玄仍坐着不动沉思一会儿，然后漱口洗脸，换换衣服离开营帐。

他走到崖上，眺望妻女山。下界一片雾海，妻女山上也笼罩着淡淡一层雾。

他表面上很平静，心中却激动悔恨不已："我究竟在干什么？我打算把他置之死地，没想到自己也被拖在死地边缘！他想把我逼出来决一死战，这多危险！但是，他以为我会这样轻易上当吗？"

尽管他心里这么想，但此刻他也不能完全夸口他没上当，无论如何，爬上这山就是个遗憾！

"那家伙喜欢玩手段，他要年轻武士唱谣曲，自己击小鼓伴奏，就是在耍手段，他好像就是眼看香饵垂在鱼嘴前的渔翁哪！"

思想及此，信玄觉得自己必须尽快下山，与海津城附近的己军会合，但这又不容易。现在两军会合，只有两条路可走。一条是沿犀川到与千曲川汇流处，再沿千曲川溯向海津城附近的广濑渡口，一条则是利用目前的联络路线，直直穿过川中岛前往广濑渡口。

但是，走前一条路虽然离妻女山上的上杉军较远，但政虎若与善光寺的五千预备队取得联络，渡河横击，同时亲自出战的话，自己这边恐有遭左右夹击之虑。

如今之计，只有继续走目前这条联络路了，虽然也有危险，但只要有充分的准备，在夜间秘密进行，等到上杉军发现时也许大半军队已渡过广濑。于是他开始设计这条退路。

武田信玄和上杉政虎不同，他不会专断行事。

大部分的场合，政虎都是一人决定战术，决定之后再命令诸将施行。而这也只是大概的战术，至于细部计划，他自己也不决定，而是视战斗状况时时变化。因此，即使召开军事会议，他也不请诸将参详，只是分派决定的事。

信玄就不同了，他即使定了大纲，还要在军事会议席上与诸将充分探讨、交换意见后视情况加以修正。当然他也知道战争是活的，有各种变化，因此他也不定细目，不过，他的咨询过程仍比政虎缜密多了。

此刻，他召集部将到大本营，就在他平常眺望妻女山的崖上草地上召开军事会议。他举着军扇，指点着地方，告知众人他设计的方策，征求众人的意见。

饫富兵部最先开口。饫富是武田家老将，他与已经阵亡的板垣信方都是协助信玄放逐老父、自立为武田家主的功臣。

"您的计划虽然有理，但在下以为还是相当冒险，既然终归一战，何妨本阵出兵，海津城也出兵，东西布阵，待敌军一动便展开夹击！如果敌军缩头不动,届时再东西合而为一,进入海津城如何?"

马场信房也赞成此议:"在下也认为此议甚佳,如果一开始就想直往海津城,士气恐怕大失,万一突遭敌袭,势将不堪一击!"

众人也同声附和。

信玄环视众人:"还有没有其他意见?"他见无人开口,继续道:"你们的意见很有道理,但是我的看法不同!第一,那样做正好陷入政虎的计谋。他这次是下了九死一生的决心要和我一定胜负,兵书上说穷寇勿追,他却把自己弄成穷寇,我正面迎战此敌,必遭大损。挫其锐锋,待其士气衰竭时而战,是兵之常道,我不想用奇道。第二,我军阵营不若以往,小幡山城于六月病故,原虎胤受伤未愈,不能出战,似乎更不宜冒险,我看还是照我的计划行事吧!"

他这么一说,无人再表示反对。

夜半稍后,武田军开始行动。由于军令森严,大军移动竟未发出任何声响。守备雨宫渡口附近的上杉军发现有异动时,已接近黎明了。

政虎接到急报,猛地从床上跃起,奔到平常瞭望的地方俯瞰山下。

今天仍是雾锁大地,山下仍然漆暗一片。天上的星星像是感受到黎明气息般,神经质地眨呀眨的。政虎敏锐地巡视眼下的幽暗底处。

他什么也看不见,但不久就听见轻微的嘈杂声。那是多数人马整然有序移动的声音,想当然耳,马是套上草鞋、口中衔枚的,人也紧紧按住身上盔甲的晃动摩擦。

从那动静判断,人马似乎已过川中岛的中心部位,接近广濑渡口。

政虎不觉暗叫:"糟糕!我太疏忽了!"

他懊恼不已。如今回想起来,昨天傍晚时武田军营的气氛是有些奇怪。茶臼山和海津城附近,炊烟冒得比往常浓密,他应该想到是武田军将有所行动。如果己方先派兵埋伏在广濑渡口,防备海津城的武田军,自己再率主力守在川中岛中央,势必能和信玄打一场决战。

但事到如今,已来不及了。智谋多虑如信玄,一定会在途中伏下重兵,只等上杉军去追击。

上杉军若真追击,立刻会中埋伏。政虎暗恨:"失策啊!"

随着天光渐亮,乳色气体在川中岛上缓慢地移动,透过雾海,可以看到军队移动,且已到达遥远的东北方位置。显然已有一半军队过了渡口。

天色更亮,雾也变淡,像透过湿纸一般可以看见武田军动静。还有四五千人簇挤在广濑渡口等待过河,但其中有两队千人队伍,相隔五百米严阵以待，面向上杉军守备。他们慢慢地向后退，远望如蚁群蠕动。即使上杉军完全没有追击，甚至没有追击的气息，他们也如此用心防范，令政虎佩服不已。

政虎开始不安，因为信玄撤入海津城后，更可能形成长期抗战，最后又不了了之。这与他的期待大相径庭。他一再懊悔，当初只要多用心注意，很容易就可看穿武田这步棋的。

他有些抑郁，但不知何时聚集在他身后的近卫武士，个个脸上都出现安心之色，因为原本被切断的与善光寺间的通路又联络上了。

政虎不觉怒从心起，暗恨无人知晓他的感受，但他很快又转念一想："不了解也好，心中秘密叫人看穿了，也不配称有武将之器！"

他突然放声大笑，回顾众人说："信玄那只狐狸，一个人玩起角力了！真辛苦！不过，我看得很爽，要是有酒就更妙了，拿酒来！"

接过从人奉上的酒，他自己喝后，也分与众人共饮，非常愉快地继续看着武田军的移动。

八月二十九日——这一年的八月是小月，这一天也是八月的最后一天。

一入九月，天气突然冷了。早上的雾愈来愈浓，天亮了犹不散去。中午时秋阳当空，偶尔飘一两阵阵雨，群山及宽广的川中岛已见萧条之色。野草泛黄，群树染红转黄，就连刮过的山风也带着与往常不同的干枯声。眼耳中尽是日日渐深的秋意。

妻女山与海津城依旧对峙不动，信玄没有动作，政虎也没有动作。

不过，政虎心中的不安倒是日益加深，他担心又要言和。对手笼守城中，他无计可施。即令是平庸的武将笼城而战，攻城也倍感困难，何况是才智过人如信玄，简直可以说是难攻不落。如果硬要攻城，上杉军遭到惨败是可以预见的。如今，唯有等待情势生变，掌握胜机。

政虎内心虽然焦躁，但表面仍悠然不迫，击鼓吹笛弹琵琶度日。不过，在信玄移往海津城后，他即下令全军："傍晚煮饮时一次煮好三餐伙食，早上及中午都不准起火！"

两军对峙不动，又过了数日。

信玄与政虎不同，他一点也不焦急，他根本不想决战。他认为："应战时方战，没有非战不可之事。"不过，他也下令严防敌军偷袭。

九月八日，信玄突然心生一计，立刻召集诸将至海津城商议。

他先开口道："连天累日地这样僵持相对，诸位想必无聊至极。我看敌人的样子丝毫没有松懈，虽然表面有放松的样子，但我相信他们一定又在策划一招利计，我们不能傻傻上当。今早我突然想出一计，来跟大家商量商量！"

他略微停顿后继续说："根据我的经验，政虎打仗像老鹰，直接攻击猎物，一击而中就罢了。如果不中，便头也不回地飞走。这大概和他性急重名誉的脾气有关。我呢，就想利用他这个脾气！我们这样僵持而立，就连我这最有耐性的人都有些不耐烦，他的焦躁可想而知。别看他表面一副不疾不徐的样子，还弹琴击鼓，其实心里一定在盘算，这场仗既然无法打成决战，只要交手一次，有个六分胜，就可以保持名誉撤退了。现在我们兵力总共两万余，我想拨出一万两千夜袭妻女山，剩下八千到川中岛，切断善光寺道。如果政虎赢了，他一定会心满意足地撤往善光寺，如果输了，当然也逃往善光寺，我们就在途中以逸待劳，你们觉得如何？"

饫富兵部笑道："妙计！妙计！就像啄木鸟敲啄树干，激出躲在里面的虫，它自己躲在洞口等着吃虫！"

他比喻得妙，众人皆拊掌大笑。

信玄也笑道："今天的比喻都用鸟如何？这计就取名为啄木鸟战法吧！"

众将自无异议接受。

信玄进而详细分派任务，由高坂弹正、饫富兵部等十将率兵一万两千袭击妻女山。时间在明晚半夜。众人领命后解散。

九日傍晚，政虎又像往常一样在妻女山上弹着琵琶。晚风渐寒，他合起衣领，倏地发现海津城那边与往常有异。再仔细一瞧，炊烟比平常浓密。而且不只是海津城内，城外一带的武田军营也一样，不但炊烟较往常多，也有种不可言喻的躁动气息。

政虎放下琵琶，站起身来，走到视野更佳的位置。太阳还未下山，云朵横在西山边，太阳藏身云后，把天空染得绯红。不过，平地上已见暮色阴影，营地里的炊事火焰益显亮红，浓黑的烟袅袅上升。

政虎咧嘴一笑，立刻有两个想法。一是信玄打算退兵，二是准备夜袭。他原先想不出会是哪一个，但突然醒悟，信玄用兵非凡，他不会做单纯的夜袭，一定有连环计谋。

这么一想，政虎便豁然开朗了："原来他打算把我赶出这里，途中来个伏击！哈哈！"

他俯视着海津城，不觉得意地放声大笑。侍从皆感惊愕，此时各部队传令兵也正赶来报告。

政虎很高兴地命人火速召集诸将。半个时辰后，众将陆续到齐。

政虎就让众人坐在他营帐旁的草地上。日头已没，四下急速变黑，卫士正准备烧旺营火，政虎制止说："不用，我的话马上说完！"

他拄着青竹杖，站在众将席中："敌军兵分两路，准备今晚夜袭我们。这一路军人数大概在总兵力一半以上，否则无法奏效，另外一路则埋伏途中，打算趁我们撤往善光寺时夹击。你们也注意到敌营晚饭的炊烟数倍于平常吧！我是这么打算！在夜袭未到以前，我们先撤离这里，去打在川中岛等着夹杀我们的老狐狸！杀他个出其不意！时间定在夜半子时。你们各自回去准备待命，等主队通过后跟上，不准发出任何声音，违者问斩。营火就像平常一样，等我们走了还继续燃烧，知道吗？我再重复一遍……"

他重复一遍指示后，众将解散。

车轮大战

夜半时分，政虎依计下山。各队按照指示，在主队通过后跟随而下，聚集在雨宫渡口前的河滩上。

政虎身穿蓝线编缀的铠甲，头戴金星饰盔，披着鲜黄无袖战袍，跨在名为放生月毛的骏马上，一手拿着青竹指挥杖，纵横各队之间。

山上的大本营及其他营地，仍像往常一样烧着炽旺的营火。偏西的月亮朦胧照着大地，随着夜间寒气愈增，河上冒起的水蒸气凝结成雾。那雾以非常快的速度变浓。

政虎骑着马低声指挥部署，身影在雾中时隐时现，头盔上的金星也闪闪发光。

阵势很快就部署完毕。先锋是柿崎景家，其后是率领直属武士的政虎，右边有六队，左边有四队，中军之后是一个预备队，由甘糟景持率领，最后是直江实纲率领的辎重队。

部署完毕，政虎命众人就地休息。

不久，下山侦察的斥候回来报告："海津城及其四周各队已准备出动，人数众多，似超过敌军半数以上。"

政虎知道武田军确实要偷袭妻女山了。

"好！"

他点点头，下令各队出发。

八千越后军在柿崎景家的先导下，整然有序地渡过千曲川。过河以后，他们尽可能远离海津城及妻女山，迂回至北国街道北行。

雾气愈重，空中已不见月影，茫茫封锁天地的雾幕中，所见不及两米。上杉军在前方及右方连连派出斥候警戒，步步为营，小心前进。

前行一里半后，政虎下令全军停止前进，就地休息。

"骑马者下马！但马不可离身三尺以上。大家可以坐下，但不能松下甲胄，武器不可离身，紧急时一闻螺号就立刻起身上马，等待指示！"

政虎也下马，坐在矮凳上。他挂着青竹杖，轮番凝视海津城及妻女山的方位，不时竖耳凝听。

万物都被浓雾封闭，一无所见，连声音都听不到。

武田军在子时稍过，展开攻击妻女山的行动。日间时他们已勘查过地形，妻女山背后有座较高的山，山后有条小径通海津城，夜袭主力由此处攀上，再由上往下俯冲政虎的营地，然后在妻女山东侧山麓一带部署的军队也嘶声喊杀。仓皇遭袭，就算政虎再勇猛亦无可奈何，唯有从西侧退向雨宫渡口，撤至善光寺。

就在出发时刻升起的雾群，对他们来说有如天助。他们暂缓出发，等待雾气更浓时才展开行动，沿着山路，伏下旗帜，战马履草衔枚，悄然成一纵队前进。

在突击队出发后，信玄即部署剩余的八千兵力，离开海津城。他在甲胄外罩着法衣，戴着那顶有名的"诹访法性"战盔，纵横军中指挥。随着马身起伏，那披在盔后的雪白牛毛便轻轻晃动，在雾中看来有着梦幻般的感觉。

他们沿着千曲川来到广濑渡口。这里河幅虽广，但水极浅，全军毫不迟疑地开始渡河。信玄不时回顾妻女山，虽然在雾中什么也看不见，但他相信只要战事一开，或许能看见焚烧上杉营地的火光和己方胜利欢呼的喊声吧！虽然期待的事一直没有发生，但他并不担心，因为距离预定的时刻还早。

全军渡过千曲川后，监军向信玄报告。信玄指示各队就地休息，但得保持备战状态。

他坐在板凳上等了半个多时辰，凌晨的寒气沁人，他竖起罩袍领子盖住颈胸，轻嗽几声。

他逐渐有些不耐，但他强自按下这层感觉。尽管如此，他仍觉得山顶的战事应该开始了。他极目驰望，但见漠漠一片如烟般的轻雾或流或旋。

他似乎听到远处传来鸡啼，他怀疑自己听错了，但紧接着又听到鸡啼。

他又焦虑起来："这计应无误失，会因雾浓而迷路吗？不可能啊！已经那样仔细地探讨调查过，不该迷路的……"

他心中疑惑万端，心想无论如何，先前进再说。

部队又开始前进，大约走了半里，又停下休息。

信玄又等了半个时辰，妻女山上似乎未起任何异变。事已至此，不是迷路了就是其他因素，无论如何，都必须承认夜袭失败。他的焦虑瞬间遽增。

"怎么办？"

天色不久就要亮了，若是此刻撤退，徒然落人话柄，若是照计前进，上杉军已有准备，恐怕反遭一击，究竟该如何是好？虽说没有比在战场上犹豫不决更拙劣的战术，但他就是无法决定。

他不由得生气："弄到这个地步，竟然连一通报告也没有，岂有此理！"

夜袭妻女山的将领都是身经百战的老将，处事如此，令人难以想象！

就在他进退不得、空等消息时，天色已然透出亮光。就在此时，远方传来异样的声音，那声音夹杂在风过草原、水过河滩的声音中，若隐若现，但在信玄老练的耳朵里，听得出确实是人马压境的声音，而且，是大队人马。他胸口一紧。

他回头向传令兵队说："我确实听到人马前进的声音，但是先锋队什么也没发觉，去告诉他们别因为夜长而神思迷糊！"

"是！"

五名传令兵飞马奔向先锋队。

这期间，天色愈来愈亮，晨风吹起，雾散了些。信玄目不转睛地凝视前方雾中，不久，他不觉愕然，强把险些呼出口的"啊"声咽了回去！

就在同时，他身旁的将士也都"啊"的一声，不由自主地都站了起来。

雾气渐散，逐渐看到五十米前如影画般的己方五队先锋，但随着己方队伍影子渐现，在对面也出现如墨汁渲染的人马，人数众多。

信玄知道自己一旦显出惊惶，全军必定陷于狼狈。他故意慢慢坐下，伸出右手："拿来！"

一名武士会心地递上指挥军扇。

信玄右手执扇，左手捋住长长红穗，水平举至眼高处，缓缓向旁挥。就只是这么简单的动作，原先都站起的将兵立刻平静下来，摆出单膝跪地、枪置膝上的姿势。

信玄把军扇按在右膝，脑子里迅速转动，立刻悟出政虎果然不同一般，发现昨夜的计策，抢先下山，跑到此处等待。

信玄心想："他兵八千，我也八千，可谓旗鼓相当，我只要能撑到夜袭部队赶来助阵，胜利是不成问题的！我得设法撑下去！"

他立刻打定主意，令在本营右方、其子义信的阵地竖起武田世代的日之丸旗、武田菱旗和将军旗，本营只竖起一根四如之旗和有马记的旗帜。他这么做，自然是要混淆上杉军耳目，搞不清楚哪一个才是主阵地。同时，他遣使急奔妻女山，要那边的部队火速赶来支援。

天色更加明亮，雾也消去大半，可以看清上杉先锋队的大将旗帜，在晨风中飞扬。武田军一看即知，上杉先锋是勇猛无双的柿崎景家。

《甲阳军鉴》中记有，政虎在此战中用的是车轮战法，亦即各队如车轮滚转般轮番出动。

当信玄认出柿崎的旗帜同时，政虎也看到敌阵竖起的旗帜。当他看到信玄的旗帜分插两个阵地时，不觉勃然大怒："卑鄙！"

但在同时，他也醒悟到信玄是打算拖延时间，等妻女山的部队赶来驰援。他决定不让信玄得逞。他瞠目而视，快马前进。

武田的先锋有五队，从阵前的旗帜可以看出领军大将为内藤修理、诸角丰后、饫富三郎、武田信繁、穴山信良。那沉着平静的神态，大有泰山崩于前亦不动的气概。

面对这样的阵容，自然难以进攻，弥二郎的先锋一定很快就会停下脚步。政虎把指挥杖横放鞍前，接过一把洋枪，枪口朝着天空继续策马前进，当弥二郎的先头部队与敌阵相距三十米时，他扣动扳机。

轰然的枪声，令脚下不自觉慢慢要停下的弥二郎立刻回过神来。他大喊一声："上！"两千兵马便喊杀震天地直直冲向饫富及内藤的队伍。

弥二郎不是那种端坐椅上发号施令的武将，他向来身先士卒，勇往直前。此时他已五十五岁，但刚猛之气丝毫未见衰弱。他一身漆黑盔甲，跨在漆黑战马上，手握长柄大枪，像阵黑色旋风直直杀进武田军中。

他声若洪钟撞裂，势如长虹贯日，纵横敌军阵中，无人能敌。在他的带领冲杀下，饫富队和诸角队阵势已乱，但能坚持不退。

政虎知道信玄在争取时间，如果战事拖长，妻女山的武田军赶来时，己方一定惨败。他急得猛挥青竹杖大吼："上！上！"

分立两旁的队伍立刻向前奔出。这些队伍每两队成一组，右队分三段，左队分两段，各自还有一掩护队在后，原是为防备妻女山的敌军。此刻两队齐出，相互联络协助，第一段直冲敌军先锋，第二段攻向信玄主阵左右的队伍，第三段则杀向信玄主队后的后备队。各队皆以大火燎原之势前进，武田军枪口乱射，上杉军前赴后继，毫不退缩，整个战场一时陷入大混战状态。

战争从清晨六时开始，持续到上午十时，其间，武田方面有信玄之弟信繁及诸角丰后两员大将及名将野源五郎阵亡。信玄拼命想拖延时间，政虎偏不愿让他得逞，攻势更加凌厉。

　　武田军已见崩势，被赶至广濑渡口，溺死兵员无数，但饫富三郎、穴山信良及武田义信等队仍顽强抗战。

　　信玄的主队对己方各队的颓势毫不在意，仍整然固守不动。四如之旗和马记旗帜在晨风中飘扬，在肃穆武士群中，信玄不时打量上杉主队及妻女山方向。他知道上杉主队马上就要杀过来了，此事已无可避免，但希望能拖延到妻女山的部队赶来。

　　政虎亦然，他坐在竖着毗字旗的主阵中，望望四如之旗，又回顾妻女山方向。他必须在妻女山的援军未到前，看准时机，一举杀向信玄主阵。他的近卫武士都紧握武器，瞠视烟尘滚滚中时隐时现的信玄阵地，等待令下。

　　政虎抬头望天，目测日高。此刻雾已散尽，他看着挂在湛蓝天空中的太阳，猜测大概是九点左右，不能再犹豫了。

　　他一声令下，全军起立，翻身上马，喊杀前冲，进至射程内时停马，架起洋枪一齐发射。武田方面也回射，四周立刻笼罩在一片硝烟火弹中，两军的长枪队在烟中展开激烈的刺杀。

　　上杉军攻势猛烈，武田军顽强抵抗，一进一退，拉锯而战。

　　政虎焦急异常，差人奔告背后的甘糟、直江、须田及千坂诸将："妻女山的敌军马上就要到了，务必在此之前击败武田！"

　　他自己也飞身上马，穿梭在己军中，挥着青竹杖敲打己军，口中斥责："这么一点敌人都应付不了，是胆怯吗？要有战死的觉悟！没有必死之心还打什么仗？平常的武士面貌到哪里去啦？"

　　那些武士遭他责打，又愧又怒，不觉勇气百倍，奋身向前。

　　已是武士与武士的决战，但胜败依然未决。政虎数度抬头望天，测量日高，数度回望妻女山，愈发焦急。

　　这时，他见信玄主阵已现零乱，判断是多数近卫武士已杀入血战。他突然下定决心："好！你们也上吧！"

　　他下令近卫勇士出战。众人上马奔驰而去后，他兀地起身，跨上放生月毛驹，迂回犀川方向，直奔信玄主阵。犀川沿岸未成战场，芒穗轻摇，秋草色枯，被政虎马蹄一踏，奔风一卷，立见狼藉之色。

　　他紧勒全身肌肉，紧咬的齿缝间喃喃念道："可恶的信玄，今天可要一决胜负了，不是你死，就是我活……"

　　他抽出短刀，割断战盔系带，脱下战盔扔进犀川，从铠甲中抽出白绢，裹住头脸，拔出二尺七寸五分长的兼光名刀，架在肩上，单手持缰，直冲信玄主阵。

不过，他的判断有误，信玄并未遣出所有武士，他身边仍有相当多的勇士护卫。他们看到政虎单枪匹马冲来，先是一惊，进而一哄而起，争相迎战。

政虎挥动兼光宝刀，左劈右斩，毫无阻碍地冲进信玄主阵。武士们狼狈起身，想要阻挡，但说时迟那时快，政虎人已冲到信玄面前。

他一眼就看到那披着雪白牦牛毛的战盔，他也看到盔下信玄的脸变得惨白，那已不是从前在御坂岭时看到的俊美容颜，而是张肥胖冒油的丑脸。

他怒斥一声："恶贼！看斩！"

政虎挥刀向下，其势太急，信玄连站起来的时间都没有，遑论抽刀。他就坐在椅上，以军扇抵挡，政虎的锐利刀锋将军扇斩裂一半。

"看刀！"

政虎再斩，信玄再挡，结果斩断扇柄；政虎再斩，刀锋险些砍到信玄左肩。此时，信玄近侍原大隅抄起竖在信玄身旁的青贝柄长枪刺向政虎，但匆忙出手，政虎又动作灵敏，刺了个空。他再刺，又落空，原大隅心下更慌，再用力一刺，虽被政虎躲开，但枪尖刺到政虎坐骑的颈部。马直身挺立，发狂似的奔走。

骑在疾驰的马上，政虎非常满足。

"没杀死他虽然可惜，但是也让他见识到我的本事，就连他这样的人也被吓得脸色发白，哈哈！哈哈！这样就好！这样就好！"

他回到主阵地。

现在，只要在妻女山敌军没赶到前巧妙撤退，就能确保胜利之名。

他命人通知甘糟撤退。当各队聚集，渡过犀川退往善光寺时，妻女山的武田军赶到，展开追击。

据《甲阳军鉴》记载，在东道十余里间，上杉军受到重创，并讲评曰："此次交战，已刻（上午十时）之前为上杉胜，之后则为甲州赢。"

途中一宿，翌日中午时分，政虎率军抵达妙高山麓。

清澄的秋空中鲜明地浮现出妙高英姿。一望无际的山麓原野中结满芒穗，在正午的阳光下泛着雪白光芒。

政虎突然想到："我好像看过这个景色！是什么时候呢？对了，是我一个人，拄着青竹杖，穿着草鞋走着……对了，前面还有一个戴着市女笠、穿着鲜艳花色衣服的女人骑着马……"

他愕然惊觉，那正是他出征前去看乃美时，在琵琶岛城里做的梦。

他浑身发凉，胸中忐忑不安。他望着妙高山顶，暗自祈求"不会有事的"。

没隔多久，前面就有人来禀告："宇佐美将军前来迎接主公凯旋！"

"是吗？"

"的确无误！"

"好！叫他在那里等着！"

政虎加快脚步。

宇佐美领着十名家将，跪在路旁草地上。政虎停下队伍下马，走向宇佐美。

"多谢出迎，我有好多话要跟你谈！"

"恭喜主公旗开得胜，胜利归来！"

他的声音很平静，但脸上不见微笑，令政虎心下一寒："发生什么事了？"

宇佐美回头向家臣做个手势，众人起身，远远退去。

"有什么事站起来说吧！"

宇佐美起身，用他那如枯木般的细瘦指尖捻着稀疏的胡须，低声道："小女昨天早上过世了。由于她坚持要搬到春日山城外，于是把她送去了。但在到达翌日，也就是昨日早上，大量咯血。虽然一时止住，但终究无救，留下祝福主公、并在他世为主公祈福的话后，再度大量咯血，终至咽气。"

宇佐美没有掉一滴泪，他是强忍悲伤，从他颤抖不已的指尖可知。

"那正是我杀入武田主阵时，乃美她……"

政虎泣不成声。他迈开大步，走到芒草之中，环视原野。他的视线逐渐移往妙高山顶，三四朵白云悠悠流过晴空。

（悠悠三十二年，我做了些什么？关东管领、上杉家世……不都是些空虚的东西！乃美，你真的死了吗？留下我……）

泪水不断流落他的面颊，他毫无感觉，只是一直凝望着妙高山顶上的晴空，悠悠白云流过的晴空。

跋

海音寺潮五郎

我能在持续两年又三个月的漫长时间里勤写不辍，完全靠读者热心的支持，为此，我首先要特别郑重地感谢读者。其次，我也要为连载期间无暇回复读者来函之事致歉。因为我下笔极慢，当我决心隔绝一切俗务，笼居家中专心写稿时，即使心存对读者关怀的感激，也无余力及此。

我之所以下决心写这个故事，源于小说大师幸田露伴先生给我的启发。幸田先生学贯古今中外，法文亦精，其见识之透彻为当代第一人。但是这一切学问皆随先生之死而葬于幽冥。幸田先生虽然著作不少，但与其学问相比仅为九牛一毛，殊为可惜。

想我年纪已近幸田先生过世之年，所学虽浅，对幸田先生自是望尘莫及，但多少也积蓄了一点知识，对历史事件、人物多少也有些前人所无的诠释，遂有倾诉而出、为古人作传的心意，以此安然迎接我人生的结束。时间之珍贵紧迫，自不待言，疏忽读者之处，还望谅解。

原先我接受邀稿时，是打算写一年、分五十次连载的，可是我天生不会计算，以至于超出计划甚多。

我原打算写上杉谦信的一生，因此埋下不少他后半生大事的伏线。例如，谦信的堂兄上田城主长尾政景之事多有强调，以加深读者的印象，是因为后来政景谋反而被谦信诛杀。谦信得知政景暗中策划叛变时，非常痛心。政景是家中大族之长，又是其姊夫，如果公然征讨，恐将动摇国内各豪族。谦信苦恼之余，找宇佐美定行商量。

宇佐美说"一切交由在下处理"后，便邀政景同游野尻湖（一说是信州的野尻湖，一说是越后同名之湖，但如今已消失）。两人在船上起私斗，互刺而亡。

宇佐美还留有遗书给谦信："这件事自始至终要当作私斗处理，放逐我的遗族，如果您手下留情，这个计略就无法成功！"

对宇佐美来说，谦信犹如他一手抚养大的孩子，除了君臣之义外，尚有近乎父子的感情，因此，他毅然做此牺牲。

谦信一生守身不犯，没有亲生儿子，后来将政景之子景胜收为养子，或许这也是宇佐美遗书所示。

小说里的柿崎景家相当活跃，文中如此凸显他的性格，自是预作伏笔。

弥二郎的事迹是根据《甲越军记》的记载。后来，弥二郎到京都卖马。织田信长听说马主是谦信麾下猛将弥二郎时，不但立刻买下，还在厚额礼金之外附送一封谢函。

"托阁下之福得此骏马，不胜感激，今后还望多多联络，倘有不用之骏马，敢请割爱为荷！"

织田信长之意当然是为离间谦信与弥二郎。弥二郎怕别人说他是利欲熏心，将此事隐匿不报，结果，还是被谦信的谍报人员探知，报告谦信，引起谦信疑惑，终至手刃弥二郎。

谦信于天正六年出兵京都，决心与织田信长决一雌雄，他于三月十五日发檄出兵，进行准备。

信长据报后惊惶不已，若以实战而言，信长绝非谦信敌手。此时距武田信玄离世已有五年。武田信玄死后，谦信成为无双的武将，而且，就兵员素质而言，尾张、美浓等温暖富饶之地所培养的兵员，远逊于生活环境苦劣如越后所培养的兵。

据上杉家传的《太祖一代军记》所述，信长对带来谦信出兵通告的使者说："谦信武勇如摩利支天再生，天下何人能抗？谦信倘来，我等当礼服一袭、摇扇一柄，单骑迎于路次，自谓'在下信长，特来输诚'，引领进入都内。如此，谦信当不至粉身碎骨以诏天下。就以我等治西国、谦信治东国之势，两厢守护京都吧！"

此语是否为真，启人疑窦，但信长非常害怕，恐非言过其实。

可惜，上杉谦信在出发前六天的三月九日，突然脑溢血倒下，十三日即撒手尘寰，一代霸业告终。有人说他突然脑溢血，是因为在如厕时看到柿崎景家的鬼魂。

书中赘述无名时代的信长及信长于桶狭间大败今川义元，令谦信相当感慨之事，也是为之后二者的冲突预作伏笔。

至于途中消失的人物，则有松江。

松江的原型出于《甲越军记》。军记中记载，在栴檀野一战上，为景之妾穿甲戴盔上阵，为景阵亡后，其妾被俘，因不愿充当捕其武士之妻而自杀。在《甲越军记》中，松江只出现在栴檀野战役一段，前后则不见踪影，但因现代小说不适合在重要场合突然穿插人物，因此，书中就安排她在虎千代幼时出现。

不过，人物若单是美丽强健，仍属平凡。如果在美丽、强健、感情丰富外，再加上生于乡野的粗俗却充满活力的性格，当可在不平衡中呈现生动的趣味，因此，作者赋予她那种性格，而且愈写愈有感情，不忍心在栴檀野就叫她毙命，遂又为她安排了与鬼小岛弥太郎的情缘。然而，小说中的人物也和现实中的人物一样会老，到后来便很难处理了。无论她年轻时多么美丽，到了六十岁时也难免皱纹满脸。若是有教养的老妇，或许还见余韵风情，但松江是满口粗话、本性不改的女人，老了难免益增其丑，不如按下不表。

近卫前嗣最后也离开了关东。幕府将军义辉说要投靠谦信，谦信也派使者说"随时恭候大驾"，但并未好好为其善后。

这两人都很信赖谦信，前者曾前往关东，小说结束时犹留在关东，后者有意到越后投靠谦信，都是史实，并非编造。我让他们在小说中出场，并安排了某些有趣的情节，主要是证明当时谦信是多么受人爱戴，是多么具有信义性格的人物。

附　　录

上杉谦信年谱

永正四年（1507年）	越后守护上杉房能多有失政，为长尾为景驱逐，为景奉立上条城主定实为守护，并赴天水山讨伐房能。将军足利义植任命定实为越后守护，并令为景为其辅佐。琵琶岛城主宇佐美定行不服，向为景挑战。为景惨败，奉定实逃入越中、佐渡。*二月，甲斐武田信直（信虎）继任家督。大内义兴拥立前将军足利义植东上入京，取代十一代将军义隆，任将军一职。
永正七年（1510年）	四月，为景煽动乡民发起暴动，召集七百兵力在信州境内讨伐上杉显定。为景策动显定养子宪房，以派他任管领一职为条件而讲和。此时，宇佐美不肯妥协，仍采取敌对态度。
大永元年（1521年）	足利义澄之子义晴任十二代将军。武田信玄出生。
享禄二年（1529年）	为景六十二岁，娶第四任妻子，对象是同族长尾显吉之女袈裟，年方二十。
享禄三年（1530年）	一月二十一日，袈裟产下一儿，因系虎年，取名虎千代。宇佐美定行奉定实之弟定宪举兵反抗为景，收拢越后豪族柿崎弥二郎。为景接到上田城主房景之报，得知敌军集结在上条，遂在鱼野川岸开战，不分胜负。长尾军与上条军在五十公野再战，为景计诱柿崎兄弟倒戈，弥二郎取上杉定宪首级。为景利用管领上杉宪房，借其仲裁，与宇佐美议和。*六月，武藏川越的上杉朝兴欲攻打北条氏纲，但败于小泽

	原。十二月，幕府订《德政令》。
享禄四年（1531年）	加贺的一向宗信徒分为大一揆、小一揆而战。
天文二年（1533年）	虎千代四岁，春天，袈裟染感冒猝死，葬于长尾家寺林泉寺。
天文三年（1534年）	为景到新井野打猎，遇新井村乡右卫门之女松江。松江后来成为虎千代保姆。后又为为景侍妾，虎千代改由金津新兵卫教导。*织田信长出生。
天文四年（1535年）	七月，北条氏纲与上杉朝定再战于武藏川越。
天文五年（1536年）	虎千代奉父命出家，入春日山林泉寺。住持天室大师不久将虎千代送回城里。虎千代行冠礼，改名喜平二景虎。*丰臣秀吉出生。
天文六年（1537年）	武田信虎发兵向信州佐久口，但因大雪难渡，接受长子晴信撤退之议。景虎八岁，春天，为景令景虎为加地家养子，景虎坚拒，遂被寄养在金津新兵卫家，而后，被断绝父子关系。新兵卫赴景虎舅家商量，将景虎寄养在枥尾本庄庆秀家。
天文七年（1538年）	为景及宇佐美定行率兵攻入越中，攻打一向宗信徒及越中豪族，松江跟随为景出战。
天文九年（1540年）	武田信虎将六女弥弥嫁与诹访赖重。*五月，武田信虎攻入信浓佐久郡，陷诸城。
天文十年（1541年）	武田晴信放逐父亲信虎到骏河，成为武田家主，时二十一岁。武田信虎投靠今川义元。六月，晴信率两万大军攻打信州诹访郡，赖重投降，晴信收赖重侍妾之女为侧室。
天文十一年（1542年）	春，越中豪族神保等人为收复失地，煽动一向宗信徒发动暴乱。为景率兵四千，在梅檀野一战时中计被杀，松江被俘，旋即逃亡。长尾一族以晴景为丧主，将为景遗物葬于林泉寺，景虎未能送终。晴景任新守护代。*德川家康出生。七月，武田晴信令诹访赖重自杀。九月，武田晴信破诹访赖继，控制诹访全部领地。

天文十二年（1543年）	长尾俊景不满守护代，在三条举兵。景虎逃避俊景追兵，回到春日山城。俊景举兵，予越后全土以相当冲击，柿崎等豪族皆起而对抗春日山。长尾晴景率春日山军攻打三条，内通三条的长尾家老昭田常陆介阵前倒戈，叛军攻入内城，景康、景房阵亡，晴景趁夜逃出城去。景虎初上战场，由新兵卫护送出城外，藏身林泉寺和栃尾常安寺。景虎后又投靠琵琶岛的宇佐美定行，学习兵法。期间，认识宇佐美的女儿乃美。
天文十三年（1544年）	昭田退到蒲原郡，晴景班师回春日山，沉于酒色，溺爱京都买来的藤紫、源三郎姊弟，不听景虎谏言。景虎为观察诸国情势，巡游各国。途中，在飞越国境尼姑庵巧遇一度下落不明的松江。松江爱上景虎随从鬼小岛弥太郎。景虎由高山绕经信浓、甲州，在御坂岭遇武田晴信及其妾诹访夫人。景虎又进窥小田原北条氏的情况，再观察北关东、出羽一带后回国。景虎听从宇佐美建议，决意起兵统一越后，修复栃尾古城。弥太郎娶松江，本庄庆秀主婚。景虎在栃尾举兵，三条俊景出兵，但首战惨败，再度纠军进击，景虎亦向各方要求援兵，晴景勉强率兵五百参加。刈谷田川会战，景虎大胜，弥太郎杀三条俊景。
天文十四年（1545年）	朝廷御赐般若心经，晴景又进而乞求追讨逆贼之圣旨，广抄散布于国内诸豪族。*八月，今川义元与北条氏康在骏河狐桥开战，武田晴信支持义元。
天文十五年（1546年）	北条氏康来援河越城，破足利晴氏、上杉宪政及上杉朝定军，朝定阵亡。
天文十六年（1547年）	景虎十八岁，虔信毗沙门天神，朝晚礼拜，且不近女色，生活如律僧。景虎战无不胜，声名大噪，晴景对之不甚高兴。新发田城主长敦的妻子暗恋晴景宠童源三郎，频频幽会。事为长

	敦知悉，与其弟扫部介治时商量。扫部介治时当场斩杀奸夫淫妇。兄弟俩转投景虎，枥尾与春日山之间开始不和。宇佐美微服潜行至枥尾，初授景虎洋枪。*六月，武田晴信定"甲州法度之次第"。八月，毛利元就把家督之位让与隆元。九月，织田信秀攻打斋藤道三，兵败稻叶山城。
天文十七年（1548年）	晴景令玄鬼暗杀景虎，玄鬼事败被景虎开枪打死。景虎决意与兄开战。晴景与景虎开战。藤紫得知晴景战败，刺杀老臣殿原丰后，逃离春日山城。越后守护上杉定实劝晴景隐居，晴景迁出春日山城，暂居府内城。十二月，景虎入春日山城。藤紫与下人久助乘船至越中，入鱼津湾，为港卫逮捕。鱼津城主铃木国重收藤紫为妾。*二月，武田晴信攻打村上义清，于信浓上田原大败义清。七月，武田晴信于信浓盐尻岭破小笠原长时。九月，伊达晴宗继承家督。
天文十八年（1549年）	景虎二十岁，举行担任长尾家主仪式，并论功行赏。四月初，景虎率兵五千攻打三条城。景虎与松江结伴观察三条地形。宇佐美定行在北条与景虎会师，出示三条城地图给景虎。春日山军趁夜渡河，景虎用计吓敌，斩七十余岁老将昭田常陆介。三条城陷，景虎令山吉丰守为代理城主。五月初，上杉定实病危，景虎往府内探病，初见定实夫人抚养长大的同父异母姊姊阿绫。定实病况安而复危，终致殒命，景虎怀疑未参加葬礼的长尾房景父子心有不平，与宇佐美商量后，将阿绫嫁与政景。*织田信长娶斋藤道三之女为妻。七月，西班牙传教士萨维耶（汉名方济各）在鹿儿岛登陆，开始传教。七月，三好长庆入京。十一月，家康赴骏府为今川氏人质。
天文二十年（1551年）	关东管领上杉宪政与小田原的北条氏康交战，

	惨败。*三月，织田信长继承家督。
天文二十一年（1552年）	景虎二十三岁。一月，上杉宪政到春日山会见景虎，欲谦让管领一职。
天文二十二年（1553年）	二月十日，长尾晴景过世。四月，武田晴信自甲府出发，攻打北信州的村上义清。武田猛攻之下，村上的葛尾城陷落，义清本人不知去向。八月，甲州军经川中岛开往高梨平，景虎派弥二郎为主将开往川中岛。晴信夜袭柿崎，景虎惊叹其武略。九月初，景虎上京，在堺港定购洋枪，拜谒天皇和将军。途中，在鱼津港听到藤紫的琴声。景虎赴大德寺参禅，会见前住持宗九。*一月，织田信长不听平手政秀的意见，政秀自杀。
天文二十三年（1554年）	景虎返回春日山，立刻派使者到甲府，要求晴信归还信州豪族旧领，同时对北陆路的一向宗信徒展开怀柔工作。春，乃美代父来春日山，告知景虎，武田在当地展开离间工作，北条丹后守动向可疑。乃美并对景虎言"近日将出嫁"。景虎召唤北条主家毛利景元查证传言。九月，北条高广举兵，遭毛利景元自背后袭击，高广逃回居城，旋即投降。*甲州、骏府、相模成立三国同盟。十一月，北条氏康攻陷下总古河城，抓获足利晴氏及藤氏，幽禁于相模波多野，以晴氏之子义氏为古河城主。
弘治元年（1555年）	景虎出兵信州，于横山筑寨，四处骚扰武田，但晴信不为所动，因诹访夫人病危。五月，晴信率兵五千出发，过信州上田时已为一万三千大军，渡川中岛，布阵大冢，与越后军对峙十月，胜败未决。十月中，诹访夫人病情恶化，晴信请今川义元出面调停。闰十月中，景虎、晴信两军议和，撤兵。十一月六日，诹访夫人过世。*七月，朝仓教景攻打加贺，一向宗农民暴动。
弘治二年（1556年）	景虎嫌恶领内豪族纷争，起遁世之念。入毗沙

	门堂，时年二十七。景虎为前往高野山，行抵距春日山二十七公里的关山。政景告知武田离间本国豪族，景虎大怒，断遁世之念，返回春日山。晴信离间善光寺北方山岳地带的小豪族。*朝仓教景与加贺一向宗暴动农民议和。
弘治三年（1557年）	晴信发兵六千攻陷葛山城。八月下旬，晴信率兵一万五千至川中岛，景虎在横山城扎营。八月二十六日，武田全军渡河，向户神山挺进，景虎令政景出战，势成拉锯，景虎见机撤兵，此战视有六分之胜。*毛利元就予三子教训状。
永禄元年（1558年）	一向宗超贤大师告知景虎愿移居越后，景虎定春日山东方佐内村为庙域，令领内五村建本誓寺。闰六月末，据报晴信出兵攻略信州，景虎发兵善光寺、小县郡。此时，幕府将军足利义辉遣使谓三好长庆包藏逆心，请景虎上京攻之。七月十三日，本誓寺竣工。十四日，景虎入横山城，遣使与晴信议和，二十日，晴信的答复触怒景虎，两军再度开战，集结川中岛，但战况胶着至冬季。幕府将军再遣使者谓与三好长庆修好，并令景虎与晴信和睦相处。晴信计诱将军特使，受封信浓守兼信浓守护。八月，古文书中出现"武田德荣轩信玄"的署名。*九月，木下藤吉郎（丰臣秀吉）仕于织田信长。
永禄二年（1559年）	将军密使再请景虎上京，景虎宣布上京计划。四月三日，景虎从春日山出发，前往京都，见足利义辉。四月二十七日，景虎入京，谒见将军义辉。五月一日，景虎参见天皇，获赐天杯、宝剑，叙官从四位下近卫少将。景虎与关白大臣近卫前嗣交情渐深。十一月七日，景虎踏上归途。二十六日，返抵春日山。景虎宣布，幕府将军允其继承关东管领一职。*二月，织田信长上京谒见足利义辉。

永禄三年（1560年）	二月，越中松仓城的椎名报告神保氏春内通武田，景虎请本誓寺超贤大师调停椎名与神保之争，但神保依然与武田维持关系。景虎率五千兵马出征。三月底，进击富山城，神保弃城而去，鱼津城主铃木亦失踪。三月三十日，富山城陷落，景虎斩藤紫。五月十九日，织田信长于尾州桶狭间杀今川义元。七月初，房州的里美义尧控诉北条氏入侵，景虎檄告领内诸将及关东豪族将出兵关东。景虎率兵两万出春日山，出发之际收到京都之近卫前嗣来函。九月二十七日，景虎越过三国岭，下关东，归服者众。景虎以厩桥为经营关东据点。北条氏康以子氏政为大将，率兵三万五千赴野州。景虎率兵三千入佐野城，北条惧退。北条氏康遣使请托信玄牵制景虎。信玄亦遣使至大坂本愿寺，请求煽动加贺、越中一向宗信徒侵入越后，同时令越中豪族上田及神保氏春出动。神保、上田侵入越后，随即被击败，景虎闻讯，决意一举歼灭北条氏。上杉宪政及近卫前嗣先后到达厩桥，对此感到不安的古河将军足利义氏向四方分发檄书。*五月，织田信长杀今川义元，松平元康（德川家康）返回冈崎城。
永禄四年（1561年）	二月下旬，景虎大军出厩桥，古河城不支，义氏逃至小田原。小田原笼城而战，向武田、今川乞援军。三月中，景虎罢攻，转向镰仓。闰三月十六日，景虎于八幡宫举行就任关东管领仪式，宪政亦让出上杉家督之位。景虎改名政虎。六月二日，政虎阵中接待幕府将军义辉使者，知将军有意赴越后投靠。此时，宇佐美告知乃美病重。春日山急报，武田信玄越境入侵，攻陷野尻湖东南方割岳城，旋又撤回川中岛。六月二十九日，政虎返抵春日山。七月二日，政虎遣家臣与义辉将军使者僧一舟返京。政虎策划与武田决战，要求会津芦名盛氏及出

473

羽庄内之大宝寺义增加盟。八月十日，政虎自闭毗沙门堂，制定作战计划。宇佐美告知政虎，乃美病情加重。政虎夜赴琵琶岛，会见乃美，告知将娶其为妻，劝其安心养病。八月十四日晨，政虎率一万三千大军入信州。十九日夜，得知信玄亦已出兵，兵员约一万六千。二十日拂晓，政虎军过犀川、千曲川，直上妻女山。同日，信玄入海津城。二十二日，信玄军上茶臼山。九月，两军隔谷对峙不动。八日，信玄在海津城制定夜袭计划。九日，政虎查知有异，下妻女山，至川中岛中央严阵以待信玄军。两军开战，政虎冲入武田阵营，三度挥刀砍杀信玄，可惜未中，但已满足，故撤军。归途，在妙高山麓得知乃美死讯。*春，松平元康与织田信长和睦。八月，浅井长政与六角义贤开战。

永禄六年（1563年）	*七月，松平元康改名家康。
永禄八年（1565年）	*三好义继及松永久秀杀足利义辉。
元龟三年（1572年）	八月，谦信（政虎）侵入越中，平一向宗暴动。*十二月，武田信玄于远江三方原大败家康。
天正元年（1573年）	*四月，武田信玄（五十三岁）殁。
天正三年（1575年）	*五月，信长与家康联手于三河长筱败武田胜赖。
天正四年（1576年）	十一月，谦信出征能登、加贺。
天正六年（1578年）	三月，上杉谦信（四十九岁）殁。

越后长尾氏系谱（数字代表越后守护代之历代数）

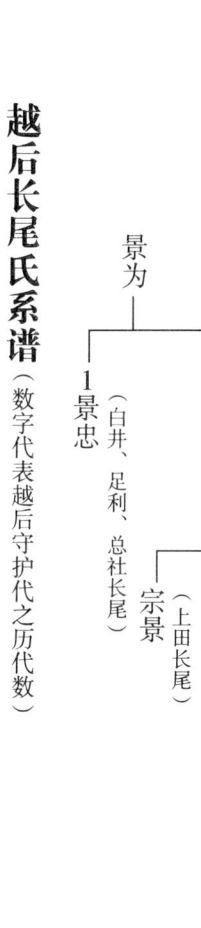

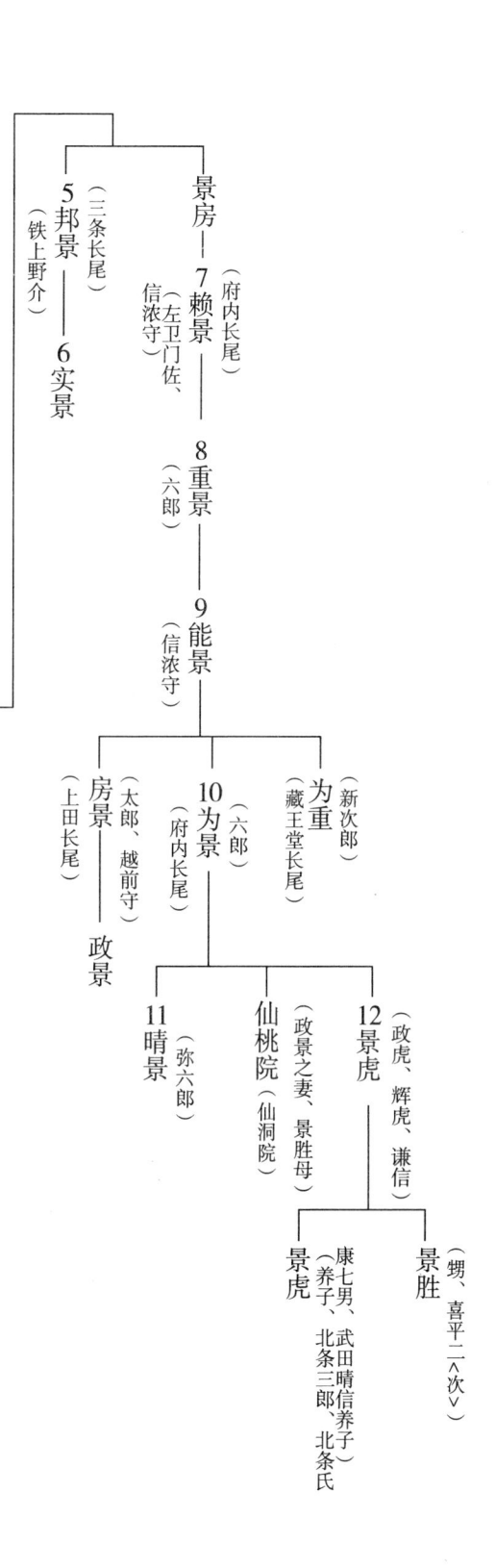

```
景为 ─┬─ 1 景忠（白井、足利、总社长尾）
      │
      └─ 2 景恒 ─┬─ 宗景（上田长尾）
                 │
                 ├─ 3 景春（古志、栖吉长尾）
                 │
                 └─ 4 高景（弥六郎、筑前守）

景房（府内长尾）─ 7 赖景（左卫门佐、信浓守）─ 8 重景（六郎）─ 9 能景（信浓守）
                                                                    │
   ├─ 5 邦景（三条长尾）                                              │
   │                                                                │
   └─ 6 实景（铁上野介）                                              │

9 能景 ─┬─ 房景（上田长尾）─ 政景
        │
        ├─ 10 为景（六郎、府内长尾）─┬─ 11 晴景（弥六郎）
        │                            │
        │                            ├─ 仙桃院（政景之妻、景胜母、仙洞院）
        │                            │
        │                            └─ 12 景虎（政虎、辉虎、谦信）─┬─ 景虎（康七男、武田晴信养子、〈养子〉北条三郎、北条氏）
        │                                                          │
        │                                                          └─ 景胜（甥、喜平二〈次〉）
        │
        └─ 为重（新次郎、藏王堂长尾）
```

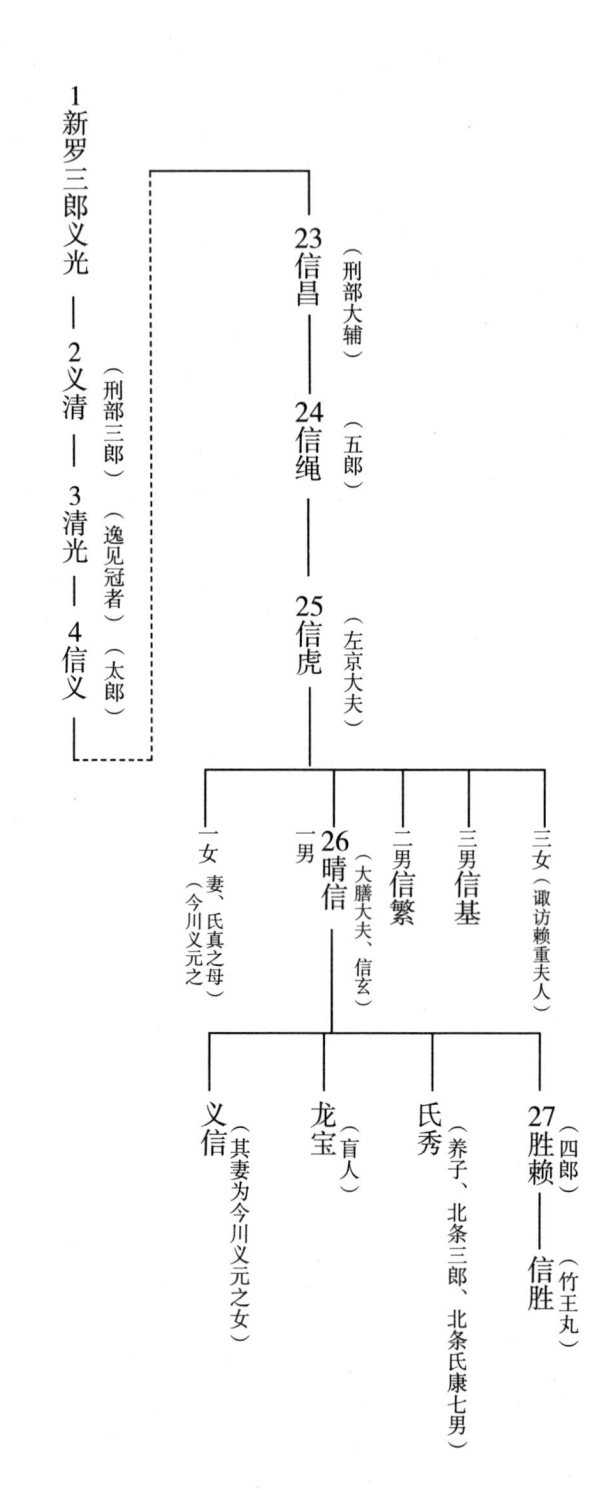

甲斐武田氏系谱
（数字代表武田家之历代数）

```
1 新罗三郎义光 ── 2 义清 ── 3 清光 ── 4 信义
                   （刑部三郎）（逸见冠者）（太郎）
                           ┆
                           ┆
     23 信昌 ── 24 信绳 ── 25 信虎
     （刑部大辅） （五郎）   （左京大夫）
                              │
    ┌────────┬────────┬────────┬────────┐
   一女      一男    二男信繁  三男信基   三女
   妻、    26 晴信  （大膳大夫、        （诹访赖重夫人）
   氏真之母 （信玄）   信玄）
   （今川义元之
    母）
         │
    ┌────────┬────────┬────────┐
   义信      龙宝     氏秀    27 胜赖 ── 信胜
  （其妻为  （盲人） （养子、   （四郎）  （竹王丸）
   今川义元            北条三郎、
   之女）              北条氏康七男）
```

476

上杉谦信越后、越中古战图

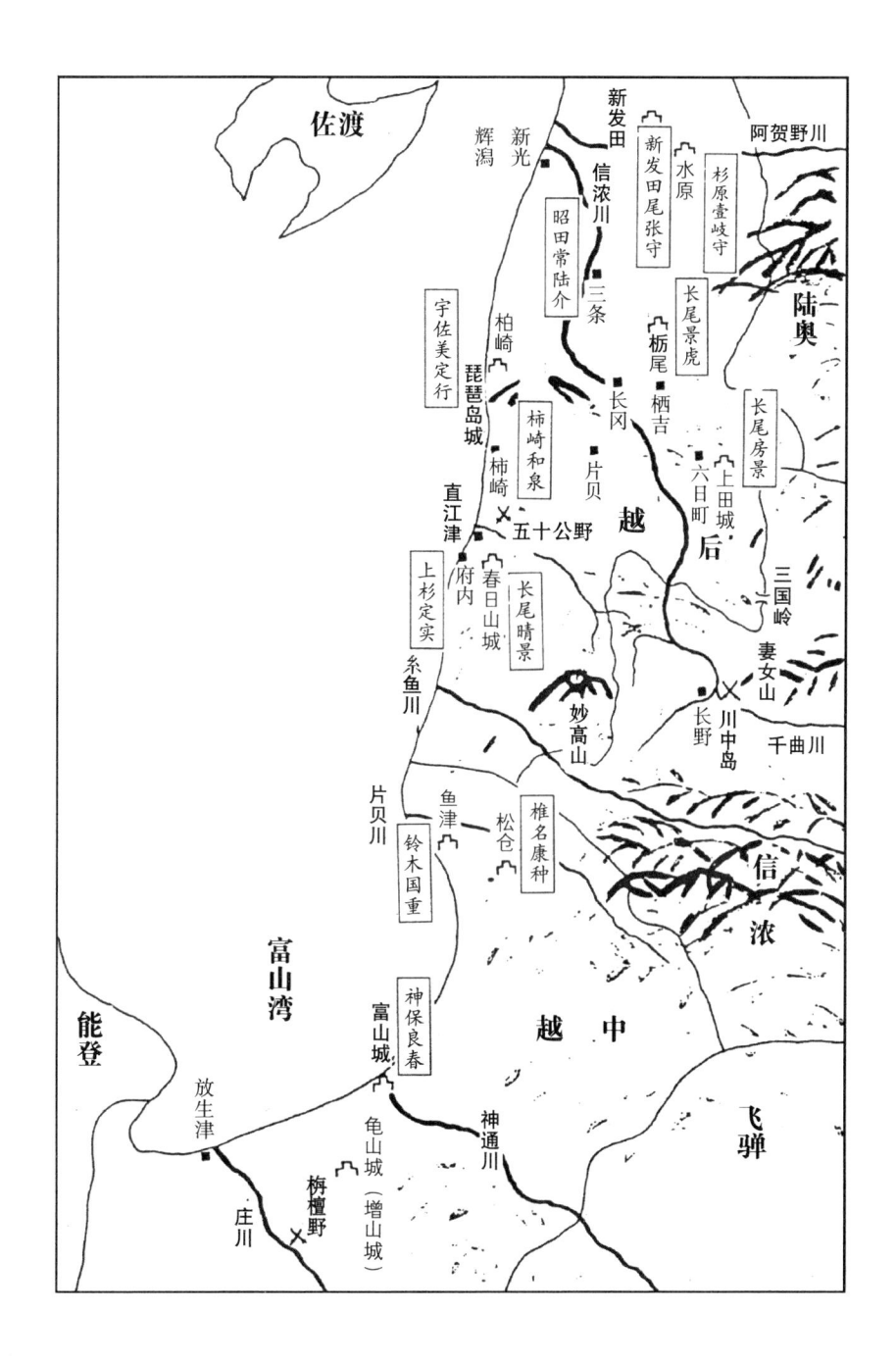

越后地方地图

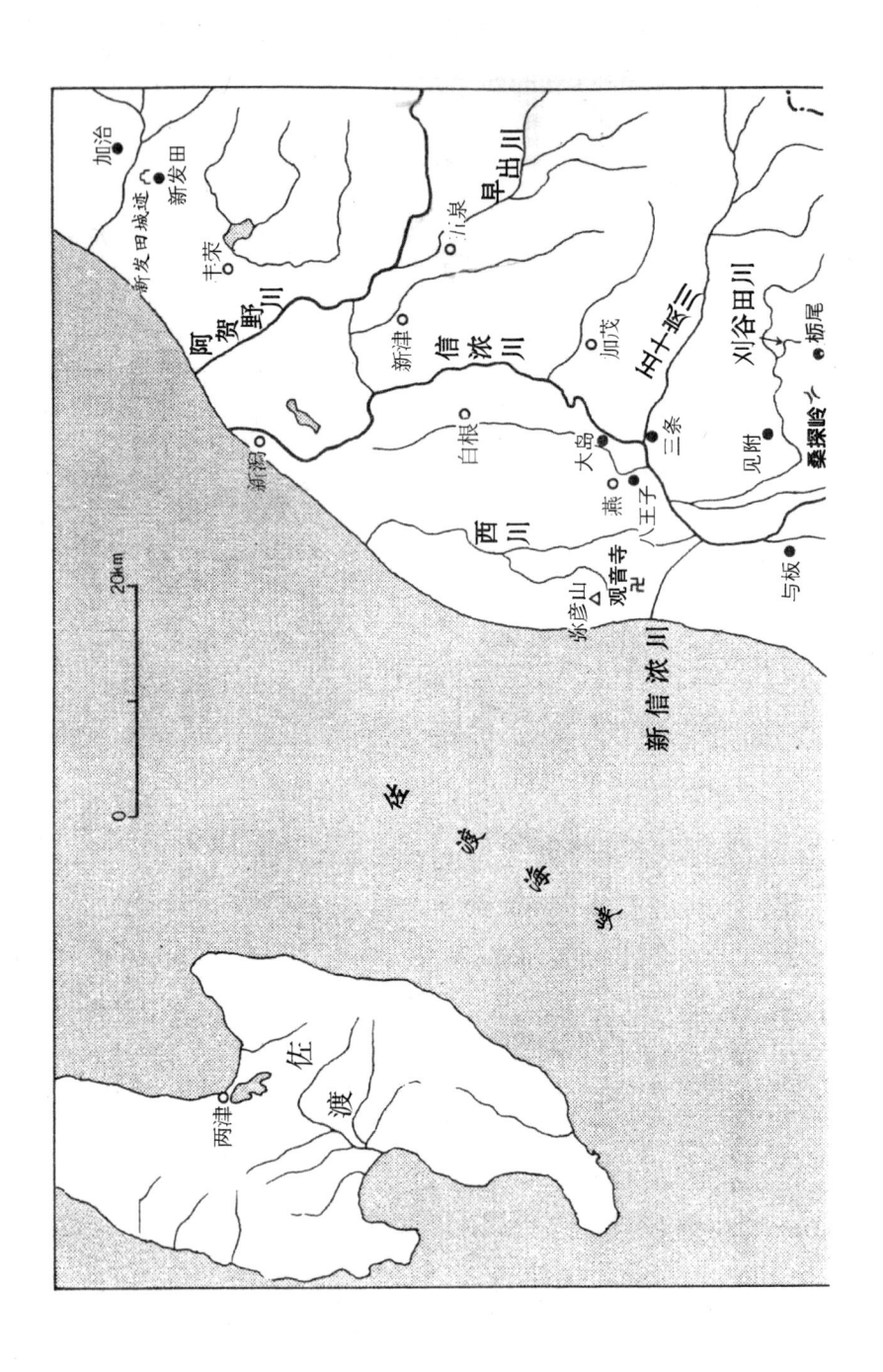

地图

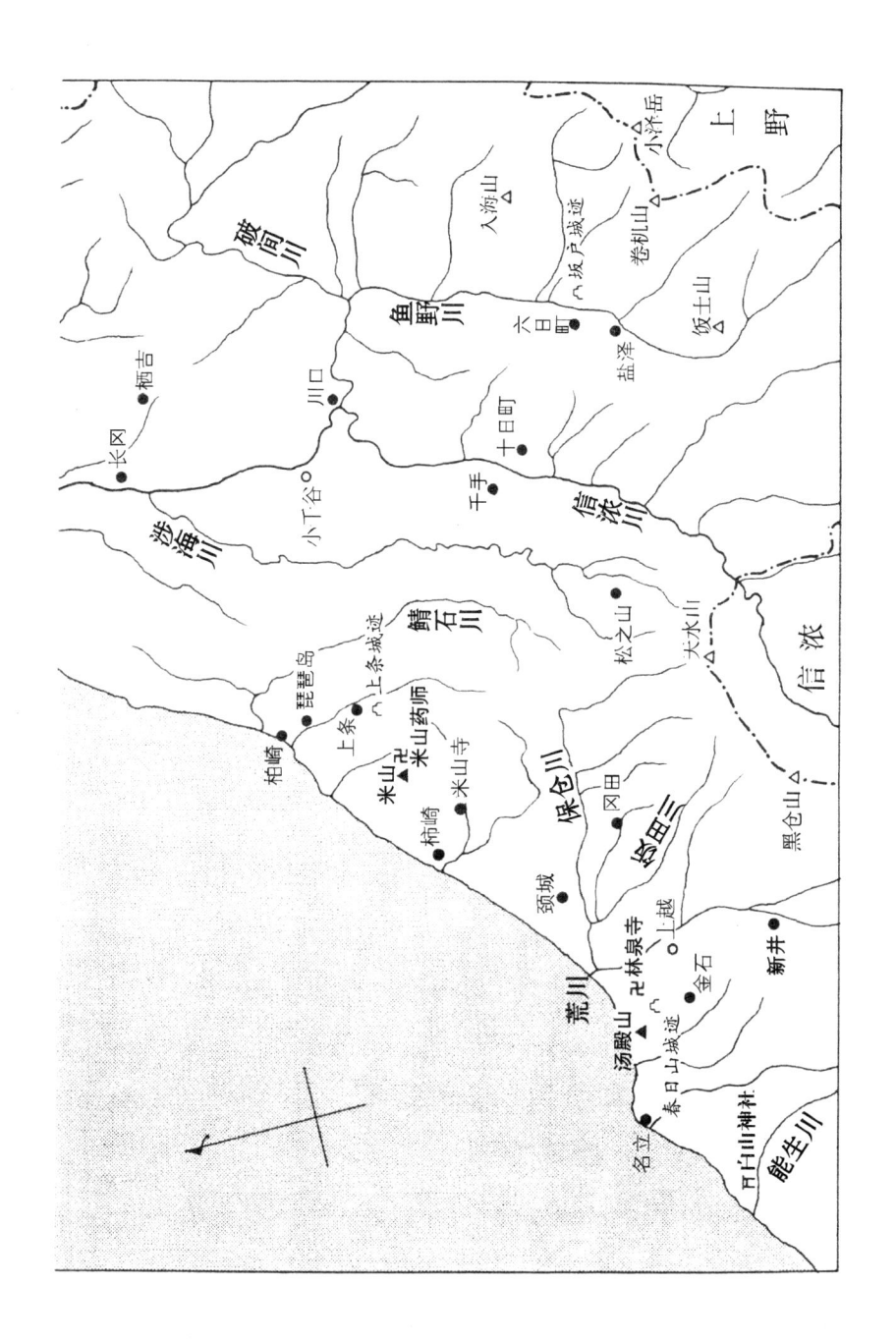

上野
小泽岳
破间川
入海山
八坂户城迹
卷机山
鱼野川
六日町
饭土山
盐泽
栖吉
长冈
川口
十日町
千手
信浓川
涉海川
小下谷
鲭石川
上条城迹
松之山
琵琶岛
上条
米山药师
大水川
柏崎
米山卍
米山寺
保仓川
冈田
信 浓
柿崎
关田三
黑仓山
颈城
荒川
卍林泉寺
上越
新井
汤殿山▲
金石
春日山城迹
名立
白山神社
能生川

信浓地方地图

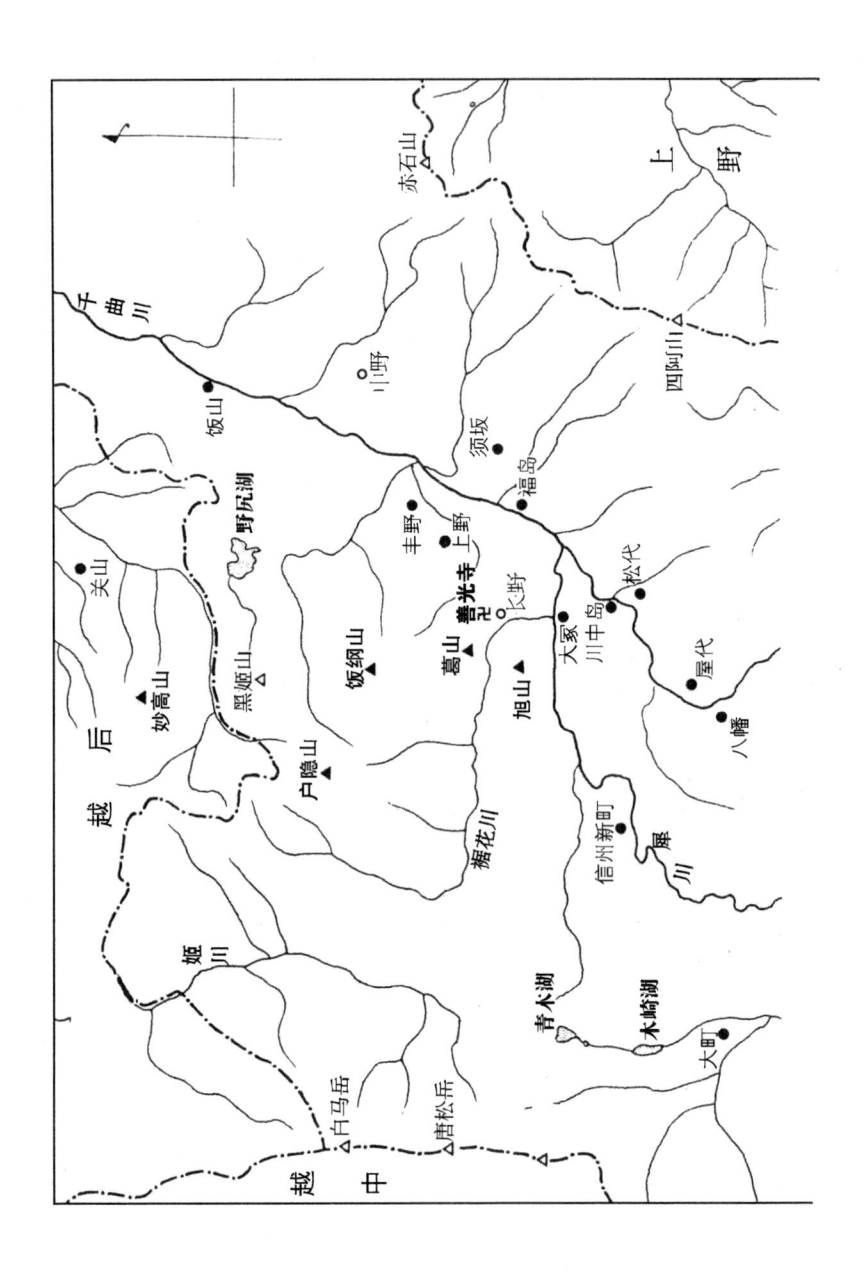

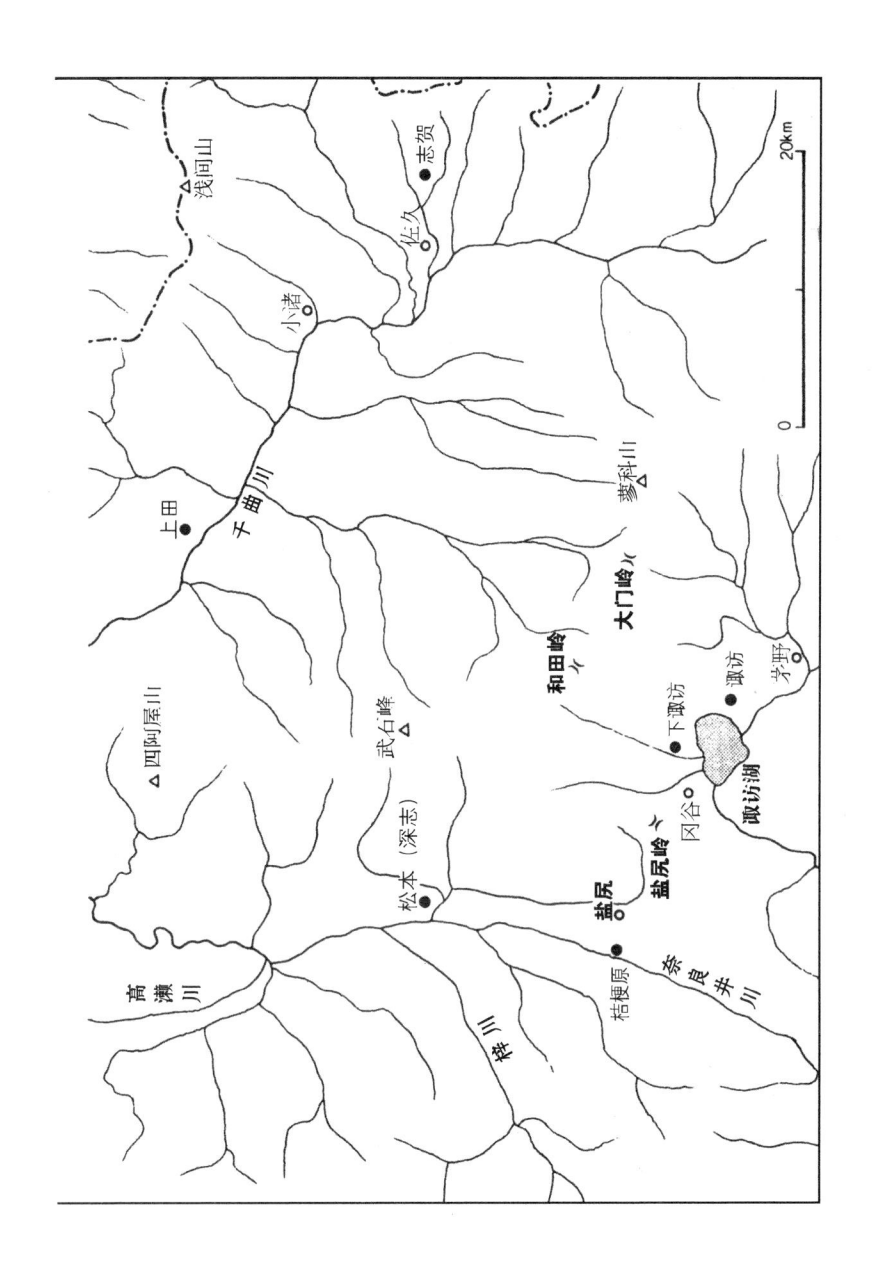

上杉谦信关东古战图

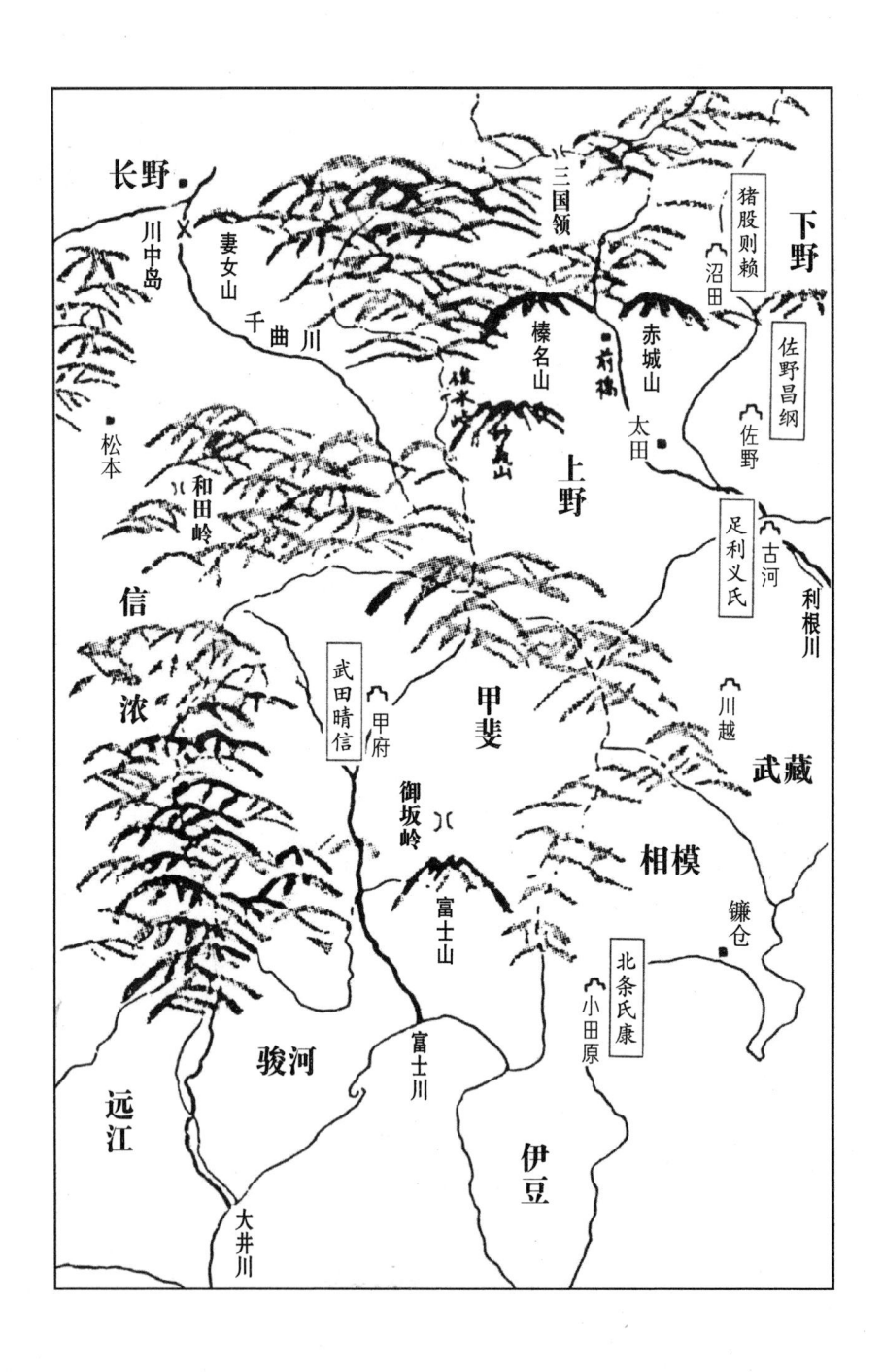

重庆出版社·日本历史小说馆
了解日本的最佳文学读本

《宫本武藏》（已出）
吉川英治 著

日本"百万读者之国民作家"吉川英治历经二十余载的经典力作，宫本武藏——金庸、古龙最推崇的剑道宗师。

小说以日本德川初期的历史为背景，描述了日本家喻户晓的一代剑圣宫本武藏凭着坚韧不拔的意志，手提孤剑，漂泊天涯，寻求"剑禅合一"之真谛的曲折历程。

全球销量总计超过两亿册。现代人追求人生真道、挑战自我、超越困境的必读书！

《织田信长》（已出）
山冈庄八 著

他，是日本历史上最令人折服的武将，日本战国时期开创统一大局的杰出统帅。有人说他"先破坏再建设"，是"风云儿""革命家"；也有人因他"烧庙杀僧"称他为"第六天魔王"。

日本畅销巨著《德川家康》作者山冈庄八，以文学化的传奇之笔，再现了织田信长从统一尾张到重立将军、控制京畿，最后在事业顶峰遭部将背叛，梦断本能寺的悲壮一生和狂傲盖世的独特个性。连续再版七十余年，销量超过1000万册。

《丰臣秀吉》（已出）
山冈庄八 著

他，出身寒微，离家流浪、三餐不继之时，却夸口要夺取天下，拯救万民。

他从牵马的低微仆从起家，最终官至"一人之下，万人之上"的"太阁"。

日本畅销巨著《德川家康》作者山冈庄八，以文学化的传奇之笔，再现了丰臣秀吉从一介平民到登上权力巅峰，纵横乱世，波澜起伏的一生。

狂飙的日本战国时代，二十岁的少年英豪武田信玄，在家老和百姓的支持下，兵不血刃地放逐了暴虐无道的父亲。年轻的脉搏，充满欲望与野心。自立为甲斐国主的他，努力开疆拓土，往复争战。他的军旗上写着孙子的名言："疾如风，徐如林，侵掠如火，不动如山。"旌旗所指，战无不胜。

信玄一生快意恩仇，却在最终的胜利即将唾手可得之时，无端地被病魔击倒，只能遗憾地将目光望向咫尺的京都。

《武田信玄》（已出）
新田次郎 著

他，虽生于越后国守护代的尊贵之家，却自幼饱受颠沛流离之苦。他，天生一副磊落胸怀，吸引了一批豪杰谋士和他一起打天下，并与一代豪杰武田信玄爆发了日本战国史上最悲壮的战争川中岛之战。他，就是日本历史上少见的军事天才，人称"越后之龙"的上杉谦信。

日本历史小说巨匠海音寺潮五郎以恢宏而不失温婉的文学笔触，勾勒了一代战国名将的传奇人生，文笔洗练，刻画人物细致，战争场面大气。

《上杉谦信》（已出）
海音寺潮五郎 著

他最大的特点，被人们总结为"忍耐"。也许为了能够与众多天才交战，这个既无创造力，又无卓越天资的普通人，只能以"忍耐"来磨炼自己、提升自己。

他，倾心于模仿他人的长处，将武田的兵法、信长的果断和秀吉的策略揽于一身。他，以正直和忠诚征服了信长和秀吉，可秀吉一死，他却骤变为谲诈多端的首领。可见其正直和忠诚绝非真心为之，不过是掩盖锋芒的处事之术。

《德川家康》（已出）
司马辽太郎 著

《丰臣家族》（已出）

司马辽太郎　著

司马辽太郎最优秀的中篇小说。日本战国是成王败寇、英雄辈出的时代。在一次次力量与智慧的角逐中，丰臣秀吉纵横捭阖，力克群雄，从社会底层脱颖而出，登上权力的顶峰，终结了百余年的动乱，统一了日本。但掌权之后如何维护权力，并永世不坠，秀吉却一筹莫展。司马辽太郎以神来之笔，勾勒出一幅权力风暴核心钩心斗角的群像图，将丰臣秀吉及其家族的传奇历史变得生动鲜活。

《源义经》（已出）

司马辽太郎　著

源义经是日本家喻户晓、最具人气的英雄人物，曾协助其兄源赖朝获得了对整个日本的统治权。

源义经极为坎坷的身世、极高成就的武学、过人的战略机智、场场必胜的战绩及悲凉的人生结局，令闻者无不叹息。

司马辽太郎以文学化的传奇之笔，生动地再现了源义经短暂而华丽的一生，文笔优美，故事精妙，有"司马氏平家物语"之称。

《傀儡之城》（已出）

和田龙　著

《傀儡之城》是时下日本最热门的历史小说，也是最具代表性的日本战国时期草根英雄史，迄今为止，累计销售390000册，名列日本文艺类十大畅销书第五位，日本第六届书店图书奖第二名。著名漫画家花咲昭正将其改编成漫画。

小说描写丰臣秀吉进攻北条氏之际，石田三成率领两万人的大军包围忍城，守城的成田长亲虽被视为傀儡，却率领两千名族人殊死战斗，最终以少胜多。

时值战国，织田信长的势力如日中天。伊贺国以拥有武艺高强的忍者而闻名，其统治者十二豪族为了提高本国的知名度，使伊贺忍者的订单和报酬更多，设下连环计谋，诱引织田信长之子信雄攻打伊贺。

十二豪族自信最高境界的忍术是对于人心的透彻分析，然而，事情的发展却出乎他们的意料……

《忍者之国》（已出）
和田龙　著

关原之战是德川家康夺取天下最重要的一次战役。

本书认真详尽地从这场大战的起因写到终结，通过对人物行为与心理的细致描写，全景展现了关原之战决战前与决战时复杂的政治与军事状况，刻画了个性丰满的各类登场人物。石田三成与德川家康的性情碰撞，岛左近与本多正信的谋略相当……两大阵营间虚虚实实的交战，令读者读来热血沸腾。

《关原之战》（已出）
司马辽太郎　著

司马辽太郎长篇小说创作的巅峰收官之作。生于日本平户的武士桂庄助，奉主人之命，将从海上漂流来的满族公主艾比娅送回国。桂庄助随后被任命为日本差官，和清朝的上层有了密切接触，目睹或亲历了一系列历史事件。

司马氏以桂庄助的所见所闻为基础，运用自己多年来积累的知识，又加之对满蒙文化和汉文化的遐想，以前所未有的新颖角度——从一个普通日本人的视角，解读了明末清初的中国历史大变局。

《鞑靼风云录》（已出）
司马辽太郎　著

《三国》（共五部）（已出）

吉川英治　著

　　《三国》是吉川英治最耀眼的巅峰杰作，也是日本历史小说中空前的典范大作。

　　作者用颇具个性的现代手法对中国古典名著《三国演义》进行了全新演绎，简化了战争场面，巧妙地加入原著中所没有的精彩对白，着墨重点在刘、关、张、曹等经典人物的颠覆重塑和故事情节的丰富变幻，在忠于原著的基础上极大成功地脱胎换骨，将乱世群雄以天地为舞台而上演的一出逐鹿天下的人间大戏气势磅礴地书写出来。

《丰臣秀吉：新书太阁记》（已出）

吉川英治　著

　　他，出身寒微，个性却奔放不羁，幼年凭借敏锐的眼光，选择奇才织田信长作为自己的主君。在信长统一天下的第一战"进攻美浓"中，他独排众议，担当重任，深得信长器重。此后，追随织田信长南征北战，战功卓著。本能寺之变，信长死于非命，他果断决议，迅捷为主君复仇，力挽狂澜。

　　日本文学巨擘吉川英治以温婉之笔，鲜活再现在乱世中崛起，历经坎坷迈向权力巅峰的至情至性的丰臣秀吉。

《源赖朝》（已出）

吉川英治　著

　　他，是源氏领袖义朝最钟爱的嫡子。十三岁第一次随父出战，便遭遇灭顶惨败。短短数十日，父兄被杀，己身被囚，人生从云端跌落谷底。

　　依凭伪饰的天真，他博得仇敌平清盛的同情，最终免于一死，被流放至偏僻的伊豆国蛭小岛，遍尝孤寂与冷眼。

　　忍辱负重二十年，终于如猛虎出柙。一之谷之战、屋岛之战、坛浦海战，三战击溃平家势力，建立镰仓幕府，开启新的时代。

《新平家物语·壹》
（已出）

吉川英治　著

吉川英治举世无双的杰作中的杰作，构思长达三年。以华丽的笔触，对日本古典文学双璧之一的《平家物语》进行了改写，讲述了平氏和源氏两大武士集团为夺取天下而展开的政治、军事斗争。在《周刊朝日》上连载长达七年，使其发行量陡涨五倍，突破百万份。

《私本太平记》（即出）　　吉川英治　著

吉川英治最后的长篇巨作。以冷静的现代笔触，精妙地改写了日本古代战争题材小说的集大成之作《太平记》，讲述了日本南北朝五十年的动乱历史。